Marianne Fredriksson

SOFIA UND ANDERS

Roman

Aus dem Schwedischen von
Christel Hildebrandt

Fischer Taschenbuch Verlag

Veröffentlicht im Fischer Taschenbuch Verlag,
einem Unternehmen der S. Fischer Verlag GmbH,
Frankfurt am Main, November 2002

Lizenzausgabe mit freundlicher Genehmigung des
Wolfgang Krüger Verlags, Frankfurt am Main
Die schwedische Originalausgabe erschien 1992
unter dem Titel ›Blindgang‹
im Verlag Wahlström & Widstrand, Stockholm
Published by agreement with Bengt Nordin Agency, Sweden
Deutschsprachige Ausgabe:
© Wolfgang Krüger Verlag GmbH, Frankfurt am Main 2001
Satz: Pinkuin Satz und Datentechnik, Berlin
Druck und Bindung: Clausen & Bosse, Leck
Printed in Germany
ISBN 3-596-15615-7

Für Anita mit Dank für ihre hilfreiche Offenheit

Eine Welt für sich ist jeder Mensch, bevölkert
von blinden Geschöpfen in dunklem Aufruhr
gegen das Ich, den König, der über sie herrscht.
In jeder Seele sind tausend Seelen gefangen,
in jeder Welt sind tausend Welten verborgen,
und diese blinden Welten, diese Unterwelten
sind wirklich und lebendig, wenngleich nicht ausgereift,
so wahr, wie auch ich wirklich bin. Und wir, Könige
und Fürsten der tausend Möglichkeiten in uns,
sind selbst Untergebene, selbst Gefangene
in einem größeren Geschöpf, dessen Ich und Wesen
wir ebenso wenig fassen wie unser Meister
seinen Meister. Durch ihren Tod und ihre Liebe
haben unsere Gefühle jeweils ihren Farbton erhalten.

Als wenn ein riesiger Dampfer weit hinten
am Horizont vorbeizieht, im Abendglanz.
– Und wir wissen nichts von ihm,
bis eine Schiffswelle uns am Strand erreicht,
erst eine, dann noch eine und viele weitere,
die sich überschlagen und heranrauschen, bis alles wieder ist
wie zuvor. – Und doch ist alles ganz verändert.

Dann ergreifen uns die Schatten einer sonderbaren Unruhe,
wenn jemand uns sagt, es seien Leute abgereist,
einige seien möglicherweise befreit worden.

Gunnar Ekelöf

I

I

Langsam, ganz langsam schwebten die Kinder dem Dach entgegen.

Sie machten eine Drehung um Jesus, als lüden sie ihn ein, mit ihnen zu kommen. Aber er konnte sich nicht von dem Kreuz lösen, an das die Menschen ihn genagelt hatten.

Deshalb schüttelte das Mädchen traurig den Kopf, als sie dem Gewölbe der hellblauen Kirche weiter entgegenschwebten. Ihre Hand um die des Jungen griff fester zu.

Die Geschwindigkeit der beiden steigerte sich.

»Mein Gott«, flüsterten die Leute vor Schreck, da sie jeden Augenblick erwarteten, dass die Kinder gegen die Mauern prallten.

Aber ein Wind kam auf und öffnete das Gewölbe, ein kräftiger Sturm, der durch das Gebäude brauste und den Kirchengeruch hinaustrieb. Und sie sahen den Himmel, alle sahen den Himmel, als die Kinder auf ihrer Reise der Sonne entgegen verschwanden, von den Windböen gewiegt wie leichte Vögel im Sturm.

Dann schloss sich das Kirchendach, und es war, als wäre nichts geschehen.

Es war während des Hauptgottesdienstes an einem Adventssonntag in der Kirche von Östmora. Zweihundertundacht Seelen hatten sich eingefunden. Die meisten kamen einfach aus Lust und Laune, unvertraut mit dem Ritual, mit vagen Erwartungen. Dreiundvierzig gehörten zu den üblichen, treuen Kirchengängern. Sie kannten einander seit vielen Jahren, nicht nur dem Namen nach.

Maria Elofsson wurde vermisst. Das war sicher der Rücken, flüsterten sie. Der Doktor war da, wie immer, seit seine Frau gestorben war. Die Brüder Björkman saßen in der zweiten Reihe, frisch gewaschen und rotwangig, verströmten sie den üblichen Duft nach altem Kaffee. Sie hatten, wie stets am Sonntagmorgen, die Flecken auf ihren schwarzen guten Anzügen mit dem Satz aus dem Kaffeekessel ausgerieben.

Drei Mädchen, die im Frühling konfirmiert werden sollten, waren auch da, rechts in der ersten Bank.

Der Pfarrer war jung, schwach im Glauben und stark in der Rede.

Kurz gesagt, nichts hatte erahnen lassen, dass Östmora an diesem Tag von einem Wunder heimgesucht werden sollte.

Das einzige Ungewöhnliche waren die Kinder gewesen. Sie hatten direkt vor dem Altar gesessen, ganz weit vorn in der ersten Bank, und das Mädchen, das größer war, hatte seinen Arm um die Schulter des Jungen gelegt. Mia Johansson, die eine Ausnahme unter Gottes Kindern bildete und in allem nur Gutes sah, dachte gerührt, dass Kerstin Horners merkwürdiges Enkelkind sicher ein gutes Herz hatte und außerdem viel Geduld mit Berglunds blindem Jungen.

Aber dann überlegte sie etwas beunruhigt, dass die Berglunds, die ja dem schwedischen Missionsverbund angehörten, es vielleicht gar nicht so gern sahen, wenn das Mädchen den armen Blinden mit in die Staatskirche nahm.

In der Bank hinter sich hörte sie die Schwestern Enström flüstern, es ärgere Kerstin Horner bestimmt, dass ihre Enkelin Gott aufsucht. Heidin, die sie war, und hochmütig dazu.

Der Pfarrer stand auf der Kanzel und las laut seine Predigt, deutlich und mit langen Pausen. Die Akustik des Kirchenraums zwang ihn zu den Unterbrechungen, und jedes Mal, wenn er das Echo der Kuppel abwartete, spürte er die Angst.

Ich sollte mir einen anderen Job suchen, dachte er.

Eigentlich hätte er darauf vorbereitet sein müssen, der Neupfarrer Karl Erik Gustaf Holmgren. Hatte er doch seinen Tag mit einem verzweifelten Gebet an den Gott begonnen, an den er nur so schwer glauben konnte. Ein Gebet ohne alle Hoffnung auf ein

Wunder, das ihm das Vertrauen seiner Kindheit wiedergeben könnte.

Aber als die Kinder dem Kirchendach entgegenflogen, empfand er genauso viel Angst wie alle anderen, genauer gesagt sogar noch mehr. Hätte er nur seine Stimme und die richtigen Worte gefunden, so hätte er geschrien: Hör auf, Gott, hör doch auf. Ich habe es nicht so gemeint ...

Nun geschah das Wunder aber nicht während seiner Predigt, sondern erst während des Kirchenlieds »Bereitet den Weg für den Herrn! Die Berge versinken, die Tiefen erheben sich«.

Unerhörte Worte, dachte der Pfarrer, von viel größerer Bedeutung als zwei Kinder, die zum Kirchendach hinaufflogen. Im selben Augenblick, als er dies dachte, hörte er Gott lachen.

Gott lachte. Er stellte das Wunder von Östmora infrage, machte es ganz einfach lächerlich. Aber nur der Pfarrer hatte Gottes Lachen gehört, und das würde ihn von nun an sein Leben lang wie eine besondere Gabe begleiten.

Nachdem die Kinder verschwunden waren und das Kirchendach sich wieder geschlossen hatte, saßen die Leute wie versteinert da.

Sie sahen erschrocken auf ihren Hirten, er musste doch etwas sagen, was sie wieder auf den sicheren Boden der erklärbaren Tatsachen zurückführte. Aber er stand unbeweglich da, das Gesicht dem geschlossenen Dach zugewandt. Und lachte, ja genau, das tat er.

Das wurde hinterher lebhaft besprochen, das Lachen des Pfarrers. Bei weitem nicht alle hatten es gesehen, viele bezweifelten es. Die drei Konfirmandinnen, die in der ersten Bank gesessen hatten, bestritten es.

»Ach was, er hat nur blöd geguckt.«

»Er sah selig aus«, sagte Mia, die immer nur das Beste wollte.

Einig waren sich jedoch alle darin, wer den Bann in der Kirche gebrochen hatte, alle erinnerten sich daran, wie Nils Björkman sich erhoben hatte und rief:

»Aber um Gottes willen, wir müssen die Kinder finden!«

Das half. Plötzlich konnten sie sich bewegen; sie holten tief Luft und zwängten sich durch die Kirchentür, um in alle Richtungen auszuschwärmen und zu rufen: »Sofia, Anders!«

Die Brüder Björkman nahmen sich den Friedhof vor, suchten hinter jedem Stein, hinter jeder Mauer und jeder Hecke. Linnea Haglund, die Schmerzen in einem Bein hatte, erklärte, sie seien dumm, es müsse doch jedem klar sein, dass die Kinder weit weggetrieben worden seien – bei der Geschwindigkeit, die sie draufhatten, als sie durchs Dach sausten.

Der Doktor kam auf die Idee, den Eltern Mitteilung zu machen. Er selbst übernahm es, Kerstin Horner anzurufen.

Seine Hand, die den Telefonhörer hielt, zitterte. Was in Gottes Namen sollte er nur sagen, überlegte er, während er in der Sakristei stand und versuchte, seinen Blick an den Pfarrersgewändern auf ihren Bügeln festzuhalten.

»Horner«, sagte die ruhige Stimme im Hörer.

»Ja, hallo, hier ist Åke Arenberg. Ich, ich wollte hören, wie ... wie es Sofia geht?«

»Das ist aber nett«, sagte die Stimme. »Weißt du, sie hat diese Weihnachtsgrippe, die gerade umgeht, leichtes Fieber und so. Aber ich glaube, es ist nichts Ernstes.«

»Aber wo ist sie?«

Jetzt schrie er, und sie sagte ganz ruhig und verwundert, dass Sofia schlafe, wie Kinder es tun, wenn sie Fieber haben. Sie sei nach dem Frühstück wieder eingeschlafen.

»Ich habe ihr eine Tablette gegeben«, sagte sie entschuldigend. »Gegen die Kopfschmerzen. Aber warum fragst du?«

Lange Zeit blieb es still, schließlich brachte er gepresst heraus: »Hier gibt es Leute, die meinen, sie hätten sie gesehen.«

»Wo?«

»Auf ... auf dem Weg aus der Kirche.«

»Dann haben sie Gespenster gesehen«, sagte Kerstin lachend. Und der Doktor, der es nicht länger aushielt, legte den Hörer auf.

Zur gleichen Zeit kamen die Brüder Björkman zurück in die Kirche, keuchend und heftig aufeinander einredend. Sie waren bei den

Berglunds gewesen und hatten mit eigenen Augen Anders schlafen sehen, ziemlich unruhig aufgrund des hohen Fiebers. Der Blinde hatte den ganzen Vormittag geschlafen, seine Mutter war beunruhigt und wollte gern, dass der Arzt vorbeikomme und sich den Jungen einmal anschaue.

2

Kerstin Horner blieb mit dem Hörer in der Hand stehen, überrascht und ein wenig erschrocken über Arenbergs Worte. Er war ein ruhiger Mann und ein guter Arzt.

Vernünftig. Aber Kerstin mochte ihn nicht.

Kerstin war Lehrerin. Sie hatte sich für diesen Beruf entschieden, weil sie an Kindern interessiert war.

Womit sie meinte, dass sie neugierig auf kleine Menschen war, auf ihre Gedanken und Meinungen. Und vielleicht in erster Linie auf ihren Zustand, diesen Ewigkeitszustand, wie sie es nannte.

Das sagte sie natürlich nicht laut; wovon sie sprach, als sie noch jung war, und woran sie glaubte, das waren die in jedem Kind schlummernden Möglichkeiten. Aber der Glaube ging in der Schule verloren. Wie die Ewigkeit.

Ausläuten, einläuten.

Sie war noch nicht einmal fünfunddreißig Jahre alt gewesen, als sie den üblichen Auffassungen nachgab. Aber durch alle Berufsjahre hindurch hatte sie sich die Gabe erhalten, das Besondere bei jedem Kind zu sehen und zu hören.

Jetzt legte sie den Hörer auf, schüttelte den Kopf und ging zu ihren Schreibheften zurück. Sie saß davor, ohne sich konzentrieren zu können. Ihr Blick wanderte durch das Fenster hinaus, durch die Zweige des Birnbaums und weiter auf die weißen Felder mit den langen Schatten. Ihre Gedanken gingen zu Sofia.

Dem gesegneten Kind.

Eigentlich hatte sie genau das Kind, von dem sie immer geträumt hatte, dachte Kerstin. Es hat eine Phantasie, die die Welt zum Glühen bringt, und ein Herz mit weit aufgerissener Tür, groß wie die Tür zum Viehstall.

Und dennoch diese Unruhe.

Wie so oft dachte sie an den Abend, als Sofia verschwunden war. Dunkelheit, peitschende Märzwinde, Matsch. Das Kind war zum Mittagessen nicht nach Hause gekommen und auch nicht zum Abendbrot. Kerstin war an den Strand gegangen, um sie zu suchen.

»Sofia, Sofia!«

Ihre Taschenlampe hatte nur wenig in der Dunkelheit um die Felsen am Meer ausrichten können.

Groß, schwarz, dröhnend.

Und dann sah sie Johanssons Haus dort draußen, das Licht der Fenster und das Kind, das ihr entgegensprang.

»Ich habe mich verlaufen.«

»Aber hier läufst du doch immer herum.«

»Da war Licht in einem Fenster, und ich wollte an die Scheibe klopfen.«

»Und warum hast du es dann nicht getan?«

»Es war das falsche Fenster.«

Dann hatte das Kind seine Hand in ihre geschoben:

»Oma, sei nicht böse.«

Sie schüttelte Sofia, drückte sie aber schließlich so fest, dass ihr fast der Atem ausblieb.

Sie hatten sich im Gegenwind auf der Heide hingehockt. In der Dunkelheit lauerte der Wind mit scharfen Spitzen. Sie waren gelaufen, hatten eine Abkürzung über die Äcker genommen. Der Schlamm spritzte um ihre Stiefel herum.

Am Küchentisch bei Butterbroten und heißem Kakao sagte Kerstin dann:

»Du weißt doch, dass ich immer wütend werde, wenn ich Angst habe.«

Der Blick des Mädchens wurde ganz leer. Aber Kerstin ließ nicht locker.

»Was meintest du damit, dass es das falsche Fenster war?«

Sofias Augen waren auseinander gerutscht, wie immer, wenn sie lügen wollte. Doch dann sagte sie ganz logisch:

»Als ich gesehen habe, dass es Johanssons Haus war, wusste ich ja, wo ich war. Da konnte ich nach Hause finden.«

Ihr Blick war wieder klar, und sie sah Kerstin in die Augen:

»Es ist doch alles gut, Oma.«

»Ja, natürlich, mein Kind, alles ist gut.«

In diesem Moment gab es Hoffnung, als könnten ihre zwei Welten einander treffen. Sofia hatte angefangen zu erklären.

»Weißt du, ich bin ganz normal auf dem Weg gegangen. Da habe ich plötzlich gehört, wie der große Berg, weißt du, die Wand, zu mir gesprochen hat.«

»Gesprochen?«

»Ja, nein, er hat geflüstert. So, dass ich ihn nicht so gut verstehen konnte. Da habe ich meine Hand auf die untersten Steine gelegt und gesagt: Sprich lauter. Aber die Steine haben gesagt, das kann der Berg nicht.«

Dann ein lautes Lachen, und die Mädchenstimme fuhr fort:

»Und dann hat der Berg die Welt angehalten. Der Wind stand still, und die Wellen haben nicht mehr gegen die Klippen geschlagen. Das war so spannend, dass ich fast tot umfiel.«

Das Mädchen zitterte, sodass der Kakao in der Tasse in seiner Hand überschwappte.

Kerstin hatte ganz still am Küchentisch gesessen.

»Der Berg denkt sehr langsam«, hatte Sofia gesagt. »Das kommt daher, weil er so alt ist, weißt du.«

Kerstin hatte ihr nicht antworten können, also fuhr das Mädchen mit seiner Geschichte fort.

»Es hat ziemlich lange gedauert, bis ich den Berg verstanden habe. Ich sollte auf ihn klettern und nach Norden gehen. Da oben war ein Weg, ein langer Weg. Der leuchtete, weißt du. Aber er war steil, der Berg, meine ich. Manchmal kam ich nur auf allen vieren voran.«

Sie flüsterte, und ihr Blick war weit weg, als sie fortfuhr:

»Ich habe einen Vogel gehört und dachte, dass er in dem Garten singt, von dem der Berg erzählt hatte. Aber dann wurde es ganz plötzlich dunkel. Und ich wusste nicht mehr, wo ich war. Deshalb bekam ich Angst und bin einfach drauflosgelaufen.«

Kerstin hatte immer noch kein Wort gesagt, aber sie musste blass ausgesehen haben, denn Sofia hatte gesagt:

»Du siehst aus, als hättest du einen Geist gesehen.«

Da hatte Kerstin sich zusammengerissen und Worte gefunden.

»Nein, nein. Ich bin nur etwas müde.«

Das Kind verzog seine Mundwinkel vor Verachtung, und die Augen sagten: Du lügst. Sie hatte Recht, denn Kerstin hatte wirklich ein Gespenst gesehen, einen Mann, der Sofia ähnlich war, in einem Zimmer mit Gittern vor dem Fenster. Dieser Mann hatte voller Eifer behauptet, er könne mit den Steinen auf dem Tisch vor sich reden. Er hatte einen Stein nach dem anderen angehoben, an ihm gelauscht und gesagt: Nur ich kann sie hören und verstehen.

Hinter ihm konnte sie Klara erkennen, auch sie vom Berg verzaubert.

Eine halbe Stunde später hatte sie das Kind ins Bett gebracht. Dann hatte sie sich aufs Sofa im Wohnzimmer gesetzt und versucht, ihr Herz, das unnatürlich schnell schlug, zur Ruhe zu bringen.

Den ganzen Sommer über hatte Kerstin sich bemüht, das Gespräch zu vergessen. Warum kam ihr die Geschichte heute wieder in den Sinn, während das Kind sicher in seinem Zimmer schlief, in dem die Adventskerze ruhig und anheimelnd brannte?

Sie schlich sich die Treppe hinauf, über den Flur, und machte die Tür einen Spalt weit auf. Sofia schlief.

Aber hinter den geschlossenen Lidern bewegten sich ihre Augen. Sie träumt, soll sie lieber weiterträumen.

In der Küche kochte Kerstin Tee, wärmte Milch und schmierte Butterbrote.

»Hallo, es ist Zeit aufzuwachen. Und etwas zu essen.«

Das Mädchen schien nicht mehr so heiß zu sein, vielleicht war das Fieber gesunken. Wie üblich war sie sofort wach, sah erstaunlich zufrieden aus und sagte jubelnd:

»Wir haben es geschafft. Wir sind durchs Dach der Kirche hinausgeflogen.«

Im gleichen Moment klingelte es an der Tür.

»Fang schon an zu essen, ich mache auf.«

Sie hörte ein zweites, ungeduldiges Klingeln, als sie die Treppe hinunterging. Dennoch nahm ihr Körper sich seine Zeit, und sie dachte überrascht, dass die Unruhe wie Kleister in ihren Kniegelenken saß.

Es war Åke Arenberg:

»Ich bin gerade hier vorbeigekommen und habe gedacht, ich könnte mir schnell mal Sofia ansehen.«

»Das ist wirklich nett, aber es geht ihr schon viel besser.«

»Außerdem wollte ich das Telefongespräch erklären.«

»Das ist eine gute Idee«, sagte Kerstin scharf.

»Das Unheimliche daran ist«, fuhr der Doktor fort, »dass ich sie mit eigenen Augen gesehen habe, Sofia und Anders, wie sie durchs Kirchendach geflogen sind.«

Seine Stimme klang schrill, ganz anders als sonst. Kerstin hatte auf der Treppe einen Schatten gesehen, das Mädchen lauschte. Sie legte einen Finger auf den Mund und sagte:

»Lass uns lieber in der Küche weiterreden.«

Sie schlug die Küchentür mit Schwung zu und ließ sich schwer auf einem Stuhl nieder.

Die Worte prasselten nur so aus dem Doktor heraus, und immer wieder kam er darauf zurück, dass er es selbst gesehen hatte.

»Mit eigenen Augen«, sagte er.

»Das wird deinem Ruf schaden«, sagte sie schroff.

»Meinst du nicht, dass ich daran auch schon gedacht habe.«

»Und was schlimmer ist: Es wird den Kindern schaden.«

»Deshalb bin ich ja hier«, sagte er flehend. »Ich möchte mit gutem Gewissen bescheinigen können, dass beide Kinder krank in ihren Betten lagen.«

Kerstin ging vor ihm die Treppe hinauf, als er sagte:

»Was Anders betrifft, ist die Sache klar. Er hat so hohes Fieber, dass er sich kaum auf den Beinen halten kann.«

Kerstin dachte unruhig an Sofias Besserung, beruhigte sich aber sofort, als sie die Tür zum Mädchenzimmer geöffnet hatte. Denn dort lag Sofia mit fieberheißen Wangen und brennenden Augen.

Nachdem der Arzt gegangen war, zufrieden, weil er eine Infektion in Nase und Rachen, hohes Fieber und hohen Puls festgestellt hatte, sagte Kerstin entschlossen: »Jetzt erzählst du mir die Wahrheit.«

»Welche Wahrheit?«, fragte Sofia. »Ich bin krank, und ich habe geträumt.«

Sie schloss ihre Augen im selben Moment, als Kerstin ihr Schielen bemerkte. Danach schlief sie. Und dann klingelte das Telefon. Es war die Lokalzeitung, und Kerstin fauchte:

»Wenn Sie unschuldige Kinder in diese Räubergeschichte reinziehen, werde ich Sie verklagen.«

3

Erst muss es mir besser gehen«, sagte das Kind streng zu sich selbst, um nicht in Panik zu geraten. »Dann werde ich nachdenken.«

Sie schlief eine ganze Stunde lang.

Dann hörte sie, wie ihre Oma am Telefon sprach, und erinnerte sich, dass sie das Telefon den ganzen Abend lang durch ihren Schlaf hindurch klingeln gehört hatte.

Arme Oma.

Jetzt hatte sie kein Fieber mehr und konnte klar denken. Ich muss mit dem Anfang beginnen, dachte sie und wurde unsicher. Denn wo zum Teufel war der Anfang?

Sie beschloss, dass es der Tag gewesen war, an dem sie sich mit Anders angefreundet hatte. Solange sie denken konnte, war sie neugierig auf ihn gewesen, hatte überlegt, was er dort drinnen in seiner Dunkelheit wohl sah. Eine andere Welt musste das sein, vielleicht wie die Welt des Bergs oder des Brachlands, hatte sie sich überlegt.

Unheimlich und wunderbar.

Eines Tages wollte sie ihn fragen. Deshalb wartete sie freitagsabends auf den Bus, mit dem er von seiner Schule kam, wo er die Woche über wohnte. Oma hatte ihr erklärt, dass sehbehinderte Kinder in eine Spezialschule gehen und mit den Fingern lesen lernen mussten.

Aber nie konnte sie ihn ansprechen, denn immer waren seine Eltern an der Haltestelle und verschwanden schnell mit ihm im Auto.

Einige Zeit später hörte sie jemanden erzählen, dass Anders jeden Samstagmorgen ganz allein zum Kiosk ging, Süßigkeiten kaufte, bezahlte und alles. Das war Marta aus dem Geschäft, die das erzählte, und sie war ganz überrascht: Wie ein normales Kind, sagte sie.

Also wartete Sofia an einem sonnigen Samstagmorgen im Frühling vor dem Kiosk. Er kam mit seinem weißen Stock an, rechter Fuß vor und Stock nach links, linker Fuß vor und Stock nach rechts. Das sah elegant aus, fand Sofia.

»Hallo«, sagte sie, als er eingekauft hatte. »Ich bin es, Sofia dort hinten vom Hügel, weißt du. Ich möchte so gern wissen, was du siehst, wenn du träumst.«

»Ach«, sagte der Junge, »ich träume von Engeln, großen, weißen mit langen Flügeln, in die sie mich einhüllen können.«

»O Mann«, sagte Sofia, neidisch und beeindruckt.

So wurden wir Freunde, dachte Sofia.

Sie ging mit ihm heim zu seiner Mutter, die dabei war, die Betten zu machen.

»Wie schön«, sagte sie, »dass du eine Freundin gefunden hast.«

Und dann bekamen sie Saft, und die Mutter schlug vor, sie könnten ihn doch im Garten trinken. Sie saßen unter einem alten Apfelbaum, und genau zu dieser Zeit blühte und duftete er, und es summte von Bienen.

»Kannst du mit den Bäumen reden?«

»Natürlich«, sagte der Junge. »Kannst du das nicht?«

»Nein, nur schlecht«, antwortete Sofia und fühlte sich unterlegen. Aber dann fiel ihr der Märzabend ein.

»Einmal hat der Berg zu mir gesprochen.«

»Und was hat er gesagt?«

Sofia erzählte die ganze Geschichte, deshalb konnte sie den schmählichen Schluss schlecht auslassen:

»Und deshalb habe ich nie erfahren, was der Berg wollte.«

»Aber warum bist du nicht wieder hingegangen und hast gefragt?«

Sofia dachte über die Antwort nach und sagte überrascht:

»Ich habe alles Oma erzählt, und sie hat Angst gekriegt.«

»O Mann«, sagte der Junge, »den Erwachsenen sollte man nie was erzählen.«

»Aber was machst du denn, wenn sie fragen?«
»Natürlich lügen.«
»Mir sieht man es an, wenn ich lüge. Ich schiele dann.«
»Das kannst du dir abtrainieren«, sagte der Junge. Und dann rief er ins Haus, dass er sich bei Sofia zu Hause die neugeborenen Kätzchen angucken wollte.
»Hat Kerstin denn eine Katze?«, fragte seine Mutter.
»Na, das wissen doch alle«, antwortete der Junge. »Komm, wir gehen.«
»Sei vorsichtig«, sagte die Mutter, und Sofia nahm Anders bei der Hand und verabschiedete sich. Sie war ganz erschöpft vor Bewunderung. So, dachte sie, so möchte ich auch lügen können.

Sie gingen den Waldweg zum Berg hinauf, und Sofia merkte sich gut, was Anders sagte. Dass nicht alles in seiner Welt dunkel war, er sah Licht, das sich veränderte. Und dass er den Blick nach innen richten konnte und dort Farben, Bäume und Blumen und natürlich den Himmel sehen konnte. Er musste seinen Blick nur so ausrichten: Sie blieben stehen, und Sofia schaute genau zu, wie Anders seine Augen öffnete und sie schräg nach oben rechts wandern ließ.
»Da kann ich sehen, in mir. Verstehst du?«
»Natürlich«, sagte Sofia.
Nach einer Weile wagte sie zu flüstern:
»Kannst du die Toten auch sehen?«
»Nee, konnte ich noch nie. Kannst du das?«
»Ich habe es versucht«, erklärte sie. »Im letzten November, an Allerheiligen, weißt du. Denn in der Nacht stehen die Toten auf, um Östmora anzugucken. Aber ich habe keine gesehen.«
»Wohin gehen sie denn?«
»Zu ihren alten Häusern und Gärten. Sie wollen sie angucken, und dann wollen sie die Lebenden grüßen. Aber die Lebenden sind nie da, und ihr Haus hat keinen Eingang. Dann werden die Toten traurig.«
Jetzt hatten sie den Berg erreicht. Sie gingen bis nah an die Steilwand und blieben still, ganz atemlos, stehen.
Leider schwieg auch der Berg.

»Vielleicht ist das Wetter zu schön«, sagte Sofia, aber Anders, der sein Ohr an die Bergwand gelegt hatte, hieß sie schweigen.

»Jetzt flüstert er«, sagte er.

Sofia presste ihren Kopf fest an den Berg, hörte aber nichts.

»Ich kann viel besser hören als du«, sagte der Junge.

»Was sagt er denn?«, fragte das Mädchen.

»Das Gleiche, was er zu dir gesagt hat. Wir müssen raufklettern.«

Sofia schaute die steile Wand hoch und dachte, dass das gefährlich sei für einen Jungen, der nicht sehen kann.

»Ich sehe mit den Fingern«, sagte Anders. »Ich habe in jeder Fingerspitze tausend Augen.«

Zum ersten Mal kam Sofia der Gedanke, dass Anders angab, und ihr fiel ihr Versprechen ein, vorsichtig zu sein.

»Das machen wir morgen«, sagte sie. »Ich werde Hans' Seil ausleihen, das hängt unter der Kellertreppe. Und dann klettern wir wie die Bergsteiger im Fernsehen.«

Anders willigte ein und langsam gingen sie wieder nach Hause.

Sofia hatte ein fotografisches Gedächtnis, sie konnte sich Stück für Stück den Fernsehfilm von den französischen Alpen ins Gedächtnis zurückrufen. Am Abend wusste sie genau, wie sie es machen musste. Sie würde zuerst hinaufklettern, das Seil am Fels befestigen, sich dann wieder hinunterlassen und das Seil um sich selbst und Anders knoten.

Aber am nächsten Morgen regnete es, und nicht einmal Anders konnte sich für einen Ausflug freilügen. Sie mussten bis zum nächsten Samstag warten.

Das war eine lange Woche, doch als der Samstag kam, strahlte die Sonne über Östmora. Sofia hatte auch noch das Glück, dass ihre Oma etwas in der Stadt zu erledigen hatte. Kerstin wollte Sofia eigentlich mitnehmen, gab aber schnell auf, als das Mädchen sagte, sie wolle mit Anders einen Ausflug machen.

»Aber du bist vorsichtig, nicht wahr?«, war ihr einziger Kommentar.

»Wir wollen nur spazieren gehen.«

Sofia lachte zufrieden, als sie sich jetzt im Bett daran erinnerte. Anders hatte ihr bereits beigebracht zu lügen, ohne dabei zu schielen.

Dann erinnerte sie sich weiter.

Sobald Kerstins Auto den Hof verlassen hatte, war Sofia in den Keller gelaufen, hatte das Seil und Hans' alten Rucksack geholt, der an der Decke der Tischlerwerkstatt hing. Er war groß, dennoch bekam sie das Seil kaum hinein.

»Was um alles in der Welt hast du da im Rucksack?«, fragte Anders' Vater, als sie ihn auf dem Gartenweg vor Berglunds Haus traf.

»Saft und Butterbrote«, sagte Sofia schnell und stellte zum zweiten Mal an diesem Morgen fest, dass sie nicht schielte. Aber er sah sie zweifelnd an, deshalb musste sie erklären:

»Anders und ich wollen einen Ausflug machen.«

»Das ist aber nett von dir, dass du dich um Anders kümmerst«, sagte er. Aber da wurde Sofia wütend:

»Das ist überhaupt nicht nett. Wir haben viel Spaß zusammen.«

Berglund ist nicht dumm, dachte Sofia, als sie im Bett lag, ihren Erinnerungsfilm abspulte und sah, dass es ihm peinlich war.

Es war ein schöner Tag, dieser Maisamstag. Sofia tat, wie sie geplant hatte, und den Berg hinauf kam sie ohne jedes Missgeschick.

Dort erstrahlte die Welt in Blau.

»Oh, Anders, hast du jemals so viele wilde Stiefmütterchen gesehen!«

Der Junge stand ruhig da, schnupperte gegen den Wind. Dann legte er sich in die Herrlichkeit und strich mit den Händen über die Blumen.

Jetzt sieht er mit den Fingern, dachte das Mädchen.

Die Stiefmütterchen liefen ihnen die Pfade über den Berg entlang voraus, die Abhänge hoch wuchsen sie in jeder Spalte in der kargen Erde, ergossen Gelb und Lila über die rauen, grauen Steine.

»Ich hätte nie geträumt, dass es auf der Welt so viele Blumen geben könnte«, sagte Sofia.

Hand in Hand, ohne ein Wort zu sagen, als wollten sie nicht stören, gingen die Kinder den Pfad hinauf. Nach einer Weile nahm die Herrlichkeit ein Ende, während der Pfad sich weiter durch hohes Gras wand.

Dann wurde der Grund wieder karger. Sie liefen über Heideboden, Stiefmütterchen wuchsen hier und da in kleineren Grüppchen, und hoher Wacholder zeichnete sich gegen den Himmel ab. Weit unten hörten sie das Meer gegen die Felsen schlagen.

»Wacholder«, sagte Anders. »Riechst du ihn?«

Sofia ging näher heran und rieb die Zweige, um den Duft besser erschnuppern zu können.

»Wie die Buttermesser in Omas Schublade«, sagte sie.

Hier und da zwischen dem Wacholder lagen Felsen, große Brocken, von Riesen hingeworfen, sagte Sofia, aber Anders wusste Bescheid.

»Das waren keine Riesen, das waren die Gletscher der Eiszeit.«

»Ach was«, sagte das Mädchen. »Mit den Riesen ist es viel witziger.«

Sie kletterten auf einen großen Stein und setzten sich dort in die Sonne, zufrieden mit ihrem Abenteuer. Anders fand, dass es wie in der Kirche war, irgendwie feierlich.

»Ich war noch nicht oft in der Kirche«, sagte das Mädchen.

Da sang er einen Psalm für sie: »Felsen, der du zerbrachst für mich«. Strophe für Strophe sang er, und Sofia saß verzaubert da.

»Bei jedem flüchtigen Atemzug,
und wenn ich eines Tages sterbe,
wenn ich in ein unbekanntes Land gehe,
wenn ich vor deinem Richterstuhl stehe:
Felsen, der du zerbrachst für mich,
lass mich in dir mich
verbergen.«

Die helle Jungenstimme klang aus, und Sofia saß noch lange still da, bis sie sagte:

»Dieses Lied habe ich noch nie gehört.«

»Diesen Psalm«, sagte Anders, aber das Mädchen wollte nicht unterbrochen werden.

»Aber ich weiß, wovon es handelt. Ich habe mich auch schon einmal im Berg versteckt, als ich klein war. Ich bin direkt hineingegangen, kannst du dir das vorstellen?«

»Und wie war es da drinnen?«, fragte der Junge überrascht.

»Das ist ja das Schlimme«, sagte Sofia. »Ich kann mich nicht mehr dran erinnern. Es ist etwas passiert, aber es hat keine Spuren hinterlassen. Und es fällt mir nicht mehr ein. Kannst du die letzte Strophe nicht noch einmal singen?«

Anders sang, und Sofia unterbrach ihn ganz aufgeregt, als er zu »wenn ich in ein unbekanntes Land gehe« kam.

»So war es«, schrie sie, »genau so.«

»Aber das Lied handelt doch von den Verstorbenen.«

»Du bist vielleicht blöd«, sagte das Mädchen. »Ich bin doch schließlich lebendig.«

»Ja, natürlich«, sagte der Junge.

»Das Dumme ist nur, dass ich wirklich in den Berg gehen könnte, wenn Hans mir helfen würde. Alle Berge öffnen sich ihm, denn er ist der Bergkönig. Aber er wird nur wütend, wenn ich ihm das sage.«

Eine Weile später begannen sie über Gott zu sprechen und waren sich schnell darüber einig, dass sie überhaupt nicht verstanden, worüber die Erwachsenen redeten. Anders, der mit seinen Eltern von klein auf in die Kirche ging, flüsterte:

»Ich werde dir sagen, was ich glaube. Aber das darfst du nie jemandem erzählen.«

»Ich schwöre«, sagte das Mädchen.

»Ich glaube, die Erwachsenen verstehen es auch nicht, die tun nur so. Und wenn sie beten, dann tun sie so, als würde Gott ihnen antworten.«

»Aber er hängt doch da in der Kirche an einem Kreuz«, sagte Sofia. »Ich habe ihn selbst gesehen. Beim Weihnachtsgottesdienst.

Wir gehen immer zum Weihnachtsgottesdienst, wenn Hans zu Hause ist.«

»Wirklich?«, fragte der Junge verwundert und begann zögernd zu erzählen, dass er manchmal den Verdacht hatte, mit der Kirche seiner Eltern stimmte irgendwas nicht. Aber vielleicht gab es Gott ja in der richtigen Kirche, in der alten mit dem hohen Turm.

So hatte es also angefangen, dachte Sofia, während sie in ihrem Bett lag und sich erinnerte, nur einmal von Kerstin gestört, die hereinkam, um nach ihr zu schauen, bevor sie selbst ins Bett ging. Sofia tat, als schliefe sie, ihr war aber klar, dass ihre Oma das merkte.

Sie hatten den Weg erreicht, der den Berg hinunterführte, den gleichen Weg, auf dem Sofia sich verlaufen hatte. Also mussten sie nicht den Steilhang hinunterklettern. Und auch nie wieder hinauf. Ihnen war der Zugang zum Geheimnis des Bergs durch ihr heldenmütiges Klettern gleich am ersten Tag gestattet worden.

Danach kamen sie immer wieder, an jedem Wochenende im Frühling und in den Sommerferien fast täglich. Und sie unterhielten sich immer wieder über Gott und die Kirchen.

Aber am meisten sprachen sie über ihre Träume. Sofia war neugierig auf Anders' Engel mit den großen weißen Schwingen, und Anders wollte mehr wissen über Sofias besten Traum, den mit dem Boot, das des Nachts, wenn es noch dunkel war, man aber schon den ersten Schimmer des Morgengrauens sehen konnte, über die Fluten glitt.

Eines Tages beschlossen sie auszuprobieren, ob sie zusammen träumen konnten.

Sie fingen an zu üben, jeden Abend zur gleichen Uhrzeit einzuschlafen. Und dann verabredeten sie, welchen Traum sie träumen wollten.

Zwei Wochen lang glückte es ihnen nicht, aber in der Nacht zum achtundzwanzigsten Juni trieb Anders mit dem Boot des Mädchens über die Fluten. Und Sofia sah ihn auf der Ruderbank sitzen, die Hand im Wasser, den Blick fest in ihren vertieft.

Und Anders konnte sehen!

Das war so hoffnungsvoll, dass sie aufwachte.

Sie weinte fast, als sie jetzt im Bett lag und sich daran erinnerte, wie glücklich sie gewesen waren, als sie sich am nächsten Tag trafen, wie äußerst erstaunt Tante und Onkel Berglund ausgesehen hatten, als Sofia den Gartenweg heruntergewirbelt war und mit Anders im Arm getanzt hatte.

Danach haben wir uns das mit der Kirche vorgenommen.

Sie hatten Pläne geschmiedet. Zuerst waren sie sich einig, dass der Traum beweisen sollte, dass es Gott gab: Sie würden in der ersten Reihe sitzen. Wenn die Gemeinde den Psalm sang, würden sie sich zur Decke erheben und Jesus mit sich nehmen. Das Gewölbe würde sich öffnen, wenn sie mit ihm gen Himmel flögen.

»Das müsste sich doch machen lassen, wenn er irgendwelche Macht hat«, hatte Sofia gesagt.

Aber zunächst musste Anders ganz genau wissen, wie die Kirche aussah. Sie stand den Sommer über offen, wenn die Touristen durch Östmora fuhren, und die Kinder schlichen sich hinein und setzten sich ganz vorn hin.

Sofia beschrieb – die Farben, die Höhe, das Gewölbe, den Altar, die Teppiche, die Kerzenständer – Detail für Detail. Anders nahm alles auf und nickte jedes Mal, wenn ihm eine Sache vollkommen klar geworden war.

Es gab nicht viele Touristen, sodass sie fast immer ungestört blieben.

Im August gelang ihnen der gemeinsame Traum zum zweiten Mal, und Sofia sah Anders' Engel. Er war unförmig, grau und merkwürdig, sodass sie anfangs Angst hatte. Aber dann merkte sie, wie gut er roch, und plötzlich hörte sie die Musik.

»Er hat Geige gespielt«, erzählte sie überrascht Anders, der stolz wie ein König nickte.

»Haydns Violinsolo«, sagte er.

»O Mann«, sagte das Mädchen beeindruckt.

Sie erzählte ihm nicht, dass sie Angst gehabt hatte.

Dann begann die Schule, und sie konnten nur noch an den Wochenenden üben. Sie hatten beschlossen, bis zum ersten Advent zu warten. Wegen des Kirchenlieds, das so gut passte: »Bereitet den Weg für den Herrn! Die Berge versinken, die Tiefen erheben sich.«

Am schwierigsten war es, die Zeit hinzubekommen. Wie sollten sie mitten am Tag während der Hauptmesse schlafen und träumen? Aber wie üblich hatte Sofia die Lösung: Sie müssten halt die Grippe kriegen.

»Aber vielleicht klappt das nicht«, sagte Anders, der nicht gern krank war.

»Ach was«, winkte Sofia ab, »im Dezember haben alle Leute Grippe.«

Und auch damit hatten sie Glück, Anfang Dezember lag halb Östmora daheim und schniefte.

»Siehst du«, sagte Sofia am Telefon. »Das sind die höheren Mächte, sie halten zu uns.«

Alles hatte wie am Schnürchen geklappt, abgesehen davon, dass die Leute in der Kirche sie gesehen hatten. »Wer um alles in der Welt hätte das ahnen können«, sagte Sofia laut und starrte fragend in die Winternacht. Dann schlief sie ein.

Am folgenden Morgen war sie fieberfrei, musste aber noch im Bett bleiben, hatte Kerstin gesagt, die mit Tante Inger in dem Anbau abgesprochen hatte, dass diese nach dem kranken Mädchen sehen und ihr etwas zu essen bringen sollte.

Die Zeit war knapp. Kerstin hatte kaum ihr Auto angelassen, als Sofia bereits Berglunds Nummer wählte. Und seufzte, seine Mutter war zu Hause.

Anders gehe es besser, sagte sie. Aber er schien so traurig.

»Grüß ihn von mir«, sagte Sofia. Das war der Code, dass Anders anrufen sollte, sobald seine Mutter zur Arbeit im Supermarkt gegangen war.

Sie hatte eine unruhige halbe Stunde – warum war er traurig? Er kümmerte sich doch sonst auch nicht darum, was die Leute redeten, das war er gewohnt.

Dann rief er an, und das wurde fürchterlich. Doch, er hatte alles gesehen, die Kirche, das Kreuz mit Jesus, das Dach, das sich öffnete. Und nie hätte er gedacht, dass die Welt so erschreckend sein könnte.

»Es war so furchtbar«, sagte er. »Grelle Farben und Unmengen von Licht, die wehtaten. Und laut und gefährlich.« Nie, niemals wollte er in dieser Welt leben.

»O Scheiße«, schrie er, »o Scheiße, was für eine Welt.«

Dann sagte er noch etwas Sonderbares:

»Es gibt keine Barmherzigkeit«, und legte den Hörer auf. Sofia weinte und versuchte sich an den Traum mit dem verschwommenen Engel zu erinnern.

War er barmherzig gewesen? Sie wusste es nicht, verstand nicht so recht, was das Wort eigentlich bedeutete.

Sie weinte, bis schließlich Tante Inger kam und rief, dass sie jetzt für das kranke Küken etwas zu essen mache. Und als sie mit ihrer ekligen Grütze hochkam, sagte sie:

»Das ist ja schlimm, was für rote Augen du hast und wie verschnupft du bist.«

4

Nachdem Anders den Hörer aufgelegt hatte, kroch er wieder ins Bett und rollte sich wie ein Fötus zusammen, die Knie bis unters Kinn hochgezogen. Das Fieber war gesunken, es war nicht so einfach weiterzuschlafen.

Es war auch nicht mehr so schön, denn er fürchtete den Albtraum. Es war ein Traum, den er schon oft geträumt hatte, aber jetzt war er schlimmer geworden. Etwas Schreckliches jagte ihn, er versuchte zu entkommen. Aber es war gefährlich, ins Unbekannte zu laufen, er versuchte es, traute sich aber nicht, schneller zu werden. Da barst die Erde unter ihm, er sank, schrie und erwachte schweißgebadet und mit klopfendem Herzen.

Jetzt lag er da und dachte an das erste Mal, als er von dem Boden geträumt hatte, der sich öffnete und ihn verschlang. Das war in der Nacht nach der großen Entdeckung gewesen.

Wie alt konnte er gewesen sein? Vier, fünf?

Er sollte von den Kusinen auf dem Lande ein Kätzchen bekommen. Sie hatten sich schon kennen gelernt, die Katze und er. Sie war zart und außergewöhnlich, weiß mit blauen Augen, hatten die Kusinen gesagt, als er auf dem Hof war und sie begrüßt hatte.

Am Samstagmorgen wurde eine Kollegin im Supermarkt krank. Mama musste hin. Papa war nicht zu Hause, deshalb sollte Anders mitkommen und auf einer Palette neben Mama sitzen. Ihm gefiel es gut dort – Stimmen, die über Butter und Kaffee sprachen, wie teuer alles war, das Klimpern von Geld und die Kasse, die surrte und klingelte.

Es roch auch gut im Supermarkt, nach Geld, Schweiß, Süßigkeiten und Brot.

Endlich kamen sie heim, standen im Flur an der Tür zu dem schrecklich langen Wohnzimmer mit dem Sofa am anderen Ende, und Mama sagte:
»Nun schau nur, sie haben die Katze schon gebracht.«
»Wo?«, fragte der Junge, atemlos vor Aufregung.
»Sie liegt auf dem Sofa und schläft«, sagte Mama.
Dann holte sie die Katze und legte sie Anders auf den Schoß. Er strich ihr über den Rücken, war aber so verwirrt, dass er sich nicht freuen konnte. Er konnte die Katze nie richtig lieb gewinnen, und daran war die große Entdeckung schuld.
Wie konnte Mama wissen, dass die Katze auf dem Sofa lag?
Und mit der Zeit die Einsicht: Die anderen wissen etwas auf Abstand.
Er testete die große Entdeckung und erhielt Beweise. Er konnte seine Jacke falschherum anziehen und sich in die Küchentür stellen, während Mama am Spülbecken stand. Und es klappte immer:
»Aber mein kleiner Anders, jetzt hast du dich falsch angezogen.«
Sie wusste es. Auf weite Entfernung!
Es war nach der großen Entdeckung, dass er anfing, sich die Finger in die Augen zu bohren und sich zu fragen, wieso andere etwas damit erkennen konnten.
Er fand die Lösung nicht. Da begann der Albtraum.

Er hatte ja schon seit seiner jüngsten Kindheit gehört, dass etwas mit seinen Augen nicht in Ordnung war. Allmählich hatte er begriffen, dass er anders war. Aber wie? Mit der Zeit hatte er überlegt, warum alle so nett zu ihm waren, viel netter als zu anderen Kindern.
Das war gut so gewesen. Bis er das Flüstern hörte: der Arme, der arme Blinde.
Nach der großen Entdeckung war er so traurig, dass Mama den Sozialberater anrief. Er kam und redete viel. Aber Anders schwieg wie üblich, und schließlich beschlossen sie, dass er zu einem Arzt müsste. Der sprach zunächst mit den Eltern und dann mit ihm. Ein sonderbares Wort schnappte er auf – sehbehindert.
Sehbehindert.

Aber der Arzt sagte noch etwas Wichtigeres. Dass es viele Kinder wie Anders gab, dass die allermeisten gut in der Schule waren und eine gute Arbeitsstelle fanden. Er sollte in eine Schule für Sehbehinderte gehen.

»Du musst dich doch ziemlich einsam fühlen jetzt«, hatte der Arzt gesagt. »In der Schule wirst du Freunde finden.«

Anders wusste nicht so recht, was Einsamkeit war, damals noch nicht. Aber ihm gefiel die Schule, denn er gehörte zu den Kindern, die gerne lernten.

Das Beste war das Lesenlernen. Und dass es in der Schule Bilder gab, die man ertasten konnte. In den Büchern stand immer, wie die Menschen aussahen, und Anders versuchte lange Zeit, sich im Spiegel zu sehen. Ohne Erfolg. Aber dann half ihm eine Lehrerin, sein Gesicht mit den Fingern zu sehen – Nase und Augen, Mund und Haare.

Die seien dunkelbraun, sagte sie. Und dann sagte sie, dass er ein netter, ein richtig hübscher Junge sei.

Das war gut, aber Anders war immer noch wütend, dass es keine Spiegel gab, auf denen man fühlen konnte, wie man aussah.

Ab und zu schlug die große Entdeckung zu, auch in der Schule. Er erinnerte sich an den Sturm, wie er des Nachts um das Schulgebäude geheult hatte. Sie hatten in ihren Betten gesessen, seine Freunde und er, einander an den Händen gehalten. Voller Angst, bis der Lehrer kam und es ihnen erklärte.

Er erzählte von dem Wind, der so stark sein konnte, dass er Dächer und Autos in die Luft hob. Dann wurde er Sturm genannt, sagte er. Das war nicht gefährlich, denn die Schule war solide gebaut. Aber ein Baum im Park war umgeweht worden.

Ein großer Baum, sagte der Lehrer. Am nächsten Morgen sollten sie hinausgehen und es sich anschauen.

An diesem Tag lernte Anders, dass ein Baum ein Ende hatte. Er fühlte die Wurzeln, den Stamm, den er wieder erkannte, die Krone, das Laub, und dann war es zu Ende.

Ein Mädchen, das mitgekommen war, begann zu weinen. Aber Anders blieb stumm, wie immer, wenn etwas Wichtiges passierte.

Seine Freunde und er unterhielten sich auch ab und zu über die Sehbehinderung, was das bedeuten könnte. Aber meistens sprachen sie über die üblichen Dinge, Geschichten, die sie lasen, die Rechtschreibung und wer sich traute, am schnellsten zu laufen.

Einige Kinder hatten sehen können, waren dann jedoch verunglückt und hatten die Fähigkeit zu sehen verloren. Die konnten einem besonders Leid tun, denn sie waren immer so traurig.

Anders übte seine Finger, er konnte am besten die Farben sehen, Rot, das in den Fingerspitzen prickelte, Blau war ruhig und brav.

Ferien mochte er nicht. Daheim am Wochenende und in den Ferien lernte er verstehen, was der Arzt mit Einsamkeit gemeint hatte. Er bekam ein Kaninchen und fand es viel klüger als die Katze, die überfahren worden war, weil sie so unbedacht herumgelaufen war.

Das Beste, was ihm jemals daheim passierte, war Sofia, die auftauchte und ihn nach seinen Träumen befragte. Er platzte heraus mit dem Engel mit den großen weißen Flügeln, eifrig und bemüht, dass sie es interessant finden sollte.

Doch, er hatte wirklich manchmal von Engeln geträumt. Denn es traf ja auch ein, als sie beide gemeinsam träumten.

Jetzt rollte er sich im Bett zusammen und umschloss seinen Kummer. Sie hatten so viel Spaß miteinander gehabt, als sie den Berg hinaufgeklettert waren, mit dem Seil festgebunden. Anders hatte nicht verstanden, warum es gefährlich sein sollte. Aber jetzt begriff er es.

Denn jetzt hatte er Höhe und Tiefe gesehen, im Traum in der Kirche.

Der Schrecken tat ihm im Bauch weh, er musste sich aufsetzen, sich hin und her wiegen, vor und zurück, die Hände auf den Magen gepresst. Er hatte es in der kurzen Zeit, als sie den Psalm in der Kirche sangen, mit seinen Augen erfahren: hoch und runter, Licht und schroffe Kanten.

Nie, niemals hatte er geglaubt, dass die Welt so gefährlich war.

Und so unheimlich und grell. Sogar die Farben, an die er immer als etwas Freundliches gedacht hatte, waren gefährlich und schrien.

Er musste es vergessen.

Sofia hatte ihn gefragt, ob er Bilder gesehen habe. Die Frage fand er dumm, natürlich hatte er den Raum gesehen, die Menschen, Bäume und Blumen.

Er sah auf seine Art und Weise.

Plötzlich fiel ihm der Junge in der Ecke des Schlafsaals in der Schule ein. Den konnte er ganz deutlich sehen mit seinem hässlichen Lachen und seinen langen Armen. Alle Kinder sahen ihn, das wusste er, weil sie davon sprachen. Obwohl sie ihn nicht immer gleichzeitig sahen.

Er dachte wieder daran, wie sie den Berg hochgeklettert waren, Sofia und er.

Sie war nicht ganz bei Trost.

Nein, sie war nicht ganz bei Trost. Er hatte wohl mitbekommen, wie über sie geredet wurde, dass sie merkwürdig und anders war. Jetzt verstand er, was die Erwachsenen damit meinten.

Sofia war verrückt.

Im gleichen Moment, als er das dachte, stieg das trockene Weinen in ihm hoch. Sie hatten viel Spaß zusammen gehabt, sie mochte ihn, er liebte sie.

Einmal hatte er gesagt:

»Du hast goldblondes Haar und blaue Augen.«

Sie hatte protestiert, dabei hatte ihre Stimme aber sehr glücklich geklungen:

»Na, nicht so richtig goldblond.«

»Aber ich sehe es mit meinen Fingern.«

Er hatte nicht gesagt, wie es wirklich war, denn es hätte doch allzu kindisch geklungen, von den Prinzessinnen in den Märchen zu erzählen, die immer goldene Locken und blaue Augen hatten.

Sie war keine Prinzessin. Verrückt war sie, das hätte er doch schon erkennen müssen durch ihr ganzes Gerede, dem Baum zuzuhören, dem Berg und den Verstorbenen.

Er legte sich wieder ins Bett, jetzt auf den Rücken. Und da fiel ihm ein, dass er selbst den Berg hatte flüstern hören.

Blödsinn, sagte er laut, rollte sich auf der Seite zusammen und versuchte zu schlafen.

Aber da kamen die Bilder aus der Kirche zurück, deutlich, bunt und erschreckend.

5

Kerstin hielt am Briefkasten an und zog die Zeitungen heraus. Nicht, dass Sofia sie normalerweise las, aber bei ihr konnte man nie wissen.

An der Haltebucht vor der Hauptstraße fuhr sie auf die Bushaltestelle und überflog die Titelseiten. Die Uppsala Nya brachte nichts über das Wunder in der Östmora-Kirche, das war gut.

Die Lokalzeitung begnügte sich mit einem Zweispalter ganz unten auf der ersten Seite: *»Wunder« in Östmora.*

Kerstin fluchte mit zusammengekniffenen Lippen, tröstete sich aber mit den Anführungszeichen um Wunder. Auch der Text war in scherzhaftem Ton gehalten: Keine Spur im Gewölbe, dass das Kirchendach angehoben worden war, die beiden fliegenden Kinder nachweislich krank und so weiter. Kein Name außer dem der Brüder Björkman, die versicherten, dass die ganze Gemeinde das Ereignis gesehen habe. Der Pfarrer hatte sich geweigert, etwas zu sagen, der Kantor auch. Zum Schluss tischte der Reporter eine Diagnose auf: kollektive Halluzination.

Gut. Jetzt hatten die Bewohner von Östmora einen Namen für das Kind.

Wie die meisten anderen alten Siedlungen an der Küste war auch Östmora in den 60ern in die Höhe und Breite geschossen. Aus dem Konsum war der Domus-Supermarkt geworden, dreigeschossige Wohnblöcke zerschnitten die Hauptstraße, die neuen Mitbürger bauten ein Kino, eine Diskothek und wimmelten in den Geschäften mit ihren Plastiktüten herum.

Schlechte Sitten.

Anfangs hatten die neu Hinzugezogenen es schwer, unverstellt, wie sie waren. Aber während die Jahre vergingen und sie immer zahlreicher und sicherer wurden, lernten sie, die alten, unfreundlichen Ureinwohner zu ignorieren. Inzwischen hatten sie die deutliche Majorität und schauten auf die Urbevölkerung wie auf eine Sammlung von Originalen herab. Aber dennoch gab es in beiden Gruppen die unumstrittene Ansicht: Es war feiner, hier geboren zu sein, und am allerfeinsten war es, seit Generationen hier ansässig zu sein.

Deshalb war Kerstin fein, als Tochter des alten Lotsen. Und gleichzeitig war sie eine Art Dorfunikum, wie sie selbst es in einer Anwandlung von Galgenhumor nannte.

Sie freute sich über die Zuwanderung, denn sie hatte es während ihrer Jugend schwer gehabt. Die Leute waren engstirnig und jeder beobachtete jeden.

Plötzlich fiel ihr ihre Liebesaffäre mit dem Arzt ein, die versteckten Blicke und die tratschenden Mäuler in der ganzen Stadt. Sie schmunzelte ein wenig, während sie im Auto saß und daran dachte, wie oft sie überlegt hatte, ob sie nicht wegziehen sollte.

In die Großstadt.

Aber da war die Sache mit Hans, dem Mann, der Östmora liebte. Und er bekam seinen Willen, sie kauften eines der alten Häuser am Rande der Siedlung, und dort war sie mit Kind und jetzt sogar mit Enkelkind sitzen geblieben.

Östmora liebt man am besten aus der Ferne, dachte Kerstin. Und Hans befand sich fast immer in der Ferne.

Heute Abend werde ich ihn anrufen. Aber was in Herrgottsnamen soll ich sagen – »Tja, wir haben hier Probleme, weil Sofia in ein Wunder verwickelt ist.«

Nein, so etwas sagte man nicht über Sprechfunk, der in jeder Kabine des Schiffs abgehört werden konnte. Ganz zu schweigen von all den Leuten, die hier Göteborg Radio heimlich mithörten.

Klara müsste ich auch anrufen, dachte sie. Aber wie üblich bei dem Gedanken fühlte sie sich schwerfällig und handlungsunfähig.

In der Schule summte es wie in einem Bienenstock. Im Lehrerzimmer stellte sie zufrieden fest, dass keiner aus dem Kollegium in der Kirche gewesen war, zum Glück waren die Lehrer heutzutage nicht mehr so gläubig.

Aber dennoch war das Ganze sonderbar, darüber war man sich einig. Und als die Sozialarbeiterin, Kajsa Hagvall, kam, die bekannt war für ihre Bodenständigkeit und praktische Veranlagung, wurde es still.

Sie war Kirchengängerin.

»Ob sie …«

»Ja«, sagte sie, und alle stellten fest, dass sie ungewöhnlich blass war. »Doch«, sagte sie, »ich habe es gesehen. Ihr könnt ja den Arzt fragen, er war auch da.«

»Die ganze Geschichte hier ist äußerst unangenehm«, sagte der Rektor. »Ich gehe davon aus, dass du nicht darüber redest.«

Kajsa öffnete den Mund, aber sie erfuhren nie, was sie sagen wollte, weil es in dem Moment zur ersten Stunde klingelte.

Kerstin hatte an diesem Morgen in ihrer eigenen Klasse Schwedisch, das gab ihr ein gutes Gefühl, weil sie die Kinder so gut kannte, all die Vierzehnjährigen in der Achten. Sie waren offen und wissbegierig, sie würden ihr erzählen, was im Ort so geredet wurde.

Es wurde abrupt still, als sie hereinkam, »Hallo« sagte und ihren Blicken begegnete, die vor Neugier leuchteten.

Sie hatten Satzlehre.

»Ich möchte nur eine Sache im Hinblick auf die merkwürdigen Gerüchte sagen«, verkündete sie. »Meine Enkeltochter hat nichts damit zu tun, sie lag mit hohem Fieber im Bett.«

»Woher wissen Sie, dass sie sich nicht rausgeschlichen hat?«, fragte Peter und leckte sich die Lippen. »Ich kenne Sofia, bei ihr kann man nie sicher sein.«

Sie lachten, leicht geniert und lange genug, um Kerstin Zeit zum Überlegen zu geben.

»Ich habe den ganzen Sonntagvormittag oben im Flur gesessen und Schreibhefte korrigiert«, erklärte Kerstin und dachte, dass das eine gute Lüge sei, an der wollte sie festhalten.

»Die Tür zu ihrem Zimmer war offen und ich hatte sie die ganze Zeit im Auge«, fuhr sie ruhig fort.

»Warum das denn?«

Das war wieder Peter, und Kerstin antwortete sachlich und überzeugend.

»Weil ich mir Sorgen um sie gemacht habe. Sie hatte hohes Fieber und schlief unruhig. Um elf Uhr am Vormittag war ich bei ihr, habe ihr ein frisches Nachthemd angezogen und ihr Alvedon gegeben.«

Elf Uhr, das ist gut, dachte Kerstin. Aber dann wurde sie unsicher, ob diese Heidenkinder überhaupt etwas von Kirchenzeiten wussten:

»Ihr wisst doch sicher, dass die Hauptmesse in der Kirche um elf Uhr anfängt.«

Doch, sie nickten. Danach sagte Louise, während sie wie üblich die rote Haarlocke an ihrer Schläfe drehte:

»Was bedeutet kollektive Halluzination?«

Kerstin sprach also in der Stunde über Parapsychologie, was man zu wissen glaubte, wie man versuchte, nachvollziehbare Experimente zu machen. Telepathie, sagte Kerstin, und alle hatten über Hellsehen gelesen, einige hatten sogar eigene Erfahrungen. Sie ließ sie erzählen in dem sicheren Gefühl, dass das genau das war, was sie jetzt brauchten. Erst als sie mit Gespenstergeschichten anfingen, hob sie warnend die Hand. »Wir müssen«, sagte sie, »dem Aberglauben bestimmte Grenzen setzen.«

Sie waren sich einig darin, dass es so vieles zwischen Himmel und Erde gab. Und widerwillig erklärte Kerstin, dass man für die Erlebnisse der Menschen einen gewissen Respekt aufbringen müsse, auch wenn man skeptisch sei.

Darüber musste die Klasse lachen:

»Respekt vor diesen Kirchenheinis? Wenn man an die unbefleckte Empfängnis glaubt, ist man doch nicht ganz klar im Kopf!«

»Aber Jesus ist doch auch in den Himmel geflogen«, sagte Peter und erntete lautes Lachen. »Dann war das wohl auch eine kollektive Halluzination.«

Kerstin sagte streng, dass man den Glauben der anderen achten solle und dass es religiöse Erfahrungen jenseits der Vernunft gebe.

»Doktor Arenberg ist ja auch gläubig«, sagte sie boshaft. »Er war bestimmt auch in der Kirche.«

Dann klingelte es, und Kerstin ging zum Neun-Uhr-Kaffee, zufrieden mit sich, aber ein wenig beschämt darüber, was sie über den Arzt gesagt hatte.

Als die Essensschlange in der Schule ein paar Stunden später am lautesten klapperte, flog das Gerücht durch die Kantinentür herein. Die überregionalen Abendzeitungen waren mit Fotografen und Journalisten im Ort. Sie hatten den Pfarrer gesucht, aber er war nicht zu Hause.

»Er ist nach Uppsala berufen worden«, sagte das Gerücht, und Kinder und Lehrer flüsterten: Das konnte man sich ja denken, das konnte man sich ja denken. Kerstin machte sich Sorgen um Sofia, sie bewegte eine Kollegin dazu, ihre Nachmittagsstunden zu übernehmen, und fuhr heim.

»Wenn ich einen Zeilenschinder bei uns zu Hause finde, bringe ich ihn um«, sagte sie der Kollegin, die lachte und meinte, das wäre dann erst eine richtige Sensation für Östmora.

Sie fuhr bei Berglunds vorbei und klingelte. Katarina war zu Hause, bleich und unruhig. Anders gehe es besser, sagte sie, mit der Erkältung. Aber ansonsten sah es schlecht aus mit dem Jungen, er lag im Bett und weigerte sich, mit ihr zu sprechen.

»Und dann dieses schreckliche Weinen, weißt du«, sagte sie.

Kerstin kannte es, dieses trockene Weinen.

»Hat er sich dieses dumme Gerede über den Flug in der Kirche so zu Herzen genommen?«

»Ich glaube nicht, dass es das ist«, entgegnete Katarina. »Wir haben es ihm gestern erzählt, und da hat er nur mit den Schultern gezuckt. Aber heute Morgen hat er etwas Merkwürdiges zu mir gesagt, dass es stimme, was die Leute in der Kirche gesehen haben. Sie seien durchs Dach geflogen, Sofia und er.«

Kerstin hatte so einen trockenen Mund, dass sie sich anstrengen musste, etwas herauszubringen:

»Vielleicht solltest du den alten Arzt anrufen.«

Katarina nickte, ja, daran hatte sie auch schon gedacht.

»Ich werde mit Sofia reden«, sagte Kerstin. »Wenn ich etwas herausbekomme, rufe ich dich an. Und noch was, lass bloß keine Journalisten rein.«

»Einen habe ich schon rausgeworfen. Der kommt nicht wieder, da bin ich mir ganz sicher.«

Kerstin versuchte zu lachen, sie konnte sich vorstellen, was Katarina gesagt hatte.

Daheim stand kein Auto auf dem Hof, zum Glück. In der Küche saß Inger und legte Patiencen. Es duftete nach Kaffee.

»Möchtest du eine Tasse?«

»Danke, gern. Ich will nur erst schnell nach Sofia sehen.«

»Sie ist so schrecklich verschnupft.«

Aber das war kein Schnupfen, das sah Kerstin auf den ersten Blick. Das Kind war verheult und verzweifelt.

»Du sollst bei mir schlafen.«

»Ja, gut. Ich muss nur erst Inger wegschicken.«

Kerstin brauchte keine fünf Minuten, um zu berichten, was über die Geschehnisse in der Kirche erzählt wurde. Wie erwartet, wurde Inger ganz fiebrig vor Aufregung, mein Gott, wie interessant.

»Ich habe ja immer schon gesagt, dass Sofia besondere Gaben hat«, sagte sie, und Kerstin schluckte die Worte runter, die ihr bereits auf der Zunge lagen.

»Willst du in die Stadt, um einzukaufen?«

»Ja, sicher.«

»Dann komm doch auf dem Rückweg vorbei und erzähl mir, was du gehört hast.«

»Das mache ich.«

Kerstin trank ihren Kaffee im Stehen, um danach schnell zu Sofia hinaufzueilen.

»Ich mache alles für uns im Schlafzimmer zurecht«, sagte sie. »Kannst du gehen, oder soll ich dich tragen?«

Das war ein Scherz, aber Sofia verzog keine Miene. Sie nahm ihr Kissen unter den Arm, wie damals, als sie noch klein war, und dann krochen beide zusammen in das große Bett. Kerstin legte einen Arm um das Mädchen und zog sie an sich.

Lange Zeit war es still, bis Sofia flüsterte:

»Anders ist so schrecklich traurig.«

»Ich weiß, ich bin vorbeigefahren und habe mit seiner Mama gesprochen.«

»Hat er was gesagt?«

»Nein, du weißt doch, dass Anders zu allem, was für ihn schwierig ist, lieber schweigt.«

Sofia schloss die Augen, Kerstin blieb still: Keine Fragen, jetzt keine Fragen.

»Ich bin die Einzige, die weiß, warum er so traurig ist«, sagte das Mädchen.

»Vielleicht erleichtert es dich, wenn du darüber sprichst.«

»Aber Oma, es hat doch keinen Sinn, dir so etwas zu erzählen. Du verstehst immer alles falsch und kriegst Angst.«

»Ich werde versuchen, das nicht zu tun«, sagte Kerstin und spürte, wie die Angst in ihr hochstieg. Doch ihre Stimme war ruhig, als sie sagte:

»Warum ist Anders traurig?«

»Weil er die Welt gesehen hat, wie sie ist, und er sie schrecklich findet. Für ihn ist nichts mehr so, wie es war, verstehst du?«

»In etwa. Aber vielleicht solltest du von Anfang an erzählen.«

»Wir haben geübt, zusammen zu träumen, weißt du.«

»Von Anfang an, Sofia.«

Und dann kam sie, die ganze lange Geschichte vom Berg, der mit ihnen sprach, von den wilden Stiefmütterchen, dem Wacholder und der feierlichen Stimmung auf dem Bergplateau.

»Das kann ich verstehen«, sagte Kerstin. »Die Stimmung dort oben auf der Heide ist merkwürdig. Ich war oft dort, als ich noch klein war. Ich glaube, das liegt an dem großen Grab.«

»Dem Grab?«

»Du kennst doch diese Steine, die zwischen den Wacholderbüschen liegen. Das sind die Reste eines Hünengrabs, eines Schiffsgrabs, das die Menschen für ihren toten Häuptling errichtet haben.«

»Toll«, sagte Sofia. »Ich dachte, das wäre der Wurf eines Riesen, aber Anders hat gesagt, das war die Eiszeit.«

»Da habt ihr euch beide geirrt. Aber erzähl jetzt weiter!«

Sofia erzählte, wie sie mit den Kirchenliedern anfingen. Zuerst mit »Felsen, der du zerbrachst«.

»Das gefiel mir am besten«, sagte sie, und Kerstin schluckte die Frage herunter, die in der Luft hing.

»Wir haben viel über Gott gesprochen«, sagte Sofia schließlich. »Anders meint, dass die Erwachsenen nicht wirklich an Gott glauben, er sagt, die tun nur so. Und geben an, wenn sie so reden, als würden sie ihn kennen. Glaubst du an Gott, Oma?«

»Manchmal schon, aber es ist nicht einfach, darüber zu reden. Irgendwie ist Gott zu groß für Worte.«

Sie spürte die Verwunderung des Mädchens. Darüber hätten sie schon lange reden sollen.

»Warum gehst du dann nicht in die Kirche – wenn du glaubst?«

»Dort finde ich ihn nicht«, antwortete Kerstin. »Für mich ist er eher im Wald, am Meer und so. Bei anderen Menschen, vor allem bei dir, in deinen Augen.«

Sofia setzte sich auf, holte tief Luft und sagte: »Aber Oma, jetzt bist du nicht recht gescheit. Er hängt doch da in der Kirche am Kreuz. Übrigens ist er nicht mitgekommen, er saß mit all den Nägeln fest.«

»Leg dich wieder hin und denke dran, dass du mir alles von Anfang an erzählen wolltest.«

Dann erfuhr sie von den Träumen, von Anders' Engel: Er war grauer, als er gesagt hatte, und sonderbar verschwommen. Und von Sofias Boot, das des Nachts durch die Fluten glitt.

»Da sind wir auf die Idee mit der Kirche gekommen.«

Sofia erzählte, wie sie geübt hatten, wie sie sich den Sonntag ausgesucht hatten, an dem die Gemeinde sang: »Bereitet den Weg für den Herrn! Die Berge versinken, die Tiefen erheben sich.«

»Das haben wir gemacht, den Weg bereitet und das Dach zum

Öffnen gebracht«, sagte sie. »Aber Gott konnte nicht mitkommen. Das war schade für ihn.«

Zum Schluss kam sie zu dem Telefongespräch, bei dem Anders sie angeschrien hatte, dass er ihre Welt hasse, dass sie gefährlich, schrecklich und eklig sei.

»Ist das nicht merkwürdig?«, sagte Sofia. »Wo es in der Kirche doch so schön ist.«

Kerstin sagte nichts, sie fühlte, wie ihr Tränen in die Augen stiegen, sie musste aufstehen, ein Taschentuch holen. Als sie zum Bett zurückkam, weinte Sofia, laut und verzweifelt.

»Aber Oma, erkläre es mir.«

Lange lagen sie da und sprachen über die Wirklichkeit, dass sie natürlich für jeden Menschen anders war, aber dass man lernen musste, sie in einer bestimmten Weise zu sehen: Das ist schön, das ist hässlich.

»Wir können ja nicht verstehen, wie die Wirklichkeit für die Blinden aussieht«, sagte Kerstin. »Deren Welt baut sich auf aus Geräuschen, Gerüchen, dem Fühlen und so.«

»Das war mir ja klar«, sagte Sofia. »Aber als er sie mir erklärt hat, erschien sie mir wie, wie meine Welt.«

»Wahrscheinlich kann man das gar nicht beschreiben. Ich will dir von einem Jungen erzählen, der vor vielen Jahren bei mir in die Klasse ging. Er war farbenblind, rotgrünblind, wie das heißt. Das bedeutet, er konnte nicht zwischen rot und grün unterscheiden, er sah nur eine Farbe, wo wir zwei sehen. Wir haben nach einer Stunde einmal darüber gesprochen, nur er und ich. Und er sagte, dass er nie erfahren würde, ob der Wald, den er sah, rot oder grün war. Es gab keine Möglichkeit, das für ihn zu beschreiben. Ich habe darüber hinterher oft nachgedacht, über den Jungen, der vielleicht in einem roten Wald herumging.«

»Das heißt, niemand kann wissen, wie Anders' Welt aussieht?«
»Ja, ich glaube, niemand kann das wissen.«
»Und jetzt hat er so viel Angst, und daran bin ich schuld.«
»Ich verstehe, was du meinst. Aber du konntest doch nicht wissen, dass es so ein Unglück werden würde.«

Möglicherweise trösteten die Worte Sofia, denn nach einer Weile schlief sie ein, während Kerstin wach liegen blieb und dachte, dass sie kein Wort darüber verloren hatten, wie sonderbar es doch war, dass die beiden Kinder ihre Träume steuern konnten. Oder über das Merkwürdigste von allem, dass die Leute in der Kirche den Traum der Kinder hatten sehen können.

Die alte Unruhe wegen Sofia nagte in ihr.

Nach einer Weile schlief auch Kerstin ein, das Mädchen fest an sich gedrückt. Sie wurden von Inger geweckt, die aus der Stadt zurückgekommen war. Ihre Augen funkelten, und das volle, graumelierte Haar stand ihr wirr um den Kopf herum.

Doch bevor sie auch nur ihren Mund öffnen konnte, sagte Kerstin mit ihrer entschiedenen Lehrerinnenstimme:

»Hast du alles eingekauft? Sofia und ich, wir sind schrecklich hungrig.«

Das Mädchen blieb im Bett liegen, während die beiden Frauen in die Küche hinuntergingen, um zu kochen. Kerstin machte die Tür hinter ihnen zu und sagte dann: »Flüstere, Inger, um Gottes willen, flüstere.« Und die Worte purzelten aus Inger heraus. Der Pfarrer war zum Rapport beim Bischof, hieß es. Der Arzt hatte darüber geschwiegen, was er in der Kirche gesehen hatte, nur eingeräumt, dass die beiden Kinder mit hohem Fieber in ihren Betten gelegen hatten. Auf die Frage, was er von einer kollektiven optischen Täuschung hielt, hatte er geantwortet, dass er kein Psychologe sei.

Die meisten, die in der Kirche gewesen waren, waren seinem Beispiel gefolgt. Nur die Brüder Björkman und die gutherzige Mia Johansson hatten geredet, lang und breit, über das sonntägliche Wunder. Und natürlich Linnea Haglund, die jede Gelegenheit nutzte, sich hervorzutun.

Es hatte Streit gegeben, die Björkmans waren wütend auf den Arzt und die anderen, die schwiegen.

Alle warteten darauf, dass der Pfarrer zurückkommen würde.

»Ich glaube, ich werde am nächsten Sonntag mal in die Kirche gehen«, sagte Inger, und Kerstin dachte, dass an diesem Tag – endlich einmal – die Östmora-Kirche voll besetzt sein würde.

Inger ging nach Hause, Kerstin konnte sich lebhaft vorstellen, wie ihr Telefon an diesem dunklen Dezemberabend heißlief. Inger glaubte, hellseherische Fähigkeiten zu haben, und deutete wortreich die Sterne für alle, die ihren Weg kreuzten. Sie hatte in den verschiedensten okkulten Kreisen ihre Freunde.

Mein Gott, dachte Kerstin, während sie zu der Wurst Kartoffeln pürierte. Sie verteilte zwei große Portionen auf die Teller und legte Tomaten dazu. Aus Prinzip, Sofia mochte keine gesunden Sachen.

Sie aßen schweigend, beide dachten an Anders. Schließlich fragte Kerstin: »Soll ich Anders' Mama etwas davon erzählen?«

Sofia blieb vor Schreck fast das Essen im Halse stecken, als sie schrie: »Nein, nein. Er würde es mir nie verzeihen, wenn er herauskriegte, dass ich dir alles erzählt habe.«

»Okay. Dann reden wir nicht drüber. Du auch nicht, versprich mir das. Kein Wort zu keinem Menschen von den Träumen.«

»Ehrenwort«, sagte Sofia und kreuzte zwei Finger.

Kerstins Erleichterung war voller Scham.

»Jetzt rufe ich Anders' Mama an«, sagte sie.

Sie holte das Telefon vom Nachttisch und wählte die Nummer. Wie es Anders gehe?

»Immer noch unverändert.«

»Und der Arzt?«

»Ja, der kommt am Freitag. Aber seine Betreuerin sagte, sie würde Rune schon morgen vorbeischicken. Und wie geht es Sofia?«

Bildete sie sich das nur ein, oder gab es eine Spitze in der Frage? Kerstin überlegte kurz, bevor sie antwortete.

»Ziemlich elend. Sie hat den ganzen Tag geweint.«

»Aber was ist denn nur passiert?«, fragte Katarina verwundert.

6

Wahrscheinlich gibt es in jedem Leben so einen Augenblick, eine Stunde, einen Tag oder eine Nacht, wo jedes Bild der Erinnerung eine bestimmte Farbe und Schärfe bekommt und der Zusammenhang offensichtlich wird.

Bei Kerstin begann das, woran sie später oft dachte, in jener erinnerungsträchtigen Nacht mit dem Funkgespräch mit der *Ocean Seal*, dem Tanker, der trächtig und schwerfällig sich seinen Weg zur Südspitze Afrikas bahnte.

»Guten Abend, hier ist Göteborg Radio. Sie haben Verbindung zur *Ocean Seal*, zu Kapitän Horner.«

Seine Stimme klang, wie sie klingen sollte, warm vor Freude, sobald sie gesagt hatte, dass zu Hause alles in Ordnung war.

»Fühlst du dich einsam?«

»Ja.«

»Ich auch. Aber jetzt kann ich die Tage bis Rotterdam schon zählen.«

»Sofia hat die Grippe, aber es geht ihr schon besser.«

Sie wusste, dass er die Kerbe in ihrer Stimme bemerken würde. Ängstlich, er könnte sie missverstehen, beeilte sie sich hinzuzufügen:

»Kein Grund zur Beunruhigung. Der Arzt war hier, und er ist überzeugt, dass sie in ein paar Tagen wieder auf den Beinen ist.«

»Gut«, sagte er, aber er klang verwundert. Sie erzählte von dem ungewöhnlich schönen Winterwetter, Sonne an jedem Tag im Dezember. Und Schnee, so viel, dass es wirklich wunderschön aussah.

»Das klingt gut.«

Er war kurz angebunden, wie immer, wenn er verwirrt war. Das machte nichts, sie redete einfach weiter.

»Hier ist nicht viel los«, sagte sie. »Aber heute stand etwas Merkwürdiges in der Zeitung.«

Sie kicherte, auch das war ungewöhnlich für sie. Und dann las sie ihm den Artikel mit einer deutlichen Betonung am Ende vor: Die beiden Kinder lagen krank in ihren Betten.

»Sonderbare Geschichte«, sagte er mit lang gedehntem rollendem R. Sie seufzte vor Erleichterung: Er hatte verstanden.

»Ja, nicht wahr«, erwiderte sie. »Du kannst dir denken, wie sich die Klatschmäuler in ihren Stuben heiß reden.«

»Ich habe eine Idee«, sagte er. »Aber ich kann noch nicht darüber sprechen. Bist du morgen Nachmittag zu Hause?«

»Ja, auf jeden Fall nach zwei Uhr.«

»Dann rufe ich dich an.«

»Gut, und pass auf dich auf.«

»Du auch.«

Als sie den Hörer auf die Gabel legte, glänzte er von ihrem Schweiß. Dann schloss sie die Augen und sah sein Gesicht vor sich, wie sie es gesehen hatte, als er vor jetzt fast dreißig Jahren an einem Frühlingsabend ins Lotsenhaus gekommen war.

»Hier haben wir Hans Horner, einen deutschen Steuermann, der sich einen Schnaps verdient hat«, hatte der Lotse gesagt, wie er es zu tun pflegte, wenn er Leute von den Schiffen, die er durch die lange Einfahrt nach Östmora gezirkelt hatte, mit nach Hause brachte.

Wie viel Leben in dem jungen Gesicht war, hatte sie gedacht. Und so eine Neugier in den hellbraunen Augen, die sie fast schamlos anstarrten.

Es war gegen Ende des langen Sommers gewesen, als sie die Affäre mit Åke Arenberg gehabt hatte, dem neuen Arzt, der Trost brauchte, da seine Frau im Krankenhaus lag. Sie hatte im Laufe des Jahres oft darüber nachgedacht, wie sie eigentlich in seinem Bett gelandet war, zwanzig Jahre alt und Lehrerstudentin in Uppsala. Sie hatte viele Freunde und ein solides Selbstvertrauen, sie war hinlänglich nett und nicht besonders romantisch veranlagt.

Da sah sie ihre Mutter vor sich, das verhärmte Gesicht in den weißen Kissen des Krankenhauses, und ihr fiel ein, dass es der Frühling war, in dem ihre Mutter starb.

Langsam nahm sie sich zusammen, zog sich aus, ging ins Bad und kroch schließlich neben Sofia in das breite Bett.

Das Mädchen schlief.

Kerstin wollte nicht an ihre Mutter denken. Nicht an sie, nicht an Klara, nicht an ihren Vater. Mein Gott, sie hatte vergessen, ihn anzurufen. Jetzt war es zu spät, jetzt war er sauer, der Alte auf dem Berg.

Die Gedanken kreisten wieder um Arenberg, um etwas, was Hans über den Arzt gesagt hatte, dass er sein Leben auf der Treulosigkeit gegenüber der Vergangenheit aufbaue. Deshalb bräuchte er einen Glauben. Sicher wäre es besser gewesen, wenn Arenberg sich hätte erinnern und trauern können.

Bevor er gläubig wurde, hatte Hans gesagt.

Damals hatte Kerstin nicht zu antworten vermocht, da sie glaubte zu wissen, warum Åke Arenberg die Erinnerung an die verstorbene Ehefrau von sich schob. Wusste Hans es?

Vielleicht, es war schon lange her, dass diese Frage ihr Sorgen gemacht hatte.

Plötzlich standen sie ihr deutlich vor Augen, die Spätsommerabende in Stockholm, als sie mit dem Steuermann Horner langsam und voller Genuss durch die Gassen der Altstadt gezogen war, offen füreinander. Und die Nächte in seiner Kajüte an Bord, als sie endlich begriff, wovon die Lieder sangen. Mein Gott, wie sie ihn liebte, seinen Haaransatz, den Rücken mit der Narbe von dem Bombensplitter, die Hände, die Stimme. Und seine Liebe, seine immer währende Neugier. Und sein Staunen.

Mein Wunder, so nannte er sie.

Sie bekam eine Stellung auf Probe in Östmora. Und eine Wohnung. Das ist gut für den Lotsen, sagten die Leute und lobten sie. Aber sie selbst zweifelte, dachte, sie müsste sich befreien.

Er war ein starker Mann, ihr Vater.

Zwei Tage vor Weihnachten hatte es an ihrer Tür geklingelt. Da stand Steuermann Horner, abgemustert, glücklich wie ein Narr.

Sie feierten Weihnachten gemeinsam mit dem Lotsen, der sehr eifersüchtig war und wie ein zurückgesetztes Kind aussah, als sie am zweiten Tag Richtung Norden fuhren. In einer Pension in Dalarna verglichen sie ihre Erinnerungen, seine wenigen, düsteren und ihre hellen. Ihre sanften Bilder gaben ihm Trost, er gab ihr dafür die Wirklichkeit und die Schatten.

So schien es zumindest anfangs. Erst viel später begann sie zu zweifeln, als sie entdeckte, wie offen er für Freuden war. Sie selbst war allen Freuden gegenüber misstrauisch und ging davon aus, dass sie ihren Preis forderten – hinterher.

Viel später begannen sie, darüber zu streiten, sie konnte seine Verzweiflung sehen, als er sie schüttelte und schrie: »Zum Teufel, Kerstin, sei doch ein bisschen kindlich. Man muss unschuldig sein, um zu verstehen, was Freude ist.«

Hier in der Pension im Schnee konnte sie sich endlich an ihre Mutter, an deren Tod erinnern. Davon erzählen. Er sagte nicht viel, blieb still, brachte sie zu Bett und kochte ihr Tee. Dann ging er hinaus, ließ sie zu Ende weinen.

Am nächsten Tag begann er von den Bombardierungen auf Hamburg zu erzählen, bei denen die ganze Familie Horner verschwand. Außer dem Zehnjährigen, der zu spät kam – zum Mittagessen und zum Tod in seinem Viertel.

Sein Vater hatte eine Exportfirma gehabt, die ein gutes Auskommen garantierte. Sie lag an einem der Kais, das Kontor im Erdgeschoss und die elterliche Wohnung darüber. Eine große, altmodische Wohnung, voller Palmen und Geheimnisse.

»Meine Mutter«, sagte er, und sein Blick verschwand im Schneereich, »meine Mutter war einer der seltenen Menschen, die verstehen, dass man nicht glücklich sein kann, ohne gleichzeitig traurig zu sein.«

»Ich glaube, die ersten Jahre waren sehr ruhig, ein Glück am Rande einer großen Angst«, sagte er. Deshalb musste er zur See fahren, das hatte er sich schon früh vorgenommen.

»Und die Angst?«

»Ach, Kerstin«, sagte er. »Ihr werdet es nie verstehen, und wir können es niemals erklären.«

»Versuch es.«

Er sang das Horst-Wessel-Lied, trommelte den Takt mit den Fingern auf ihrer Stirn.

»Soweit ich mich zurückerinnern kann, marschierten sie, die Stiefelidioten. Tam, tam, tamtaratam dröhnte es von der Straße. Und jedes Mal wurde es still bei uns daheim, und in Papas Augen stand die Angst.« Er erzählte von den Juden, den Kameraden, die verschwanden, von der Hausangestellten, die in Papas jüdischen Buchhalter verliebt war und die Nächte durch weinte. Mama, die Juden auf dem Dachboden versteckte, und Papa, der wahnsinnig vor Angst wurde, als er das erfuhr.

»Dieser Streit«, sagte er, »dieses schreckliche Gezanke, wenn sie ihm Feigheit vorwarf. Er weinte, sie schrie.«

»Jeden Morgen«, sagte er, »jeden Morgen, kannst du dir das vorstellen, mussten wir zu Papa rein, bevor wir zur Schule gingen. Er verbot uns zu reden, über dieses und jenes mit den Freunden und Lehrern zu sprechen. Es ging ums Leben.«

»Es war fast eine Erleichterung, als die Bomber damit begannen, Hamburg dem Erdboden gleichzumachen. Kannst du verstehen, dass es eine Erleichterung war, als die Gefahr offensichtlich und greifbar wurde?«

»Bis zu dem Tag …«, sagte er, konnte aber nicht weiterreden; er zog sie an sich und schlief ein. Wachte ein paar Stunden später auf.

»Und was passierte mit dem Zehnjährigen?« Sie hörte ihre eigene Stimme, scheu, aber entschlossen.

»Nun ja«, er räusperte sich. »Er lebte wie eine Ratte zwischen den anderen Ratten in den Ruinen, stahl, was er kriegen konnte, bettelte meistens. Wurde dabei erwachsen, dieser Zehnjährige.«

Er lachte, klang fast zufrieden. Und dann erzählte er von dem Leichengestank, vom Hunger und dem Jungen, der immer wieder zum Kai zurückging, wo sein Heim gewesen war und wo er in den Ruinen ein Kellerbüro entdeckte. »Darin saß einer von Papas

Buchhaltern«, sagte er. »Und betrieb ein Maklergeschäft für die Schiffe, die sich mit Lebensmitteln hereinwagten. Sie hatten es immer eilig, mussten binnen eines Tages löschen, vor der Verdunkelung und den Bombern.

Ich konnte bei ihm im Kellerverschlag wohnen. Er hatte Brot, manchmal sogar einen Fisch. Er wartete auf jemanden, auf etwas.«

Eines Morgens stand der Junge am Kai und sah ein Schiff im Nebel Gestalt annehmen, einen alten dänischen Dampfer, den er wieder erkannte.

»Die Erinnerungen kamen erst nach und nach«, sagte er. »Es war das Schiff, mit dem Mama ihre Juden rausgeschmuggelt hatte.«

Es dauerte seine Zeit, bis der Däne an dem kaputten Kai angelegt hatte und mit dem Löschen begann. An Bord wimmelte es von deutschen Uniformen. Aber der Nebel hielt sich, und der Buchhalter schickte den Jungen mit einem Brief für den Kapitän an Bord.

»Was in dem Brief stand, weiß ich nicht, aber ich erzählte dem Kapitän die ganze Geschichte, er hatte meine Eltern ja gekannt. Und er wusste, dass es stimmte, was ich ihm sagte, dass ich nämlich eine Tante in Malmö hatte. Also versteckte er mich im Laderaum mit einem Brot und einer Flasche Wasser, und als ich aufwachte, hörte ich die Maschinen dröhnen und roch das offene Meer.

Diese Zeit werde ich nie vergessen.

In Dänemark waren die Fluchtwege organisiert, ein Lastwagen zum Sund und dann ein Fischerboot, das mich mit einigen jüdischen Familien hinüberschmuggelte. Am Kai von Malmö wartete die Polizei, gab mir heißen Kakao, verhörte mich. Und telefonierte. Nur eine Stunde später war Papas Schwester mit ihrem schwedischen Mann da.«

»Dann ging es also gut aus«, sagte sie.

Erst jetzt, dreißig Jahre später, konnte sie die Kälte in seiner Stimme hören, als er ihr zustimmte:

»Doch, ja.«

Und dann ein Auflachen:

»Sie waren Nazis, kannst du dir so was vorstellen. Die Schwester meines Vaters und ihr blöder Kerl waren Nazis.«

Sie sah wieder sein Gesicht in den Kissen, das schiefe Lachen, den Schmerz. Mein Gott, was für eine Idiotin war sie gewesen, dieses Mädchen, das nicht wollte, dass ihre Träume zerstört wurden. Ihr Heim sollte dort errichtet werden, wo es Glück und Frieden gab.

Am Rande einer großen Angst.

Wie blind kann man eigentlich sein?

Sie war so aufgewühlt, dass sie aus dem Bett steigen musste, nahm Decke und Kissen mit und legte sich im oberen Flur aufs Sofa, die Tür zum Schlafzimmer und zu Sofia ließ sie offen. Sie trank ein Glas Wasser und versuchte zu verstehen.

Ich habe einen kriegsversehrten Mann geheiratet, einen Mann, der seinen Halt verloren hatte und sich nicht traute, sich an seine Kindheit zu erinnern. Und ich glaubte anfangs, er hätte Angst im Dunkeln und wäre traurig.

Natürlich musste er weiter zur See fahren, wo er die Einsamkeit und den Schmerz finden konnte, dachte sie und erinnerte sich wieder daran, was er über Arenberg gesagt hatte, der treulos gegenüber der Vergangenheit zu leben versuchte und dadurch nur ein halber Mensch war.

Wie wahr. Warum hatte sie es nicht verstanden?

Im nächsten Moment sah sie ihren Vater, jung und stark an einem Werktag im blauen Licht und bei starkem Wind. Er kam vom Hafen, die Uniformmütze schräg auf dem Kopf, und hob sie in die Luft.

Seine Hände, die Stärke. Die wilde Lust des Augenblicks. Sie spürte, wie sie errötete, während sie hier auf dem Sofa lag, und schob das Bild beiseite. Es gab auch andere, dachte sie.

Papa war die Sicherheit in Person, hatte Mama gesagt und den Preis dafür jahrein, jahraus bezahlt. Ihm gehörte ihr Leben, ihre Arbeit, ihre Meinung. Zeit, nie hatte sie Zeit, nicht einmal, um in die Kirche zu gehen.

Der rote Zorn gegen den Alten auf dem Berg schoss in ihr hoch.

Inzwischen hatte Kerstin erfahren, wie es mit der Sicherheit bei diesem Mann stand, der jetzt fast neunzig war, ängstlich und wimmernd wie ein verlassener Säugling.

»Jämmerlich«, sagte sie und verdrängte das Bild.

Nichts davon hatte sie damals verstanden, mit zwanzig. Sie war auf das Glück fixiert, und das glaubte sie in der Sicherheit zu finden, bei einem richtigen Mann mit einer Uniformmütze schräg auf dem Kopf und starken Händen voller Begierde.

Mit großer Kraftanstrengung brachte sie sich zurück ins Schneereich von Dalarna, zu den längst vergangenen Tagen. Schien jeden Tag die Sonne? Ja, sie meinte schon.

Sie fuhren Ski und standen eines Tages windgeschützt hinter einigen großen Kiefern, tranken Kaffee aus der Thermoskanne und schauten über die funkelnde Landschaft. Da sagte er:

»Das würde ich gern Klara zeigen.«

Und da hörte sie zum ersten Mal von seiner Schwester, von diesem Mädchen, das seine Kindheit mit Geheimnissen, Märchen und Bildern gefüllt hatte.

»Sie war so begabt«, sagte er. »So empfindsam und begabt. Sie hatte die sonderbare Gabe, um die Ecken zu sehen, Dinge zu wissen, die man gar nicht wissen kann. Unsere Mutter«, sagte er, »war deshalb beunruhigt. Klara war hellseherisch, das lag in der Familie, und das brachte meistens nur Unglück.«

Das brachte meistens nur Unglück.

Sie heirateten im April in der schwedischen Seemannskirche in Genua und machten danach ihre Hochzeitsreise nach Südamerika, um das Kap Horn nach China und Japan. Es war eine Zeit, in der die Schiffe ihre Fahrten noch ohne bindende Zeitvorgaben machten, mit langen Aufenthalten in jedem Hafen. Nicht wie jetzt, nein, nicht wie jetzt.

Dann kam sie eines Spätsommertags nach Hause, nahm ihre Arbeit wieder auf und stellte fest, dass sie ein Kind erwartete. Und als die Bäume ausschlugen, gebar sie ein Mädchen, das Klara getauft wurde, nach der Schwester seines Vaters.

7

Runes großer Blindenhund schlabberte Wasser in der Küche. Anders saß im Bett, die Arme um die Knie geschlungen, lauschte, ekelte sich und hatte Angst. Wie groß diese Zunge wohl war, schlabber, schlabber?

Wie viele Blinde konnte Rune die Angst riechen. Er hatte sie bereits in der Tür zum Kinderzimmer gespürt.

Aber er hatte schon zuvor mit Anders zu tun gehabt und wusste, dass der Junge dazu neigte, sich zu verschließen und zu schweigen. Es gab keine Möglichkeit, dieses Schweigen zu brechen, man konnte nur warten.

Also saß er da und wartete, dass das Schweigen unerträglich werden würde, und nach einer Weile platzte Anders heraus:

»Kannst du nicht dafür sorgen, dass dieses Untier aufhört, so zu schlabbern.«

»Doch. Terri, komm her.«

Das große Tier gehorchte, plötzlich spürte Anders es in seiner Tür, im Zimmer. Seine Angst wurde zur Panik, er presste sich an das Kopfende seines Betts, zitterte am ganzen Körper und schrie:

»Nimm ihn weg.«

Rune gehorchte und brachte den Hund, der von der Angst angesteckt worden war und wie ein Welpe jaulte, in den Garten. Dort blieb er lange stehen, beruhigte den Hund und sich selbst. Er konnte es nicht vertragen, wenn jemand Terri nicht mochte.

Als er zu dem Jungen zurückkam, hatte er einen Entschluss gefasst, er ging direkt aufs Bett zu und legte eine Hand auf Anders' Arm:

»Jetzt sagst du mir, warum du so viel Angst hast.«
»Weil ich weiß, dass die Welt gefährlich ist, die ganze Welt ist gefährlich.«
»Das habe ich nie so empfunden«, sagte sein Betreuer.
»Nur, weil du nie gesehen hast.«
»Da irrst du dich aber. Hast du vergessen, dass ich als Kind sehen konnte, vor dem Unfall?«

Die Worte sanken langsam in den Jungen ein, während er sich erinnerte: Rune war vierzehn gewesen, als der Bootsmotor in den Schären explodiert war.

»Erinnerst du dich dran, was du gesehen hast, als du wie die anderen warst?«

Rune begann zu erzählen, und Anders hörte die Trauer hinter Worten, und die war wichtiger als die Worte, mit denen er Blumen und Farben beschrieb, Vögel, Sonnenuntergänge und das Lachen der Menschen.

»Mit den Menschen ist es komisch«, sagte Rune. »Ich glaube, ich kann mich an alles erinnern, was ich gesehen habe, nur nicht an die Gesichter. Sie sind verschwunden, auch die, die ich am besten kannte. Ich kann mich nicht daran erinnern, ob meine Eltern braune oder blaue Augen hatten oder wie sie aussahen, wenn sie lachten oder weinten. Mir ist klar geworden, dass meine Bilder von den Menschen nicht mit denen der anderen übereinstimmen, ich baue sie auf Stimmen und einer Art Fühlen auf.«

»Ich weiß«, sagte Anders. »Sie sind ihre Stimme, und manchmal denke ich, dass jemand nur ein großer Mund ist. Unsere Schwedischlehrerin denke ich mir als ein Armband, das klirrt, und als warme Hände. Ich habe eine Freundin hier im Ort, sie heißt Sofia, und sie ist ein Wind, den man einfangen und anfassen kann. Und umarmen«, sagte er, und Rune hörte die plötzlich auftretende Verzweiflung.

»Ist sie es, die dir solche Angst gemacht hat?«
»Ja. Nein. Es sind die Sachen, die gefährlich sind, die Berge, Felswände, das Licht. Und so.«

Rune, der in Uppsala Psychologie studierte, eine Ausbildung, die ihm helfen sollte, blinde Kinder zu unterstützen, merkte, dass der Junge wieder auf dem Weg ins Schweigen war.

»Du willst mir nicht erzählen, was du gesehen hast?«

»Nein.«

»Aber du glaubst, es war die Wirklichkeit?«

»Ja.«

»Ich glaube, jeder Mensch sieht die Wirklichkeit anders. Wir wissen gar nichts darüber.«

»Das verstehe ich nicht«, sagte Anders. Aber das stimmte nicht, denn als Rune sich von dem Jungen verabschiedete, kam dieser mit hinaus und streichelte den Hund. Und als Sofia eine Weile später anrief, etwas verschämt, aber hartnäckig, und von dem Farbenblinden erzählte, der nicht wusste und niemals erfahren sollte, ob er in einem roten oder grünen Wald ging, fühlte er sich getröstet.

Das war merkwürdig, denn er verstand nicht, warum.

8

Pastor Karl Erik Holmgren sollte am Montagabend wieder nach Hause zurückkommen. Aber als er von einer Tankstelle bei der Ausfahrt Uppsala im Pfarrhaus anrief und erfuhr, dass die Journalisten auf das Ende der Pastorenreise warteten, änderte er seine Meinung und sagte seiner Frau, er werde in der Stadt übernachten.

Sie war zum Glück nicht in der Kirche gewesen. Hatte nichts gesehen, nichts gehört, so beschäftigt, wie sie mit dem neugeborenen Kind war.

Als er sich im Motel eintrug, bereute er es, er sehnte sich nach seinem Sohn, der ein Wunder war, größer als das in der Kirche.

Aber es stimmte, was er seiner Frau gesagt hatte, dass er Zeit brauchte und allein sein musste, um alles, was der Bischof ihm gesagt hatte, zu überdenken. Also kaufte er in der Rezeption eine Zahnbürste und kroch nackt zwischen die Laken des Motels.

Einen einzigen Gedanken konnte er fassen, bevor er einschlief, nämlich, dass er in erstaunlich guter Laune war. Und genauso froh und in gewisser Weise erwartungsvoll war er, als er am nächsten Morgen aufwachte. Der nächste Schritt nach vorn würde schwer werden, das stimmte wohl. Aber trotzdem.

Statt eines Morgengebets zwinkerte er Gott konspirativ zu, während er sich die Zähne bürstete.

»Das schaffen wir schon«, sagte er.

Doch eine Weile später fiel ihm der Bischof wieder ein, dessen Worte und dessen Angst. Gestern war er wütend auf den Mann geworden, jetzt war er großzügiger und hatte Mitleid mit ihm.

Das Wunder von Östmora sollte totgeschwiegen werden. Geleugnet, wenn nötig. So lautete der Befehl.

Karl Erik hatte nicht gezögert:
»Sie geben mir also die Order zu lügen?«
»So drastisch muss man das ja nicht sehen. Es genügt, wenn Sie schweigen.«
Und dann folgte ein langer Sermon über das Unerträgliche der Situation, über das Hohngelächter, die Sensationshascherei.
»Wir Christen können es uns also nicht leisten …?«
»Genau das ist der Punkt.«
»Dann können wir ja nur von Glück reden, dass die Evangelisten nicht solche Angst hatten.«
»Jetzt lästern Sie.«
Doch, da musste er ihm zustimmen. Und der Bischof wurde nachgiebiger und sprach über all die verrückten Gemeinschaften, von den Zeugen Jehovas bis zu den Toren in Österreich, die einen Bunker für die Rechtgläubigen bauten für das Jüngste Gericht im nächsten Jahr.
»Wir müssen eine klare, deutliche Grenze zum Aberglauben ziehen«, sagte er.
Und da war ja viel dran.
Im Bischofssitz wurde Tee gereicht, aber weder die Kekse noch das Getränk konnten Karl Erik Holmgren umstimmen.
»Ich kann nicht lügen.«
Der Bischof hatte nicht damit gedroht, dass der offene Streit mit dem Pfarrer weit mehr kosten würde und das Wunder zu einer Landesangelegenheit machen würde. Zum Schluss waren sie sich einig geworden.
Die Östmora-Kirche würde am kommenden Sonntag voll mit Leuten sein, dessen konnten sie sicher sein. Ob Holmgren sich verpflichten würde, einen Brief des Bischofs dort zu verlesen?
»Natürlich.«
Dazu brauchte der Bischof jetzt einige Zeit, deshalb ging Karl Erik in die Stadt und aß auf der Storkyrkotrappan zu Mittag. Lange blieb er dort sitzen, trank sogar ein Glas Wein, während er das Gewölbe des alten Studentenkarzers betrachtete und die bombastische Glocke, die mit schweren Schlägen die Zeit maß. Nach zwei

Stunden kehrte er zum Bischofssitz zurück, aber der Brief war noch nicht fertig, wie ein junger, ängstlicher Kollege ihm mitteilte.

Er wartete noch eine Stunde.

Der Brief war ein Wunder in sich, er sprach in pseudowissenschaftlichem Ton von Halluzinationen, von optischen Täuschungen, die viele gleichzeitig ereilen konnten und für die psychologische Forschung kein unbekanntes Phänomen darstellten. Usw. usw. Und dann erflehte er schließlich Gottes Segen für die Gemeinde von Östmora.

Karl Erik Holmgren las ihn und nickte. Sie verabschiedeten sich, der Bischofs hielt lange seine Hand umschlossen, und erst ein Stück weiter die Straße hinunter wagte der Pastor das Lachen herauszulassen, ein explosionsartiges Lachen, das schon lange auf seine Erlösung gewartet hatte.

Es zuckte noch immer um seine Mundwinkel, als er den Brief am folgenden Morgen im Motel noch einmal las. Aber das Lächeln erstarrte, als er in die Rezeption hinunterkam und die Schlagzeilen sah:

»Die Kirche leugnet das Wunder.« Und in kleineren Buchstaben: »Die Bewohner von Östmora: Wir wissen, was wir gesehen haben.«

Die zweite Schlagzeile war aus seinem Blickwinkel noch schlimmer:

»Der Wunderpfarrer verschwunden«.

»Mein Gott, jetzt musst du deinem Diener helfen«, sagte er, als er den ersten Gang einlegte und auf die Straße nach Östmora einbog. Aber die Sonne schien über die weiße Landschaft, und Karl Erik war sicher, dass er Hilfe bekommen würde.

Als er heimkam, waren keine Journalisten im Pfarrhaus, aber der Junge weinte, und seine Frau war wütend. Dachte er denn keine Sekunde an sie, an seine Verantwortung ihr und dem Kind gegenüber, bevor er derartig geschmacklose Sensationen heraufbeschwor?

Das war ihre Art, ihre Angst zu zeigen, er kannte sie schon seit langem, aber dieses Mal weigerte er sich, irgendwelche Schuld auf sich zu nehmen. Er formulierte sogar eine Erkenntnis, die er bereits seit langer Zeit in sich trug: Sie war eine vorzügliche Märtyrerin. Und als sie endlich schwieg, sagte er das.

»Du spielst die Märtyrerin, wie es dir passt. Ich habe keinerlei Sensation heraufbeschworen, im Gegenteil, ich befinde mich in einer schwierigen Situation. In der ich eine Frau bräuchte, die mich unterstützt.«

Das war so verblüffend, dass das Baby mitten in einem Schrei verstummte, und der Pfarrer ging in sein Zimmer, warf die Tür zu und rief den Arzt an.

»Was zum Teufel soll ich tun?«

»Mach es wie ich, halte dich so weit wie möglich raus und weigere dich, auf irgendwelche Fragen zu antworten. Und schreibe eine Predigt, die auch für Gottes Wunder offen ist!«

Karl Erik lachte laut, ja, das wollte er versuchen.

Am Nachmittag hatte er eine Beerdigung. »Von Erde bist du genommen ...« Mitten in der Zeremonie zögerte er und dachte, dass selbst der Tod ein Wunder sei. Wie die Geburt, wie das Leben. Über das Geheimnisvolle wollte er am Sonntag reden und über die Hybris des Menschen, der glaubt, er hätte die Schöpfung durchschaut.

Er würde einige sorgfältig gewählte Worte über die Wissenschaft sagen und damit enden, dass er den Brief verlas: Im Auftrag des Bischofs ...

Er war so gut gelaunt, dass nicht einmal die rot umrandeten Augen seiner Frau am Mittagstisch ihn beeindrucken konnten. Er sagte, wie es war, dass er gleichzeitig seinem Bischof gehorchen und nicht gehorchen würde und dass er wahrscheinlich damit seinen Job in diesem Wagestück riskiere.

Und sie, deren Reaktionen meistens vorhersehbar waren, sagte, dass sie schon erwartet habe, dass ihm sein Stolz wichtiger sei als seine Verantwortung für sie und das Kind.

9

Kerstin Horner sah die Schlagzeilen am Zeitungskiosk, als sie zur Arbeit fuhr, müde und aufgewühlt nach der ereignisreichen Nacht. Wir sollten von hier fortziehen, war ihr erster Gedanke. Der zweite galt Klara: Ich muss Klara anrufen.

Sie versuchte es in der ersten Pause: Leider, Doktor Horner operiert gerade. Aber Kerstin konnte mit einer Krankenschwester sprechen, die ihr sagte, dass Klara Dienst hatte und sicher so gegen neun Uhr am Abend das Gespräch annehmen konnte. »Dann ist es normalerweise ruhig«, sagte die Schwester. »Von wem darf ich grüßen?«

»Das ist gleich, ich werde heute Abend anrufen.«

Sie war Viertel vor zwei zu Hause, Sofia war ruhiger, sie hatte mit Anders telefoniert: Er hatte nicht viel gesagt, aber jedenfalls nicht den Hörer aufgelegt.

»Um zwei Uhr ruft Hans an. Man kann ja nicht so viel übers Funktelefon sagen, aber ich möchte deine Erlaubnis, dass ich ihm alles erzählen darf, was passiert ist. Darf ich?«

»Natürlich.«

»Und das betrifft Mama auch. Ich werde Klara heute Abend im Krankenhaus in Uddevalla anrufen.«

»Ist schon in Ordnung.«

Sie nahm das Kind in den Arm, musste es aber loslassen, weil das Telefon klingelte. Hans natürlich, er war immer pünktlich. Sie sagte, dass es Sofia besser gehe, und wollte wissen, von welcher Idee er gesprochen hatte.

»Ich werde am neunzehnten in Rotterdam abgelöst«, sagte er. »Am einundzwanzigsten kann ich einen Flug zu den Kanarischen

Inseln nehmen. Und dort möchte ich dich und Sofia treffen. Und Klara natürlich. Was haltet ihr von Weihnachten in der Sonne?«

»Davon halte ich sehr viel«, sagte Kerstin, und ihre Stimme jubelte.

»Und ich denke, es wäre gut, wenn du Anders und seine Mutter mitkriegen könntest. Für die beiden und auch für Sofia. Und du, fahr, sobald du kannst. Wenn du Schwierigkeiten mit den Tickets hast, kannst du mit Lövgren von der Reederei reden, der besorgt sie für dich. Sobald alles klar ist, telegraphier es mir.«

»Wird gemacht!«

»Gut. Und Kerstin – wir schaffen das.«

»Ja.«

Der ganze Nachmittag war wie ein Fest. Kerstin redete so schnell, dass Sofia Probleme hatte, etwas zu verstehen. Innerhalb von zehn Minuten war das Kind im Auto, gut eingemummelt auf dem Weg ins Reisebüro, wo Kerstin einen dicken, bunten Katalog holte. Danach in schneller Fahrt zu Berglunds:

»Und wenn die jetzt nein sagen.«

Sofia war ängstlich und verzagt, als Kerstin klingelte und sagte:

»Kaffee her, denn jetzt wollen wir unsere Flucht aus Östmora planen. Wir setzen uns in die Küche, Anders, du kommst auch her.«

»Es geht ihm besser«, flüsterte Katarina. »Runes Besuch scheint geholfen zu haben.«

Aber der Junge war elendig blass und bewegte sich unsicher in der Küche. Es gab Kerstin einen Stich ins Herz, ihn so zu sehen, aber sie ließ sich nichts anmerken. Als alle saßen, erzählte sie von dem Gespräch, zitierte Hans. »Das war wie ein Befehl«, sagte sie.

Sofia lachte laut, riss Anders in ihrer Freude mit. Aber am schönsten war, wie Katarina strahlte und sagte, dass sie das Geld hätte, sie hatte gespart und wollte schon immer einmal auf die Kanarischen Inseln.

»Und Johan?«

»Nein, er will sicher nicht.«

»Aber lässt er euch reisen?«

»O ja, er tut alles, damit Anders wieder froh wird.«

Kerstin schoss der Gedanke durch den Kopf, dass diese sich aufopfernden Eltern eine schwere Bürde für Anders waren. Doch der Junge spürte diese Last nicht, nicht im Augenblick. Er sagte eifrig:
»Papa wird Weihnachten sicher bei Onkel und Tante auf dem Land feiern. Wie wir es sonst immer tun.«
Sie blätterten in den Katalogen. Sofia las laut vor und beschrieb die Fotos. Zum Schluss entschieden sie sich für ein Apartmenthotel an Gran Canarias Westküste.
»Das Meer ist so blau, dass es in den Augen wehtut«, sagte Sofia, und Kerstin bemerkte, dass Anders ängstlich aussah.
Im Auto auf dem Heimweg überlegte sie, ob sie zu Sofia sagen sollte, sie müsste vorsichtiger mit ihren Worten sein, wenn sie die Welt beschrieb, weil Anders so ängstlich war. Aber sie schwieg und dachte, dass Anders' Probleme, die verschiedenen Realitäten zusammenzubekommen, sicher mit dieser übertriebenen Rücksichtnahme zusammenhingen.
Vielleicht war es ganz gut für ihn, dass Sofia so war, wie sie war.
»Ich weiß, dass du an Leberhaschee denkst«, sagte Sofia vom Rücksitz. »Aber ich will feiern. Können wir zum Mittag nicht lieber Pfannkuchen essen?« Kerstin, die wirklich an Leber gedacht hatte, versuchte sie zu überreden.
»Seit du krank geworden bist, hast du nur Würstchen und Süßigkeiten gegessen. Du brauchst mal wieder was Vernünftiges!«
»Oma!«
»Na gut, dann machen wir Pfannkuchen.«
»Mit Erdbeermarmelade.«
»Aber nur, wenn du gleich nach dem Essen ins Bett gehst.«
»Okay. Aber ich nehme den Katalog dann mit.«
Kerstin seufzte und war sich klar darüber, dass sie das Telefon mit in die Küche nehmen musste, wenn sie mit Klara reden wollte.

Um neun Uhr hatte sie Sofia ins Bett gebracht, das Telefon in der Küche eingestöpselt und die Tür geschlossen.
»Meine kleine Klara, ich bin es, Mama.« Kerstin hörte selbst, wie entschuldigend ihre Stimme klang.

»Ist was passiert?«

»Hast du die Zeitungen gelesen?«

»Nein, dazu habe ich nie Zeit.«

Kerstin nahm sich zusammen, ruhig und ohne Untertöne erzählte sie von dem Wunder in der Östmora-Kirche, über das gemeinsame Träumen, über Anders' Verzweiflung und Sofias Schuldgefühle.

»Mein Gott«, sagte Klara.

Kerstin fuhr fort mit der Sensationshascherei, den Zeitungen, dem Klatsch und sagte:

»Wir müssen weg von hier. Ich habe mit Hans gesprochen, und er schlägt vor, dass wir Weihnachten auf den Kanarischen Inseln feiern. Wann kannst du wegkommen?«

»Ich habe vom 15. an frei und wollte dann nach Hause kommen.«

»Das ist gut, damit ist uns geholfen.«

»Mama, bist du beunruhigt?«

»Merkwürdigerweise, Klara, jetzt nicht mehr. Sofia ist so offen, so phantastisch. Wir kriegen das sicher in Ordnung.«

Dann sammelte sie all ihren Mut und sagte offen heraus:

»Am meisten Angst habe ich … um dich gehabt. Dich anzurufen. Meine liebe kleine Klara, sei mir nicht böse.«

Es blieb lange still, bis die dünne Stimme einzelne Worte hervorbrachte:

»Ich werde es versuchen, Mama.«

Kerstin sagte »Tschüs«, legte auf und ließ den Tränen ihren Lauf.

II

10

Ich will dir sagen, was ich von euch halte. Ihr seid feige. Ihr wagt es nicht, den Wahnsinn als eine Macht anzusehen, eine Kraft, die sich manifestieren und das Unsichtbare sichtbar machen kann. Ihr habt solche Angst um eure eigene Vernunft, dass ihr alle Erlebnisse im Grenzland in die individuelle Psyche verweisen müsst, die ihr dann als krank anseht und die geheilt werden muss.«

Er sagte nichts, und sie verstand das Signal. Das war keine Diskussion zwischen Studenten, das war ein Treffen zwischen Arzt und Patientin.

Sie war sehr müde, sie hatte seit zwei Tagen nicht geschlafen, hatte Wunden gesäubert, Beine eingegipst und das Bild ihres Kindes auf Distanz gehalten. In jeder Pause hatte sie gedacht: Ich sollte Jonas anrufen. Um sechs Uhr morgens hatte sie es getan, ihn geweckt und ihm erklärt, dass sie mit ihm sprechen müsse. Reden, reden, hatte sie geschrien, und er hatte gesagt, er würde sich einen Tag freinehmen und sie vom Zug abholen.

Sie hatte auch im Zug nicht geschlafen, sie hatte einen Entschluss gefasst. Zum ersten Mal wollte sie alles einem Unparteiischen, Außenstehenden erzählen. Sie wollte das Verbotene enthüllen.

Sie waren schon lange befreundet, Studienkollegen aus Uppsala. Zwischen ihr und dem unbeholfenen, begabten Göteborger hatte es eine Verbindungslinie gegeben. Sie hätte wachsen, zu Liebe werden können. Aber als er beschloss, sich auf Psychiatrie zu spezialisieren, hatte sie sich zurückgezogen.

Als sie sich auf dem alten Bahnhof in Göteborg trafen, wussten sie, dass es wie früher war. Sie konnte seinen Ernst spüren. Schöpfte Hoffnung und dachte, es könnte möglich sein, die Wahrheit zu sagen. Nichts zu beschönigen, herunterzuspielen oder zu übertreiben. Und vor allem: Nichts zu verschweigen.

Und dann saß sie da und war wütend. Sie sagte es: »Du drohst mir.«

Und er antwortete: »Natürlich tue ich das.«

Und da wusste sie: Es ging um Leben und Tod.

Sie versuchte es hinauszuzögern: »Ich muss erst ein paar Stunden schlafen.«

Aber er schüttelte den Kopf, und ihr war klar, dass die Müdigkeit sie wehrlos machte und dass das gut so war.

»Wo war ich? Ja, ich habe gesagt, dass ihr glaubt, der Wahnsinn sei eine Krankheit der individuellen Psyche. Aber so einfach ist das nicht. Ich will zuerst von Sofia erzählen, meiner merkwürdigen kleinen Tochter. Meine Mutter hat mich gestern Abend angerufen und mir von dem Wunder in der Kirche von Östmora erzählt. Hast du davon in den Zeitungen gelesen?«

»Ja.«

»Natürlich, du interessierst dich ja für sonderbare psychische Phänomene. Aber jetzt sollst du hören, was eigentlich passiert ist. Unter Schweigepflicht.«

»Das war eklig, Klara.«

Sie wurde rot und bat um Entschuldigung. Dann brach es aus ihr hervor, die ganze Geschichte mit Sofia und dem blinden Jungen, die übten, zusammen zu träumen, und es so weit brachten, dass alle Leute in der Kirche an ihrem Traum teilhatten.

»Verstehst du, was ich damit meine, wenn ich sage, dass es Kräfte in der Welt gibt, die bestimmte Menschen, solche, die offen dafür sind, in Bewegung setzen können?«

Sie sah mit Befriedigung, dass er überrascht war. Aber nicht skeptisch, nicht einmal zweifelnd.

»Das habe ich immer gewusst«, sagte er.

»Meinst du damit, dass du es verstehst?«

»Nein. Nur dass ich es anerkenne.«

»Aber ich, ich verstehe es. Denn ich habe selbst … Ich war ein Kind von der gleichen Art, und ich weiß, wie sie es macht.«

Jetzt war er so aufgewühlt, dass seine Professionalität bedroht war. Doch er nahm sich zusammen:

»Fang damit an, über dich selbst zu erzählen, deine Kindheit.«

»Ja, so macht ihr es ja immer. Und ich werde mitmachen, ich werde versuchen, dir alles zu geben, direkt und gratis«, sagte sie und schämte sich für ihre Wut. »Ich bin in Papa verliebt, das war ich immer. Einmal, als ich verrückt war, habe ich ihm gesagt: Du bist der Bergkönig. Natürlich war ich verrückt, aber es stimmt. Er ist der Bergkönig.

So weit ich zurückdenken kann, war ich immer schon von den Bergen fasziniert, von ihren Erfahrungen, die über unseren Verstand hinausgehen. Mein Vater steuert sein Schiff, groß wie ein Berg, über das Meer, langsam führt er den grauen Berg durchs Meer ...

Ödipus? Ich weiß nicht. Das scheint mir zu einfach. Zwischen meiner Mutter und meinem Vater gibt es eine Liebe, die so selbstverständlich ist wie fester Boden. Ich weiß, dass man nicht mehr von Liebe spricht, man nennt das heute Beziehung. Aber das klingt so vollkommen falsch, wenn es um die beiden geht.

Liebe ist auch falsch. Ach, Jonas, was sollen wir mit all den Worten machen, die wir abgenutzt haben. Er kommt mit seinem Schiff, das mächtiger als ein Berg ist, und dann fliegt er heim wie ein Vogel zum Haus der weißen Königin. Und da erfährst du, dass es Güte gibt. Und Großzügigkeit. Das ist wie im Märchen, einfach und schön. Glaube nicht, dass es romantisch oder stürmisch ist, nein. Ihre Liebe ist nicht besonders rührselig, sie ist etwas, das Raum einnimmt.«

»Aber in dem Raum gibt es doch wohl eine Spannung, eine erotische Ladung, vor der Kinder meistens Angst haben?«

»Ja, vor allem bei Papa. Er ist äußerst sinnlich und ... gegenwärtig. Aber sie ist kühl, nein, wieder das falsche Wort. Sie ist unnahbar, verstehst du. Du guckst zweifelnd, du verdächtigst mich, dass ich meine Wunschgedanken äußere, und vielleicht hast du damit auch Recht.

Aber alle Menschen sind in Papa verliebt, du wärest es auch, das ist unvermeidlich. Wenn du meinst, es handelt sich dabei um eine Art Charme, dann irrst du dich, es ist viel fundamentaler. Ich glaube, es handelt sich um die Wahrheit, ja wirklich um die Wahrheit.«

»Warum siehst du deine Mutter als die weiße Königin?«

»Sie wurde gekrönt von der Trauer. Sie ist in nur wenigen Tagen weißhaarig geworden, als mein Bruder starb und ich wahnsinnig wurde. Aber damit greife ich vor, ich muss erst noch mehr über mich als Kind erzählen. Über das Kind Klara.«

Ihr Mund war trocken, sie trank etwas Wasser und spürte, dass die Wut sich in Angst verwandelt hatte.

»Denke nicht, rede«, sagte er.

»Ich habe plötzlich Angst. Lüge ich, verniedliche ich die Sachen?«

»Ich glaube, du siehst sie, wie das Kind sie sah.«

»Es hat lange gedauert, bis ich gemerkt habe, dass etwas mit mir merkwürdig war. Ich habe im Sommer daran gedacht, als ich Sofias blinden Spielkameraden getroffen habe. Er hat mir eines Tages, als wir baden gegangen waren, erzählt, dass er schon fünf Jahre alt gewesen war, als er erst begriff, dass er anders war. Er nannte es die große Entdeckung, und er hat es so schön ausgedrückt. Plötzlich, eines Tages begriff er, dass die anderen etwas wussten – auf Entfernung. So war es auch bei mir, nur anders herum. Ich war älter, war schon ein gutes Stück durch die Schule gekommen, als ich merkte, dass die anderen nicht das sahen, was ich sah. Für Kinder ist es ja selbstverständlich, dass ihre Welt die einzige ist.

Meine Welt – vielleicht ist es falsch, von einer Art zu sehen zu sprechen. Es war eher eine Erfahrung auf verschiedenen Ebenen, auf unterschiedliche Art und Weise. Du triffst einen Berg, du siehst, wie hoch und wie schroff er ist. Du betrachtest ihn, misst ihn, bewunderst seine Stärke und Kraft. Aber dann bist du plötzlich in ihn eingeschlossen. Das ist kein Spiel, was du spielst. Das mit den Phantasien kommt später, wenn du versuchst, dir selbst zu erklären, was passiert ist, als der Berg in seiner Wirklichkeit wie ein Teil von dir erschien.

Ich meine nicht, dass der Berg ein Bewusstsein hat, das ähnlich dem unseren ist. Es ist nicht die Seele des Bergs, der ich begegne, sondern der Berg selbst. Und die Voraussetzung dafür ist, dass du aus der Zeit heraustreten kannst. Kannst du das verstehen?«

»Ja, zum Teil. Ich habe es selbst ein paar Mal wie eine Gnade empfunden. Aber nicht mit einem Berg, sondern am Meer. Und einmal mit einem Baum.«

Er sah, wie ihre Angst nachließ, zumindest für einen Augenblick.

»Es ist schön, dass du von einer Gnade gesprochen hast«, sagte sie und lächelte zum ersten Mal. »Das zeigt, dass du verstehst, wie schön es ist, wie unwiderstehlich. Wenn du es hättest herbeirufen können, oft, dann wäre es für dich wie für mich geworden, wie eine Droge. Und zum Schluss hättest du gewusst, dass du aufhören musst, dass du einfach nicht mehr darfst ...«

Sie war viel zu sehr mit ihrer eigenen Qual beschäftigt, als dass sie hätte bemerken können, wie ängstlich er aussah. Aber er nahm sich zusammen und fuhr fort:

»Warum musstest du aufhören?«

»Ach, Jonas, du weißt es also doch nicht. Weil das Risiko natürlich zu groß wird, dass du hinübergehst und nie wieder zurückkommst.«

»Du hast gesagt, dass du auf vielerlei Art anders warst?«

»Ja, da war zum Beispiel die Sache, dass ich wusste, was die Leute dachten, ich konnte Worte hören, bevor sie sie aussprachen. Und dass ich wusste, was passieren würde, noch bevor es passierte. Ich war mir darin vollkommen sicher. Ich hatte eine Zeitmaschine im Kopf und konnte nach vorn gehen und zurück und konnte das wiederholen lassen, was gesagt und gemacht worden war. Zurückzugehen, das ist einfach, das ist so einfach, dass es selbstverständlich ist. Auf diese Art kommt man drum herum, etwas lernen zu müssen.

Ich habe Sofias Lehrerin kennen gelernt, als ich letztes Mal zu Hause war. Wir waren Klassenkameradinnen, alte Freundinnen, deshalb war es ganz selbstverständlich, dass ich sie ins Café einlud. Wir haben zusammen einen Kaffee getrunken. Uns wurde ganz warm von dem vielen ›Weißt du noch?‹. Sie ist so menschlich und sicher eine gute Lehrerin. Zum Schluss traute ich mich, sie zu fragen, wie es mit Sofia in der Schule lief, und sie lachte und sagte, dass das Kind spielend leicht den Unterricht meistere. Sie sei nicht neugierig oder wissbegierig, wie begabte Kinder oft sind, nein, sie sitze meist auf ihrem Platz und sehe aus, als träume sie. Aber wenn sie gefragt werde, komme immer die Antwort, und immer richtig.

Ich kannte das, ich wusste, wie Sofia das machte. Sie sitzt dort in der Klasse, ist aber weit weg. Wenn sie von einer Frage aufgestört wird, spult sie ihren Film zurück und hört, was die Lehrerin gesagt hat und worüber die Kinder geredet haben. Dann muss sie nur davon eine Zusammenfassung machen und schlau genug sein, hier und da ein Wort zu verändern. Ich habe das jahrelang so gemacht.

Bis zu dem Tag, als Mama dahinter kam. Es ging um Zahlen, Gleichungen bei einer Klassenarbeit, und ich bekam keine klaren Bilder, wie man das machen sollte. Ich hatte die richtigen Ergebnisse, aber Fehler im Rechenprozess, verstehst du?

Das war in der Mittelstufe, der Lehrer war noch jung und ziemlich aufgeregt. Er schrieb an Kerstin und legte die Arbeit bei. Zuerst war sie überrascht, dann bekam sie Angst, und wie immer, wenn sie Angst bekommt, wurde sie stinkwütend. Was ich da gemacht hätte?

Mir war immer noch nicht richtig klar geworden, dass ich etwas Unerlaubtes getan hatte. Aber mir fiel ein, dass ich mich darüber gewundert hatte, warum meine Klassenkameraden regelmäßig Hausaufgaben machen mussten. Wo doch alles so einfach war.

Nach einigen Stunden hatte Mama alle Methoden aus mir herausgekriegt, mit denen ich immer alles sagen konnte, ohne etwas zu wissen.«

»Aber«, wandte Jonas ein, »du musst doch vorher schon Arbeiten geschrieben haben, und diese Arbeiten müssen doch neue Zahlen beinhaltet haben, fremde Zifferkombinationen. Die du nicht in deinem ›Erinnerungsfilm‹ sehen konntest.«

»Das stimmt. Aber ich hatte andere Tricks, wie die Gedanken der Lehrer lesen oder in ihre Lösungen auf dem Lehrerpult zu gucken. Aber zum Schluss waren es einfach zu viele Zahlen, um sie auseinander zu halten. Und dann war da noch etwas, es klappte nämlich nur, wenn ich ruhig und sicher war. Der neue Lehrer machte mich nervös.

Es war ein schrecklicher Abend, ich werde ihn nie vergessen. Mama nahm mich ins Kreuzverhör, schlau wie eine Schlange: ›Erzähle mir, wo Afrikas Flüsse fließen, wie hieß der englische Premierminister während des Krieges, warum begann Karl XII. einen Krieg, wie heißt Indiens Hauptstadt?‹ Begreifst du? Sie sprang von einem Thema zum nächsten, und ich hatte keine Chance, einen Erinnerungsfilm zu spulen. Es war so schrecklich. Ich schämte mich, mein Gott, was habe ich mich geschämt. Es war, als hätte sie mir meine schöne Unterwäsche heruntergerissen, von der niemand etwas wusste. Jetzt stand ich nackt da, so verzweifelt nackt und fror. Du musst wissen, sie ist Lehrerin, für sie ist Wissen wichtig, erst Wissen gibt Sicherheit im Leben. ›Menschen‹, sagt sie, ›bekommen nichts geschenkt. Nur die Tiere können durch ihre Instinkte überleben. Wir müssen uns selbst unsere Welt auf Wissen und Vernunft aufbauen.‹

Sie war schrecklich, ohne Gnade: ›Du musst dich entscheiden, entweder arbeitest du und wirst ein Mensch. Oder aber du bleibst ein Affe, der nur alles nachmacht und nicht selbst denken kann.‹

Ich glaube, sie war so aufgebracht, dass sie die Nerven verlor. Das sah ihr gar nicht ähnlich, und das machte das Ganze noch bedrohlicher für mich.«

»Du hast dich nicht verteidigt?«

»Nein.«

»Du hast nicht verstanden, was du gemacht hast?«

»Doch. Das war eigentlich merkwürdig, denn ich hatte ja nie darüber nachgedacht. Aber ich wusste, dass ich Schuld hatte, dass ich mich selbst verspielt hatte. Ganz im Inneren wusste ich es, ohne es zu verstehen. Ach, Jonas, ich habe solche Angst vor dem Tag, an dem Mama begreift, was Sofia in der Schule macht.«

»Zu Sofia kommen wir später. Was geschah nach der Strafpredigt?«

»Daran kann ich mich nicht mehr erinnern.«

»Spul deinen Film zurück, Klara!«

»Das ist verboten. Begreifst du nicht, das ist gefährlich.«

Sie wurde rot und riss die Augen vor Angst auf.

»Das ist nur gefährlich, wenn man die Wirklichkeit aus den Händen gibt. Jetzt sitze ich hier und halte dich fest – ganz fest, Klara.«

Sie nickte, entspannte sich und schloss die Augen. Er konnte ihre Verwunderung sehen, als sie die Augen wieder öffnete und ihr Gesicht in ihre Gewalt bekam.

»Ich hatte es vergessen ... aber ich bin in den Berg gegangen. Das war das erste Mal, Jonas, und ich habe es vergessen. Es können nur wenige Sekunden gewesen sein, aber ich bin hineingegangen, wurde versteinert. Ich hörte den Bergkönig flöten und sah die Blitze, als sich das Licht in den Kristallen brach.«

»Wie bist du wieder herausgekommen?«

»Durch die Wut, mir wurde ganz heiß vor Wut, und ich lief die Treppe hinunter in mein Zimmer. Ich wohnte im Erdgeschoss auf der Veranda, die Papa für mich umgebaut und isoliert hatte. Es war ein großes, schönes Zimmer.

Ich hörte, wie sie hinter mir herlief, verflucht nochmal, aber ich konnte die Tür hinter mir abschließen. Sie blieb lange da stehen und zerrte daran, weinte und versuchte, ruhig mit mir zu reden. Ich erinnere mich, ich kann es jetzt hören, sie bat um Verzeihung und sagte, dass sie Angst habe. In dem Moment kam Jan nach Hause, es war Winter, und ich hörte, wie er seine Schlittschuhe und den Hockeyschläger in den Flur warf und schrie:

›Wir haben gewonnen, Mama, wir haben gewonnen. Jetzt will ich 'nen heißen Kakao.‹

Ich hörte sie antworten, dass er sich heute seinen Kakao selbst machen müsse, und ich dachte, dass ihm das ganz recht geschehe, dem verwöhnten Prinzen. Im gleichen Moment hatte ich eine Idee. Als Jan in der Küche verschwunden war, sagte ich: ›Hab keine Angst, Mama. Ich will ins Bett, dann können wir morgen weiter darüber reden.‹

Jetzt wird es schwierig, Jonas, jetzt möchte ich lieber alles vergessen. Beschönigen, nein, am liebsten überspringen.«

»Das ist wie mit einer Wunde, Klara. Wenn du sie nicht von Grund auf reinigst, liegt die Infektion dort unten auf der Lauer.«

»Ich verstehe, okay. Obwohl das Schlimme ist, dass hier bei dir der Patient das Messer in der Hand hält.«

»Nicht nur und nicht allein.«

»Ich glaube, ich war immer eifersüchtig auf Jan. Er war ein prima Junge, den man leicht gern haben konnte. So normal. Alle mochten ihn und am meisten ... Mama. Durch meine Art zu wissen war es immer vollkommen klar für mich, dass sie ihn mehr liebte als mich. Er war ihr auch ähnlich, ernsthaft, pflichtbewusst. Einmal hatte Großvater gesagt, der Junge habe mehr Verantwortungsgefühl unter seinem Daumennagel als ich im ganzen Körper. Mein Gott, ich habe vergessen, über Großvater zu reden.«

»Klara.«

»Ja, ja. Meine Eifersucht. Sie quälte mich nicht so sehr, weil ich wusste, dass ich Papas Augenstern war, und Papa war ja am wichtigsten. Aber er war so oft fort, wir waren Mama auf lange Zeit wie ausgeliefert. Und da fühlte ich mich schon ein wenig einsam, und manchmal hasste ich Jan. Das muss der Grund gewesen sein, warum ich beschloss, ihn zu meinem ... meinem Versuchskaninchen zu machen. Ich schuf ein Monster, mit Tintenfischarmen und Krokodilrachen. Schleimig war es, und es brachte ein Furcht erregendes Heulen hervor. Ich legte viel Arbeit darein, es sehr detailliert zu machen, und nach einer Weile hatte es grüne Augen, die Feuer spien. Fast bekam ich selbst Angst.

Jeden Abend schickte ich es die Treppe hinauf zu meinem Bruder. Aber Jan merkte nichts, er schlief wie immer, einen herrlichen Schlaf. Das betrieb ich wohl ein paar Wochen, bis ich einsah, wie albern das war, und damit aufhörte. Aber da geschah es, dass das Monster in meinen Träumen wieder auferstand, jede Nacht zeigte es sich dort in all seiner Schrecklichkeit. Es war eklig, aber kein richtiger Albtraum, denn ich wusste ja die ganze Zeit, dass ich es selbst geschaffen hatte.«

»Wusstest du das im Traum?«

»Ja, ich habe immer, nein, meistens, im Traum neben mir stehen und zugucken können, sodass ich wusste, dass ich träume. Ist das ungewöhnlich?«

»Ja, und sehr wertvoll. Das hat dir sicher oft geholfen. Das nennt man klare Träume.«

Sie lächelte zaghaft und sagte:

»Klare Träume, klare Träumer. Aber damals war das nicht so gut, weißt du. Denn plötzlich hatte ich eine Idee, mitten im Traum. Ich schickte das Monster zu Jan die Treppe hinauf. Kurz darauf wachte ich davon auf, dass der Junge vor Angst schrie. Als ich in sein Zimmer kam, stand Mama bereits da, hatte ihn im Arm und sagte, dass es doch nur ein Albtraum gewesen sei, dass er jetzt richtig aufwachen solle, sie würden in die Küche gehen und einen Kakao trinken.

Sie bat mich, den Kakao zu kochen, mein Gott, was habe ich ihn gehasst, diesen verfluchten Trostkakao, den sie immer parat hatte. Aber ich tat, wie sie gesagt hatte, und ich war richtig vergnügt, mein Gott, was war ich zufrieden mit mir. Und fest entschlossen, es wieder zu tun. Das tat ich auch, und es gelang mir jede Nacht. Zum Schluss hatte er solche Angst einzuschlafen, dass er die halbe Nacht las, ganz blass wurde und nicht mehr so gut beim Eishockey war. Mama machte sich Sorgen. Sie ging zum Arzt, einem netten, kompetenten Landarzt, den wir haben, und den Mama aus irgendwelchen Gründen nicht mag. Er verschrieb ein leichtes Schlafmittel, aber das half Jan nicht. Denn ich schaffte es, um vier Uhr morgens aufzuwachen, wieder einzuschlafen und das Monster in Gang zu setzen, dass es sich auf Jan stürzte, wenn die Schlaftabletten nicht mehr wirkten.

Schließlich meinte der Arzt, wir sollten vielleicht einen Spezialisten aufsuchen, einen Psychiater in Uppsala. Und Tante Inger, die im Anbau wohnt, Hellseherin ist und ein wenig sonderbar, sagte, dass das eine gute Idee sei. Jan sei besessen, sagte sie. Und der Spezialist in Uppsala würde bald dahinter kommen, wer diesen Fluch über ihn gebracht hatte.

Du verstehst sicher, dass Jans Albträume unmittelbar aufhörten. Und dass ich mir vorstellen kann, wie Sofia es mit ihren Träumen macht.«

»Ich begreife auch, warum du solche Angst vor der Psychiatrie hast«, sagte Jonas lachend.

»Ja. Darüber habe ich nie nachgedacht.« Sie konnte auch lachen, aber vor Erleichterung. Er verurteilte sie nicht.

»Aber Jonas, es gibt einen großen Unterschied zwischen Sofia und mir. Ich habe es aus Bosheit gemacht, sie, sie wollte dem blinden Jungen helfen, etwas zu sehen.«

»Das glaube ich nicht. Der Unterschied besteht wohl eher darin, dass Sofia jünger ist, als du es warst, kindlicher. Und dass sie keinen Bruder hat, keine Konkurrenz um den Platz an der Sonne.«

»Du meinst also, es ist verständlich, was ich getan habe?«

»Wir sind zu verabscheuungswürdigen Handlungen in der Lage, wenn wir auf niedrigem Niveau bedroht werden«, sagte er trocken. »Aber erzähl weiter von dem Abend, an dem du dich eingeschlossen hast.«

»Du errätst es sicher, ich habe mein Monster wieder aufgeblasen, das ganze Untier wurde grün wie der Hass. Und nach ein paar Stunden erschien es plangemäß im Traum, und ich schickte es die Treppe hinauf in Mamas Zimmer. Aber sie schrie nicht, also kam das Monster zurück und sah ganz enttäuscht aus. Mir war klar, dass ich es im nächsten Traum noch einmal probieren musste; diesmal ging ich aber mit hinauf, blieb in der Tür stehen und sah Mama an. Sie schlief, dieser schreckliche Mensch schlief vollkommen ruhig. Ich hatte ein wenig Angst, aber es gelang mir doch, das eklige Wesen anzufassen und es auf sie zu werfen.

Da verschwand es, direkt vor meinen Augen verschwand das Untier, und ich dachte, sie müsste eine Hexe sein, die die Kraft hatte, sich zu beschützen. Ich war so bestürzt, dass ich in meinem Bett aufwachte. Und ich hatte schreckliche Angst, dass Mama etwas passiert sein könnte. Deshalb schlich ich mich die Treppe hinauf und öffnete vorsichtig die Tür.

Sie wachte augenblicklich auf: ›Aber meine kleine Klara, was machst du denn hier mitten in der Nacht?‹

›Ich wollte nur sagen, dass ich kein Affe bin. Ich bin ein Mensch, aber ich bin anders.‹

Ich wusste nicht, woher die Worte kamen, aber plötzlich konnte ich weinen. Ich lag die ganze Nacht in ihrem Bett, und wir redeten in einem fort. Sie sagte, dass sie gespürt hatte, dass ich etwas … etwas Besonderes an mir hatte, das Papa als eine Gabe bezeichnete. Das ist erblich, sagte sie. Ich hätte es von Papas Schwester geerbt, die im Krieg gestorben war, als sie noch ganz jung war. Sie hieß Klara, wie ich.

Aber Mama sagte auch, dass ich das Wort ›anders‹ nicht benutzen sollte. Jeder war anders.

Ich verstand nicht alles, was sie mir sagte, aber darin war ich nicht ihrer Meinung. Ich hatte eine andere Wirklichkeit, und die konnte mich von der Zeit befreien.

Da sagte sie, dass viele diese Fähigkeit hatten, aber nur ab und zu.

›Du auch?‹

›Ja, in den schönsten Augenblicken.‹

Ich glaubte ihr nicht und traute mich, das zu sagen. Da sprach sie mit mir über Künstler, über Maler und Dichter. Als sie sah, dass ich sie nicht verstand, wurde sie ganz eifrig, stand aus dem Bett auf und holte einige alte Gedichtbände hervor. Sie zeigte mir Edith Södergrans Gedicht: ›Der Schlüssel zu allen Geheimnissen liegt im Gras des Himbeerhügels‹.«

»Und das war die Bestätigung?«

»Ja.«

Es blieb lange still, bis sie endlich fortfuhr:

»In dieser Nacht erfuhr ich außerdem, dass sie sich immer um mich Sorgen gemacht hatten und dass sie nicht wussten, was sie machen sollten, ob sie mit mir reden sollten oder was. ›Deshalb war ich so besinnungslos wütend, so unglaublich ängstlich‹, sagte sie. Alles verstand ich sicher nicht, aber ich war glücklich. Es war, als wäre die Einsamkeit vorüber.«

Plötzlich schlief Klara in dem Stuhl, auf dem sie Jonas gegenüber saß, ein. Er trug sie in sein ungemachtes Bett und wickelte sie in zwei Decken ein. Sie fror.

11

Ich brauche einen klaren Kopf.«

Jonas stand lange im Bad und betrachtete sein Spiegelbild. Das Gesicht eines unkomplizierten Menschen, rund mit Stupsnase, Kinn mit Grübchen, blaue Augen. Genau das – blauäugig.

Er hatte mehr Angst, als er zugeben wollte. Ich bräuchte eine Anleitung, dachte er, wusste aber gleichzeitig, dass Klara dabei nie mitmachen würde.

Es war nicht allein seine mangelnde Erfahrung, die das Gespräch zu einem Wagnis machte, es waren auch seine Gefühle. Er liebte Klara Horner seit dem ersten Tag an der medizinischen Fakultät, weil sie sich von allen anderen unterschied. Durch ihre spröde Art und ihre Ausstrahlung.

Er erinnerte sich an einen Kommilitonen, der gesagt hatte: »Natürlich ist sie hübsch, aber sie ist eher eine Waldnymphe als eine Frau.« Und etwas später, als alle im Kurs einander kannten: »Deine wunderbare Klara ist eine Streberin, eine kleine, blöde Streberin. Ein braves Mädchen, das alles kann und damit angibt.«

Sie war tüchtig, zeitweise geradezu überwältigend gut. Und sie strahlte auch auf den Festen, glücklich, offen und dabei dennoch rätselhaft.

Plötzlich fiel ihm eine Szene ein mit dem Professor vorn, einem Patienten mit einem ungewöhnlichen Symptombild und Klara, die plötzlich ihren Mund öffnete und die Diagnose stellte. Zur Überraschung aller, dann der Blick des Professors auf sie, verblüfft und misstrauisch. Schließlich sagte er: »Das war vortrefflich, Horner, wie sind Sie auf die Spur gekommen?«

Und Klara, die verschüchtert antwortete: »Ich weiß nicht, es war nur so ein Gefühl, das ich hatte ...«

Der Professor hatte daraufhin eine kürzere Vorlesung darüber gehalten, wie wichtig sie sei, die Intuition in der ärztlichen Kunst. Wie das meiste, was der Mann sagte, waren es Floskeln, aber Klara hatte ausgesehen, als hätte die Weisheit selbst zu ihr gesprochen.

Mein Gott, wie wenig Jonas begriffen hatte, er, der das Mädchen liebte, aber sich nie traute, es ihr zu sagen. Und der sich von ihrer praktischen Art und ihrer absoluten Verweigerung, das Unfassbare anzuerkennen, abschrecken ließ.

Zum tausendsten Mal fiel ihm ihr Streit in Uddevalla ein, wo sie beide ihr praktisches Jahr machten.

»Warum willst du Psychiatrie studieren, Jonas? Du musst doch wissen, dass die meisten Wahnsinnigen unheilbar sind.«

»Mich interessiert das Unbewusste, das, was existiert, aber außerhalb von Raum und Zeit.«

»Wenn es denn existiert.«

»So dumm bist du nicht, wie du jetzt tust, Klara.«

»Entschuldige. Aber warum möchtest du etwas wissen, was man gar nicht wissen kann?«

»Weil ich glaube, dass wir ein Schicksal haben. Ich bilde mir ein, dass das Unbewusste erkannt werden will, um dadurch etwas zu offenbaren ... Gott auf Erden.«

»O Scheiße, jetzt wirst du auch noch religiös. Und außerdem weißt du gar nicht, wovon du redest.«

Es war das letzte Mal gewesen, dass sie sich getroffen hatten, sie kam nicht zu seinem Abschiedsfest. Danach hatte er sie nur noch in seinen Träumen gesehen. Mein Gott, dachte er, schon damals war es ja ganz deutlich, da hatte er sie bereits wie eine Elfe über dem Boden schweben sehen. Sie hatte es ihm sogar einmal im Traum gesagt, dass sie ihre Schuhe verloren hatte, ihre schweren Schuhe, die sie auf dem Boden hielten.

Er wusch ab, räumte auf, öffnete eine Dose mit Pilzen und bereitete Butterbrote. Und genau wie er gehofft hatte, weckte der Pilzduft sie. Sie kam in die Küche geschlurft und schnüffelte.

»Ich habe Hunger«, sagte sie, »merkwürdigerweise habe ich Hunger.«

Kurz nach vier begannen sie wieder. Sie war sehr ernst, fast feierlich.

»Wie du inzwischen wohl verstanden hast, fühle ich mich fremd in der Wirklichkeit, wie ein Flüchtling, der immer aufpassen muss, nicht entlarvt zu werden. Aber meine Fremdheit ist größer als die der Einwanderer, denn ich habe mein Heimatland vergessen. Mir ist nur noch eine Art wortloser Sehnsucht geblieben und eine … Ehrfurcht gegenüber etwas Vergessenem, Wildem.«

Sie weinte.

»Es gibt ein Flötensolo von Karl-Erik Welin. Manchmal, wenn ich mich stark fühle, traue ich mich, es zu spielen. Vielleicht kennst du es sogar. Im Vordergrund gibt es eine Melodieschleife, schön und wehmütig. Aber was es so fast unerträglich schön macht, das ist das Echo, die Flöte antwortet mit einem Echo, wiederholt das Thema wie aus weiter Ferne. Ich habe es verloren, das Echo, das mir bei allem Tiefe und Inhalt gab. Ich bin nur noch zweidimensional.«

Er gab ihr ein Taschentuch, sie putzte sich die Nase, ihr Gesicht verhärtete sich vor Entschlossenheit.

»Die Flucht in die Wirklichkeit begann in dem Frühling nach der Vereinbarung mit Mama. Sie ließ uns beide für zwei Wochen krankschreiben, und wir fingen an zu pauken. Natürlich konnte ich in der kurzen Zeit nicht alle Lücken schließen, aber ich lernte, wie man es macht.

Mein Zeugnis sank auf einen Tiefpunkt, die anderen Lehrer in der Schule waren besorgt darüber, aber Mama nahm es ruhig hin, sie log und erklärte, dass ich eine schwere Infektion gehabt hätte und dass ich erst wieder zu Kräften kommen müsste. Sie kann gut lügen, meine Mutter.

Kurz vorm Ende des Schuljahrs kam Papa nach Hause und kaufte ein Segelboot, so ist er nun mal. Den ganzen Sommer habe ich mich wie im Gefängnis gefühlt, Jan und Papa segelten, Mama und ich lernten. Aber es war Papa, der mich durchhalten ließ. Er sagte, wenn man etwas verliert, dann bekommt man auch etwas dafür wieder. Und ich würde die Fähigkeit bekommen, selbst denken zu können.

Zu denken, nicht nur zu sein.

Er war unbarmherzig. Er sagte, dass ich mit meiner Art zu erinnern aufhören müsse. Stattdessen müsse ich eine neue Form der Erinnerung aufbauen, wie ein Lager, Regalfach für Regalfach. Das war ein mühevoller Job. Und ich fragte: Warum? Und er sagte, dass man nicht einfach in der Zeit herumreisen und alles vergleichen könne. Man brauche ein Kellerlager, um ein Erlebnis neben das andere zu packen, es zu beurteilen und seine Wahl zu treffen.

Er erzählte mir von Hellseherinnen und Medien. Sie hätten eine Gabe, sagte er, aber sie seien oftmals so ungebildet und verwirrt, dass man sie nicht ernst nehmen könne. Das sei tragisch, sagte er.

›Ich glaube nicht, dass sie dümmer sind als andere. Aber sie haben es wie du gemacht. Sie waren nie gezwungen, ihren Verstand und ihren Kopf zu trainieren.‹

Er sprach über Hexen, über all diese Frauen, die wegen ihrer Kenntnisse auf dem Scheiterhaufen verbrannt worden waren. Ein ganzer Schatz alter Weisheiten verschwand mit ihnen, sagte er. Das war furchtbar, aber in gewisser Weise hatten sie selbst einen Teil Schuld daran, weil sie nie gelernt hatten, selbst zu denken. Sie konnten sich mit keiner Logik gegenüber den Pfarrern und deren heimtückischen Fragen verteidigen.

Ich weiß noch, dass ich weinte, denn ich wusste ja, wie erniedrigt und verzweifelt sie sich gefühlt haben mussten, genau wie ich, als Mama mit ihrem Verhör begann.

Er verurteilte mich zur Verbannung. Das sah ihm gar nicht ähnlich, und hinterher habe ich oft gedacht, dass er gar nicht begriffen hatte, wie groß der Verlust für mich war.

Es war so ein schöner Sommer, ich kann mich nicht daran erinnern, dass es auch nur einen Tag regnete. Auch die Abende waren heiß, wir saßen im Garten, und Papa erzählte von seiner Kindheit, von den Nazis und dem Krieg. Ich hatte einiges schon vorher gehört, aber jetzt verstand ich es. Wir sprachen über Ideologien, Politik, Bücher – das ständige Problem meines Vaters auf den langen Reisen ist, ausreichend viele Bücher bei sich zu haben. Bei jedem Flug muss er Übergewicht bezahlen.

Plötzlich war ich dreizehn, fast erwachsen, und konnte am Gespräch teilnehmen. Langsam ahnte ich, was er meinte, als er sagte, ich würde etwas als Ersatz bekommen.

Aber weiterhin war ich ja noch in vielen Bereichen schrecklich unwissend. Am schlimmsten war der Mangel an Einsicht in andere Menschen. Ich hatte nie einen Gedanken darauf verschwendet, wie andere wohl dachten oder fühlten. Eine einzige gute Sache hat diese schreckliche Wundergeschichte in Östmora. Sofia hat ihren kleinen blinden Freund erschreckt und verletzt und weiß es selbst. Sie hat Anders gegenüber starke Schuldgefühle, sagt Mama. Und die habe ich auch, ich muss, wir müssen ihm die Angst nehmen.

Im Mamas altem Bücherregal daheim bei Großvater fand mein Vater, was er suchte. Er kam mit ›Anne auf Grönkulla‹ zu mir und sagte, das solle ich lesen.

Das machte mir unglaublich viel Spaß. Und, mein Gott, Jonas, was habe ich nicht alles in dem Sommer gelesen, einfach alles. Außer Märchen, die bekam ich nicht.«

»Aber jemand hat dir doch sicher Märchen vorgelesen, als du noch kleiner warst.«

»Ja. Aber weißt du, mich hat nie die Handlung interessiert. Ich habe mich auf die Bilder konzentriert und bin in ihnen verschwunden. Und jetzt war es wieder so, monatelang reiste ich von Annes Heimat Grönkulla zu Charlotte Löwensködls Pfarrhof in Värmland. Und dann weiter mit Mobergs Auswanderern nach Amerika, wo ich eine ganze Weile bei Scarlett O'Hara in den Südstaaten blieb. Auf eine ganz normale Art und Weise war ich unsterblich in Rhett Butler verliebt, bis ich ihn in dem alten Film im Fernsehen sah. Clark Gable war nicht mein Typ.

Sie waren sehr streng, was Filme betraf, meine Eltern. Und nicht nur mit mir, auch Jan durfte selten ins Kino gehen. Erst als sie ihre

Bemühungen aufgaben, Jan dazu zu bewegen, etwas anderes als Serienhefte zu lesen, schafften sie sich einen Fernseher an. Und wie sie befürchtet hatten, sah er sich jeden erstbesten Actionfilm an und brachte einen fast um, falls man ihn bei irgendeiner blöden amerikanischen Detektivserie störte.

Als ich im Herbst in der Oberstufe anfing, wurde es für mich leichter, und ich bekam wieder normale Zensuren. Nur ab und zu, in äußerster Bedrängnis, griff ich auf meine alten Tricks zurück. Zum ersten Mal in meinem Leben hatte ich Freunde. Ich kicherte mit der Clique, hatte eine beste Freundin, die Karin hieß, und war sogar in einen langweiligen, pickligen Jungen verliebt. Und fast jeden Abend dachte ich, dass Papa Recht gehabt hatte mit seinen Worten, dass ich etwas für den Verlust bekommen würde.

Dennoch war ich traurig, im Grunde genommen war ich die ganze Zeit traurig. Mama wusste das, sie hat Habichtsaugen, und nichts entgeht ihr. Ich glaube, manchmal hört es sich an, als würde ich Mama hassen. Aber das stimmt nicht, man kann doch nicht einen ganzen Menschen hassen. Nur Teile. Was so schlimm ist, das ist ihre Gerechtigkeit.

Wie jetzt mit Sofia. Es wäre doch menschlich, nicht wahr, wenn es zwischen uns Eifersucht und Reibereien gäbe. Um das Kind. Aber dem ist nicht so, Mama weiß es besser. Denn sie hat eingesehen, dass sie die uneingeschränkte Macht hat, da das Kind ja bei ihr wohnt. Und Macht beinhaltet Verantwortung.

Deshalb war sie sehr darauf bedacht, mir meinen gerechten Platz in der Welt des Kindes zu geben. Deshalb spricht sie über mich, lässt den Phantasien über mich und der Sehnsucht nach mir breiten Raum. Das ist so falsch, weil die Grundvoraussetzungen ja nicht verändert werden können.«

»Und welche sind das?«

»Dass Kerstin Sofias Mutter ist mit allem, was das an Sicherheit und Erziehung bedeutet. Das Kind kann nicht zwei Mütter haben.«

»Da bin ich aber anderer Meinung, die kann es schon haben. Du bist Opfer einer Schablone unserer Kultur. Die Kernfamilie mit der einen, einzigen großen Mutter ist eine ziemlich neue Institution. Und meiner Meinung nach reichlich gefährlich.«

Er sah ihre Verwunderung und traute sich deshalb, weiterzusprechen: »Vielleicht habt ihr euch ja, deine Mutter und du, in ein Netz von Schuld verstrickt.«

»Gegenseitiger Schuld?«

»Es scheint so.«

Sie schwieg lange Zeit, weinte wieder und sagte: »Du hast wohl Recht. Es gibt noch etwas ...«

»Neben dem Kampf um Sofia und um deinem Vater?«

»Was Papa betrifft, so habe ich nie eine Chance gehabt, das habe ich dir doch erklärt. Und was Sofia betrifft, so glaube ich, dass ich es bin, die sie auf Abstand hält. Ich gehe nicht auf das ein, was Sofia und Mama mir anbieten, weil ich Angst um das Kind habe. Sie kommt mir zu nahe, ich ziehe eine Grenze. Sie weiß zu viel, ich muss sie fern halten.«

»Hast du Angst vor dem, was das Mädchen bei dir sehen kann?«

Sie weinte hemmungslos und konnte nur nicken.

»Weil sie so ist wie ich, ist das gefährlich. Sie lockt mich zurück, und wenn ich ihr zu nahe käme, müsste ich ihre Besonderheiten bestätigen. Verstehst du?«

Wieder blieben sie lange schweigend sitzen. Aber dann putzte Klara sich die Nase und ging zurück in ihre Geschichte.

»Das Jahr in der Oberstufe«, sagte sie, »das hätte gut werden können, Jonas, das hätte mir ein Gefühl der Heimat in der Wirklichkeit geben können. Wenn nicht die Katastrophe eingetreten wäre.«

12

Es war ein später Frühling, mein letztes Halbjahr in der Oberstufe. Du weißt, wie das sein kann, ein fast unerträgliches Warten, das man mit dem Gras und den Bäumen teilt. April, aber neue Kältewellen, Neuschnee, der sich schwer auf die keimenden Leberblümchen legt. Und dann das Licht, das einen nachmittags irreführt, bevor der nächste Schneefall einsetzt.

Am schlimmsten ist die Dämmerung, nicht wahr? Wenn man fühlen kann, wie die Sehnsucht der kahlen Bäume in dieses blaue Licht gesogen wird.«

Sie hatten Kaffee getrunken, Klara hatte ihn gekocht, während er Kopenhagener gekauft hatte. Sie konnten ein wenig über seine unaufgeräumte Küche witzeln und hatten beschlossen, den Tag mit geräuchertem Lachs und einer Flasche Weißwein zu beschließen.

Jetzt saßen sie wieder im Wohnzimmer, sie war blass, aber fest entschlossen.

»Der einundzwanzigste April war ein Mittwoch, und schon beim Aufwachen wusste ich, dass dieser neue Tag etwas Gefährliches an sich hatte. Das war merkwürdig, war es doch ein klarer Tag. Und warm, endlich.

›Es kommt ein Gewitter‹, sagte ich am Frühstückstisch. Mama sah überrascht auf, und Jan lachte mich aus. ›Jetzt spinnst du aber, Schwesterchen, im April gibt es doch kein Gewitter.‹

›Ich fühle aber, dass ein Gewitter kommt‹, sagte ich, aber das stimmte nicht, und das war mir in dem Moment klar, als ich Jan ansah. Ich bekam solche Angst, dass ich zitterte, als ich auf seinen Blick traf, und Mama fragte: ›Klara, meine Kleine, ist dir nicht gut?‹

Ich konnte ihr nicht antworten. Aber wie üblich beschloss sie für sich, dass es mir nicht gut ging und dass das sicher daran lag, dass ich meine Regel bekommen sollte. Also steckte sie mich ins Bett und gab mir ein schmerzstillendes Mittel, das der Landarzt verschrieben hatte.

Ich hatte oft Probleme mit der Menstruation.

Nun wusste ich aber, dass sie sich irrte, es war nicht die Zeit für die Regel. Dennoch war es schön, um die Schule herumzukommen und schlafen zu können, von diesen Tabletten wurde man schrecklich müde. Ich wachte erst wieder auf, als Jan von der Schule heimkam, zehn Scheiben Brot aß und dann seine Schlittschuhe und Hockeyausrüstung nahm, um zur Kunsteisbahn der Gemeinde zu verschwinden.

Bevor er ging, sagte er: ›Vielleicht hattest du doch Recht mit dem Gewitter, es zieht ein ziemliches Unwetter auf.‹ Ich antwortete ihm nicht, ich fand ihn einfach doof.

Mama war auf irgendeinem Treffen und sollte erst nachmittags nach Hause kommen. Als mein Bruder weg war, ging ich in die Küche und holte ein Paket Dorsch aus dem Gefrierfach. Dann legte ich mich wieder ins Bett.

Aber ich konnte nicht einschlafen, ich spürte, wie die Tabletten das Hirn freigaben, das klar und kalt wie Eis wurde. Und je schärfer ich dachte, umso mehr Angst bekam ich. Ich zog die Gardinen auf und betrachtete das Unwetter, das vom Meer heraufzog. In wenigen Stunden würde der Sturm mit eisigen Schneeböen über uns sein. Ich weiß noch, dass ich dachte, wie gut, dass die Bäume noch nicht ausgeschlagen haben, dass sie noch kahl und bloß dastehen.

Ich ging in die Küche, stellte das Radio an und begann Kartoffeln zu schälen. Im Radio sprachen sie vom Wind, der über Ålands Gewässern Orkanstärke erreichte. Aber ich wusste, dass das, was geschehen würde, nichts mit dem Sturm zu tun hatte.

Mama kam genau in dem Moment zurück, als das Unwetter über uns war. Ich freute mich so, ihr Auto zu hören, dass ich auf den Hof lief, um ihr entgegenzugehen. Wir standen dort im Sturm, umarmten uns, und für einen Moment glaubte ich, ich könnte zu ihr vordringen: ›Mama, es wird etwas Schreckliches passieren.‹

Aber sie lachte nur und sagte, dass wir schon schlimmere Unwetter erlebt hätten, dass das Haus stabil sei und dass der Sturm in wenigen Stunden vorübergezogen wäre. Sie war die Tochter eines Lotsen, an der Küste geboren und wusste viel übers Wetter. Mit ihr sprechen zu wollen war sinnlos – wie üblich. Aber ich hielt mich dicht an sie in der Küche, wo wir das Mittagessen kochten, es aßen und eine Portion in den Wärmeofen stellten. Für Jan.

Von den folgenden Stunden erinnere ich nur noch, dass der Sturm vorüberzog und der Schnee in Regen überging. In strömenden Regen. Die Uhr zeigte zehn, Jan kam nicht. Sie rief auf dem Sportplatz an, aber niemand nahm ab: ›Sie sind wohl gegangen‹, sagte sie und sah mich dabei lange an, und endlich sah ich meine Angst in ihren Augen. Aber sie meinte, er sei sicher mit einem seiner Freunde nach Hause gegangen, wo er darauf wartete, dass der Regen aufhören würde.

Wir starrten einander an, denn wir wussten beide, dass sie log, um uns zu trösten. Jan, der Pflichtbewusste, hätte angerufen, wenn er sich verspäten würde. Eine Weile später sagte sie, dass wir ihn suchen müssten.

›Wir nehmen den Wagen und fahren langsam die Strecke ab.‹

Wir hatten gerade unsere Stiefel angezogen, als es an der Tür klingelte. Draußen standen zwei Männer, Polizisten, und ich dachte: Es ist vorbei. Sie sprachen sehr langsam, als müssten sie nach den richtigen Worten suchen. Es war ein Unfall passiert ... betrunkene Jugendliche, die Fahrerflucht begangen hatten, Jan im Krankenhaus. Wir hörten nur einzelne Worte.

Dann schrie Mama: ›Ich muss zu ihm‹, und einer der Polizisten hielt sie zurück, und der andere sagte: ›Es ist zu spät, er ist auf der Stelle gestorben.‹

Alles wurde ein Chaos, ich kann mich nicht erinnern, was dann geschah, nur an Mamas Weinen. Sie schrie wie ein Tier. Es schien, als heule sie wie die Wölfe, die man im Fernsehen hört. Dann war der Arzt da und Tante Inger und andere, ich glaube, das ganze

Haus war voller Leute. Aber niemand kam an Mama heran, sie schrie, hörte nicht auf zu schreien. Zum Schluss schüttelte der Arzt sie, einen Moment lang glaubte ich, er wollte sie schlagen, und sprang dazwischen, um sie zu beschützen.

Irgendwie kam ich auf ihren Schoß, groß wie ich war, und sie schlang ihre Arme um mich. Und verstummte. Der Arzt holte Tabletten heraus, aber ich schlug sie ihm aus der Hand.

Wir brauchten nichts zum Beruhigen, davon war ich überzeugt. Dann sah ich, dass sie etwas sagen wollte, es aber nicht konnte. Ich legte mein Ohr an ihren Mund, ich hörte nichts, aber ich wusste es dennoch:

›Hans. Papa.‹

Ein Funkruf hätte Stunden gebraucht, wir konnten nicht warten. Er war auf dem Weg heim, irgendwo im Ärmelkanal. Ich sagte dem Arzt, er sollte Lövgren anrufen, den Personalchef der Reederei. Aber er guckte auf die Uhr, der Idiot sah auf der Uhr, dass es schon nach Mitternacht war. Er ist dumm, darin gebe ich Mama Recht.

Der Polizist, der geblieben war, war sehr viel klüger: Als ich aufstehen wollte, um selbst nach Lövgrens Telefonnummer zu suchen, hielt er mich zurück. ›Du bleibst bei deiner Mutter. Wie hieß er?‹ Er brauchte keine Minute, dann hatte er die Nummer gefunden. ›Guten Tag, hier ist die Polizei ... er muss nach Hause kommen, seine Frau befindet sich in einem kritischen Zustand, ein Telegramm ... Ja, ja, gut, rufen Sie zurück, sobald Sie etwas wissen.‹

Als er den Hörer aufgelegt hatte, kam er zu uns, legte einen Arm um Mama und sagte so laut und deutlich, als rede er mit einem Kind, dass sie ein Telegramm schicken würden und dass sie damit rechneten, bald einen Hubschrauber aus Frankreich zu bekommen, dass Papa morgen in aller Frühe in Paris oder London wäre und die erste Maschine heim nehmen würde.

Mama bekam ein wenig Farbe und konnte flüstern, dass sie ihn nicht abholen konnte, sich nicht traute ... mit dem Auto. Und der Polizist sagte, dass sie das schon organisieren würden, jemand würde in Arlanda sein.

Die Leute gingen, der Arzt auch. Aber er meinte, wir sollten lieber nicht allein bleiben, und Mamas Augen suchten die des Polizisten, der nickte und telefonierte. Ich nehme an, mit seinem Chef. Als er zurückkam, sagte er, dass er über Nacht bleiben würde – und mit einer Art wütender Befriedigung:

›Sie haben die Idioten geschnappt, die das Auto gefahren haben.‹

Ich erinnere mich nicht mehr, wie er Mama auf das Sofa im Wohnzimmer brachte. Er muss sie getragen haben. Sie schrie wieder los, als sie mich loslassen musste. Sobald er sie hingelegt hatte, nahm er mich und legte mich in ihre Arme. Er holte eine Decke aus dem ersten Stock und kochte Tee. Mama wollte nichts trinken, aber er nahm seinen Befehlston an: ›Es ist wichtig, dass ihr etwas trinkt, so ist gut, ja.‹

Später schlief er im Sessel neben uns. Als es ruhig geworden war, konnte ich fühlen, dass Mama auch in den Berg gegangen war. Wir hatten gemeinsam die Welt verlassen.

Ab und zu klingelte das Telefon, zuerst die Reederei, alles ging nach Plan. Großvater rief an, und der Polizist sagte, wir würden endlich schlafen und dürften nicht gestört werden. Schließlich war es Papa, um sechs Uhr morgens, vom Flughafen Heathrow in London, er würde um 12.20 Uhr in Arlanda sein. Ich hörte Teile des Gesprächs: ›Frau Horner hat einen schweren Schock, ja, ja, ich bin die Nacht über hier geblieben. Das Mädchen? Nein, sie ist unglaublich stark und gefasst.‹ Der Polizist, er hieß Åke, versuchte mich daran zu hindern, vom Sofa aufzuspringen und den Hörer zu greifen: ›Papa ...‹

Seine Stimme war merkwürdig, aber er sagte das, was ich hören wollte: ›Wir schaffen das, mein Mädchen, versuche Mama dazu zu bringen, dass sie das begreift, wir werden das schaffen.‹

Mama heulte nicht mehr, wenn ich sie verließ. Sie wimmerte, das war fast noch schlimmer. Aber Åke sagte: »Jetzt müssen Sie sich zusammennehmen, Kerstin. Sie haben noch ein Kind, und die Arme hat in dieser Nacht so viel ertragen müssen, wie sie kaum ertragen kann.«

Das wurde ihr wohl irgendwie bewusst, denn sie hörte auf zu wimmern, und ich konnte auf die Toilette gehen, ich musste so dringend pinkeln. Während ich mir im Bad das Gesicht wusch und die Zähne putzte, kam ich aus dem Berg hervor und begann zu begreifen. Jan, ich würde Jan nie wieder sehen. Meinen kleinen Bruder.

Mir wurde ganz übel vor Trauer, ich war so traurig. Nicht versteinert. Und ich wusste mit einem Mal, was mich wieder in die Wirklichkeit geholt hatte. Papa, nicht das, was er gesagt hatte, sondern seine Stimme.

Mama hatte aufgehört zu wimmern, war aber immer noch im Berg. Sie saß in der Küche, und Åke machte Frühstück. Ich ging zu ihm und flüsterte:

›Papa ...‹

Åke nahm mich auf den Schoß, hielt mich fest in seinen Armen und flüsterte:

›Natürlich habe ich auch daran gedacht, wie es ihm in dieser Nacht gegangen ist ... seit das Telegramm ankam, im Hubschrauber und jetzt ... während er wartet.‹ Er hatte Tränen in den Augen, der Polizist, und er fluchte: ›Verdammte Scheiße‹, sagte er. ›Verdammte Scheiße.‹

Das half mir, plötzlich konnte ich auch weinen, ich weinte und weinte. Beide suchten wir den Kontakt zu Mama, aber sie konnte uns nicht sehen.

›Du bist ein ungewöhnlich starkes Kind‹, sagte der Polizist. ›Vielleicht kommst du ja nach deinem Vater.‹ Das war eine Frage, ich hörte es und antwortete: ›Er ist mir ähnlich.‹«

»Als Åke ging, um wieder beim Polizeirevier anzurufen, setzte ich mich neben Mama auf das Küchensofa. Sie zog mich an sich heran, versuchte nach einer Weile etwas zu sagen, konnte es aber nicht. Mich störte das nicht, ich wusste ja, wo sie war. Aber der Polizist war beunruhigt, weil sie nicht reden konnte, fluchte über den Landarzt und sagte, wir bräuchten psychiatrische Hilfe.

Das war das zweite Mal in meinem Leben, dass ich dieses Wort hörte, und ich bekam Angst. Ich flüsterte, es würde schon vorbeigehen, sie würde zurückkommen, sobald Papa zu Hause wäre. Ich trank Kaffee, zum ersten Mal verstand ich, warum die Erwachsenen gerne Kaffee tranken. Er tröstete, und die Kopfschmerzen, die ich von dem vielen Weinen bekommen hatte, verschwanden.

Um elf Uhr fuhr Åke nach Arlanda. ›Du schaffst es schon, es ist ja nur für zwei Stunden.‹ Ich hob die Hand, es war ein Versprechen. Er ging zum Auto, kam aber noch einmal zurück: ›Hast du ein Foto von deinem Papa? Damit ich ihn erkenne.‹

Er bekam das Foto von Mamas Nachttisch, mit Rahmen und Glas und allem, und warf es auf den Rücksitz. Als wir allein auf dem Küchensofa zurückblieben, tat mir der Bauch vor Trauer weh, und ich wollte zurück in den Berg zu Mama. Aber mir fiel mein Versprechen ein, und dann war da noch etwas anderes. Ich war an Jans Zimmer vorbeigegangen, als ich das Bild geholt hatte, an seinem unordentlichen, unaufgeräumten Zimmer. Das war so schrecklich, das war so schlimm, dass mir der Weg in den Berg versperrt war.

Wir saßen da wie zusammengeleimt, als das Auto kam und Papa da war. Sofort kam Leben in sie, wie ich es dem Polizisten gesagt hatte. Die beiden standen nur da, und plötzlich konnte sie sprechen: ›Hans, mein Geliebter, du siehst so müde aus.‹

›Wir sind alle müde‹, erwiderte er. ›Vor allem Klara, die so tüchtig war. Lasst uns schlafen gehen, alle drei.‹

Er hatte keine von uns beiden umarmt, aber jetzt umarmte er den Polizisten ganz fest: ›Ich weiß nicht, was ich sagen soll, wie ich Ihnen für alles danken kann.‹ Åke wurde feuerrot. Da sah ich, dass Papa weinte. Er stand da, umarmte den Polizisten und weinte wie ein Kind. Und ich begriff, dass es keinen Berg gab, um in ihn zu fliehen, nicht an diesem Tag, auf lange Zeit hin nicht.

Bevor Åke uns verließ, ging er durch das Haus und zog die Telefonstecker heraus. Und dann ging er zu Tante Inger hinüber, um sie zu bitten, das Haus wie ein Hofhund zu bewachen. Wir hörten, wie er ihr auf dem Hof sagte, dass sicher die Leute mit Blumen und allem Möglichen angerannt kommen würden, dass wir aber auf keinen Fall gestört werden dürften.

Wir legten uns alle drei in das große Bett in Mamas Zimmer. Und merkwürdigerweise konnten wir schlafen. Als wir aufwachten, war es bereits dunkel, und alle drei hatten wir Kopfschmerzen.

›Hoch mit dir, mach Essen für Mann und Kind‹, sagte Papa. Und sie gehorchte, sie briet irgendwelche Steaks. In der Zwischenzeit rief Papa Tante Inger an, die sagte, dass der Arzt sich Sorgen machte und kommen wollte. Ich kann heute noch seine Stimme hören, als er sagte: ›Sag dem Arzt, er kann sich seine Pillen in den Arsch stecken. Wir schaffen es allein.‹

Irgendwie brachten wir das Essen hinunter. Dann öffnete Papa eine Flasche Whisky und schenkte ordentlich in drei Gläser ein. Für mich auch. Mir wurde ganz schwindlig, aber dann spürte ich, wie der Alkohol in meinen Magen sank und die Trauer löschte.

Wir schliefen erneut, bis die Sonne aufging. Es war schönes Wetter. An dem Tag kam der Frühling. Die Vögel sangen, als wären sie wahnsinnig, und die Sonne erleuchtete jedes Detail der schrecklichen Wirklichkeit.«

13

Beide, Jonas und Klara, waren müde. Aber sie wussten, dass jetzt keine Pause erlaubt war. Sie mussten nach einer Tasse Kaffee weiterreden, weiter, weiter.

Er war über seine Bedenken hinweggekommen. Es war so offensichtlich, dass es eine Grenze für das Professionelle gab, dass er das, was geschah, nicht länger nur mit seinem Wissen beurteilen konnte.

Er sagte es ihr: »Ab jetzt, Klara, zählt nur unsere Freundschaft.«

Er wusste nicht, ob sie es verstand. Sie fuhr fort, wie unter Zwang:

»Als es an diesem schrecklichen Morgen am allerschlimmsten war, sagte Papa, dass wir das, was auf uns wartete, anpacken müssten. Wir sollten ihn sehen, sagte er. Es dauerte eine Weile, bis ich begriff, dass er von Jan sprach, eigentlich erst, als Mama flüsterte, dass sie es sich nicht zutraute.

Er sagte: ›Geh duschen. Und zieh dir was Passendes an.‹ Zu mir sagte er: ›Du musst selbst entscheiden, Klara. Meinst du, du schaffst es?‹ Ich antwortete, dass ich wollte, und das stimmte. Ich wollte. Jetzt gerade.

Ich erinnere mich, dass ich lange einfach nur dastand und meinen schwarzen Pullover ansah. Er war zu klein, aber sonst hatte ich nichts. Als Papa anrief, baten sie uns, noch etwas zu warten, ein paar Stunden. Dann rief Papa die Polizei an und bekam endlich Åke ans Telefon, der zurückrufen wollte. Als er sich wieder meldete, sagte er, es habe eine Obduktion stattgefunden, man hatte die Todesursache feststellen müssen.

Papa wurde wütend, es war doch sonnenklar, dass der Junge durch das Auto getötet worden war. Und Åke sagte, dass nicht er die Bestimmungen gemacht habe, so waren sie nun einmal, und am besten suchten wir zunächst ein Bestattungsinstitut auf, bevor wir ins Krankenhaus gingen.

Das taten wir. Das waren gute Leute, professionell und äußerst ruhig. Dennoch war es schwer. Und dann waren Mama und Papa verschiedener Meinung. Er wollte eine großartige Beerdigung, mit allem Drum und Dran, Sarg und Blumen, Einladungen an alle Leute aus Östmora, die Schulfreunde, den Sportverein. Mama wollte es so schlicht und unauffällig wie möglich, aber mitten in einem langen Vortrag verstummte sie:

›Entscheide du.‹

Es schien, als hätte sie etwas begriffen. Der Mann vom Bestattungsinstitut riet uns, nicht in den Kühlraum des Krankenhauses zu gehen: ›Warten Sie bis morgen‹, sagte er, ›und kommen Sie dann hierher. Wir haben eine Kapelle, in der Sie allein sein können mit dem Kind.‹

Papa verstand, was er meinte, und war einverstanden. Also kauften wir ein und holten Großvater, der wie ein untröstliches Kind weinte. Zu Hause konnten wir uns nicht mehr verleugnen lassen: Briefe, Telegramme, Blumen. Das ganze Haus füllte sich mit Blumen. Und dann Leute, die kamen, die kamen und gingen, die ganze Zeit.

Ich sah es Mama an, wie schwer es ihr fiel. Und Papa, wie wichtig es für ihn war. Ich selbst hätte mich am liebsten versteckt, aber Mama fing mich ein und machte mich drauf aufmerksam:

›Wir dürfen nicht vergessen, dass er nie die Seinen hat beerdigen können, weder seine Eltern noch seine Schwester.‹

Am folgenden Tag gingen die beiden in die Kapelle, um Jan anzusehen. Aber ich hatte mich inzwischen anders entschieden, ich ging nicht mit.

Es stimmt, wenn gesagt wird, dass die Begräbnisgeschäfte einem einen Aufschub in der Trauer geben. Die ganze Woche über waren unsere Stunden mit Beschlüssen und Handlungen angefüllt. Auch ich war praktisch beschäftigt, ich schrieb die Einladungskarten und suchte die Adressen heraus. Und sprach mit den Leuten vom Sportverein und den Klassenkameraden. Papa kümmerte sich um das Kirchliche, den Pfarrer und die Musik, während Mama das Haus sauber machte und Essen für die Zusammenkunft nach der Beerdigung bestellte. Sie war tüchtig, ich sah sie nur ein einziges Mal die Fassung verlieren. Und zwar als sie den alten Fisch im Wärmeofen fand, den wir für Jan aufbewahrt hatten.

Es wurde ein schöner Gottesdienst, die ganze alte Kirche war voller Leute und die Rituale, du weißt, diese alten Rituale, die halfen mir. Obwohl ich nicht verstand, was sie bedeuteten. Und dann ...«

Sie verstummte.

»Was geschah dann, Klara?«

»Alle fuhren mit dem Auto zu uns nach Hause. Aber ich sagte, ich wollte lieber zu Fuß gehen. Und das wollte ich wirklich, ich wollte für eine Weile für mich allein sein. Es geschah da, wo die Felder aufhören und der Birkenwald anfängt ...«

Wieder ein langes Schweigen.

»Was geschah da, Klara?«

»Zuerst war es ein Loch im Hirn. Dann riss die Erde wie bei einem Erdbeben auf. Ich bekam wahnsinnige Angst.« Sie wiederholte sich selbst mit einem scheuen Lächeln: »Wahnsinnige Angst.

Ich weiß nicht, wie lange es dauerte, eine halbe Sekunde, eine Sekunde. Aber es erschreckte mich fast zu Tode. Als ich wieder zurückkam, war die Welt verändert, o Jonas, ich kann dir einfach nicht erklären, wie die Welt war. Alles war so deutlich, so gleichzeitig. Das Gras, die Bewegungen im Gras, alles sah ich, es hatte eine so unbegreifliche Tiefe, es leuchtete, die Bäume, der Wind, das Feld, es war so deutlich, alles leuchtete. Es war, als wären alle Sinne geschärft und als wüsste ich jetzt endlich, wie die Wirklichkeit war, wie sie klang, wie sie duftete.

Es gab hellgrüne Knospen an den Birken, und ich war in den Duft, den Birkenlaubduft, eingeschlossen Der Huflattich im Graben klingelte, er hatte Glocken und klingelte für mich. Der Himmel – ich warf einen kurzen Blick in den Himmel, senkte aber sofort wieder meinen Blick, weil mir klar war, dass ich in der Bläue verschwinden konnte. So blau war er.

Aber das Sonderbare, was am schwersten zu erklären ist: Alles war in Bewegung. Und zwar im Einklang. Es gab keine Vorstellung von Zeit. Du glaubst mir nicht?«

»Doch«, sagte Jonas. »Weißt du, Klara, ich habe mal Drogen genommen. Wenn man LSD nimmt, kann man genau das erleben, was du beschrieben hast. Es kann gleichzeitig wie eine Schwindel erregende Einleitung zu einer psychotischen Episode erscheinen.«

Sie sah ihn überrascht an, das hatte sie nie geahnt.

»Wie bist du davon losgekommen?«

»Das ist eine lange Geschichte, die ich dir ein andermal erzähle. Jetzt bist du dran.«

»Ich habe Blumen gepflückt, so viele ich finden konnte, frisches Gras und Vorjahrsdisteln. Und ich kam heim, als die Schnittchen serviert wurden. Nur Papa bemerkte mich, also ging ich zu ihm und gab ihm meinen sonderbaren Strauß. Ich sah ihm direkt in die Augen und wusste es genau, ich sagte ihm: ›Du bist es, du bist der Bergkönig.‹

Er hat eine merkwürdige Augenfarbe. Ich habe immer gedacht, sie wären braun, ganz normale braune Augen. Aber später wurden sie immer heller, weil er ständig aufs Meer blickt.

Ich wusste, dass ich mich normal benehmen musste. Es ging gut, ich half beim Servieren, war höflich und aufmerksam. Die ganze Zeit ruhten Papas Augen auf mir. Sie hielten mich fest, und sie wussten, was ich gesehen hatte.

Schließlich hatten wir beide erkannt, dass er der König im Berg war und was das größte Geheimnis unseres Lebens ausmachte.

Als alle gegangen waren, konnte Mama endlich weinen, sie weinte leise und still, Stunde um Stunde. Zum Schluss gab Papa ihr einen großen Whisky und brachte sie ins Bett.

Als er herunterkam, versuchte er so zu tun, als wäre nichts zwischen ihm und mir offenbart worden: ›Wir machen sauber‹, sagte er, und ich räumte auf, und er wusch ab. Er hatte beschlossen zu schweigen, und ich machte mit, wir arbeiteten gemeinsam Seite an Seite, und zum Schluss war das Haus wieder schön.

›Ich glaube, heute Nacht möchte ich in meinem Zimmer schlafen‹, sagte ich, und für einen Moment sah er besorgt aus. Aber dann nickte er, er war ja selbst schrecklich müde.

Ich weiß nicht, ob ich schlief, die ganze Nacht war mit Träumen angefüllt, schönen Träumen. Im Morgengrauen stand ich auf und lief im Nachthemd durch den Garten, zum Gehölz am Meer und weiter auf die Felsen. Ich war verwandelt, ich war drei Jahre alt, flog über das Feld, schlug Purzelbäume am Strand, klopfte auf die Felswände und fragte: ›Hallo, wie geht's euch?‹ Dann lachte ich laut über die Frage, denn es war doch ganz klar, dass sie in all ihrer Festigkeit und Unberührtheit glücklich waren.

Jede einzelne Zelle meines Körpers nahm an allem, was ich tat und dachte, teil. Es war wunderbar. Ich fing einen Schmetterling und lief mit ihm heim, wollte ihn Mama geben. Aber als ich in den Garten kam, sah ich die Blausterne und alle Krokusse und ließ den Schmetterling frei, weil ich die Blumen pflücken musste.

Ich pflückte und pflückte, zog mein Nachthemd aus und machte eine Tüte daraus, für die vielen, vielen Blumen.

Dann rief Mama: ›Klara!‹

Ich glaubte vor Schreck sterben zu müssen, als sie durch die Küchentür direkt auf mich zugelaufen kam. Ich dachte, jetzt tötet sie mich, nun müsste ich zu Jan gehen, und alles wäre vorbei. Aber ich wollte nicht sterben, deshalb drehte ich mich um und lief, lief direkt Jan in die Arme, der dort stand, strahlend vor Freude.

Wir waren gleichaltrig, um die fünf, und wir liefen von Mama fort dem Meer zu, dort war es Sommer, es war heiß und wir schwammen und tauchten, spritzten uns mit Wasser nass und lachten. Ich glaube, so glücklich war ich nicht mehr seit, ja, seit ich klein war.

Aber dann war der Bergkönig da und fing mich ein, trug mich an Land, wo Mama mit einem Badelaken stand.

›Du musst Jan auch holen.‹

Ich schrie, ich machte mir immer größere Sorgen um meinen

Bruder, doch es war, als würden sie mich nicht verstehen. Papa hielt mich fest, Mama frottierte meinen Körper, und ich konnte spüren, für einen Augenblick konnte ich spüren, wie kalt mir war, wie sehr ich fror. Aber ich schrie immer weiter, dass sie Jan draußen aus dem Wasser holen müssten. Und sobald sie mich losließen, sprang ich wieder ins Meer. ›Jan, Jan!‹ Als Papa mich packte, hatte er Eisenfäuste, und seine Stimme war auch aus Eisen, als er sagte: ›Klara, hör mir zu. Jan ist tot, verstehst du.‹

Aber ich wusste doch, dass er sich irrte. Doch ich wusste gleichzeitig auch, dass sie mir nie glauben würden. Und da beschloss ich, in den Berg zu gehen und dort zu bleiben, für immer.

Sie müssen mich nach Hause getragen und mir Kleider angezogen haben. Aber ich hatte meinen Körper verlassen und befand mich in dem Berg, wo die Kristalle funkelten und der Bergkönig Flöte spielte.

Es gab ab und zu Inseln von Wirklichkeit, sie kamen und flossen dahin. Manchmal konnte ich auf einer landen, Papa ansehen, wie er an meinem Bett saß, und ihn fragen: ›Warum bist du denn hier? Du solltest doch im Berg bei mir sein.‹ Und er antwortete mir: ›Okay, dann gehen wir zum Berg.‹

Ich erinnere mich, dass wir dorthin gingen, er hielt meine Hand ganz fest. Meine Hand in seiner, das war so eine Insel von Wirklichkeit. Aber als wir zur Felswand kamen, machte ich mich frei, überglücklich tanzte ich wieder in den Berg hinein. Dort war es jetzt dunkler, und die Flöte war verstummt. Zuerst war ich überrascht, dann begriff ich. Er saß ja außerhalb des Bergs, ich konnte ihn deutlich sehen und auch die kleine Hand, die fest in seiner lag.

Also kehrte ich zu der Hand zurück, zu den Gedanken und dem Mund. Und es gelang mir, den Körper so weit in meine Gewalt zu bringen, dass ich sagen konnte: ›Aber du weißt doch, dass du der Bergkönig bist. Du musst mit mir hineingehen.‹

Er hob seine Hand, die meine umschlossen hielt, und sagte: ›Du bist hier, nicht im Berg. Niemand kann in den Berg gehen, der hat sich im Laufe von Millionen von Jahren zu einer Festigkeit gesammelt, in die sich niemand hineindrängen kann.‹

›Ich kann es‹, sagte ich, aber ich hörte selbst, wie zweifelnd es klang, und vielleicht hätte er mich in die Wirklichkeit zurückholen können, wenn er geschwiegen hätte. Doch er sagte: ›Niemand kann es.‹

›Aber du musst es doch wissen, du bist doch der Bergkönig.‹

›Es gibt keinen Bergkönig.‹

Da begriff ich. Er war der Bergkönig, wusste es aber selbst nicht. Das war so traurig, er tat mir so Leid, dass ich anfing zu jammern, laut bat ich: ›Helft ihm, helft meinem Papa.‹

Jetzt schwieg er, hielt mich nur einfach fest. Hart wie ein Gefangenenwächter, ein Feind. Und plötzlich begriff ich, dass er mein Feind war, dass ich wieder fliehen musste, zurück in den Berg. Dort war es jetzt dunkel, die Kristalle funkelten nicht mehr, und der Bergkönig – ja, er saß ja draußen und wusste nicht, wer er war. Im Berg hatte es immer Ruhe gegeben, keine Traurigkeit und keine Angst waren dort hineingedrungen. Aber jetzt, nachdem Papa den Raum verlassen hatte, trauerten sogar die Kristalle.

Ich begann zu weinen. Da erstand das Monster wieder von neuem, das Monster, das ich selbst geschaffen hatte, um Jan zu ärgern. Jetzt war es wirklich, es wuchs, es kam näher, und ich schrie: ›Verschwinde!‹ Aber ich hatte die Macht über das Monster verloren, und plötzlich stand es so nah neben mir, dass ich hören konnte, wie es keuchte.

Dann fraß es mich auf, es begann mit den Füßen, und das tat weh, schrecklich weh. Am schlimmsten war es, als es mir die Gedärme herausriss ... aber als es zu den Händen kam, hielt es inne. Denn meine Hand befand sich in einer anderen Hand, in einer, die wirklich war.

Für einen Augenblick konnte ich fliegen, zurück zu Papa. Doch dann ging alles ganz schnell, die Bilder wechselten blitzschnell wie in einem Zeitraffer, als würde alles fast gleichzeitig geschehen. Als das Monster sich an mir sattgefressen hatte, traf ich Jan, der seinen Hockeyschläger hochhob, um mich totzuschlagen. Er sagte: ›Ich wusste es, ich wusste es die ganze Zeit, dass du es warst, du Hexe.‹

In dem Moment, als er zuschlug und ich fiel, während mir das Blut aus dem Kopf spritzte, sah ich einen Engel, eine dunkle, weibliche Gestalt mit großen, grauen Augen. Angst, sie hatte genauso viel Angst wie ich. Ich begriff, dass es Mama war, das war wieder so eine Insel der Vernunft, und ich wurde von Mitleid für sie ergriffen, es gelang mir, meinen Körper wieder einzunehmen und zu flüstern: ›Ich komme zurück, Mama. Ich komme zurück.‹ Dann sah ich den Himmel und die Baumwipfel, und mir war klar, dass Papa mich heimtrug.

Er trug mich, ein Mädchen von fünfzehn Jahren. Ich wollte vor Glück lachen, er wusste, dass ich nicht fünfzehn, sondern drei Jahre alt war. Aber zu Hause wartete der Arzt mit einer Spritze, und ich konnte den Bergkönig jammern hören: Nicht, nicht.

Aber mir war klar, dass er das nicht laut sagte, und ich schlug wie eine Wahnsinnige um mich, wie die Wahnsinnige, die ich war, ich schlug Papa, der wieder mein Feind war und mich ganz fest hielt. Bevor ich einschlief, hörte ich den Arzt sagen, dass er es nicht wage, die Verantwortung zu übernehmen, dass sie mich lieber in die Psychiatrie von Uppsala bringen sollten.

Den Rest kennst du, du weißt ja, wie es da ist. Ich lief dort wie ein Zombie in einer nicht existierenden Welt herum und schluckte Pillen. Papa besuchte mich jeden Tag, und langsam kam ich ihm wieder näher, ganz langsam. Eines Tages konnte ich Freude empfinden, eine winzige Freude, die mir in die Augen sprang, als ich ihn sah.

Ich sah, dass er so glücklich war, dass ihm die Tränen in die Augen schossen, und ganz im Nebel wuchsen meine Inseln zusammen, wurden zu Festland, und ich watete durch das Wasser an Land. Sah, sah ein. Mein Gott, wie Leid er mir tat, mein Gott, wie schwer hatten sie es gehabt mit ihrem Jungen, der starb, und ihrem Mädchen, das wahnsinnig wurde.

Es war das Mitleid, das mich gesund machte, Jonas. Das Mitleid und die Angst. Denn plötzlich konnte ich mich an einige Visionen erinnern, die ich im Berg gehabt hatte, und das war entsetzlich. Dann begann ich mich langsam auf der Station umzusehen, sah all die Kranken, die Schlafwandler, die nur so herumliefen und niemand, nichts waren.

Sie verringerten die Medizindosis, die Angst kroch vom Solarplexus in den Hals hinauf. Aber ich widerstand ihr. Und nach einer Woche wurde ich entlassen.

Als Papa mich abholte, hatte er Blumen dabei. Als Dank und Gegengeschenk für den Strauß, den ich ihm an Jans Beerdigungstag geschenkt hatte. Und als Bitte um Verzeihung, dass er nichts verstanden hatte.

Er fuhr langsam heim, er fährt nicht besonders gut, sondern zäh und nachdenklich, als würde er einen Tanker lenken. Mama ärgert ihn immer damit, denn sie selbst ist eine vorzügliche Fahrerin. Aber dieses Mal war es Absicht, er wollte, dass ich die Welt sehe, den Frühling, der in seiner vollen Pracht gekommen war.

Ich schaute, ich versuchte das zu tun, was er von mir wollte, aber die neue grüne Welt war grau. Und ich fand es gut, dass ich mich nie wieder verlocken lassen würde.

Schließlich kamen wir zu Hause an. Dort stand Mama in der Tür, mit weißen Haaren. In wenigen Wochen hatte meine Mutter Haare wie Silber bekommen. Du musst dazu wissen, dass sie noch keine achtunddreißig war, als das passierte.«

14

Es gab immer noch keinen Anlass für Lachs und Wein. Jonas kochte Kaffee. Klara schmierte Brote.

»Das Merkwürdige daran ist, dass ich mich nicht an die Schreckensvisionen aus der Zeit im Berg erinnern kann. Nur an die mit dem Monster. Kannst du das verstehen?«

»Das liegt vielleicht daran, dass du das Monster auf einer bewussten Ebene geschaffen hast, als du noch die Kontrolle hattest. Es gehörte also nicht zum Unbewussten.«

»Warum ist es dann gefährlich geworden?«

»Es war wohl verbunden mit einem Schuldbewusstsein, das du verdrängt hattest. Du hast dich offensichtlich für Jans Albträume geschämt, ohne es dir einzugestehen. Dann starb er. Und wir haben immer denen gegenüber, die sterben, Schuldgefühle, vor allem den Jungen gegenüber, die ihr Leben nicht leben konnten und unerwartet sterben.«

Klara blieb lange Zeit still. Schließlich fragte er, ob sie in der Lage wäre weiterzumachen.

»Ich muss wohl.«

Sie trank ihren Kaffee aus und fing an:

»Über die darauf folgende Zeit gibt es nicht viel zu sagen. Trotz der Einwände der Ärzte und Mamas Unruhe ging ich wieder in die Schule. Ich schaffte es, an allen Prüfungen der Neunten teilzunehmen, und bekam ein gutes Zeugnis. Papa benutzte die letzten Schulwochen dazu, das Boot zu verkaufen und für das Geld ein gebrauchtes Wohnmobil zu kaufen. Er plante eine lange Reise für uns drei – nach Norwegen, wohin ich schon immer wollte.

Wir waren sechs Wochen lang unterwegs, fuhren in der phantastischen Landschaft an den Fjorden entlang, machten lange Wanderungen, schliefen alle drei dicht beieinander im Auto. Das war schön, alles stimmte, die Stille, die Müdigkeit, die Schönheit. Nach einer Weile konnten wir über Jan sprechen, unsere Erinnerungen an ihn hervorholen, die gemeinsamen wie auch diejenigen, die für jeden einzelnen anders waren. Mir wurde klar, dass ich einen anderen Jungen gekannt hatte als meine Eltern, dass ich mehr über seine Phantasien und Träume wusste. Kinder haben ja etwas Besonderes gemeinsam.

Es wurden viele Abende und viele Erinnerungen. Es tat weh, das schon, natürlich tat es weh, aber langsam nahm der Schmerz ab. Und dann kam die Trauer. Und Trauer ist schwer, aber nicht unerträglich.

An einem der letzten Abende – wir hatten in einem Feriendorf im Romsdal Halt gemacht und den Wagen am Flussufer abgestellt – hörten wir auf zu weinen. Das war sonderbar. Es gab dort einen Wasserfall mit sicher zwanzig Metern Fallhöhe, der uns in seinen Wassernebel einschloss. Es schien, als fließe der Wasserfall direkt durch uns hindurch. In der Nacht schliefen wir nicht lange, und als die Sonne aufging, badeten wir in dem eiskalten Fluss. Dort, hinterher, konnte ich erzählen, was passiert war … im Wahnsinn. Es war nicht einfach, aber es war gut für sie, und ich spürte, wie sich dadurch meine Schuld verringerte.

Ich platzte heraus mit Versicherungen: Nie mehr. Ich glaube, dass das Mama half, erinnere mich aber daran, dass Papa besorgt aussah. Aber ich selbst war so unerschütterlich sicher, dass ich mich nicht um seine Zweifel kümmerte: Nie mehr, niemals.

Als wir wieder daheim waren, fasste Mama einen Beschluss. Wir sollten weg von Östmora, eine Zeit lang, mindestens für ein Jahr. Sie gab eine Anzeige auf, und es gelang ihr, die möblierte Zweizimmerwohnung eines Stockholmers zu mieten, der für ein Jahr ins Ausland gehen wollte. Sie lag in der Linnégatan, mitten in der Steinwüste. Dann bekam sie für mich einen Platz in der Norra Real. Und sie meldete sich selbst für ein Pädagogikseminar in der Universität an.

Alles lief, als würden freundliche Mächte uns helfen. Und das war gut, für sie und für mich. Als Papa im Spätsommer nach Bahrain flog, waren wir bereits umgezogen.

Es war eine schwierige Schule, mit hohen Anforderungen. Das war mir nur recht, so hatte ich keine Zeit für Träume. Ich setzte mir das Ziel, in jedem Fach die beste Zensur zu bekommen, ich arbeitete kontrolliert und zielbewusst. Und es gelang mir. Wir hatten es schön zusammen, Mama und ich, wenn wir mit unseren Unterlagen an dem großen Küchentisch saßen, Abend für Abend. Mama fuhr jedes zweite Wochenende nach Östmora, um Großvater zu besuchen und nach dem Haus zu sehen. Aber ich fuhr kein einziges Mal mit ihr.

Papa kam zu Weihnachten heim, an das Weihnachtsfest erinnere ich mich nicht mehr so gut, nur dass es ihm in der Großstadt nicht gefiel und dass er häufiger zurück nach Östmora fuhr. Mama fuhr natürlich so oft sie konnte mit ihm, doch sie hatte ja ihre Prüfungen. Ich war eine Zeit lang allein, bis ich Marie kennen lernte.

An den Tag, als Marie, das neue Mädchen, in unsere Klasse kam, erinnere ich mich noch sehr gut. Ich fand sie so schön, groß und elegant. Und anziehend. Es war etwas Mystisches, etwas Geheimnisvolles an ihr. Du weißt, wie es in einer Schulklasse ist, plötzlich war das neue Mädchen die Beliebteste der Klasse, alle umschwärmten sie. Ich ging davon aus, dass ich sowieso keine Chance hatte, deshalb hielt ich mich zurück. Dennoch suchte sie mich aus; eines Tages ging sie auf dem Schulhof direkt auf mich zu und sagte: Ich will deine Freundin sein.

Das sah Maria ähnlich, sie war selbstsicher und kam gleich zur Sache. Wir wurden die besten Freundinnen, und ich erfuhr ihr Geheimnis. Sie hatte vorher in Strängnäs gelebt, wo ihr Vater Lehrer war. Aber dann hatte der sich in eine andere Frau verliebt, und Marie war mit ihrer Mutter nach Stockholm gezogen. Sie konnte über alles reden, wie sehr sie ihren Vater hasste und wie stark sie sich doch nach ihm sehnte, wie schwach er war, dass er trank, dass er schon immer getrunken hatte. Sie nahm an, dass ihre Mutter eigentlich gar nicht so traurig über die Scheidung war, sondern im Gegenteil ganz froh, die Verantwortung loszuwerden.

Wir blieben das Schuljahr über zusammen. Sie schlief oft bei mir, wenn Mutter in Östmora war, und mit der Zeit wurden ihre Mama und meine auch gute Freundinnen. Maries Mutter war Ärztin, eine tüchtige, selbstsichere Frau, die wirklichste Person, die ich jemals getroffen habe. Ich bewunderte sie auf diese schwärmerische Art, wie es Kinder oft tun. Sie erzählte mir viel von ihrer Arbeit im Krankenhaus, und bald stand es für mich fest: Ich wollte Ärztin werden, denn diese Arbeit würde mich in die Gegenwart zwingen, zu einzelnen Handlungen in konzentrierter Anwesenheit, mit großer Verantwortung.

Und das stimmt, ich bin zufrieden mit meiner Arbeit. Vielleicht hängt das auch mit dem zusammen, was Papa gesagt hat: Dass sich die Wirklichkeit im Körper befindet und dass die Grenze vom Körper gesetzt wird. Verstehst du? Hast du von dem Indianervolk gehört, das sich mit den Worten begrüßt: ›Riech an mir‹?

Um es kurz zu machen, so wurde ich in den zwei folgenden Gymnasialjahren bei Maries Mutter untergebracht. Das war schön, ich wurde fast wie eine Schwester für Marie. Und ich lebte mit einer ganz anderen Mutter, einer freieren, weniger reglementierenden. Doktor Ing-Marie Larsson ließ uns beide in Ruhe, als vertraute sie uns. Ich konnte mich von Kerstin Horner und ihrer ewigen Angst lösen.

Jetzt siehst du aus, als wolltest du protestieren? Aber du kennst meine Mutter nicht.«

»Nein. Und du kennst sie auch nicht. Aber das ist jetzt auch nicht wichtig, denn was uns jetzt interessiert, ist allein dein Bild von ihr und warum es so aussieht.«

Klara schwieg wieder, lange Zeit dieses Mal. Das war schwer zu schlucken. Schließlich sagte sie:

»Warum sollte ich ein falsches Bild von ihr haben?«

»Wir haben vorher schon drüber gesprochen, Klara. Weil du dich ihr gegenüber schuldig fühlst. Das ist üblich, ich glaube, alle haben ihrer Mutter gegenüber diffuse Schuldgefühle.«

Es verging geraume Zeit, bis er mit einem Zwinkern in den Augen fragte:

»Wie hat Marie deine Mutter gesehen?«

»Du bist gerissen«, sagte Klara und konnte sogar lachen. »Marie hat für Kerstin geschwärmt, für ihre beherrschte Art und ihre Schönheit.«

»Deine Mutter ist also hübsch?«

»Ja, habe ich vergessen, das zu erwähnen? Ist das wichtig?«

»Jetzt machst du dir was vor, Klara. Du weißt genau, dass das sehr wichtig für dich ist.«

»Neid?«

»Ja.«

»Schneewittchen«, sagte Klara. »Spieglein, Spieglein an der Wand ... Und es kam immer die gleiche Antwort. Kerstin war die Schönste im ganzen Land.«

»Es gibt neue Interpretationen des alten Märchens«, sagte Jonas und lachte laut auf. »Zumindest die Jungianer glauben, dass die Mutter nie versucht hat, das Mädchen zu vergiften. Die Tochter hat es selbst gemacht, indem sie in bösen Phantasien über die Mutter schwelgte.«

»Stiefmutter«, korrigierte Klara.

»Bist du dir da sicher?«

Plötzlich war es leichter, in dem Zimmer zu atmen, sie konnten gemeinsam lachen. Und Klara erzählte, wie Marie Kerstin überredet hatte, sich die Haare kurz schneiden zu lassen, wie sie eines Tages nach Hause kam, mit dunklen Strähnen im kurz geschnittenen weißen Haar.

»Das sah schön aus, sie hat eine Kopfform, zu der das passt«, sagte Klara. »Heute noch fährt sie jeden Monat einmal die weite Strecke bis zu dem teuren Frisör in Stockholm und lässt sich dort die Haare schneiden.«

Sie machten einen Spaziergang im Viertel, kletterten zur Masthuggskyrkan hinauf, schauten von dort oben über die Stadt und das Meer. Wieder zurück, öffneten sie eine weitere von Jonas' unzähligen Pilzdosen.

»Ich bin müde, aber merkwürdig erleichtert«, sagte Klara. »Wie sieht es bei dir morgen aus? Ich muss um sechs Uhr abends im Krankenhaus von Uddevalla sein.«

Jonas hatte den Vormittag frei. Also beschlossen sie, früh am nächsten Tag weiterzumachen. Klara kroch in Jonas' Bett, er selbst versuchte auf dem Sofa im Wohnzimmer zu schlafen.

15

Traust du dich, eine Diagnose zu stellen?«, fragte Klara bereits beim Morgenkaffee in der Küche.

»Also, das ist eigentlich gegen die Abmachungen«, erwiderte er. »Außerdem handelt es sich hier um eine langwierige Geschichte, einen Prozess, der Jahre brauchen kann.«

»Ich weiß. Aber etwas kannst du doch wohl sagen? Als Freund, nicht als Arzt.«

Er überlegte, sagte:

»Dann musst du es auch wie den Rat eines Freundes aufnehmen.« Und als sie nickte, fuhr er fort: »Ich glaube nicht, dass die Disziplin, die du hast, die Kontrolle, die du dir selbst auferlegst, gut für dich ist. Ich begreife natürlich, dass sie dir Sicherheit gibt. Aber der Preis ist zu hoch. Und das betrifft nicht nur die Trauer über das Verlorene, das Echo, das tief in dein Leben dringt, wie du es ausgedrückt hast. Das ist tragisch, und ich glaube, es kann sogar gefährlich werden.«

»Ich soll also das Risiko eingehen, wahnsinnig zu werden, um ab und zu in meiner andersartigen Welt zu sein und sie zu genießen. Das kannst du doch nicht ernsthaft meinen?«

»Nein, ich denke vielmehr, du solltest einfach immer ein bisschen Wahnsinn zulassen. Es ist doch nun mal so, Klara, dass deine Art, die Dämonen in Schach zu halten, die denkbar dümmste ist. Sie zu leugnen, ist nämlich die sicherste Methode, ihnen zu erlauben, die Oberhand zu gewinnen.«

Klara wurde so aufgewühlt, dass sie aufstehen musste, die Küche verlassen. Er hörte sie im Wohnzimmer auf und ab gehen.

»Du hast Recht«, sagte sie, als er hinter ihr herkam. »Ich weiß, dass du Recht hast, denn das wird nur bestätigt von dem, was ich jetzt erzählen will.

Und sie sind schuld daran«, schrie sie. »Mama, aber vor allem Papa.«

»Klara, du bist erwachsen. Schieb die Schuld nicht auf andere.«

»Papa«, sagte sie, aber er unterbrach sie:

»Klara, lass zumindest für eine Weile deinen Vater außen vor.«

»Aber er hat so falsch gehandelt.«

»Es geht nicht um richtig oder falsch, sondern um Schicksal und Realitäten. Vor vielen Jahren hast du mir einmal in Uppsala von deinem Vater erzählt. Ich weiß also, dass er nicht nur der Held ist, der einen Supertanker befehligt. Er ist auch ein durch den Krieg geschädigter Junge, der brutal in eine wahnsinnige, unfassbare Welt gestoßen wurde.

Es ist schon bemerkenswert, dass es ihm überhaupt gelungen ist, sein Leben zu ordnen. Aber er hat es geschafft, trifft eine liebevolle Frau und bekommt eine Tochter, ein bezauberndes kleines Wesen, das ihn anbetet. Versuche doch zu verstehen. Wie sollte er der Königsrolle widerstehen können, die das Kind ihm antrug? Hier geht es um Verführung, Klara, ebenso stark und ebenso unbewusst wie die Dämonen in einer Psychose.«

»Aber das Erbe«, sagte sie. »Du sprichst überhaupt nicht davon, dass dieses Anderssein, meine Gesichte und mein Wahn erblich sind.«

»Ich denke schon, dass das ein Faktor sein kann. Aber wie du weißt, kann man seine Gene nicht austauschen, wir können nur zusehen, dass die Disposition für eine gewisse erbliche Belastung durch das Umfeld aufgewogen wird. Das weißt du ebenso gut wie ich.«

»Sofia«, sagte sie. »Sofia trägt ein doppeltes Erbe.«

Sie stellten die Kaffeetassen fort und setzten sich wie am vergangenen Abend hin, einander gegenüber, mit dem Schreibtisch zwischen sich.

»Wir waren bis zur Gymnasiumszeit gekommen. Ich nehme an, dass du das Abitur mit guten Noten bestanden hast?«

»Ja, das habe ich. Ich ging in die Karolinska. Aber dann, ja, dann kam das, was du die Realitäten des Schicksals nennst. Und die Dämonen haben die Macht ergriffen, stärker als je zuvor. Wie du gesagt hast, gewannen sie Kraft, weil ich sie verleugnet habe.

Den Sommer nach dem Abitur habe ich allein in Östmora verbracht. Marie, die nicht wusste, was sie machen wollte, fuhr für ein Jahr auf ein College in den USA. Mama fuhr nach langem Zögern nach Rotterdam, um Hans auf einer Fahrt zu begleiten.

Jeden zweiten Tag nahm ich den Bus nach Uppsala, weil ich dort zur Fahrschule ging. Eines Tages geriet ich nach der Fahrstunde in eine Kunstausstellung, in erster Linie, weil ich mich langweilte. Besonders kunstinteressiert war ich eigentlich nicht.

Da verschwand ich ... in einem großen Gemälde. Auf diesem Bild gab es alles, was ich verloren und verleugnet hatte. Da gab es Grotten, tief unter dem Kellerboden, in Zeiten vor unserer Zeit. Und dort leuchteten die Bäume wie Sonnen, dort gab es Bewegungen, einen Scharfblick, der entsteht, wenn alles gleichzeitig geschieht. Und dann erhielt ich die Gewissheit, dass es andere Menschen gab, die genau wie ich sahen. Und die das erkannten, was es seit Beginn der Zeit gegeben und einst allen Menschen gehört hatte.

Ich weiß nicht, wie lange ich dort stand, ob Minuten oder Stunden. Aber plötzlich sagte eine Stimme hinter mir: ›Du bist also auch dort gewesen?‹ Ich drehte mich um, langsam wie in Zeitlupe, sah einen Mann und wusste, dass auch er den Berg besucht hatte.

Natürlich war er schön, der Maler. Sehr viel schöner als Papa, der eher mir ähnlich sieht. Johannes war perfekt in klassischer Art. Aber müde, erschöpft und äußerst einsam. Alt, ja, ich sah wohl, dass er mindestens doppelt so alt war wie ich, nein, älter, älter als Papa.

Es gab, wie du gesagt hast, nichts anderes zu tun, als mit ihm zu gehen. Er wohnte in einer schmutzigen Einzimmerwohnung in Vaksala, dort war es schrecklich und wunderbar zugleich, und er warf eine Matratze auf den Boden und zog mich aus. Alles war, wie es sein sollte, ich war daheim angekommen.

Wir liebten uns, er war sehr zärtlich, es war voller Lust, ja, und eingeschlossen in das Wirkliche, in die Eindeutigkeit. Die nunmehr konkret wurde, wo mein ganzer Körper teilnehmen durfte, mein Mund, die Brüste, der Schoß. Er war verrückt nach meiner Brust. Verrückt ...

Es dauerte nicht lange, nur ein paar Tage, bis ich begriff, wohin er auf dem Weg war.

Dennoch musste ich ihm ein Stück folgen. Ich konnte nicht widerstehen. Ich bildete mir ein, dass ich die Grenze wieder erkennen und an ihr stehen bleiben könnte. Tage und Nächte vergingen, eine Woche, zwei. Die Grenze kam immer näher, und nicht ich war es, nicht meine Erfahrungen aus der Psychose waren es, die mich anhalten ließen. Er war es oder, besser gesagt, sein Wahnsinn. Eines Nachts, in der Nacht, als er mich weckte und mir verkündete, dass er der Einzige sei, der die Geheimnisse des Kosmos kenne, und dass er die Welt befreien müsse, kam so eine Insel der Vernunft auf mich zugeflogen. Es war ein Wort, das genügte: Größenwahn.

Er war Alkoholiker. Also gab ich ihm die Flasche, den Schnaps. Und als er wieder einschlief, schlich ich mich davon, leise wie ein Dieb. Ich musste in der kalten Morgendämmerung stundenlang auf den Bus nach Östmora warten. Aber heim kam ich, badete, aß und konnte sogar einschlafen.

Als ich aufwachte, hatte ich Angst, wusste er meinen Namen, meine Adresse? Ich nahm es nicht an, wir hatten uns nicht auf dieser Ebene getroffen. Erst nach einigen unbegreiflich langen Tagen kam das Schuldgefühl. Und die Unruhe, was wohl aus ihm geworden war. Als Atelier benutzte er eine alte Scheune irgendwo im Wald hinter Vaksala. Ich wusste nicht, wo sie lag, aber plötzlich war ich mir sicher, dass er dort war.

Ich zögerte noch länger, mehrere Tage lang. Aber zum Schluss musste ich los. Ich fuhr nach Vaksala, ging die verschlungene Straße über die Felder zum Wald hin, traf einen Gärtner und fragte ihn. Doch, er kannte den Weg.

In dem Moment, als ich die Tür zum Atelier öffnete, wusste ich, dass es ein Fehler gewesen war, dass mein Geliebter nicht länger erreichbar war. Er kannte mich nicht wieder, wurde aber wild vor Wut, warf einen Farbeimer nach mir, bekam eine Axt zu fassen.

Ich hatte nicht direkt Angst, ich war so viel jünger und schneller als er. Ich lief, kam in den Ort, ging zum Polizeirevier, erklärte dort alles. Sie waren überhaupt nicht überrascht, sagten kaum etwas, nur: ›Ja, ja, dann ist es für den Armen also mal wieder so weit.‹ Ich fuhr mit ihnen im Wagen, als sie ihn abholten, ihn fesselten und ihn wegbrachten – nach Ulleråker.

Zwei Tage später fuhr ich dorthin, um ihn zu besuchen. Er war friedlich, so harmlos, wie man es von den Tabletten und Spritzen wird. Und er erkannte mich nicht.

Auf dem Heimweg dachte ich, dass es mir eine Lehre sein sollte, dass ich sie gebraucht hatte und dass ich nie, nie … na, du weißt ja. Dann nahm ich meine Fahrstunden wieder auf, machte das Haus sauber und kaufte für ein Willkommensessen für Mama und Papa ein, die bereits unterwegs waren von Rotterdam. Als sie heimkamen, war alles wieder gut.

Abgesehen von der Trauer. Es tat mir so Leid, Jonas. Für ihn und auch für mich. Wieder hatte ich es verloren …

Mama sah wohl die Trauer. Aber sie fragte mich nicht, und ich hatte beschlossen, niemandem zu erzählen, was vorgefallen war. Da wusste ich ja noch nicht, dass ich dazu gezwungen sein würde, weil ich ein Kind erwartete.«

»Der Regen setzte in dem Sommer Anfang August ein. Trotzdem badete ich jeden Morgen im Meer, lief im Bademantel unterm Regenschirm hinunter und wieder zurück zum Haus. Aber eines Morgens musste ich auf halbem Weg stehen bleiben und mich übergeben.

Ich glaube, ich habe sofort begriffen, zumindest sobald ich zu meiner letzten Regel zurückrechnete. Und damit du siehst, wie unbeschreiblich dumm ich bin, auch wenn ich nicht verrückt bin, so kann ich dir berichten, dass ich mich ungemein freute. Es war, als hätte mich eine sichere Hand auf den Boden gesetzt, dorthin, wohin ich gehörte, mir meinen Platz und meine Aufgabe angewiesen.

Ich nahm den Zehn-Uhr-Bus in die Stadt, gab eine Urinprobe in der Apotheke ab. Sie sagten mir, ich müsste ein paar Stunden warten. Meine Füße gingen von allein zur Kunstausstellung, ich suchte sein großes Gemälde auf, sah es und wusste, dass nicht alles verloren war.

Der Test war positiv, wie ich schon vorher gewusst hatte.

Erst im Bus nach Hause überfiel mich die Vernunft. Meine Ausbildung. Mama. Papa. Ich war ja nicht so unbedarft, dass ich nicht gewusst hätte, dass sich so etwas regeln lässt, ich hatte mehrere Freundinnen am Gymnasium gehabt, die ohne weiteres eine Abtreibung hatten machen lassen. Allein das Alter genügte, sie waren zu jung, um ein Kind zu kriegen.

Ich war erst achtzehn, auch für mich wäre eine Abtreibung kein Problem. Aber ich würde nie die Hilfe eines Arztes in Anspruch nehmen, das wusste ich genau. Ich würde das Kind bekommen, mir einen Job suchen und zurechtkommen. Aber zuerst ging es darum, ihnen klarzumachen, was geschehen war, und es ihnen verständlich zu machen.

Als ich zurückkam, waren sie dabei, das Wohnmobil sauber zu machen. Erst in diesem Moment, dort an der Garage, bekam ich Angst, wurde ich eiskalt vor Furcht. Mama staubsaugte im Auto, sie sah mich gar nicht kommen. Aber Papa, der immer eine Antenne für mich hatte, tauchte unter dem Wagen auf, sah mich an und sagte: ›Klara, Kleines, was ist los?‹ Im gleichen Moment stellte Mama den Staubsauger ab und nahm mich in den Arm. Ich erinnere mich noch daran, wie ich sagte: ›So, Mama, jetzt wäre ein Trostkakao angebracht. Aber ich will keinen, weil mir so übel ist.‹

Worauf wir vollkommen hysterisch zu lachen begannen. Das war schrecklich, ich konnte nicht aufhören, obwohl ich sah, wie besorgt sie wurden, ich versuchte herauszubringen, dass ich nicht verrückt war, dass es darum nicht ging, dass es viel schlimmer war.

Es regnete nicht mehr, deshalb setzten wir uns in die Fliederlaube. Und endlich konnte ich mich beruhigen und erzählen … das, was ich dir heute Morgen erzählt habe.

Mein lieber Papa bekam Mordgedanken.

›Wo zum Teufel ist dieser Kerl?‹

Worauf ich erwiderte: ›Er ist in Ulleråker und viel wahnsinniger, als ich es je gewesen bin. Weißt du, das war es, was wir gemeinsam hatten.‹«

»Mein Gott«, sagte Klara, »so erging es meinen Eltern mit ihren Kindern.

Für Papa stand der Entschluss fest: Abtreibung. Worauf ich ihm sagte, dass ich dabei nicht mitmachen würde. Merkwürdigerweise verstand Mama das, sie würde auch nie eine Abtreibung machen lassen, sagte sie. Und dann sagte sie zu Papa, er solle sich beruhigen. Woraufhin er nur noch wütender wurde und schrie, dass er es verdammt nochmal nicht ruhig hinnehmen könnte, wenn wir in eine Katastrophe hineinschlitterten. Und da verlor Mama ihre Beherrschung; sie schlug mit der flachen Hand auf den Gartentisch und sagte mit Eisesstimme: ›Achte auf deine Worte. Eine Katastrophe ist es, wenn ein Kind stirbt, nicht, wenn ein neues Leben auf die Welt will.‹«

»Es gibt Momente, wo ich finde, deine so schreckliche Mutter ist einfach phantastisch«, sagte Jonas erstaunt.

»Natürlich ist sie das, das macht es ja so anstrengend. Wie soll man es mit einem Menschen wie ihr aushalten?

Ich war müde, nahm aber alle meine Kraft zusammen und erzählte ihnen, dass ich mir einen Job suchen und einen Krippenplatz für das Kind finden würde. In Stockholm, wo sich die Leute nicht so sehr füreinander interessieren. Ich würde es schon schaffen, sagte ich.

›Und deine Ausbildung?‹

Ich erwiderte, dass die sowieso langweilig sei. Und als ich das aussprach, merkte ich, wie unglaublich traurig es war, den ganzen Traum aufgeben zu müssen, den Traum von dem schönen Beruf, der mir so viel bedeutet hätte.

Wie wir an diesem Abend ins Bett gekommen sind? Ich erinnere es nur noch dunkel, nur noch, dass ich sie streiten hörte, und das war widerwärtig. Ich wachte gegen zwei Uhr nachts auf und schlich mich in die Küche, um Wasser zu trinken. Da hörte ich sie immer noch im ersten Stock reden. Aber ihre Stimmen klangen ruhiger.«

»Bereits am nächsten Morgen begann Mama in ihrer praktischen Art, mein Leben, das des Kindes und ihres zu organisieren. Du hättest sie hören sollen:
›Ich habe einen Vorschlag.‹ Das sagt sie immer, wenn sie bereits etwas beschlossen hat. Jedenfalls lief es darauf hinaus, dass ich das Medizinstudium für ein Jahr aussetzen sollte, ›du bist noch so jung‹. Dann sollte ich weiter in Uppsala studieren, damit ich dem Kind nahe wäre.
›Ich selbst bin ja erst knapp über vierzig. Ich habe noch genügend Kräfte, mich um ein Kind zu kümmern.‹
Ich war so erleichtert, das war so eine Freude. Erst als wir vom Tisch aufstanden, sah ich, dass Papa Tränen in den Augen hatte. Ich erinnere mich daran, dass ich sagte: ›Aber Papa muss auch sagen, was er davon hält. Vielleicht will er kein neues Kind im Haus.‹
Er sagte nicht, wie es wirklich war, dass er gar keine Wahl hatte. Er sagte nur, dass er Kinder liebe, dass ich das doch wüsste.
Es war schönes Wetter, wir gingen in den Garten. Es hing etwas Merkwürdiges in der Luft zwischen uns, etwas Ungeklärtes. Aber ich mochte nicht daran denken.«
»Wenn du es jetzt tust, kannst du es vielleicht verstehen«, sagte Jonas.
»Ja«, sagte Klara mit Verwunderung in der Stimme. »Sie wollten ein Kind als Ersatz ... für Jan. Du hast Recht, so war es. Und so traf es auch ein, sie sind beide vollkommen erfüllt von Sofia.«
»Gibt es noch mehr zu erzählen?«
»Ich hatte eine schöne Schwangerschaft, ich glaube, niemals sonst fühlte ich mich so harmonisch, im Einklang mit der ganzen Welt und dem Kind, das in meinem Bauch wuchs. Ich wusste die ganze Zeit, dass es ein Mädchen war, und ich nannte sie schon lange Zeit vor der Geburt Sofia. Ich glaubte, das wäre eine Möglichkeit, die Mächte zu beschwören, sie sollte weise werden und nicht wie ich.

Es wurde auch eine leichte Geburt. Und das Kind war so niedlich. Ich verbrachte einen ganzen Sommer nur mit ihm. Und in meinem ersten Jahr in Uppsala fuhr ich fast jeden Tag nach Hause. Das gab mir Kraft. Weißt du, dass Kinder heilen?«

Er lachte sie an.

Aber jetzt lief ihnen die Zeit davon, und Jonas fragte noch einmal:

»Noch etwas, was wichtig ist?«

»Ja, vielleicht. Papa bestand darauf, den Maler zu treffen, noch bevor das Kind geboren wurde, sie fuhren beide nach Ulleråker und hatten dort ein langes Gespräch mit dem Psychiater, der Johannes betreute. Sie erfuhren, dass er Leberkrebs hatte und nicht mehr lange leben würde. Was die Erblichkeit betraf, konnte man nicht viel sagen, aber er war nicht schizophren, sondern manisch.

Es war ein guter Arzt. Papa fragte, was Manie bedeutete, und er antwortete, dass man darüber nicht viel wüsste. Aber dass sie leicht Künstler treffe, denn die Krankheit beinhalte, dass man mit Mächten und Energien spiele, die die Sinne erweiterten und das Bewusstsein intensivierten.

Er sagte auch – und Papa fand das so wichtig, dass er es sich aufschrieb –, dass es mit kurzen Momenten von Grenzenlosigkeit, Einheit beginne, einer Art Gotteserkenntnis oder dem Gefühl absoluter Wahrheit. Das dauert möglicherweise nur kurze Zeit, aber das Erlebnis ist so stark, dass man sich immer wieder danach zurücksehnt. Oft wächst diese Sehnsucht zu einer gewaltigen Kraft heran, und in dieser liegt der Samen zu neuen psychotischen Schüben.

Dass es immer in Chaos und Angst endet, vergisst man nicht, aber zum Schluss ist man bereit, den Preis zu bezahlen, um Gott, die Wahrheit, oder wie immer man es nennen will, von neuem zu erleben.«

»Das ist ... interessant«, sagte Jonas und schrieb auch die Formulierungen auf.

Aber sie mussten weiter.

»Noch etwas gehört hierher«, fuhr Klara fort. »Ich bin damals nach Malmö gefahren und habe Papas Tante besucht. Das war im

Herbst im Jahr nach Sofias Geburt. Ich wollte mehr über Klara wissen, die ursprüngliche Klara, deren ›Eigenheiten‹ ich geerbt hatte.

Mein Vater hatte seine schwedischen Verwandten noch nie leiden können, deshalb hatten wir nicht viel Kontakt zu ihnen. Der Mann meiner Tante war Offizier gewesen und in den 70er Jahren gestorben, sodass sie jetzt allein in ihrer dunklen, voll gestopften Villa saß. Trotz all der Jahre in Schweden ist sie ›deutsch‹ geblieben, weißt du, mit festen Vorstellungen und ohne Humor. Aber sie freute sich, als ich sie anrief und ihr sagte, ich wollte sie besuchen.

Sie hatte ein schönes Essen gemacht, schenkte Wein ein, und es war nicht schwer, sie ins Land ihrer Kindheit, ins Hamburg der 30er Jahre zu locken. Sie war die hässliche, unbedeutende kleine Schwester eines geliebten und bewunderten Bruders gewesen. Meines Großvaters also.

All das sagte sie natürlich nicht so direkt, aber es wurde sofort offensichtlich, als sie erzählte. Ich mochte sie, merkwürdigerweise mochte ich sie. ›Erzähl mir von meiner Großmutter‹, sagte ich, ›und von Klara.‹ Das schien ganz natürlich.

Ihre Augen funkelten – vor Bosheit? Vor Begeisterung? Ich weiß es nicht.

Aber sie sagte, dass das Bewundernswerteste, was ihr so bewunderter Bruder je getan hatte, darin bestand, dass er in die Familie von Bredenau einheiratete. ›Alter Adel‹, sagte sie, und ihre Stimme klang ehrfurchtsvoll. Das war so ... makaber.

›Und denk bloß nicht, dass sie sich nicht standesgemäß hätte verheiraten können. Sofia war schön, selbstsicher und elegant mit einer Haltung wie eine Königin und bernsteinfarbenen Augen.‹

›Den gleichen Augen wie dein Vater‹, sagte sie, und ich war stumm vor Erstaunen. Es war also nicht das Meer, das seine Iris hatte erblassen lassen, es war das Erbe. Aber das Sonderbarste war der Name, Sofia. Meine Großmutter hatte Sofia geheißen.

Und ich kann schwören, Jonas, dass ich entschieden habe, wie meine Tochter heißen soll. Nicht Papa.«

»Aber war es nicht merkwürdig, dass er nichts dazu gesagt hat?«

»Ja, das war es schon.«

»Hast du ihn danach gefragt?«

»Nein, ich habe mich nie getraut. Weißt du, Papas Tante hatte noch mehr zu erzählen, über meine Großmutter und die feine adlige Familie.

Etwas war speziell an den von Bredenaus. In der weiblichen Linie des Geschlechts gab es ein merkwürdiges Erbe, sie waren … Mystiker. Im 17. Jahrhundert waren zwei von ihnen als Hexen auf dem Scheiterhaufen verbrannt worden, noch früher – im katholischen Zeitalter – hatte es eine Äbtissin gegeben, die Wunder vollbracht hatte und die viele als eine Heilige ansahen. Andere behaupteten, sie hätte einen Pakt mit dem Teufel geschlossen.

Jonas, es war so merkwürdig, da in ihrem steifen Esszimmer, als erzählte sie ein Märchen, eine unheimliche, unangenehme alte Sage. Ich wollte ihr zurufen, dass ich kein Kind sei, dass ich keine Märchen hören wolle. Aber ich sah ja, dass es für sie wirklich und wahrhaftig war, es gehörte für sie zur Wirklichkeit.

Ich fragte nach Klara, aber die Tante erinnerte sich nicht an das Kind. Das war verständlich, das Mädchen war noch klein gewesen, als Papas Tante heiratete und nach Schweden zog. Über meine Großmutter hatte sie viel zu erzählen, o ja, sie war auch mystisch gewesen, hatte durch die Leute hindurchsehen und ihre Gedanken lesen können.«

Schließlich war es so spät geworden, dass Jonas aufbrechen musste. Er hatte es eilig: »Ich rufe dich heute Abend auf der Station an.«

»Ja, tu das.«

»Und du, nimm ein Taxi zum Bahnhof.«

»Ja.«

Sie umarmten sich, er lief die Treppe hinunter, drehte sich aber auf halbem Weg um, blieb in der Tür stehen und schaute sie fast wild an:

»Ich habe vergessen, etwas zu fragen. Willst du mich heiraten?«

»Ja«, sagte sie.

Und weg war er.

III

16

An diesem Donnerstag, als Klara den Zug zurück nach Uddevalla nahm, Kerstin nach Uppsala fuhr, um die Flugtickets zu holen, und Karl Erik Holmgren letzte Hand an seine Predigt legte, steuerte Hans Horner die *Ocean Seal* auf Kapstadt an Afrikas Südspitze zu.

Der Vormittag war dunkelblau vom Dunst. Sie hatten ruhiges Wetter, und das war ungewöhnlich, denn das Aufeinandertreffen des Indischen Ozeans auf den Südatlantik war oft dramatisch, mit berghohen Brechern. Das Kap der Guten Hoffnung war seit Jahrhunderten gefürchtet wegen dieses erschreckenden Kap-Rollens, der steifen Winde und plötzlicher Riesenstrudel im Meer.

Aber heute stimmte der Wetterbericht mit seiner eigenen Erfahrung überein, sie würden eine ruhige Hubschrauberlandung erleben.

Die *Ocean Seal* lag schwer in der See, trächtig mit dreihundertfünfzigtausend Tonnen. Sie hatten nur fünf Meter freies Deck, und lange Wellen rollten gemütlich darüber. Zum Heck hin zeichneten sich drei Mann in gelben Overalls ab, von Horners Aussichtspunkt klein wie die Zinnsoldaten. Sie zogen Schläuche und ein Schaumlöschgerät für die Landung hervor – sehr frühzeitig, denn der Hubschrauber hatte noch nicht einmal die südafrikanische Basis verlassen. Auf der zweiten Brücke fuhr ein Matrose auf dem Fahrrad zum Deckshaus, die Sonne blitzte auf seinem Sicherheitshelm, und seine Gestalt wuchs mit jedem Augenblick.

Erwartung lag in der Luft. Das Kap bedeutete Briefe, Zeitungen, frische Lebensmittel, Gemüse. Und außerdem Straußeneier, Zebrafelle und andere exotische Dinge, mit denen die Seeleute, die nie an Land kamen, ihre Angehörigen überraschen wollten.

Aber das Beste war, dass der Hubschrauber neue Leute bringen würde, neue Gesichter. Ein Computerfachmann aus London war auf dem Weg, um ein System in der Maschine zu überprüfen, ein dritter Steuermann sollte abgelöst werden. Für Horner bedeutete der Hubschrauber in erster Linie, dass Polansky an Land und in fachkundige Hände kam. Er war seit einer Woche mit heftigen Schmerzen im Bauch krank, und die Ärzte vom Sahlgrenska-Hospital schienen sehr beunruhigt zu sein.

Auch der Zweite Steuermann, der täglich mit dem Krankenhaus in Göteborg in Kontakt stand, war erleichtert.

Ein Fremder hätte gesagt, dass es an Bord nach Öl rieche, aber das merkte niemand mehr. Der Geruch war ein Teil ihrer Welt, ebenso wie die immer währende Vibration der Turbinen. Alles an Bord zitterte.

Noch war es eine gute Stunde hin, bis sie den Tafelberg sehen würden, deshalb verließ Horner die Brücke und verschwand in seiner privaten Kabine, zum Sessel und einem kalten Bier. Er schloss die Augen, er war müde.

Es war eine schreckliche Reise gewesen. Zum ersten Mal seit vielen Jahren hatte er Probleme mit dem Schlaf, wurde von bösen Träumen und eigenartigen Erinnerungen gejagt. Sie waren von dem Rattern der iranischen Luftabwehr geweckt worden, die in der Dunkelheit wie Feuerbesen über Kharg Island fegten.

Die *Ocean Seal* hatte das Verladen in zweiundzwanzig Stunden geschafft und war des Nachts in See gestochen, während der Verdunkelung.

Einen Supertanker zu tarnen, das ist fast ebenso schwer wie eine Stadt zu tarnen, dachte er. Aber er hatte die Ruhe behalten, auch noch als ein Bomber über Kharg auftauchte, seine Last abwarf und einige brennende Zisternen hinter sich zurückließ. Der schwedische Tanker war bereits im Auslaufen begriffen gewesen, doch die Druckwelle riss alles mit sich, was nicht festgezurrt war, die Bilder von der Wand und das Geschirr vom Tisch. Erst hinterher, als sie den zweiundachtzigsten Breitengrad passiert hatten und sich der gefahrenfreien Zone näherten, hatte er die Angst gespürt, eine alte Furcht und Trauer.

Sein Telefon klingelte, es war der Erste Steuermann, der mitteilte, dass der Hubschrauber gestartet sei:

»Ich komme«, sagte Horner. »Irgendwelche Probleme?«

»Verflucht viel Verkehr.«

Bevor er zurück zur Brücke ging, rief er im Maschinenraum an und sprach mit dem Chief. Alles war unter Kontrolle, und alle Leute auf ihrem Posten.

»Ich bin auf der Brücke, wenn irgendwas ist«, sagte Horner. Und dann noch wie nebenbei:

»Hier ist reichlich viel Verkehr.«

»Ich weiß, war das je anders?«

Die Stimme klang wütend, Horner spürte die Unruhe des Mannes. Ein Blackout in der Maschine würde den Tanker jetzt manövrierunfähig machen, und das war ein Risiko, das sich keiner ausmalen wollte. Er trank sein Bier und ging wieder zur Brücke hinauf. Aber er machte noch einen Umweg am Krankenrevier vorbei, um sich von Polansky zu verabschieden. Der Matrose lag zusammengekrümmt wie ein Fötus auf seiner Bahre, Horner drückte ihm die Hand und sagte, dass jetzt alles in Ordnung kommen würde, »jetzt bist du bald im Krankenhaus, und da werden sie dich wieder hinkriegen«.

»Es gibt kein Mittel gegen diese Krankheit, und das weißt du auch«, sagte Polansky und lachte ein schwer zu deutendes Lachen.

»Er glaubt wahrscheinlich, er habe Krebs«, sagte der Zweite Steuermann, als sie die Kabine verließen. Aber Horner wusste, dass Polansky von einer anderen Krankheit sprach und dass er wahrscheinlich Recht damit hatte, wenn er meinte, dass sie nicht heilbar sei.

Von der Brücke aus konnte Horner sehen, wie sich der Tafelberg vor einer Schicht weißer Wolken abzeichnete. Auf der Backbordseite lag Robben Island, er richtete sein Fernglas auf die Gefängnisinsel und dachte an Nelson Mandela. Dort saß er nun seit zwanzig Jahren, der alte ANC-Führer, und die Welt war verrückt, wie sie es immer gewesen war.

Jetzt fuhren sie auf der vorgeschriebenen Route zum Treffpunkt. Ein Blick auf den Radar zeigte ihnen, dass zwischen den Schiffen nicht viel Platz war, wenn sie aufs Meer blickten, konnten sie jedoch nur vereinzelt ein Schiff erkennen. Bei der modernen Seefahrt misst man immer in zwei Realitäten, und die des Radars war diejenige, die galt.

Die Stimme des südafrikanischen Piloten knatterte im Funk. Die *Ocean Seal* drosselte ihre Fahrt. Es wurde stiller an Bord, fast konnte man sich einbilden, Wind und Wellen zu hören.

Mein Gott, wie er sich nach dieser Stille sehnte.

Dann tauchte der Hubschrauber auf die Minute genau auf und landete elegant auf dem gekennzeichneten Platz. Das Be- und Entladen dauerte nur wenige Minuten, Polansky wurde an Bord gebracht, und ein glücklicher Dritter Steuermann verschwand mit der Schiffspost. Der Hubschrauber hob sich in die Luft, die *Ocean Seal* beschleunigte ihr Tempo. Der wachhabende Steuermann berechnete die Koordinaten und gab sie in den Computer ein. Jetzt wurde das Schiff von einem Satelliten an irgendeinem unsichtbaren Himmel gesteuert. Richtung Norden, nach Europa.

Vor dem Mittagessen lud Horner die Neuangekommenen zu einem Drink ein. Ruhe breitete sich wieder auf dem Schiff aus.

Noch sechzehn Tage, dachte er, als er endlich allein war, duschte und sich den Pyjama anzog. Auf seinem Schreibtisch lagen die Briefe von daheim. Sie waren schon alt, weit vor dem Wunder in der Östmora-Kirche geschrieben. Aber das war nicht so schlimm, es würde sowieso eher wie ein Plauderstündchen in der einsamen Koje werden.

Er konnte sie vor sich sehen, Kerstin, fest entschlossen, nur über vertraute und gute Dinge zu schreiben. Er machte es ja genauso, wenn er schrieb; der Brief, den er vom Kap geschickt hatte, berichtete locker und verlogen über die Erlebnisse im Persischen Golf. Jede Kommunikation, die per Funk oder durch die Briefe sickerte, durchlief die Selbstzensur.

Da sie einander so gut kannten, war das vielleicht nicht so schlimm, überlegte er, während er vom Schnee las, der auf Östmora fiel, und von Sofia, die sich auf die Weihnachtsferien freute. Und darauf, dass sie Weihnachten alle zusammen feiern konnten.

Sonderbare Weihnachten, dachte er. In der Sonne, auf den Kanarischen Inseln. Er würde morgen anrufen und sagen, dass er ein paar Tage allein mit Kerstin verbringen wolle. Klara und Anders' Mutter mussten sich so lange um die Kinder kümmern.

Er war müde, Klaras Brief musste warten, dachte er, löschte das Licht und schlief augenblicklich ein. Wurde aber wie üblich nach anderthalb Stunden von diesen eigentümlich traurigen Träumen geweckt, die er nicht einfangen konnte, die jedoch stark genug waren, alte, vor langer Zeit verlorene Bilder wieder zum Leben zu erwecken.

Hans Horner taten die Erinnerungen an seine Kindheit weh. Es war, als hätte die Bombe, die seine Familie getötet hatte, seine Kindheit ausradiert. Erlebnisse, Geschehnisse, Gerüche, Farben, Stimmungen waren in einem Krater verschwunden, begraben unter Ruinen. Er hatte es genauso gemacht wie Hamburg, wie die Stadt: auf das Alte draufgebaut und gedacht, dass kein Bulldozer der Welt das Verlorene wieder ausgraben könnte.

Aber jetzt suchte ihn die Vergangenheit des Nachts heim, erwachte zu neuem Leben durch Bomber in einem Land und einem Krieg, mit dem er nichts zu tun hatte. Die Erinnerungen sickerten langsam, aber konstant durch, wie das Wasser einer Waldquelle. Und wie dieses Wasser waren sie lebhaft, glasklar und farblos. Dabei jedoch erfüllt von einem seltsamen Gefühl der Nähe.

In dieser Nacht gab es ein Haus, ein altes Haus, groß wie eine Festung, um das herum die Eichen rauschen. Er ist ein Junge in diesem Haus, erfüllt von den Geheimnissen des Gebäudes, seinen Ecken, Fluren, Treppen, er kann alle Geräusche des Hauses hören, Füße auf Steinboden, das Echo, das ständige Echo, Stimmen, die gegen die Mauern schlagen und wiederkommen, Lachen. Das Lachen der Männer, arrogant, erschreckend. Die Stimmen der Frauen, weich, murmelnde Gespräche, lang anhaltend, nie unterbrochen, als wäre es ihre Aufgabe, dem Haus Leben einzuhauchen. Großmutter, Mama, ihre Schwestern, alle einander so ähnlich, elegant und traurig.

Der Junge denkt, dass sie wie Vögel in einem Käfig sind, ausgewählt, die Flügel gestutzt. Er steht am Fenster, ungefähr sieben Jahre alt, er sieht das Auto kommen, man steigt aus, stattlich in den Uniformen mit Hakenkreuz am Kragen und langen schwarzen Stiefeln. Und der Junge dreht sich um, sucht den Blick seiner Mutter. Ihr Blick bestätigt, was er bereits weiß, dass es zu spät ist, dass alles schon passiert ist. Die Traurigkeit ist unerträglich, als die Stiefelabsätze auf den Treppenstufen dröhnen, muss Hans Horner sich aus seinen Erinnerungen lösen.

Er stand auf, holte ein Bier aus dem Kühlschrank, setzte sich wieder in den Sessel und dachte an Polansky, den Matrosen, der erlebt hatte, wie Warschau bombardiert wurde. Und der nach dem Laden auf Kharg Island so starke Magenschmerzen bekam.

Er hatte den Polen in seiner Kajüte aufgesucht, jeden Tag. Anfangs war ihr Gespräch nur einsilbig gewesen:

»Du hast fürchterliche Angst gekriegt?«

»Nicht mehr als du auch, Käptn.«

Er sprach höhnisch, Horner beachtete es gar nicht.

»Du hast nur zu Recht damit.«

Das machte den Matrosen wütend. Horner sollte verdammt nochmal nicht zu ihm kommen und Theater spielen. Wie alle bleichgesichtigen Scheißschweden wüsste er doch gar nicht, was Angst war.

Horner hatte den Matrosen lange angesehen und das Gefühl gehabt, als sähe er in einen Spiegel, wenn man von den Äußerlichkeiten absah. Dann hatte er ihm die Wahrheit gesagt, dass er kein Schwede war, dass er zehn Jahre alt gewesen war, als Hamburg dem Erdboden gleichgemacht wurde und seine Eltern starben.

Worauf die erwartete Erwiderung kam:

»O Scheiße, ich hatte ganz vergessen, dass du ja Deutscher bist, ein deutscher Satan.«

Und wie immer antwortete Horner, dass man wohl einem Zehnjährigen nicht die Verbrechen der Nazis vorwerfen könne und dass seine Mutter ihr Leben riskiert hatte, indem sie Juden nach Schweden schmuggelte.

Das Letzte war nicht notwendig gewesen, er brauchte sich für sein Dasein nicht zu entschuldigen. Aber er sagte es jedes Mal gleich wütend, wenn seine deutsche Abstammung zur Sprache kam. Und dieser Satz hatte immer die gleiche, voraussehbare Wirkung, auch Polansky nahm seine Vorwürfe zurück und sagte:

»Entschuldigung, Käpt'n.«

»Ist schon in Ordnung. Ich schau morgen wieder bei dir rein.«

An den folgenden Tagen waren die Gespräche länger und offener geworden, beide Männer tasteten sich vor in ihrer Erinnerung an den Krieg. Horner schlief nachts besser, Polanskys Schmerzen gingen zurück.

Aber sein Fieber ließ nicht nach. Die schwedischen Ärzte wollten ihn an Land bringen, und deshalb mussten sie sich trennen, der Skipper und der Matrose. Und allein traute Horn sich nicht, all den Erinnerungen nachzugehen, die auf Kharg Island geweckt worden waren. Nicht, sie ans Tageslicht hervorzuholen. Sie mussten im Dunkel bleiben, wo sie Kraft sammelten und dann erneut in den nächtlichen Träumen zuschlagen konnten.

Und so wird es noch eine Weile bleiben, Kerstin, sagte Horner zu seiner Ehefrau, bevor er die verabscheute Schlaftablette nahm und endlich zur Ruhe kam.

17

Am nächsten Morgen hatte er geschwollene Augen und Kopfschmerzen. Als er zum Frühstück kam, sagt der Erste Ingenieur:
»Du siehst aus, als hättest du einen Kater.«
Das überraschte ihn, denn Horner war für seine Mäßigung bekannt; während der vielen Fahrten, die sie zusammen gemacht hatten, hatte Martinsson ihn noch nie betrunken gesehen. Aber Horner zuckte nur mit den Achseln und sagte wahrheitsgemäß, dass er zu spät ein Schlafmittel genommen habe.
Martinssons Blick war neugierig und eine Spur schadenfroh.
»Dann kann der Skipper also schlecht schlafen und fühlt sich nicht?«
»Es geht ihm ausgezeichnet, wie immer«, erwiderte Horner eisig.
Doch bereute er seine Schroffheit sofort und versuchte zu erklären:
»Kharg Island hat eine ganze Menge alten Scheiß aufgerüttelt.«
»Bei dir auch, wie bei Polansky?«
»Dann hast du's also kapiert.«
Mit der dritten Tasse Kaffee wurden die Kopfschmerzen besser, und Horner sagte:
»Es ist schon merkwürdig mit den Gefühlen. Sie ziehen eine ganze Menge Erinnerungen mit sich, die man nicht kontrollieren kann.«
Zwischen den beiden gab es den traditionellen Gegensatz zwischen Nautiker und Techniker, aber gemildert durch Humor. Ab und zu kam eine gewisse Aggressivität persönlicher Art auf; Horner konnte der Ansicht sein, Martinsson wäre wie ein Flusspferd,

dickhäutig und langsam in seinen Reaktionen, immer voller komplizierter technischer Einwendungen. Und Martinsson verstand Horner nicht, dachte oft, dass er nur schlecht in die Rolle des Kapitäns passte. Ihm fehlte der Stil, fand Martinsson, er achtete nicht genügend auf Distanz zur Besatzung, trat nie in Uniform auf.

Seine verknautschten Hemden ohne Rangabzeichen waren in den Häfen eine Schande für das Schiff, fand der Chief. Horner war auch sonst nicht einzuordnen, er war Deutscher, sah aber aus wie ein Amerikaner, ein Cowboy mit weiblichen Zügen, dabei groß, hart und wendig. Dazu sah er noch unverschämt jung aus, doch, das musste auch Martinsson zugeben. Aber es passte ihm überhaupt nicht, dass jede Frau, die an Bord kam, sofort in den Katzenaugen des Skippers ertrank. Obwohl sie nichts davon hatten, Horner war seiner Frau treu, der schönen, kalten Dame, die der Chief so unangenehm intellektuell fand.

Horners Treue war noch so eine Eigenheit, die Martinsson ärgerte, hatte er selbst doch nie eine Frau wirklich geliebt und war bereits zum dritten Mal geschieden. Zu Anfang jeder Fahrt hatten sie lange Diskussionen über Frauen und Vertrauen, über das Leben an sich. Aber vor allem über demokratische Prinzipien.

Laut Martinsson war ›die Demokratie‹ – er sagte es so, dass man die Anführungsstriche hörte – eine Art Spiel, mit dem sich Leute, die an Land arbeiteten, amüsieren konnten. An Bord eines Schiffes wie diesem hier, einer technisch avancierten Missgeburt, die Unmengen gefährlicher Güter übers Meer transportierte, musste Disziplin herrschen, die Leute mussten an der kurzen Leine gehalten werden, auf Abstand und vollkommen nüchtern.

In der Sache war Horner meistens der gleichen Meinung, nur über die Mittel wurden sie sich nicht einig. Er sprach von Verantwortungsgefühl, das nur wachsen konnte, wenn den Leuten mit Respekt und Vertrauen begegnet wurde. Und Martinsson schnaubte verächtlich und konnte wortreich ausführen, wie naiv Horner doch war. Blauäugig, verworren, ohne Kenntnis der Realitäten des Lebens.

Wie bei den meisten Diskussionen zwischen einem Zyniker und

einem Idealisten blieb der Zyniker Sieger. Martinsson war jeden Abend mit dem Ausgang sehr zufrieden. Und war jeden folgenden Tag wieder genauso wütend, wenn klar wurde, dass Horner sich nicht beirren ließ. Der schlaffe Führungsstil blieb unverändert. Mit der Zeit erstarb die Diskussion von allein, wie die meisten Gesprächsthemen während der langen Isolation an Bord.

Jetzt saßen sie hier am Frühstückstisch und wussten, dass sie füreinander trotz aller Gegensätze Respekt und Sympathie hegten. Martinsson legte seine Stirn in Sorgenfalten und hielt einen langen Vortrag über fehlende Bewegung. Horner müsste Sport treiben, Tischtennis spielen, im Pool schwimmen, kurz gesagt, seinen Körper ermüden. Dann würde er schlafen können wie ein Säugling.

Horner sah seinen Ersten Ingenieur, der selbst keine unnötige Bewegung machte, lange an. Aber es gelang ihm, sein Lächeln zu unterdrücken, als er aufstand, sich für den guten Rat bedankte und auf die Brücke ging.

Es war heiß, die Leute, die Freiwache hatten, sonnten sich auf den Brückennocken und dem Sonnendach. Jetzt hatten sie den blauen Streifen von Afrika an der Steuerbordseite, rechts. Aber am Steuerpult stand der Funker, er war angespannt. Horner spürte es sofort.

»Etwas nicht in Ordnung?«
»Wir haben ein Telegramm von der Reederei bekommen.«
»Fahrtzieländerung?«

Innerhalb einer Sekunde stellte Horner sich vor, dass die Fracht möglicherweise nach Trinidad oder in irgendeinen anderen beschissenen Hafen auf der anderen Seite des Globus verkauft war und er dann kündigen und Hubschrauberabholung fordern würde. Aber der Funker, der mit Horner im Schlepptau in den Funkraum zurückging, schüttelte den Kopf, nein, Rotterdam stand fest. Und dann übergab er das Telegramm, und während Horner es las, war es auf der Brücke totenstill.

Es handelte sich um eine lange, verwickelte Mitteilung, die kurz gesagt darauf hinauslief, dass die Reederei die Vereinbarung rückgängig machen wollte, nach der diejenigen der Besatzung, die mit nach Kharg gefahren waren, für zehn Tage Kriegsrisikozuschlag bekamen. Man feilschte um die Anzahl der Tage, die sich das Schiff in einer Gefahrenzone befunden hätte, man verwies darauf, dass bis jetzt noch keine Vereinbarung mit der Gewerkschaft getroffen worden war, und auf Bestimmungen, die nicht von Lloyds in London festgelegt worden waren. Und dann natürlich auf die schlechte Frachtlage, die alle dazu zwang, jeden Öre einzeln umzudrehen.

Für jeden Einzelnen an Bord ging es um eine ganze Menge Geld. Aber schlimmer noch war die Schmach, der Mangel an Einsicht und Verständnis, der Horner wütend machte. Die Wut stieg ihm vom Bauch in den Kopf, der Schmerz über den Augen kam zurück. Doch es gelang ihm, seine Stimme unter Kontrolle zu halten, als er den Befehl gab:

»Ruft alle, die abkömmlich sind, zur Schiffsversammlung, eine halbe Stunde vor dem Mittagessen. Und melde ein Funkgespräch mit diesem Idioten an.«

Das war ungewöhnlich und gegen die Regeln. Die Angelegenheiten zwischen Kapitän und Reederei wurden immer telegraphisch erledigt und nicht über Funktelefon, das an Bord mitgehört werden konnte. Der Erste Steuermann versuchte Einwendungen anzubringen, aber Horner unterbrach ihn:

»Ich weiß. Aber je mehr diesem Gespräch zuhören, umso besser.«

Sowohl Wortwahl als auch Tonfall ließen alle aufmerken. Die Stille auf der Brücke war undurchdringlich wie Zement, und die Sonnenanbeter auf den Sonnendecks verschwanden, jeder in seine Kabine mit Radio, alle mit glänzenden Augen und langen Ohren. Und auch nach unten in den Maschinenraum, in die Kombüse und in den Vorratsraum, zur Lagerverwaltung, zu den Elektroingenieuren, den Köchen und dem Messepersonal drang das Gerücht. Zu den Matrosen im Heck, dreihundert Meter entfernt, gelangte es via Walkie-Talkie.

Das Gespräch kam nach einer Stunde zustande. Es verlief weniger dramatisch, als die größten Pessimisten erhofft hatten. Horner sagte nur kurz, er habe eine Schiffsversammlung einberufen, und die Antwort der Besatzung sollte der Reederei nachmittags telegraphisch mitgeteilt werden.

Worauf der Personalchef aufbrauste:

»Eine Schiffsversammlung«, schrie er. »Das geht ja wohl zu weit. Du weißt doch ebenso gut wie ich, dass die Reederei sparen muss, verdammt nochmal, Horner, nimm dich in Acht.«

»Drohst du mir?«

»Nein, entschuldige. Ich versuche nur, an deine Solidarität zu appellieren.«

»So wie damals, als du uns dazu gebracht hast, in die Kriegszone zu fahren?«

»Seerecht«, schrie der Personalchef, aber Horner unterbrach ihn:

»Du weißt nur zu gut, dass kein Gesetz der Welt schwedische Bürger dazu zwingen kann, ihr Leben in einem Krieg zu riskieren, der ihr eigenes Land nicht betrifft.«

»Nun sei doch nicht so verflucht melodramatisch. Wir mussten beladen, und so verdammt gefährlich war es doch nun nicht, die paar Bomben und das bisschen Luftabwehrfeuer.«

»Ja, das weißt du sicher am besten«, erwiderte Horner. »Du bekommst unser Telegramm heute Nachmittag. Lebe wohl und gib gut auf dich Acht.«

Das Gespräch wurde unterbrochen, Horner legte den Hörer auf.

Die Schiffsversammlung dauerte nicht lange, aber alle, die mit nach Kharg gefahren waren, stimmten für Horners Vorschlag, die Gewerkschaft über den Streit zu unterrichten und von ihr zu fordern, die Geschichte zu veröffentlichen und ihre Mitglieder davor zu warnen, sich ohne schriftliche Vereinbarung in eine Kriegszone zu begeben. Nur ein älterer Maschinist bat ums Wort und sagte, dass sie im Endeffekt ja sowieso verlieren würden.

»Dieser Kutter hier wird bald sowieso unter der Flagge von Panama fahren und mit einer Besatzung von Filipinos, die mit allem einverstanden ist.«

Horner nickte und dachte an den Jungen aus seinen nächtlichen Erinnerungen, der bereits gewusst hatte, dass es zu spät war. Aber er nahm sich zusammen und begann mit der Formulierung des Telegramms, als er von dem Funker unterbrochen wurde.

»Der Reeder will selbst mit dem Käptn reden.«

»Aha«, sagte Horner, entschuldigte sich und verließ die Versammlung.

Der alte Mann sprach, wie er aussah; mit wunderbarer Stimme und fast sakraler Betonung auf jedem Wort bat er um Entschuldigung für den Vorschlag, über den Kriegsrisikozuschlag verhandeln zu wollen.

»Ich war darüber nicht informiert«, sagte er. »Das war eine unbedachte Idee von Leuten, die nur auf die Zahlen gucken. Übermitteln Sie der Besatzung mein Bedauern. Und meinen Dank für den Mut, den sie alle bewiesen haben.«

Als Horner zur Schiffsversammlung zurückkam, wusste er nicht, ob er weinen oder lachen sollte. Aber nachdem er die Nachricht verkündet und den Gruß übermittelt hatte, siegte das Lachen und steckte die anderen an.

Dennoch trennten sie sich mit einem Gefühl der Enttäuschung. Und als der Abend kam, wurde in vielen Kabinen gesoffen, ein Fest, das mit einer Prügelei in der Mannschaftsmesse endete. Die Stühle, die als Waffen benutzt wurden, gingen zu Bruch, Horner selbst musste eingreifen und teilte den Kampfhähnen mit, dass sie für die gesamte Heimfahrt keinen Alkohol mehr bekommen würden, wenn sie nicht augenblicklich in ihre Kojen gingen und den Rausch ausschliefen.

Ein enttäuschender Tag ging zu Ende. Auch Hans Horner saß noch lange in seinem Sessel bei seinem Abendbier und fühlte sich sonderbar betrogen. Wie viele andere dachte er an die vorherige Schiffsversammlung, als sie die Anfrage der Reederei erhalten hatten, ob sie sich vorstellen konnten, in die Kriegszone zu fahren. Die Stimmung damals war bedrückt gewesen.

Der Funker hatte berichtet, wie viel Zuschlag es für das Kriegsrisiko gab, zehn Tage mit dreihundert Prozent Lohnzuschlag hatte das Angebot gelautet. Steuerfrei. Der Köder war verlockend, Leuten, die Hypotheken oder Studienkredite abzahlen, fiel es schwer zu widerstehen. Einer dachte an das Ferienhaus, von dem seine Frau träumte, mehrere daran, dass sie sich endlich einen neuen Wagen kaufen konnten, einer an ein Segelboot und an eine lange Reise nach Westindien.

»Stellt euch vor, ein Monat auf Barbados, wenn das Wetter in Schweden am schlechtesten ist.«

Sie hatten gelacht, für eine Weile hatte sich die Stimmung entspannt.

Aber andere dachten an ihre kleinen Kinder daheim, für die sie Verantwortung trugen. Und an die Frauen, die sie liebten, die sie vielleicht nie wieder …

»Wie gefährlich ist es?«

Die Frage war direkt an Horner gerichtet gewesen.

»Ich weiß es nicht, ich weiß es wirklich nicht.«

Aber er erzählte ihnen, wie es geplant war, dass sie wie gewöhnlich durch den Hormussund fahren sollten, dann einen Abstecher zum Emirat machen würden, wo diejenigen, die es wünschten, an Land gesetzt wurden, um in einem Hotel in Dubai zu warten. Direkt vor der Kriegszone würden sie vor einigen persischen Inseln, deren Namen niemand aussprechen konnte, vor Anker gehen und ihren Platz in der Tankerwarteschlange einnehmen. Wenn von Kharg die Mitteilung kam, dass sie mit der Betankung an der Reihe seien, würden sie in die Zone hineinfahren, des Nachts, verdunkelt und mit voller Kraft.

Er hatte es nicht beabsichtigt, merkte aber selbst, dass es wie ein Märchen klang. Vielleicht sehnte er sich nach dem Unvorhersehbaren, einer Unterbrechung in der Routine.

Jetzt, hinterher, erinnerte er sich an das Gefühl, und es war ihm peinlich.

Bei der Abstimmung wollten vier Mann in Dubai an Land gebracht werden, alle vier jung, mit Kleinkindern daheim. Zwei gehörten zur Schiffsleitung, ein Zweiter Steuermann und ein Erster Maschinist.

Der Chief reagierte mit versteinerter Miene, bewegte keinen Muskel, obwohl er wütend und besorgt sein musste. Der zuverlässige und kompetente Erste Maschinist konnte kaum von einem anderen als dem leitenden Ingenieur selbst ersetzt werden. Martinsson würde schwere Tage in der Persischen Bucht haben.

Horner war von widerstreitenden Gefühlen geschüttelt worden, von Wut und Bewunderung. Die vier waren Männer einer Generation mit größerer Selbstsicherheit, die weniger Angst hatten, ihr Gesicht zu verlieren.

Er selbst hatte nicht einmal den Gedanken erwogen, sich zu weigern. Obwohl auch er die Verantwortung für ein Kind hatte. Und für Kerstin, die nicht so stark war, wie sie schien.

So war das, Kerstin, sagte er laut zu seiner Frau, als er in die Koje kroch. Hans Horner, der alte Deutsche, tut seine Pflicht, gehorcht dem Befehl, viel zu feige, sich zu weigern. Und im Augenblick auch noch viel zu müde, die Frage zu diskutieren, wie er sich wohl beim nächsten Mal entscheiden wird. Der Krieg zwischen Irak und Iran schien sich längere Zeit hinzuziehen.

Er traute sich nicht, Schlaftabletten zu nehmen, da er sich sorgte, dass der Streit in der Mannschaftsmesse wieder aufflackern könnte. Schließlich schlief er doch ein, schlief lange und träumte in der Morgendämmerung von Jan. Sie standen beide auf der Kommandobrücke und schauten auf das riesige Deck der *Ocean Seal*. Der kleine Junge wollte ihm eine Mitteilung zukommen lassen, sie war wichtig, ungemein wichtig. Aber als Horner aufwachte, begriff er, dass er sie nicht verstanden hatte und sich nicht mehr daran erinnern konnte, was sein toter Sohn ihm sagen wollte.

Die einzige Erkenntnis, die er aus dem Traum mitnahm, war, dass die Trauer unerschöpflich war, die Wunde noch offen und sich nie schließen würde.

18

Auch am Freitag ließ Kerstin Sofia noch nicht wieder in die Schule. Das Mädchen freute sich darüber. Ihr gefiel ihr Alleinsein, das mit Geheimnissen angefüllt war.

Solange sie nicht zur Schule musste, konnte sie sich sogar noch nachts darüber freuen. Sie konnte immer dann für eine Weile schlafen, wenn es ihr gefiel. Und nach dem Mittagessen, bevor Oma heimkam, eine ganze Stunde. So konnte sie sich die Wachzeit für die dunklen Stunden aufsparen, wenn die Welt schlief und sie die Einzige war, die dem Wind lauschte.

Nächte waren am besten für Geheimnisse.

Es war Sofia gut gegangen, bis zu dieser Nacht von Freitag auf Samstag. Jetzt war sie voller Fragen und Angst.

Sie waren beim Arzt gewesen, Oma und sie. Am Freitagnachmittag, als das Wetter umschlug, nasse Böen zogen von Westen her auf, und ein ekliger Regen peitschte in schweren Schauern durch das Land. Mitten im Winter, kurz vor Weihnachten, schmolz die dünne Schneedecke in Rinnsalen dahin, und die dummen Kohlmeisen sangen, als wäre es Frühling. Die Erwachsenen im Wartezimmer des Arztes waren aufgebracht und sprachen über den Regen, als wäre er eine Beleidigung. Sie waren dumm wie immer, fand Sofia.

Es war auf dem Heimweg, sie hatten beim Konsum angehalten, um einzukaufen, als das Schreckliche geschah. Vor dem Kiosk lungerte wie üblich eine ganze Bande Jugendlicher herum, Große aus der Oberstufe, und sie hatten sie geärgert: »Nein, seht nur, der Kirchenengel. Du traust dich raus? Wo hast du denn deine Flügel gelassen? Hast du am Kopf keine Beule gekriegt, als du durchs Kirchendach gesaust bist?«

Es war albern, nur dumme Sprüche. Und als Oma aus dem Geschäft kam, verschwanden sie sofort, mit schlechtem Gewissen. Aber sie hatte es mitbekommen, das war Sofia klar, als Kerstin sie hochnahm, umarmte und sagte: »Du hörst doch nicht auf diese Dummköpfe?«

Vielleicht hätte Sofia gar nicht darüber nachgedacht, wenn ihre Oma sie nicht so fest an sich gedrückt und sie dabei nicht deren Herzklopfen gespürt hätte. Sofia konnte es durch den Mantel hindurch fühlen und dachte, dass jetzt wieder der Feuervogel frei sei.

Sie wusste, dass der Feuervogel unter Omas Herzen wohnte. Meistens schlief der Vogel und brütete Omas Geheimnisse aus. Nur ab und zu, nur wenn etwas allzu garstig war, erwachte er und flatterte mit seinen Flügeln, um die Funken zu ersticken, die das Nest bedrohten.

Während sie das Mittagessen machten, sprachen sie über das, was geschehen war.

»Warum haben die das gesagt?«

»Sie haben es sicher nicht böse gemeint. Aber es war ja ein ungewöhnliches Ereignis, und du weißt, dass die Leute gern reden. In so einem kleinen Ort gibt es nicht so viel, worüber man reden kann.«

»Aber alle wissen doch, dass ich im Bett lag.«

»Ja, der Arzt und ich haben es allen erzählt. Aber dadurch wird es vielleicht nicht weniger merkwürdig.«

Sofia dachte lange nach, bevor sie fragte:

»Hast du schon mal von Leuten gehört, die die Träume anderer sehen können?«

»Nein, ich glaube nicht. Aber es gibt etwas, das heißt Telepathie; man geht davon aus, dass die Menschen manchmal die Gedanken anderer Menschen lesen können.«

Sofias Augen waren rund vor Überraschung, Kerstin sah es, verstand es jedoch falsch und fuhr fort:

»Das kommt ganz selten vor, so selten, dass man nicht einmal weiß, ob es stimmt. Aber, ja, es wird behauptet, dass Einzelne diese Fähigkeit haben.«

Sie stand mit dem Rücken zu dem Mädchen am Herd und sah nicht, wie aufgewühlt Sofia war. Als sie die Koteletts in der Bratpfanne umdrehte, war das Mädchen auf dem Weg aus der Küche ins Bad.

»Das Essen ist gleich fertig.«
»Ich möchte nichts, mir geht es nicht gut.«

Kerstin stand vor der Badezimmertür und hörte, wie Sofia sich erbrach, und dachte verzweifelt, wir müssen hier weg, weg von hier. Klara muss das Kind zu sich nach Uddevalla nehmen, wie auch immer, Hauptsache, sie kommt hier weg.

»Kann ich dir helfen?«
»Nein, ist schon vorbei. Aber ich lege mich lieber hin.«

Sie war grau im Gesicht, als sie aus dem Bad kam. Kerstin half ihr, sich auszuziehen, und brachte sie ins Bett. Nach nur wenigen Minuten schlief sie, und Kerstin ging wieder in die Küche, versuchte ein Fleischstück hinunterzukriegen. Die Bissen wuchsen in ihrem Mund, der Regen schlug gegen die Scheiben.

Eine Stunde später weckte sie Sofia mit Tee. »Es ist wichtig, dass du was trinkst.« Sofia trank gehorsam, aß ein Butterbrot und wollte duschen. Sie meinte, sie würde schlecht riechen.

Eine halbe Stunde später schlief das Kind wieder, und Kerstin wollte gerade den Telefonstecker herausziehen, als es klingelte. Es war Göteborg Radio, Hans. Er hatte soeben das Kap umfahren und wollte, dass er und sie ein paar Tage allein auf Gran Canaria hatten, bevor sie zu der Familie stießen.

»Ich weiß nicht, es ist schlimmer, als du denkst.«
»Kerstin!«
»Ja, ja, ich werde versuchen, es hinzukriegen.«

Erst als sie aufgelegt hatte, fiel ihr ein, dass seine Stimme müde geklungen hatte, traurig und müde.

Sofia wachte um Mitternacht auf, wie sie es sich vorgenommen hatte und lauschte aufmerksam zum Zimmer der Oma. Diese schlief fest, das war gut. Jetzt ging es darum nachzudenken, ganz ruhig, eins nach dem anderen. Sie setzte sich auf, stopfte die Kissen hinter ihren Rücken, schaute in die Nacht und horchte, wie der Wind mit dem Regen spielte und seine Schauer zwischen die kahlen Bäume trieb.

Immer, immer wieder, sagte sie leise und nickte jedes Mal. Immer wieder habe ich gedacht, dass die Leute bescheuert sind. Alle, die Großen und die Kleinen, ausgenommen höchstens Klara, die auf eine andere Art und Weise dumm ist. Und heute habe ich erfahren, dass das daran liegt, dass sie nicht die Gedanken der anderen hören können, dass es so ungewöhnlich ist, dass man nicht einmal glaubt, es könnte gehen.

Es ist etwas Merkwürdiges an mir. Deshalb konnte ich Anders dazu bringen, meinen Traum zu träumen, und die Leute in der Kirche, ihn zu sehen, obwohl ich das gar nicht wollte. Und deshalb musste Omas Feuervogel sofort die Flammen löschen. Das Feuer wird immer entfacht, wenn sie Angst hat. Und sie hat Angst, wenn ich ihr erzähle, was der Berg sagt, was Tante Inger denkt, dass Hans sich auf dem Schiff Sorgen macht; und ich dachte, alle würden es sehen und hören.

Ich habe mich immer gewundert, warum man nicht darüber reden durfte. Ich dachte, das sei wie mit Pinkeln und Stuhlgang, dass die Großen es einfach nicht wollen, dass man drüber spricht. Dabei ist es eine Krankheit, wegen der man sich schämen muss.

Jetzt kamen ihr die Tränen. Zum ersten Mal gab es in Sofias Einsamkeit Verzweiflung.

Ich mag Anders so gern. Aber er hat Angst vor mir. Weil er begreift, dass mit mir etwas nicht stimmt. Er hat es verstanden, weil er ein bisschen auch so ist wie ich, wenn er zum Beispiel sagt, so eine blöde Frau sei eisblau mit roten Flammen an der Spitze. Wir waren uns nur wenige Male nicht einig, zum Beispiel als ich sagte, seine Mama wäre grün wie das Gras im Frühling, und er aber meinte, natürlich wäre sie außen grün, aber darunter gäbe es die Masken. Ich konnte sie nicht sehen, und deshalb wurde er schrecklich wütend auf mich. Und jetzt will er mich nicht mehr sehen – und heute Abend habe ich verstanden, warum. Er will nicht, dass ich seine Gedanken lese.

Mit Oma kann ich nicht darüber sprechen, denn dann würde ihr Feuervogel sie verbrennen. Hans? Vielleicht ginge das. Aber er ist ja immer so weit weg. Und Papa, er würde nur böse werden.

Klara?

Lange Zeit dachte sie an Klara, die es wusste, die wie Anders war, und die selbst … Aber Klara war ja noch ängstlicher als Anders.

Deshalb bin ich ja so böse auf sie, dachte Sofia. Und im nächsten Augenblick: Wovor haben sie eigentlich Angst?

Es musste gefährlich sein, etwas, woran man sterben konnte. Beide, Anders und Klara verleugnen das und lügen. Sie schämen sich. Es musste etwas sein, was peinlich war.

Dann fiel ihr Tante Inger ein, die Einzige, die offen über Sofias Gaben sprach.

Sie nennt es eine Gabe, als wäre es etwas Schönes. Und sie selbst beschäftigt sich damit, tut jedenfalls so, als könne sie es. Obwohl das gelogen ist, sie deutet ihre Sterne und guckt in die Zukunft und weiß dabei gar nicht, dass es gelb und falsch um ihren Kopf funkelt. Und die Leute lachen hinter ihrem Rücken über sie. Sie wissen, dass sie nur blufft, obwohl sie das andere gar nicht verstehen.

Das ist auch lächerlich.

Sie fasste zusammen. Sie hatte eine Krankheit, die gefährlich und erschreckend war, peinlich und lächerlich. Sie selbst hatte es nicht gewusst, hatte gedacht, sie wäre wie alle anderen.

Sie dachte wieder an ihre Oma, denn Oma war auf jeden Fall diejenige, der sie am meisten glaubte. Wenn sie nicht die Gedanken anderer hören und keinen Baum tanzen sehen konnte, musste es ja langweilig für sie sein.

Denn ich habe doch Recht, dachte Sofia. Die Welt ist voller Geheimnisse. Wenn die anderen sie nicht sehen, nichts von ihnen wissen …

Ich würde nur zu gerne wissen, in was für einer Welt sie herumlaufen, all die anderen. »Wie sie aussieht und klingt«, sagte sie laut.

Sie weinte eine Weile leise vor sich hin, sagte aber schließlich: »Heute Nacht komme ich nicht weiter. Dann kann ich ebenso gut schlafen.«

Aber gerade als sie sich zurechtgelegt hatte, hörte sie ein Gespräch, dem sie vor langer Zeit gelauscht hatte, ein flüsternd geführtes Gespräch in der Küche, wo Klara mit Hans und Kerstin saß. Sie hatte mit offener Badezimmertür und gespitzten Ohren gehorcht, denn sie sprachen über ihren Papa. Klara sagte:
»Er war verrückt, total verrückt. Er hat vollkommen in einer anderen Wirklichkeit gelebt. Es gab keinen anderen Ausweg, als ihn ins Irrenhaus zu sperren.«

Sofia schrie, sprang aus dem Bett und zitterte vor Angst. Aber als ihre Oma kam und sie in den Arm nahm, riss sie sich zusammen und behauptete, es wäre nur ein Albtraum gewesen. Und als sie bei Kerstin ins Bett kriechen durfte, konnte sie bereits denken, sonderbar ruhig: Jetzt weiß ich, wovor sie Angst haben. In Zukunft werde ich mich verstellen, genau wie Klara. Sonst sperren sie mich noch ins Irrenhaus.

Sie schlief in Kerstins Arm ein, wachte aber früh auf, sah ihre Oma lange an und schwieg. Kerstin spürte den Blick, erwachte und fragte:
»Was ist los, Sofia?«
»Kannst du mir versprechen, dass ihr mich nie, niemals in ein Irrenhaus sperrt?«

Kerstin setzte sich abrupt im Bett auf, sah dem Mädchen in die Augen und versprach:
»Das schwöre ich, Sofia.«

Sie kreuzte die Finger, Sofia nickte, und die Tränen liefen ihr übers Gesicht, als sie wieder unter die Decke kroch und einschlief.

Kerstin lag wach, starrte zur Zimmerdecke, sah das graue Morgenlicht vor dem Fenster heller werden. Sie weinte nicht, aber es hätte ihr gut getan.

Sie weiß es. Das war ihr erster Gedanke. Und der nächste: Ich habe es ihr versprochen, aber ich habe nicht das Sorgerecht für das Kind. Deshalb kann ich eigentlich gar nicht … Aber ich werde für mein Versprechen einstehen, o Hans, ich werde um jeden Preis mein Versprechen halten. Auch wenn ich dir wehtue, meine Klara, auch wenn die Familie daran zerbricht.

19

Anders erwachte am Samstagmorgen mit Kopfschmerzen und einem Schweregefühl im Körper. Er wusste, dass dies an den Tabletten lag, die der Arzt ihm verschrieben und die Katarina ihm abends gegeben hatte.

Trotzdem mochte er die Schlaftabletten, die ihn ins Nirgendwo verschwinden ließen. Das war schön, so schön wie der Tod sein musste. In den letzten Tagen hatte er viel über den Tod nachgedacht.

Heute sollte der Arzt kommen, nicht Rune mit seinem schrecklichen Hund, sondern der alte Doktor, den er schon kannte, seit er ganz klein gewesen war. Der war ein klasse Mann, der wirklich viel verstand, und schon hatte Anders sich entschieden. Er würde reden. Aber Sofia und er hatten ja geschworen, es nie jemandem zu erzählen!

Er bat seine Mutter um eine Tasse Kaffee, was ungewöhnlich war. Aber als er sagte, dass er Kopfschmerzen habe, streichelte sie sein Gesicht, folgte den Gesichtszügen mit ihren Fingern. Er hielt seinen Kopf so, dass sie ihre Hand um das Kinn und den Nacken führen konnte. Sie sagte nichts, und auch dafür war er ihr dankbar.

Plötzlich wusste er, was er machen musste. Er würde Sofia anrufen, dieses ekelhafte Mädchen, und sie bitten, ihn von seinem Schwur zu entbinden. Es war einfach notwendig, er musste wissen, ob das, was er in der Kirche gesehen hatte, die Welt war oder nur Sofias Traum. Er musste es einfach wissen …

»Ich will Sofia anrufen«, sagte er. »Aber du darfst nicht zuhören.«

»Ich gehe raus und schließe die Tür.«

Er hörte, wie sie in der Türöffnung stehen blieb und wusste, dass sie ihn bitten wollte, nett zu sein. Aber dann ärgerte sie sich, ging hinaus; die Scharniere knarrten, als die Tür von außen geschlossen wurde. Er wählte die Nummer:

»Horner«, meldete sich Kerstins Stimme, und Anders konnte hören, dass sie tiefer klang als sonst.

»Ich möchte mit Sofia sprechen«, sagte er. »Allein.«

»Ich werde es ihr sagen. Sie kann das Gespräch oben in meinem Schlafzimmer annehmen, während ich hier unten das Frühstück mache.«

»Danke schön«, sagte Anders und dachte, dass sie in Ordnung war, Kerstin war so eine, die viel verstand.

Sofias Stimme klang überrascht und ängstlich, aber sie versprach, die Schlafzimmertür zu schließen, und als sie zurückkam, sagte er:

»Ich muss herausfinden, ob das, was ich in der Kirche gesehen hab, wirklich ist. Verstehst du das?«

»Nein. Was sollte es denn sonst sein?«

»Du könntest mich ja auch verhext haben.«

»Du bist nicht ganz gescheit. Ich bin doch keine Hexe.«

»Das glaube ich aber«, schrie Anders; dann riss er sich aber zusammen und nahm sich vor, einfach zu sagen, worum es ging, und das in nettem Ton.

»Heute kommt der Doktor. Ich möchte ihm alles erzählen.«

»Tu das«, sagte Sofia und warf den Hörer hin; sie rannte die Treppe hinunter und schrie Kerstin an:

»Sag mir die Wahrheit, Oma. Bin ich eine Hexe?«

»Du bist ein ganz normales kleines Mädchen. Du bist nur für viele Eindrücke empfänglicher als andere Kinder.«

»Eindrücke, die es gibt?«

»Ja, davon bin ich überzeugt.«

Sofia entspannte sich und erzählte, was Anders gesagt hatte. Zum ersten Mal fühlte Kerstin, wie wütend sie auf den Jungen war.

»Jetzt rufe ich ihn an«, sagte sie. »Ich werde kein Wort von eurer Abmachung sagen, dass du es mir schon erzählt hast und so. Nur meine ehrliche Meinung darüber, wie eklig er sich benimmt.«

Kerstin rief an und hoffte, der Junge würde antworten; sie wollte nicht mit Katarina sprechen. Und es war tatsächlich seine Stimme, die sich meldete: »Berglund.«

»Anders«, sagte Kerstin. »Wie Leid mir das mit dir auch tut, aber du hast kein Recht, so eklig zu sein. Ich weiß nicht, worüber du mit Sofia gesprochen hast, aber sie sitzt hier bei mir, weiß wie ein Laken, weil du sie eine Hexe genannt hast. Damit hörst du auf. Sie ist ein Kind, du bist zwei Jahre älter als sie und hast trotz allem die Verantwortung.«

»Ich wollte nicht eklig sein, aber ich habe Angst vor ihr.«

Kerstin war den Tränen nahe. Doch sie schluckte sie hinunter und fuhr fort:

»Das verstehe ich nicht. Und ich finde es merkwürdig, dass ein so großer Junge vor einem kleinen Mädchen Angst hat. Du weißt doch, dass Sofia lieb ist, dass sie keiner Fliege etwas zuleide tun könnte.«

»Du hast keine Ahnung«, sagte Anders. »Du weißt nicht, wie sie wirklich ist.«

»Das wäre aber seltsam, findest du nicht? Schließlich wohne ich doch mit ihr zusammen, ich habe sie jeden Tag gesehen, seit sie ein Baby war. Und ich bin doch kein Dummkopf, Anders. Es ist sogar mein Beruf, Kinder zu verstehen.«

»Ich glaube ja nicht, dass du dumm bist. Du verstehst nur nicht, was du nicht verstehen willst.«

»Ich verstehe viel mehr, als du glaubst«, sagte Kerstin und legte den Hörer auf. Sie war immer noch wütend, als sie zu Sofia sagte, dass sie beide jetzt miteinander reden müssten, nicht über Anders, sondern über Sofia selbst. Über all die Gedanken, die sie nachts quälten, über ihre Angst.

Sie machten im Kachelofen im Wohnzimmer Feuer und nahmen den Tee mit dorthin.

Sofia schwieg, aber Kerstin sprach über die verschiedenen Wirklichkeiten, über getrennte Welten, über Leute, die viel erlebten, und andere, die nur das sahen, was direkt vor ihrer Nase geschah. Und darüber, dass Sofias besondere Art zu sehen eine Fähigkeit war, mit der man vorsichtig umgehen musste.

»Du musst nur eines lernen«, sagte sie. »Bisher bist du noch zu klein gewesen, um das zu verstehen, aber jetzt musst du damit anfangen.«

»Womit?«

»Du musst deine Wirklichkeiten auseinander halten. Es gibt diese hier, das Zimmer, in dem wir sitzen, das Feuer, die Farbe meines Morgenmantels, den Geschmack deines Butterbrots, den Regen draußen. Das ist die übliche Wirklichkeit, die alle erfassen können. Verstehst du?«

»Ja.«

»Und dann kannst du etwas anderes sehen, hinter den Dingen. Und du kannst hören, dass der Regen wie ein Mensch lacht, wie du mir heute Morgen erzählt hast. Manchmal weißt du, was ich denke, und manchmal spürst du in dir, was passieren wird, nicht wahr?«

»Genau.«

»Das alles gehört zu einer anderen Wirklichkeit. Das ist eine Art Begabung. Sie macht das Leben reicher, und ich hoffe, dass sie dir niemand nehmen kann. Aber du musst lernen, diese verschiedenen Welten nicht miteinander zu vermischen.«

Sie sprachen lange miteinander, Sofia konnte sogar von dem Feuervogel in Kerstins Herz erzählen, der so viel Angst hatte, so schrecklich viel Angst.

Als sie aufbrachen, um den Großvater zu besuchen, war beiden leichter ums Herz, auch wenn Sofia sorgenvoll sagte:

»Das wird schwer, Oma. Denn ich sehe ja nicht, dass es zwei Welten sind. Für mich ist es nur eine.«

»Wir werden das üben«, sagte Kerstin. »Ich helfe dir, und du hast keine Angst mehr vor meinem Feuervogel. Es ist nicht gefährlich, wenn er Angst hat, im Gegenteil, er muss einfach manchmal herauskommen und flattern.«

Anders blieb lange mit dem Hörer in der Hand sitzen. Er war wütend und sauer auf Kerstin. Und auf Sofia, dieses Klatschmaul, das zu seiner Oma gerannt war und sich da ausgeheult hatte. Ein albernes Kleinkind, das getröstet werden musste.

Worüber sollte sie denn schon traurig sein.

Und Kerstin, diese überlegene Kuh. Sie hatte gesagt, er sei ein großer Junge, der eine Verantwortung habe, das war ja wohl zu blöd. Sie hatte doch keine Ahnung, was es hieß, blind zu sein.

Er hörte Katarina sauber machen, der Staubsauger, den er verabscheute, fuhr im Wohnzimmer über Teppiche und Sessel. Das war gut, so hatte sie nicht gehört, dass das Telefon geklingelt hatte. Er beschloss, ein Bad zu nehmen, und rief:

»Mama, kannst du mir helfen, Wasser einlaufen zu lassen?«

Er konnte spüren, dass sie sich freute, als sie im Bad alles bereitmachte, dass ihre Bewegungen gelöster waren. Für einen kurzen Moment spürte er Mitleid mit ihr, sie hatte es nicht leicht gehabt in den Tagen, als er im Bett gelegen und kein Wort gesagt hatte.

Ach, scheiß drauf, ich scheiße auf alles, dachte er. Als das warme Wasser seinen Körper umschloss, dachte er erneut an den Tod und wie einfach dann alles wäre …

Noch einmal rief er sich die Bilder aus der Kirche ins Bewusstsein, ein Bild folgte dem anderen in der richtigen Reihenfolge, alle leuchteten, voller Licht und Farben. Anfangs waren sie nur erschreckend gewesen. Aber die Angst ließ mit der Zeit nach. Sicher, die Welt war gefährlich. Aber sie war auch wunderbar. Er betrachtete lange das hellblaue Kirchengewölbe, dachte daran, dass es blau war, dass Blau wie glänzende Freude war, wie Musik. Und der Himmel, alle sprachen vom Himmel, und er hatte nie gewusst, was Unendlichkeit war, was sie damit meinten, wenn sie vom Himmel und dem Sonnenlicht sprachen. Am längsten verweilte er bei dem Gesicht des Pfarrers, dem aufwärts gerichteten Gesicht, voller Glück. Niemand hatte ihm gesagt, dass der Pfarrer so schön war, dass all die Menschen, die ihn anstarrten, und auch Sofia so schön waren.

Und die Augen, dachte er. Wie merkwürdig sie waren, wie dunkel schimmernde Löcher im Gesicht. Mit ihnen nahmen die anderen das Licht auf. Sahen. Er selbst würde niemals … denn seine Augen waren tot, dem Licht und den Farben verschlossen. Er hatte nicht gewusst, wie schrecklich das war. Blind, sehbehindert – er hatte es nicht begriffen. Jetzt, wo er es wusste, wollte er sterben.

Aber vorher musste er sicher sein, vollkommen sicher, dass er wirklich gesehen hatte und nicht verhext worden war.

Kerstin wusste nicht, dass Sofia eine Hexe war, dass sie die sonderbarsten Dinge hervorzaubern konnte. Der Arzt müsste es wissen. Und eines war gut an ihm: Er log nie. Er würde die Wahrheit sagen.

Wie so oft in den letzten Tagen holte Anders die Erinnerung an den Tag hervor, als sie auf den Berg geklettert waren. Und er kam immer wieder zu dem gleichen Schluss: Sofia war verrückt. Lange Zeit überlegte er, ob sie zusammen sterben sollten. Er hatte sich ausgemalt, wie das vor sich gehen könnte, sie würden zusammen aufs Meer hinausschwimmen, und dort würde er sie in die Tiefe ziehen. Auf den Kanarischen Inseln in einer Woche. Wenn das möglich war, denn dort war auch der Kapitän.

Anders mochte nicht an Hans Horner denken. Es fiel ihm schwer, ihn zu bewundern, diesen Riesenkerl, der Anders fast in den Himmel gehoben und ihm versprochen hatte, du und ich, wir werden segeln. Schon lange vor dem Sommer hatte Anders vom Segeln geträumt, aber der Kapitän hatte es vergessen, und so kam der Herbst, und er fuhr davon, wie immer, ans Ende der Welt.

Hans Horner wird natürlich schrecklich traurig werden, wenn Sofia ertrinkt, dachte er. Das geschieht ihm nur recht.

»Ich habe dir saubere Sachen auf dein Bett gelegt, Anders.«

Mama wird auch traurig sein, dachte er, während er sich anzog. Wenn ich sterbe. Aber sicher nur für kurze Zeit, dann wird sie sich freuen. Denn seine Mutter hatte seit seiner Geburt keinen glücklichen Tag mehr gehabt.

Er ging in die Küche, hörte ihre helle Stimme, als sie sagte, er sei ein hübscher, ein richtig netter Junge. Sie fuhr ihm durchs nasse Haar, strich ihm über die Wange, und er wollte sie gerade bitten, damit aufzuhören, als es an der Tür klingelte.

Doktor Stenström war ein großer, kräftiger Mann, etwas schroff und fordernd. Aber gut. Katarina wusste das, denn der Arzt hatte Anders immer geholfen, auch wenn es schwierig gewesen war. Jetzt war er pensioniert und hatte mehr Zeit, sich um die besonderen

Probleme der Blinden zu kümmern. Er forschte auf diesem Gebiet, hatte Kerstin erklärt.

Er wollte gern eine Tasse Kaffee und ihn in der Küche trinken. Es ist schon merkwürdig mit den Erwachsenen, die immerzu reden können, dachte Anders, während er selbst sich immer angespannter fühlte, solange Katarina übers Regenwetter und die schlechten Busverbindungen plapperte. Aber als der Arzt erwiderte, er fahre Auto und habe den ganzen Tag zur Verfügung, wurde er ruhiger.

»Ich will alles erzählen, von Anfang an«, sagte Anders, als sie endlich in seinem Zimmer saßen, einander gegenüber an seinem großen Schreibtisch mit der Punktschriftmaschine und dem Bandgerät auf der Tischplatte.

»Aber es ist schwer«, sagte er. »Weil die Zeitungen und so sich da eingemischt haben.«

»Du weißt doch, dass ich der Schweigepflicht unterliege«, sagte der Doktor scherzhaft.

Und dann begann Anders zu erzählen, von seinem Treffen mit Sofia im letzten Frühjahr, wie sie Freunde wurden, zusammen spielten, über Gott sprachen und auf den Berg kletterten.

»Ich hätte ja sofort erkennen müssen, dass sie verrückt ist, als sie mich an ein Seil festband und mich wie einen normalen Bergsteiger die steile Wand hochklettern ließ. Obwohl ich blind bin.«

»Für mich klingt das so, als ob sie ganz genau wusste, was sie machen musste«, sagte der Arzt. »Es konnte doch gar nichts passieren. Wenn du gefallen wärst, hätte sie dich gehalten. Und du hast doch mitgemacht.«

»Aber doch nur, weil ich gar nicht wusste, wie gefährlich das war«, schrie Anders. »Das war ja bevor ... ich das mit Höhen und Tiefen verstanden habe.«

Stenström war verblüfft und fragte:

»Verstehst du das denn jetzt?«

»Ja, ich glaube schon.«

»Lass uns von Anfang an darüber sprechen, eins nach dem anderen.«

Anders erzählte von den Psalmen, die sie gesungen hatten, von

Sofias Erzählungen über die Toten, und wie ihnen die Idee gekommen war, ihre Träume zu teilen. Wie sie trainiert hatten, Nacht für Nacht, die ganzen Sommerferien über, und wie es ihnen schließlich gelungen war.

»Ich habe ihren Traum geträumt. Wir waren in einem Boot, es war fast dunkel, aber ich konnte sehen, wie sie ruderte, die Ruder, die sich hoben und senkten. Es war auf einem Fluss, und plötzlich ging die Sonne auf, es wurde hinter dem Wald am Ufer hell. Das war so gewaltig, ich bekam solche Angst, dass ich aufgewacht bin. Danach bin ich noch lange im Bett einfach liegen geblieben, ich war überrascht und auf merkwürdige Weise traurig. Obwohl ich nicht wusste, warum, da noch nicht. Und dann kam Sofia wie eine Verrückte angerannt und jubelte: ›Wir haben es geschafft, wir haben es geschafft.‹

Eigentlich wollte ich mit dem Zusammenträumen nicht weitermachen, aber ich hatte Angst ... ich hatte Angst, dass sie dann nicht mehr mit mir zusammen sein wollte.«

Er erzählte ausführlich, wie sie für ihren Kirchentraum trainiert hatten, wie sie in der Kirche gesessen und wie Sofia ihm beschrieben hatte, wie alles aussah.

»Aber ich weiß nicht, ob sie sich nicht alles nur ausgedacht hat. Sie hat immer alle möglichen Ideen.«

»Erzähl weiter, Anders.«

»Dann, am Samstag vorm Advent, bekamen wir die Grippe, genau wie Sofia gesagt hatte. Damit ist ja wohl deutlich, dass sie eine Hexe ist.«

»Warum solltet ihr denn krank werden?«

»Damit wir am Sonntag um elf Uhr schlafen konnten, ist doch klar.«

Jetzt schwieg der Arzt vor Verwunderung. Er hatte wie alle anderen von dem Wunder in der Östmora-Kirche gelesen und wusste nicht so recht, wie er es bezeichnen sollte: Phantasie, Halluzination. Doch zu seiner Überraschung erhellte sich das Gesicht des Jungen, und er lachte leise auf:

»Du weißt ja, was dann passiert ist«, sagte er. »Wir haben es gemacht, und es ist geglückt. Dass die anderen uns dabei gesehen haben, verstehe ich nicht, das muss wohl daran liegen, dass Sofia eine Hexe ist. Und außerdem ist es mir scheißegal. Aber ich ... ich muss wissen, ob ich das, was ich sah, als ich geflogen bin, auch wirklich gesehen habe. Ob es wirklich ist, verstehst du? Oder nur ein Traum, den Sofia geträumt hat.«

»Warum musst du das wissen?«

Die Stimme des Jungen brach, als er versuchte, es zu erklären. Wenn es nur ein Traum gewesen war, dann war ja das meiste wie vorher, und er konnte weiterleben, zur Schule gehen und so weiter, wie immer. Aber wenn es stimmte, wenn er wirklich gesehen hatte ...

Er schwieg und weinte.

»War es schön, was du gesehen hast?«

»Zuerst war es nur schrecklich, gefährlich, schrill und so. Ich dachte, alles, was freundlich und gut ist, müsste in diesem schrecklich grellen Licht sterben. Doch dann wurde es irgendwie immer schöner, so glänzend.«

Stenström war aufgewühlt und traurig. Aber er überlegte schnell, und er wusste genau, dass Anders es sofort merken würde, wenn er log.

»Da können wir nur eins machen«, sagte er. »Wir gehen in die Kirche und setzen uns beide dort hin. Dann beschreibe ich dir, was ich sehe, und du sagst mir, ob das stimmt.«

»Das ist eine tolle Idee!«

Katarina hatte immer noch Angst, sagte aber nur, sie müssten den Kirchendiener anrufen. Denn es war ja nicht gesagt, dass die Kirche an einem gewöhnlichen Samstag geöffnet war.

»Wir gehen einfach hin und gucken nach, Mama. Es ist ja nur um die Ecke.«

Anders hatte sich bereits seinen Mantel angezogen, und der Arzt war seiner Meinung: »Wir versuchen es.« Die Kirche war offen, Leute stellten Stühle auf, trugen Gesangbücher herein, ordneten die Blumengestecke. Östmora rüstete sich für einen Sonntag mit mehr Menschen im Gottesdienst, als Ort und Kirche je gesehen hatten.

»Wir brauchen Ruhe«, flüsterte der Junge, und der Arzt sprach mit dem Kirchendiener, sagte, der blinde Junge sei von all den Gerüchten so aufgewühlt, dass er den Kirchenraum auf seine Art sich anschauen müsste. Der Kirchendiener nickte und sagte, er verstehe, und er würde mit den anderen eine Kaffeepause machen.

Dann setzten sie sich in die erste Bank, wo Anders und Sofia auch in ihrem Traum gesessen hatten. Mit gedämpfter Stimme begann Stenström ganz ruhig zu beschreiben, was er sah. Den Altar, die fein bestickte Decke mit dem goldenen Kreuz, die Kerzenhalter, die niedrige blaugraue Schranke, den schönen Läufer.

Anders war blass, hörte jedoch genau zu und nickte bei jeder Einzelheit, die beschrieben wurde. Als der Arzt zu dem hohen Kirchenfenster mit den farblosen Scheiben kam, keuchte er. Endlich, endlich begriff er, warum die anderen etwas in der Entfernung, manchmal durch Wände hindurch wussten. Ihm fiel eine Lehrerin ein, die einmal gesagt hatte: »Mein Gott, ist das dunkel hier, wir müssen mal die Gardinen aufziehen.« Er hatte ihr geholfen, die Vorhänge zur Seite zu ziehen, und war lange Zeit dort stehen geblieben und hatte das Harte, Undurchdringliche betastet, das sie Glas nannten. »Durchsichtig«, hatte sie gesagt, die Lehrerin, und das war eines der vielen Worte, die er nicht verstand.

Jetzt wandte er sein Gesicht dem Fenster zu, erinnerte sich daran, wie das Licht an diesem sonnigen Sonntag hereingeflossen war, und wusste, dass er das nie wieder vergessen würde.

Stenström beschrieb Jesus am Kreuz. Anders flüsterte:

»Er hat einen Mittelscheitel unter der Dornenkrone, siehst du?«

»Nein. Das kann man nicht von hier aus sehen. Weißt du, wir sitzen ja weit unter ihm. Du hast ihn von oben gesehen, aus einer anderen Perspektive.«

Noch ein Wort, das er benutzt hatte, ohne es zu verstehen.

»Als ich flog, waren die Menschen, die vorne saßen, ziemlich groß. Aber weiter hinten in der Kirche waren sie winzig. Ich habe viel darüber nachgedacht, warum die, die so klein sind, am weitesten hinten sitzen müssen.«

»Das stimmt so nicht. Das hat auch mit der Perspektive zu tun.

Je weiter weg etwas ist, umso kleiner scheint es zu sein. Wenn man ganz weit hinten auf dem Meer ein riesengroßes Schiff sieht, erscheint es klein wie eine Mücke.«

»Wie merkwürdig«, flüsterte der Junge.

»Aber Anders, du weißt doch, dass es mit den Tönen ganz genauso ist. Wenn du einen lauten Knall hörst, musst du dir die Ohren zuhalten, wenn du nahe dran stehst. Knallt es weiter weg, dann hörst du nur einen Puff.«

»Aber das ist doch selbstverständlich«, sagte der Junge, der gern mit dem Bandgerät auf dem Kopfkissen einschlief.

»Genau.«

Er dachte lange darüber nach und endlich meinte er es zu verstehen.

Das Gewölbe war hellblau, in einer zarten Himmelsfarbe gestrichen, erzählte der Arzt, und Anders dachte an das Hellblau und an den Himmel. Dann dachte er an die Trauer, die sie schwarz nannten, dunkel wie das Grab. Und in ihr lebte er, in der Dunkelheit, für immer.

»Warum«, flüsterte er, konnte aber nicht weitersprechen. Stenström verstand ihn, fragte aber dennoch: »Was?«

Doch der Junge hatte keine Kraft mehr, und außerdem wusste er, dass es sowieso gleich war. Der Arzt würde auch keine Antwort wissen, niemand hatte eine. Nur Gott weiß es, pflegte sein Vater zu sagen, aber Anders glaubte nicht an Papas Gott. Und mit den Jahren war ihm klar geworden, dass auch seine Mutter nicht an ihn glaubte.

»Der da am Kreuz«, flüsterte er, »Jesus, er konnte ... den Blinden in die Augen spucken, und danach konnten sie sehen.«

Er spürte das Zögern des Arztes, bevor dieser sagte, dass das schon lange her sei, dass Jesus jetzt seit fast zweitausend Jahren tot sei.

»Das sind doch alles nur Märchen, und das weißt du«, sagte Anders aufgewühlt. »Dieser ganze Scheiß mit den Blinden, die sehend wurden, und den Lahmen, die gehen konnten, und die Auferstehung von den Toten, das alles zusammen ist doch nur Schnickschnack.«

Er fühlte, dass er gern weinen wollte. Aber in ihm war alles eingetrocknet, hart und entschlossen. Er wusste, was er zu tun hatte. Aber Sofia wollte er verschonen. Sie hatte nicht gelogen. Sie war eine Hexe, aber gelogen hatte sie nicht.

20

Der Regen über dem östlichen Svealand zog im Morgengrauen aufs Meer hinaus. Am zweiten Adventssonntag würde die Sonne scheinen, bei fünf Grad plus; es tropfte von den Bäumen und in den Rinnsteinen rieselte das Wasser. Wäre die Nacht nicht so lang gewesen, hätte man glauben können, es wäre Frühling.

Noch um acht Uhr morgens lag die Dunkelheit schwer auf Norrtull, als die ersten, die Eifrigsten, sich schon auf die Europastraße 4 begaben. Aber in Uppsala schien die Sonne, und an der Ampel war Vogelgezwitscher zu hören. Die Tannenbäume im Ort funkelten vergeblich.

Schließlich kamen die Besucher nicht der Weihnachtsdekoration wegen, ihr Ziel war die Kirche in Östmora. Auf der engen Straße bei Vaksala kam es zum Stau, denn auch die Leute aus Uppsala waren auf dem Weg zu dem kleinen Ort am Meer.

Am schlimmsten traf es alle, die die Norrtäljestraße genommen hatten. Denn dort stießen sie auf die Autos von der Küstenstraße über Åkersberga. Und außerdem noch alle aus Norrtälje. Es wurde das reinste Chaos, wie ein Freitagabend auf der Stocksundsbro, meinten die Stockholmer, die immer wieder auf ihre Uhr sahen und meinten: »Wir kriegen doch nie und nimmer noch einen Parkplatz. Wenn wir überhaupt rechtzeitig ankommen.«

Aber die Sorge um einen Parkplatz war unnötig. Bereits am Freitagvormittag hatte die Polizei die Kais und den Marktplatz von Östmora freigeräumt und mit den Brüdern Björkman gesprochen, denen der Hof neben der Kircheneinfahrt gehörte.

Schließlich hatten die beiden sogar ein persönliches Interesse an der Sache. Also versprachen sie, den großen Acker neben der Straße zur Verfügung zu stellen. Sie streuten sogar Kies auf die Einfahrt und stellten ein Schild auf: »Parkplatz«. Erst als sie das alles fertig hatten, kam ihnen der Gedanke, dass sie ja Gebühr nehmen könnten, ein Fünfer pro Auto wäre doch wohl nicht zu viel. Also malten sie den Preis auf das Schild und stritten sich darüber, wer auf dem Feld bleiben und das Geld in Empfang nehmen sollte. Beide wollten ja gern rechtzeitig in der Kirche sein. Und sich gute Plätze sichern. Also riefen sie Mia Johansson an, die immer so hilfsbereit war, und fragten, ob sie den Parkplatz bewachen könnte.

Aber dieses eine Mal wies Mia sie ab:

»Ich glaube, ihr seid nicht ganz gescheit. Soll ich an so einem Tag auf eurem lehmigen Acker rumstehen.«

Doch sie hatte eine gute Idee: Die Brüder sollten einen Briefkasten unter dem Schild befestigen und darauf schreiben: »Legt das Geld hier hinein.«

»In die Kirche gehen nur ehrliche Leute«, sagte sie.

Die Brüder waren sich da nicht so sicher, wussten sich aber keinen anderen Rat. Also schrieben sie zum dritten Mal ein neues Schild, fanden einen alten Briefkasten mit Holzklappe und nagelten ihn darunter fest.

Katarina Berglund hatte Kerstin bereits am Samstagabend angerufen und sich erboten, rechtzeitig in die Kirche zu gehen, um Plätze zu reservieren. Anders wollte nicht mitgehen, aber er schien ruhiger, seit er mit dem Arzt gesprochen hatte. Berglund selbst ging nie in die Staatskirche, aber vielleicht wollte ja Kerstin? Und Sofia?

Kerstin zögerte, aber Sofia war begeistert: »Natürlich, Oma, natürlich müssen wir hin und hören, was er sagt.«

Man konnte fast behaupten, dass der Einzige in Östmora, der noch ziemlich ruhig blieb, der Mann war, auf den sich alle Erwartungen richteten. Karl Erik Holmgren hatte die ganze Woche an seiner Predigt gearbeitet, lange Zeit mit Hilfe des Arztes. Fast jeden Abend war Åke Arenberg ins Arbeitszimmer des Pfarrers geschlüpft, sehr zur Verwunderung und Beunruhigung der Pfarrersfrau. Was heckten die beiden dort aus?

Sie schaute ihren Mann nicht mehr vorwurfsvoll an, zum Teil, weil sie es nicht mehr wollte. Aber auch, weil sie widerwillig zugeben musste, dass an dem, was Karl Erik über sie gesagt hatte, etwas dran war, sie war die geborene Märtyrerin. Wenn die ganze Aufregung vorbei war, würde sie es ihm sagen, ihm erklären, dass sie es nicht so gemeint hatte, dass sie einfach immer Angst hatte. Schon ihr Vater hatte das gesagt: »Du bist genauso ein Angsthase wie deine Mutter.«

Er hatte das ganz liebevoll gesagt, das wollte sie auch Karl Erik so erzählen. Man konnte doch nichts dafür, wenn man Angst hatte, flüsterte sie ihrem Neugeborenen zu. Man kann es doch schon an dir sehen, dass das erblich ist, du bist auch so ein kleines, ängstliches Häschen.

Und das Baby jammerte.

Als sie an dem Sonntagmorgen das Rollo aufzog, schrie das Kind aus vollem Hals, und sie selbst war einer Ohnmacht nah. Östmora wimmelte vor Autos und Fahrrädern, vor Männern und Frauen, Jungen und Alten. Es erinnerte an Bilder im Fernsehen, wenn von einem Aufruhr berichtet wurde. Auch hier gab es reichlich Polizisten, die winkten und dirigierten. Mein Gott, wimmerte sie, nahm sich dann aber zusammen und betete:

»Vater unser, der du bist im Himmel, hilf uns …«

Bereits um zehn Uhr war die Kirche voll besetzt. Der Kirchendiener holte den Chor von der Empore und stellte dort noch weitere Stühle auf. Um halb elf drängten sich die Menschen im Mittelgang und entlang der Seitengänge. Kurz vor elf war die Vorhalle voll, und als die Glocken um Frieden und Versöhnung läuteten, kam es auf dem Kirchenhügel zu Schlägereien. Die Flüche übertönten die Kirchenglocken, als die Polizei die Streithähne einkassierte und abtransportierte.

Die Brüder Björkman, die immer auf das Beste unterrichtet waren, sagten hinterher, dass weit über dreihundert Seelen nicht mehr ins Gotteshaus hineingekommen waren.

Kerstin, die neben Katarina in der ersten Bank saß, nahm Sofia auf den Schoß und machte einem alten Mann Platz, der aussah, als würde er gleich umfallen. Das Mädchen war starr vor Erwartung, Kerstin selbst war ruhig.

»Du merkst sicher, dass der Feuervogel schläft«, flüsterte sie dem Mädchen zu, das nickte, lachen konnte und dann sagte:

»Auseinander halten, Oma. Auseinander halten. Das hier gehört zur gewöhnlichen Wirklichkeit, auch wenn es nicht besonders gewöhnlich ist.«

21

Dann stand der Pfarrer auf der Kanzel, und die Fremden murmelten vor Überraschung, weil er so jung war. Als er die Tageslosung las, hob er seine Stimme nur an einer Stelle: »Gottes Reich kommt nicht in der Form, dass man es mit den Augen wahrnehmen kann, auch wird man nicht sagen können: ›Seht, so ist es‹ oder ›Da ist es‹. Denn ihr werdet sehen, Gottes Reich ist in euch.«

Danach legte er die Bibel hin und sagte: »Wir, die an dem Gottesdienst in Östmora am letzten Sonntag teilgenommen haben, wagen zu behaupten, dass uns Gottes Reich für einen kurzen Moment gestreift hat. Wir hatten eine Vision, in uns, dort, wo sich das Himmelreich befindet. Und uns wurde die Gnade zuteil, dieses Erlebnis miteinander zu teilen. Dafür wurden wir zurechtgewiesen und zum Ziel vieler Spekulationen und noch zahlreicherer Lügen. In unserer Zeit gibt es keinen Platz für Visionen und Wunder. Alles muss verstanden werden und erklärbar sein. Aber dennoch ist unser Leben voller Wunder. Und der ist ein Lügner, der alles leugnet, was nicht zu erklären ist.«

Zum ersten Mal störte Karl Erik Holmgren das Echo nicht, er beherrschte es und nutzte die Pausen, um seine Worte zu unterstreichen. Es war still, als hielten die Leute den Atem an. Der Reporter von der Kirchenredaktion des Rundfunksenders meinte, der Pfarrer wäre voll heiligen Zorns, die übrigen Journalisten reckten ihre Köpfe vor Erwartung: »Holmgren steht dazu, das gibt dicke Überschriften.« Die Fotografen knipsten, die Fernsehkameras surrten.

»Ich meine, neben Ursache und Wirkung gibt es noch ein anderes ordnendes Prinzip in unserer Welt. Dieses Prinzip hat mit tieferem Sinn und Bedeutung zu tun. Wir Christen nennen es Gott, die meisten leugnen es oder nennen es Zufall.«

Er schwieg lange, bevor er fortfuhr, darüber zu sprechen, wie sehr das wissenschaftliche Weltbild und sein Vertrauen in die Materie und den Zufall den Blick des Menschen verenge.

»Die meisten von euch, die heute hierher gekommen sind, halten sich nicht für gläubig. Diejenigen, die der Religion kritisch gegenüberstehen, behaupten, sie schränke das Sichtfeld des Menschen ein. An solcher Kritik kann etwas dran sein. Aber sie trifft gleichermaßen diejenigen, die statt an Gott an die Wissenschaft glauben, an Fakten statt an Wunder. Außerdem denke ich, deren Weltbild ist gefährlicher als unseres, weil es voller Hybris ist. Wenn der Mensch sich nicht selbst zügelt, wird er das Schicksal des Ikaros teilen.«

Kurz erzählte er die Sage und beendete sie mit den Worten:

»Wir leben in Ikaros' Zeiten.«

Die Leute in den Bänken scharrten mit den Füßen, die vielen, die stehen mussten, spürten plötzlich, wie ihnen die Füße wehtaten. Aber der Pfarrer fuhr fort:

»Es sind endlose Debatten über Glauben und Wissen geführt worden, zwischen Theologen und Naturwissenschaftlern. Ich selbst finde sie nur schwer verständlich. Wir brauchen das Wissen über Gott für unser inneres Leben und die Wissenschaft für unser äußeres. Die Wissenschaft stellt gemäß ihren Grundvoraussetzungen die Frage: Wie? Die Religion fragt: Warum? Von diesen verschiedenen Ausgangspunkten versuchen Theologen wie Naturwissenschaftler eine ehrliche Antwort zu finden. Nur wenige Christen leugnen heutzutage die Wahrheiten der Wissenschaft. Aber dennoch wissen wir alle, Sie und ich und jeder Wissenschaftler, dass unser Weg durchs Leben von Rätseln gesäumt wird, von Rätseln, die uns auf unserer Wanderung begleiten, solange wir auf der Welt sind. Unsere Fragen galten zu jeder Zeit der Schöpfung und dem Tod, dem Sinn, der Freiheit, der Liebe und nicht zuletzt dem Bösen und Gottes Mysterium. Und von der Antwort sind wir heute ebenso weit entfernt wie die Menschen der Steinzeit.«

Er hob die Arme und sagte mit Betonung auf jeder Silbe:

»Alle haben das Wunder erlebt. Ihr selbst seid ein Wunder, jeder Einzelne von euch. Keine Wissenschaft der Welt wird jemals die Frage beantworten können, was das Leben ist, was ein Mensch ist, was Verstehen ist, woher die Gedanken kommen. Auch Gott wird uns keine einfachen Antworten geben können. Er ist unergründlich mit seinen Geheimnissen.«

Es entstand eine weitere Pause, während der Pfarrer in seinem Manuskript blätterte. Als er den richtigen Zettel gefunden hatte, sagte er:

»Viele von euch haben ein Kind bekommen. Ich habe daheim einen Sohn von drei Wochen, und wenn ich ihn in den Schlaf wiege, denke ich, dass er mit seinen Fingern und Zehen, seinen fragenden Augen und seinem plötzlichen Lächeln ein größeres Wunder ist als das, was am vorigen Sonntag in Östmora geschehen ist.«

Es wurde unruhig in der Kirche, und der Pfarrer schmunzelte, als er fortfuhr:

»Mir fällt es schwer zu verstehen, was uns eigentlich daran hindert zu sehen, dass es noch andere Wirklichkeiten gibt. Warum gehen wir von einer einzigen aus? Um wie viel ärmer werden wir, wenn wir alles andere leugnen? Was ist das für eine Angst, die uns eindimensional werden lässt?«

Jetzt war die Stille so intensiv, dass man sie hören konnte. Und Sofia hielt Kerstins Hand so fest, dass es wehtat.

»Das Christentum ist eine Religion, die auf Wundern aufgebaut ist. Das größte aller Wunder ist dasjenige, um dessentwillen wir uns heute hier versammelt haben: dass Gottes Sohn auf Erden geboren wurde. Ein Kind ist mit der Wahrheit zu uns gekommen, seine Worte und seine Taten in der kurzen Zeit, die er unter den Menschen gelebt hat, waren reine Wunder. Und dem Ikaros, der meint, dass alles, was über das Leben Jesu berichtet wird, eine Legende sei, eine Massenpsychose oder eine kollektive Halluzination, dem möchte ich nur eine Frage stellen: Wie erklären Sie, dass die Geburt dieses Kindes die ganze Welt verändert hat?«

Wiederum scharrten die Leute mit den Füßen, ein Teil war peinlich berührt, andere überrascht.

»Am letzten Sonntag durften einige von uns ein Wunder miterleben. Die Kurzsichtigen werden weiterhin die Frage stellen, wie es geschehen konnte. Einige werden Trost in pseudowissenschaftlichen Interpretationen finden vom Typ ›kollektive Halluzination‹, ein Begriff, der gar nichts erklärt.«

Jetzt kam der erste Lacher, aber der Pfarrer hob seine Hand und ließ damit die Fröhlichkeit verstummen.

»Wir anderen, die die verborgene Dimension des Daseins nicht leugnen, müssen uns andere Fragen stellen: Was wollte Gott mit dem Wunder von Östmora? Wie lautet seine Botschaft an uns, die wir das miterleben durften?«

Es entstand eine lange Pause, aber dann lächelte der Pfarrer, und alle sahen, dass er voller Lachen war, als er fortfuhr:

»Bevor ich den Segen spreche, soll ich im Auftrag des Bischofs seinen Brief an die Gemeinde von Östmora verlesen.«

Dann las er den Brief über die moderne Psychologie, die vieles zu sagen wusste über das Phänomen, von dem Östmora betroffen war, und über das Risiko optischer Täuschungen ohne Verankerung in der Wirklichkeit. Als der Pfarrer zu den Worten des Bischofs über kollektive Halluzinationen kam, waren Gelächter und Applaus nicht mehr zu bremsen. Nur wenige hörten noch die Segensworte; die Journalisten drängten sich durch die Menschenmenge, hinaus zu den wartenden Autos.

Und nicht nur die Brüder Björkman bekamen mit, wie die Medienleute riefen, während sie den Kirchenhügel hinunterliefen, dass dieser Pfarrer wirklich ein Teufelskerl sei.

22

Katarina stellte das Tonbandgerät ab und hoffte, Anders würde sich die Rede des Pfarrers anhören, wenn sie wieder zu Hause war. Aber sie hatte es nicht eilig; sie blieb noch sitzen und sah zu, wie Holmgren sich fotografieren ließ, aber sich weigerte, Fragen zu beantworten. Er wiederholte immer wieder, dass er alles, was er zu sagen hatte, in seiner Predigt gesagt habe

Sie dachte an den Gott, von dem er gesprochen hatte, dass der ein anderer Gott war als der ihres Mannes. Sie selbst hatte schon vor langer Zeit mit Gott Schluss gemacht. Aber es kam vor, dass sie IHN vermisste, wenn sie es besonders schwer hatte. Wie im Augenblick, wo Anders in seiner Verzweiflung schwieg und der Arzt von einer Depression sprach.

Eines Tages, wenn es im Ort wieder ruhig geworden ist, werde ich Pastor Holmgren aufsuchen, dachte sie. Berglund muss ja nichts davon wissen.

Kerstin und Sofia fädelten sich durch die Menschenmassen und gingen auf einem Umweg am Berg entlang zum Lotsenhaus. Es war groß und massiv, Kerstins Elternhaus. Und es lag wie ein Adlerhorst auf dem Fels mit meilenweitem Blick über Meer und Land.

Der einsame Alte dadrinnen blickte sie vorwurfsvoll an wie immer; sie hätten ihren verlassenen Papa wohl ganz vergessen. »Ihr habt mich schon wochenlang nicht mehr besucht.« Kerstin seufzte resigniert, aber Sofia wies ihn zurecht:

»Aber Großvater. Wir waren doch gestern den ganzen Nachmittag bei dir und haben zusammen geredet.«

Der Alte sah sie verwirrt an und musste zugeben, dass er vergesslich war. Aber dann richtete er sich auf und sagte in kurz angebundenem Ton zu Kerstin:

»Raus in die Küche mit dir, geh Kaffee kochen. Damit Sofia und ich uns in Ruhe unterhalten können.«

Kerstin gehorchte und schloss die Küchentür hinter sich; sie sank auf einen Stuhl nieder und versuchte an den Pfarrer zu denken, was er gesagt hatte und was seine Worte wohl für Sofia bedeuten mochten.

Das Mädchen war mittlerweile die Einzige, die den Alten noch erreichen konnte; immer wieder saß sie auf dem Ledersofa in seinem dunklen Wohnzimmer und hörte ihm zu, wie er über Tod und Vernichtung sprach und über den Gott, den es nicht gab.

Jetzt berichtete sie mit ihrer hellen Kinderstimme über die Predigt in der Kirche, darüber, dass der Pfarrer gesagt hatte, es gebe zwei Wirklichkeiten – mindestens.

»So so!«

Der Alte lachte in sich hinein und sagte, dass Nils Hansson noch nie viel Verstand gehabt habe. Was wusste dieser Idiot schon, der Angst vor dem Meer hatte und mit keinem Ruder die Wirklichkeit lenken konnte.

»Jetzt sei nicht dumm, Großvater. Hansson ist doch tot, und das weißt du. Und der neue Pfarrer ist jung und hat ein Segelboot. Und er ist klug. Er weiß, wovon er redet.«

»Ach so«, sagte der Alte; jetzt, wo er wusste, dass der Pfarrer segeln konnte, war er bereit zuzuhören. Also durfte Sofia von Gott erzählen, der ein Wunder nach dem anderen veranstaltete, wir müssten nur unsere Augen öffnen, um sie zu sehen. Und von seinem Sohn, Jesus, weißt du, der geboren wurde und die ganze Welt verändert hat.

»Das Himmelreich«, sagte Sofia, schwieg dann aber, unsicher, ob er das verstehe.

»Was hat er denn über das Himmelreich gesagt?«

»Das wollte ich dir gerade erklären. Das war merkwürdig, er hat gesagt, das ist in uns.«

Jetzt schnaubte der Alte, es gebe gewiss kein Himmelreich in ihm, versicherte er, und Kerstin verzog in der Küche den Mund und dachte, jetzt sagst du zum ersten Mal die Wahrheit, mein Väterchen. Aber Sofia beharrte darauf. Es musste wirklich so sein, dass es das Himmelreich sowohl außen als auch innen gab, ganz tief innen im Körper. Dann fand sie eine Erklärung, und ihre Stimme jubelte:

»Er hat natürlich von der Seele gesprochen, die heimkehrt, wenn man stirbt.«

»Ach was, das sind doch nur die üblichen Dummheiten«, sagte der Lotse höhnisch. »Man stirbt, und dann ist Schluss.«

»Nein, nein. Da bin ich überhaupt nicht deiner Meinung.«

»Hat er denn nicht über die Hölle gesprochen? Wie der alte Hansson?«

Als Kerstin mit dem Kaffee auf dem Tablett hereinkam, sah sie, dass Sofia überrascht war, und ihr wurde klar, dass das Mädchen noch nie etwas von der Hölle gehört hatte.

»Die Hölle wurde schon vor langer Zeit abgeschafft«, sagte Kerstin. Aber der Lotse hörte ihr gar nicht zu.

»Pst«, sagte er. »Misch dich hier nicht ein.«

An Sofia gewandt erklärte er ihr, dass die Hölle der Ort sei, an dem die Menschen für die Sünden in ihrem Leben bestraft würden. Das hatten die Priester seit tausend Jahren den Leuten erzählt, um sie in Armut zu halten. Ihnen Angst zu machen, verstehst du?

»Wie schrecklich«, sagte Sofia, aber der Lotse brach das Gespräch ab und sagte wie immer, wenn es entgegen seiner Vermutung doch einen Gott geben sollte, dann rechne dieser Gott sicher mit dem guten Willen der Menschen. Und nehme Rücksicht auf alle, die sich immer so gut sie konnten abgemüht hätten.

Nach dem Kaffee wurde der Alte müde, wie üblich. Kerstin half ihm ins Bett, und er schlief bereits, als sie ihm sagen wollte, dass Kajsa bald käme, um das Essen für ihn zu kochen.

Ohne Kajsa und die anderen Haushaltshilfen würde sie wahnsinnig werden, dachte Kerstin, als Sofia und sie sich durch die Tür schlichen und den Berg hinuntergingen, nach Hause.

»Warum hat er solche Angst zu sterben?«, fragte das Mädchen und zog ungeduldig an Kerstins Hand.

»Ich weiß nicht. Oder ... ja, vielleicht ahne ich es doch. Aber darüber reden wir ein andermal, Sofia.«

»Wie dumm du bist«, sagte das Mädchen, und Kerstin lachte im Dunkeln, als sie antwortete: »Da magst du Recht haben, mein Mädchen.«

Sie kamen heim, und Sofia wollte eine Weile allein sein, um über die Worte des Pfarrers nachzudenken. Das sei in Ordnung, fand Kerstin und rief dem Mädchen hinterher:

»Schreib es am besten auf, Sofia.«

»Ach ne, du weißt doch, dass ich so langsam schreibe.«

Kerstin wollte gerade die Kartoffeln fürs Mittagessen schälen, als das Telefon klingelte. Sie nahm den Hörer in der Küche ab, es war Anders' Arzt.

»Können wir ungestört miteinander reden?«, fragte Stenström.

»Augenblick, ich mache nur die Tür zu.«

Sie hatten einmal miteinander telefoniert, als Anders noch klein war und Katarina viel Unterstützung brauchte. Seine kluge Stimme hatte Kerstin gefallen. Jetzt klang er freundlich, aber zögernd. Er mache sich Sorgen um Anders und denke dabei an die Reise, die sie zusammen unternehmen wollten, Horners und Berglunds.

»Deshalb rufe ich an«, sagte er, und Kerstin fragte gespannt:

»Ja?«

»Ich kann mich irren, aber ich fürchte, Anders ist selbstmordgefährdet.«

Kerstin konnte nur flüstern:

»Weiß Katarina das?«

»Nein. Und ich denke, es ist am besten, wenn sie es nicht erfährt. Ihre Angst könnte das Risiko noch vergrößern.«

»Aber was ist denn geschehen?«

»Frau Horner, wissen Sie, was die beiden Kinder gemacht haben?«

»Ja.«

Die Antwort machte es für den Arzt leichter, und Kerstin erfuhr, dass Anders auf wundersame Art hatte sehen können, in jenen Minuten in der Kirche. Im Traum. Zunächst war es für ihn nur erschreckend, aber dann wurden die Bilder einfach überwältigend. Zum ersten Mal war ihm bewusst geworden, wie unerhört sein Verlust war, und seine Trauer darüber war unerträglich.

»Gott im Himmel.« Kerstin flüsterte immer noch, als sie fragte, was denn zu tun sei. Stenström zögerte mit seiner Antwort, sagte aber schließlich, dass sie wohl wie geplant fahren könnten, aber dann müsste die Familie Horner eine fast …, eine große Verantwortung übernehmen. Die Alternative wäre, die Reise abzusagen und den Jungen in eine psychiatrische Klinik einzuweisen. Er war sich seiner Diagnose ziemlich sicher, Depression mit Suizidrisiko.

»Das bedeutet Spritzen«, sagte Kerstin, »und Pillen. Ich weiß das, ich hatte einmal ein Kind in der Psychiatrie.«

Er blieb still, schließlich nahm Kerstin sich zusammen und sagte, sie würde es mit ihrer Tochter besprechen, die Ärztin sei, und sie würden gemeinsam darüber entscheiden.

»Katarina freut sich so auf die Reise. Und sie hat sie dringend nötig. Ich rufe Sie morgen an.«

Sie notierte sich die Telefonnummer, verabschiedete sich, legte den Hörer auf und beschloss, Spaghetti zu kochen. Im nächsten Moment kam Sofia die Treppe herunter und teilte mit, sie könne nicht so schnell schreiben, wie sie sich erinnere, und außerdem bräuchte sie auch gar nicht alles aufzuschreiben, weil sie sich doch an jedes Wort erinnere.

Die Uhr zeigte sechs und Kerstin hatte eine Idee: »Lauf rüber zu Inger. Im Fernsehen kommen jetzt die Nachrichten, und bestimmt zeigen sie Bilder aus der Kirche.«

Als Sofia aus der Küche und über den Hofplatz rannte, dankte sie allen guten Mächten für die heruntergewehte Fernsehantenne. Sie wählte Klaras Nummer und es dauerte eine Weile, bevor diese sich meldete: »Aber Mama, wieso sitzt du nicht vor dem Fernseher?«

Kerstin stolperte über ihre eigenen Worte, als sie berichtete, was der Arzt gesagt hatte; sie bat Klara, mit ihrem Bekannten Kontakt aufzunehmen, der doch Psychiater war, und ihn um seinen Rat zu bitten.

»Und denk du auch darüber nach, Klara. Die ersten Tage bist du allein mit den Kindern und Katarina, die keine Ahnung hat. Das ist eine schwere Verantwortung.«

Klara lag nackt auf dem Bett neben ihrem Bekannten, der Psychiater war und fasziniert Holmgrens Predigt im Fernsehen lauschte. Sie zog sich ihren Morgenrock über, und sobald die Predigt zu Ende war, schaltete sie den Apparat aus.

»Jonas, hör mich an.«

Die Spaghetti waren fertig, Kerstin kochte Hackfleischsoße und hoffte, Sofia würde »den Feuervogel unter ihrem Herzen« nicht bemerken, wenn sie zurückkam. Aber diese Sorge war unnötig gewesen, Sofia war mit sich selbst beschäftigt und in feierlicher Stimmung. Sie aßen schweigend, aber als Kerstin Eis als Dessert herausholte, sagte das Mädchen:

»Ich glaube, es stimmt, dass er weiß, wie es eigentlich war. Das mit dem Wunder. Aber ich bin nicht sicher, ob er den Mund halten kann.«

»Aber das weiß ich. Weißt du, Pfarrer haben wie Ärzte eine Schweigepflicht. Sie haben geschworen, nichts darüber zu sagen, was die Menschen ihnen erzählen.«

»Haben sie auf die Bibel geschworen?«

»Ja, das denke ich schon.«

Kerstin erzählte, wie schwer es für einen Pfarrer sein kann, wenn ein Mensch zu ihm kommt und erzählt, dass er jemanden getötet hat. Denn der Pfarrer darf der Polizei nichts verraten, nicht einmal, wenn sie einen Unschuldigen eingesperrt haben.

Sofia hatte große, runde Augen vor Empörung und sagte, das sei doch nicht in Ordnung, und was täte denn der Pfarrer dann? Und Kerstin überlegte und meinte, dass er sicher den Schuldigen zu überreden versuchte, sich zu stellen.

»Ich weiß«, nickte Sofia. »Und dann droht der Pfarrer dem Mörder mit der Hölle.«

Kerstin entgegnete lachend:

»Das glaube ich nicht. Aber am besten fragst du ihn selbst. Ich kann ihn anrufen und um ein Gespräch für dich bitten.«

Kurz nach neun rief Klara an.

»Wir fahren, Mama. Ich habe mit Jonas gesprochen, und ich nehme Medikamente mit. Für alle Fälle. Du kannst dich auf mich verlassen. Sag dem Arzt, dass ich die ärztliche Verantwortung für Anders übernehme. Nein, gib mir lieber seine Nummer, dann rufe ich ihn selbst an.«

Kerstin vermochte nicht zu antworten, und nach einer Weile sagte Klara:

»Mama, sei doch nicht so traurig.«

23

Am Montagmorgen schickte Kerstin Sofia in die Schule und rief dann Katarina an. Doch, Anders war nach Tomteboda gefahren, Berglund hatte ihn hingebracht, und sein Betreuer hatte ihn in Empfang genommen. Sie selbst hatte jetzt frei und wollte eine Weile im Wald spazieren gehen.

»Das Band mit Holmgrens Predigt hat er nicht hören wollen«, sagte sie. Der Junge habe eine Depression, hatten sie gesagt, das war doch hoffentlich nicht gefährlich?

»Er wird bestimmt fröhlicher, wenn wir in die Sonne kommen«, entgegnete Kerstin, aber sie glaubte selbst nicht an ihre Worte.

In ihrer ersten Pause rief Kerstin den Pfarrer an. Er brüllte fast in den Hörer: »Holmgren«, wurde aber freundlicher, als sie sagte, wer sie sei und dass Sofia gern mit ihm allein sprechen wollte.

»Dann komme ich lieber heute Nachmittag zu Ihnen hinaus. Pfarrhaus und Pfarramt sind noch immer belagert, wissen Sie. Drei Uhr, ist das in Ordnung?«

Katarina ging in den Wald und versuchte, alle beunruhigenden Gedanken beiseite zu schieben. Auf diesen Wegen war sie mit Anders auf dem Rücken gelaufen, vom Babyalter bis er zwei Jahre alt und zu schwer geworden war.

Sie ging bis zu der Lichtung am Meer. Es war bewölkt, aber warm, sie zog ihre Lederjacke aus, legte sie unter sich und saß eine Weile auf dem Bergvorsprung.

Sei still, dachte sie, sei ruhig und warte ab. Wenn es doch einen Gott gab, dann hat ER mich auch angesehen, als ich Schluss mit IHM gemacht habe. Den Gott, den sie in Holmgrens Predigt erahnt hatte, kümmerte es nicht, ob er geleugnet wurde. Wovon hatte der Pfarrer gesprochen? Bedeutung, Kraft, Intelligenz? Die genauen Worte fielen ihr nicht ein, aber bezüglich des Inhalts war sie sich ziemlich sicher.

Das war es doch, was sie mit Anders bekommen hatte, etwas, wofür sie lebte. Und Energie und Weisheit.

Sie seufzte, als sie daran dachte, wie lange Zeit sie dumm gewesen war und wie selbstverständlich andere sie für dumm gehalten hatten. Zu Hause, wo sie das mittlere Kind gewesen war, für das nie jemand Zeit hatte. In der Schule, wo sie Schwierigkeiten gehabt hatte, lesen zu lernen. Und zu rechnen. Und frei zu sprechen. Kerstin, die so unglaublich tüchtig war, war ihre Freundin gewesen. Schön. Überlegen. Oberklasse.

Sie selbst wurde später etwas hübscher, als Berglund sich in sie verliebte. Aber sie kannte sich mit der Liebe nicht aus, sie war einfach dankbar, dass er sie haben wollte. Erst sehr viel später kam ihr der Gedanke, dass auch er zu den Unbedeutenden gehörte. Dass er froh war, dass ihn jemand haben wollte.

Deshalb passen wir so gut zusammen. Wir stellen an uns gegenseitig nicht so hohe Forderungen, und das Gefühl der Dankbarkeit hält viel länger als das der Liebe.

Drei Kinder hatte sie geboren, als sie jung war, Söhne, die erwachsen und gut geraten waren und jetzt in Stockholm lebten, wo es Arbeit gab. Sie kamen nicht oft nach Hause, worüber sie nicht traurig war. Sie brauchte alle ihre Kräfte für Anders.

Es war ihr peinlich gewesen, als sie merkte, dass sie ein viertes Mal so weit war. Schon fast vierzig. Aber die Hebamme hatte ihr gratuliert: »Alle sagen, es ist schön mit so einem Nachzügler. Man macht sich nicht mehr so viele Sorgen, man hat ja die Erfahrung. Und du hattest sogar drei zum Üben.«

Sie hatte sich durch die Worte beruhigen lassen, überlegt, dass in ihnen eine gewisse Weisheit lag. Das neue Baby würde sie wie ein Geschenk empfangen. Sich Zeit nehmen, es genießen.

Dann wurde der Junge im Frühling geboren, und sie sank in eine Hölle aus Angst und Schuldgefühlen. Und Trauer. Um den Jungen, den sie bekam, und um das Kind, das sie nie gebar. Mein Gott, was grämte sie sich um das Kind. War es doch ein Mädchen mit blauen Augen gewesen, das in ihrem Körper geschlafen hatte.

Im Krankenhaus, in dem Anders geboren wurde, konnten sie es sich nicht erklären. Sie machten alle möglichen Untersuchungen und stellten fest, dass er keinen Hirnschaden hatte, der Junge. Und darüber solle sie sich doch freuen. Viele Blinde entwickelten sich gut und wurden tüchtige Mitglieder der Gesellschaft, sagte der Arzt und schrieb sie gesund.

Sie wollte das Baby nicht in den Arm nehmen, sie legte es auf den Rücksitz, als Berglund sie abholte. Der Mann war in den Wochen nach der Geburt gealtert, er war gebeugt und grau geworden. Das Einzige, was er auf der Heimfahrt sagte, war, dass dies Gottes Strafe für ihre Sünden war, dass sie sich SEINEM Willen beugen müssten. Sie selbst dachte, sie hasse Gott.

Als der Pfarrer kam, um sie mit dem gleichen Gedanken zu trösten, sagte sie es ihm. Sie würde nie wieder die Kirche besuchen, sie wollte nichts mehr mit Gott zu tun haben. Verwundert fiel ihr ein, dass er geantwortet hatte, das sei nicht so einfach. Gott wolle nämlich mit ihr zu tun haben. ER ließe seine Kinder nicht so einfach frei.

Das hat er wirklich gesagt, dachte sie. Aber ich habe nicht zugehört.

Der Blinde weinte nicht, er wimmerte. Schlief, aß und wimmerte. Sie stillte ihn, dachte, dass auch die Katzen ihre Jungen stillten. Um sie nach ein paar Monaten wegzustoßen.

Dann kam eines Tages Lena Hellman, die Blindenbetreuerin vom Landesverband für Sehbehinderte. Und redete. Scheiße, fand Katarina, wie immer, wenn sie nichts verstand. Frau Hellman sagte, dass ein Mensch nicht aus sich allein heraus ein Mensch werde, nur die Tiere würden fertig geboren. Ein Kind wachse durch die Spiegelung, sagte sie. Das Schwierige für Blindgeborene sei, dass sie sich nicht im Gesicht der Mutter spiegeln könnten. Deshalb müsste die Mutter erfinderisch sein, was die Entwicklung der Sinne des Kindes beträfe. Katarina sollte viel reden, singen, streicheln, ihn tragen und vor allem mit den Händen des Babys spielen. Zusammen mit dem Gehör und dem Gefühl konnte sie so den Spiegel erschaffen, den das Kind brauchte.

Katarina war fest davon überzeugt, dass diese Frau nicht ganz gescheit sei, und sobald Lena Hellman das Haus verlassen hatte, legte sie das Kind in die Kammer und schloss die Tür, um sein Gejammer nicht hören zu müssen.

Es wurde kalt auf dem Felsen. Als Katarina aufstand, kam ihr ein neuer Gedanke: Damals hat Gott das erste Mal eingegriffen.

Es war an dem besagten Tag wohl eine Stunde vergangen, als es wieder an der Tür klopfte. Und draußen stand Kerstin Horner mit einem großen Strauß gelber Tulpen. Katarina wurde so wütend, dass sie die Tür zuwerfen wollte, aber Kerstin hatte einen Fuß dazwischen gestellt und sagte:

»Du bist zu mir gekommen, als Jan gestorben ist. Mit Tulpen, erinnerst du dich? Jetzt komme ich zu dir, um dir zu deinem Jungen zu gratulieren. Du hast ein Kind bekommen, und auch wenn es schwierig ist, es lebt.«

Katarina hatte sich für die Unordnung in ihrer Küche und im Wohnzimmer geschämt. Aber ihre Scham wurde noch größer, als Kerstin den Jungen in der Kammer jammern hörte und direkt zu ihm ging, um ihn zu holen. Katarina musste sich all die sinnlosen Worte anhören: »Was für ein süßer kleiner Junge, so eine feine Nase und so ein kleiner Mund, hast du das gesehen, Katarina, was für einen schönen Mund er hat. Du musst doch nicht allein hier liegen und wie ein verlassenes Hundebaby wimmern, oh, guck mal, Katarina, er packt meinen kleinen Finger.«

Zum ersten Mal seit der Geburt des Jungen konnte Katarina weinen, sie saß auf dem Küchensofa und weinte wie ein Kind, während Kerstin das Baby wickelte und weiter mit ihm plapperte: »Jetzt bist du gleich wieder sauber und fein, jetzt kommst du zu deiner Mama und kriegst was zu trinken. Ja, warte, gleich ...«

Das Kind saugte, Kerstin plapperte, Katarinas Tränen rannen und befeuchteten den daunenweichen Kopf, und da, in diesem Moment, wurde ihr Körper von einer Welle der Zärtlichkeit überrollt. Sie konnte sich heute noch erinnern, wie es mit einem Zusammenziehen in der Gebärmutter begonnen hatte, wie Menstruationsschmerzen, die sich in Wärme verwandelten, den Brustkorb ausfüllten und den Weg zu den Armen fanden, in denen sie das Kind hielt. Er schlief an ihrer Brust, in ihren Händen ein, die ihn hochhoben und den kleinen Kopf hielten, dass er Halt an ihrem Hals fand, ganz aus Gewohnheit. Ihre Hände wussten, wie man ein Baby dazu bringt, ein Bäuerchen zu machen.

»Lass ihn bei dir schlafen. Ich mach uns einen Kaffee.«

Sie waren lange in der Küche sitzen geblieben. Es dämmerte, Kerstin zündete die Kerzen auf dem Büfett an, die gelben Tulpen leuchteten auf dem Tisch. Als das Weinen aufhörte, flüsterte Katarina: »Du bist die Erste, die mich besucht.« Und Kerstin sagte, dass es bei ihr genauso gewesen war, als ihr Junge starb und Klara vor Trauer verrückt wurde und Hans bei dem Mädchen im Krankenhaus bleiben musste. Niemand kam, anfangs kümmerte sich niemand um sie.

»Bis du mit deinen Tulpen gekommen bist.«

Doch, ja, Katarina konnte sich noch an den Tag erinnern. Sie hatte im Gewächshaus bei dem Gärtner gearbeitet und hatte plötzlich ihren Fahrradkorb mit Tulpen gefüllt und war zu Horners gefahren. Ihr fiel auch noch ein, wie unschlüssig sie gewesen war, welche Angst sie hatte, in dieses Trauerhaus hineinzuplatzen.

Und dann endlich konnte sie von dem kleinen Mädchen mit den blauen Augen erzählen, wie sie mit Gott gebrochen hatte nach dem ganzen Gerede, sich SEINEM Willen zu fügen. Wie irgendwelche hochnäsigen Leute da gewesen waren und ihr die schlimmsten Sachen gesagt hatten.

»Wer denn?«

»Irgend so eine Frau Doktor, nein, sie war vom Blindenverband. Aber sie hat wie ein Doktor geredet, vollkommen unverständlich.«

»Was hat sie gesagt?«

Plötzlich hatte Kerstin streng geklungen, und Katarina hatte sich zusammenreißen müssen. Sie hatte nichts verstanden, konnte aber die Worte wiederholen, dass ein Mensch erst durch Spiegelung zum Menschen wird.

»Aber das stimmt doch.«

Katarina hatte auf ihrem Standpunkt beharrt, das war alles nur Blödsinn. Ihre Jungs waren schließlich alle Menschen geworden, obwohl sie nie mit ihnen herumgetändelt hatte, als sie noch Babys waren. Und was den hier betraf, so war es ja doch hoffnungslos. Ein Blinder ist und bleibt ein Blinder, aus dem kann nie was werden.

»Dann meinst du also, ein Blinder sei gar kein Mensch? Und wird auch keiner?«

Sie hatte darum gefleht, in Ruhe gelassen zu werden, aber Kerstin war keinen Zoll gewichen. Sie hatte ihr erzählt, dass es Blinde gab, die autistisch wurden, ja, sogar verrückt. Aber das war vor allem früher so. Seitdem man wusste, wie ein Säugling sich entwickelt, wie er lernt, seine Person von der seiner Mutter zu unterscheiden, zu sprechen, zu gehen und zu begreifen, seitdem werden die Blinden wie alle anderen, tüchtig in der Schule, verspielt und neugierig.

»Du hast ein Kind gekriegt, Katarina, in jeder Hinsicht ein richtiges Kind, abgesehen davon, dass es nicht sehen kann. Was aus ihm wird, das liegt an dir, daran, wie du lernst, seine Reaktionen zu lesen und auf sie zu antworten.«

Auf dem Weg durch den Wald erinnerte Katarina sich daran, wie viel Angst sie gehabt hatte. Hätte es nicht diese merkwürdige Wärme in ihrem Körper gegeben, als sie schließlich den Jungen richtig an sich drückte, sie hätte sich geweigert.

»Ich will versuchen, das zu verstehen. Aber du weißt, dass ich dumm bin.«

»Quatsch. Du weißt genau, dass ein Kind viel lernen muss und dass es das tut, indem es nachahmt. Ein Kind fängt nicht von sich aus an zu lachen oder zu reden.«

Kerstin war nach diesem ersten Treffen mehrmals die Woche gekommen, hatte Bücher über die Entwicklung eines Babys mitgebracht, gelesen, erklärt.

Gemeinsam hatten sie gelesen, wie schwer es für ein blindes

Kind war, zu verstehen, wo sein Körper zu Ende war, dass seine Mutter immer noch da war, auch wenn sie nicht sprach. Oder sang.

»Du hast doch eine Gesangsstimme, Katarina. Das weiß ich noch aus der Schule, wie neidisch war ich auf dich, weil du so schön singen konntest.«

Sie lernte es, jeden Tag mehr. Immer gab es Worte und Geräusche um den Jungen herum, ihre Hände tasteten über den Körper des Kindes, die Arme, den Rücken, den Nacken. Dein Fuß. Deine Hand. Und jetzt fühle hier: Mamas Hand. Finger für Finger: Das ist der Daumen, der schüttelt die Pflaumen, der sammelt sie auf, der bringt sie nach Haus, und der kleine Schelm isst sie alle, alle auf. Mamas Daumen, die Pflaumen in unendlicher Litanei.

»Und du behauptest, du wärest dumm«, sagte Kerstin.

Wenn der Junge abends eingeschlafen war, lag Katarina in ihrem Bett neben ihm und dachte sich neue Möglichkeiten aus, ihm Wege in seiner Dunkelheit zu erschließen. Das war schwierig, sie hatte vorher nie daran gedacht, wie wichtig der Sehsinn ist, um die Welt und die Menschen zu begreifen. Ganz zu schweigen davon, dass es immer zuerst die Augen waren, die bei jedem Zusammentreffen den ersten Kontakt herstellten. So viele Gefühle wurden geweckt, wenn ein Blick einen anderen traf.

Normale Kinder gaben Antwort mit dem Gesicht, daran hatte sie noch nie gedacht. Anders' Gesicht blieb stumm, lange Zeit. Ihr fiel auf, wie wichtig das Gesicht war, jeden Tag führte sie seine Hand über ihr eigenes: Fühl Mamas Stirn, Mamas Augen, Nase, Mund. Und jetzt Anders' Stirn und so weiter.

Sie lernte, immer auf seine Hände zu achten, denn sie sah ja, dass er mit ihnen Signale gab, etwas untersuchte, etwas ausdrückte.

»Ich hätte nie gedacht, dass du so kreativ bist«, sagte die Betreuerin, und nachdem sie gegangen war, schlug Katarina das Wort nach und lachte laut, während sie mit dem Jungen im Schaukelstuhl saß und sang: »Deine Mama, sie ist erfinderisch und ideenreich.«

Sogar Berglund bezog sie in die Übungen mit ein, denn in ihren Büchern stand, dass der Papa auch wichtig sei. Er war nicht kreativ, das spürte sie wohl. Aber er brummte so gut er konnte zu dem Gesang des Jungen, und er war interessiert. Und wohlgesonnen.

Ausgerechnet am Pfingstsonntag lachte der Junge sie an. Mittlerweile erinnerte sie sich an diesen Augenblick als den zweitbesten in ihrem Leben.

Denn es wurde noch besser. Wenn Berglund von der Arbeit heimkam, wandte der Junge den Kopf den schweren Schritten zu. Und lachte. Bereits im ersten Winter ging er, stieß sich an Stühlen und am Tisch, lernte aber, lauschte auf das Volumen des Raums. Katarina führte ihn, oi, da war die Wand, fühl mal, klopf drauf, höre. Und so klingt der Tisch, der Schrank, das Bett. Hörst du die Uhr an der Wand, tick-tack, tick-tack.

Lauschen und anfassen, die ganze Zeit. Hand und Ohren arbeiteten immer besser zusammen.

Dann kam die schönste Zeit, in der sie ihre Belohnung bekam. Anders begann zu sprechen, etwas spät, aber sehr viel und viel wortreicher als andere Kinder.

»Er scheint unglaublich intelligent zu sein«, sagte Kerstin.

Nicht, dass die Trauer verschwand, aber Katarina hatte einfach keine Zeit mehr dafür. Es gab zu viele Probleme, die gelöst werden mussten. Doch es tat ihr Leid, dass der Junge immer allein war und Angst vor anderen Kindern hatte. Am schwierigsten wurde es, als er selbst nach und nach zu verstehen begann, dass er anders war. Sie erinnerte sich an die schlimme Zeit, als er auf seine Augen drückte und jammerte: »Kannst du mir nicht sagen, was du damit machst?«

Was Sehen war, die Sehkraft ... das zu erklären erwies sich als unmöglich. Von dem Moment an entfernten sie sich voneinander, er und sie. Und so sollte es auch sein, das wusste sie. Es war schlimm, als sie nach Tomteboda in die Schule fuhren. Aber als sie dann heimkamen, war sie in ihrem grenzenlosen Verlust froh. Der Junge hatte Freunde bekommen.

Jetzt war er wieder traurig. Und sie wusste, warum. Er hatte schließlich verstanden, was andere mit den Augen machen können.

Sie wollte lieber an Kerstins Worte denken, dass es bestimmt besser würde, wenn sie auf die Insel in der Sonne kämen. Anders konnte gut schwimmen.

Als sie auf dem Heimweg an der Missionskirche vorbeiging, dachte sie wiederum, wie viele Räume sie verlassen hatte, als Anders geboren wurde. Nicht nur den Kirchensaal dort. Und den Kinderglauben. Nein, all das Einfache, das Selbstverständliche verließ sie in jenem Frühling.

Als sie heimkam, aß sie ein wenig Sauermilch und versuchte sich einzureden, wie schön es doch war, allein und frei zu sein. Sie würde einen Mittagsschlaf halten, jetzt, nachdem sie sich müde gelaufen hatte. Sie legte sich oben hin, ins Bett des Jungen. Zum ersten Mal seit vielen Jahren träumte sie von dem blauäugigen Mädchen, diesem Mädchen, das niemals gekommen war, aber Klara so sehr ähnelte.

24

Karl Erik Holmgren saß auf Horners Veranda mit Blick auf das graue Meer und hörte voller Erstaunen Sofia zu.

Der Besuch hatte ungezwungen mit Nachmittagstee begonnen, und das Mädchen hatte gefragt:

»Haben Sie auf die Bibel geschworen, nie ein Wort über vertrauliche Gespräche zu sagen?«

»Ich habe Schweigepflicht.«

»Aber was würden Sie tun, wenn ich jetzt sage, ich habe einen umgebracht?«

»Hast du das?«

Einen Moment lang hatte er Angst vor ihrer Antwort. Aber das Mädchen lachte laut auf:

»Sie sind ja nicht ganz gescheit, ich kann nicht einmal eine Ameise töten, die mich angepinkelt hat.«

Karl Erik wusste, dass er nur schlecht mit Kindern umgehen konnte und noch viel zu lernen hatte, und er stimmte in das Lachen ein. Aber Kerstin Horner war nicht beruhigt; streng sagte sie: »Jetzt bleibst du aber bei der Sache, Sofia.«

Das Mädchen gehorchte, und nun kam die ganze Geschichte über das gemeinsame Träumen, wie Anders und sie den ganzen Sommer über geübt und sich schließlich für den Adventssonntag entschieden hatten, ans Licht.

»Es hat mit dem Lied begonnen, wissen Sie, über die Berge und Tiefen. Nein, wichtiger war noch das andere, das Kirchenlied, *Bereite den Weg für Gott*. Anders hat gesagt, dass es Gott nicht gibt, das sei nur ein großer Bluff. Aber ich habe gesagt, dass ich ihn doch in der Kirche gesehen habe, wo er an dem Kreuz hängt. Anders fand das fuchtbar; wenn Gott festhing, konnte er doch den Menschen nicht helfen. Deshalb wollten wir versuchen, ihn loszukriegen.«

»Mein Gott«, sagte Holmgren.

»Wir haben auch zu Gott gebetet, aber das hat nicht geholfen. Er konnte ja von den vielen schrecklichen Nägeln und so nicht loskommen. Das haben Sie selbst gesehen.«

Karl Erik Holmgren versuchte sich zu konzentrieren und sagte, dass die Figur am Kreuz doch nur ein Abbild Gottes sei, das müsse sie doch verstehen. Eine Skulptur.

»Das ist nicht Gott selbst, IHN kann man nicht sehen, ER ist reiner Geist.«

»Ich habe versucht, das zu verstehen, als Sie gestern Ihre Predigt gehalten haben. Aber das ist schwierig. Warum reden Sie über den Geist, als wäre es eine Person?«

»Das ist auch nur ein Bild.«

»Aber nein, das sind doch Worte.«

Nun griff Kerstin Horner ein und erklärte, dass man auch mit Worten malen könne. »Wie zum Beispiel in Märchen, das weißt du doch«, sagte sie.

»Ja, das stimmt«, räumte das Kind ein. »Du liest von einer Prinzessin, und ich kann sie sehen. Aber es gibt ja auch in Wirklichkeit Prinzessinnen, welche, die man sehen und anfassen kann.«

»Sofia«, sagte Kerstin. »Gott gehört zu dem Anderen, weißt du. Wenn ich dir gesagt habe, du sollst die verschiedenen Wirklichkeiten auseinander halten, dann meinte ich nicht damit, dass du die andere leugnen sollst.«

»Aber ich vermische sie doch gar nicht. Das sind die in der Kirche, die sie nicht auseinander halten können.«

Kerstin konnte nur schwer ein Lächeln unterdrücken, und der Pfarrer nickte und sagte, dass in Sofias Kritik eine gewisse Wahrheit stecke. Aber sie solle doch weitererzählen.

»Wir haben sehr, sehr lange geübt«, sagte das Kind. »Am schwierigsten war es hinzukriegen, dass wir Sonntag um elf Uhr schliefen. Aber dann überlegten wir, dass wir vielleicht krank werden könnten. Und das klappte auch wirklich, sodass wir träumen konnten. Wir hatten nicht geplant, dass die anderen unseren Traum sehen sollten. Das war schon komisch, dass sie das konnten. So, jetzt habe ich jedenfalls alles erzählt, jetzt wissen Sie, wie das Wunder zustande gekommen ist.«

Kerstin nickte, aber der Pfarrer schaute hinaus aufs Meer und dachte intensiv nach. Als sein Blick sich wieder dem Mädchen zuwandte, sagte er:

»Ich sehe nur nicht, dass es dadurch verständlicher geworden ist.«

»Nein«, bestätigte Sofia, »das wohl nicht. Aber ich dachte, Sie sollten es wissen.«

»Dafür bin ich dir auch dankbar«, sagte der Pfarrer und blickte wieder aufs Meer. Er sah unentschlossen aus, aber schließlich sagte er:

»Weißt du, Sofia, bei diesen Gesprächen ist es so, dass auch das, was der Pfarrer sagt, geheim ist. Ich möchte dir auch etwas erzählen. Kann ich dir vertrauen?«

»Ich schwöre«, sagte das Mädchen, und Karl Erik Holmgren erzählte ihr, welche Schwierigkeiten er mit seinem Glauben gehabt hatte und wie verlogen er sich fühlte, als er predigen sollte. Gerade an jenem Sonntag hatte er Gott den ganzen Morgen um ein Zeichen, ein Wunder gebeten.

»Dann war das ja ein Doppelwerk«, meinte das Mädchen verblüfft.

»Was?«

»Na, es kam aus zwei Richtungen. Sie haben für sich gebetet, und wir haben für uns geträumt. Da wurde es so stark, dass Gott nicht widerstehen konnte. Deshalb hat er etwas mit uns herumgespielt …«

Karl Erik dachte an das Lachen, das er gehört hatte, und sagte:
»Du bist ein bemerkenswertes Mädchen, Sofia.«

Sie errötete zufrieden, sagte aber, dass sie wie alle anderen sei, nur mit dem Unterschied, dass sie mehr Phantasie habe. Karl Erik spürte Kerstins auffordernden Blick und verstand, dass er

Sofia in ihrer Meinung bestärken sollte. Sofia hatte gewiss Recht, was sie von den anderen unterschied, war nur ihre blühende Phantasie.

»Das Dumme ist nur«, sagte Sofia, »dass Anders den Traum nicht mochte. Er ist so schrecklich traurig. Und fürchterlich wütend auf mich. Verstehen Sie, warum?«

»Ich kann versuchen, einmal mit ihm zu sprechen, um das herauszukriegen«, sagte der Pfarrer, und Sofia fand, dass das gut klänge. Aber dann musste sie noch fragen:

»Ist der Bischof böse auf Sie?«

»Das denke ich schon. Aber bis jetzt hat er noch nichts von sich hören lassen.«

»Was können Sie für eine Strafe kriegen?«

»Ja, ich weiß nicht, ob jemand dafür bestraft werden kann, wenn er die Wahrheit sagt«, entgegnete der Pfarrer, der in keiner Weise ängstlich aussah.

Dann lachte er und sagte, es sei schön, dass Kinder alles sagten, was sie gerade dachten.

Als er aufbrach, war es bereits dunkel, sie bedankten sich gegenseitig für das Gespräch, und er wünschte ihnen eine gute Reise nach Gran Canaria.

Kerstin sah Sofia nach, bis ins Dachgeschoss ging sie hinauf, gut. So konnte Kerstin den Pfarrer bis zu seinem Fahrrad begleiten.

»Sie sollten noch etwas wissen«, sagte sie, als sie neben dem Fahrrad angekommen waren. »Und vielleicht ist es das Wichtigste oder Gefährlichste an diesem Wunder. Es geschah nämlich noch ein Wunder. Anders konnte während des Traums sehen, die Kirche, das Kruzifix, Sie, die Menschen, alles. Das war ein Furcht erregender Schock für den Jungen. Und anschließend kam die Trauer. Denn er kann sich an seine Bilder erinnern und hat schließlich verstanden, wie grausam und ungerecht das Leben für ihn ist. Seine Ärzte sagen, er sei selbstmordgefährdet.«

Ihre Augen flehten ihn verzweifelt an, und er versuchte zu sagen, dass ... dass es sicher einen Ausweg ... dass er darüber nachdenken und wieder Kontakt aufnehmen werde, sobald sie wieder zurück seien.

»Beten Sie für ihn, wenn Sie können«, sagte sie. »Und für die kleine Sofia, die viel zu weit im Grenzland lebt.«

Er stieg nicht aufs Rad, er schob das Fahrrad den Weg entlang. Als sie wieder hineinging, um den Tisch abzuräumen, sah sie, dass er seinen Tee gar nicht angerührt hatte.

IV

25

Das holländische Flugzeug machte sich für die Landung auf Gando bereit, der Atlantik glänzte wie geflammte Seide, und die Abendsonne brannte auf der roten Felswand des Monte Rojos. Doch das alles tröstete ihn nicht.

Hans Horner war in den Minuten, bevor sie sich wieder sahen, immer vor Angst wie gelähmt. Dann wurde seine Frau für ihn zur Fata Morgana, wie das Mädchen, das in den Träumen des Wanderers auftaucht. Sie würde verschwinden, konnte nicht am Boden auf ihn warten.

Er hatte einen trockenen Mund, und in seinem Zwerchfell ballte die Angst ihre Faust. Er versuchte sich zu beruhigen. Aber auch die Vernunft war unwillig. So viel hatte passieren können, das Auto konnte auf dem Weg nach Arlanda gegen einen Fels gefahren sein, das Flugzeug konnte abgestürzt sein, die Kinder konnten …

Reiß dich zusammen, Horner, sagte er sich. Du weißt doch genau, dass es immer so abläuft. Okay, nicht so schlimm wie dieses Mal. Als das Flugzeug den Boden berührte, wusste er, dass seine alte Unruhe von den eigentümlichen Bildern verstärkt worden war, die seine Nächte während der langen Heimreise ausgefüllt hatten.

Er stopfte sich ein Kaugummi in den Mund, um die Speichelzufuhr anzuregen, blieb lange sitzen, stand erst auf, als die Schlange sich auflöste. Als letzter Passagier kletterte er die Treppe hinunter und ging langsam zur Ankunftshalle.

Da sah er sie. Sie stand hinter der Glaswand und lächelte ihn an, dieses uralte Lächeln, das es seit dem Anfang der Zeit gegeben hatte. Das es gab. »Ich sollte Gott danken, dass es dich gibt.«

Dann lief alles wie immer. Sie sagten nichts, wenn sie sich wieder trafen, berührten einander nicht. Sie sahen sich an. Sie war müde, sah er, sie hatte die ersten Falten um die Augen herum bekommen. Er hat Angst, sah sie, die Stimme, die am Telefon vor Angst gezittert hatte, hatte nicht getrogen.

Sie warteten nebeneinander auf seine alten Reisetaschen, die größer und abgewetzter waren als die der Touristen. Sie hatte sich einen Gepäckwagen organisiert, den schoben sie zum Ausgang, und zum ersten Mal sagte sie etwas:

»Hier gibt es genügend Taxis.«

Nicht allein ihre Schönheit macht sie unwirklich, dachte er. Auch ihre Stimme, diese geheimnisvolle Stimme.

»Ich habe im Flugzeug gegessen«, sagte er.

»Ich habe auch schon gegessen.«

Sie lachten, sie wussten beide, was das bedeutete. Die Landschaft war rau, verfallene Häuser und halb fertige Bauruinen. Lautstarker Verkehr, Abgase. Sie schlängelten sich hindurch, hinaus, einen Hügel hinauf, und plötzlich veränderte Gran Canaria sein Gesicht, eine weiße Meeresbucht, überwältigendes Grün und weit entfernt im Südwesten der Leuchtturm Mas Palomas.

Er lächelte, als er den Namen sagte. Mas Palomas hatte er schon mal gesehen, von der Meeresseite aus. Sie lächelte auch und flüsterte mit einem Kopfnicken zum Fahrer hin:

»Die meisten hier sprechen Schwedisch.«

»Ich werde mich nicht verplappern.«

Er flüsterte nun auch und griff nach ihrer Hand, öffnete sie Finger für Finger, küsste die Lebenslinie und verschloss die Hand um den Kuss. Sie schloss die Augen, das war ein altes, liebes Spiel, das nie seine Wirkung verfehlte. Sie spürte den Puls in ihren Schläfen und die warme Feuchtigkeit, die ihren Schoß bereit für die Begegnung machte.

Alles ist, wie es sein soll, dachte sie. Und am besten jetzt, wo alles, was gesagt werden muss, noch nicht ausgesprochen ist.

»Du ekliger Kerl«, sagte sie.

»Du wunderbare Frau«, erwiderte er.

Die Nacht sank herab, schwer und weich wie Samt. Sie fuhren nach Süden, an der Küste entlang.

Er verlor jedes Gefühl für Zeit.

»Ich hoffe, es ist noch weit«, sagte er.

Sie lachte, wollte auch am liebsten noch stundenlang so dahinfahren, langsam mit ihm verschmelzen. Mein Geliebter, dachte sie, sagte aber:

»Wir sind bald da.«

Dann bremste das Auto, und der Taxifahrer zeigte mit dem Arm in die Runde:

»Sehen, sehen, bittesehr, San Agustin.«

Hans nahm den riesigen Pool und die Touristenstadt, die den Berg hinaufkletterte, nur dunkel wahr. Sie hatten ein Zimmer in einem der Hochhäuser bekommen, und sobald sie dort angekommen waren, zogen sie einander die Kleider aus und gingen ins Bad. Langsam streichelten sie einander, Hände, die heimgekommen waren, suchten wohlvertraute Verstecke, die warme Dusche rann. Eingewickelt ins Badelaken trug er sie zum Bett.

Alles ist, wie es sein soll, dachte Kerstin, abgesehen davon, dass es zu schnell geht. Aber sie hatte ihren Willen verloren, und der Orgasmus überraschte sie. Wie der Ruf, der aus dem Grunde ihres Wesens aufstieg und Hans zum Lachen brachte, er lachte so laut, dass sie flüstern musste:

»Hier ist es so hellhörig.«

»Was du nicht sagst«, erwiderte er und lachte noch wilder. Dann öffnete er den Champagner, der auch zum Ritual gehörte, sie prosteten einander zu und bereiteten sich auf die nächste Begegnung vor, eine langsamere, zartere.

Eine Weile schliefen sie, einmal sagte er: Mach die Augen zu. Sonst ertrinke ich in deinen Augen. Sie schloss gehorsam die Augen, und dann liebten sie sich erneut.

Es war schon nach elf Uhr, als Hans sagte:

»Ich bin unverschämt hungrig.«

»Unverschämt ist das richtige Wort«, sagte Kerstin und lächelte. »Dann müssen wir uns anziehen und ins Restaurant gehen.«

Sie fanden eine Taverne ohne Diskothek und machten sich übers Essen her. »Das war gut«, sagte Hans. Und dann stellte er die Frage, die nicht länger zu vermeiden war:

»Sind die anderen weit von hier?«

»Um die Südspitze herum und noch ein Stückchen hinauf. An einem Ort, der verblüffenderweise Puerto Rico heißt. Aber das ist morgen dran, mein Geliebter. Ich möchte so gern noch so bleiben ... ja, du verstehst schon.«

»Ich auch.«

Sie schlenderten langsam durch die sanfte Nacht zurück. Er hatte einen Arm um ihre Schulter gelegt und sagte:

»Ich habe ganz vergessen, dass du so klein bist.«

Sie lachte, aber spröde und eine Spur höflich.

Scheiße, dachte er, ich hätte nicht fragen sollen.

Als sie wieder im Zimmer waren, sagte er:

»Wie schlimm es auch sein mag, Kerstin, wir werden es schaffen.«

»Ja.« Sie nickte, aber ihre Augen waren voller Unruhe, und als er sie zu sich ins Bett zog, weinte sie.

»Entschuldige«, flüsterte sie. »Aber ich brauche das so sehr.«

»Ich verstehe das. Schlaf jetzt.«

Sie wachte im Morgengrauen auf und sah ihn im Sessel am Fenster sitzen, mit einem Bier, den Blick auf die Berge gerichtet, ohne etwas zu sehen.

Langsam setzte sie sich im Bett auf.

»Komm und leg dich zu mir und erzähl.«

»Das ist nicht so einfach«, sagte er und fuhr fort, als er ihre Unruhe sah:

»Ich meine, es ist schwierig, es in den Griff zu kriegen. Aber, nun gut, im Golf war der Krieg voll im Gange, Bomber und Luftabwehr. Danach hatte ich Schwierigkeiten mit dem Schlafen, bin jede Nacht von einem merkwürdigen Traum aufgewacht. Der im halb wachen Zustand weiterlief, wie ein Film. Bilder, Kerstin, die ganze Zeit Bilder aus meiner Kindheit. Du weißt, dass ich mich eigentlich nie an die Zeit erinnern konnte, bevor die Bomben meine Mutter und die anderen getötet haben. Jetzt kommt das alles zusammen, und das ist so traurig, Kerstin.«

»Erzähl mir, was du gesehen hast.«

»Eine Treppe, fast eine Leiter, ganz steil. Der Junge, das bin ich, schleicht sich hinauf, er trägt einen schweren Behälter. Beim Weg hinauf riecht er nach Essen und auf dem Weg hinunter nach Scheiße. Er hat Angst, es ist gefährlich, aber er weiß nicht, woher die Gefahr droht. Klara ist da, auch sie trägt etwas. Wir flüstern, aber da öffnet Mutter die Tür, sie ist drinnen auf dem Dachboden und macht Zeichen: still, kein Wort. Jemand weint da drinnen, ein hoffnungsloses Weinen.«

»Hat deine Mutter Juden versteckt?«

»Ja, so weit bin ich auch gekommen. Aber ich erinnere mich nur, dass darüber geredet wurde, und an viel Streit, hässlichen, geflüsterten Streit im Schlafzimmer, bevor wir zur Schule gingen. Ich habe oft gedacht, dass es nicht stimmte, dass es nur etwas war, was sich mein hysterischer Vater ausgedacht hat.«

»Das war wohl nicht so.«

»Meinst du, man kann dem Unbewussten, oder wie man das nun nennt, also dem, was diese Bilder entwickelt, mehr glauben?«

»O ja. Du weißt es, du hast es doch selbst gesagt. Filme hast du sie genannt, die sich entwickeln. Das gewöhnliche Gedächtnis ist nie besonders zuverlässig.«

Sie schwiegen lange Zeit, bis Kerstin sagte:

»Aber etwas Gutes hat das Ganze, Hans. Du hast doch immer gesagt, man könne nicht einfach vor seiner Vergangenheit davonlaufen.«

»Ich bin nicht davongelaufen. Sie ist einfach verschwunden, in einem Bombenkrater.«

»Ich weiß. Und deshalb kommt sie wohl in dieser Form zurück, schleichend und langsam.«

»Aber das ist nicht so einfach. Ich glaubte, dass … ich habe geglaubt, dass es vorbei sein würde, wenn du, wenn wir, ja, du weißt schon.«

»Nein. Es wird wohl weitergehen, und das ist auch wichtig. Das Einzige, was ich tun kann, ist zuhören und dich vielleicht darin unterstützen, das anzunehmen, was kommt.«

»O Scheiße, Kerstin, ich muss endlich schlafen können, sonst werde ich noch verrückt.«

»Du hast doch bald frei. Wenn wir nach Hause kommen, kannst du den ganzen Tag schlafen und das nachholen, was du versäumt hast.«

»Dann haben wir jetzt noch nicht frei? Jetzt bist du dran, Kerstin. Jetzt will ich in allen Einzelheiten wissen, warum du so müde und ängstlich bist.«

»Ich gehe mich duschen, und du bestellst einen Kaffee.«

Eine Weile später rief Kerstin aus dem Badezimmer, dass in ihrer Handtasche ein Zeitungsausschnitt liege.

»Lies den!«

Als sie aus dem Bad kam, lachte er sie an und sagte:

»Was haben wir für einen verdammt guten Pfarrer, Kerstin. Davon hatte ich ja keine Ahnung.«

Als das Frühstückstablett ins Zimmer gebracht wurde, dachte Kerstin: Ich fange lieber mit dem Pfarrer an, mit Sofias Privatgespräch mit ihm. Dann wird es etwas einfacher.

Sie erzählte eine gute halbe Stunde lang. Er musste alles wissen, was in Östmora seit dem Wundersonntag geschehen war. Er unterbrach sie nicht, aber sie sah seine Angst, als er von den Übungen im Zusammenträumen hörte. Und als sie zu dem größten Wunder kam, dass der Blinde sehen konnte, verlor sein sonnengebräuntes Gesicht alle Farbe.

Ich weiß, dass er zu denen gehört, die verstehen, dachte sie und fuhr fort mit dem Telefongespräch des Arztes, in dem er vom Selbstmordrisiko gesprochen hatte.

»Wir übernähmen eine große Verantwortung, wenn wir die Reise machen würden, gab er zu bedenken. Ich habe mit Klara gesprochen, sie selbst hat Anders' Arzt angerufen und gesagt, sie würde die ärztliche Verantwortung für den Jungen übernehmen.«

»Lass uns jetzt losfahren«, sagte Hans.

»Ja.«

Sie zogen sich an und packten. Kerstin sagte:

»Klara scheint es gut zu gehen. Als das Wunder geschehen war, musste ich sie anrufen, während ihrer Dienstzeit. Das war ein Schlag für sie. Aber dann hat sie einen Studienfreund aufgesucht, der sich auf Psychiatrie spezialisiert hat. Sie hat zwei Tage lang mit ihm gesprochen, und das scheint ihr geholfen zu haben, sie wirkt jetzt viel fröhlicher. Und auf eine Art sicherer, das habe ich schon im Flugzeug gemerkt.«

»Schön«, sagte Hans. »Du, ich möchte nicht mit dem ganzen Kram im Bus sitzen, können wir nicht …«

»Natürlich, wir mieten ein Auto. Ich fahre.«

Er lachte sie an und nickte:

»Gut, du fährst.«

26

Da, da, dadada, da, dada, da, da. Dong, donge, dongdong, dong, dongedong.

Die Sonne schien, das Wasser glitzerte. Sofia tanzte mit den Wellen zu Haydns fröhlichem Thema aus der *Symphonie mit dem Paukenschlag*. Sie hatte sie am Morgen auf Anders' Tonbandgerät gehört, The Surprise Symphony, wie Anders hochtrabend sagte. Dann hatte sie gefragt, ob Klara wüsste, was »surprise« bedeute.

Es war sonderbar, wie alles zusammenpasste, der warme Wind aus Afrika, das endlose Meer, blau, blau wie die Musik, leicht, ebenso leicht wie die Luft.

Sie war auf der Flucht in ihre eigene Welt, und sie war sich dessen bewusst. Ich weiß es, und ich halte sie auseinander. Sag das Oma, verkündete sie dem Wind. Erzähl ihr, dass es schwierig ist mit Anders, der schwarz vor Trauer, und Klara, die lila vor Beunruhigung ist.

Auch Katarina, die sich so auf die Reise gefreut hatte, war traurig.

Weit dort draußen schwamm Anders, sein dunkler Kopf verschwand und tauchte wieder auf, verschwand und tauchte wieder auf. Er schwamm wie ein Seehund, richtig gut, hatte Klara gesagt. Sofia konnte auch schwimmen, aber nicht so gut, und lieber nicht im tiefen Wasser. Also kehrte sie um, nahm ihre Melodie wieder auf, setzte den Tanz mit schwebenden Armen fort, wie es die Balletttänzerinnen im Fernsehen machten.

Ting, tingelinge, ting, tingeling …

Über dem Ort, in dem sie wohnten, erhob sich der Berg, hoch, kahl, schwer vor Geheimnissen. Wenn Hans käme, würde er mit ihr dort hinaufsteigen. Sie wollte ihm die Grotte zeigen, die große

Grotte, in der das verschwundene Volk lebte, diejenigen, von denen niemand etwas wusste. Gestern hatte sie Katarina von ihnen erzählt. Aber Katarina hatte nur gelacht und gesagt: »Mein Gott, was hast du nur für Phantasie, mein Kind.« Und Anders, der zugehört hatte, hatte nur verächtlich geschnaubt.

Als sie in dem weichen Sand hinauflief, der so gut zu dem Wind passte, spürten ihre Füße, dass Wind und Sand vom gleichen Ort stammten, aus Afrika. Sie blieb stehen, überrascht, wie um alles in der Welt konnte der Wind nur so viel Sand hier auf diese Insel im Atlantik blasen.

Sie musste nachfragen. Aber sobald sie Klara ansah, war sie wieder in der normalen Wirklichkeit. Und hatte Angst. Klaras Augen schienen an Anders zu kleben, der draußen tauchte.

»Warum bist du so komisch, Klara?«

Doch Klara antwortete nicht, sondern sagte:

»Bald, Sofia, bald kommen Hans und Oma.«

»Ich weiß, sie sind schon da hinterm Berg. Oma fährt, also wird es gut gehen«, erklärte Sofia, aber Katarina lachte nur:

»Sie kommen doch um zwölf mit dem Touristenbus.«

»Ach ja, das hatte ich vergessen.«

»Hörst du, wie gut ich unterscheide«, flüsterte das Mädchen in den Wind. »Ich lüge sogar, wenn es notwendig ist.« Die dumme Klara warf ihr einen Blick zu. Sie weiß es, sie auch. Aber niemals wird sie …

Der Blick von Klara tat Sofia im Inneren weh. Also wandte sich das Mädchen wieder dem Meer zu, stellte die »Überraschungssymphonie« an und verschwand in ihr und im Wind. Als sie keinen Grund mehr spürte, kehrte sie um, und da sah sie sie. Sie kamen einfach daher, gingen gemächlich durch den Sand auf Katarina und Klara zu.

»Hans!« Ihr Herz schlug einen Purzelbaum, und die Beine wirbelten wie Trommelschlägel, als sie ihn wieder sah und sich ihm an den Hals werfen konnte. Sie umarmten sich, dass es wehtat, mein Gott, wie lieb sie ihn hatte. Und Oma natürlich auch, die sie in die Arme schloss, als Klara ihrem Papa entgegengelaufen kam.

Jetzt würde alles gut werden.

Hans umarmte auch Katarina.

»Ihr seid ja früh«, sagte diese.

»Wir haben einen Wagen gemietet«, sagte Kerstin. »Liebe Katarina, hol Anders und nimm Sofia mit, die kann laut rufen.«

Als sie weg waren, flüsterte Klara so schnell, dass ihre Worte sich überschlugen, dass es die Hölle war, dass der Junge das ganze Vergnügen für Sofia und Katarina kaputt machte, dass er den ganzen Tag weit draußen tauchte und sie schon mit dem Bademeister gesprochen und ihm erzählt hatte, dass der Junge blind sei und was alles passieren konnte. Zwei Mal hatte die Badeaufsicht bereits eingegriffen, Anders an den Strand geholt und ihn ausgeschimpft. Es gab da draußen gefährliche Strömungen, sagte der Bademeister.

»Hast du ihm Tabletten gegeben?«

»Nein, er zeigt keines der Symptome, die Jonas mir genannt hat.«

»Jetzt lösen wir dich ab«, sagte Hans. »Dann kannst du ein wenig ausruhen, mein Mädchen.«

Klara war kurz vorm Weinen, als sie sagte:

»Ich habe den Mund zu voll genommen, als ich von ärztlicher Verantwortung gesprochen habe. Ich habe nicht die richtige Ausbildung, um die Symptome zu verstehen.«

Jetzt kam der Junge, Sofia ihm voraustanzend und Katarina schnaufend hinterher. Er bewegte sich völlig sicher, erst als seine Hand in der Luft hing, um Hans zu begrüßen, wurde seine Blindheit offensichtlich.

»Guten Tag, Käptn.«

»Guten Tag«, erwiderte Hans ebenso höflich und schüttelte seine Hand. »Du bist mir aber ein ausgezeichneter Schwimmer.«

Der Junge verzog keinen Muskel im Gesicht, errötete aber leicht. Aus Stolz? Horner überlegte das, ihm war klar, dass es schwer werden würde. Er konnte die Körpersprache des Jungen nicht deuten.

Sie gingen zur Rezeption, trugen sich ein und bekamen die Schlüssel zu Horners Wohnung. Hans sagte:

»Sofia kann mir und Kerstin beim Auspacken helfen. Die Übrigen können das Essen vorbereiten.«

»Geschenke«, jubelte Sofia.

»Ich habe schon ...«, wollte Katarina anfangen, aber Kerstin brachte sie mit einem fröhlichen Zwinkern zum Schweigen. Und Katarina lachte über die Geheimniskrämerei und ging hinein, um Bescheid zu sagen, dass die Begrüßungsmahlzeit im separaten Raum früher als geplant stattfinden konnte.

»Du kommst mit mir«, sagte sie zu Anders. »Du musst das Salzwasser abduschen und dich umziehen.«

Sofia bekam einen Kassettenrecorder mit Kopfhörern.

»Oh, Hans, wie konntest du das ahnen. Hast du die Überraschungssymphonie gekauft? Anders hat sie auf Band, und ich finde sie einfach himmlisch.«

Er musste lachen und nahm sie in den Arm:

»Meine Kleine. Ich wusste ja nichts von der Überraschungssymphonie, aber vielleicht können wir sie hier in einem Geschäft kaufen. Aber jetzt musst du mir erst mal zuhören. Oma hat mir erzählt, was alles passiert ist und auch von Anders, der es so schwer hat.«

»Ja, das ist furchtbar.«

»Ich denke, ich werde mich etwas um ihn kümmern. Deshalb werde ich im Augenblick nicht so viel Zeit für dich haben. Später holen wir dann alles nach, wenn wir zu Hause und unter uns sind.«

»Das ist schlau, Hans. Denn keiner von uns anderen versteht das. Du vielleicht ... er hat einen Riesenrespekt vor dir.«

»Wir versuchen es. Und du wirst dich nicht zurückgesetzt fühlen, versprichst du mir das?«

»Das ist nicht so einfach.«

»Ich habe auch ein größeres Geschenk für ihn gekauft. Einen kleinen CD-Player. Ich bin davon ausgegangen, dass er ein Tonbandgerät hat, weißt du.«

»Das stimmt.«

»Und ein paar Scheiben habe ich gekauft, mir ist eingefallen, wie gern er Haydn hört.«

»Aber das ist doch der mit der Überraschungssymphonie.«

»Wenn die dabei ist, könnt ihr ja tauschen, Band gegen Scheibe.«

»Prima.«

Kerstin hatte Hans' Kleidung eingeräumt und stöhnte wie immer über deren Alter, Farbe, Schnitt und Muster.

»Du kannst so wütend werden wie du willst, Kapitän Horner«, sagte sie. »Aber ich habe dir einen hübschen Sommeranzug und ein paar anständige Hemden gekauft.«

»Aber ich bin doch nie wütend«, sagte Hans und küsste Kerstin auf die Wange. Sofia klatschte in die Hände und jauchzte:

»Mach das nochmal, Hans. Aber dieses Mal auf den Mund.«

»Das darf er erst, wenn er sich umgezogen hat«, erwiderte Kerstin.

Kurz darauf gingen sie die lange Treppe zwischen den schmalen Häusern hinunter. Sie sehen aus wie das Werbefoto für eine glückliche Kleinfamilie, dachte Klara, die vor dem Hotel wartete. Papa, Mama und ein fröhlich hüpfendes Kind in Ferien. Das erzeugte in ihr selbst Gefühle der Einsamkeit und Wehmut, als hätte sie etwas verloren. Ihr Kind? Ihre Kindheit?

Anders und Katarina warteten bereits in dem kleinen Eckraum, den Katarina organisiert hatte. Der Tisch war festlich gedeckt, mit weißem Damast, funkelnden Gläsern und einem großen Pokal mit Rosen. Hoffentlich mag er das Essen, dachte Katarina, die als Vorspeise frittierte Krabben bestellt hatte, Lammkoteletts als Hauptgericht und Erdbeeren als Dessert. Guck nicht auf den Preis, nimm das Beste, hatte Kerstin gesagt. Und kümmere dich nicht um den Wein, den wird Horner selbst aussuchen wollen.

Das tat er mit größter Sorgfalt, studierte die Weinkarte, diskutierte mit dem Kellner darüber, der so stockend Schwedisch sprach, dass Hans Horner ins Spanische überwechselte. Anders wandte interessiert seinen Kopf den beiden Männern zu, sog jedes Wort in sich auf. Er lebt in der Welt der Geräusche, dachte Klara und versuchte zu verstehen, was das bedeutete.

Die fremde Sprache irritierte Sofia:

»Warum könnt ihr nicht reden wie normale Menschen?«

»Halt die Klappe, du Baby«, entgegnete Anders.

Hans schien den Wortwechsel nicht mitzubekommen, doch als der Wein endlich bestellt worden war, sagte er:

»Sofia, es gibt auf der Welt viel mehr Menschen, die Spanisch als Menschen, die Schwedisch sprechen. Und zu dir, Anders, möchte ich sagen, dass man sich in meinem Beisein gegenüber Damen höflich verhält, egal ob sie klein oder groß sind.«

Beide Kinder erröteten, aber als der leichte Wein gebracht wurde, sagte Hans, dass auch die Kinder probieren dürften. Nur einen Schluck und wenn sie wollten, gern mit dem Tafelwasser verdünnt. Aber er wünschte sich, dass sie an dem Willkommensprost teilnahmen. Kerstin sah, dass Anders überlegte, ob er ablehnen sollte, aber entweder wagte er das nicht, oder er war zu neugierig, wie der Wein wohl schmecke. Also hob auch er sein Glas, als Hans feierlich sagte:

»Auf einen schönen Urlaub in der Sonne.«

Katarina wurde rot vor Freude und dachte, dass sich jetzt alles ändern würde, dieser unglaubliche Mann würde alles zum Guten wenden. Anders probierte erstaunt seinen Wein, der schmeckte ja gut, so gut, dass er sein Glas austrank. Klara biss sich auf die Lippen, war das in Ordnung? Kerstin lachte nervös, aber Anders sagte unbekümmert, er wolle mehr haben.

»Tut mir Leid, Anders. Jetzt musst du dich mit Orangensaft begnügen. Es ist nicht nur gut, Wein zu trinken, man wird auch betrunken davon.«

Anders horchte in sich hinein, verwundert musste er zugeben, dass ihm etwas schwindlig geworden war. Er lachte das erste Mal auf der Reise, sagte:

»Aber man wird auch fröhlich.«

»Leider nur am Anfang«, sagte Horner. »Danach bekommt man Kopfschmerzen, und zum Schluss fühlt man sich schlecht.«

»Ich fühle mich weder schwindlig noch fröhlich«, sagte Sofia. »Und alles andere zum Glück auch nicht.«

Anders dachte, dass sie ein dummes Baby sei, sagte aber nichts. Irgendwann werde ich ihn fragen, warum man Mädchen gegenüber nett sein soll, dachte er.

Sie aßen ihre Krabben, Katarina wurde für ihre Wahl gelobt. Plötzlich sagte Horner:

»Ich habe mir überlegt, Anders, ob wir beide nicht ein Segelboot mieten und damit aufs Meer hinausfahren sollten.«

»Ich will mit«, rief Sofia.

»Nein, du nicht, das ist nichts für kleine Mädchen«, sagte Hans, und Sofia, die jeden Sommer mit ihm segelte, wollte gerade protestieren, als sie sah, dass er zwinkerte. Ach so, natürlich. Also schwieg sie, und Anders dachte, na, der hat's dir jetzt aber gegeben, während Klara aussah, als wäre sie aus allen Wolken gefallen.

»Bist du jetzt ein Macho geworden, Papa?«

»Darauf stoßen wir an«, sagte Hans. »Einen Toast auf Doktor Klara Horner.«

Als ihre Augen sich über den Gläsern trafen, nickte sie. Sie ist dumm, aber endlich hat sie verstanden, dachte Sofia, die weder die Krabben noch das Lamm besonders gern mochte. Also aß sie sich an den Erdbeeren satt.

»Hier in diesen heißen Ländern legen sich alle klugen Menschen mittags etwas hin«, sagte Hans. »Siesta wird das genannt. Also machen wir jetzt eine Siesta, und dann gehen Anders und ich zum Hafen und mieten ein Boot.«

Auch dieses Mal traute Anders sich nicht zu protestieren. Außerdem war er müde und hatte einen schweren Kopf. Das war der Wein, dachte er, der Kerl hatte Recht mit dem, was er über den Wein gesagt hat. Man muss aufpassen.

»Ich kann nicht gut segeln«, sagte er.

»Ich glaube, da irrst du dich«, entgegnete Hans. »Ich sehe ja, wie du dich bewegst, wie sicher dein Gefühl für Raum und Volumen ist. Irgendwann musst du mir mal erzählen, wie du das machst. Auf jeden Fall ist das eine Eigenschaft, die fürs Segeln wichtig ist, man muss den Wind fühlen, sich der See anpassen. Ich kann mich irren, aber es würde mich wundern, wenn du kein guter Segler wärst.«

Bald hat er den Jungen besiegt, dachte Kerstin und tauschte mit Klara einen Blick, die das Gleiche dachte. Katarina war bereits besiegt.

Sie hatten jeweils eine kleine Wohnung für sich, Sofia und Klara wohnten zusammen. Eines Tages werde ich mich trauen, sie zu fragen, warum sie so böse auf mich ist, dachte Klara, als sie in ihre Betten krochen. Aber eigentlich weiß ich es ja. Doch im Augenblick mochte sie deshalb nicht traurig sein, sie war nur müde.

»Es ist schwierig, wenn man jemandem nichts im Gesicht ablesen kann«, sagte Hans zu Kerstin. »Ich werde nicht schlau aus dem Jungen.«

»Denk dran, wie schwer es erst für ihn ist.«

»Dessen bin ich mir nicht so sicher. Er fasst die Dinge in einer Form auf, die wir nicht verstehen.«

Aber Kerstin schlief bereits, als er sie zu sich zog und in den Nacken küsste. Das war ein alter Trick, der seine Wirkung nie verfehlt hatte.

»Er ist phantastisch«, sagte Katarina zu Anders. Doch der war im selben Moment eingeschlafen, in dem er seinen Kopf aufs Kissen gelegt hatte.

27

Gegen vier Uhr nachmittags gingen Horner und Anders zum Jachthafen des Ortes. Bei den schwierigsten Abschnitten des Weges legte Hans seine Hand auf die Schulter des Jungen. »Jetzt kommt eine Treppe, Anders.« Ansonsten bewegte der Junge sich sicher, der weiße Stock schwang souverän und elegant: rechter Fuß, ein leichter Schlag nach links, linker Fuß, ein leichter Schlag nach rechts.

Der Bootsverleiher war feist und schroff und konnte kaum Schwedisch. Horner versuchte es mit Englisch, aber das ging auch nicht besser.

»I am German«, sagte er, woraufhin Hans lachte und meinte, das hätte er doch gleich sagen können, »mein lieber Herr«. Anders lauschte der fremden Sprachmelodie mit gespannter Aufmerksamkeit.

»Es gibt hier ein kleineres Boot, das einer schwedischen Trissjolle sehr ähnlich ist«, erklärte Horner dem Jungen. »Das liegt gut im Wasser, hat aber nur ein Schwert.«

Anders erwiderte, er habe noch nie etwas von einer Trissjolle oder einem Schwert gehört. Seine Stimme klang heiser. Er hat Angst, dachte Hans und sagte:

»Wir werden es für heute Nachmittag mieten. Wenn es uns gefällt, behalten wir es.«

Sie gingen an Bord. Der Junge setzte sich mit steifen Gliedern auf die schmale Ruderbank in der Plicht.

»Jetzt kannst du dich mit dem Boot vertraut machen. Befühle es.«

»Nicht hier«, flüsterte Anders. Hans verstand sofort und sagte:

»Okay, dann fahren wir ein Stück zur Landspitze hinaus. Dort können wir hinter dem Fels ankern, wo uns niemand sieht, und dort anfangen zu üben.«

Kerstins Worte klangen ihm noch im Ohr, als er die Leinen losmachte und das Großsegel hisste: Reden, die ganze Zeit reden, erzähl, was du machst und was geschieht.

Also redete er: »Jetzt löse ich das Tau, das das Boot an Land festhält, jetzt ziehe ich an der Leine, die das Segel hisst, jetzt werfe ich das Ruder herum, so weit, dass wir nach Backbord fahren, das ist links, um in den Wind zu kommen, den Wind im Segel zu fangen. Wie wir jetzt segeln, nennt man am Wind segeln, und das bedeutet, dass das Boot sich ziemlich zur Seite neigt. Kommst du mit?«

Der Junge hatte rote Wangen.

»Ja, ja«, sagte er, »ich verstehe.«

»Jetzt kreuzen wir, Anders, jetzt kommt das Boot, jetzt legt es sich auf die Seite. Hast du Angst?«

»Nein«, sagte der Junge, hielt sich aber krampfhaft an der Reling fest.

»Geh mit der Neigung mit, Anders. Spürst du den Wind?«

»Ja.«

»Jetzt fahren wir direkt aufs Meer hinaus. Du verstehst, dass wir mit diesem Wind nicht direkt auf die Landspitze zu segeln dürfen, wir müssen einen Schlag machen. Das ist das Gleiche wie wenden.«

Anders nickte. Hans Horner fuhr fort:

»Das Segel sitzt teilweise an dem hohen Mast fest, zum anderen Teil an dem Baum hier unten, es ist dreieckig. Ich meine, das Segel. Wenn wir nach einer Weile wenden, fährt der Baum zur anderen Seite, um den Wind aus der anderen Richtung einzufangen. Kommst du noch mit?«

»Aber wie kriegst du es dazu, zu wenden?«

»Komm her, Anders. Leg deine Hand neben meine, hier. Das ist die Ruderpinne, mit der steuern wir. Jetzt ziehen wir sie rüber, Anders, so weit wir können nach rechts, und jetzt, spürst du es, jetzt gehorcht uns das Boot. Jetzt kreuzen wir, jetzt schwenkt der Baum rüber, hörst du? Und damit haben wir eine andere Richtung.«

»Meine Güte, ist das spannend«, sagte Anders.

»Jetzt fahren wir direkt auf den Fels zu. Sobald wir dort ins Lee kommen, wird der Wind abflauen, das Boot wird sich aufrichten und an Fahrt verlieren. Ich weiß nicht, ob der Grund hier tief ist oder nicht, deshalb ist es gut, dass wir ein Schwert haben. Das ist eine Art Kiel, den man hochziehen kann, wenn man auf Grund stößt.«

Anders fühlte den Fels, einen kühlen Schatten, das Segel flatterte, die Fahrt nahm ab. Es wurde still, sie glitten dahin, aber Horner sagte:

»Ich traue mich nicht, noch näher heranzufahren, Anders. Wir werfen hier den Anker, jetzt kannst du gleich das Klatschen hören, wenn er ins Meer fällt, und kurz darauf geht ein kleiner Ruck durchs Boot, und dann liegen wir still.«

Dann lagen sie da, Horner holte das Segel ein und sagte: »Jetzt bist du dran, dich mit dem Boot vertraut zu machen. Das ist wichtig. Jedes Mal, wenn du etwas anfasst, werde ich dir sagen, wie das heißt. Du musst dir die Worte für später merken, wenn wir weiter hinaussegeln, dann musst du wissen, wo sich alles befindet. Das Schlimmste, was dir passieren kann, ist, dass du über Bord fällst. Und schwimmen kannst du ja.«

So gingen sie eine gute Stunde vor, die neuen Begriffe wirbelten im Kopf des Jungen, aber er bewegte sich bereits unbeschwerter. Sie diskutierten die Bezeichnungen, warum konnte ein Strick nicht einfach Strick heißen, sondern ein Schot?

»Jeder Beruf hat seine Sprache«, sagte Horner. »Nur Landratten sagen Strick.«

Darüber lachten sie gemeinsam, und Anders dachte, bald traue ich mich, ihn zu fragen, warum man zu Mädchen nett sein muss.

»Gefällt dir das Boot?«

»Ja, und wie.«

»Gut, dann mieten wir es für eine Woche. Jetzt will ich dir das mit dem Schwert zeigen, dieser schmale Kasten mitten in der Plicht. Er hat eine Spalte, fühlst du? Jetzt ziehe ich den Kiel in ihm hoch, jetzt kommt er. Fühlst du, wie das Boot schwankt, jetzt können wir aber schaukeln, hin und her.«

Horner schaukelte ziemlich, die ganze Zeit das Gesicht des Jungen im Blick. Doch der hatte keine Angst, er lachte, das war gut.

Kurze Zeit später sagte Horner, dass sie jetzt umkehren müssten, es wurde langsam spät.

»Die Dunkelheit setzt hier schnell ein«, sagte er und spürte sofort, wie der Junge ihm entschwand, sein Gesicht sich verschloss. Scheiße, dachte er, begriff aber nicht genau, was geschehen war.

»Willst du den Anker einholen, Anders?«

Der Junge verspannte die Gesichtsmuskeln vor Anstrengung, sich zu erinnern. Dann ging er nach vorn, bekam die Ankerkette zu fassen und zog an.

»Gut. Schaffst du es, das Großsegel zu hissen?«

Wo die Schote saßen, wusste der Junge genau, und als das Segel im Wind zu flattern begann, war er von wilder Freude erfüllt.

»Jetzt fahren wir«, rief er, und Hans Horner lachte und dachte, dass vielleicht auch der Junge eine Wende machen würde, wie ein Boot, das weiß, wie viel Spaß es macht, im Wind übers Meer zu tanzen.

Es wehte ziemlich starker Wind, als sie am Hafenkai anlegten.

»Hier ist die Heckschot, ich lege sie um den Polder. Dann nehmen wir den Vordertampen, und jetzt springe ich an Land und vertäue das Boot.« Ich rede wie ein Idiot, dachte Horner und fühlte mit einem Mal, wie müde er war.

Gerade als sie an Land gehen wollten, fragte Anders:

»Darf ich um etwas bitten.«

»Ja, natürlich«, sagte Horner, überrascht, als er sah, wie ängstlich der Junge war.

»Darf ich das Gesicht des Kapitäns ertasten.«

»Aber natürlich, Anders. Wie dumm, dass ich nicht selbst dran gedacht habe.«

Die feste Jungshand mit den empfindsamen Fingern befühlten Hans Horners Gesicht, Zug um Zug.

»Sie sind feucht unter den Augen, Käpt'n«, sagte er schließlich.

»Das passiert oft auf See. Alte Seeleute, die jahrelang aufs Meer gestarrt haben, haben oft Probleme damit. Ich glaube, das ist ganz gut so, die Tränendrüsen sondern Wasser ab, damit die Augen nicht austrocknen.«

»Das ist interessant«, sagte Anders. »Mich interessieren Augen nämlich sehr, weißt du.«

»Ja, das ist wohl ganz natürlich.«

Als sie zum Motel gingen, fiel Hans auf, dass der Junge das erste Mal du zu ihm gesagt hatte. Der Abstand war geschrumpft. Aber als er ins Zimmer gekommen war und sich aufs Bett warf, sagte er zu Kerstin:

»Ich schaffe das nicht. Auf irgendeine verflucht merkwürdige Art habe ich Angst vor dem Jungen.«

28

Anders war so müde, dass er fast schon beim Essen einschlief. Um neun Uhr lag er in seinem Bett, die neuen Worte wirbelten in seinem Kopf herum, der Wind brauste im Segel, und die Wellen gluckerten um den Schiffskörper. Aber bald kam er frei und schlief ein.

Beim Sonnenaufgang wurde er vom Krähen der Hähne geweckt. Er streckte die Hand aus und fühlte das Licht. Rot, das war die Sonne, die aufging und die Berge färbte.

»Dieser Horner benimmt sich mir gegenüber, als wäre ich ein Idiot. Ich werde nie wieder einen Fuß auf dieses bescheuerte Boot setzen.«

Er sagte das laut, das wurde ihm aber erst klar, als er hörte, wie Katarina sich in ihrem Bett umdrehte, lauschte, wieder einschlief.

Ich muss besser aufpassen, dachte er. Sie wissen Bescheid, die Horners. Verbitterung stieg in ihm auf, als er sich daran erinnerte, wie ihn Klara in den ersten Tagen keine Minute aus den Augen gelassen hatte.

Woher wusste sie es? Nicht einmal seine Mutter ahnte etwas, begriff gar nichts, als Klara Horner dem beschissenen Strandwächter sagte, der solle auf ihn aufpassen. Sie dachte, er würde es nicht hören, als sie dem Strandwächter zuflüsterte, der Junge sei blind und könnte sich in der Richtung irren, direkt aufs offene Meer hinausschwimmen, statt auf den Strand zu.

Was der reine Schwachsinn war.

Zweimal war dieser blöde Rettungsschwimmer mit seinem Boot angebraust gekommen und hatte ihn an Land gebracht. Und hatte ihn ausgeschimpft. Mein Gott, wie er sie alle hasste, alle, die Augen hatten und ihn behandelten, als wenn er nicht ganz bei Verstand wäre. Wie dieser verlogene Kapitän, der mit ihm sprach, wie mit einem Vierjährigen: Und nun machen wir das und dann das und dann das. Und vor Mitleid heulte, als Anders sein Gesicht befühlen wollte. Und obendrein noch log.

»Blinde wissen, wann jemand lügt«, flüsterte Anders. »Und sie hören auch, wenn jemand flüstert.«

Kurz darauf fiel ihm ein, woher die Horners wissen konnten, dass er sich das Leben nehmen wollte. Sofia, die Hexe Sofia konnte das Verborgene sehen. Und die Zukunft. Das war ein tröstlicher Gedanke, dann hatte sie sehen können, dass er es schaffte. Trotz allem.

Er hatte eigentlich gedacht, es würde ganz einfach sein, nur direkt in die Tiefe hinunterschwimmen, sich dort festhalten und die Lunge mit Wasser füllen. Aber das ging nicht, der Körper gehorchte nicht. Der Körper wollte leben, das hatte er begriffen. Man musste ihn austricksen. Und die Horners dazu.

Jetzt kamen die Bilder aus der Kirche zurück, das war gut, sie würden seinen Entschluss bestärken. Er verweilte lange beim Gesicht des Pfarrers. Wie merkwürdig es war, die Freude darin zu sehen. Der Himmel, jetzt erinnerte er sich an den Himmel und fühlte wieder die große Verwunderung: das war blau, das, was sie blau nannten.

Er sehnte sich nach dem Tod.

Er hörte Katarina im Bett atmen, in langen, ruhigen Atemzügen:

»Kleine Mama«, flüsterte er. »Du wirst es verstehen können, irgendwann wirst du verstehen, dass ich dem nicht widerstehen kann.«

Aber er hatte sich geirrt, sie war wach und fragte:

»Was flüsterst du da, Anders?«

»Ich habe nur so vor mich hin geträumt.«

Eine halbe Stunde später traf er die Familie Horner am Frühstückstisch, da dachte er: Ich muss schlau sein. Sie dürfen nicht merken, dass ich sie durchschaut habe.

»Ich will heute nicht segeln«, sagte er. »Ich glaube, ich bin ein bisschen seekrank geworden.«

Klara wollte gerade mit Einwendungen kommen, aber Hans Horner kam ihr mit ruhiger Stimme zuvor:

»Dann bleiben wir eine Weile auf festem Boden. Ich bin nach den Strapazen gestern auch ein wenig müde.«

Aber eine halbe Stunde später nahm er Sofia mit sich ins Boot, und Anders hörte Kerstin und Katarina die Segeltour kommentieren: »Wie weit er rausfährt, jetzt kann man kaum noch das Boot sehen, na, endlich wendet er. Machst du dir keine Sorgen um Sofia, Kerstin?«

»Nein, Sofia hat das Segeln fast gleichzeitig mit dem Laufen gelernt.«

Der Junge hasste sie alle, am meisten Horner, diesen falschen Hund.

Dann kam der Heiligabend mit Sonne am Meer. Katarina seufzte ein wenig, sie vermisste den Schnee und die Weihnachtslichter. Sofia seufzte auch, sie sehnte sich nach dem Tannenbaum und all den alten Sachen, die in den Kartons auf dem Dachboden versteckt waren.

Hier verteilten sie ihre Weihnachtsgeschenke bereits beim Frühstück. Sie hatten gemeinsam beschlossen, dass es keine teuren und anspruchsvollen Geschenke sein sollten, aber Hans Horner hatte sich nicht daran gehalten. Katarina bekam einen Seidenschal aus Südafrika, Klara und Kerstin jede einen Ring, und Anders konnte an dem Raunen in der Luft erkennen, dass sie aus Gold und wunderschön waren. Für Sofia hatte Horner eine Kette aus Bernstein gekauft, obwohl sie doch schon einen Walkman bekommen hatte, dachte Anders sauer. Aber sein eigenes Geschenk war das größte, er spürte den Eifer in seinen Fingern, während er das Paket auspackte, und er johlte vor Freude, als seine Finger einen CD-Player ertasteten und die kleinen, eleganten Scheiben in ihren feinen Hüllen.

»Das ist aber nett«, sagte er schließlich. »So einen habe ich mir schon lange gewünscht.«

»Das habe ich mir gedacht«, sagte Horner und legte dem Jungen seinen Arm um die Schulter. Für einen kurzen Moment gab der Junge nach, kuschelte sich in die Umarmung und fühlte sich undankbar. Aber gleich darauf machte er sich frei, um in sein Zimmer zu eilen und die Musikanlage mit Lautsprechern und allem zu installieren. Und sie auszuprobieren und die vier CDs mit Punktschriftetiketten zu markieren.

Bereits als er die erste spielte, war die Sehnsucht wieder da. So musste der Tod sein, eine große Schönheit, die Gedanken und Erinnerungen auslöschte. Er kannte die Musik, aber erst als Katarina kam, fiel ihm der Name wieder ein: Max Bruchs g-Moll-Konzert.

Nach dem Mittagessen fingen die Leute an, Zweige am Strand mit Aluminiumpapier zu schmücken, und Kerstin Horner sagte, das würde sie nicht aushalten. Sie war ein Snob, das hatte Anders schon seit langem gewusst. Jetzt wollte sie aufs Boot, und Hans sagte, es wäre eigentlich etwas zu klein für so viele, aber es war ja ruhiges Wetter. Also konnten sie es probieren. Sofia und er hatten am Tag zuvor eine geschützte Bucht entdeckt, fast wie ein natürlicher Hafen, erzählte Horner, und Kerstin machte sich daran, einen Picknickkorb mit Kaffee, Erfrischungsgetränken, Butterbroten und Kuchen zu bestellen.

Anders stand mit dem Anker auf dem Achterdeck und spürte die Stille in der neuen Bucht, nicht ein Windhauch, eine Ruhe, die nur schwer zu ertragen war. Dann gab Horner seine Befehle, und Anders warf den Anker, hörte ihn auf die Unterwasserklippen aufschlagen, sich in einer Spalte verhaken, jammern, als wäre er lebendig und als gefiele ihm der Ankerplatz nicht. Durch das Boot fuhr ein Ruck, Hans ging zu Anders, und gemeinsam versuchten sie, den Anker wieder freizukriegen.

»Wir müssen runtertauchen«, sagte Horner und legte wiederum seinen Arm um Anders' Schulter. »Das war allein mein Fehler, wir hätten weiter reinfahren sollen, bevor wir den Anker werfen.«

»Ich schaff das«, sagte Anders, und jeder konnte den Eifer in seiner Stimme hören. Aber Horner zögerte:

»Das sind vulkanische Klippen, scharf wie frisch geschliffene Äxte. Du musst vorsichtig sein, Anders. Du kannst nicht ohne weiteres tauchen, ich muss dich an einem Seil runterlassen. Du brauchst viel Luft, Anders, okay.«

Horner sah Katarina an, sie war blass vor Angst, und er sagte: »Das ist wichtig für den Jungen.«

»Ich weiß.«

Sie sahen, wie Anders der Ankerkette in die Spalte hinunter folgte, er schwamm ohne Angst, fühlte ruhig und sicher die scharfen Klippenspitzen, unterbrach, kam hoch, um zu atmen, schwamm wieder nach unten und bekam den Anker los.

»Der saß ziemlich lose«, erklärte er Horner, als er wieder oben war.

»Alle Achtung«, entgegnete Horner. »Das war wirklich saubere Arbeit.« Der Ton war ehrlich, Anders dachte schnell, diesmal lügst du also nicht, du Mistkerl.

»Was machen wir jetzt?«

»Wir müssen die schwereren Besatzungsmitglieder bitten, an Land zu waten. Ich gehe voran und halte das Boot mit dem Vordertampen.«

Klara und Katarina rafften ihre Kleider und wateten an den Strand, und Horner rief Anders zu: »Zieh das Schwert hoch.«

Schließlich lag das Boot, wie es liegen sollte, mit Wasser und Sandboden unter sich. Anders warf den Anker ein zweites Mal und fühlte mit Zufriedenheit, dass er sich in den Sand bohrte. Horner wickelte den Vordertampen um einen Stein, und Kerstin ging mit dem Picknickkorb an Land.

In der folgenden Stunde war der Junge auf eine fast physische Art und Weise gespalten, eine Trennung, die direkt durchs Herz ging. Die eine Hälfte war stolz und froh, genoss fast jubelnd die Lobesworte, die ihm zuteil wurden. Die Freude saß rechts im Körper, und als er den Brotbissen in die rechte Mundhöhle schob, merkte er, wie gut die Frikadellen zu dem groben Brot schmeckten. Aber die andere Körperhälfte – und dazu gehörte das ganze Gehirn – wusste, dass er die Lösung gefunden hatte, die scharfen Unterwasserklippen die Antwort waren und er jetzt eiskalt und in aller Ruhe planen musste.

Während die anderen im Schatten des Berges vor sich hin dösten, ging er langsam zum südlichen Strand. Hier war es steil, die Klippen begannen bereits an Land, auf halbem Weg hielt er an und rief Sofia zu sich.

»Nimm kleine Steinchen mit«, flüsterte er, als sie angelaufen kam. »Die werfen wir oben vom Fels in die Spalten, wo sich der Anker verhakt hatte.«

Sie lachte, kehrte um, holte eine Plastiktüte aus dem Picknickkorb und füllte sie mit Steinen. Als die beiden oben auf dem Fels saßen, fragte er, ob sie die Spalte sehen könnte, doch, sicher, das Wasser war klar, sagte sie, da, sagte sie, nahm seine Hand und zeigte mit ihr.

»So nahe«, wunderte er sich.

»Der Fels ist hoch, weißt du. Ich meine, von da, wo wir jetzt sitzen, geht es sicher zehn Meter bis zur Wasseroberfläche runter.«

Er wusste aus Erfahrung, dass sie alles in ihrer Welt verdoppelte, dachte vier, vielleicht fünf Meter, jedenfalls ausreichend, um im Fall genügend Schwere und Geschwindigkeit zu erreichen.

Ihm war feierlich zumute, er war klar im Kopf, entschlossen. Sein Körper wurde wieder eins und ungeteilt. Sie warfen Steine, bald konnte er auf zehn Zentimeter ausmachen, wo die Unterwasserklippen sein mussten, er nahm alles in sein Gedächtnis auf und legte auf den Platz, an dem er saß, kreuzweise vier Steine. Sie sagte:

»Es gibt etwas, das ich dir schon seit einigen Tagen sagen wollte.«

»Was denn?«

»Du hast doch Angst gekriegt, als du meinen Traum in der Kirche gesehen hast. Ich habe dir nicht erzählt, dass ich auch Angst hatte, als ich deinen Traum vom Engel gesehen habe. Aber eigentlich nur am Anfang. Weil er nicht aussah wie meine Engel, weißt du? Aber später ...«

»Was war später?«

»Na ja, da habe ich gefühlt, was für weiche Flügel er hatte, das war, wie in Seide gehüllt zu werden, wie in einem Nest. Und dann hat er so gut gerochen. Aber am besten war die Musik, für mich ist es ganz merkwürdig, dass deine Träume Geige spielen.«

Sofia konnte Anders' Überraschung nicht mehr feststellen. Hans rief sie zurück, sie wollten noch einmal schwimmen, bevor sie zurückfahren mussten.

»Bevor es dunkel wird«, sagte er, und Anders verachtete ihn. Dieser Scheißdraufgänger hatte Angst vor der Dunkelheit.

Aber sie gehorchten, sie schwammen eine Runde in der Bucht, und Anders tauchte wieder zu den Unterwasserklippen hinunter. Klara sah dem Kind zu, die Augen weit aufgerissen, sie ergriff Hans' Hand und flüsterte:

»Ich habe Angst, Papa. Ich habe das Gefühl, dass etwas Schreckliches passieren wird.«

»Wir fahren jetzt zurück«, sagte Horner kurz.

Bevor sie sich für die Nacht trennten, sagte Klara zu Katarina, dass Anders so angespannt aussähe, sie wolle ihm gern eine Schlaftablette geben. Und Katarina nickte beunruhigt, nahm die Tablette und versprach darauf zu achten, dass Anders sie auch nahm. Er nehme gern Schlafmittel, sagte sie. Sie hatte eher das Problem, dass er abends immer um Tabletten bettelte. Bis jetzt hatte sie sie ihm hier unten verweigert, gesagt, dass sie keine mehr hätte.

Klara ging in ihr Zimmer und meldete ein Gespräch mit Jonas an. Sie sagten, was zu sagen war, über die Sehnsucht, über Weihnachten, und versprachen einander, dass es das letzte Mal sein sollte, dass sie Weihnachten getrennt feierten.

»Und Anders?«

»Jonas, ich habe Angst.«

Sie beschrieb die Reaktionen des Jungen und die Schwierigkeit, an ihn heranzukommen. Jonas schwieg lange, bis er schließlich sagte, dass es eine nicht diagnostizierte manische Depression sein könnte, dass es fast so klang.

»Wir brauchen eine Diagnose«, sagte er. »Ich werde mit seinen

Ärzten in Uppsala reden. Ich rufe dich morgen wieder an. Und du, das ist nicht so verhängnisvoll, dagegen gibt es Medizin.«
»Lithium?«
»Ja.«
»Okay, danke.«

Klara blieb lange mit der Hand auf dem Hörer sitzen. Sie hatte fürchterliche Angst, die Angst war größer, als sie sich selbst eingestehen wollte. Schließlich schlich sie sich zu Katarinas Zimmer, lugte hinein, alles war in Ordnung, der Junge schlief. Er hatte die Tablette geschluckt, als hätte er sich schon lange danach gesehnt, sagte Katarina.

»Ich könnte selbst auch eine gebrauchen«, sagte sie, aber Klara schüttelte den Kopf und wandte sich zum Gehen; dann kehrte sie um und sagte: »Ich lege dir hier eine halbe hin, aber meine Liebe, nimm sie wirklich nur, wenn du nicht schlafen kannst.«

»Ich glaube, ich weiß, wovor du Angst hast, Klara. Du glaubst, dass ... dass der Junge Schluss macht.«

Sie flüsterten beide, Klara setzte sich aufs Bett und ergriff Katarinas Hand.

»Es wird ihm nicht gelingen, wir werden dafür sorgen, dass es ihm nicht gelingt. Aber ich fürchte, wir müssen den Urlaub abbrechen, du und ich, wir müssen wohl mit ihm heimfahren und ihn in ärztliche Behandlung bringen. Ein guter Freund von mir ist Psychiater, er wird morgen mit eurem Arzt in Uppsala sprechen.«

»Ja, Stenström. Er ist gut. Wir werden tun, was er sagt.«

Beide weinten sie, als sie sich gute Nacht wünschten. Als Klara an der Wohnung ihrer Eltern vorbeiging, hätte sie gern einen großen Whisky getrunken. Im gleichen Augenblick fiel ihr der Champagner in ihrem eigenen Kühlschrank ein und dass sie von Jonas und der Verlobung erzählen wollte, wenn sie endlich zu sich selbst gekommen waren.

Bei Familie Horner passiert aber auch gar nichts auf vernünftige Art und Weise, dachte sie, als sie entschlossen die Flasche holte, an die Tür klopfte und die drei sah, die auf dem Bett lagen und Karten spielten. Sie haben es so gut miteinander, dachte sie, warum muss alles in ihrem Leben so dramatisch sein?

»Hier bringe ich Champagner. Denn jetzt wollen wir meine Verlobung mit Doktor Jonas Nyström feiern.«

»Das nenne ich eine Überraschung«, sagte Hans Horner und griff nach seinem Whiskyglas. Aber Klara nahm es ihm aus der Hand, denn jetzt sei der Champagner dran. Dann trank sie selbst den Whisky aus und lachte über die verwunderten Gesichter der anderen.

Nur Kerstin sah ausschließlich glücklich aus und rief laut:

»Ich habe es geahnt, Klara, du wirkst so glücklich.«

Klara brauchte eine ganze Weile, um die Geschichte von Jonas zu erzählen, wie lange sie einander schon gern hatten und wie sie ihn in Göteborg aufgesucht hatte. Wie zartfühlend er war, wie klug. Und gut, sagte sie, in erster Linie ist er gut. Ein guter Mensch. Ihr werdet euch gut leiden können, sagte sie, und allein Sofia schaute zweifelnd drein.

29

Trotz des Schlafmittels wachte Anders wie immer früh auf. Der Kopf war schwer, er hatte Probleme, die Gedanken beieinander zu halten. Er versuchte sich zu erinnern, was er geträumt hatte, bevor die Hähne zu krähen begannen.

Dann fiel es ihm wieder ein. Er hatte von dem Engel geträumt. Von seinem Engel, wie Sofia ihn beschrieben hatte. Er wollte zu ihm, ihm etwas sagen.

Wenn ich mich entspanne und nicht krampfhaft versuche, darüber nachzudenken, fällt es mir vielleicht ein.

Er stand auf, ohne Katarina zu wecken, ging auf die Toilette, suchte dann seinen Kassettenrecorder, schloss die Kopfhörer an und fand Haydns Violinkonzert, von dem Sofia glaubte, der Engel spiele es.

Aber die Musik erzählte nur vom Tod, wie groß und schön er war, und keine Botschaft des Engels. Als Katarina aufwachte, hatte er seinen Engel vergessen. Sie fragte, wie es ihm gehe.

»Gut«, sagte er.

Während des Frühstücks wurde über Lautsprecher in komischem Schwedisch verkündet, dass Doktor Horner einen Anruf aus Uppsala hatte. Alle sahen einander überrascht an, nur Anders begriff, was das bedeutete: Stenström, die wollen mich nach Hause schicken. Jetzt ist es eilig, dachte er, jetzt habe ich keine Zeit mehr zu verlieren.

Aber seine Stimme klang ruhig, als er sich Horner zuwandte:

»Ich würde gern segeln gehen.«

»Na, dann machen wir das doch«, antwortete Hans. »Komm, lass uns gleich aufbrechen.«

Katarina und Kerstin öffneten gleichzeitig den Mund, um etwas zu sagen. Aber was? Horner spürte ihre Einwände in der Luft hängen und sagte irritiert:

»Nun beeil dich, Anders.«

Er ist ein Idiot, dachte der Junge. Das geht nun seinen Gang. Auf dem Weg zum Hafen sagte Anders, dass er gern in die Bucht fahren würde, wo sie gestern gewesen waren.

»Ich fand, da war es so schön«, sagte er. »Irgendwie so ruhig.«

»Dann segeln wir dahin.«

Klara kam im gleichen Moment zum Frühstückstisch zurück, als Sofia dort eintraf. Wie immer hatte sie verschlafen.

»Ich habe so schlecht geträumt«, sagte sie. »Wo sind Hans und Anders?«

»Sie sind gerade mit dem Boot ausgelaufen«, erklärte Kerstin und sah dabei ängstlich aus. Klara starrte Sofia mit aufgerissenen Augen an; die verstand und lief los. Durchs Fenster konnten sie sie wie ein Pfeil durch den Garten rennen sehen, die Treppen zum Hafen hinunter. Sie kam in dem Moment an, als das Boot auslief, und sie rief laut:

»Hans, Hans!«

Er hörte sie, missverstand sie aber und rief zurück:

»Wir machen heute Nachmittag eine Tour, Sofia.«

Da ließ sie alle Vorsicht außer Acht und rief:

»Es ist gefährlich, Hans.«

»Bestimmt nicht, Sofia. Es ist doch schönes Wetter.«

Horner hatte das Boot bereits in den Wind gedreht und fuhr direkt aus dem Hafen. Aber er hatte doch verstanden, sie sah es an seinem Winken, mit offener Hand, die Handfläche ihr zugewandt. Und Anders, der vor Beunruhigung ganz weiß geworden war, dachte, welches Glück es doch war, dass Horner so ein Idiot war.

Im Frühstücksraum erfuhr Sofia, dass die Damen zurück auf ihr Zimmer gegangen seien und dass ihre Mama Brot und Tee mitgenommen habe. Sofia lief ins Zimmer ihrer Oma, Katarina weinte, und Sofia schaute Kerstin an und wusste, dass der Feuervogel sich jetzt ernsthaft losgerissen hatte, jetzt ist sie verdammt.

»Ich habe es nicht mehr geschafft. Aber ich habe noch gerufen, und Hans weiß Bescheid.«

»Ich glaube, du hast Recht«, nickte Klara.

»Er hat so gewinkt. Das bedeutet, dass er verstanden hat und dass er es schafft.«

Dann gab Klara Anweisungen. Katarina sollte in ihr Zimmer gehen, wo sie eine Beruhigungstablette bekommen würde. Kerstin musste umgehend Flugtickets bestellen, Katarina, Anders und sie selbst bräuchten einen Platz in der ersten Maschine nach Arlanda.

»Sag dem Reiseleiter, dass der Junge krank ist und dass sein Arzt ihn so schnell wie möglich zu Hause haben will. Sobald wir die Plätze haben, rufe ich Doktor Stenström an, ich denke, er wird uns abholen und Anders direkt ins Krankenhaus bringen. Du, Sofia, hilfst Katarina beim Packen, legt Reisekleidung für beide raus, und den Rest packt ihr in die Taschen. Ich muss in mein Zimmer und in der Nähe vom Telefon sein. Jonas«, sagte sie und dachte: Lieber, liebster Jonas, rufe an!

Eine ganze Weile sagte keiner etwas, Katarina versuchte, ihr Weinen hinunterzuschlucken, und Klara wandte sich ihr zu:

»Hör mir zu. Wenn es die Krankheit ist, von der sowohl Jonas als auch Stenström ausgehen, dann gibt es eine Medizin, die hilft. Ich kenne sie, ich kann es dir versprechen.«

Als Sofia und Katarina gegangen waren, sagte Kerstin, sie würde Hans den Hals umdrehen, falls und sobald er käme. Klara verzog spöttisch den Mund:

»Ich weiß, was du mit seinem Hals machen wirst. Wie immer, liebe Mama, wirst du ihn abküssen, wo es nur geht. Du hast deine eigene Wut noch nie ernst genommen.«

»Das ist auch nicht so einfach, wenn es sonst keiner tut.«

Klara wollte gerade anbeißen, sagen, es sei wohl doch zu einfach, die Schuld nur auf die anderen zu schieben. Aber Kerstins Augen waren unnatürlich groß, also hielt sie sich zurück und strich ihr über die Wange:

»Er wird es schaffen, meine liebe Mama.«

Als sie zurück in ihrem Zimmer war, dachte sie, dass es so läuft wie immer bei uns, man geht mit Trost und aufmunternden Sprüchen darüber hinweg.

Wie zuvor kreuzten sie einige Seemeilen westlich des Leuchtfeuers und begannen dann entlang der Küste die Segel zu streichen. Das kleine Boot durchschnitt ruhig die langen Dünungen des Atlantiks, und Hans dachte, dass dieses ein Freudentag werden würde.

Der Junge steuerte zum ersten Mal, das war auch eine Art, ihn unter Aufsicht zu haben. Hans wandte kaum den Blick von dem verbissenen Jungengesicht. Die Zärtlichkeit, die Horner anfangs empfunden hatte, war in Unbehagen übergegangen, er mochte den Jungen nicht. Aber aus Erfahrung wusste er, dass er nur so ärgerlich wurde, wenn er Angst hatte.

Ich habe keine Angst davor, was geschehen wird, dachte er. Ich werde es schon schaffen. Ich habe Angst vor dem Jungen selbst, er und die merkwürdige Wirklichkeit, in der er lebt, sind mir unbegreiflich.

Sie fanden ihre Bucht, den geschützten Hafen hinter den vulkanischen Unterwasserklippen.

»Zieh das Schwert hoch, Anders. Dieses Mal gleiten wir einfach drüber hinweg.«

Als Hans mit dem Vordertampen an Land sprang, sah er, wie der Junge sein Gesicht zu der hohen Klippe über der Sandbank hob. Er sah es und begriff.

»Ich muss mal an Land«, sagte Horner. »Der Bauch, weißt du.«

Gott ist auf meiner Seite, dachte der Junge, der hörte, wie Horners Schritte hinter den Büschen verschwanden. Mit einiger Mühe gelangte er an Land, blieb eine Weile stehen, um sich zu orientieren, ging dann nach rechts, fand den Steilhang, kletterte rasch hinauf, kam zu seinen vier Steinen, holte tief Luft und dachte: Gerade runter.

»Mama, verzeih mir«, sagte er und spannte den Körper zum Sprung. Im nächsten Augenblick saß er wie in einer Schraubzwinge in Horners Armen fest und hörte die eiskalte Wut in der Stimme des anderen:

»Du verfluchter Schlingel.«

Der Junge schlug und biss um sich, um loszukommen, und plötzlich schlug Horner zu, hart und rücksichtslos mitten ins Gesicht. Anders bekam Angst und schrie:

»Nicht schlagen, nicht schlagen.«

»Ach, vor Schlägen hast du also Angst. Du kannst dich beruhigen, ich schlage dich nicht, wenn du nicht zuerst schlägst.«

Dann warf er sich den Jungen über die Schulter und kletterte den Steilhang hinunter und ins Boot.

»So«, sagte er, »jetzt möchte ich endlich wissen, was du dir denkst, wenn du lügst und herumtrickst. Und wie es möglich ist, dass du kein Mitleid, kein Herz im Körper hast.«

»Ich werde kein Wort sagen.«

»Okay. Dann musst du dich damit abfinden, dass ich dich während der Heimfahrt festbinde. Ich habe keine Lust auf weitere Abenteuer, weißt du.«

Der Junge winselte wie ein Welpe und rieb sich die geschwollene Wange.

»Das tut so weh.«

»Das geht vorbei. Was man von der Traurigkeit nicht sagen kann, die deine Mutter empfinden wird, wenn sie von dem hier erfährt.«

»Dann erzähl ihr nichts davon.«

»Okay. Aber ich muss es Klara sagen, die idiotisch genug war, die Verantwortung für dich zu übernehmen.«

»Sie wird mich nach Hause schicken.«

»Das hoffe ich.«

Jetzt weinte Anders, ein merkwürdiges, trockenes Weinen, unerträglich. Hans spürte, wie seine Wut sich in Mitleid verwandelte, und versuchte es erneut:

»Es wäre einfacher, wenn du versuchen würdest, das zu erklären.«

Aber der Junge schwieg, und Horner band seine Füße mit einem der Fockschote fest. Kein Wort wurde während der Heimfahrt gewechselt, erst als sie sich dem Kai näherten, flüsterte Anders:

»Bitte mach das Seil los.«

Hans wartete, bis er Klara auf dem Anleger sah, bevor er den Jungen losband. Als sie angelegt hatten, rief er ihr zu, sie solle an Bord kommen. So sachlich er konnte, berichtete er ihr, was geschehen war, Anders machte keine Einwände, nahm aber ihre Hand, als sie ihm über die geschwollene Wange strich.

»Wir fahren um vier Uhr ab«, sagte sie. »Wir haben drei Plätze in dem Flugzeug gekriegt, das heute Abend von Gando nach Arlanda geht. Katarina, du und ich fahren nach Hause, und Doktor Stenström holt dich ab. Solange wir auf die Abfahrt warten müssen, kannst du schlafen, du bekommst eine Tablette von mir.«

Dann sah sie lange Zeit ihren Vater an und sagte laut:

»Du blutest ziemlich stark aus der Kratzwunde im Gesicht. Ich muss sie mit Alkohol reinigen und verbinden.«

»Sie tut auch verdammt weh«, sagte Horner und sah mit Befriedigung, dass der Junge blutrot im Gesicht wurde. Ein paar normale Reaktionen hat er jedenfalls noch, dachte er.

Geborgen zurück in seinem Zimmer, erzählte er Kerstin, was geschehen war. Und während sie seine Wunde säuberte, sagte er:

»Verflucht, aber ich wünschte, es wäre ihm gelungen.«

»Das kann doch nicht dein Ernst sein?«

»Nein, eigentlich nicht.«

Als sie das Auto beluden, das Klara gemietet hatte, war Anders gefügig und wie im Halbschlaf. Klara fuhr, Katarina saß mit dem Jungen auf dem Rücksitz, bereit, ihm noch eine Tablette zu geben, wenn er Widerstand leistete. Aber als Anders auf dem Flugplatz aufwachte, war er sehr still, als hätte er aufgegeben.

Die Horners gingen zum Essen. Müde und traurig versuchten sie darüber zu reden, wie schön es für sie sei, die letzte Ferienwoche jetzt endlich für sich zu haben. Aber ihre Worte erstarben. Drei einsame Menschen saßen dort, jeder in sein eigenes Universum eingeschlossen. Hans war verzweifelt müde.

30

Es war ein Freitagnachmittag im Februar, mit Nebel über dem Meer und dem Fluss. Im Hochhaus in Masthugget konnte man die Nebelhörner hören. Als Junge hatte Jonas diesen Missklang nicht leiden können. Aber heute kam es ihm wie Gesang vor, vertraut wie ein altes Kinderlied. Er wollte noch einige Krankenjournale durchgehen, bevor er seine Zweizimmerwohnung sauber machte und dann in die Repslagargatan eilte, um Wein und etwas zu essen einzukaufen. Klara wollte mit dem Zug um achtzehn Uhr fünf kommen, und beide hatten das ganze Wochenende frei.

Er trank Instantkaffee in der Küche und betrachtete den Stapel schmutziger Teller, als das Telefon klingelte. Das Geräusch versprach nichts Gutes, er hatte einen Patienten mit großen Problemen und sich schon lange auf das freie Wochenende mit Klara gefreut. Ich gehe nicht dran, dachte er. Aber es konnte Axel sein, oder seine Mutter. Oder es konnte auch Klara sein. Also nahm er den Hörer ab und sagte nur:

»Ja.«

»Ist da Jonas Nyström«, fragte eine Stimme, die er nicht erkannte.

Noch ein knappes Ja.

»Ja, guten Tag«, sagte die Stimme, die jetzt verwundert klang. »Hier ist Hans Horner. Ich bin auf der Durchreise, und ich würde Sie gern kurz besuchen.«

»Mein Gott.«

»Nein, nur Horner«, entgegnete die Stimme lachend.

»Entschuldigung. Ich war so überrascht. Sie sind natürlich willkommen.«

»Okay. Ich stehe vor dem Sahlgrenska Hospital und nehme ein Taxi.«

Jonas nannte ihm die Adresse und den Türcode und flehte die himmlischen Mächte an, dass der Kapitän lange auf ein Taxi warten müsste. Ein Blick auf die Uhr, es ging auf halb drei zu. Zehn Minuten blieben ihm höchstens, um das Schlimmste wegzuräumen. Er würde es gerade noch schaffen, zu lüften und den Müll und Plunder zusammenzukehren. Und er konnte sich noch in Gedanken auf seinen Gast einstellen. Bilder von einem Greis wechselten sich ab mit denen eines eleganten Geschäftsmannes, der ihm unangenehme Fragen stellen würde, oder eines schnoddrigen Offiziers, der einen richtigen Mann zum Schwiegersohn haben wollte.

Als er zum Müllschlucker lief, musste er sich eingestehen, dass seine Vorstellungen aus den schwedischen Vierzigerjahrefilmen stammten, die gerade wieder im Fernsehen liefen. Es war lächerlich. Hans Horner war ein Mann in den Vierzigern, und außerdem Deutscher und Kapitän. Gott stehe mir bei.

Ich hätte mich rasieren sollen, dachte er in dem Moment, als es an der Tür klingelte und ein hoch gewachsener, schlaksiger Mann im Seemannspullover undefinierbarer Farbe, abgewetzten Jeans und einem knallroten Schal in den engen Flur trat. Kapitän Hans Horner entsprach so wenig Jonas' Phantasien, dass dieser kaum Worte für eine einfache Begrüßung fand.

»Sie gucken mich an, als sähen Sie ein Gespenst«, sagte Horner und warf seinen Schal auf die Hutablage.

»Nein«, entgegnete Jonas, »aber vor zehn Minuten habe ich noch Gespenster gesehen.«

»Und wie sahen die aus?«

»Dickwanstige Geschäftsleute und arrogante Offiziere.«

Horner lachte, sagte: »Man kann sich ja auch so manches Bild eines arroganten Arztes machen. Am besten ist es da wohl, wenn wir einfach zugeben, dass wir beide ein wenig Angst voreinander gehabt haben.«

Jonas spürte, wie seine Nervosität abnahm: Ich hätte es wissen müssen, dass ihr Vater, dass es nicht nur Ödipus war, was …

»Darf ich reinkommen?«, fragte Horner.

Jonas nahm sich zusammen und führte seinen Gast zum einzigen Sessel des Zimmers:

»Möchten Sie ein Bier?«

»Ja, gerne.«

Jonas nickte. »Klara kommt gegen halb sieben.«

»O weh, sie wird mich verfluchen. Ich gehe morgen früh an Bord eines Tankers draußen vor Hjärtholmen. Ich soll ihn nach Dubai bringen.«

Jonas spürte, dass Dubai wichtig war, verstand jedoch nicht, warum, und sagte, er habe geglaubt, Hans hätte vier Monate Urlaub.

»Deshalb ist Klara ja so wütend«, erklärte Horner. »Aber auf diese Weise kann ich den ganzen Sommer zu Hause bleiben.«

Jonas begriff in groben Zügen die Zusammenhänge, aber nicht, warum die Situation so gespannt war. Sie kommt aus einer Welt, von der ich nichts weiß, dachte er und sah den anderen lange an, das offene Gesicht mit den hohen Wangenknochen und den weit auseinander stehenden Augen.

»Klara sieht Ihnen sehr ähnlich. Sie sind so erstaunlich jung.«

»Sagen wir doch du zueinander. Was glaubst du denn, was ich von dir denke.«

»Ein dummer Junge?«, sagte Jonas, und Hans' Mundwinkel gingen nach oben. Es lag gleichzeitig Traurigkeit und Zärtlichkeit in dem Lächeln, nein, dachte Jonas, ich darf nicht …

»Die einfachste Methode, unsere Angst voreinander zu überwinden, ist wohl, wenn wir frei heraus sagen, was wir denken. Du bist doch kein Mensch, der sich für seine Gedanken schämen muss.«

»Okay«, sagte Jonas und hatte das Gefühl, er sollte in unbekanntes Wasser tauchen. »Ich habe nie einen Vater gehabt.«

Lange Zeit blieb es still, Horners Blick wich nicht von Jonas' Gesicht, und als er schließlich doch etwas sagte, kamen die Worte nur sehr zögerlich.

»Du musst eine starke Mutter gehabt haben?«

»Ein Urgestein. Sie ist Designerin, hat sich mit geliehenem Geld eine Ausbildung verschafft, sobald ich geboren war, fing dann an,

Kleider zu entwerfen, die waren einfach Klasse. Nach ein paar Jahren hatte sie Atelier und Laden, eine richtige Boutique, und konnte ihren Söhnen alles bieten, was sie sich wünschten, eine lange, teure Ausbildung zum Beispiel.«

»Alle Achtung.«

»Ja, das war wirklich toll«, sagte Jonas und fühlte sich mit einem Mal stolz. Lachte dann jedoch und sagte, sie sei schuld daran, dass es in seiner Wohnung so aussehe.

»Dass es so schlicht ist?«, fragte Horner verwundert.

»Eher dürftig, sprich es ruhig aus. Weißt du, sobald ich sie hier zur Tür hereinlassen würde, wären alle Wände weiß und die Böden mit Auslegware bedeckt. Ganz zu schweigen von den abgebeizten Fensterrahmen, dem alpenveilchenfarbenen Sofa und einem Schreibtisch in heller Esche.«

»Ich finde, das klingt schön«, sagte Horner und lächelte erneut. »Kannst du nicht eine angenehmere Möglichkeit finden, deiner Mutter zu trotzen?«

Jetzt musste auch Jonas lachen: »Schon zu spät. Denn jetzt wird Klara hier mit ihren Topfpflanzen und Kissen einziehen.«

»Ach, dann ist diese arme, sterbende Pelargonie im Fenster erst der Anfang?«

»Oje, ich habe ganz vergessen, ihr Wasser zu geben.«

»Wir können sie in eine Wanne mit Wasser stellen.«

Horner war bereits aufgesprungen, mit der Pelargonie auf dem Weg in die Küche, taub für Jonas' Flehen: Nicht in die Küche.

Aber Hans stand bereits in der Küchentür, betrachtete das Chaos und rief: »O Mann, Jonas, jetzt bist du aber dran!«

»Komm, wir waschen ab«, sagte er. »Ich wasche gern ab.«

Er zog seinen Pullover aus, darunter trug er ein kariertes Sporthemd, das Mutter in Ohnmacht fallen ließe, dachte Jonas. Horner arbeitete mit geübten Händen. Er ist jemand, der gewohnt ist, die Dinge anzupacken, dachte Jonas, holte ein Handtuch heraus und begann abzutrocknen. Der dritte Teller fiel ihm zu Boden, und Horner sagte:

»Hast du den Daumen an der verkehrten Stelle, oder hast du immer noch Angst vor mir?«

»Beides«, antwortete Jonas vom Boden her, wo er die Scherben aufsammelte. »Ich bin einfach tollpatschig, und du bist … so überwältigend.«

Kurze Zeit später stellte Jonas fest, dass es leichter war, beim Abwaschen zu reden, als wenn man sich gegenüberstand. Er traute sich sogar zu sagen, dass bis jetzt nur er sich an die Verabredung gehalten habe, offen zu sagen, was er denke.

»Was zum Teufel hältst du eigentlich von Klara und mir, zum Beispiel.«

»Ich bin verflucht glücklich. Schon auf Gran Canaria, als sie uns von der Verlobung erzählt hat, habe ich mich gefreut. Und war erleichtert. Klara war so verliebt, und das ist dir zu verdanken. Sie hat dir ja alles erzählt, wie es ihr geht, wie es ihr ergangen ist. Ich habe das Gefühl, dass meine Verantwortung etwas geringer geworden ist, verstehst du?«

»Lieber Jonas, nun lass nicht gleich wieder einen Teller fallen«, fügte er hinzu, als er sah, dass das Porzellan auf gefährlichem Gleitflug durch das Handtuch war. Jonas fasste fester zu und sagte:

»Das ist eine Tasse.«

Horner stöhnte, fuhr aber fort:

»Natürlich bin ich hergekommen, weil ich neugierig war. Ich reise in die arabische Welt, du nach Amerika, es würde zu lange dauern, bis wir uns kennen lernen könnten, fand ich. Wie alle Männer habe ich Angst, sentimental zu wirken, aber, ja, du entsprichst meinen Erwartungen. Ich bin ein ziemlich einfacher Mensch, du wirst es bestimmt lernen, mich zu mögen.«

»Jetzt lügst du das erste Mal«, widersprach Jonas. »Du kannst auf mein Wort als Psychiater vertrauen, und ich habe doch schon gesagt, dass du überwältigend bist.«

»Ich habe nicht gelogen«, sagte Horner, »ich habe nur von meiner Selbstwahrnehmung gesprochen.«

»Das glaubt auch nur der Teufel«, sagte Jonas, und dann lachten wieder beide. Der Abwasch war geschafft, Horner putzte noch den Herd und das Spülbecken und sagte, dass er gern einen Kaffee hätte.

Während Jonas Wasser aufsetzte und Pulver in den Filter kippte, ließ sich Horner am Küchentisch nieder.

»Was hältst du von dieser Geschichte in der Östmora-Kirche?«

»Ich verstehe davon nicht mehr als alle anderen. In Amerika hat man mit einer Reihe parapsychologischer Experimente versucht herauszufinden, ob es möglich ist, dass Menschen in verschiedenen Schlaflabors den gleichen Traum träumen, aber das Ergebnis war ziemlich schwach. Dass es Sofia und Anders gelungen ist, liegt wohl daran, dass ihnen nicht klar war, dass es unmöglich ist.«

»Und an Sofia und ihren sonderbaren Fähigkeiten. Was weiß man in deinen Kreisen über die merkwürdige Tatsache, dass gewisse Menschen um die Ecken und vor und zurück in der Zeit sehen können?«

»So gut wie nichts«, sagte Jonas. »Es ist nicht stubenrein, von derartigen Phänomenen zu sprechen, nein, besser – sie werden mit einer gewissen Aggressivität geleugnet. Sie bedrohen das wissenschaftliche Weltbild.«

»Das habe ich auch begriffen«, sagte Horner. »Aber du fühlst dich offensichtlich nicht bedroht und hast keine Bedenken, in eine Familie einzuheiraten, der die Hexerei im Blut liegt?«

»Erstens liebe ich deine Tochter, hoffnungslos und unheilbar. Und zweitens stehe ich dem Unerklärlichen ziemlich offen gegenüber.«

Jonas war wütend, aber Horner lachte zufrieden, als hätte er gerade das gehört, was er sich gewünscht hatte.

»In meinem Job, in dem die Probleme oft Schlange stehen, muss man lernen, das Dringendste schnell herauszufinden«, sagte er. »Und in dieser Situation ist das Anders. Du hast von seinem Selbstmordversuch gehört?«

»Ja.«

»Ich habe mich wie ein Idiot benommen. Hinterher habe ich gedacht, dass ich es wohl nicht wahrhaben wollte, weil ich da nicht noch weiter hineingezogen werden wollte. Aber ich hatte gar keine andere Wahl.«

»Du bist wütend geworden?«

»Ja. Und ich hatte Angst. Ich begreife es nicht, aber der Junge hat mir Angst gemacht. Dann kamen die Frauen mit ihrer Psychologie, all ihrem Verständnis und den vielen Erklärungen. Wahrscheinlich bin ich ein Barbar, aber ich habe einfach gedacht, dass der Junge sich wie ein Schweinehund verhalten hat.«

»Du hast was gegen Psychologen wie mich?«

»Nein, ich glaube nicht, nur gegen all diese furchtbar vereinfachenden Modelle, du kennst die Art zu diskutieren. Die Populärpsychologie, die mit einer einfachen Ursache irgendwann in der Kindheit alles erklären will. Meiner Meinung nach läuft die Psyche manchmal schon viel früher Amok, vor den Gedanken und jenseits von Ursache und Wirkung. Aber Anders war verschlagen und berechnend. Und überheblich. Er hat im Ernst geglaubt, er könnte mich hereinlegen. Du hättest sein Lächeln sehen sollen, als Sofia hinter dem Boot herlief und rief, es sei gefährlich, und ich zurückrief, das Wetter sei gut.«

»Aber Anders ist nicht verrückt, nur verzweifelt. Und sicher besessen von einer Todessehnsucht, einem Sog dem Tod entgegen, der viel stärker ist als er selbst.«

»Das habe ich schließlich auch verstanden. Und ich schäme mich ein wenig.«

»Ich denke, das brauchst du nicht. Ich glaube, es war gut für ihn, dass ihm handfest die Grenzen gezeigt wurden. Auch gut, dass er sich fast bis zum Schluss austoben konnte.«

Alle Anspannung fiel von Horner ab, als er sagte: »Das hast du nett gesagt.« Er schwieg lange Zeit, bevor er fortfuhr:

»Mir selbst ging es nach dieser Fahrt auch nicht besonders gut. Ich wollte meine Familie um mich haben, getröstet werden und zur Ruhe kommen. Aber es gab keinen Platz für mich. Oder auch für Kerstin, die ziemlich ausgepumpt ist durch die Sorge um ihren schrecklichen Vater und um Sofia. Aber Frauen können mehr ertragen, die verlieren nicht so schnell den Mut.«

Jonas nickte und dachte an seine Mutter, und Horner sagte mit plötzlich aufsteigender Wut:

»Und dann haben sie auch noch immer Recht, das macht das Ganze noch schlimmer. Kerstin hat Recht damit, dass wir eine

Verantwortung für Anders haben und so weiter, und so weiter. Mein Gott, Jonas, als Klara, die selbst noch ein Kind war, nach Hause kam, schwanger von einem absolut Geisteskranken, da schlug ich ihr die Abtreibung vor. Aber Klara wollte nicht. Und für Kerstin waren Kinder nach Jans Tod zu einer Art Religion geworden. Also hatte ich keine Chance. Und sie hatten Recht, denn Sofia ist ein wunderbares Kind, sicher in einer Risikozone aus dem offensichtlichen Grund, weil sie so begabt und weltoffen ist. Das ist eine schreckliche Familie, in die du hineinheiraten willst, Jonas.«

»Nicht schlimmer als die meisten«, entgegnete Jonas. »Aber was Anders betrifft, so habe ich mit einigen Kollegen gesprochen, die mit Blindgeborenen gearbeitet haben. Es scheint so, als wenn sie die erste Erfahrung, dass sie anders sind, ungefähr im Alter von fünf Jahren machen. Dann ist es nicht so traumatisch, sondern vor allem ein großes Erstaunen darüber, dass andere etwas auf die Entfernung wissen können. Sie versuchen zu verstehen, sie drücken auf ihre Augen und wundern sich, wieso andere damit etwas machen können. Was im Hinblick auf Anders so interessant ist, ist die Tatsache, dass die wirkliche Einsicht darüber, wie groß die Einbuße ist, oft erst im Alter von zehn, zwölf kommt. In seinem Fall war es dramatisch. Ich glaube, er wird das, was er im Traum sah, nie vergessen können, er erinnert sich offensichtlich an jeden Augenblick und jedes Detail. Die Bilder sind in ihm, und ich kann mir vorstellen, dass sie mit jedem Tag leuchtender werden. Seine Einbuße ist gewaltig, und das weiß er jetzt.«

»Kann man irgendetwas tun?«

»Ich weiß es nicht. Vielleicht würde der Druck etwas leichter, wenn er sich öffnen und darüber sprechen würde. Aber es ist auf jeden Fall eine Einbuße, für die es keinen Trost gibt.«

Horner nickte und dachte an Jan.

Er wechselte das Thema.

»Ich denke gerade an Polansky, einen armen Menschen, den ich heute besucht habe. Er war Matrose auf der *Ocean Seal* und wurde im Persischen Golf krank, bekam Bauchschmerzen. So stark, dass er mit einem Hubschrauber an Land gebracht werden musste. Er liegt hier im Sahlgrenska, auf der Psychiatrischen, ich habe mit ihm gesprochen. Das war schlimm.«

Jonas schenkte Kaffee ein und wartete auf die Fortsetzung. Als sie nicht kam, sagte er:

»Ich denke, du solltest von Anfang an erzählen.«

Horner zögerte, Jonas schwieg und holte ein paar Pfefferkuchen hervor. Schließlich sagte Horner:

»Okay.«

Und dann bekam Jonas die ganze Geschichte zu hören, über die Fahrt in die Kriegszone, das Warten, die Verdunkelung, »fast unmöglich, das würdest du verstehen, wenn du einmal einen Supertanker gesehen hättest«, die Luftabwehr Tag und Nacht über Kharg, die Bomber und den polnischen Matrosen, dem die alten Kriegserinnerungen Bauchschmerzen bereiteten und der sagte, dass seine Krankheit unheilbar sei.

»Als ich ihn hier im Krankenhaus sah, durch Drogen ruhiggestellt, bekam ich Angst. Weißt du, ich wurde nach den Bombern über Kharg genauso krank.«

»Mit Bauchschmerzen?«

»Nein, schlechte Träume. Und im Zusammenhang damit Erinnerungsbilder, ganze Filme. Vor Kharg hatte ich so gut wie keinerlei Kindheitserinnerungen, ich dachte immer, sie wären zusammen mit meiner Familie bei den Bombardierungen ausradiert worden. Aber nun kommen sie nachts, leise und schmerzhaft. Ich dachte, das würde vorbeigehen, wenn ich zu Hause wäre, mit Kerstin reden könnte, aber nein, es geht weiter.«

»Kannst du beschreiben, was du siehst?«

Hans Horner beschrieb eine Szene nach der anderen. Bilder, immer Bilder.

»Stummfilm«, sagte er. »Traurig«, sagte er. »Als ich Polansky sah, bekam ich Angst. Verflucht nochmal, ich will kein Fall für die Psychiatrie werden.«

»Diese Furcht kannst du gleich vergessen«, sagte Jonas. »Im Gegenteil, was du da machst, das klingt ungewöhnlich gesund. Eine Art

Spontananalyse. Es ist aber möglich, dass du ab und zu jemanden brauchst, mit dem du darüber reden kannst.«

»So einen wie dich?«

»Ja, aber nicht mich. Wir sind ja bald miteinander verwandt, das ist nicht so gut. Es gibt andere, ich kann mich drum kümmern, wenn du wieder zurückkommst. Und wenn ich dir einen Rat geben darf: Schreibe deine Träume auf. Aber versuche sie nicht zu interpretieren, lass sie einfach durch dich hindurchfließen.«

»Nicht dagegen ankämpfen und sie nicht beurteilen, meinst du.«

»Ja.«

Es blieb eine Weile still, bevor Horner fortfuhr:

»Ich hatte einen Traum, über den ich die ganze Zeit nachdenke, es war kurz hinter dem Kap. Vielleicht kannst du was damit anfangen.«

Er erzählte von Jan, der auf der Brücke neben ihm stand und etwas Wichtiges zu sagen hatte. Und von seiner eigenen Unfähigkeit, sich daran zu erinnern, was der tote Junge sagte.

»Es schien wichtig zu sein«, sagte er.

»Das war sicher wichtig.«

Weiter kamen sie nicht, es klingelte an der Tür, drei kurze Töne.

»Klara«, flüsterte Jonas.

»Sag nichts.«

Jonas nickte und ging, um die Tür zu öffnen. Es wurde still, Horner saß am Küchentisch und dachte, dass sie sich jetzt küssten, und merkte überrascht, dass er das unangenehm fand. Dann hörte er Klaras Stimme.

»Bevor wir etwas für den Abend planen, muss ich telefonieren. Ich muss unbedingt Papa finden. Er ist irgendwo in Göteborg.«

»Näher als du denkst«, sagte Hans Horner aus der Küchentür, und Jonas konnte sehen, wie Klara strahlte, in Horners Arme flog und fast weinte: »Papa, du darfst nie wieder so abhauen!«

»Jonas«, rief sie. »Du musst mir helfen.«

»Nie im Leben«, sagte Jonas, der wütend über seine eigene Eifersucht war. »Dein Vater ist vollauf in der Lage, seine eigenen Entscheidungen zu treffen.«

»Aber du verstehst ja nicht. Er ist viel zu gutgläubig. Er glaubt an das Versprechen der Reederei, in Dubai abgelöst zu werden. Aber die haben ihn schon öfter angeschmiert. Sie werden bestimmt keinen anderen Skipper besorgen, und dann wird es wieder der Persische Golf und der Krieg.«

»Ich habe ein Flugticket von Dubai für den 27. März«, widersprach Horner. »Und ich werde dieses Flugzeug nehmen, das weiß die Reederei. Wenn sie keinen Ersatzmann stellen, müssen sie den Ersten Steuermann zum Kapitän machen.«

Sie sah erleichtert aus, als sie sagte:

»Außerdem fühle ich mich verlassen. Auf dich bin ich auch böse, Jonas, wegen Amerika. Obwohl ich weiß, dass du nichts dafür kannst, du hast das Stipendium bekommen und musst natürlich die Chance nutzen.«

»Stimmt«, erwiderte Jonas. »Aber jetzt muss ich endlich los und was zum Essen einkaufen. Scheiße, der Laden hat schon zu.«

»Ich lade euch ins Restaurant ein«, schlug Hans Horner vor. »Ich lade euch ein, ich wohne im Parkhotel, dann essen wir dort.«

»Aber lieber Papa, mit dem Pullover kommst du da nicht in den Speisesaal.«

»Du hörst dich an wie deine Mutter«, sagte Hans lachend. »Keine Sorge, ich habe in meiner Tasche im Zimmer eine Jacke. Macht euch auch hübsch, dann nehmen wir ein Taxi.«

31

Der Speisesaal vom Park Aveny schüchterte Jonas ein. Seine Unbeholfenheit wuchs und wurde vom Trotz noch verstärkt: Im nächsten Moment werde ich noch das Messer in den Mund nehmen. Anfangs versuchte er sich damit zu trösten, dass sein dunkler Anzug und sein weißes Hemd sehr viel eleganter waren als Horners Aufzug. Der hatte zwar Hemd, Schlips und Jacke angezogen, aber alles zusammen war zerknittert und altmodisch. Was ihm offensichtlich nicht bewusst war. Seine Sicherheit war selbstverständlich, er bewegte sich wie ein exzentrischer englischer Gentleman und wurde auch wie ein solcher behandelt.

In diesem Moment fielen Jonas die von Bredenaus ein, das adlige Geschlecht mütterlicherseits. Kann das möglich sein, dachte Jonas, dass Horners Sicherheit dort seine Wurzeln hat? Er war doch nur zehn Jahre alt, als seine Familie ausradiert wurde. Und sein eigenes Elternhaus war doch wohl kleinbürgerlich?

Nach einer Weile zeigte der Wein Wirkung, und Jonas fühlte sich endlich wohl. Sie sprachen über Tankerschifffahrt. Klara versuchte die reisenden Ölberge zu beschreiben: »Lege drei Fußballfelder hintereinander«, sagte sie, »und unter Deck ist ein Maschinenraum, größer als eine gotische Kathedrale.«

Hans sprach von seiner gespaltenen Einstellung zu seiner Arbeit: »Wir haben in den letzten Jahren keine einzige Fahrt machen können, ohne dass es Terroristenwarnung gab. Im Golf durften wir nicht mal Schiffbrüchige retten, eine ganz selbstverständliche Sache auf See seit Tausenden von Jahren. Trotzdem gehorchen wir den neuen Regeln, kämpfen uns durch die Wellen, sehen nichts, hören nichts. Denn das Risiko ist da, stell dir nur vor, einen Tanker zu kapern, mit ihm in den Ärmelkanal zu fahren und der Welt damit zu drohen, 350 000 Tonnen Gift ins Meer zu lassen.«

»Das ist doch Wahnsinn«, sagte Jonas, der viel über innere Abscheulichkeiten eines Menschen wusste, aber nur wenig über die äußeren, offensichtlichen.

»Es ist eine einzige Herausforderung. Und eine gewaltige Hybris. Eines Tages wird alles in die Luft fliegen«, fuhr Horner fort.

Er erzählte von der Satellitensteuerung, von den Daten, die alles an Bord bestimmten und die gepflegt werden mussten wie ein Säugling, von der langen Isolierung während der Fahrt, den Alkoholproblemen, den Gegensätzen, der Hierarchie.

»Ein System, das seine Wurzeln in der Segelschifffahrt hat, wurde direkt auf diese hoch entwickelten schwimmenden Fabriken übertragen, die in jeder Hinsicht technische Spezialisten brauchen. Das ist eigentlich absurd«, sagte er.

Jonas war fasziniert.

»Ich möchte das gern mal sehen. Können wir dich nicht morgen zum Schiff bringen?«

»Nein, ich muss schon um sieben an Bord sein und brauche ein wenig Zeit, um Schiff und Leute kennen zu lernen. Wir machen es folgendermaßen: Ich sage der Hafenwache, dass ich Besuch erwarte, und ihr kommt dann so gegen zehn Uhr. Ihr müsst euch ausweisen können. Leider kann ich euch nicht zum Essen einladen, weil wir vor zwölf ablegen sollen, hoffentlich.«

Zum Dessert aßen sie flambierte Bananen. Beim Kaffee sagte Klara, und um genug Mut dafür zu haben, presste sie ihre Knie gegen Jonas':

»Ich wollte dich immer schon etwas fragen, Papa. Ich war es doch, die den Namen Sofia für meine Tochter ausgesucht hat. Warum hast du mir nie gesagt, dass deine Mutter so hieß?«

Jonas schien es, als würde alle Farbe aus Horners Gesicht weichen.

»Als du gesagt hast, sie solle Sofia heißen, war ich so überrascht, dass ich nicht ... ich fand wohl nicht die richtigen Worte. Und sie war ja noch gar nicht geboren, also habe ich mich gedrückt, gedacht, es könnte ja auch ein Junge werden. Später, ja später habe ich es als eine Art Zeichen gesehen, ein Omen. Ich bin nun mal etwas abergläubisch.«

»Ein Omen wofür, Papa?«

Horner stöhnte und warf Jonas einen flehentlichen Blick zu:

»Es klingt nicht sehr vernünftig, aber irgendwie habe ich gedacht, nein, nicht bewusst gedacht, aber jedenfalls wohl für möglich gehalten, dass eine Art Magie in dem Namen sein kann. Ich gebe ja zu, dass das blöd war, aber ich habe deinen Namen ausgesucht, nach meiner Schwester. Und du bist ihr so ähnlich geworden, Klara, irgendwie hast du sogar zu viel von dem mitbekommen, was sie war. Und genauso ist es mit Sofia und meiner Mutter.«

»Aber du hast doch beide geliebt, Papa. Und ich habe immer geglaubt, du würdest deine Mutter bewundern.«

»Das stimmt auch, aber … Das mit den Namen, das ist ja, als wolle man die Toten zurückhalten. Und das kann man nicht.«

»Ich glaube, ich verstehe dich«, sagte Jonas plötzlich. »Das ist, als wolle man den Göttern die Macht nehmen, ohne gleichzeitig ihre Verantwortung zu übernehmen.«

Horner sah ihn nachdenklich an und nickte schließlich. Aber Klara wurde wütend:

»Eure Art zu denken mag ich nicht. Ihr seid ja abergläubisch wie alte Schamanen aus der sibirischen Tundra.«

»Die Wissenschaft hat gesprochen«, sagte Jonas und lachte ihr zu. »Aber die Wissenschaft weiß wenig darüber, was sich auf dem Grund unserer Seelen rührt. Ganz zu schweigen davon, welche Erinnerungen von den langen Wanderungen eines Geschlechts auf der Erde sich in unserem Hirn und in unseren Träumen befinden können.«

»Gleich«, erklärte Klara ihrem Vater, »wird Jonas einen Vortrag über die Archetypen und das kollektive Unbewusste halten. Das dauert mindestens eine Stunde, und es ist schon zwölf, die wollen das Restaurant schließen, und du, Hans Horner, sollst morgen um sechs Uhr aufstehen.«

»Du hast Recht. Aber es ist eigentlich schade, denn ich hätte gern die Vorlesung gehört«, entgegnete Hans. »Hast du kein Buch, das du mir ausleihen kannst?«

»Bestimmt«, antwortete Jonas. »Ich werde es morgen mitbringen.«

Sie trennten sich. Im Taxi zurück nach Masthugget sagte Klara, dass es schön war, dass sie einander mochten, ihr Vater und Jonas.

»Aber eigentlich habe ich mir deshalb nie Sorgen gemacht. Ihr seid euch ziemlich ähnlich.«

»Was du nicht sagst«, wunderte Jonas sich.

»O doch«, betonte Klara, »in allem, was Bedeutung hat, seid ihr euch ähnlich.«

32

Jonas dachte, er wäre vorbereitet gewesen, aber als er das Schwindel erregende Klettern die Leiter hinauf geschafft hatte und über die *Sea Dolphins* schaute, überkam ihn ein Gefühl von Unwirklichkeit. »Mein Gott«, sagte er, und Klara nickte:

»Ja, nicht wahr. Man glaubt, seinen Augen nicht zu trauen, ich auch nicht, obwohl ich ja schon hier gewesen bin.«

Sie nahmen den Fahrstuhl zur Brücke hinauf, wo Horner in seinem sackartigen Pullover stand, umgeben von seinen Untergebenen, ernsthaften Männern in Uniform mit unterschiedlicher Anzahl von Tressen auf den Schultern.

»Lass dich nicht beeindrucken«, flüsterte Klara. »Dieser Pullover hat ihn zu einer Legende gemacht, und er genießt das.«

Jonas lachte, und im gleichen Moment entdeckte Horner sie, kam auf sie zu und umarmte beide. Jonas zuerst, dann Klara. Er stellte sie gewissenhaft allen vor, meine Tochter, mein Schwiegersohn, und nannte dann die Namen aller Männer: Erster Ingenieur Bodner, Erster Steuermann Karsborg ...

Überrascht stellte Jonas fest, dass die Vorstellung der Rangordnung folgte und dass es Horner gelungen war, alle Namen in den wenigen Stunden am Morgen zu lernen. Falls er sie nicht von anderen Reisen bereits kannte.

»Wir sind mit unserem Durchgang noch nicht ganz fertig«, sagte er bedauernd. »Klara kann dir so lange zeigen, wie wir hier wohnen und leben. Ich komme in einer halben Stunde und nehme dich mit in die Maschinenräume.«

Klara führte Jonas herum, Etage für Etage. Papas Wohnraum und Schlafkoje, toll, was? Beim Ersten Steuermann und Ersten Ingenieur sieht es im Großen und Ganzen genauso aus. Die Offiziersmesse, die Mannschaftsmesse, Kino, Tischtennisraum, Pool, Fotolabor, Gymnastikraum, Hobbyraum.

Das Gefühl von Unwirklichkeit wuchs, der Kontrast zwischen der unmenschlichen Blechwelt draußen und dem Luxus drinnen war unfassbar. Die Einrichtung würde selbst seine Mutter ohne weiteres akzeptieren, aufwendig, geschmackvoll, skandinavisch. Es gab reichlich Kunst an den Wänden, die Klara fachmännisch als Schotten bezeichnete, helle, schwedische Gemälde anerkannter Künstler. Der Kinoraum hinterließ einen unauslöschlichen Eindruck bei Jonas, roter Samt, dunkles Mahagoni.

»Ich glaube, das ist einem berühmten Kino in Stockholm nachgebaut«, sagte sie.

Der einzige Raum an Bord, der ihm real erschien, war die große Küche, ausgestattet mit allen erdenklichen Haushaltsgeräten und dem anschließenden Gefrierraum. Jonas hatte schon früher Restaurantküchen gesehen. Sie begrüßten den Koch, einen ganz umgänglichen Mann in den Vierzigern mit der hohen Mütze schräg auf dem Kopf. Er säuberte Fisch, Steinbutt, und bedauerte das verspätete Mittagessen.

»Hier gibts vor vierzehn Uhr kein Essen«, sagte er. »Alle werden vor lauter Hunger schlecht gelaunt sein. Was haben Sie gesagt: Sie sind Horners Tochter? Er ist in Ordnung, oder?«

»Er ist ein ganz prima Vater, das kann ich garantieren«, sagte Klara, und der Koch lachte und sagte, genau das bräuchte man auf so einem Tanker, einen Skipper, der ein prima Vater sei.

Zum Schluss setzten sie sich in Horners Wohnzimmer. Klara holte aus seinem Kühlschrank Bier und hatte es gerade eingeschenkt, als Hans auftauchte.

»Es hat Jonas die Sprache verschlagen«, sagte sie. »Er hat jetzt seit einer halben Stunde seinen Mund nicht mehr geöffnet, und das habe ich noch nie erlebt.«

Horner lächelte, meinte aber, Jonas sollte trotzdem den Maschinenraum und die Brücke sehen.

»Ich kann kaum noch stärker beeindruckt werden, als ich es

schon bin«, bemerkte Jonas und wurde in den Fahrstuhl platziert, der sechs Stockwerke in die Tiefe fuhr. Viel verstand er nicht von den Erklärungen, die der Erste Ingenieur und Horner ihm gaben; er fühlte Angst und Bewunderung den Männern gegenüber, die sich zwischen Computern und den gewaltigen Maschinen so heimisch fühlten.

Sie beendeten ihre lange Wanderung auf der Kommandobrücke, und schauten von dort auf die drei Fußballfelder.

»Hier steht man also«, sagte Horner. »Ganze Nächte mitunter, wenn es kritisch ist. Wie jetzt, wenn wir durch den Ärmelkanal fahren. Das ist ein Albtraum für einen Tankerkapitän.«

Jonas nickte. Horner fuhr fort:

»Früher habe ich geglaubt, das alles hätte einen Sinn, welchen auch immer. Es wäre irgendwie von Bedeutung. Aber jetzt frage ich mich immer öfter, was in Gottes Namen ich hier eigentlich tue, was für ein Leben ich führe.«

»Wann kam diese Veränderung?«

»Ich weiß nicht. So vieles veränderte sich, als Jan starb, die Einschätzungen, der Glaube an die Zukunft, na, du verstehst schon.«

»Habt ihr hier in deinem Traum gestanden?«

Horner nickte, und Jonas sagte, dass er über den Traum nachgedacht habe, er werde Hans schreiben. Und wenn er den vollständigen Namen von Polansky bekäme, würde er nach ihm sehen und sich ein wenig informieren.

»Das ist wirklich nett von dir.«

Wieder in der Kajüte zurück, tauschten sie ihre Adressen aus, Jonas übergab Hans ein paar Bücher über und von Jung, und Hans sagte:

»So, jetzt sieh zu, dass du sie an Land kriegst, bei mir in der Familie kann keiner lange Abschiede vertragen.«

Als sie den Landgang hinuntergeklettert waren, weinte Klara; jedes Mal sei es gleich schlimm, meinte sie. Jonas lieh ihr ein Taschentuch, schnallte den Autogurt um sie fest und fuhr in die Stadt. Sie aßen ein einfaches Mahl in Jonas' Küche, beide waren müde, erschöpft.

Sie trösteten einander, wie Liebende es zu tun pflegen und fühlten sich miteinander wohl, lange und voller Genuss. Hinterher schlief Klara ein, während Jonas wach liegen blieb, besessen von dem Gedanken: O Scheiße, was für eine unmenschliche Verantwortung.

33

Am Abend des 26. März ging Horner in Dubai an Land, wie abgemacht worden war. Dort, im Büro des Reedereibevollmächtigten, wartete die Post. Der Brief mit den meisten Briefmarken hatte einen amerikanischen Stempel. Er spürte eine unerwartete Erregung, öffnete ihn sofort und las:

»Ich habe lange über deinen Traum nachgedacht. Wenn du die Bücher gelesen hast, die ich dir geliehen habe, weißt du, dass Traumdeutung eine komplizierte Sache ist und dass der Einzige, der mit Gewissheit sagen kann, ob eine Deutung stimmt, der Träumende selbst ist.

Wenn ich mich jetzt also an einer Deutung versuche, musst du dich gefühlsmäßig darauf einstellen, dass du allein entscheiden kannst, ob in meiner Beurteilung etwas an Sinn steckt. Wenn sie dir albern oder falsch erscheint, lach ruhig drüber und wirf den Brief weg. Aber wenn du dich auch nur im Geringsten verstanden fühlst, dann – ja, bitte schön.

Dieser Brief ist also sehr, sehr unprofessionell, kein verantwortungsbewusster Arzt oder Psychologe würde sich an so eine Geschichte per Brief wagen. Aber du bist ja nicht mein Patient, sondern mein Freund, und die Verhältnisse sind so kompliziert mit uns beiden auf den entgegengesetzten Hälften der Erdkugel. Dass ich mich überhaupt traue zu schreiben, liegt nur an einigen sonderbaren Zufällen während meines einsamen Fernsehabends gestern.

Hier gibt es ja unglaublich viele Kanäle, zwischen denen man aussuchen kann. Gestern sah ich zuerst in einem Nachrichtenprogramm entsetzliche Bilder eines brennenden Tankers, der im Persischen Golf von einer Missile getroffen wurde. Mein Herz begann zu flattern, als gesagt wurde, es handele sich um ein schwedisches Schiff, das erst vor kurzem an eine Schweizer Reederei verkauft worden war. Kurz danach schaltete ich zu einem anderen Sender, in dem ein Film über den Zweiten Weltkrieg gezeigt wurde, das Übliche, du weißt schon, mit den Helden in den Bombern, die deutsche Städte in brennende Höllen verwandelten.

Und da ist mir die Idee gekommen, eine mögliche Antwort auf die Frage, was der tote Jan seinem Papa zu sagen hatte. Mir kam die Idee, dass Hans Horner auf unbewusster Ebene einen Pakt mit dem Teufel eingegangen ist, ein logischer Pakt für einen Zehnjährigen, der Hamburg brennen sah. Und der heimat- und elternlos wurde.

Glaube jetzt nur nicht, das sei ›krank‹ oder unnormal. Die meisten rationalen Zeitgenossen schließen magische Abmachungen, um die Mächte zu beschwören und das Schicksal zu beeinflussen.

Soweit ich verstanden habe, hattest du gar keine Zeit, die Trauer und den Schock zu verarbeiten, beides verschwand gemeinsam mit der Erinnerung an deine Kindheit im Unterbewussten. Und so wurde dieser Zehnjährige zurückgelassen, als der erwachsene Hans sich verheiratete und eine neue Familie bekam. Er machte mit dem Teufel aus, dass er alle Risiken auf sich nehmen, mit gefährlicher, leicht brennbarer Fracht um die Welt fahren würde. Dafür würde seine Familie frei sein, glücklich in einer beschützten Ecke der Welt leben können.

Dann verunglückte eines der Kinder, der Teufel brach den Pakt, und der ganze Sinn dieser gefährlichen Fahrten war dahin.

Wie gesagt, take it or leave it. Aber schicke ein Telegramm an den beunruhigten Jonas.«

Hans Horner blieb lange mit dem Brief in den Händen sitzen und bemerkte plötzlich überrascht, dass seine Finger, die das Luftpostpapier hielten, zitterten; er versuchte sich zusammenzureißen, als der freundliche arabische Mittelsmann sagte:

»Schlechte Nachrichten, Käpt'n?«

»Nein, eigentlich nicht.«

Er bekam eine Tasse starken Kaffee, der klärte die Gedanken. Schließlich war er in der Lage, ein Telegramm aufzugeben: »Treffer. Verflucht, was mache ich jetzt mit dem Teufel? Antwort nach Östmora.«

Er war dankbar für die lange Flugzeit, dass er viele Stunden zur Verfügung hatte, um nachzudenken und zu überlegen, Dinge zusammenzubringen und zu versuchen, etwas zu verstehen. Am Flughafen Arlanda stand Kerstin, ihre Selbstsicherheit übertrug sich auf ihn.

Aber sie sagte, dass er schrecklich blass aussehe, und er antwortete, dass er mit ihr reden müsste, dass Sofia und Klara mit dem Begrüßungsessen eine Weile warten müssten. Sie nickte, und während er auf seine Tasche wartete, rief sie zu Hause an und sagte, dass sie sich verspäten würden.

Sie fuhr zu den alten Befestigungen am Meer, einige Meilen südlich von Östmora, magere Kiefern und hohe Klippen mit weiter Sicht aufs Meer. Dort blieben sie im Auto sitzen, das Wasser war märzblau mit langen Schatten und eiskalten Böen.

Ob er ein Telegramm aus Amerika bekommen habe? Ja, es lag im Handschuhfach, es war heute Morgen gekommen.

Er riss das Telegramm auf, begann zu lachen.

»Was steht drin?«

»Lies selbst.«

Sie las laut: »Stich mit dem Messer auf ihn ein. Das tut nicht weh, er ist schon tot.«

»Ist das eine Art Scherz, den nur ihr beide versteht?«

»Nein, Kerstin. Das ist tödlicher Ernst«, entgegnete Hans Horner. Sie hörte, wie seine Stimme brach, und sah, dass er weinte. Er versuchte zu reden, aber das war nicht einfach. Sie holte ein Taschentuch heraus. Er gab ihr den langen Brief von Jonas.

Sie las ihn langsam durch. Dann sah sie Hans an und sagte mit großer Verwunderung, dass das doch seltsam sei.

»Ich habe nämlich auch lernen müssen, dass ich in einem kindlichen Pakt mit einer magischen Macht gefangen war. Obwohl der bei mir wehtut, sie ist alles andere als tot.«

Mitten in aller Betroffenheit musste sie lachen, als sie sagte, dass sie nicht den Teufel verdächtigte, ihr Auftraggeber nämlich im Gegenteil die Gottheit selbst war. »Aber vielleicht ist das ja die gleiche Macht«, sagte sie, und ihr Lachen war dem Weinen nahe.

»Ich glaube, ich fange an zu verstehen«, sagte er. »Hans musste auf große Fahrt gehen, und Kerstin musste lieb sein. Dann würde alles im Leben gut gehen.«

V

34

Während Hans Horner mit der *Sea Dolphin* nach Dubai fuhr, geschah viel in Östmora. Die Post wurde ausgeraubt, die Pfarrersfrau wurde krank – das waren die Nerven, sagten die Leute –, die Missionsgemeinde bildete gemeinsam mit der evangelischen Staatskirche einen Chor, und die Fünfzehnjährigen in Kerstins Klasse bekamen Mopeds und rasten wie die Hooligans durch den Ort. Und dann kam der Frühling.

Er schlich sich wie immer heran, unentschlossen machte er zwei Schritte vor und einen zurück. Blumen und Vögel waren der Meinung, dieses Zögern sei vollkommen unbegründet, da der Frühling in diesem Jahr nur wenig Widerstand zu überwinden hatte, kein Frost im Boden, und Schnee lag nur noch auf den Nordabhängen.

»Ich glaube, er ist feige«, sagte Sofia.

Aber Kerstin war nicht ihrer Meinung, sie fand es gut, dass der Frühling vorsichtig war und nicht die Bäume zum Knospen verlockte. »Auch dieses Jahr ist das Meer hier an der Küste kalt, wie jedes Jahr«, sagte sie. »Und solange das Eis von Norra Kvarken nach Süden getrieben wird, kann man sich nicht auf die Märzsonne verlassen.«

Sie machten lange Spaziergänge in den Feldern um Östmora. Nach dem Besuch bei dem Alten auf dem Berg streiften sie jeden Tag zusammen an den Stränden entlang. Oft suchten sie sich die hoch gelegenen Wiesen aus, auf denen die Urzeitmenschen ihr Steinschiff errichtet hatten und wo das Wunder in der Kirche seinen Ursprung gehabt hatte. Es war noch zu früh für die wilden Stiefmütterchen, aber eines Tages sah Sofia die ersten Leberblümchen unter den alten Blättern hervorlugen. Und nur eine Woche später leuchteten die trotzigen kleinen Sonnen des Huflattichs auf den größten Felsen an den Südhängen.

Kerstin erzählte das Wenige, was man über die alten Steinschiffe wusste. Das größte und gewaltigste befand sich in Kåseberga, genau da, wo Schweden zu Ende ist, erklärte sie. Dort war der Häuptling begraben worden, sodass er meilenweit übers Meer schauen konnte.

»Falls es sich um ein Grab handelt.«

»Ich glaube, es ist eine Kirche«, sagte Sofia.

»Keine Kirche, es waren keine Christen. Aber du kannst trotzdem Recht haben. Vielleicht errichtete man die Steine an heiligen Orten, um die Himmelskörper zu studieren und den Göttern zu opfern.«

»Natürlich war es so, das weißt du genau«, sagte Sofia, und dann mussten beide lachen und sagten gleichzeitig: Auseinander halten!

Kerstin saß im Windschatten in der Sonne hinter dem großen Stein, sie hatte Hans' großen Dufflecoat an und fühlte plötzlich, wie warm ihr war. Und wie müde sie war. Sie blinzelte in die Sonne, schloss die Augen und schlief ein, und Sofia lächelte den Mann an, der mit einem großen Bärenfell über den Schultern über die Wiese auf sie zu kam. Als er herangekommen war, nahm er seine Kappe ab, seine Augen waren blau wie der Frühlingshimmel, als sein Blick ihren traf. Er grüßte mit einer Verbeugung, und Sofia verneigte sich ebenfalls, feierlich und gut gelaunt.

»Du bist weit gegangen«, sagte sie.

»Ja, sehr weit. Ich komme von Westen her, und ich bleibe über Nacht hier, um den Abstand zwischen den Sternen zu vermessen.«

»Bist du oft hier?«

»Viermal im Jahr. Das letzte Mal kam ich zur Wintersonnenwende. Und heute ist die Frühlings-Tagundnachtgleiche.«

Kerstin bewegte sich leicht, schüttelte sich ein wenig und sagte: »Ich glaube, ich bin für eine Weile in der Sonne eingeschlafen.«

Sofia drehte sich nicht um, sie stand regungslos da und sah den Bärenfellmann in dem blauen Dämmerlicht verschwinden. Dann nahm sie Kerstin bei der Hand und begann mit dem Bergabstieg.

»Heute ist Frühlings-Tagundnachtgleiche. Was bedeutet das?«
Kerstin erklärte es ihr. Sofia hörte zu und fragte dann:
»Ist das viermal im Jahr?«
»Nein, zweimal. Es gibt einen Tag im Herbst, an dem sich das Jahr der Dunkelheit zuwendet. Und dann einen Tag, an dem die Dunkelheit besiegt wird. Ab jetzt werden die Tage länger sein als die Nächte.«
Sofia sah besorgt aus, als sie sagte:
»Aber es muss noch zwei andere geben, Oma.«
»Ja, natürlich, die Wintersonnenwende kurz vor Weihnachten und die Sommersonnenwende zur Mittsommernacht. Wenn wir zu Hause sind, können wir uns Hans' Globus angucken, damit du das besser verstehst.«

Daheim in der Küche drehte Kerstin den Globus, und Sofia nickte und versicherte ihr, dass sie verstehe. Aber sie war unaufmerksam, und Kerstin dachte, dass das Mädchen noch zu klein und die ganze Geschichte zu technisch und zu kompliziert sei. Sie aßen zu Abend, und dann wollte Sofia ins Bett gehen. Sie wollte früh einschlafen, sagte sie, und Kerstin, die wusste, was das bedeutete, wurde unruhig.
»Wenn die Leute sagen, sie wollten die Sache nochmal überschlafen, dann ist das eigentlich nur ein Sprichwort. Aber du machst das ... wirklich. Worüber musst du jetzt nachdenken?«
»Geheimnis«, sagte Sofia, trank ihre Milch aus und verschwand die Treppe hinauf in ihrem Zimmer.
»Vergiss nicht, dir die Zähne zu putzen«, rief Kerstin nach einer Weile.
»Schon gemacht. Oma, wo ist mein alter Teddy?«
»Im Schrank neben dem Bett. Ich will nur abdecken, dann komme ich.«
Aber als Kerstin kam, um sie noch einmal einzuwickeln und Gute Nacht zu sagen, schlief das Mädchen bereits, den alten Teddy dicht an die Brust gedrückt.

Sofia wachte um drei Uhr nachts auf, wie sie geplant hatte, zufrieden mit ihren Träumen. Jetzt musste sie darüber nachdenken. Sie schaute ihren Teddy an, schnaubte und warf ihn auf den Boden. Der Mann, den sie getroffen hatte, war nett gewesen, aber er war nicht gekommen, um sie zu trösten.

Frühlings-Tagundnachtgleiche. Sie kicherte leise, als sie daran dachte, dass er Omas Globus sicher albern gefunden hätte, genau wie all ihre Erklärungen. Seine Erde war keine Kugel, sie bestand aus endlosen Feldern, die sich unter der Sonne und den Sternen ausbreiteten.

Ich hätte ihn fragen sollen, warum er sich mir gezeigt hat, dachte sie. Warum habe ich das nur nicht getan?

Sie schloss die Augen und sank zurück gegen das Steinschiff auf dem Berg, in jenen Augenblick, als die Sonne untergehen wollte und ihre Oma schlief. Sie konnte ihn auf sich zukommen sehen und stellte ihre Frage, aber er antwortete nicht, lachte nur, und sie begriff, dass es dafür keine Worte gab, aber dass die Antwort mit dem Wunder in der Kirche zusammenhing.

Merkwürdig, dachte sie. Das Wunder hat eigentlich nur Unglück gebracht. Nein, nicht nur, denn es war doch unglaublich toll, dass der Pfarrer Gott hatte lachen hören. Aber Anders ...

Dann dachte sie an Anders und an das, was Anfang der Woche geschehen war, am Montag. Da hatte sein Arzt Oma angerufen und gefragt, ob Sofia und sie zu ihm kommen könnten. Anders wollte etwas fragen, was nur Sofia wusste.

Oma war unruhig geworden.

Aber sie waren nach Uppsala gefahren und hatten bei dem Arzt zur verabredeten Zeit geklingelt. Anders wartete dort auf sie, und es ging ihm besser, er war nicht fröhlicher, aber ruhiger. Es hatte etwas Merkwürdiges in der Luft gelegen, als Oma und der Doktor sich begrüßt hatten, als hätten beide Angst. Aber Sofia hatte keine Zeit, darüber nachzudenken, denn sie musste Anders genau ansehen.

Dann hatte der Arzt davon geredet, dass Sofia am Heiligabend, als sie mit Anders auf den Klippen gesessen hatten, wo das Boot fast auf Grund gelaufen wäre, etwas zu Anders gesagt habe. Der Doktor meinte, das, was Sofia gesagt hatte, sei wichtig, weil es in einem Traum wieder aufgetaucht sei. Aber Anders hatte den Traum wie auch das Gespräch vergessen. Ob sie sich erinnern könnte?

»Ihr müsst einen Augenblick warten«, hatte Sofia gesagt und sich verhalten wie immer, die Augen geschlossen und war in der Zeit zurückgewandert. Das war einfacher als üblich, weil es so eine schreckliche Zeit gewesen war, in gewisser Weise so gefährlich. Sie warf Kerstin einen Blick zu: Auseinander halten. Und dann sagte sie, dass sie das Zusammenträumen lange trainiert hatten und dass sie einmal Anders' Traum vom Engel geträumt hätte.

»Ich habe Anders gesagt, dass ich Angst vor seinem Traum hatte. Genau wie er vor meinem. Denn sein Engel war groß und irgendwie fließend. Aber das ging dann vorbei, die Angst, meine ich. Weil er nämlich so wunderbare Flügel hatte. Sie waren wie aus Seide. Und sie rochen so gut und wiegten mich sanft hin und her. Aber das Schönste war, dass es Musik gab, dass der Engel Geige spielte. Anders meint, er spielt etwas, was dieser Haydn sich ausgedacht hat, aber das stimmt nicht, es war viel schöner.«

Der Arzt sah zufrieden aus, aber viel schöner war, dass Anders so, ja, fast glücklich wurde. Weder sie noch ihre Oma hatten verstanden, was eigentlich geschehen war, aber sie verabschiedeten sich, und auf dem Heimweg im Auto hatte Sofia gesagt:

»Glaubst du, dass dieser merkwürdige Engel Anders' Schutzengel ist? Dass er es war, der Hans damals geholfen hat, als all das Schreckliche fast passiert wäre?«

Und Kerstin hatte geantwortet, dass das sicher nicht unmöglich war. »Wir wissen ja so wenig«, hatte sie gesagt, »wir wissen ja nicht, wie und warum Sachen und Dinge geschehen.«

Sofia war ihrer Meinung gewesen, hatte dabei aber gemerkt, dass Kerstin nicht an Anders und seinen Engel dachte, sondern an den Arzt, und warum sie ihn wieder getroffen hatte. Sie hatten sich schon früher gesehen, da war sich Sofia ganz sicher.

Als Kerstin sich am nächsten Morgen in Sofias Zimmer schlich, schlief diese ruhig.

»Schule, mein Mädchen. Komm frühstücken.«

»Oma«, fragte Sofia über ihrem Frühstück, »kannst du mir erklären, warum es in der Schule so langweilig sein muss?«

»Nein, das kann ich nicht. Obwohl ich über diese Frage mein ganzes Leben lang nachgedacht habe.«

Das Mädchen war über die Antwort so verblüfft, dass ihr fast die Müsliflocken in die Luftröhre kamen, aber im gleichen Augenblick klingelte das Telefon, und Kerstin sagte unruhig:

»Mein Gott, lass es nur nicht Hans sein, der beschlossen hat, mit nach Kharg zu fahren.«

Aber dem war nicht so, das erkannte Sofia an Kerstins höflicher Stimme; das sei nett, ja, natürlich, herzlich willkommen.

Dann legte sie den Hörer auf und sagte, das sei Doktor Stenström gewesen; Anders gehe es so gut, dass er das Krankenhaus verlassen könne, und der Doktor und Anders wollten sie am Nachmittag besuchen. Zusammen mit Katarina.

»Er ist nicht krank, wie Klara und Jonas befürchtet hatten. Er war nur ganz schrecklich verzweifelt«, sagte Kerstin.

Im Auto auf dem Weg zur Schule verabredeten sie, dass Sofia auf dem Heimweg in der Konditorei Kuchen kaufen sollte. Vielleicht würde sie es auch noch schaffen, die gröbste Unordnung zu beseitigen. Kerstin selbst hatte erst um halb vier Schluss, und der Arzt wollte um vier kommen.

»Verlass dich auf mich«, sagte Sofia, und Kerstin dachte, dass Sofia schon in vielerlei Hinsicht eine merkwürdige Zehnjährige war. Sie konnte wirklich sauber machen. Natürlich nicht so, dass es übertrieben sauber war. Aber schön, mit Blumen und allem an seinem Platz.

35

Der Doktor kam allein, pünktlich mit dem Glockenschlag. Anders und Katarina würden später kommen, der Junge wollte zunächst eine Weile in seinem Zimmer bleiben, um seinen Kassettenrecorder zu hören, sein Kurzwellenradio und seinen neuen CD-Player.

Der Arzt log, sah Sofia. Aber das machte nichts, sie mochte ihn dennoch, vor allem die alten Augen mit den vielen Lachfältchen drum herum. Als er seine Tasse Tee auf der Veranda bekommen hatte, die Aussicht bewundert und den ersten Haferkeks probiert hatte, sagte er, dass Sofia mit ihrem Bericht über den Engel eine große Hilfe gewesen sei. Es habe dem Jungen geholfen, sich daran zu erinnern, dass er eine eigene Welt hatte, die auf anderen Begriffen als den unseren aufgebaut war. »Die Blinden«, sagte er, »nutzen alte Signalsysteme, die wir nie trainiert haben.«

»Was sind das für Signale?«

Sofia war so interessiert, dass sie ihre Frage laut rief. Aber er war unverändert freundlich:

»Welche, die die Nase, die Ohren und nicht zuletzt die Haut aufnehmen kann. Sie riechen die Gefühle von Menschen, denn wer Angst oder Wut verspürt, sondert einen Geruch ab. Sie wenden ihr Gesicht einer Wand oder einem Baum zu und spüren so den Druck und hören das Echo. Wir denken nie daran, dass jeder Raum seine Geräusche hat, die von der Entfernung und dem Inhalt abhängig sind. Aber die Blinden wissen das. Ich glaube nicht, dass sie viel darüber nachdenken, sie lernen das einfach ganz natürlich und wenden diese Fähigkeiten vollkommen automatisch an.

Ihre Welt baut sich auf aus Geräuschen und Gerüchen, Berührungen und Bewegungen«, sagte er.

Als Sofia von dem Engel erzählte, habe sie damit diese Wirklichkeit wieder errichtet. Jetzt wisse Anders, dass er sie entwickeln musste.

»Das war tüchtig, dass du dich so gut erinnern konntest.«

»Dann ist er also nicht mehr böse auf mich?«

»Na ja, er ist eigentlich nicht böse. Er hat Angst vor dir. Aber ich glaube, das geht vorüber, wenn du deine Phantasie in Schach halten kannst.«

»Auseinander halten«, sagte Sofia und sah Kerstin an. Ihr Mund zitterte, und sie war kurz vorm Weinen, aber der alte Arzt strich ihr übers Haar und sagte, dass das sowieso irgendwann geschehen musste, dass alle blind geborenen Kinder verzweifeln würden, wenn sie begriffen, wie groß ihre Behinderung war.

»Gewöhnlicherweise geschieht das ja nicht mittels eines Wunders«, sagte er und lachte kurz auf. »Üblicherweise kommt die Erkenntnis im Mopedalter, wenn sie begreifen, dass sie niemals Moped oder Auto werden fahren können.«

»Ist das denn so schrecklich?«, fragte Sofia ironisch, aber im nächsten Moment klingelte es an der Tür. Katarina hatte einen großen Strauß Tulpen dabei, und der Arzt sah überrascht, dass Kerstin feuchte Augen bekam, als sie ihre Nase in die Blumen senkte und sich bedankte.

»Eine Vase, eine große Vase, Sofia«, sagte Kerstin und umarmte Anders. Sofia verschwand, Anders beeilte sich zu sagen, er wolle sich dafür entschuldigen, dass er die Ferien gestört hatte.

»Kapitän Horner ist bestimmt sauer auf mich«, sagte er.

»Ach was«, entgegnete Sofia, die mit der Vase zurückkam. »Er ist nie länger als eine Viertelstunde wütend.«

»Nun übertreibst du aber, wie immer.«

»Na gut, dann eben eine halbe Stunde.«

Kerstin, die immer noch den Jungen im Arm hielt, gab ihm einen leichten Kuss auf die Wange, lachte mit den anderen und sagte:

»Das stimmt wirklich, Anders. Und außerdem war er in erster Linie auf sich selbst wütend.«

»Warum das?«

»Ich glaube, das lag daran, weil er solche Probleme hatte, alles zu verstehen. Wenn Hans Horner etwas nicht kapiert, wird er wütend, so eine Viertelstunde lang. Danach akzeptiert er, dass er ein Idiot ist. Er kommt in einer Woche heim, dann kannst du herkommen und mit ihm reden.«

Kerstin servierte den Tee. Als alle saßen, sagte der Doktor, dass sie gekommen waren, um über Anders und die Schule zu sprechen. Wie sie wüssten, wurden es ja immer weniger Schulkinder in Tomteboda, die sehbehinderten Kinder sollten in normale Schulen gehen, so war der Trend. Anders und er hatten lange darüber gesprochen und waren zu dem Entschluss gekommen, dass es für den Jungen das Beste sei, wenn er bei seinen Eltern wohnen und zu Hause Freunde finden könnte. Ob Frau Horner glaubte, dass die Östmora-Schule für Anders geeignet sei?

Dann sprachen der Arzt und die Lehrerin über Extraressourcen, über die Ausbildung der Lehrer, über die spezielle Pädagogik, die gefordert war, über Punktschreibmaschinen und Landkarten und anderes, was die Schule besorgen müsste. Kerstin wurde immer eifriger, aber gleichzeitig auch beunruhigt:

»Die Schule in Östmora ist nicht besser als andere. Überall sind die Kinder nervöser als früher. Wir haben große Probleme mit Mobbing und mit Kindern, die einfach rücksichtslos sind. Kinder sind ja immer egozentrisch, das sollen sie auch sein, das ist ganz natürlich. Aber heutzutage sind sie so anstrengend, ohne Regeln. Und es gefällt dir doch in Tomteboda, Anders?«

Anders lächelte schief und dachte, wie wenig sie doch begriff, diese Kerstin Horner. Er könnte ihr viel von der Heimmutter erzählen, die einen an den Haaren zupfte und verhöhnte. Und über die alten Tanten, die eisenhart auf Disziplin und Ordnung bedacht waren und die wahnsinnig wurden, wenn ein Schüler traurig war und weinte. Und über die Kameraden, die ... Red du nur über Mobbing, dachte er. Aber laut sagte er:

»Doch. Es ist da sicher ... ganz okay. Aber ich muss ja irgendwann auch unter die Normalen kommen.«

Und Stenström sagte, dass Frau Horner sicher eine ganze Menge über die Probleme wüsste, die in allen Internaten entstünden. Und dann fuhr er äußerst entschieden fort, indem er erklärte, Anders sei ein ganz gewöhnlicher Junge, der ganz normale Kameraden brauche und eine gewöhnliche Schule, und Kerstin und Katarina nickten einander zu und dachten beide, dass es sicher schwer werden würde, aber vielleicht doch das Richtige sei.

Nur Sofia freute sich ohne Einschränkungen:

»Dann kannst du im Kirchenchor mitsingen«, sagte sie triumphierend. »Der Pfarrer, du weißt, unser Pfarrer, ist dabei, einen großen Chor zusammen mit dem Pfarrer von deinem Vater zu organisieren, und die brauchen jemanden, der Knaben ...-Opern singt, oder wie heißt das, Oma?«

»Knaben-Sopran.«

»Ja, genau.«

Der Doktor horchte auf. Der Pfarrer, das war doch dieser Holmgren, der Arzt hatte seine Predigt gelesen, und sie hatte ihm gefallen.

»Wir können zu ihm rüberlaufen und ihn fragen«, sagte Sofia, und Anders nickte, doch, das würde er gern versuchen.

Aber in allererster Linie wollte er den Pfarrer mit den glücklichen Augen treffen.

Als die Kinder fort waren, erzählte Kerstin, dass Holmgren den Chor für Anders organisierte, für ihn nahm er diese ganze schwierige Zusammenarbeit mit der Missionskirche auf sich. Er würde also überglücklich sein. Der Arzt sagte, dass er gern mit dem Pfarrer und dem Kantor reden würde, und Kerstin versprach, das zu vermitteln.

Katarina hatte wie üblich still dabeigesessen, aber jetzt sammelte sie ihren ganzen Mut und fragte:

»Hat Anders Ihnen erzählt, welche Beziehung er zu seinem Vater hat? Berglund sieht den Jungen als Gottes Strafe an, und das hat Anders zu hören bekommen, seit er klein war. Und jetzt, nach dem Selbstmordversuch, ist es noch schlimmer geworden. Für Berglund ist Selbstmord eine Todsünde.«

Katarina war aufgewühlt, aber der Arzt erwiderte nur ruhig, dass er Bescheid wisse. Dass Anders ihm alles erzählt habe.

»Das ist raus, und das ist gut so«, sagte er. »Gibt es hier im Ort jemanden, vor dem Berglund Respekt hat und der mit ihm einmal reden könnte?«

»Das wäre nur der Missionspfarrer«, sagte Katarina. »Aber er hat das schon gemacht, wie oft ist er im Laufe des Jahres zu uns gekommen und hat Berglund die Leviten gelesen, immer, wenn ich total verzweifelt war und ihn angerufen habe. Das hilft nichts. Der Pfarrer hat seinen Glauben, ich habe meinen, sagt Berglund. Ich drohe dann jedes Mal mit Scheidung, aber das ist nicht so einfach, denn ich weiß ja, dass die Scham ihn umbringen würde.«

Kerstin saß stumm da, das hatte sie nicht gewusst. Ihr war klar gewesen, dass Katarina es zeitweise nicht einfach mit ihrem Mann hatte. Aber dass er den Jungen quälte, nein!

Auch der Arzt wusste keine Worte des Trosts, er sagte nur: »Mein Gott, was für einen Gott einige doch haben!«

Als Stenström schließlich aufbrach, erklärte er Katarina, es sei weiterhin wichtig, dass Anders die zwei Tabletten täglich nehme, denn der Junge sei immer noch nicht aus der Risikozone. Und sie solle sofort anrufen, wenn es ein Problem gab. Zu Kerstin sagte er, dass sie sich doch noch von früher kannten und er sie gern wieder sehen würde.

»Ich bin jetzt pensioniert«, sagte er. »Ich nehme nur noch wenige Patienten an und habe viel Zeit. Also überlegen Sie es sich und rufen Sie mich gern an.«

36

Kerstin hatte in der folgenden Nacht Probleme, einzuschlafen. Ihre Gedanken wanderten immer wieder zu Anders und seinem Vater. Und dann war noch die Unruhe wegen Sofia. Meinte Stenström, dass das Mädchen psychiatrische Hilfe brauchte?

In der ersten Pause rief sie ihn an, er freute sich, machte sich aber Gedanken wegen ihrer Frage. Vielleicht hatte er sich etwas unvorsichtig ausgedrückt; nach allem, was er gesehen hatte, war Sofia eine offene, nicht sehr kindliche Zehnjährige. Aber ihre besondere mediale Begabung wies darauf hin, dass sie verwundbar war, besonders jetzt, wo sie begriffen hatte, dass sie anders war.

Er lachte etwas geniert, als er sagte, seine eigene Neugier spiele bei seinem Angebot sicher auch eine Rolle. Er hatte die Teile zusammengefügt, und ihm war einiges klar geworden. Und er erinnerte sich schließlich an den Vater des Mädchens, der auch eine ungewöhnliche Begabung gewesen war.

»Deshalb hatte ich die Idee, dass Sie vielleicht jemanden brauchen, mit dem Sie reden können«, sagte er.

»Ich komme«, sagte Kerstin, überrascht darüber, dass sie selbst es auch gern wollte. Sie machten eine Zeit aus, 14 Uhr am gleichen Tag. Sie tauschte ihre Nachmittagsstunden mit einer Kollegin, suchte Sofia und sagte ihr rundheraus, dass sie zu einer ärztlichen Untersuchung nach Uppsala fahre.

»Zu Stenström«, sagte Sofia. »Das ist gut, denn ihr habt was gemeinsam.« Kerstin gelang es zu lachen, als sie sagte, es sei ungerecht, dass Sofia so viele Geheimnisse habe, sie selbst aber nie eins haben durfte.

»Das stimmt«, nickte Sofia. »Daran habe ich nie gedacht.«

Dann saß Kerstin also Stenström gegenüber und sagte, wie sie es sich im Auto zurechtgelegt hatte, dass sie sich fast immer um Sofia Sorgen machte und dass es jetzt, nach dem Wunder in der Kirche, noch schlimmer geworden war.

»Sie hat das zweifache Erbe«, sagte sie und erzählte von Klara, die ihre Wirklichkeit in Johannes' eigentümlichen Gemälden bestätigt gefunden hatte. Es gelang ihr auch, ihm zu sagen, dass er ihnen bei dem Treffen in Ulleråker sehr geholfen habe, dass sie und auch ihr Mann sehr oft an das gedacht hatten, was er damals gesagt habe.

Aber dann kam sie nicht weiter, weil sie weinen musste. Ein nicht aufzuhaltendes Weinen. Das war peinlich, sie tat ihr Bestes, um das Weinen zu stoppen, aber es lag nicht in ihrer Macht.

Stenström sagte nicht viel, er reichte ihr eine Packung Papiertaschentücher und summte. Es gab so viel Wärme in diesem Summen, dass ihr Weinen zum Schreien wurde. Kerstin schämte sich, mein Gott, wie sie sich schämte. Nach einer Stunde ebbte das Weinen ab, und der Doktor sagte: »Jetzt brauche ich ein paar Fakten, und dann werde ich Sie krankschreiben, Frau Horner. Sie brauchen Ruhe und müssen versuchen, an sich selbst zu denken.«

Da erzählte sie vom Lotsen, von der ganzen schwierigen Situation mit dem Alten auf dem Berg, der sich weigerte zu sterben, sondern stattdessen ihr das Leben aussog. Und von Hans und seinen Träumen aus dem Krieg. Und von Klara, die sich nach ihrem Kind sehnte, aber keinen Weg zu Sofia fand. Und zum Schluss das Allerschlimmste, dass Klara ihr Sofia wegnehmen könnte, wann immer es ihr behagte. Wie jetzt, wo sie heiraten wollte.

Stenström summte wieder und schüttelte den Kopf. Dann erfuhr er, wie Klaras Psychose behandelt wurde, und Kerstin bekam einen neuen Termin, bereits zwei Tage später. Er nahm eine Blutprobe, die er analysieren lassen wollte, und schrieb auf die Krankschreibung: »Überanstrengung«, gab ihr die Hand und sagte: »Dann bis Donnerstag um zehn.«

Als Kerstin heimfuhr, war sie sonderbar erleichtert. Aber der Arzt ging zu seiner Frau, die Bildhauerin war und einen großen Raum auf dem Dachboden des alten Hauses gemietet hatte:

»Frauen sind nicht recht gescheit«, sagte er.

»Das stimmt«, sagte sie. »Wenn Frauen gescheit wären, würde die Welt stehen bleiben.«

Dann sah sie lange Zeit ihren Mann an, bevor sie fortfuhr:

»Und deshalb sind fast alle Frauen wütend.«

Kerstin konnte viermal zu Stenström gehen, bevor Hans heimkam. Es wurde nicht viel gesprochen, das meiste war Weinen und Jammern. Aber es half ihr, sie schlief des Nachts ruhig und kam besser mit dem alten Lotsen zurecht. Nur Sofia wusste von den Besuchen; ihrer Tochter Klara, die jetzt öfter anrief, erzählte Kerstin nichts davon.

»Sie fühlt sich allein, weil dieser Jonas jetzt in Amerika ist«, sagte Sofia und rümpfte die Nase. Kerstin stimmte ihr zu und hatte das Gefühl, dass sie einen großen Schritt tat. Sie war dabei zu lernen, dass es nicht ihre Aufgabe war, immer für andere eine Entschuldigung zu finden.

»Das ist nicht mein Bier«, sagte sie laut.

»Was für ein Bier?«

»Das Bier des Verständnisses«, sagte Kerstin kichernd.

Da lachte Sofia laut los und sagte mit ihrer erwachsenen Stimme, die sie manchmal hatte:

»Vergiss das nicht wieder, Oma. Vor allem nicht, wenn Klara und Hans nach Hause kommen.«

Kerstin fielen die Worte wieder ein, als sie Klara in Arlanda abholte und ihr kurz mitteilte, dass sie krankgeschrieben sei, weil sie Ruhe bräuchte.

»Das kannst du bestimmt gut gebrauchen«, sagte Klara. Das war alles, was sie sagte, und zum ersten Mal spürte Kerstin, wie wütend sie auf ihre Tochter war.

»Nicht wütend«, sagte Stenström am nächsten Tag. »Rasend, verflucht sauer, ausgenutzt – alles geleugnet und fein ordentlich im Laufe der Jahre aufgestapelt. Sie müssen Ihren Schattenvorrat kennen lernen, Frau Horner.«

Eine Weile später fiel Kerstin Hans ein.

»Mein Mann kommt übermorgen nach Hause. Darf ich ihn einmal nächste Woche mit herbringen?«

»Nur wenn er selbst auch will. Aber ich nehme jetzt keine Klienten mehr an.«

Kerstin nickte, sie wusste, dass Stenström im April mit seiner Frau nach Italien fahren wollte und dort den Sommer über blieb. Die ruhigen Stunden bei dem alten Arzt würden bald ein Ende haben. Das war schade.

Aber Hans würde den ganzen Sommer über daheim sein.

37

So saßen sie dort auf dem Felsen, Hans und Kerstin, und schauten über die Buchten, während die Märzdämmerung sich ums Auto verdichtete. Sie waren nicht mehr so aufgekratzt, ihnen war eher feierlich zumute, wie Menschen zumute wird, wenn sie ihre Zusammenhänge erkennen.

Aber schließlich fuhren sie doch heim. Klara war unruhig geworden, Sofia dagegen sah sie ruhig an und nickte. Das gesegnete Kind weiß, dass etwas Wichtiges geschehen ist, etwas Gutes, dachte Hans, als er im Flur mit der Zehnjährigen im Arm stand.

»Alle haben sicher einen Bärenhunger«, sagte Klara. »Aber das Essen ist leider schon lange kalt geworden.«

»Ich helfe dir, es aufzuwärmen«, sagte Hans.

Kerstin legte sich auf das Sofa im Wohnzimmer, zog Sofia an sich und deckte eine Wolldecke über sie beide.

»Der Feuervogel schläft, aber Oma ist müde«, sagte Sofia, und Kerstin flüsterte, dass sie ganz Recht hätte, vollkommen Recht. In der Küche sagte Hans zu Klara, er nehme an, sie wisse, warum Kerstin krankgeschrieben sei.

»Nein, darüber habe ich nicht nachgedacht. Sie ist überanstrengt, und das gibt es ja ziemlich oft.«

Er sah seine Tochter lange an, und Klara wurde wütend und sagte, dass Åke Arenberg sie sicher angerufen hätte, wenn er den Verdacht hätte, es wäre etwas Ernsthaftes.

»Aber es war nicht Arenberg, der sie krankgeschrieben hat. Es war ein Psychiater in Uppsala.«

Klara war so überrascht, dass sie fast den Teller mit den in Sahne gekochten Forellen fallen ließ.

»Warum erzählt sie mir nie etwas?«
»Vielleicht, weil du nicht fragst.«
Er war unangenehm ruhig, und Klara, die Kritik von seiner Seite nicht gewohnt war, spürte, dass etwas sich verändert hatte:
»Was ist passiert, Papa?«
»Was Kerstin betrifft, so musst du sie fragen. Bezüglich meiner Person ist ein Briefwechsel mit Jonas schuld. Ich werde dir den Brief und das Telegramm zeigen, wenn wir gegessen haben.«
Klara bekam Angst, und Hans beeilte sich hinzuzufügen:
»Es geht nicht um dich. Es geht um mich und diesen Traum, der von Jan handelte. Jonas kam darauf, welche Bedeutung er hat. Das ist überwältigend, aber gut, kleine Klara.«

Kerstin schlief, als sie das Essen hereintrugen. Er hob Sofia hoch, flüsterte: »Hilf Klara mit den Kartoffeln.« Dann beugte er sich über Kerstin und küsste sie wach.
Der Kuss des Prinzen, dachte Klara und gab sich Mühe, an Jonas zu denken. Das war nicht einfach, sie hatte Probleme, sich daran zu erinnern, wie er aussah. Ich sollte nach Hause fahren, in Herrljunga umsteigen, dann nach Uddevalla und arbeiten. Verflucht nochmal, was habe ich hier zu suchen?
Trotz allem wurde es ein fröhliches Essen. Kerstin lobte die Forellen, aber Klara entgegnete, dass sie von dem langen Warten zäh geworden seien, und Sofia behauptete, Würstchen seien viel besser. Sie tranken einen australischen Weißwein, und Hans, der misstrauisch das Etikett studiert hatte, wurde angenehm überrascht.
»Sehr gut«, sagte er. Leider habe er diesmal keine Geschenke, er habe in Dubai keine Zeit gehabt. Klara und Kerstin sagten wie aus einem Munde, dass er selbst das beste Geschenk sei. Nur Sofia sagte, das sei ja furchtbar schade, und Hans entgegnete, sie sei wunderbar, und das Beste an ihr sei, dass sie nicht lügen könne.
»Das stimmt. Aber ich übe es so gut ich kann.«
Klara lachte laut, Kerstin lachte auch, aber Hans sagte ernst: »Tu das nicht, Sofia.«

»Aber man muss das doch, weißt du«, widersprach ihm Sofia. »Alle lügen ab und zu, und ich muss mich doch anpassen.«

Hans sah überrascht aus, nickte aber schließlich und sagte, doch, das könne schon sein, dass man mal lügen müsse. Aber es gehe darum, genau zu wissen, wann man es tat.

»Auseinander halten«, sagte Sofia eifrig. »Weißt du, Kerstin und ich machen ja nichts anderes, als das zu üben: AUSEINANDER HALTEN.«

Sie betonte jeden Buchstaben und setzte zu einer langen Erklärung der ersten Wirklichkeit und der zweiten Wirklichkeit an und dass man immer wissen müsse, in welcher man sich befand. Träume, Visionen und das Wissen der Geheimnisse anderer und dessen, was geschehen würde – das alles gehörte in die zweite Wirklichkeit. Die erste, das war die, über die sich alle einig waren.

Hans war verblüfft, nickte aber nur umso heftiger, als Sofia mit vielen Beispielen fortfuhr und berichtete, wie Kerstin und sie nur noch einander anzusehen brauchten, um sich die Botschaft zuzusenden: Auseinander halten. Allein Klara sah traurig aus, und Kerstin wusste, dass sie daran dachte, wie anders doch alles geworden wäre, wenn auch sie das gelernt hätte, frühzeitig, als sie in der Schule zu schummeln begann.

»Man wird klüger mit den Jahren, Klara«, sagte Kerstin betrübt.

»Du scheinst es jedenfalls zu werden«, entgegnete Klara kurz und dachte, du hast mir diese zweite Wirklichkeit genommen, und das werde ich dir nie verzeihen können. Aber als sie mit Jonas' Brief und Telegramm an Hans Horner ins Bett ging, wagte sie doch die Hoffnung zuzulassen, dass es auch für sie einen Weg zurück geben könnte. Sie wollte zu dieser alten jungianischen Dame gehen, die Jonas' Ärztin gewesen war.

Ob Papa jetzt abmusterte?

38

Am selben Nachmittag, als Hans Horner nach Hause kam, saß Anders mit Karl Erik Holmgren in der Kirche. Sie saßen in der vordersten Bank, auf den gleichen Plätzen wie Anders und Sofia am ersten Advent im Traum.

Sie sagten nicht viel, aber der Pfarrer hielt die Hand des Jungen in seiner, und beide hatten ihre Augen auf den Altar und zum hellblauen Gewölbe hinauf gerichtet. Hin und wieder brach der Junge das Schweigen.

»Ich habe Ihre Predigt auf Band gehört. Haben Sie rausgekriegt, was Gott mit dem Wunder gewollt hat?«

»Nein, ich weiß nicht viel mehr als damals. Nur dass es gut für mich war.«

Dann erzählte er von seinen Schwierigkeiten, zu glauben und wie er ausgerechnet an diesem Adventsmorgen um ein Zeichen gebetet hatte.

»Und mein Gebet wurde erhört, und ich wurde froh«, sagte er.

»Ich weiß, dass Sie froh waren«, sagte der Junge. »Ich habe Ihr Gesicht gesehen, als Gott lachte.«

»Du hast es also auch gehört?«

»Ja, natürlich habe ich es gehört. Es war ja ein ziemlich lautes Lachen.«

Karl Erik war aufgekratzt. Bestätigt, dachte er, bestätigt. Aber der Junge fuhr fort:

»Sie wissen, Blinde hören besser als andere.«

»Aber du hast doch selbst gesagt, es war ein lautes Lachen. Dann müssen doch die anderen es auch gehört haben.«

»Ja, das ist merkwürdig«, gab Anders zu.

Der Pfarrer war lange Zeit still, bis er sich endlich traute, die Frage zu stellen:

»Aber dann weißt du auch ganz sicher, dass es Gott gibt.«

»Ja, mag sein. Darüber habe ich nicht nachgedacht. Da war so viel anderes. Und außerdem ist es ja nur umso schlimmer, wenn es ihn gibt, denn dann war er es, der mich blind gemacht hat.«

Der Junge war aufgewühlt, Karl Erik schwieg. Soweit er aus seinen Gesprächen mit dem Missionspfarrer verstanden hatte, hatte dieser, wie so viele Diener der Kirche, biblische, unumstößliche, törichte Erklärungen für alles. Der Junge hatte sie sicher bis zum Überdruss zu hören bekommen.

»Antworten Sie doch«, schrie Anders.

»Ich habe keine Antwort. Ich begreife es auch nicht.«

Das war die richtige Erwiderung, er fühlte es an der Hand, die seine drückte. Schließlich sagte Karl Erik, als wolle er sich selbst überzeugen:

»Aber wir werden das Lachen nicht los, weder du noch ich.«

»Nee. Und noch was anderes. Ich habe Ihr Gesicht gesehen, es ist das einzige Gesicht, an das ich mich noch genau erinnere. Sie wissen, ich habe vorher nie verstanden, woher die, die sehen können, wissen, wie sich Leute fühlen, und das fast sofort. Bei mir dauert das seine Zeit, und oft liege ich falsch.«

Die Hoffnungslosigkeit in der Stimme traf den Pfarrer, und er fand kein Wort des Trostes: Gott, hilf mir jetzt, hilf mir!

»Mein Gesicht war das einzige, das du gesehen hast?«

»Ja. Obwohl das sonderbar ist.«

»Ja. Das ist so merkwürdig, dass es etwas bedeuten muss. Es deutet auf einen Zusammenhang hin, etwas, was wir verstehen müssen. Anders, ich überlege, ob wir uns nicht der Antwort auf die Frage nähern, was Gott mit seinem Wunder wollte.«

Der Junge atmete heftig, er war sehr bewegt.

»Aber Gott würde doch so etwas nicht für einen ... kleinen blinden Pups wie mich tun. Der sich eklig benimmt, lügt und nie an jemand anderen als an sich selbst denkt.«

»Quatsch«, widersprach der Pfarrer. »So denkt er nicht.«

»Das ist das Merkwürdigste, was ich je gehört habe. Sind Sie eigentlich Christ?«

»Ich versuche es nur so gut ich kann. Aber so viel habe ich jedenfalls verstanden, dass auch sonst niemand Christ ist, in der Form, wie Christus es gemeint hat.«

Anders wurde steif vor Verblüffung, sammelte sich dann aber:

»Gott mag nur die, die glauben und die gut sind. Das habe ich mein ganzes Leben lang gehört.«

»Ich weiß, das lernen die meisten von uns. Aber das stimmt nicht, Anders. Gott mag jeden Menschen, die Widerlinge und Mörder, alle. Und erst dadurch werden die, die es wissen, gut, verstehst du?«

»Ja, schon möglich. Vielleicht fange ich langsam an zu verstehen.«

Diesmal dauerte das Schweigen lange, vielleicht ganze fünf Minuten ließ Karl Erik Holmgren den Jungen in Ruhe. Dann sagte er fast schüchtern:

»Wollen wir zusammen beten, Anders?«

»Ja. Was sollen wir beten?«

»Wir nehmen das alte, übliche Gebet, du weißt schon. Und du, denk daran, was Jesus über den Himmel gesagt hat, dass er in uns ist.«

»Das verstehe ich nicht.«

»Du musst nicht versuchen, es zu verstehen. Denk nur daran, wenn wir das Gebet sprechen.« Anders nickte, und bereits nach der ersten Zeile lachte er: »Vater unser, der du bist im Himmel …«

Sie blieben nach dem Gebet noch eine Weile sitzen, aber dann sagte Holmgren, sie müssten jetzt wohl aufbrechen, sonst würde Anders' Mutter möglicherweise unruhig werden.

Der Junge sagte, er habe so viel zu denken bekommen, dass sich alles in ihm drehe. Und der Pfarrer erklärte, ihm gehe es ebenso, und er wolle sich gern bald wieder mit ihm treffen.

»Pass auf, wir machen es so«, sagte er. »Jeden Abend um sieben Uhr versuchen wir uns hier in der Kirche zu treffen. Wenn einer von uns verhindert ist, dann betet der andere allein.«

»Ich bin nie verhindert.«

»Aber ich möglicherweise, weißt du, Begräbnisse und so.«

»Ich verstehe. Und ich verspreche es. Wenn Sie nicht kommen, bete ich auch für Sie.«

»Danke.«

Auf dem kurzen Heimweg durch den alten Ort sagte Anders mit heiserer Stimme:

»Das wird eine Hölle werden mit meinem Vater. Er mag Sie und die Staatskirche nicht. Und außerdem glaubt er, dass ich blind geworden bin, weil Gott ihn strafen wollte. Deshalb schämt er sich so schrecklich meinetwegen.«

»Aber das ist doch ziemlich dumm.«

Zum ersten Mal an diesem Abend verlor Holmgren die Fassung und fühlte sofort, dass das für den Jungen, der seinen Vater verteidigte, nicht gut war:

»Er glaubt es eben und kann nichts dafür. Ich habe viel an ihn gedacht, als ich sterben wollte. Aber schließlich habe ich begriffen, dass auch das nicht richtig ist, weil Vater Selbstmord als eine Todsünde ansieht.«

»Wusstest du das schon seit langer Zeit?«

»Solange ich mich erinnern kann. Er hat mich immer als ein Unglück bezeichnet. Am schlimmsten ist es, wenn sie sich darüber streiten, Mama und er, wenn sie glauben, dass ich schlafe. Mama ist so wütend und so traurig, dass ich gedacht habe, ich würde ihr helfen, wenn ich …«

»Aber das ist nicht wahr.«

»Nein«, gab der Junge zu, »das ist nicht wahr. Jetzt weiß ich das. Wenn mein Vater nicht zu Hause ist, vielleicht wollen Sie, wenn Sie Zeit haben und so …«

Aber Berglunds Lastwagen stand auf dem Hof, also verabschiedeten der Pfarrer und der Junge sich an der Pforte.

39

Früh am nächsten Morgen brachte Kerstin Klara zum Bahnhof nach Uppsala. Fast die ganze Fahrt saßen sie schweigend nebeneinander, Kerstin dachte, dass das, worüber sie reden sollten, zu gewaltig für eine kurze Autofahrt war. Klara hatte sich vorgenommen, nach dem Psychiater zu fragen, merkte aber, dass sie es gar nicht wissen wollte.

»Pass auf dich auf, Mama«, sagte sie, als sie sich verabschiedeten, das war alles, was gesagt wurde, und das war erbärmlich, dachte Kerstin, als sie sich in den dichten Morgenverkehr einfädelte.

Währenddessen ging Hans im Haus und im Garten herum. Das hatte ihm immer ein tiefes Gefühl der Befriedigung gegeben. Wiedersehen und wieder erobern, erinnern und planen. Aber heute wollte die Freude nicht so recht aufkommen:

Ich werde auch dieses Jahr die Brücke nicht reparieren.

Er dachte an Jonas' Brief: »Glücklich in einer beschützten Ecke der Welt leben.«

Wie zum Teufel sollte das möglich sein?

Als Kerstin zurückkam, sagte er:

»Wir verkaufen diese Hütte, wenn dein Vater stirbt. Und fangen an einem neuen Ort an.«

Kerstin wurde so froh, dass es ihre Angst nur verstärkte. Er hatte doch gewusst, dass sie immer schon Östmora verabscheut hatte, alle Fäden zur Vergangenheit, all den Klatsch und all die Verpflichtungen. Aber er hatte ihren Bedürfnissen gegenüber die Augen verschlossen. Das Haus und der Ort waren für seinen Pakt mit dem Teufel wichtig gewesen.

»Du musterst ab?«

»Ja.«

»Auch wenn sie dir nur so einen Scheißjob im Reedereibüro anbieten können?«

»Die meisten anderen kommen mit dem Neun-bis-fünf-Trott ja auch zurecht. Es ist wohl langsam an der Zeit, erwachsen zu werden. Kerstin, musst du deshalb weinen?«

Sie entschuldigte sich, konnte ihre Tränen aber nicht zurückhalten. Es war wie bei Stenström, sie hatte die Kontrolle über ihre Gefühle verloren.

»Ich weine sicher auch vor Freude«, sagte sie trotzig. Da schmunzelte er und trug sie die Treppe hinauf und entkleidete sie.

Ein paar Stunden später sagte Kerstin: »Unsere Körper sind sehr viel klüger als wir.« Er war im Großen und Ganzen ihrer Meinung, erklärte aber, dass sie mehr als nur die Freude ihrer Körper gemeinsam hätten, es war auch das Allerinnerste jenseits der Gedanken und Beschlüsse.

Kerstin nickte, mehrmals und sehr ernst:

»Es stimmt wohl, dass der Körper mehr von der Seele weiß als die Gedanken. Das ist mir sehr deutlich geworden bei den Sitzungen bei Doktor Stenström. Weißt du, ich rede fast nicht mit ihm, meistens weine ich. Und schreie. Anfangs habe ich mich schrecklich geschämt, aber dann hat er gesagt, dass es nur gut ist, dass ich sehr tüchtig bin, weil ich mich traue. Das stimmt so nicht, er ist es, der tüchtig ist. O, Hans, er hat so ein wunderbares Summen.«

Sie versuchte es nachzumachen, hmm, hmmmm, aber das klang so albern, dass sie selbst lachen musste. Hans lachte nicht mit, er stöhnte vor Verzweiflung.

»Woran denkst du, Hans?«

»Ich denke nicht, ich schäme mich so, dass ich Bauchschmerzen kriege.«

Als sie aufstanden und sich anzogen, sagte Kerstin leise: »Du hast keinen Grund, dich schuldig zu fühlen. Es gehören immer zwei dazu, zur Entscheidung und zur Rollenverteilung.

Du hast es doch selbst gestern gesagt: ›Hans fährt zur See und Kerstin ist lieb, dann wird alles gut gehen.‹«

»Aber warum hast du mitgemacht, Kerstin?«

»Darüber habe ich auch nachgedacht. Zum einen ist das ein gängiges Muster, zumindest für Frauen. Sie müssen lieb sein, damit es sie überhaupt gibt. Und andererseits ...«

»Ja?«

»Es gibt ja eine merkwürdige Sache, die wir beide gemeinsam haben. Du wie ich haben ein großes Loch, wo andere ihre Kindheitserinnerungen haben. Und wenn man sich nicht daran erinnert, wie man zu dem wurde, der man ist, dann hat man vielleicht gar keine Wurzeln. Verstehst du, was ich meine?«

Er nickte, doch, darüber hatte er auch schon oft nachgedacht. Aber sie, die doch hier in Ruhe und Frieden aufgewachsen war, sie musste doch ...

»Wer war meine Mutter? Hans, wie war sie? Warum ließ sie es zu, dass Papa so primitiv, so egoistisch war?«

»Wahrscheinlich war sie wie du, selbstaufopfernd.«

Sie konnte die Wut in seiner Stimme hören, bevor er aus dem Zimmer und die Treppe hinunterrannte.

Sie zog sich an, ihre Hände hatten Mühe mit der langen Hose und dem Pullover. Aber als sie in die Küche kam, wo Hans saß und auf den Garten starrte, war sie ruhig und entschlossen:

»Jetzt ist aber gut, Hans Horner. Es ist möglich, dass ich wie meine Mutter bin. Aber du bist verdammt nochmal nicht wie der Lotse. Versuche das in deinen Schädel zu kriegen und lass es dabei bewenden.«

Das half, sein Gesicht entspannte sich, er lachte, umarmte sie und sagte:

»Denk nur, welchen Effekt ein Fluch haben kann, wenn er aus dem Mund einer Person kommt, die sonst nie flucht. Du hast

Recht, Kerstin, ich bin verdammt nochmal nicht wie dein Vater. Aber ich kann nur schwer darüber hinwegkommen, dass ich dich als etwas Selbstverständliches betrachtet habe, etwas, um das man sich nicht sorgen muss.«

»Das war ein Kompliment, Horner.«

»Du bist nicht recht gescheit, Kerstin.«

»Doch, endlich werde ich es. Jedenfalls ein bisschen.«

»Jetzt rufe ich Stenström an.«

»Die Nummer steht im Telefonverzeichnis auf dem Schreibtisch.«

Als Hans zurückkam, war er besorgt. Der Arzt wollte am Nachmittag nach Östmora fahren, um Anders ein letztes Mal vor seiner Reise nach Italien zu sehen. Er wollte außerdem Karl Erik Holmgren besuchen und versuchen, mit Anders' Vater im Haus des Missionspfarrers ins Gespräch zu kommen. Er rechnete damit, gegen fünf Uhr fertig zu sein, und dann wollte er zu Horners hinüberkommen. Aber er wollte mit Hans allein sprechen.

»Du hast ihn doch wohl zum Essen eingeladen?«

»Daran habe ich nicht gedacht.«

»Männer«, sagte Kerstin und rief den Doktor an, der sich für die Einladung bedankte, aber sagte, dass er nicht viel Zeit habe und eine Tasse Kaffee genügen würde.

»Vielleicht isst er ja nicht mit seinen Patienten«, sagte Kerstin.

Aber Hans hörte gar nicht zu, er dachte an das, was Stenström gesagt hatte, dass er bis zum Herbst leider keine Zeit für einen neuen Patienten habe. Aber dass er gern ein Gespräch unter vier Augen mit Hans Horner führen würde. Über Frau Horner.

Er fühlte, wie eine alte Angst aus dem Bauch emporstieg, durch den Brustkasten bis in den Kopf. Wo sie allen Gedanken ein Ende bereitete, alles wurde leer und kalt.

»Ich gehe eine Weile raus«, sagte er zu Kerstin, die gerade die Vorbereitungen fürs Mittagessen begann.

»Wir essen in einer halben Stunde.«

Stenström kam zur verabredeten Zeit, er war müde, aber ruhig.

»Wir führen als Allererstes unser Gespräch«, sagte er zu Hans, als wüsste er von Horners Seelenpein.

Sie gingen in die kleine Bibliothek im ersten Stock. Hans fragte: »Ein Drink?«

»Ich könnte schon einen ordentlichen Whisky gebrauchen. Aber ich fahre Auto, deshalb muss ich ablehnen. Berglund hat mich fast geschafft, es ist schon merkwürdig, wofür alles einige Gott benutzen können.«

Es dauerte eine Weile, bis Hans Horner begriff, dass der Arzt von Anders' Vater sprach, aber dann musste er lachen und sagte:

»Ein ordnendes Prinzip für eine ganze Reihe neurotischer Symptome. So was könnte ich selbst auch gebrauchen.«

Stenström lachte, und Hans sagte:

»Aber vielleicht ist es Ihnen ja trotzdem gelungen, Berglund einen Schreck einzujagen.«

»Nein, das glaube ich nicht. Obwohl ich von beiden Pfarrern reichlich Unterstützung hatte. Dieser Holmgren ist gut, und er hat mittlerweile ein enges Verhältnis zu Anders. Deshalb kann ich den Jungen mit gutem Gewissen verlassen.«

Sie sprachen eine Weile über Italien, über das Haus, das die Stenströms in der Toskana besaßen.

»Dort ist es jetzt Frühling und alles blüht«, sagte der Arzt sehnsüchtig, und Hans dachte: Gleich werde ich verrückt und schreie ihn an. Stenström fühlte die Unruhe:

»So, eigentlich wollten wir ja über Frau Horner sprechen. Sie ist eine starke kleine Person, und es besteht keine größere Gefahr für sie. Es sind eigentlich nur ein paar praktische Dinge, die ich gern besprochen hätte.«

Hans hatte das Gefühl, als beginne sein Herz wieder zuverlässig zu arbeiten, die Kälte wich, und der Kopf füllte sich mit Fragen.

»Es war gut, dass sie zu mir gekommen ist«, fuhr Stenström fort. »Üblicherweise funktionieren Frauen ja immer weiter, bis ihr Körper rebelliert und sie irgendeine Krankheit bekommen. Ich glaube, dieses Risiko ist überstanden. Aber sie braucht viel Freude, Sahnetorten und Honig. Sie ist ein wenig anorektisch.«

»Magersucht?«

»Nein. Aber sie hat die Tendenz dazu. Also viel Bewegung und viel Essen. Was Sie hinsichtlich ihrer schwierigen Lage mit dem Vater machen können, weiß ich nicht, aber versuchen Sie, einen Teil der Besuche bei ihm zu übernehmen. Soweit ich verstanden habe, ist Sofia bei dem Alten eine große Hilfe.«

Hans nickte.

»Und damit komme ich zu dem, was wohl Frau Horners größte Sorge ist. Sie betrifft Sofia. Nicht das Mädchen selbst, es ist mir gelungen, diese Unruhe abzubauen. Das Kind ist ja bezaubernd und äußerst interessant.«

Hans stimmte ihm zu, das spürte er selbst. Auch seine Beunruhigung bezüglich Sofia war geringer geworden. Stenström fuhr fort:

»Aber Ihre Frau hat große Angst davor, dass das Mädchen Ihnen und ihr weggenommen werden könnte, jetzt im Zusammenhang mit der Tatsache, dass die Mutter heiraten will. Ich kann nicht beurteilen, wie groß das Risiko ist, aber Ihre Frau hat in einer sehr intensiven Aussprache Sofia versprochen, sich um sie zu kümmern, falls sie krank werden sollte. Danach ist ihr klar geworden, dass sie gar nicht die rechtliche Grundlage für ihr Versprechen hat. Sie ist ja eine Frau, die ihr Wort hält. Und dem Mädchen eng verbunden.«

Hans war wütend und überrascht zugleich, sagte jedoch ruhig:

»Ich werde sofort die Sache mit meinem Anwalt besprechen. Und eine Adoption einleiten. Das wird keine Schwierigkeit sein, meine Tochter und mein Schwiegersohn sehen sicher ein, dass es so das Beste für das Kind ist.«

»Dann hoffen wir, dass sich das regelt«, sagte der Arzt, und danach gingen sie hinunter zu dem bereitgestellten Kaffee.

Hans brachte Sofia ins Bett, und Kerstin hörte die beiden kichern wie immer, wenn sie bei ihrer langen Fortsetzungsgeschichte vom Messer Oskar waren, das die Gabel Selma liebte, aber dem es nie gelang, im gleichen Fach wie sie in der Küchenschublade zu liegen.

Aber als Hans das Mädchen gut zudeckte und ihr einen Gute-Nacht-Kuss gab, flüsterte sie:

»Was hat der Doktor über Oma gesagt?«

»Dass sie nicht krank ist, nur müde. Dass sie viel Freude, Sahnetorten und Honig braucht.«

»Aber das ist doch Quatsch, Hans. Sie mag weder Sahnetorten noch Süßigkeiten.«

Hans lachte, streichelte Sofia die Wange und sagte, dass der Arzt das sicher symbolisch gemeint habe.

»Und wie?«

»Honig ist wohl das Gleiche wie Liebe, meinst du nicht? Und die Sahnetorte, ja, das bist bestimmt du, Sofia, der Klecks Sahne auf dem Brei.«

»Und was ist der Brei?«

»Tja, weißt du ... Das ist wohl das, was Kerstin und ich aus unserem Leben gemacht haben. Jetzt schlaf gut, mein Schatz.«

Sofia hörte, wie zufrieden er klang, und rief ihm hinterher:

»Das ist ein ganz, ganz guter Brei, Hans.«

40

Am nächsten Tag sagte Anders nach dem Abendgebet zu dem Pfarrer, dass er sich wohl bei Hans entschuldigen und ihm dafür danken müsse, dass er ihm das Leben gerettet habe. Aber ihm graute davor:
»Ich habe Angst vor ihm.«
»Dann könnte ich ja mit dir gehen.«
»Das wäre feige.«
»Dann musst du es wohl allein durchstehen.«
Das war ein neuer Gedanke, Anders dachte lange darüber nach. Man konnte sehen, dass er Angst hatte. Der Pfarrer spürte seine Qual.
»Genau das ist es, was Mut ausmacht, Anders. Zu wagen, etwas durchzustehen, wovor man Angst hat. Ich rufe jetzt einfach den Kapitän an.«

Horner hatte schlechte Laune, er erwartete den Besuch von aufgebrachten Umweltschützern, die nach einer Ölverschmutzung im Winter den Strand gesäubert und Seevögel gerettet hatten.
»O Mann«, sagte Holmgren. »Das wird nicht einfach werden, denn die suchen einen Sündenbock. Die Leute waren stinksauer, als das passiert ist. Und ich verstehe es ja, das muss ein widerlicher und deprimierender Job gewesen sein.«
Horner lachte verbittert. Holmgren hörte Kerstin im Hintergrund reden, der Kapitän sagte: »Einen Augenblick bitte.« Als er zurückkam, erklärte er: »Meine Frau meint, ich bräuchte einen Pfarrer, um nicht ausfallend zu werden. Können wir es nicht so machen, dass Sie jetzt gleich mit dem Jungen kommen, und dann

so nett sind und noch hier bleiben, wenn die Umwelthyänen zum Angriff übergehen?«

Holmgren willigte lachend ein. »Wo treffe ich Sie?«

»Am Anleger. Ich werde mich dort hinsetzen und überlegen, wie ich sie verflucht nochmal auszählen kann.«

»Noch etwas. Seien Sie nicht allzu nachsichtig mit Anders. Er muss es lernen, Verantwortung zu übernehmen.«

»Das geht schon in Ordnung«, sagte Horner. »Ich habe nie begriffen, was mit christlicher Vergebung gemeint ist.«

Scheint ein ziemlich harter Bursche zu sein, dachte Holmgren und ärgerte sich, dass er das über Anders gesagt hatte. Aber jetzt gab es kein Zurück. Sie gingen zu Horners Haus weit draußen auf der Landzunge und fanden, wie verabredet, den Kapitän am Anleger.

Der nahm den Jungen spontan in den Arm und sagte voller Wärme: »Ich habe gehört, es geht dir besser, Anders.« Der Junge war angespannt, sammelte jedoch die Worte im Mund und spuckte sie aus:

»Ich muss dir danken, dass du mir das Leben gerettet hast. Und mich entschuldigen, weil ich mich so dumm benommen habe.«

»Aber Anders, das versteht sich doch von selbst. Jeder Mensch rettet das Leben anderer, wenn es möglich ist. Du und ich, wir müssen uns jetzt nur gegenseitig zu erklären versuchen, was passiert ist und warum. Ich habe viel darüber nachgedacht, und ich glaube, ich weiß nun, warum ich ausgerastet bin und so wütend auf dich wurde. Aber ich verstehe immer noch nicht, warum du sterben wolltest.«

Anders wurde so eifrig, dass sich seine Worte überschlugen:

»Das war wie ein Sog«, sagte er. »Der war viel stärker als ich, ich konnte ihn irgendwie überhaupt nicht steuern. Obwohl es schön war, als wir gesegelt sind, als du mir gezeigt hast, wie man den Wind und die Wellen spüren und verstehen kann. Ich war wie gespalten. Aber der Sog war stärker als alles andere, verstehst du?«

»Ich versuche es, Anders. Ich glaube, dass es mir so langsam gelingt. Gut, dass du es mir erzählt hast. Und jetzt will ich dir erklären, warum ich so verflucht wütend wurde. Mit zwölfjährigen Jungen umzugehen ist schwierig für mich. Vielleicht weißt du, dass ich einen Sohn hatte, der nur wenig jünger war, als er durch einen betrunkenen Autofahrer starb. Die Trauer hört nie auf. Und sie bringt die ewig nagende Frage mit sich, warum das Leben so ungerecht ist.«

»Wie bei mir, warum ich blind bin«, flüsterte der Junge, und Horner stimmte ihm zu:

»Ich kann gut verstehen, dass du viel darüber nachdenkst.«

»Pastor Holmgren hat gesagt, dass es darauf keine Antwort gibt, zumindest keine, die wir verstehen. Man muss damit leben, so gut man kann.«

»Ja.«

Sie saßen alle drei auf dem Anleger, die beiden Männer schauten auf das Wasser hinaus. Anders lauschte den Wellen und spürte die Kälte der Eisschollen, die draußen auf dem Meer trieben.

»Es gibt noch etwas, was du wissen sollst, um mich besser zu verstehen«, sagte Hans nach einer Weile. Und dann erzählte er von dem Zehnjährigen in Hamburg, der zu spät zum Essen heimkam und dessen Familie inzwischen in einem Bombenkrater verschwunden war.

»Ich erinnere mich nicht mehr an viel, denn der Schock hat mich gelähmt. Doch ich wollte trotz allem leben, ich habe gestohlen, um etwas zum Essen zu haben, und monatelang in Ruinen gelebt. Das war schrecklich, Anders, Kadaver und Leichengestank, mein Gott. Schließlich fand ein alter Freund der Familie mich und schmuggelte mich an Bord eines Schiffes. So bin ich in Schweden gelandet, wo ich eine Tante hatte, die sich um mich kümmerte. Begreifst du nun, dass dein Flirt mit dem Todesengel mich zum Wahnsinn getrieben hat, Junge?«

Anders versuchte zu verstehen und spürte, dass er etwas erfahren hatte, worüber er lange und gründlich nachdenken musste. Dann rief Kerstin sie, die Umweltschützer sollten gleich kommen. Auf dem Weg zum Haus hielt Anders Horners Hand fest. Dann sagte er ganz überraschend:

»Aber was hattest du denn zu erledigen, warum bist du so lange von zu Hause fortgeblieben, wenn es doch so gefährlich damals war mit den Bomben und dem Krieg?«

Hans blieb stehen, vollkommen überrascht. Doch jetzt rief Kerstin erneut, und sie mussten sich beeilen.

Kerstin Horner hatte wie immer auf der Terrasse gedeckt, Obst und erfrischende Getränke bereitgestellt. Sie war angespannt, und ihre Augen flehten Hans an, er möge sich beherrschen. Aber sein Blick versprach ihr nichts.

»Sofia bringt dich nach Hause, Anders. Es wird bald dunkel, und Katarina macht sich sonst Sorgen.«

»Aber Pastor Holmgren ...«

»Er hat versprochen, noch hierzubleiben, um Hans zu unterstützen.«

»Das ist in Ordnung«, sagte Anders. Die beiden Kinder verschwanden und im gleichen Moment rollten die ersten Autos auf den Hofplatz.

Der junge Mann, der das Wort führte, beschrieb zunächst die Ölkatastrophe. Dann erzählten sie alle gleichzeitig von ihren Bemühungen, die halb toten Meeresvögel zu retten, von diesem hoffnungslosen Job, Felsen und Buchten zu säubern, von Pflanzen, die eingegangen waren, von der Kälte, der Schufterei, ihrer Wut. Sie sagten, sie hätten Protestschreiben an alle denkbaren Behörden abgefasst. Aber niemand schien sich verantwortlich zu fühlen. Jetzt wollten sie wissen, was ein Kapitän auf hoher Fahrt sich dachte, wenn er in den empfindlichen Schärengürtel fuhr und dort seine Tanks reinigte?

Hans biss die Zähne zusammen und erklärte, er vermute zunächst einmal, dass es sich um einen Unfall gehandelt habe.

Sofort wurde er unterbrochen: »Verflucht nochmal, was für ein Unfall denn!« Weit und breit sei kein Tanker auf Grund gelaufen oder als vermisst gemeldet worden.

Hans versuchte angestrengt, ruhig zu bleiben. Es gab noch andere Arten von Unfällen oder besser gesagt Missgeschicken. Jemand konnte dem Computer den falschen Befehl gegeben haben ...

»Haben Sie Tanks auf See gereinigt, Kapitän?«

»Nein, Gott sei dank haben meine Schiffe Zwischentanks für das Spülwasser. Aber es ist schon vorgekommen, dass in der Nordsee so ein Missgeschick passiert ist.«

»Und das sagen Sie so einfach, ruhig und zynisch?«

»Nein, ich habe dabei absolut kein gutes Gefühl.«

Für einen Moment hatte er sie entwaffnet, aber bald übernahm ein anderer wütender junger Mann das Wort.

»Sie wissen doch selbst nur zu gut, dass es wahrscheinlich vorsätzlich geschah. Die spülen das Zeugs nachts in Meer, verschwinden und kümmern sich einen Scheißdreck um die Konsequenzen.«

»Wenn dem so war, dann geschah es auf Befehl von Männern, die Macht haben und die Welt allein nach dem Prinzip lenken, dass ein Job ein Job ist. Die Männer an Bord haben dem nicht viel entgegenzusetzen. Sie unterstehen dem Seerecht, und das ist ein quasimilitärisches Abhängigkeitsverhältnis.«

»Eichmann hat gesprochen.«

Jetzt verließ Horner das Verständnis, und Wut stieg in ihm auf.

»Da gibt es einen Unterschied. Eichmann hat nie selbst im Zug zur Vernichtung gesessen. Ein leeres Tankschiff ist voll mit Gasen, mit explosiven und unsichtbaren Gasen. Wenn du es nicht gasfrei kriegst, riskierst du selbst, in die Luft zu fliegen.«

Hans' Stimme war eiskalt, und plötzlich wurde er laut.

»Es ärgert mich, dass ihr alle so verflucht unschuldig seid«, dröhnte er. »Was macht ihr denn selbst, bitte schön? Auf meinem Hof stehen an die zehn Autos, ich nehme an, die fahren mit Luft. Und lassen keinerlei Dreck in die Luft ab. Ihr alle zusammen fahrt nachher wieder heim, wo Gott oder irgendeine andere unschuldige Energie euch wärmt und heißes Wasser für die Geschirrspülmaschine und die Dusche herbeizaubert. Denn von euch ist doch sicher niemand ein Ölkonsument, dazu habt ihr ja viel zu sauber gewaschene Hände und ein zu gutes Gewissen.«

Es wurde still, eine peinliche Stille, und Horner beruhigte sich ein wenig, bevor er fortfuhr:

»Sie müssen mich entschuldigen, aber wie die meisten Seeleute glaube ich, Landratten haben oft eine fürchterliche Doppelmoral. Angenommen, diese Tankerbesatzung hat einen Fehler begangen oder die Tanks auf Befehl hin gespült, so kann ich Ihnen versichern, dass es ihnen dabei verdammt dreckig geht. Sie wissen zumindest, dass sie schuld sind und schlafen nachts bestimmt nicht besonders gut.«

»Hans«, sagte Kerstin flehend.

»Nein, lass mich. Jetzt hält keiner mich auf. Ich fahre seit dreißig Jahren zur See. Als ich jung war, war das Meer sauber und die Welt schön, frisch und lebendig. Jetzt ist überall Dreck, im Kielwasser schwimmen tote Fische, eine Tierart nach der anderen verschwindet. Mein Gott, Sie sollten den Persischen Golf sehen. Oder die Einfahrt nach Rio. Oder die Delaware-Mündung, in der es keinen Lachs mehr gibt, da sieht es verdammt beschissen aus, und die Wale sind schon seit langer Zeit verschwunden. Schauen Sie sich in Ihrer eigenen Stadt um, sehen Sie diese verfluchten Tankstellen, die breiten Straßen, den Autoverkehr, der die Luft auffrisst. Und den Wald, der stirbt. Schauen Sie sich um, und gehen Sie anschließend nach Hause und waschen Ihre Hände in Unschuld. Versuchen Sie, sie so sauber zu kriegen, dass Sie sich einbilden können, es sei ja nicht Ihr eigener Geiz, der die wesentliche Ursache für diese neue schreckliche Welt darstellt.«

Er besann sich einen Augenblick, und seine Stimme klang eher traurig als wütend, als er fortfuhr:

»Jetzt fahren die Tanker bald unter Piratenflagge mit asiatischer Mannschaft, die sich einen Scheißdreck um die Umweltprobleme der westlichen Welt kümmert. Ich verstehe sie gut, sie haben viele Gründe, Rache nehmen zu wollen. Aber Sie hier sind es, die daran verdienen werden, der Ölpreis wird sinken, und Sie können sich in die Schlange an den Tankstellen einreihen, die ihre Preise um ein paar Öre pro Liter senken werden. Es gibt das Risiko, dass der Ölteppich in Ihrem Wasser sich ausbreiten wird. Aber zwischen beiden Ereignissen sehen Sie keinen Zusammenhang, niemand sieht den Zusammenhang, der ein so reines Gewissen hat.«

Inzwischen waren selbst den Wütendsten die Argumente ausgegangen. Horner bemerkte noch kurz, er habe gesagt, was er zu sagen hatte, und keinerlei Interesse an einer weiteren Diskussion. Er wolle ihnen abschließend nur noch einen Rat mit auf den Weg geben:

»Richten Sie Ihre Wut auf die Politiker und fordern Sie, dass die Reeder gezwungen werden, die Gesetze, die es ja gibt, auch zu befolgen. Und denken Sie darüber nach, worin Ihre persönliche Verantwortung besteht.«

»Die meisten von uns hier bekommen die Wärme aus dem Kraftwerk Forsmark«, sagte eine junge Frau.

»Schön für Sie«, sagte Hans, und seine Stimme troff vor Hohn. »Sie müssen ja nicht an den Abfall denken. Sie sind ja nicht gezwungen, beispielsweise etwas über die Barentssee zu wissen, wo die Russen ihre ausgebrannten Kernbrennstäbe versenken. Da liegen sie und werden auf Jahrtausende hinaus Radioaktivität von sich geben. Und das ist gar nicht weit von uns entfernt.«

»Ich weiß«, erwiderte die Frau. »Und deshalb habe ich auch Schuldgefühle.«

Bevor sie aufbrachen, fragte die junge Frau noch:

»Sie haben gesagt, Sie waren in Rio. Ist es dort wirklich so schön wie auf den Fotos?«

»Das weiß ich nicht«, antwortete Horner. »Ich sehe nie viel von der Stadt. Es sind zu viele Straßenkinder im Weg.«

»Jetzt ist es genug, Hans.« Kerstin war aufgestanden und führte die Gäste durch den Flur auf den Hof und brachte sie zu ihren Wagen. Als sie zurückkam, sagte sie:

»War das nötig? Diese jungen Leute gehören zu den besten ihrer Generation, sie sind kritisch und verzweifelt.«

Darauf konnte Horner nicht antworten. Der Pfarrer kam ihm zuvor und sagte, dass er gern von Horner lernen würde, wie man eine ordentliche Strafpredigt hält. Hans bot ihm etwas zu trinken an und nahm selbst einen doppelten Whisky. Als er ihm zuprostete, dachte er: »Mein Gott, ein durch und durch richtiger Mensch. Und außerdem noch Pfarrer.«

Kerstin schlief an diesem Abend früh ein, während Hans wach dalag. Aber es waren nicht die jungen Umweltschützer, die ihn beschäftigten, sondern die Frage, die Anders ihm gestellt hatte. Was hatte ein Zehnjähriger in einer bombenbedrohten Stadt so weit von zu Hause zu tun? Wen hatte er besucht?

41

In letzter Zeit hat er angefangen, von Mama zu reden«, erzählte Kerstin. »Zuerst habe ich mich gefreut, ich möchte doch gern mehr von ihr wissen. Aber nach einer Weile habe ich begriffen, dass er sich an seine eigene Mutter erinnert. Sie war streng, aber gerecht. Er bekam viel Schläge, und das fand er in Ordnung, weißt du. Meine Mutter taucht in dem Bild manchmal schemenhaft auf, als vermische er die beiden. Dann frage ich ihn: ›Sprichst du von Helena?‹ Das verwirrt ihn, manchmal wird er sogar wütend, und manchmal kann es vorkommen, dass er traurig wird und sagt, es sei ja merkwürdig, aber er habe Helena fast vergessen. Das ist schrecklich, Hans. Als ob es sie nicht gegeben hätte, keiner erinnert sich an sie, nicht einmal ich.«

»Gibt es denn keinen Brief, kein Tagebuch?«

»Ich glaube nicht. Sie war so allein.«

Selbstaufopfernd, dachte Hans. Sie hatte die gleiche Fähigkeit wie du, in der Wand zu verschwinden. Laut sagte er:

»Sie war schön, das sieht man an den Bildern. Ihr seid euch sehr ähnlich, du und sie.«

An diesem Tag konnte Hans Kerstin zum ersten Mal überreden, ihn allein mit Sofia den Alten besuchen zu lassen. Als er im Auto vor der Schule saß und auf Sofia wartete, versuchte er sich die guten Seiten des Alten ins Gedächtnis zu rufen. Das war schwierig, er hatte es nie leicht mit dem Lotsen gehabt.

Ein alter Faschist, dachte er und musste fast lächeln, als ihm einfiel, dass sein Schwiegervater sein ganzes Leben lang in der liberalen Volkspartei aktiv gewesen war und viele schöne Worte über

Freiheit und Menschenwürde auf Lager gehabt hatte. Dennoch. Wenn er in Deutschland gelebt hätte ...

Hans dachte an die Brüder seiner Mutter, die von Bredenaus, lauter alte Männer. Und an seinen Vater, diesen Feigling, der glücklicherweise tot war. Zeitgeist, dachte er, eine ganze Generation, geprägt von einer bizarren Rassenideologie. Plötzlich fiel ihm ein, wie Kerstin erzählt hatte, dass Sofia und sie Anders einmal mit zum Lotsen genommen hatten, und wie der Alte gesagt hatte, es wäre besser gewesen, man hätte den armen Jungen gleich nach der Geburt getötet. Er würde doch niemals für sich sorgen können, der Gesellschaft immer nur auf der Tasche liegen.

Dieses eine Mal hatte Kerstins Wut die Angst besiegt. Sie hatte ihn angeschrien, er sei ein Hitler, seine Bosheit habe keine Grenzen. Dem Alten hatte es Leid getan, er hatte kurz geweint und gestammelt, dass er es nicht so gemeint habe, dass es ihm einfach so herausgerutscht sei. Und Kerstin hatte ihre Wut heruntergeschluckt und ihn getröstet. Wie immer.

Plötzlich spürte Hans, wie wütend er auf den Lotsen war. Als Sofia zum Auto gelaufen kam, legte er ihr seinen Arm um die Schulter und sagte:

»Du musst mir jetzt helfen, Sofia. Weißt du, ich bin so wütend auf Opa.«

»Aber es gibt doch keinen Grund, wütend auf ihn zu sein. Er hat einfach nur Angst.«

»Wovor hat er denn Angst?«

»Vor allem davor, zu sterben. Er glaubt an die Hölle.«

»Das verstehe ich.«

»Und außerdem hat er schreckliche Angst davor, allein zu sein. Denn alle fürchterlichen Gedanken kommen zu ihm, wenn er ganz allein ist.«

»Das verstehe ich auch. Wenn ich seine Gedanken hätte, wäre ich stocksteif vor Angst.«

»Na, siehst du. Dann verstehst du wohl auch, wie Leid er einem tun kann.«

»Sofia. Es gibt einen großen Unterschied zwischen dir und mir.

Du bist ein Engel, während ich nur ein ganz gewöhnlicher Mensch bin.«

»Wenn das stimmt, müsstest du ihn doch besser verstehen als ich«, erwiderte das Mädchen. »Er ist doch auch nur ein ganz gewöhnlicher Mensch.«

Hans sah sie an, lange, mit großen Augen. Schließlich musste er lachen:

»Da ist was dran, an dem, was du sagst«, sagte er schließlich, als er in den ersten Gang schaltete und den Blinker zum Ausscheren betätigte.

Sven Jonsson ging von Raum zu Raum in dem Haus, das er mit eigenen Händen erbaut hatte, hoch oben auf den Klippen mit Blick über das Meer und die Inseln. Alle hatten ihn vor dem unwirtlichen Gelände gewarnt, vor den Stürmen und der Kälte. Aber wie immer hatte er alle Einwände abgetan, selbst die seiner Frau, der die abgelegene Lage nicht gefiel.

Sein Leben lang war er stolz auf das Haus gewesen. Und auf dessen Lage. Aber jetzt war nicht mehr viel von dem Stolz übrig, er hatte ihn verlassen wie das meiste, was seinem Leben einen Sinn und Freude gegeben hatte. Es war leer in seinem Kopf, es hallte hohl in ihm wie im Haus.

Ich bin nicht von Natur aus ängstlich, das bin ich nie gewesen, dachte er, wusste aber, dass das nicht stimmte. Er hatte Angst vor der Einsamkeit, vor den Gedanken, die kamen und gingen. Kerstin. Das war einer der häufigsten Gedanken. Er mochte sie nicht. Er hatte nur dieses eine Kind, und er mochte sie nicht, Kerstin, die Abitur gemacht und auf die Lehrerhochschule gegangen war.

Sie hasst dich, sagten die Gedanken, und da musste er weinen, setzte sich still an den Küchentisch und ließ seine Tränen fließen.

Es konnte eine ganze Weile dauern, bis das Bild seiner Tochter ihn verließ und die gesegnete Leere ihn wieder umgab. Warum saß er nur hier, er musste aufstehen und seine Blumen gießen. Das tat er dann auch, goss die Topfblumen zum dritten Mal an diesem Tag.

Helena war immer sehr sorgfältig mit den Pflanzen gewesen, nein, er wollte nicht an Helena denken. Das war der schlimmste Gedanke. »Mama«, sagte er, »Mama. Komm und rede mit mir.«

Aber auch sie war an diesem Tag nicht dazu bereit, sie kam nicht, um all das zu sagen, was er so gern hörte: dass er ein starker, tüchtiger Mann war, der immer das Richtige getan habe, dass er sein Leben gut eingerichtet habe und Respekt verdiene.

Es klingelte an der Tür, das war Margit von der Altenpflege, die kam, um ihm das Essen zu kochen und nach ihm zu sehen. Er mochte ihr Essen nicht und versuchte sich taub zu stellen, wenn sie redete. Das war nicht schwer, er hörte sowieso nicht mehr gut.

Es war eine Erleichterung, als sie ihm das Essen hinstellte und ging, um das Bett zu machen. Aber sie war schnell, der Frieden währte nur kurz, und dann war sie wieder da mit ihren verfluchten Tabletten. Zwei fürs Herz, sagte sie. Drei, um das Wasser aus dem Körper zu treiben. Er trat ihr wie ein Zweijähriger gegenüber, verschloss den Mund und weigerte sich. Sie versuchte ihn herumzukriegen:

»Jetzt ist ja Ihr Schwiegersohn nach Hause gekommen, wie ich gehört habe. Jetzt bekommt der Lotse ja bestimmt bald lieben Besuch.«

Er war so überrascht, dass er sich vergaß; er schluckte die Pillen und dachte an Hans Horner. Das war ein gewichtiger, hasserfüllter Gedanke, dieser widerliche Tankerschiffer, der ihm sein Mädchen weggenommen hatte.

Deutsch, dachte er. Nazi.

»Meinen Sie, er kommt hierher?«

»Natürlich. Er wird doch seinen Schwiegervater besuchen.«

Als Margit gegangen war, kamen die Gedanken zurück. Horner würde also kommen, er würde von seinen Reisen erzählen, von dem großen Schiff und dem weiten Meer. Er selbst, hatte er dem etwas entgegenzusetzen? Doch, es gab da ja diesen Dorsch, natürlich, diesen Riesendorsch, den er vor Öskär herausgeholt hatte, vor … ja eine Woche mochte es wohl schon her sein. Und dann natürlich die

Segelwettkämpfe, all die Segelwettkämpfe, die er im Laufe des Jahres gewonnen hatte.

Er hatte sich in Horner geirrt. Er war ein feiner Kerl.

Dann umschloss die Leere ihn wieder, er war müde, musste sich ausruhen. Im Schlafzimmer war es schön, dort war das Bett gemacht, die Decke lag, wo sie liegen sollte, er zog sie über sich, schlief ein. Träumte wie immer, dass er auf allen vieren durch eine schlammige Bachschlucht kroch, auf festen Boden hinauf. Dort stand sie, wie es sein sollte, und wartete auf ihn. Sofia.

Als er aufwachte, hielt er den Gedanken an das Mädchen noch fest und hoffte, dass sie heute kommen würde. Er ging auf die Toilette, pinkelte, leerte seinen Darm und reinigte sich anschließend sorgfältig. Das schaffte er noch, die äußerste Erniedrigung war ihm bisher erspart geblieben.

Ich komme zurecht, Mama, du siehst doch, dass ich zurechtkomme. Jetzt war sie da, lachte und nickte: Tüchtiger Junge, tüchtiger Junge.

Im Wohnzimmer starrte der Fernseher ihn an, ein großes, boshaftes Auge. Er hatte aufgehört, ihn anzugucken, die Filme heute liefen alle viel zu schnell. Und außerdem hatte er vergessen, wie man den Apparat anstellte, und wollte nicht fragen. Also setzte er sich in den Lesesessel und betrachtete die Bücher, sieben, acht Bücher, die er las, alle gleichzeitig, eine Zeile hier, eine Zeile dort. Immer laut, mit sicherer Stimme. Das gab Trost. Aber meistens fand er, dass es der reine Kitsch war. Es gab keine Schriftsteller mehr, die schreiben konnten.

Als es an der Tür klingelte und Hans Horner durch die Tür trat, kam die Freude so überraschend über ihn, dass es ihn erschreckte:
»Aber komm doch herein«, sagte er. »Komm doch. Das ist ja schön. Weißt du, hier ist es so furchtbar einsam.«

Hans gab ihm die Hand und sagte, er würde verstehen, es sei sicher nicht leicht, einsam und allein zu sein. Da kamen die Tränen, dem Lotsen war es peinlich, aber seine alten Augen liefen einfach über, er musste sich die Nase putzen. Dann entdeckte er Sofia, und sie konnte er so fest drücken, dass sein Herzschrittmacher an den Rippen scheuerte.

»Ihr wollt sicher Kaffee«, sagte er.

»Nein, wir brauchen was Besseres. Ich habe eine Flasche für dich dabei.«

»Oh, vielen Dank«, sagte der Lotse und sah überrascht den edlen Cognac an. »Du sollst doch so etwas nicht an einen Alten wie mich vergeuden.«

»Ich habe ihn extra für dich gekauft und eingeschmuggelt.«

Sofia holte aus dem alten Eichenbüfett Gläser, sie prosteten einander zu, Farbe kam ins Gesicht des Lotsen, und Hans machte sich bereit, die alte Geschichte von dem Riesendorsch bei Öskär zu hören. Zum wievielten Mal, das wusste er nicht, aber er schaute Sofia an, und plötzlich konnte er eine Zärtlichkeit für den einsamen Alten spüren. Als der Dorsch endlich heimgebracht und aufgegessen war, fragte der Lotse, wie die Fahrt gewesen sei, und Hans erzählte vom Krieg, dem Feuer der Luftabwehrraketen und den Bomben über Kharg.

»Ist da Krieg«, sagte er. »Ich kriege das nicht mehr so richtig mit.«

Aber er stellte Fragen, je länger das Gespräch dauerte, umso klarer wurde der alte Kopf. Es ist schlimm, dachte Hans, er braucht jemanden, mit dem er reden kann. Er ließ die Stunden verstreichen. Sofia war in ein Buch vertieft, sie lag auf dem Sofa und blinzelte nur ab und zu herüber.

Aber schließlich sagte sie:

»Wir müssen nach Hause, Hans.«

Erstaunt starrte Hans Horner auf die Flasche, deren Inhalt bedeutend abgenommen hatte.

»Du musst fahren«, sagte er.

»Blödsinn. Du musst morgen herkommen und das Auto holen. Aber Kerstin wird dir was erzählen.«

Gewitterwolken zogen über die Stirn des Lotsen, als er fragte, warum Kerstin denn nicht mitgekommen sei, doch Sofia fand schnell die richtige Antwort. Kerstin ging es nicht so gut, und der Doktor habe gesagt, sie solle im Bett bleiben und sich ausruhen.

»Jetzt hat sie sich bestimmt genug ausgeruht«, sagte Hans. »Ich werde sie anrufen und sie bitten, einen Spaziergang hierher zu machen, um uns und das Auto abzuholen.«

Sobald Hans das Zimmer verlassen hatte, erzählte der Lotse von seinem Traum, wie verzweifelt er darin die Bachschlucht hinaufkrieche, Sofia entgegen, die an der Quelle stehe.

Sie hörte zu und überlegte eine Weile, bevor sie sagte, das nächste Mal werde sie ganz unten am Meer stehen, wo der Bach mündete. Der Alte sah sie verwundert an, sagte aber, er wollte versuchen, sich daran zu erinnern. Das wäre schön, dann wäre es einfacher, hinzukommen, ohne dass er hochklettern müsse.

»Genau«, bestätigte das Mädchen.

Hans hörte ihr Gespräch, überrascht, fast erschrocken. Aber dann klingelte es an der Tür, Margit kam zurück, um das Abendessen zu machen und den Alten ins Bett zu bringen. Er war müde, vom Schnaps und vom Gespräch. Aber als er sich für den Besuch bedankte, klang es fast demütig.

Als sie das Haus verließen, fragte das Mädchen, was die Oma denn gesagt habe, und lachte laut auf, als Hans ihre Worte von verantwortungslosen Männern zitierte. Doch sie war überhaupt nicht böse, sagte er. Und sie würde kommen, sie müssten nur eine Weile warten.

VI

42

Jonas hielt in Finnerödja an und meinte fast, die Erdbeeren im Kiefernwald hinter dem Wirtshaus riechen zu können. Es war Ende Juni und der Sommer zeigte sich hartnäckig von seiner besten Seite.

Er entschied sich fürs kalte Büfett, er wollte nicht ausgehungert bei Klaras Mutter ankommen. Sie würde sicher Selbstbeherrschung und Souveränität von ihm erwarten.

Er war nervös. Nicht so sehr, weil er Kerstin kennen lernen sollte. Das Bild, das Klara ihm vermittelt hatte, war geprägt durch Eifersucht, da war er sich sicher. Nein, die Unruhe betraf das Kind. Und Hans Horner. Horner hatte lauter widersprüchliche Gefühle bei Jonas geweckt.

Es war eine Mischung aus Neid, Eifersucht und Bewunderung. Aber in allererster Linie Zuneigung. »Alle verlieben sich in Papa«, hatte Klara gesagt, »dir wird es auch nicht anders ergehen.«

Ihm war gar nicht der Gedanke gekommen, dass etwas Wahres an diesen Worten sein könnte. Sie drückten ja vor allem die Verbundenheit zwischen Klara und ihrem Vater aus, infantil und stark gefühlsmäßig geladen. Schneewittchen – sie hatten darüber ihre Scherze gemacht.

Doch das Märchen sagte kein Wort über den König, über Schneewittchens Vater und den Mann der Königin. Und bis jetzt hatte Jonas nie darüber nachgedacht. Wer der König war, war nicht von Interesse. Die entscheidende Person war der Prinz, der das Mädchen mit einem Kuss zu neuem Leben erweckte, weit entfernt vom Revier des alten Herrschers.

Und das war er, der Prinz. Daran gab es keinen Zweifel. Seine

Liebe würde den Tankerkapitän ausstechen und Klara erwachsen genug machen, die Verantwortung der Königin zu übernehmen. Das war ihm so einfach erschienen – bis zu dem Tag, als Horner in Jonas' Küche stand, abwusch und vollkommen wehrlos dastand. Wie es nur ein Held kann, der bereits den Drachen besiegt hat und weiß, dass er niemanden sonst zu fürchten hat. Direkt in Jonas' lebenslange Sehnsucht nach einem Vater war er hereingetrampelt, dieser Horner.

Jonas tröstete sich mit Käsekuchen, verzichtete auf den Kaffee und ging eine Treppe hinauf zur Toilette. Während er sich das Gesicht und die Hände wusch, sagte er zu seinem Spiegelbild: Jetzt geht es um Sofia.

Als er sich den Sicherheitsgurt umschnallte und auf die E18 einbog, hatte er seine Unruhe wieder unter Kontrolle. Und als er ein paar Stunden später an Uppsala vorbeifuhr und die Straße nach Östmora fand, war er voller Zuversicht. Er würde sich nicht von Klaras magischen Bildern vom Bergkönig, der weißen Königin und dem außergewöhnlichen Kind anstecken lassen.

»Genau auf der Straßenkuppe, wenn du die Kirche sehen kannst, musst du nach rechts abbiegen, am Hafen entlang«, hatte Klara gesagt. »Dann fährst du immer geradeaus, über die Hügel, bis zum letzten Haus auf der Landzunge.«

Jonas verpasste die Abfahrt; er hatte ein Auto dicht auf den Fersen und konnte nicht rechtzeitig blinken. Also fuhr er auf die Haltebucht der Bushaltestelle und blieb dort eine Weile stehen. Sah die Kirche und schaute sie lange an.

Verfluchter Mist.

Dann wendete er und folgte der verschlungenen Straße zur Küste. »Das letzte Haus, es ist weiß, mit einer Glasveranda über zwei Etagen, du kannst es gar nicht verfehlen.«

Natürlich war es ein hinreißendes Haus. Schöne Zwanzigerjahrearchitektur, gut gepflegt. Und dann die Lage mit dem geschlossenen Birkenhain zum Meer hinunter, lichtgrün, glitzerndes Wasser.

Verfluchter Mist.

Er bremste auf dem Hofplatz, neben einem klapprigen alten

Saab, der ihn tröstete. Im nächsten Moment entdeckte er Klara, die aus dem Haus stürmte, die Treppe hinunter. Sie geht nicht, dachte er. Sie fliegt.

Sie blieben lange ineinander verschlungen stehen. Als er sie schließlich küsste, wusste er, dass das Märchen Recht hatte, der Kuss des Prinzen würde die Schatten besiegen. Seine eigenen und ihre.

»Sie müssen ja schnell gefahren sein«, sagte eine Stimme hinter ihm, und ohne Klara loszulassen, drehte er sich um und blickte in zwei große graue Augen unter schweren Augenlidern in einem fein geschnittenen Gesicht. Sie war sonnengebräunt, die braune Haut stand in eigentümlichem Kontrast zu dem Silberhaar im Pagenschnitt.

Verfluchter Mist, dachte er und sagte es dann:

»Sie sind genauso schön, wie die Gerüchte es behaupten.«

Sie lachte, errötete ein wenig, sagte:

»Ich weiß nicht, welche Gerüchte Sie gehört haben, aber das haben Sie nett gesagt.«

Dann kam wie immer bei Müttern das Gespräch aufs Essen, sie hatten ihn noch nicht so frühzeitig erwartet, Hans und Sofia waren zum Fischen unterwegs, sie wollten ihm frischen Hering vorsetzen.

Jonas unterbrach sie:

»Ich habe unterwegs was gegessen. Aber ein Kaffee wäre nicht schlecht.«

»Ich setze die Kaffeemaschine in Gang«, sagte Kerstin. »Ihr könnt ja inzwischen das Gepäck reinbringen.«

Aber Klara und Jonas wechselten wortlos einen Blick und liefen dann gemeinsam durch den Birkenhain zum Meer. Rasch zog sie ihn mit sich zwischen die Felsen ihrer Kindheit, wo sie beide sich ihrer Kleider entledigten und das taten, wonach sie sich seit mehr als einer Woche gesehnt hatten. Nur die wilden Stiefmütterchen in den Felsenspalten schauten ihnen zu.

Anschließend schwammen sie, das Wasser war überraschend kalt.

»Wir haben hier keinen Golfstrom«, sagte Klara.

»Jetzt wird deine Mutter unruhig werden«, sagte er.
»Nein, sie kann die Leute ganz gut in Ruhe lassen.«
Also ließen sie sich von der Sonne trocknen, bevor sie sich wieder anzogen und zurück zum Haus gingen. Kerstin hatte in der Fliederbeerlaube gedeckt, es lagen sieben verschiedene Kekssorten auf einem Kuchenteller, wie bei jeder guten Hausfrau, dachte er erleichtert.
»Was sagt man in so einem Moment«, fragte Kerstin lachend. »Willkommen in der Familie, ist das richtig so?«
»Sagen Sie lieber, wie Sie sich fühlen«, erwiderte Jonas, der jetzt sicher und siegesgewiss war.
»Gern«, sagte Kerstin. »Ich freue mich so sehr, dass es nicht ganz gescheit ist.«
»Sie kennen mich doch gar nicht.«
»Nein, aber ich kenne Klara. Und ich habe Klara noch nie so glücklich gesehen.«
»Aber Mama, nun werde nicht gleich sentimental.«
Klaras Ton war sanft und neckend. Es gab keine Spannung zwischen den beiden Frauen, dachte Jonas. Nicht hier, nicht jetzt.
Sie brachten Jonas' Tasche in Klaras altes Jugendzimmer, eine der Glasveranden. In der Mitte der Längswand stand ein breites Doppelbett, und als Jonas überrascht guckte, sagte Kerstin:
»Das hatten wir auf dem Dachboden, es ist alt und knarrt ein wenig.«
»Wir haben umgeräumt«, erklärte Klara.
Ein paar Stunden später konnten sie Hans Horners Boot sehen, nicht viel mehr als ein Kahn mit einem einfachen Sprietsegel, das an der Brücke anlegte. Die Zehnjährige sprang geschmeidig an Land und machte das Boot fest, sicher in Armen und Beinen. Ihr schien die Sonne direkt ins Gesicht, als sie sich vom Poller erhob und einen spähenden Blick zum Haus hinüberwarf. Jonas holte tief Luft:
»Mein Gott, wie ähnlich sie dir ist, Klara.«
»Ja, im Guten wie im Schlechten«, stimmte Klara zu. »Jonas, sie ist ziemlich irritiert wegen uns beiden, weil wir heiraten wollen.«

»Das ist doch klar. Ich bin auf Abweisung gefasst.«

Jetzt konnten sie Hans Horner im Flur hören.

»Jonas.«

Hand in Hand mit Klara ging Jonas hinaus, um ihn zu begrüßen und spürte eine Welle der Freude, als Horner ihn umarmte. Mit ihm werde ich keine Schwierigkeiten haben, dachte er.

Sofia trödelte, Kerstin rief sie, Hans meinte leise, dass das wohl nicht so einfach werde, und Jonas nickte, lächelte und konnte noch schnell sagen, jetzt sei es am wichtigsten, sie beide in Ruhe zu lassen.

Dann kam sie herein, alle Stacheln ausgefahren. Sie war zart, fast durchscheinend, wie ein zerfließendes Wesen in einem Traum, dachte Jonas, schwieg aber. Sie war eine Zehnjährige in einer schwierigen Situation.

»Hallo«, sagte er und streckte ihr die Hand entgegen.

Sie ergriff sie nicht, sondern legte ihre Hände auf den Rücken und sah ihn lange trotzig an. Dann sagte sie:

»Du siehst aber nicht besonders aus.«

»Daran kann ich nichts ändern«, sagte er. »Du dagegen bist schön wie eine Elfe.«

»Daran kann ich auch nichts ändern.« Ihre Stimme war ebenso feindlich wie zuvor, aber sie sah zufrieden aus. Dann konzentrierte sie sich und sagte:

»Vor dem Essen mit dem ganzen Gequatsche wollte ich dir noch was Wichtiges sagen. Du wirst nie mein Vater werden.«

»Aber Sofia, ich habe dir doch erklärt, dass Jonas ... nicht den Platz von Hans einnehmen wird«, warf Klara nervös ein.

»Klara.«

Jonas' Stimme klang hart, und Sofia lachte.

»Ach, hast du es auch schon gemerkt«, sagte sie. »Dass Klara ziemlich doof ist und man ihr deutlich die Meinung sagen muss. Das ist der Fehler bei Kerstin und Hans, dass sie das beide nicht können.«

Mein Gott, dachte Jonas, warum haben sie gesagt, sie wäre kindlich für ihr Alter. Aber Sofia fuhr unbeirrt fort:

»Hans ist mein Großvater, nicht mein Vater. Mein Papa ist ein berühmter Maler, von dem zu reden sich niemand hier im Haus traut. Er ist tot, aber ich spreche jeden Tag mit ihm.«

Jonas konnte die Stille im Zimmer hören, sie war greifbar und so voller Ängste, dass es wehtat. Aber er konzentrierte seine gesamte Aufmerksamkeit auf das Kind und sagte:

»Das ist ja sonderbar, Sofia. Weißt du, mir geht es genauso. Mein Papa verschwand noch vor meiner Geburt, und niemand in meiner Familie hat seither auch nur ein Wort über ihn verloren. Dennoch wusste ich genau, wer er war, dass es ihm nicht gut ging und dass er allein draußen im Wald gestorben ist. Ich konnte auch mit ihm reden, manchmal konnte ich ihn trösten, aber meistens hat er mit mir gesprochen.«

»Was hat er denn gesagt?«

»Nun ja, meistens so was, was Väter immer zu ihren Kindern sagen, dass sie artig sein sollen, fleißig und so weiter.«

»Das macht meiner auch«, flüsterte Sofia überrascht. Sie war blass, ihre Lippen zitterten, als sie fortfahren wollte. Doch dann zögerte sie.

»Nein«, flüsterte sie, »nein, ich traue mich nicht.«

»Dann lass es doch lieber«, meinte Jonas.

»Es gibt eine Schlucht zwischen zwei Bergen, schrecklich tief, weißt du? Wenn man springt, kann man in die Tiefe stürzen.«

»Und was passiert dann?«

»Es gibt einen nicht mehr. Und jetzt sind es zwei, die jeweils auf einer Seite auf der Bergspitze stehen und sich zurufen können.«

»Ich glaube, ich verstehe«, sagte Jonas, und seine Stimme klang nachdenklich und ernsthaft. »Meinst du, dass ich springen kann? Ich bin ja schwerer als du, aber dafür habe ich längere Beine.«

»Nützt das was?«

»Doch, ich denke schon. Denn ich würde ja nicht springen, wenn ich den anderen nicht mitbekäme.«

Sofia war jetzt so ängstlich, dass Jonas ihr sagte:

»Wir warten ab, Sofia. Wir denken gründlich darüber nach. Erst wenn wir lange genug darüber nachgedacht haben, tun wir es.«

»Du tust es, ich nicht.«
»In Ordnung, ich springe.«
Plötzlich ging sie auf ihn zu und starrte ihn lange an. Jonas setzte sich auf die Treppe und erwiderte ihren Blick, lange Zeit.
»Ich glaube, ich muss eine Weile schlafen«, sagte Sofia schließlich.
»Willst du mit mir schlafen gehen?«
Jonas nickte.
»Wenn ich schlafe, erfahre ich viel, weißt du. Und wenn du neben mir liegst und auch schläfst, dann kann ich sagen, ob …«
»Ob du mich magst?«
»Ja.«
Er wandte sich Kerstin zu und sagte ihr, sie solle sich nicht beunruhigen.
»Essen Sie ruhig inzwischen, wie geplant.«
Sie bewegten sich alle drei wie Puppen, als sie in die Küche gingen, und plötzlich taten sie Jonas Leid, und er sagte zu dem Mädchen:
»Geh dich schon mal waschen, Sofia. Dann machen wir einen Mittagsschlaf.«
Als das Mädchen die Badezimmertür hinter sich geschlossen hatte, blieb er in der Küchentür stehen und sagte schnell, dass er die Situation unter Kontrolle habe und sie sich keine Sorgen zu machen brauchten. Kerstin brachte aber kein Wort heraus, Hans nickte, während Klaras Augen groß und dunkel vor Angst waren.
»Klara, du kannst mir vertrauen.«
Sie entspannte sich ein wenig.
Die Zehnjährige kroch dicht neben Jonas ins Bett und flüsterte:
»Man kann so gut denken, wenn man schläft.«
»Nicht nur das, man bekommt auch neue Ideen.«

Im Wohnzimmer stand der große Tisch, gedeckt mit den schönsten Gläsern, dem guten Geschirr, Kerzen und Blumen. Später, dachte Kerstin. Sie aßen stehend an der Küchenanrichte, kalte Frikadellen, ein Butterbrot. Niemand sagte ein Wort, alle drei hatten den gleichen Gedanken: Woher konnte sie das wissen? Sie hatte nie nach ihrem Vater gefragt, keinerlei Neugierde gezeigt. Sie hatten sich auf den Tag vorbereitet, an dem die Fragen kommen würden, abgesprochen, die Wahrheit zu sagen. Eine kurze Liebesgeschichte, dann die Krankheit, zuerst der Wahnsinn und dann Krebs. Und danach sein Tod, bevor Sofia ein Jahr alt war.

Im Laufe des letzten Jahres waren sie häufiger über seinen Namen gestolpert. Johannes Anderssons Durchbruch als Maler war erst lange nach seinem Tod gekommen. Vor ein paar Jahren hatte es eine Gedächtnisausstellung gegeben, Kerstin und Klara hatten beide die Besprechungen gelesen und gedacht, dass man über die Toten doch immer so freundlich rede.

Kerstin hatte überlegt, nach Stockholm zu fahren, um sich die Ausstellung anzusehen, hatte sich die Sache aber noch einmal überlegt und war zu dem Schluss gekommen, dass sie das doch nicht wolle. Klara hatte die gleiche Idee gehabt, sich aber nicht getraut.

Natürlich hätten wir über ihn reden sollen, dachte Kerstin, natürlich hätten wir Sofia mit zu der Ausstellung nehmen sollen. Hans nahm ein Bier, Klara flüsterte, dass sie gern einen Whisky hätte. Er zögerte eine Weile, holte dann die Flasche und nahm auch selbst einen.

Der Alkohol gab Klara Mut, sie schlich sich zur Veranda, spähte durch die Tür, kam zurück und sagte verblüfft:

»Sie schlafen. Alle beide. Ruhig, als wenn nichts gewesen wäre.«

»Ist es vielleicht ja auch nicht«, sagte Hans Horner. »Jedenfalls werden Sofia und Jonas Freunde werden, wenn das vorbei ist.«

Sie stellten das Essen in den Kühlschrank und sprachen sich ab, die Kartoffeln zum Essen zu braten. Dann konnten sie nur noch warten; sie setzten sich ins Wohnzimmer, die Ohren zur Verandatür gerichtet. Es dauerte eine Stunde, bis eine klare Mädchenstimme fragte:

»Jonas, hast du geträumt?«

»Ich glaube schon. Ich kann mich nicht mehr genau erinnern, aber wir sind gesprungen, und wir haben es geschafft.«

»Genau das Gleiche habe ich auch geträumt. Ach, Jonas, ich

habe solchen Hunger. Wenn sie jetzt alles schon aufgegessen haben?«

Kerstin erhob sich aus dem Sessel und ging in die Küche, dicht gefolgt von Klara. »Ich brate das Fleisch, du kannst dich um die Kartoffeln kümmern. Der Salat ist fertig, die Erdbeeren gewaschen. Aber wir müssen frische Sahne schlagen.«

43

Die Unterhaltung bei Tisch verlief stockend. Fäden wurden gesponnen und aufgenommen, doch immer nur für kurze Zeit. Keiner hielt stand.

»Ihr habt nie erzählt, wie ihr euch kennen gelernt habt.«

Das war Hans, der diesen Faden auswarf, und Jonas, der sich schuldig an der gespannten Stimmung fühlte, überwand sich und beschloss, sein Bestes zu tun. Er erzählte, wie er in seiner ersten Vorlesung in der medizinischen Fakultät gesessen und große Probleme gehabt habe, etwas mitzubekommen. Ein wippender blonder Zopf vor ihm hatte ihn abgelenkt.

»Ich kann immer noch nicht begreifen, was mich an diesem Zopf so angezogen hat«, sagte er und brachte damit alle zum Lachen. »Aber als sie sich endlich umdrehte, wusste ich, dass es um mich geschehen war. Es war eine hoffnungslose Liebe, es waren schreckliche Monate, in denen ich unglaublich froh war, sie zu sehen und gleichzeitig vollkommen verzweifelt. Alle Jungs umschwärmten sie, und ich, ich war so unbedeutend.«

»Nein, Jonas«, protestierte Klara. »Das stimmt nicht, kein Wort. Wir wussten beide ... Und außerdem waren um dich herum auch nicht gerade wenige Mädchen.«

»Und dennoch wurde es in all den Jahren nichts mit euch?«, fragte Kerstin.

»Aber Mama, du weißt doch, dass ich so viel zu verbergen habe.«

»Bin ich es, die du verbergen musst?« Sofias Stimme klang plötzlich wieder so streng wie am Nachmittag.

»Nein«, antwortete Jonas. »Klara hat mir beim ersten Mal, als wir allein waren, von dir erzählt. Dass es sich so lange hingezogen hat, das hat andere Gründe. Mich hat es erschreckt, dass Klara so tüchtig war, so verflucht kompetent. Sofia, wenn du meinst, deine Mama wäre dumm, dann solltest du einmal eine Nacht bei ihr sein, wenn sie Dienst hat. Mein Gott, Klara, erinnerst du dich an die Unglücksnacht damals?«

Klara nickte stolz und dankbar. Jonas erzählte von dem Bereitschaftsdienst, als fünf Autos auf der E6 zusammengestoßen waren und zwei tote und vier schwer verletzte Menschen in die Unfallaufnahme von Uddevalla gebracht wurden. Jonas und zwei andere Kollegen hatten getan, was sie konnten, während eine Krankenschwester den Oberarzt in der Chirurgie suchte.

»Sie konnte ihn nicht erreichen, also übernahm Klara das Kommando. Das waren reichlich komplizierte Geschichten, aber Klara operierte, als hätte sie nie etwas anderes getan. Ich habe ihr assistiert, voller Angst wie ein Hase und grün vor Neid. Als der Chirurg endlich auftauchte, meinte er, er hätte es auch nicht besser machen können, und alles sprach dafür, dass die Verletzten überleben würden.«

»Und da hast du gesagt, das sei einzig und allein Doktor Horners Verdienst.«

»Daran kann ich mich nicht mehr erinnern. Ich erinnere mich nur noch an die Stunden danach, als ich versucht habe, einzuschlafen, es aber nicht konnte. Da habe ich beschlossen, nicht Chirurg zu werden, weil dessen Verantwortung so unmenschlich groß ist.«

»Das wusste ich gar nicht«, sagte Klara überrascht. »Du hattest doch schon immer einen Hang zur Psychologie. Du hast oft ganze Vorlesungen über Freud und Jung gehalten.«

Sie lachten, aber der Boden brannte ihnen unter den Füßen, weshalb Jonas die Geschichte abkürzte.

»Erst als wir uns in Göteborg wieder trafen und alles zwischen uns einfach stimmte, da traute ich mich, sie zu fragen. Und ich wäre vor Glück fast die Treppen hinuntergefallen, als sie ja sagte.«

Jetzt konnten alle mitlachen. Hans erhob sein Weinglas und sagte, dass Klaras Familie fast ebenso glücklich sei wie Klara, dass Jonas sich da auf der Treppe getraut hatte, die Frage zu stellen. Und

Sofia nahm an dem Willkommenstrunk teil, schaute Klara jedoch lange über den aufsteigenden Blasen in ihrem Limonadenglas an.

»Das klingt ja, als ob du auch aus zwei Menschen bestehst«, sagte sie. »Warum bist du zu Hause denn so kindisch, wenn du in deinem Job so tüchtig bist?«

»Ich weiß nicht«, antwortete Klara.

»Ich glaube, alle Menschen werden kindisch, wenn sie ihre Eltern treffen«, sagte Kerstin und erzählte, wie jämmerlich sie selbst sich verhielt, wenn sie sich mit ihrem Vater traf. Obwohl er doch alt war und niemand etwas tat.

Jonas sah sie neugierig an und wandte sich dann Sofia zu, als er sagte, alle Menschen hätten verschiedene Personen in sich, und es sei wichtig, davon zu wissen. Und sie zu akzeptieren, wie sie nun einmal waren.

Sofia machte große Augen, sagte aber nichts, und Jonas fuhr fort:

»Ich finde es außerdem gut, wenn man darauf achtet, dass sie einander kennen lernen, sich Hallo sagen und so, wenn sie sich treffen«, erklärte er und zwinkerte Sofia zu.

»Aber Erwachsene machen das doch nicht«, widersprach Sofia.

»Nein, vielen ist die eine oder andere Figur peinlich, sie möchten sie dann am liebsten im Dunkel des Vergessens verstecken.«

»Machst du das auch, Oma?«

Kerstin sah verblüfft das Kind an, überlegte:

»Das kann schon sein, Sofia. Aber ich übe immer wieder, diese Personen anzunehmen. Ich kann nicht sagen, dass ich das kleine Kind mag, das da dem alten Opa um die Beine springt und versucht, es ihm recht zu machen. Aber ich weiß ja, dass es das Kind gibt. Und ich kann es verstehen.«

»Das meine ich nicht«, entgegnete Sofia. »Ich meine diese Hexe, die manchmal so schrecklich flucht. Und die Wahrheit sagt.«

Es ging ein Engel durch den Raum, während Kerstin und Sofia einander ansahen. Aber schließlich begann Hans zu lachen. Und nach einer Weile stimmte auch Klara ein.

»Aber Mama. Jetzt weiß ich, wie du das schaffst. Du redest beispielsweise mit einem Vater, der Probleme mit seinem Kind hat.

Und dann hörst du dir alle seine blöden Erziehungsregeln an, versuchst hier und da etwas geradezurücken und ihn dazu zu bringen, einige Veränderungen zu versprechen. Und wenn er gegangen ist, dann sagst du klar und deutlich, an niemanden gerichtet: ›Am liebsten würde ich diesen beschissenen Kerl beim Schlafittchen packen und ihm seine ganzen Prinzipien in den Arsch stecken.‹«

»Tue ich das?«

»Du kannst dich noch schlimmer ausdrücken«, bestätigte Hans. »Ich werde nie vergessen, wie wir meine Tante in Skåne besucht haben, und du warst so nett und lieb, dass ich dich verachtet habe. Aber auf dem Rückweg im Auto zum Hotel hast du gesagt: ›Bei allen guten Geistern, ich glaube, diese Scheißnazihure hat es mit dem Satan getrieben!‹«

»Wirklich?«

»Aber Kerstin, du erinnerst dich doch noch, der Taxifahrer hat geglaubt, du wärst betrunken.«

»Ja, das weiß ich noch. Und dass du was gesagt hast, was ich nicht verstanden habe.«

»Ich habe gesagt, wenn jemand schon mal die Wahrheit sagt, dann denkt man gleich, er oder sie wäre besoffen.«

»Oder verrückt«, fügte Jonas hinzu.

Es wurde spät, alle waren müde.

Als Sofia gute Nacht sagte, flüsterte sie Jonas zu, sie sei sicher, dass sie bereits gesprungen sei.

»Morgen ganz früh bist du dran.«

»Okay«, sagte er, und Sofia ging in ihr Zimmer hinauf. Auf halbem Weg drehte sie sich jedoch noch einmal um, kam zurück und gab Jonas die Hand. Sie war kalt und feucht vom Schweiß.

44

Jonas«, begann Klara, als sie endlich allein waren. »Ich habe Angst, einen Riesenbammel, wie Sofia immer sagt. Du musst vorsichtiger sein.«

Er fühlte Wut in sich aufsteigen, er hatte sich diese Situation schließlich nicht ausgesucht. Aber er schluckte die Wut hinunter und sagte, dass es keine akute Gefahr für Sofia gebe, soweit er es verstehe. Er werde sich am nächsten Morgen ausführlich mit ihr unterhalten. Er kannte sich mit Kindern aus, er würde schon vorsichtig sein.

»Sofia, Sofia, Sofia«, sie schrie fast. »Alles dreht sich immer nur um Sofia. Ich habe nicht ihretwegen Angst, ich habe um mich selbst Angst.«

»Ich aber nicht«, entgegnete Jonas, und seine Stimme war kalt. »Ich bin kein bisschen besorgt deinetwegen.«

»Aber du weißt doch, ich habe es dir doch erzählt.«

»Lass uns Eines ein für alle Mal klarstellen: Ich habe vor psychotischen Episoden ebenso wenig Angst wie du vor entzündeten Blinddärmen. Wenn du planst, ausgerechnet jetzt in den Wahnsinn zu fliehen, dann werde ich nur wütend. Um des Kindes willen, um der Zehnjährigen willen, die sich in einer Krise befindet und auch von ihrer Mutter Hilfe braucht.«

»Schrei nicht so, sie können uns hören.«

»Das ist mir scheißegal!«, schrie Jonas.

Im nächsten Moment klopfte es an der Tür, es war Hans Horner, er sah beunruhigt aus.

»Entschuldigt«, sagte er. »Aber Sofia hat so einen leichten Schlaf, und ich glaube, es wäre ganz wichtig, dass sie genügend Schlaf kriegt.«

»Da bin ich ganz deiner Meinung«, sagte Jonas. »Genau darüber haben wir gerade geredet, deshalb ist es gut, dass du gekommen bist.«

Er wurde leiser und fauchte:

»Deine reizende Tochter droht mit einer Psychose. Und das finde ich eine ziemlich bescheuerte Idee, jetzt, wo wir alle unsere Kräfte um Sofia sammeln müssen.«

Hans wich alle Farbe aus seinem Gesicht, und seine Augen weiteten sich vor Schreck:

»Klara, meine Kleine!«

»Hans«, schrie Jonas in gedämpfter Lautstärke. »Du bist ein größerer Idiot, als ich mir überhaupt vorstellen kann. Siehst du nicht, wie sie mit deiner und Kerstins Ängsten spielt?«

»Du meinst also, ich täusche es nur vor, dieses Gefühl, dass mir der Boden unter den Füßen wegrutscht?« Klaras Stimme zitterte vor unterdrückter Wut.

»Nein, das meine ich nicht. Dir geht es sicher ebenso beschissen wie mir selbst in diesem Augenblick. Und Hans und Kerstin auch. Aber du hast mir selbst erzählt, dass es für dich immer Inseln der Vernunft gibt, selbst mitten in einer Psychose. Such dir eine. Lande auf mir, denn ich bin genau genommen Festland, wenn es um diese Symptome geht.«

Klara nickte, aber er gab sich noch nicht zufrieden, sondern fuhr fort:

»Du hast einen Patienten mit geplatztem Blinddarm, den du für die Operation fertig machst. Gerade in dem Moment, wenn du alle Kräfte sammelst, bekommt die OP-Schwester einen hysterischen Anfall. Sie ist nicht austauschbar, es gibt keine andere Schwester. Was machst du?«

»Ich glaube, ich haue ihr eins aufs Maul«, sagte Klara.

»Genau, noch ein Schritt weiter, Klara, und ich hau dir eins aufs Maul.«

»Jonas«, sagte Klara zwischen Lachen und Weinen, »ich liebe dich.«

»Wenn das stimmt, dann sieh zu, dass du morgen fit bist, um

mir zu helfen«, entgegnete Jonas trocken und wandte sich Hans zu:

»Der Unterschied zwischen Klara und uns anderen besteht darin, dass sie einen Ort hat, an den sie fliehen kann, wenn sie verzweifelt oder ängstlich ist. Leute wie du und ich müssen in unserer Verzweiflung ausharren.«

»Wir können uns höchstens voll laufen lassen«, meinte Hans Horner.

»Das stimmt, Käptn. Aber das tun wir nicht.«

»Gute Nacht«, sagte Hans und ging zur Tür, drehte sich aber noch einmal um und sagte:

»Ich glaube, ich bin noch nie in meinem Leben so verwundert gewesen.«

Als sie endlich ins Bett gekommen waren, weinte Klara verzweifelt. Jonas ließ sie gewähren, holte ihr aber eine Schlaftablette:

»Nimm die, damit wir schlafen können«, sagte er.

Eine halbe Stunde später war sie eingeschlafen, während Jonas wach liegen blieb. Er starrte zur Decke und kämpfte mit dem heftigen Impuls, einfach wegzulaufen. Was in Gottes Namen hatte er hier zu tun, was ging ihn das Ganze an, dieses sonderbare Familienspiel mit verdeckten Karten? Was für ein Mensch verbarg sich hinter Hans Horners freundlicher Fassade? Der Joker im Spiel? Und sie, diese schöne, geheimnisvolle Kerstin? Die Pikdame. War sie es, die die Regeln für das Spiel aufstellte?

Er drehte sich auf die Seite und sah Klara lange an, die Frau, die er liebte. Liebte er sie wirklich? Sie schlief tief und fest, war weit entfernt, eine Fremde, die sich in einer verwirrenden inneren Welt verlor, sobald ihr jemand zu nahe kam. Sie war hässlich, das sah er jetzt, ein eckiges Gesicht, Horners ähnlich, kraftvoll, hart wie das eines Mannes.

Die sind doch alle zusammen verrückt, dachte er. Und das steckt an, das spüre ich. Er sah seine Jeans und seinen Pullover auf dem Stuhl liegen, dachte lange Zeit an seinen Wagen auf dem Hofplatz, wusste aber, dass er es nicht tun würde. Er hatte bei einem zehnjährigen Mädchen einen Prozess eingeleitet, und es war seine verdammte Pflicht und Schuldigkeit, hier zu bleiben und die Verantwortung zu übernehmen.

»Es ist sechs Uhr, und die Sonne scheint schon seit Stunden. Wach doch endlich auf, Jonas!«

Sofia flüsterte, aber nicht besonders leise, sodass Jonas und Klara gleichzeitig aus dem Schlaf hochfuhren. Das ärgerte Sofia, und sie verkündete laut, Klara könne ruhig weiterschlafen, sie werde nicht gebraucht.

»Ich begreife nicht, warum du auf deine Mama so böse bist.«

»Ach«, wehrte Sofia ab. »Ich bin nicht böse, ich finde nur, dass sie feige ist.«

»Da hast du sicher Recht«, meinte Klara, sie zog sich ihren Morgenmantel über und ging in die Küche. Jonas sah traurig aus, und Sofia fragte ängstlich:

»Bist du böse auf mich, wenn ich schlecht über Mama rede?«

»Ein bisschen. Aber weißt du was, darüber sprechen wir später.«

»Und wann?«

»Wenn wir gesprungen sind natürlich.«

Jonas zog sich Jeans und Hemd an, nahm Sofia an der Hand und ging in die Küche. Als Klara ihr Tee in die Tasse goss, sagte das Mädchen:

»Du brauchst keine Angst zu haben, Mama.«

»Ich versuche es, Sofia. Und ich vertraue Jonas und dir.«

Sie aßen schweigend, dann sagte Sofia:

»Ich muss Jonas eine ganze Menge erklären.«

»Das verstehe ich, ich werde versuchen, noch eine Weile zu schlafen«, sagte Klara und verschwand.

»Weißt du«, begann Sofia, »ich habe nämlich ein Versteck. Auf dem Dachboden. Oma weiß davon, aber sie hat versprochen, nie dorthin zu gehen, und sie ist prima, man kann sich auf sie verlassen, meine ich. Das heißt, außer mir war noch nie jemand sonst da. In dem Zimmer befindet sich der Berg, verstehst du?«

Er nickte, sie fuhr fort:

»Überall sonst bin ich die liebe kleine Sofia. Aber in dem Zimmer nicht, weißt du. Gestern ist zum ersten Mal der aus dem Zimmer durch meinen Mund hinausgeschlüpft, als andere dabei waren. Das kam nur, weil ich ihn gegen dich verteidigen musste, sagen musste, ich hätte mir das Ganze ausgedacht. Aber dann geriet alles so durcheinander, als du gesagt hast, dass du auch einen toten Papa hast, mit dem du geredet hast, als du klein warst.

Und als wir gegessen haben, hast du gesagt, dass man zulassen muss, dass die verschiedenen Figuren, die in einem sind, sich miteinander anfreunden. Du verstehst nicht alles, Jonas, denn du bist nicht so klug, wie du tust, aber das war der Moment, in dem wir gesprungen sind. Das will ich dir jetzt sagen, weil du es nicht begriffen hast. Eigentlich habe ich es auch nicht richtig begriffen, aber später habe ich geträumt, dass wir am Tisch saßen und du das gesagt hast, und ich bin direkt über den Tisch zu dir hingesprungen. Das ganze Geschirr ging kaputt, und Klara schimpfte, aber Oma lachte nur und sagte, dass sie sich nicht über verschüttete Milch aufregt.

Das war schon komisch, denn es stand doch gar keine Milch auf dem Tisch. Nur Wein. Aber das sagt sie immer. Zum Beispiel wenn man einen Teller runterfallen lässt, auf dem überhaupt keine Milch gewesen ist.«

»Das ist ein Sprichwort«, erklärte Jonas. »Das bedeutet einfach, dass man verlorenen Dingen nicht hinterhertrauern soll. Man soll nur traurig sein, wenn etwas verschwindet, was nicht zu ersetzen ist.«

»Wenn Leute sterben und so, meinst du?«

»Ja, oder wenn man böse wird, und es gibt Streit und man tut sich gegenseitig weh.«

»Ach so«, sagte Sofia zögernd, »deshalb bin ich so traurig, dass ich mich mit Anders nicht mehr verstehe, dem blinden Jungen, weißt du. Das tut mir so schrecklich Leid.«

»Das verstehe ich.«

»Was kann man da tun, Jonas?«

»Du musst es zulassen, so traurig zu sein, wie du bist.«

»Und wenn man es nicht aushält?«
»Das muss man, Sofia. Sonst ist man ein Feigling.«
»Das ist mir klar. Aber ist man dann das ganze Leben lang traurig?«
»Nein, das ist wie mit einer Wunde. Es tut weh, und es blutet manchmal, und die Wunde muss auch bluten. Und langsam, nach langer Zeit, wächst sie zusammen und wird zu einer Narbe.«
»Aber Narben tun auch weh, wenn man sie zufällig drückt.«
»Ja, das stimmt, Sofia.«
Sie schwiegen eine Weile, aber dann sagte Sofia, dass sie jetzt in das Versteck gehen sollten. Dort würde Jonas ihren Papa treffen und mit ihm reden können. Und sie wollte ihm … etwas zeigen.
»Aber das ist nicht so einfach«, sagte sie. »Denn der Eingang ist schrecklich eng, es ist schwierig, da hineinzukommen. Ich habe mir schon den ganzen Morgen Sorgen gemacht, dass du vielleicht zu groß und zu dick bist.«
»Oh, ich kann gut robben«, beruhigte Jonas sie.
»Als es hell geworden ist, habe ich eine Menge Kissen reingeschafft. Komm, da ist es richtig gemütlich.«
»Dann lass uns gehen«, sagte Jonas.
»Aber es ist besser, wenn wir vorher noch pinkeln. Es ist zu blöd, im Versteck zu sein, wenn man Pipi machen muss.«
Sie gingen beide auf die Toilette, bevor sie sich die Treppe hinaufschlichen, auf Zehen an Kerstins und Hans' Schlafzimmer vorbei und weiter zur Tür zur Dachbodentreppe. Die Treppe knarrte, und die beiden sahen sich erschrocken an. Aber nichts rührte sich im Schlafzimmer, also konnten sie beruhigt ausatmen, und Sofia flüsterte, dass sie sich abends so lange liebten, dass sie morgens immer wie ein Stein schliefen.
Jonas staunte und dachte gleichzeitig, dass die beiden sicher auch wach und ebenso gespannt wie Klara waren. Der Gedanke an Klara tat ihm weh, sie hatte es momentan nicht leicht, und er schämte sich.
Sofias Versteck lag ganz hinten unter der Giebelspitze des Dachbodens. Es gab keine Tür, aber das Mädchen hakte eine Holzluke unten am Boden los, und Jonas kroch hinein. Ohne Probleme.

»Toll«, sagte sie. »Wo hast du das gelernt?«
»Beim Militär.«

Es war dunkel, doch das Kind zog vor einem halbmondförmigen Fenster eine Gardine auf, das Licht strömte herein, und der Staub tanzte in den Sonnenstrahlen.

»Hier ist es nicht besonders ordentlich«, sagte sie entschuldigend. »Aber es ist doch schön, findest du nicht auch? Ein ganzer Raum, wie ein Geheimfach.«

Er nickte, konnte jedoch nicht antworten. Er schaute sich die Wände an, an denen er entlanggekrochen war, und seine Augen wurden ganz rund vor Überraschung.

»Sofia«, flüsterte er schließlich. »Sind die von dir?«
»Ja.« Ihre Stimme schwappte vor Freude über.

Die Sonnenstrahlen spielten in dem Versteck nicht nur mit dem Staub, sie fanden Halt in leuchtenden Farben, auf Vögeln und Fischen, auf Bergen und in Wäldern in den Gemälden, die die Wände bedeckten.

»Mein Gott«, sagte Jonas.

Im Winter, als Klara sich besonders große Sorgen um Sofia gemacht hatte, hatte er ihr gesagt, er würde gern ein paar Zeichnungen des Kindes sehen. Er hatte einen Kollegen, der auf Kinderzeichnungen spezialisiert war und darauf, was sie über die Gedanken und Phantasien eines Kindes aussagten. Also hatte er Klara aufgefordert, ihre Mutter anzurufen und Kerstin zu bitten, einige von Sofias Werken zu schicken.

Er konnte sich immer noch an seine Verwunderung erinnern, als Klara sagte, dass Sofia nie malte. Alle Kinder malen, hatte er gesagt, und Klara war noch unruhiger geworden, als sie versicherte, dass Sofia es nicht tat. Natürlich hatte sie wie alle anderen Kinder Kopffüßler und Häuser mit Türen gezeichnet, die wie Münder aussahen, aber nur, als sie noch klein war. Und eines Tages war sie so wütend auf Stifte und Papier geworden, dass sie alles in die Ecke geworfen hatte.

»Kerstin glaubt, dass sie aufgehört hat zu malen, weil die Bilder nie so wurden, wie sie es sich gedacht hat. Sie fühlte sich unzureichend, und deshalb hat sie aufgehört. Wie ich es früher auch gemacht habe.«

»Aber du hast als Kind gemalt?«

»Nein, ich glaube, ich habe es genauso wie Sofia gemacht, aufgehört, weil es nie gut genug war.«

Er konnte sich an das Gespräch erinnern, Wort für Wort. Und an seine Verwunderung, die er vor Klara verbergen wollte.

»Mein Gott«, sagte Jonas wieder und löste endlich seinen Blick von den Wänden und schaute Sofia an.

»Warum sagst du die ganze Zeit ›Mein Gott‹?«

»Weil ich so überrascht bin. Sofia, du bist sehr begabt. Du kannst ein große …«

»… Malerin werden?«

»Ja, das denke ich schon.«

»Ich habe noch mehr, Tausende. Guck mal.«

An der Längswand stand ein alter Küchenschrank, sie öffnete ihn, und die Bilder quollen heraus. Starke, suggestive Bilder, viele abstrakt.

»Mir gefallen die am besten, die etwas darstellen«, sagte Sofia, während Jonas den Kopf schüttelte.

»Ich glaube, mir gefallen die anderen noch besser.«

»Warum?«

»Ich mag Kunstwerke, die der Phantasie Spielraum lassen, wenn man sie betrachtet.«

»Das klingt spannend, daran habe ich bis jetzt noch nie gedacht.«

Sie schwieg eine Weile, bis sie zugab:

»Aber ich habe auch viele schlechte.«

»Und wo hast du die?«

»Zuerst habe ich sie einfach aus dem Fenster geworfen. Aber da wurde Oma böse und sagte, dass ich eine Plastiktüte mit hochnehmen und den Müll da reintun sollte. Sie war richtig wütend, wie sie es ab und zu wird, aber es war schon in Ordnung. Denn später fing sie an, große Blocks und Massen an Stiften für mich zu kaufen. Jedes Mal, wenn sie ihr Gehalt gekriegt hat, kam sie mit einer großen Tüte nach Hause, die sie in meinem Zimmer aufs Bett gelegt hat.

Das war schön, denn vorher hatte ich die Stifte in der Schule geklaut.«

Sie schaute Jonas prüfend an, auf einen Tadel gefasst. Doch er sagte nur überrascht:

»Dann habt ihr nie darüber gesprochen?«

»Nein, ich habe dir doch schon gesagt, dass sie es gut akzeptieren kann, wenn jemand ein Geheimnis hat. Ich glaube, das liegt daran, dass sie selbst so viele Geheimnisse hat.«

»Das kann stimmen«, sagte Jonas, dachte aber, dass damit nicht alles erklärt sein konnte.

»Aber das ist ja noch gar nicht das große Geheimnis«, erklärte Sofia. Sie stand auf, ging zum Spiegel an der Breitseite und nahm ihn ab. Hinter dem Spiegel befand sich ein Foto, das verblichene Bild eines Gemäldes. Bäume in Reih und Glied, eine eigentümlich schillernde Welt.

»Das hat mein Papa gemalt«, sagte Sofia. »Ich habe es Klara geklaut, sie hatte es unter ihrem Bett auf der Veranda liegen. Ist es nicht wunderbar?«

»Doch, ja.«

»Und dann ist es nämlich so, wenn wir es auf den Stuhl vor uns stellen und lange genug daraufgucken, dann können wir mit Papa reden.«

»Ich glaube, das kannst nur du«, sagte Jonas. »Er will sicher nicht mit mir reden.«

Er wusste nicht, ob Sofia den Einwand mitbekommen hatte, sie war ganz versunken in das verblichene Foto. Nach einer Weile wurde sie vor Freude rot, grüßte das Bild mit einer Verbeugung und sagte mit klarer Stimme:

»Ich will dich nicht lange stören, Papa. Ich möchte dir nur Jonas vorstellen und fragen, was du von ihm hältst.«

Es war so still im Raum, dass Jonas hören konnte, wie das Haus erwachte, die Toilettenspülung rauschte; Hans lief die Treppe hinunter, Kerstin rief etwas. Sofia hörte nichts davon, ihre gesamte Aufmerksamkeit galt dem Bild. Schließlich lächelte sie übers ganze Gesicht, seufzte, legte ihre Hand in die von Jonas und sagte:

»Er sagt, ich soll nett zu dir sein.«

»Das ist gut. Kannst du ihn nicht fragen, ob du vielleicht auch zu Klara nett sein sollst.«

»Aber das geht doch nicht«, widersprach Sofia ihm. »Dann erfährt er doch, dass ich gemein zu Mama bin, und dann wird er sicher stinksauer auf mich.«

Sie sah Jonas an, sah das Glitzern in seinen Augen und musste selbst lachen.

»Weißt du, ich kann nämlich nicht lügen. Man erkennt es sofort daran, dass ich schiele. Und wenn man nicht lügen kann, dann muss man eine ganze Menge geheim halten. Den Großen gegenüber. Verstehst du?«

Er nickte und fragte:

»Dann sollen wir das alles hier, deine Zeichnungen und so, geheim halten?«

Sie dachte lange nach, seufzte und überließ ihm die Entscheidung:

»Das musst du bestimmen.«

»Pass auf, dann machen wir es so: Wir schweigen wie ein Grab, aber nach dem Mittagessen schicken wir alle auf einen Spaziergang. Dann bereiten du und ich auf der Veranda eine Vernissage vor, mit Champagner und allem Drum und Dran.«

»Was ist eine Vernissage?«

»Ein Fest, zu dem man einlädt, wenn man eine richtig gute Kunstausstellung eröffnet.«

Das gefiel ihr. Aber gleichzeitig hatte sie Angst.

»Dann habe ich ja keine Geheimnisse mehr«, flüsterte sie, aber als Jonas sagte, dass es wichtig sei, die Zeichnungen zu zeigen, und dass ihr sicher wieder neue Geheimnisse einfallen würden, ging sie auf seinen Vorschlag ein.

»Das wird wahnsinnig spannend.«

»Und noch etwas möchte ich gern mit dir machen«, fuhr Jonas fort. »Wir wollen versuchen, alles über deinen Papa herauszukriegen, über seine Familie und so weiter. Vielleicht können wir sogar Verwandte finden und besuchen.«

»Trauen wir uns das?«

Eine Weile später krochen sie aus dem Versteck, bürsteten sich auf dem oberen Flur den Staub von der Kleidung und gingen zu den anderen hinunter. Es war deutlich zu erkennen, dass beide bestens gelaunt waren. Jonas lächelte und strahlte allen beunruhigten Blicken entgegen, und Sofia verkündete:

»Oma, du musst dich mit dem Essen beeilen. Und wenn ihr gegessen habt, dann sollt ihr spazieren gehen, denn Jonas und ich wollen eine Überraschung auf Klaras Veranda vorbereiten. Hans, hast du ... wie hieß das, was wir brauchen, Jonas?«

»Champagner?«

»Eine große Flasche, echten französischen«, sagte Hans glücklich.

45

Klara kam allein im Auto zurück. Die anderen waren zu Åke gefahren, um sich dessen Boot auszuleihen, sagte sie. Hans hatte ihn am Tag zuvor angerufen. Horner wollte Jonas mit auf eine Segeltour in den äußeren Schärengürtel und nach Åland mitnehmen.

»Wer ist Åke?«

»Erinnerst du dich an den Polizisten, der uns damals geholfen hat? Seitdem sind wir miteinander befreundet.«

Sofia und Jonas waren schnell fertig geworden, jetzt waren sie verschwitzt und schmutzig.

»Uns fehlt nur noch der Tisch im Wohnzimmer«, sagte Jonas. »Vielleicht kannst du ihn mit weißer Decke und Sektgläsern decken.«

»Natürlich. Darf ich auf die Veranda?«

»Nein, möglichst nicht. Ich möchte gern, dass Sofia dabei ist, wenn du hineingehst.«

Die Verandatür war verschlossen. Der Vorhang war vorgezogen. Klara akzeptierte die Antwort und sagte:

»Dann geht jetzt erst mal duschen. Und zieht euch was Sauberes an.«

Gut, dass es Sekt gab, dachte sie, als sie die langstieligen Gläser vorsichtig aus dem guten Schrank herausholte. Sie hatte einen trockenen Mund und unangenehmes Herzklopfen. Aber der Boden lag bewegungslos unter ihren Füßen, und sie hielt sich an dem Gedanken fest, dass sie sich auf Jonas verlassen konnte.

Das Kind zeichnete, so viel hatte sie verstanden. Heimlich. Und jetzt sollte das Heimliche der Welt gezeigt werden, und plötzlich begriff Klara, was das bedeutete.

Meine kleine Sofia. Wirst du das schaffen?

Aber das Mädchen hatte in keiner Weise ängstlich ausgesehen, als sie die Treppe zum Badezimmer hinaufgelaufen war. Wenn ich das gewesen wäre, wenn ich ... wenn alles aufgedeckt worden wäre, ich wäre auf der Stelle tot umgefallen. Oder in den Berg geflohen.

Klara blieb lange mit dem letzten Glas in der Hand stehen, ihre Hand zitterte. Als Jonas zurückkam, nahm er ihr das Glas ab; er stellte es auf den Tisch und küsste sie:

»Es gibt nichts, wovor du Angst haben müsstest.«

»Aber Jonas, das wird ja eine öffentliche ... ja, als ob man sich entblößt.«

»Nein. Sofia hat nichts zu verbergen.«

Die Worte drangen in sie ein und taten weh. Genau darum geht es, dachte sie. Genau darum geht es immer wieder.

Jetzt kam Sofia die Treppe heruntergehüpft, sie trug das einzige Kleid, das sie besaß, mit blauen Blumen auf weißem Grund, mit weitem Rock.

»Kannst du mir hinten die Schleife binden?«

Mit unsicheren Händen band Klara eine große Rosette.

»Meine Güte, was hast du für Angst«, sagte Sofia, drehte sich um und umarmte Klara.

»Du bist ein richtiger Angsthase«, sagte sie. »Es kann doch nicht mehr passieren, als dass sie alles schlecht finden. Und du weißt, niemand würde das sagen, weil doch alle nett zu Kindern sind.«

Jonas lachte, und dann nahm er beide an die Hand und öffnete die Verandatür. Klara ging feierlich wie in einer Kirche direkt auf die größte Zeichnung zu, die genau gegenüber dem Eingang an die Fensterscheibe geklebt war. Dort blieb sie stehen, wie sie vor langer Zeit in einer Ausstellung in Uppsala gestanden hatte. Und genau wie damals dachte sie, dass das hier ihre Welt sei, so sah sie aus, so strahlend reich und anders war sie.

Dann dachte sie nicht mehr, und sie war dort, in der Zeichnung. Wie ein verzaubertes Kind ging sie zwischen den hohen Bergen auf dem Weg zum Meer, das blau in der Sonne glänzte, weit hinten. Alles hatte eine Stimme, die Felsen und die Bäume sangen für sie von Elfen und Engeln, von Zuversicht und Gott. Es war ein Gesang ohne Worte, es gab nichts zu interpretieren oder zu verstehen.

Langsam fühlte sie Jonas' Arm um ihre Schultern, drehte sich zu ihm und flüsterte:

»Genauso war es, Jonas.«

»Ich glaube, ich weiß es.«

Sofia sah die beiden an. Zärtlichkeit war in ihrem Blick:

»Kleine Mama«, sagte sie.

Nur in ganz außergewöhnlichen Augenblicken wurde Klara Mama genannt. Jetzt kamen ihr die Tränen; Jonas wischte sie ab und schickte Sofia, Küchenpapier zu holen. Dann trockneten sie die Tränen gemeinsam, und Klara weinte. Hemmungslos.

»Was sollen wir machen, Jonas?«

»Wir sollen uns freuen.«

»Aber bald kommen die anderen zurück, und sie kann doch nicht so aussehen.«

Jetzt musste selbst Klara lächeln.

»Keine Sorge. Ich gehe ins Bad und wasch mir das Gesicht mit kaltem Wasser.«

Aber als Klara ihr Gesicht im Badezimmerspiegel erblickte, kamen die Tränen zurück, und Jonas sagte, sie solle sich am besten eine Weile hinlegen. Er brachte sie in Sofias Zimmer, half ihr ins Bett und bat das Mädchen, noch eine Decke zu holen.

»Nach einer Weile wird sie frieren«, sagte er.

»Eine Tablette«, bat Klara, aber Jonas schüttelte den Kopf.

»Es ist gut, dass du weinst. Das ist das Beste, was dir seit langem passiert ist. Außer der Tatsache, dass du mich kennen gelernt hast, natürlich.«

Darüber konnten sie alle drei lachen.

»Du musst allein runtergehen und die Gäste empfangen. Wir kommen später.«

Sofia zögerte:

»Ich kann die Flasche nicht öffnen.«
»Bitte Hans darum.«
»Okay.«

Nach einer halben Stunde kam Jonas allein herunter, Klara schlief, erklärte er. Als er sah, dass Sofia alle Erdnüsse aufgegessen hatte, zischte er:

»Dududu!«

»Wir haben noch mehr«, sagte das Mädchen und lief in die Küche.

»Das war schon merkwürdig, dass Klara so geweint hat«, sagte sie, als sie zurückkam. »Verstehst du, warum?«

»Ich glaube schon. Wenn das hier vorbei ist, werde ich es dir erklären.«

»Ich weiß schon. Sie hat so eine Riesenangst vor der verborgenen Welt. Und deshalb kann sie so schlecht mit mir reden.«

»Sofia, das ist aber ein Geheimnis.«

»Das kann wohl kein Geheimnis sein, wenn du es schon gewusst hast.«

»Doch, denn nur du und ich wissen davon. Und so soll es bleiben, bis wir mit ihr darüber reden können.«

»Versprochen«, sagte das Mädchen.

Durch die Lücken zwischen den Zeichnungen auf den Verandafenstern konnten sie sehen, wie das Boot an der Brücke anlegte, ein Maxi 84.

»Nicht schlecht«, sagte Jonas. »Ihr müsst gut bezahlte Polizisten hier an der Küste haben.«

»Er ist inzwischen mindestens Kommissar«, erklärte Sofia. In ihrer Stimme klang ein Ton der Zurechtweisung mit, und Jonas sah ein, dass er den verdient hatte. Aber er dachte gleichzeitig, dass dieses Kind einen immer wieder überraschen konnte.

»Du, Jonas, lass uns den Pfarrer anrufen. Ich mag ihn gern. Aber du musst mit ihm sprechen.«

»Bist du schüchtern?«

»Ja.«

Während das Boot anlegte, rief Jonas Karl Erik Holmgren an, der in seinem Büro saß und Formulare ausfüllte. Er freute sich über die Einladung und versprach, etwas später zu kommen. Dann füllte sich das Haus mit Stimmen, und Jonas gab Åke und seiner Frau die Hand. Hans öffnete die Champagnerflasche mit genau dem richtigen feierlichen Knall.

»Du musst die Begrüßungsrede halten«, sagte Jonas zu Sofia.

»Ich, ich bin doch erst zehn.«

»Sofia.«

»Na, okay. Dann eröffne ich hiermit meine erste Kunstausstellung. Es war Jonas' Idee, also müsst ihr euch bei ihm beschweren, wenn ihr enttäuscht seid. Das war die Rede.«

»Prima«, sagte Jonas, er öffnete die Türen zur Veranda und verbeugte sich feierlich:

»Willkommen!«

Åke und Ragnhild traten zuerst ein, gingen umher und verstummten. Dann kam Hans. Bleich und verkniffen betrachtete er lange jedes einzelne Bild.

»Gefallen sie dir?«

»Gefallen ist nicht das richtige Wort.«

»Aber warum siehst du so traurig aus?«

Er nahm das Mädchen auf den Arm, wie früher, als sie noch klein war, und versuchte es ihr zu erklären:

»Man hat ein Kind, ein kleines Mädchen. Und plötzlich macht sie einen Sprung nach vorn, von einem weg. Oder, ja ... eher an einem vorbei. Das ist gleichzeitig schön und traurig, Sofia.«

»Du bist vielleicht dumm. Nie, niemals werde ich von dir wegspringen.«

Kerstin hingegen saß in dem alten Korbsessel in der Verandaecke, ihre Augen waren größer als je zuvor. Sie weinte, nicht lautstark wie Klara, nein, still und leise. Hans ging zu ihr und setzte ihr Sofia auf den Schoß:

»Das sind Freudentränen, Sofia.«

»Ich weiß, Oma.«

Sofia hatte Karl Erik Holmgren entdeckt und sprang davon, um ihn zu begrüßen. Der Pfarrer sah elegant aus, kam in seinem Talar; er nippte nur an seinem Glas, musste noch zu einer Beerdigung.

»Diese Zeichnung hier ist für Sie«, sagte Sofia. »Sie kriegen sie, obwohl Jonas gesagt hat, ich dürfe keine verkaufen oder verschenken. Aber Sie sollen sie haben.«

Karl Erik betrachtete lange die Zeichnung, bevor er Gott in dem strahlenden Licht unter dem blauen Gewölbe seiner Kirche lachen sah.

»Also hat noch einer das gehört«, sagte er so leise, dass nur Sofia es verstehen konnte.

46

Erst am späten Nachmittag brachen die Gäste auf. Jonas bot sich an, Åke und seine Frau nach Hause zu fahren, aber Kerstin ließ nicht mit sich reden:
»Nein, ich möchte, dass du hierbleibst. Außerdem bin ich die Einzige, die keinen Wein getrunken hat, und das ist gut so, falls die Polizei der Polizei in die Hände fällt.«

Klara war während des Festes aufgewacht, hatte die Tränenspuren überpudert, so gut es ging, und alle begrüßt. Sie war blass und still gewesen, aber als Sofia sie umarmen wollte, hatte sie abgewehrt:
»Nicht jetzt.«

Sie hatte mit dem Pfarrer gesprochen, ihm für seine Predigt gedankt und sich getraut zu fragen:
»Was denken Sie, was das vorstellen soll?«

Ihre Hand hatte auf die Zeichnungen gezeigt, aber sie selbst schaute sie nicht an.

Karl Erik brauchte gar nicht nachzudenken:
»Gottes Welt«, sagte er.

Als der Abend kam, waren alle in Horners Haus müde. Sie aßen in der Küche, die Reste vom Vortag. Hans schaute Kerstin unruhig an, sie konnte kaum noch die Augen offen halten.
»Es ist zwar erst acht, aber ich glaube, Kerstin und ich gehen ins Bett.«

»Wir gehen alle ins Bett«, sagte Jonas, aber Sofia protestierte, sie wollte reden. Also gingen Jonas und Klara mit dem Mädchen auf die Veranda und legten sich gemeinsam in das große Doppelbett.

Klara spürte die Anforderung und merkte zu ihrer eigenen Überraschung, dass sie sie akzeptierte.

Sie würde erzählen.

Sie begann mit Jans Tod und fuhr dann mit ihrer eigenen Krankheit fort.

»Ich hatte solche Angst, Sofia.«

Dann kam sie zu dem Sommer, den sie allein verbrachte, als sie in der Kunstausstellung in Uppsala Johannes' Gemälde gesehen hatte.

»Das war einfach unglaublich.«

Sie erzählte ausführlich, alles, was sie noch von Johannes wusste, die Liebe, seine Bude in Vaksala, die Scheune am Waldrand.

»Er wurde immer kränker, außerdem trank er unmäßig. Es dauerte eine ganze Weile, bis ich begriff, dass er Alkoholiker war.«

»Wie mein Vater«, sagte Jonas.

Sofia weinte ein bisschen, aber sie wollte mehr hören, alle Details über Johannes, wie er aussah, wie er sprach.

»Seine Stimme war tief und sehr schön«, sagte Klara.

»Ich weiß.«

»Er wagte sich zu weit hinein, Sofia. Zum Schluss fand er nicht mehr den Weg zurück zu der äußeren, der normalen Wirklichkeit.«

Sofia dachte an das, was Kerstin sie gelehrt hatte, und sagte:

»Er konnte sie nicht auseinander halten.«

»Ja, das stimmt, das konnte er nicht mehr. Und schließlich musste ich einsehen, dass nicht einmal ich wirklich für ihn existierte, ich war eine Phantasie, die er geschaffen hatte. Er musste ins Krankenhaus, Sofia, es war schrecklich, aber es musste sein. Und da entdeckten sie, dass er Leberkrebs hatte, eine Krankheit, die Alkoholiker oft kriegen. Und dann …«

»Und dann?«

»Dann merkte ich, dass ich schwanger war. Ich habe mich gefreut, Sofia, obwohl ich erst achtzehn war und noch keine Ausbildung hatte. Ich habe dann alles geplant, wie ich nach Stockholm gehen würde, mir irgendeinen Job suchen, eine billige Einzimmerwohnung nehmen und dich in die Krippe geben würde. Aber dann kam Kerstin mit ihrem Vorschlag, du weißt, ich hatte gerade einen Platz in der medizinischen Fakultät gekriegt.«

»Das war ja nur gut so«, stimmte Sofia zu. »Ich hätte nicht gern in Stockholm gewohnt und wäre den ganzen Tag im Kindergarten gewesen. Und dann wärst du keine Ärztin geworden.«

Zum ersten Mal konnte Klara lachen:

»Und ich hatte Angst, du würdest mir das vorwerfen«, sagte sie.

»Warum hast du immer so schnell diese Riesenangst? Und warum sprichst du dann nicht lieber darüber, fragst und so, damit du weißt, was ich denke?«

»Ich weiß es nicht, Sofia. Obwohl ich heute eine Ahnung bekommen habe ... dass es daran liegt, weil ich so viel zu verbergen habe. Und das Schlimme ist, dass ich nicht so recht weiß, was ich eigentlich verberge. Aber das hängt mit dem zusammen, was ich dir erzählt habe, mit der Zeit, als ich verrückt war und in den Berg gegangen bin.«

»Du hast was im Berg versteckt?«

»Ich glaube, das stimmt.«

»Aber dann musst du nur wieder zurückgehen und es suchen.«

»Sofia, das traue ich mich nicht. Nicht dorthin. Alles, aber nicht dorthin.«

Sie schrie. Sofia bemerkte nüchtern, sie solle leise sein, damit sie Hans und Kerstin nicht wecke. Jonas sagte, dass Klara es irgendwann, sicher bald, wagen würde. Aber es müsste sie jemand dabei begleiten.

»Das bist du natürlich, Jonas, du gehst mit ihr.«

»Nein. Ich kann das nicht, Sofia. Man ist nicht stark genug, wenn man denjenigen, den man begleitet, zu gern mag. Aber ich kenne eine Frau, die solche Reisen schon oft gemacht hat und immer gemeinsam mit den Verlaufenen den Weg zurück gefunden hat.«

»Das ist merkwürdig«, sagte Sofia, und dann blieben sie eine ganze Weile still liegen. Schließlich sagte Klara, ihr sei klar geworden, dass Sofia die Begabung ihres Vaters geerbt habe.

»Talent ist ja etwas, was man erben kann«, sagte sie. »Aber dass du derart ähnlich wie er malst, dass ihr die gleiche Technik habt, das ist schon sonderbar.«

»Nein, das ist überhaupt nicht merkwürdig. Denn er hat mir das ja beigebracht.«

Eifrig erzählte Sofia von dem Foto von Johannes' Gemälde, das sie in Klaras Zimmer gefunden und mitgenommen hatte und dann in ihrem heimlichen Zimmer hinterm Spiegel versteckte. Und wie sie es hervorgeholt, lange angesehen und dann mit Johannes gesprochen hatte, der sie in den Farben unterrichtete, und dass vorn die Dinge groß und hinten klein gemalt wurden.

»Über die Perspektive?«

»Genau, so heißt das. Er hat noch viel mehr erzählt, er hat mir beigebracht, wie man sieht. Die Farben zum Beispiel, wie viele tausend Sachen grün sind. Und wann das Rot flach wird. Vom Meer, das seine Farbe vom Himmel kriegt und sie verstärkt, von den Bergen, wie sie ururalte Geheimnisse in sich verbergen, aber dass man sie sehen kann, wenn man sie lange anguckt und dann genauso lange die Augen zumacht. Schließlich malt man sie, wie man sie mit geschlossenen Augen gesehen hat. Ist das nicht toll?«

Klara war stumm vor Verwunderung. Schließlich flüsterte sie:

»So hat er nie mit mir gesprochen.«

»Aber du hast doch selbst gesagt, dass er betrunken und krank war. Jetzt ist er tot, gesund, nüchtern und so.«

»Sofia, wie hast du rausgekriegt, wie er heißt?«

»Ich habe mir ja das Bild unter deinem Bett geschnappt. Ich hatte es lange an der Wand in meinem Versteck hängen, ich mochte es so gern. Und als ich sieben oder so war, jedenfalls hatte ich schon lesen gelernt, da habe ich das gleiche Bild in Omas Zeitung gesehen. Auf der ersten Seite. Ich habe die Zeitung mit in mein Versteck genommen und alles gelesen, was da stand, und als ich seinen Namen wusste, konnte ich ihn zum ersten Mal rufen. Er kam sofort und hat mir alles erzählt, das Gleiche, was du heute Abend gesagt hast. Er hat dir gegenüber ein schlechtes Gewissen, Klara, und er nervt mich immer, dass ich lieb zu dir sein soll. Deshalb tut es mir so schrecklich Leid, dass ich das nicht sein kann.«

Klara lag wie eine Salzsäule im Bett, die Tränen liefen ihr über die Wangen, aber der Arzt in ihr dachte: Das nehme ich ihr nicht ab, das ist töricht und wahnsinnig. Selbst Jonas war verstummt, und es dauerte eine volle Viertelstunde, bis er bemerkte, dass Sofia eingeschlafen war. Vorsichtig trug er sie die Treppe hinauf und legte sie in ihr eigenes Bett.

Sie wachte nicht auf.

Klara wartete mit aufgerissenen Augen auf ihn:

»Nun, Doktor Jonas Nyström, möchte ich gern das Gutachten eines Experten der Psychiatrie hören.«

»Der würde sagen, es handelt sich um Projektion. Und Teilpersönlichkeiten. Aber ich ... ja, ich bin mir da nicht so sicher, Klara.«

»Du bist also offen für das Unerklärliche.«

»Wir wissen doch so wenig.«

»Aber zumindest so viel: Ein Toter ist ein Toter ist ein Toter.«

Jonas schwieg, er dachte an seinen eigenen Vater und an die Gespräche, die er mit dem Toten geführt hatte, als er noch ein Kind war. Projektionen, ja. Aber auch etwas, das er verloren hatte und eine nie zugegebene Trauer über den Verlust.

Sie zogen sich aus und gingen ins Bett. Er streichelte sie, es fand sich keine Lust zwischen ihnen, aber Jonas spürte eine große Zärtlichkeit.

Am nächsten Morgen suchte Klara Kerstin im Badezimmer auf. Kerstin stellte die Dusche ab und wickelte sich in ein Badelaken, während Klara ihr erzählte, wie Sofia in der Zeitung über Johannes' Ausstellung gelesen und sich alles zusammengereimt hatte.

»Also hat alles eine natürliche Erklärung«, sagte Kerstin erleichtert.

»Ja. Und noch was, Mama. Ich habe geglaubt, du hättest das Foto von Johannes' Gemälde weggenommen. Deshalb bin ich dir jahrelang böse gewesen.«

»Aber Klara. Du weißt doch, dass ich nie etwas stehle. Oder heimlich wegnehme.«

»Ja. Ich hätte es wissen müssen. Wahrscheinlich wollte ich nicht so weit denken. Verzeih mir.«

Nach dem Frühstück wollte Kerstin sich ausruhen. Sofia und Klara sollten die Spuren der Ausstellung und des Fests aufräumen, und Hans und Jonas machten einen Tagesausflug in den Schärengürtel. Horners Augen verloren sich in der Meeresweite, als Jonas ihm erzählte, wie der tote Künstler das Kind malen gelehrt hatte. Er dachte an seine Mutter, die er nie betrauert und immer vermisst hatte.

Schließlich sah er Jonas an und wagte die Frage:

»Glaubst du, dass es möglich ist, Jonas. Dass es die Toten gibt?«

»Ja, aber nicht so buchstäblich wie Sofia es sieht. Sie leben sicher in unserer Psyche in irgendeiner Form weiter. Wie Kräfte, die sich abspalten und eine eigene Gestalt annehmen können.«

47

Am nächsten Tag besuchte Jonas Katarina und Anders, zusammen mit Klara. Der Junge freute sich, das sah man daran, wie vertraulich er mit Klara sprach.

»Auf den Kanarischen Inseln habe ich mich wie ein Idiot benommen. Zum Glück warst du mit, denn du hast alles von Anfang an verstanden.«

»Ich hatte mit Doktor Stenström gesprochen.«

Er lachte, das verschlossene Gesicht lebte auf.

»Es ist schön, dich wieder lachen zu hören, Anders. Hast du von Stenström Hilfe bekommen?«

»Ja. Er hat es geschafft, dass ich schließlich doch alles verstanden habe. Und dann ist was Schönes passiert. Ich habe mich mit dem Pfarrer angefreundet.«

»Mit Karl Erik Holmgren?«

»Ja.«

Anders stolperte fast über die Worte, als er erzählte, wie er und Holmgren sich jeden Abend in der Kirche trafen und unterhielten.

»Nichts Anstrengendes oder so wie bei dem Doktor. Meistens reden wir nur darüber, was am Tag passiert ist und was wir denken und so weiter. Er mag das auch, ich meine, er redet nicht so zu mir wie die Erwachsenen meistens, sondern eher wie ein Kumpel.«

»Aber er spricht sicher auch über Gott und so?«

»Nein, er spricht nicht über Gott, sondern darüber, wie wenig wir von allem überhaupt begreifen. Er sagt, Gott sei zu groß, als dass wir ihn verstehen könnten, dass die Menschen, wenn sie über ihn reden, ihn nur verkleinern.«

»Das habe ich auch immer gedacht«, sagte Jonas, und Anders wandte sein Gesicht der Stimme zu und sagte:

»Toll. Kaum zu glauben, weil du doch Arzt bist.«

Klara lachte ärgerlich auf, der Junge verstand es sofort und erklärte trotzig:

»Wir beenden unser Gespräch jeden Abend mit einem Vaterunser.«

»Ich würde gern einen Abend mal mit dabei sein. Meinst du, das wäre möglich?«, fragte Jonas.

»O ja. Er mag dich, er hat mir gestern von dir erzählt und von Sofias vielen Zeichnungen, die du hervorgeholt hast. Er hat eine von ihr gekriegt, er hatte sie mit in der Kirche und hat mir erzählt, was sie darstellt. Aber das darf ich nicht sagen, denn das ist ein Geheimnis.«

Katarina rief, der Kaffee sei fertig. Sie setzten sich in ihre Küche, und Jonas sagte, die Küche und das Haus, ja das ganze Pfarrdorf sei schön. Und Anders erzählte, wie das Dorf im 17. Jahrhundert von den Russen niedergebrannt und dann wieder aufgebaut worden war, dicht um die Kirche herum. Deshalb sahen sich die Häuser alle so ähnlich.

»Das ist interessant«, sagte Jonas. »Und das erklärt auch, warum die Häuser sich so dicht an die Kirche drängen.«

»Als suchten sie Schutz, meinst du?«, sagte Anders. »Daran habe ich nie gedacht.«

»Das habe ich auch oft überlegt«, erklärte Katarina. »Die Russen haben nie irgendwelche Kirchen in Brand gesteckt. Deshalb war es ja nur logisch, die Häuser möglichst dicht um die Kirche herum zu platzieren, als man sie nach dem Brand wieder aufbaute.«

Als sie aufbrachen, begleitete Katarina sie bis zum Gartentor. Zu Jonas sagte sie, Klara sei wirklich ein feines Mädchen, schön und tüchtig. Sie habe Klara schon immer gemocht. Für einen Moment fiel ein Schatten auf ihr Gesicht.

»Warum bist du dann traurig?«, fragte Jonas.

»Ach, das ist dumm von mir. Und schon lange vergessen. Aber als ich Anders erwartete, da habe ich gedacht, es würde ... ein Mädchen werden. Wie Klara.«

Als Katarina eine Weile später in ihrer Küche abwusch, dachte sie, dass er ziemlich gefährlich sei, dieser Jonas. Er sah aus wie ein großer Junge, deshalb war man nicht auf der Hut. Und ehe man sich's versah, hatte man Dinge gesagt, die nicht gesagt werden sollten, die kaum gedacht werden durften.

Auf dem Weg nach Hause hielt Jonas Klara fest bei der Hand, schweigend beschäftigt mit der alten Frage nach der Grausamkeit und Ungerechtigkeit des Lebens. Sie gingen am Kai entlang, Jonas versuchte aus dieser Stimmung herauszukommen, den schönen Hafen voll Freude zu betrachten. Aber es gelang ihm nicht. Mitten auf dem Kai blieb er stehen, umarmte Klara und küsste sie:

»Ich glaube, ich habe ganz vergessen zu sagen, wie glücklich ich bin, dass dieses süße, tüchtige Mädel mich haben will.«

»Jetzt halt aber die Klappe, Jonas. Es reicht, dass du mich hier in aller Öffentlichkeit küsst. Wenn die Leute auch noch sehen, dass ich losheule, ist der Skandal perfekt.«

Jonas musste lachen, aber als sie zu den neuen Häusern am Berghang auf der Südseite des Hafens hinaufgingen, fragte Klara:

»Willst du wirklich in die Kirche gehen und dort beten?«

»Ja. Und auch ein wenig reden. Hör zu, Klara, mir ist etwas eingefallen. Erinnerst du dich an den Aufbau des Gehirns und die verschiedenen Zentren ...«

Den ganzen restlichen Heimweg sprachen sie eifrig über das Gehirn. Zu Hause stießen sie auf Kerstin und Hans und breiteten denen ihre Theorien aus. Kerstin nickte eifrig. »Das ist gut«, sagte sie. »Das kann dem Jungen helfen zu verstehen.«

Aber Sofia fand es lächerlich, und Hans sah aus, als wäre er der gleichen Meinung.

Lange vor sieben saß Jonas in der Kirche und schaute zu dem hohen Gewölbe hinauf. Es war eine schöne Kirche, die Mauern aus dem zwölften Jahrhundert, der Rest aus dem siebzehnten Jahrhundert, irgendwann zu Anfang unseres Jahrhunderts hell, aber pietätvoll renoviert.

Holmgren kam vor dem Jungen, er begrüßte ihn und schien nicht überrascht zu sein. Anders hatte ihn angerufen und gesagt, dass Jonas an diesem Abend dabei sein wollte. Sie sprachen leise über den gestrigen Tag und über Sofias Talent. Holmgren sagte, dass nicht ihr Geschick ihn so beeindruckt hätte, künstlerisch begabt seien ja viele. Aber ihr Einfühlungsvermögen in ...

»... Gottes Welt«, ergänzte Jonas. »Klara hat mir erzählt, dass Sie das gesagt haben. Ich bin ganz Ihrer Meinung, aber doch etwas beunruhigt. Sie begibt sich weit ins Grenzland hinaus, um ein Motiv zu gestalten.«

»Und was riskiert sie dabei?«

»Ein Schritt zu weit, und sie kann im Chaos landen.«

Der Pfarrer nickte finster:

»Bereits Stagnelius wusste, dass das Chaos dicht neben Gott existiert. Sofias Mutter, nein, ich meine, ihre Großmutter ist beunruhigt. Sie hat mich im Winter gefragt, ob ich für das Mädchen beten wolle.«

»Wirklich? Hat Kerstin das getan? Das ist schön, ich wusste nicht ... Ich hoffe, Sie tun es.«

»Jeden Tag«, sagte der Pfarrer, und da hörten sie den leisen Schlag von Anders' weißem Stock. Er setzte sich still zwischen sie.

»Wovon habt ihr geredet?«

»Von Sofia. Jonas macht sich ihretwegen Sorgen.«

»Das kann ich mir denken«, sagte Anders und wandte sich eifrig Jonas zu. »Ich selbst habe eine Riesenangst vor ihr. Sie ist so eine, die man früher als Hexe bezeichnet hat.«

»Es gab auch gute Hexen«, entgegnete Jonas streng. »Sofia ist sehr lieb. Sie ist anders geboren, genau wie du, Anders. Und du hast sicher auch schon erlebt, dass andere vor dir Angst haben. Die Leute haben vor allem Angst, was ungewöhnlich ist.«

Anders errötete heftig. Der Pfarrer sagte:

»Deshalb mochtet ihr euch wohl auch so gern. Ihr habt euch zueinander hingezogen gefühlt, weil ihr beide anders seid.«

Anders war lange Zeit still, erinnerte sich. Wie sie über Träume und Gott gesprochen hatten, über Geheimnisse, von denen niemand sonst etwas erfahren sollte. Seine Stimme klang belegt, als er endlich sagte:

»Es war schön mit ihr zusammen. Ich hatte es noch nie so schön vorher. Aber dann hat sie mich sehen lassen, und ... und dann habe ich solche Angst gekriegt.«

»Ich glaube, du bist vor allem traurig geworden.«

»Ja, vielleicht. Ich wusste gar nicht richtig, was es heißt, blind zu sein, bis ...«

Nach einer Weile legte Jonas seinen Arm um die Schulter des Jungen:

»Anders, hör mal zu. Ich habe über etwas nachgedacht. Weißt du, eigentlich sehen wir gar nicht mit unseren Augen, sie nehmen nur das Licht, die Farben und so auf. Aber das Bild entsteht hier.«

Er drückte leicht mit der Hand gegen Anders' Hinterkopf, bevor er fortfuhr.

»Hier liegt das Sehzentrum im Gehirn. Da du nie durch deine Augen irgendwelche Signale aufgenommen hast, ist dein Sehzentrum reichlich untrainiert. Verstehst du?«

»So ungefähr«, sagte der Junge, war aber ganz gespannt.

»Hier«, erklärte Jonas und führte die Hand des Jungen an seine eigene Schläfe, »liegt das Hörzentrum. Mit dem Hören ist es nämlich genauso, wir hören nicht mit den Ohren, die nehmen nur Geräusche auf und leiten sie weiter dorthin, wo sie zu Sprache, Windrauschen oder Musik werden. Wenn jetzt du und ich nicht diese harte Schale drum herum hätten, und wir unsere Gehirne untersuchen könnten, würden wir ganz bestimmt etwas Merkwürdiges entdecken. Dein Sehzentrum ist sicher unterentwickelt und klein, weil ihm die Übung fehlt. Aber dein Hörzentrum ist garantiert in besserem Zustand als meines.

Und jetzt stell dir vor, ich wäre taub, hätte nie einen einzigen Laut gehört. Und dann höre ich plötzlich für eine kurze Zeit ein großes Symphonieorchester, das spielt schrecklich laut in mir. Was denkst du, was da passieren würde?«

»Du würdest eine Heidenangst kriegen.«

»Ja, natürlich. Und wenn ich später über Musik nachdenken würde?«

»Dann würdest du versuchen, dich daran zu erinnern.«

»Genau. Und du weißt, wie es mit den Erinnerungen ist, sie wachsen, verändern sich und trügen. Besonders, wenn es sich um intensive und überraschende Erlebnisse handelt. Ich würde wahrscheinlich überhaupt nicht bedenken, dass mein Hörzentrum so untrainiert ist, dass es gar keine Nuancen und Melodien unterscheiden kann.«

»Aber ich habe ja zum ersten Mal eine ganze Menge überhaupt verstanden, was Abstand ist und so. Und das Gesicht des Pfarrers, das werde ich nie vergessen.«

»Das ist sicher wahr, Anders. Es gibt auf jeden Fall Details, die du erkannt hast und die du nie vergessen wirst. Trotzdem glaube ich nicht, dass du auf der Grundlage der paar Minuten jetzt beurteilen kannst, wie die Welt wirklich aussieht, Anders.«

»Du meinst, ich soll nicht so traurig sein über alles, was ich nicht erleben kann.«

»Natürlich sollst du traurig darüber sein, dass du nicht sehen kannst. Aber wenn du glaubst, dass die Welt immer so schön ist, wie du sie in dem Schwindel erregenden, wunderbaren Augenblick in der Kirche erlebt hast, so kannst du schnell dein Defizit für größer halten, als es ist. Denn die Welt ist auch hässlich, Anders. Sie ist voll mit hässlichen Dingen und hässlichen Menschen. Es gibt ebenso viel Hässliches, wie es falsche Töne gibt.«

»Das habe ich mir nie überlegt, aber du hast sicherlich Recht. Darüber muss ich nachdenken.«

»Ich auch«, sagte der Pfarrer. »Schön, dass Sie gekommen sind, Jonas.«

Nach einer Weile sagte der Pfarrer, sie wollten ihr Treffen in der

Kirche wie immer damit beenden, das Vaterunser zu beten. Jonas nickte, faltete seine Hände, und Anders sagte:

»Du musst an das denken, was Pastor Holmgren mir hier beim ersten Mal gesagt hat: Jesus hat gesagt, der Himmel ist in uns. Das macht alles so anders, weißt du. So viel einfacher zu verstehen.«

»Das klingt gut«, sagte Jonas. »Das werde ich nicht vergessen.«

Und dann beteten sie gemeinsam das alte Gebet, und Jonas fühlte sich sonderbar befreit und stark, als er am Hafen entlang heimging.

Bei Horners war man dabei, das Boot für eine große Fahrt zu beladen, Klara und Hans freuten sich beide darauf, Jonas Ålands Schärengürtel zu zeigen. Kerstin sprach am Telefon mit Katarina und bat sie, ihre Topfpflanzen zu gießen und die Post reinzulegen, weil Inger wie üblich den Sommer über fort war.

Bevor sie am nächsten Morgen aufbrachen, fuhren Kerstin, Sofia und Jonas zu dem Alten auf dem Berg. Überrascht bemerkte Jonas, wie Kerstin in der Küchenwand verschwand, während Sofia den Alten aus seiner Isolierung herausholte.

48

Sie waren um Åland gesegelt und nahmen Kurs nach Osten auf Kökars Schärengürtel zu. Der Sommer goss Sonne übers Meer und die Inseln, während das Radio mit Tiefdruck und steifen Brisen drohte.

Es ging ihnen gut. Jonas' Freude an dem kargen Schärengürtel widersprach seinen Erwartungen, aber es klang fast traurig, als er sagte:

»Das erinnert mich an Bohuslän, als ich noch ein Kind war, so ruhig und friedlich.«

Sie angelten. Kerstin zog einen drei Kilo schweren Lachs heraus. Das war fast mehr, als sie essen konnten. Und außerdem fehlte ihnen der Dill.

Am vierten Tag gingen sie auf Föglö an Land, um Proviant aufzunehmen. Im Laden trafen sie einen Fischer, der sagte, der Nordwind sei im Anmarsch, den dürfe man nach der Hitzewelle nicht auf die leichte Schulter nehmen.

Im Radio war weiterhin nur vom Tiefdruck aus dem Westen die Rede, aber Hans glaubte eher der einheimischen Bevölkerung und fragte Jonas, ob sie nicht lieber nach Mariehamn fahren sollten. Kerstin ging telefonieren, und als sie zurückkam, sagte sie, die Altenpflegerin in Östmora habe berichtet, dass der Lotse seit ein paar Tagen kaum noch ansprechbar sei.

»Ich rufe Arenberg an«, erklärte Klara und verschwand. Sie sah beunruhigt aus, als sie zurückkam. Der Arzt hatte unumwunden gesagt, es gehe mit dem Alten zu Ende, und das könne sehr schnell ablaufen.

Es war später Nachmittag, als sie von Föglö ablegten, und hellblaue Sommernacht, als sie die Landzunge von Herrö passierten. Es ging voran, sie hatten kräftigen nordwestlichen Wind, der von Stunde zu Stunde zunahm. Sie holten einige Segel ein, fuhren aber weiter, und gegen vier Uhr morgens sahen sie die Lichter von Mariehamn.

»Die Frage ist, ob wir es wagen, bis Ekerö weiterzufahren«, sagte Hans. »Von dort geht direkt eine Fähre nach Grisslehamn. Und dann sind es nur noch ein paar Meilen nach Hause.«

Kerstin, die in der hinteren Koje in der Kajüte lag, kletterte über die schlafende Sofia, steckte ihren weißen Kopf durch die Luke und erklärte:

»Ich nehme von Mariehamn ein Taxi nach Ekerö.«

»Okay«, sagte Hans. »Wir nehmen ein Taxi, du und ich. Jonas und Klara bringen das Boot nach Hause, wenn das Unwetter vorbei ist.«

»Ai, ai, Käptn«, sagte Kerstin lächelnd.

Aber Jonas hatte Einwendungen.

»Das ist keine gute Idee, Hans. Es ist viel besser, wenn die Frau Doktor mit Kerstin fährt.«

»Und niemand, nicht einmal du, Papa, kann mich daran hindern«, sagte Klara, die auch nicht hatte schlafen können.

»Ich fahre mit Mama, keine Widerrede.«

Kerstin sah Klara an und sagte, das sei lieb von ihr.

»Aber Jonas und du, ihr sollt doch auch noch ein bisschen Urlaub allein für euch haben.«

»Kerstin«, sagte Jonas nur, und das genügte.

Bei der Einfahrt hatten sie harten Seitenwind. Sofia wachte auf und schimpfte: Wollt ihr das Boot kentern lassen? Fröstelnd kroch sie auf Kerstins Schoß.

»Oma, ist es gefährlich?«

»Nein, gar nicht. Gleich sind wir im Windschatten vom Hafen.«

»Aber irgendwas Bedrohliches liegt in der Luft.«

»Ja, weißt du, das liegt daran …«

Ohne zu zögern erzählte Kerstin ihr, dass ihr Opa im Sterben lag und dass Klara und sie an Land gehen würden, ein Auto nach Hammarland nehmen und weiter nach Ekerö fahren würden, wo sie die erste Fähre zu nehmen dachten.

»Ich komme mit«, sagte Sofia.

»Das ist lieb von dir.«

Es wurde fast unheimlich ruhig, sobald sie die Hafenmole passierten, und das Boot richtete sich auf. Jonas machte es fest, Hans sprang an Land, um ein Taxi zu besorgen und Åke anzurufen, den er bitten wollte, sie in Grisslehamn zu erwarten. Aber eine schläfrige Ragnhild erklärte, dass Åke dienstlich fort sei, es hatte erneut einen Bankraub im Nachbarort gegeben. Hans entschuldigte sich; er fluchte und zögerte eine Weile, bevor er die Nummer des Pfarrers wählte.

Fünfmal klingelte es, bevor der Pfarrer antwortete und Hans sich klarmachte, dass es kaum fünf Uhr war. Aber Karl Erik sagte ruhig, er würde sich um die Fährenzeiten kümmern und rechtzeitig mit seinem Wagen in Grisslehamn stehen.

Gegen Mittag trafen sie bei dem Alten auf dem Berg ein. Er atmete in kurzen Zügen und war weit weg. Aber als Sofia ihre Hand in seine legte, kehrte er in die Wirklichkeit zurück:

»Ich komme und gehe, Sofia.«

Klara maß den Puls und versuchte, das Herz abzuhorchen. Der Lotse jammerte bei jeder Berührung.

»Er ist ausgetrocknet«, sagte sie der müden Hauspflegerin, die die Nacht über bei ihm gewacht hatte.

»Ja, er weigert sich, etwas zu trinken.«

»Dann muss er an den Tropf. Ich werde mit dem Krankenhaus sprechen.«

»Klara«, flüsterte Kerstin. »Ich habe ihm versprochen, dass er zu Hause sterben wird.«

»Natürlich, aber wir müssen uns eine ganze Menge ausleihen.«

Ein paar Stunden später hatte Klara alles, was sie bestellt hatte, ein Krankenhausbett, einen Tropf, Medikamente.

Arenberg kam und bestätigte, dass es das Herz war und eine Lungenentzündung. Natürlich könnte er ihm Antibiotika geben, aber …

»Nein«, entschied Klara. »Das machen wir nicht. Aber Sie hätten ihm den Tropf legen können.«

Arenberg fuhr vor den Blitzen in Klaras Blick zurück, brummte vor sich hin und sagte, er rechne damit, dass sie jetzt die Verantwortung übernehme.

»Warum braucht er einen Tropf«, fragte Sofia, mit vor Mitleid verzerrtem Gesicht, als Klara die Nadel in die Hand stach, die bereits voller blauer Flecke war.

»Er braucht Nahrung und Flüssigkeit. Weißt du, es tut furchtbar weh, wenn der Körper hungert und austrocknet.«

Kerstin hatte in ihrem alten Kinderzimmer geschlafen, sie war von Klara ins Bett geschickt worden, die sich ihretwegen schon seit dem frühen Morgen Sorgen gemacht hatte. Ihre Mutter war empfindlicher, als Klara gedacht hatte. Sie wandte sich Sofia zu:

»Wenn wir es schaffen wollen, dann müssen wir uns ablösen. Abwechselnd Wache halten. Deshalb möchte ich, dass du jetzt ein paar Stunden schläfst, während ich hier sitzen bleibe und gucke, ob der Tropf wirkt. Dann wecke ich dich, damit ich ein bisschen schlafen kann.«

»Und Oma?«

»Die lassen wir sich ausruhen.«

»Ist sie auch krank?«

Klara hörte die Angst in der Stimme des Kindes.

»Nein, aber sie ist schrecklich müde.«

Als das Mädchen gegangen war, dachte Klara, sie hätte doch … zu blöd, dass ich Stenström nicht angerufen habe, mich nicht erkundigt habe. Hat er irgendwelche Untersuchungen gemacht, oder kümmert er sich einzig und allein um die Psyche? Verdammter Scheiß, warum bin ich so hoffnungslos, wenn es um Mama geht? Oma ist an Krebs gestorben, es gibt ihn also in der Familie.

Dieser eklige Alte, der jetzt ruhiger atmete, hatte seine Tochter nicht erkannt. Was war das für ein Gefühl für Kerstin? Klara wusste es nicht. Sie ist ja so verflucht verschlossen.

Ich hätte fragen können, das und vieles andere. Warum können wir nie miteinander reden? Sie liebt mich, das weiß ich ja. Sicher ist sie genauso traurig wie ich, dass es so zwischen uns ist. Mama, meine liebe Mama.

Für einen Augenblick versuchte Klara es mit der alten Ausrede. Kerstin hatte sich immer nur etwas aus Jan gemacht. Und aus Sofia, dem Kind, für das sie durch Feuer und Wasser gehen würde. Aber das klappte nicht mehr, Jonas hatte ihr die Waffen aus der Hand geschlagen.

Scheiße auch das.

Sie muss laut gesprochen haben, denn der Alte wachte auf und fragte:

»Warum fluchst du, Sofia?«

»Ich bin nicht Sofia. Ich bin es, Opa, Klara.«

Er war so überrascht, dass er die Augen aufschlug, sie ansah und seine ganze Kraft sammelte:

»Was machst du hier?«

»Ich versuche dir zu helfen.«

»Du bist doch nie zu etwas nütze gewesen. Eine Schlampe bist du, und das warst du schon immer.«

Und du bist widerlich bis zum letzten Augenblick, dachte Klara, und horchte sein Herz ab, das weiter klapperte, jetzt in etwas ruhigerem Takt.

Nach zwei Stunden weckte sie Sofia und fiel selbst ins Bett. Aber sie konnte nur kurz schlafen, dann stand das Mädchen vor ihr und sagte:

»Er muss pinkeln. Und er weint, weil er nicht ins Bett pinkeln will.«

»Wecke Kerstin.«

Kerstin war bereits auf dem Weg nach unten, und gemeinsam hoben sie den Alten auf den Toilettenstuhl, den Klara ausgeliehen hatte. Aber es kam nichts, und der Alte schrie laut, dass er wieder ins Bett wolle.

Die Prostata, dachte Klara. Er nimmt ja seit Jahren Östrogen dagegen. Ich hätte dran denken sollen. Laut sagte sie:

»Ich fahre schnell ins Krankenhaus, er braucht … er muss katheterisiert werden. Dann kriegt er einen Plastikbeutel, in den der Urin läuft.«

»Fahr mit«, sagte Kerstin zu Sofia. »Nimm mein Portemonnaie und lauf zum Konsum. Kauf was zu essen, was Leichtes. Wir brauchen ja Lebensmittel, du kannst selbst gucken …«

»Das schaffe ich schon, Oma. Würstchen, Eier und so. Brot und Butter.«

»Und Kaffee, Sofia. Vergiss um Gottes willen nicht den Kaffee.«

Der Alte schlummerte wieder ein, erschöpft. Kerstin saß allein an seinem Bett; sie hielt seine Hand und dachte, dass alles zu spät sei. Sie würden nie das Gespräch führen, das sie seit vielen Jahren plante. Jetzt geht er weg, und ich weiß nicht, wer er war.

Sie wollte weinen, konnte es aber nicht. Als Klara zurückkam, schickte sie Sofia und Kerstin in die Küche, wo die beiden den Alten vor Schmerzen schreien hörten. Aber Klara sah zufrieden aus, als sie zurückkam, es war gut gelaufen.

»Ich habe es geschafft«, sagte sie. »Es ist etwas verzwickt bei so alten Organen.«

»Jetzt machen wir uns Essen«, sagte Kerstin. »Sofia hat eingekauft. Sobald wir gegessen haben, musst du schlafen, Klara.«

Die Tage und Nächte vergingen gleichförmig für die drei im Lotsenhaus, es wurde sonderbar eintönig, Stunde um Stunde verging, ohne dass etwas geschah. Am Morgen des dritten Tages sahen sie, dass der Sturm abzog. Das Meer wurde ruhiger, nur die eine oder andere Brandung schlug noch gegen die Klippen unterhalb des Hauses.

»Heute Abend kommen Hans und Jonas«, sagte Kerstin lächelnd.

Doch schon am Nachmittag konnten sie die Maxin auf ihrem Weg zu Horners Anleger sehen.

»Lauf nach Hause und empfange sie«, sagte Kerstin, und Sofia flog den Berg hinunter. Sobald sie verschwunden war, sagte Kerstin, dass es dem Mädchen nicht gut gehe, dass sie von hier fort müsse.

»Wenn ihr morgen abreist, müsst ihr sie mit nach Göteborg nehmen, Jonas und du.«

»Das ist schon in Ordnung, Mama. Aber ich fahre nicht. Ich bleibe bei dir, bis das hier vorbei ist. Es sind Jonas' Ferien, die zu Ende sind, nicht meine. Er kann Sofia mitnehmen, seine Mutter kümmert sich gern um das Kind.«

Kerstin antwortete nicht, jetzt hat sie Angst, dachte Klara und wollte gerade sagen, dass Agnes Nyström eine wunderbare alte Frau sei und dass Sofia und sie sich sicher bestens verstehen würden, als Kerstin zu weinen anfing.

»Du bist so lieb.«

»Aber Mama, meine kleine Mama.«

»Das begreifst du doch wohl«, schrie Kerstin. »Wie könnte ich ...«

Klara nahm ihre Mutter in die Arme und traute sich endlich zu fragen:

»Mama, was für Untersuchungen hat Stenström gemacht, als du bei ihm warst?«

Kerstin war so überrascht, dass sie aufhörte zu weinen, sich zusammenriss und sagte, er habe eine Blutprobe genommen und sie irgendwohin zur Analyse geschickt. Es war alles in Ordnung gewesen, aber er hatte gesagt, sie sei ein typischer Fall, eine Frau, die sich aufopfere, sie müsste die Gefühle aus sich herauslassen. Sonst könnte ...«

»Gott sei Dank«, sagte Klara. »Und was für Gefühle hast du herauslassen können?«

»Eine ganze Menge Wut und so.« Kerstin nickte in Richtung Schlafzimmer des Lotsen, und zum ersten Mal dachte Klara, dass es sonderbar war, was für ein lieber Mensch Kerstin geworden war. Es musste schwer gewesen sein, in diesem Haus aufzuwachsen.

»Jetzt kommen sie«, sagte Kerstin und strahlte wie immer, wenn sie Hans wieder sehen sollte. Nach einer Weile konnte auch Klara das Auto hören, das sich die steilen Hänge zur Lotsenvilla hinaufkämpfte.

»Begrüße du sie«, sagte sie. »Ich gehe zu Opa rein.«

Kerstin hörte sie nicht mehr, sie stand bereits im Flur, die Haustür weit aufgerissen, und lächelte Hans an. Sie umarmten einander nicht, reichten sich nicht einmal die Hand, aber die Luft wurde in dem engen Flur schwer. Jonas kam der Gedanke, dass es sicher nicht immer leicht war, Kind in ihrem Haus zu sein.

»Wo ist Klara?«

»Hier.«

Sie kam aus dem Krankenzimmer gelaufen, ihm direkt in die Arme:

»Ich habe mich wie verrückt nach dir gesehnt.«

Er hörte beunruhigt die Anspannung in ihrer Stimme, schob diesen Gedanken jedoch zur Seite.

Sie tranken in der Küche Kaffee, aßen Butterbrote. Kerstin sagte, sie habe sich überlegt, ob Sofia nicht mit Jonas nach Göteborg fahren wollte. Das Mädchen protestierte, aber Hans entschied die Sache.

»Du hast genug für den Alten getan, Sofia.«

»Außerdem nützt es nichts mehr«, sagte Klara. »Opa ist jetzt weit weg, und ich glaube, er kommt nicht mehr zurück. Er erkennt dich nicht wieder, Sofia.«

»Meine Mutter wird sich wahnsinnig freuen«, sagte Jonas, und plötzlich wurde Sofia neugierig.

»Wie ist deine Mutter, Jonas?«

»Es ist schwer, seine eigene Mutter zu beschreiben. Irgendwie steht man ihr zu nahe, weißt du. Aber in gewisser Weise ist sie deiner Oma ähnlich, noch so eine große alte Dame.«

Dann musste er lachen, bevor er fortfuhr:

»Andererseits sind sie so verschieden, wie zwei Menschen nur sein können. Kerstin ist klein, schön und beherrscht. Agnes ist groß, hässlich und vollkommen überwältigend. Aber ich möchte wetten, dass ihr beide euch gut verstehen werdet. Denn sie hat den Kopf voller Farben, Formen und Ideen, genau wie du.«

»Sie ist Künstlerin«, sagte Klara. »Und nett, Sofia. Warm, lieb und ein bisschen verrückt.«

»Außerdem musst du auch ein wenig an mich denken«, erklärte Jonas. »Es wird doch traurig für mich, wenn ich den langen Weg nach Göteborg ganz allein fahren muss.«

»Blödsinn«, widersprach Sofia. »Gar nichts ist traurig für jemanden, der so eine Mutter hat. Und zu ihr heimfährt.«

Sie lachte, alle fühlten sich erleichtert. Sofia würde ohne schlechtes Gewissen mitfahren. Jonas ging, um Agnes anzurufen: er kam nach einer Weile zurück und sagte, dass Frau Nyström gern mit Frau Horner sprechen wollte.

Kerstin blieb eine halbe Stunde weg. Als sie zurückkam, sah sie gestärkt aus.

»Sie hat mir so viele schöne Sachen gesagt, Jonas. Ich hätte ja eigentlich wissen müssen, dass ein Junge wie du eine wunderbare Mutter haben muss.«

»Habt ihr über mich geredet?«

»Nicht viel, Sofia. Sie möchte, dass du einige deiner Zeichnungen mitbringst, und dann hat sie gesagt, dass sie ein Atelier auf dem Lande hat, wo du schalten und walten kannst.«

»Wir werden ganz viele Zeichnungen mitnehmen«, sagte Jonas. »Ich will sie auch einem Freund zeigen, der Künstler ist. Aber zuerst müssen Kerstin und Hans sich aussuchen, welche sie behalten wollen. Und dann kriegen Klara und ich ein paar, meinst du nicht?«

»Natürlich.«

Hans hatte eine Weile bei dem Alten gesessen. Er sah traurig aus, als er herauskam und sagte, es sei schwer, dass man einander nie wirklich kennen lerne.

VII

49

Ein sanfter Nieselregen fiel von einem niedrigen Himmel. Über die Windschutzscheibe wischten die Scheibenwischer rhythmisch, hin und her, hin und her.

»Ich werde davon ganz müde«, sagte Sofia.

»Dann schlaf doch ein bisschen«, meinte Jonas.

Sie schloss die Augen, schlief aber nicht ein, sondern erzählte:

»Als ich klein war, habe ich geglaubt, dass der Himmel weint, weil wir uns schlecht benommen haben. Aber dann habe ich begriffen, dass es ja regnen muss, damit das Gras wächst. Glaubst du, dass wir mit den Blumen verwandt sind?«

»Ja, das glaube ich. Alles, was es auf der Erde gibt, ist aus dem gleichen Material gemacht. Es ist der gleiche Stoff, der die Sterne leuchten, die Blumen wachsen und die Gedanken durch unser Gehirn strömen lässt.«

»Mein Gott, das ist ja phantastisch. Glaubst du, dass die Blumen denken?«

»Nein, jedenfalls nicht so wie wir.«

»Aber ich weiß, dass sie das tun.«

Jonas ließ die Frage fallen, er sagte:

»Als ich klein war, hatte ich die gleichen Phantasien über den Regen wie du, er war ein großes Weinen. An der Westküste regnet es meistens den ganzen Winter, und ich erinnere mich daran, dass ich Mama gefragt habe, warum Gott so traurig sei. Sie hat sich hingesetzt und eine große Zeichnung von allen Flüssen gemacht, die von den Gebirgen und Bergen herunterfließen, durch die Seen und hinein ins Meer. Sie zeigte mir, wie das Meer warm wurde und der Dunst aufstieg. Dann zeichnete sie die Wolken und den Wind, der kam und sie ans Land blies, sodass es zu regnen anfing und die Erde grün werden konnte.

Sie sagte, es sei das gleiche Wasser, immer das gleiche Wasser, das im Kreis herumlief. Es kommt nie neues Wasser auf die Erde, sagte sie. Wenn ich weinte, konnten das die gleichen Tränen sein, die Moses vergossen hatte, als sein Volk in der Wüste um das Goldene Kalb tanzte.«

»Wie wunderbar«, sagte Sofia. »Stimmt das?«

»Weißt du, Agnes dramatisiert immer gern. Aber so weit ich es verstanden habe, hat sie im Prinzip Recht.«

»Ich habe nie gehört, dass Moses geweint hat. Steht das in der Bibel?«

»Du bist mir ja eine«, sagte Jonas lachend. »Nun ja, ich weiß das auch nicht, denn so genau habe ich das Alte Testament nicht gelesen. Aber so ist es immer mit Agnes. Sie hat in der Sache Recht, aber in den Details macht sie Fehler.«

»So in etwa geht es mir auch. Aber es ist gut, dass man größer wird und mehr über die Details lernt.«

»Ja, das ist gut. Und gleichzeitig ein bisschen traurig, findest du nicht? So viele Phantasien verschwinden und werden durch Tatsachen ersetzt.«

»Doch, stimmt. Aber komisch, dass du das so gut verstehst.«

»Das liegt sicher auch an Agnes, daran, dass du und sie, dass ihr euch so ähnlich seid, weißt du, wie wir gestern schon festgestellt haben.«

»Du meinst damit, dass du es gewohnt bist, dass die Leute ein bisschen verrückt sind?«

»Also hör mal! Du bist doch nicht verrückt. Und Agnes ist ungewöhnlich klar im Kopf, sie hat eine Menge Angestellte und Geschäfte in verschiedenen Städten. Und alles hat seine Ordnung, die Löhne und die Steuern. Sie ist nicht nur Künstlerin, sie hat auch Geschäftssinn. Und meistens macht sie gute Geschäfte.«

»Das ist merkwürdig.«

»Nein, warum denn. Wir haben doch davon gesprochen, Sofia, dass wir alle aus vielen unterschiedlichen Personen bestehen. Und das Schöne bei Agnes ist, dass sie es schafft, die verschiedenen Personen in sich zusammenarbeiten zu lassen. Du wirst das besser verstehen, wenn du sie kennen gelernt hast. Sie redet oft laut mit sich selbst, weißt du: ›Also, Agnes, jetzt musst du dein gutes Herz mal zurückstellen und den Vertrag mit diesem unzuverlässigen Schneider kündigen. Das ist nicht schön, aber notwendig‹, oder: ›Ich müsste diese nebelgraue Seide mit Lila zusammenspielen lassen, es muss unbedingt Lila sein, aber welches Lila?‹.«

Jonas senkte seine Stimme, er klang jetzt entschlossen und sicher. Sofia lachte laut, überlegte eine Weile und sagte dann:

»Also, zuerst muss man lernen, auseinander zu halten. Und wenn man das total sicher kann, dann kann man vielleicht alles dazu bringen zusammenzuarbeiten.«

»Ja.«

Der Himmel hörte auf zu weinen, es wurde heller, und als sie sich Närkesletten näherten, schien die Sonne. Das Mädchen war eingeschlafen und schnüffelte, wie es nur Kinder und Katzen können. Jonas spürte eine große und fast schmerzhafte Zärtlichkeit.

Als wäre sie von seinen Gefühlen geweckt worden, murmelte sie:

»Ich wollte dich noch etwas fragen, Jonas. Aber ich weiß nicht, ob ich mich traue.«

»Wir sind doch schon mal gesprungen.«

»Hm. Aber das war in der anderen Welt. Jetzt hier geht es um die Wirklichkeit, verstehst du?«

Er nickte und bog von der Örebro ab Richtung Karlstad. Als er sich auf der richtigen Spur nach Göteborg eingereiht hatte, murmelte er: »Nun komm schon, mein Mädchen, natürlich traust du dich.«

»Es geht um dieses Wunder. Es war ja nicht geplant gewesen, dass die Leute es sehen sollten und so. Ist irgendwas an mir, was gefährlich ist, Jonas? Etwas, wovon ich nichts weiß?«

»Es gibt Kräfte, die niemand richtig begreift«, antwortete er zögernd und fluchte leise: Warum verdammt nochmal hatte er nur darauf bestanden, dass sie fragte?

»Habe ich solche Kräfte?«

»Ich glaube schon.«

»Dann stimmt also was nicht mit mir. Und Anders, ist es bei ihm auch so?«

»Nein, Anders fehlt ein Sinn. Du hast einen zusätzlich, den man den siebten Sinn zu nennen pflegt. Obwohl es sich dabei eigentlich nicht um einen Sinn handelt, sondern eher um eine Fähigkeit. Alle haben sie ein wenig, man nennt das Intuition. Ich zum Beispiel kann bestimmte Sachen fühlen, besonders, wenn ich mit meinen Patienten spreche. Aber du und Klara, ihr seid darin ungewöhnlich tüchtig.«

»Klara hat Angst davor. Ich habe immer gedacht, sie ist bescheuert, aber nachdem sie erzählt hat, wie sie verrückt geworden ist, da habe ich sie besser verstanden. Ich will keine Idiotin werden, Jonas.«

»Deshalb ist es ja so wichtig, dass du das trainierst, was deine Oma dir beigebracht hat. Auseinander zu halten, damit alle wissen, wo du dich befindest.«

Er zögerte eine Weile, bevor er fortfuhr:

»Die Träume gehören in die andere Wirklichkeit. Für viele Menschen sind die Träume der einzige Kontakt, den sie mit dieser anderen Welt haben. Aber Träume kann man nicht kontrollieren. Du konntest es nicht wissen, aber es war nicht klug, dieses Zusammenträumen mit Anders zu üben.«

»Das ist mir auch klar geworden.«

»Das ist gut. Das nächste Mal, wenn du in dieser Richtung eine Idee hast, dann berate dich erst mit deiner Oma oder mit mir.«

»Lieber mit dir. Oma wird immer so schrecklich ängstlich.«

»Ja. Das ist aber kein Wunder, wenn man dran denkt, was mit Klara passiert ist.«

Er warf dem Mädchen einen Blick zu, sie war ganz blass geworden.

»Deinetwegen mache ich mir nicht so große Sorgen wie um Klara«, sagte er. »Du hast eine Möglichkeit, alles zu verarbeiten, du kannst das Andere zeichnen, malen und damit ausdrücken. Aber du solltest aufhören, das heimlich zu tun. Denn was ganz allein in heimlichen Räumen passiert, das wird so groß und stark, dass es leicht die Überhand gewinnen kann.«

»Wolltest du deshalb, dass ich die Ausstellung mache?«

»Ja.«

»Wenn also die Berge zu mir sprechen, dann soll ich Stifte und Block nehmen und zeichnen und die ganze Zeit daran denken, dass die Zeichnung zu der anderen Welt gehört?«

»Ja. Und in diese kommen will. Deshalb ist es außerdem wichtig, dass du uns anderen zeigst, was du gesehen hast, damit auch wir verstehen, dass der Berg spricht. Verstehst du?«

»Der Berg will also, dass ihm viele zuhören, meinst du das?«

»So kann man es sagen. Aber ich benutze dafür andere Worte. Wenn du von der anderen Welt sprichst, dann rede ich vom Unterbewusstsein. Und das Unterbewusstsein hat die Sehnsucht, bewusst zu werden. Verstehst du mich?«

»Das ist nicht leicht.«

»Denk an das, was wir vorher von den Träumen gesagt haben. Sie gehören zu der anderen Welt, die ich das Unterbewusstsein nenne und die so oft mehr weiß als wir. Das weißt du doch. Du gehst doch immer für eine Weile schlafen, wenn du unsicher bist. Dann träumst du und bekommst eine Antwort. Ein großer Wissenschaftler, der Freud hieß, hat das entdeckt. Und er hat es ganz toll ausgedrückt. Er hat gesagt, dass der Traum ein Brief vom Unterbewusstsein an das Bewusstsein ist.«

»Dann bin nicht ich allein merkwürdig?«

Die Stimme des Mädchens klang angespannt, Jonas wählte sorgfältig jedes einzelne Wort.

»Nein, ganz und gar nicht. Ich verbringe meine Tage damit, dass ich Patienten zuhöre, die mir ihre Träume erzählen. Sie müssen sie Bild für Bild beschreiben, und dann fangen wir an zu verstehen, was die Träume sagen wollten.«

»Wie komisch«, wunderte Sofia sich. »Träume sind doch ganz einfach zu verstehen.«

»Nicht für alle. Und nicht, wenn man älter geworden ist und viele und verwickelte Erinnerungen hat, die man unterdrückt und vergessen hat, weil sie nicht schön sind und einem wehtun.«

»Jetzt musst du eine Weile still sein, denn ich habe so viele Gedanken von dir gehört, dass mir der Kopf schon ganz weh tut.«

Jonas überlegte, ob er noch etwas über Johannes sagen sollte, darüber, dass es gefährlich sein konnte, Kontakt mit den Toten zu haben. Aber er beschloss, damit zu warten, dachte, Johannes werde sicher verschwinden, wenn Sofia einen guten Lehrer aus Fleisch und Blut bekomme. Per Karlsson, dachte er, ich muss Per dazu bringen, sich um sie zu kümmern.

»Ich muss mal pinkeln«, sagte Sofia.

Sie hielten auf dem nächsten Rastplatz, das Mädchen verschwand im Dickicht, während Jonas sich mit einem Busch am Straßenrand begnügte. Als sie zurückkam, legten sie sich eine Weile ins Gras neben dem Parkplatz, streckten sich aus und schauten in den Himmel:

»Du, Jonas. Warum ist dieses Unterbewusstsein klüger als wir?«

»Ich glaube, weil es sich auf irgendeine Weise, die wir nicht verstehen können, außerhalb von Raum und Zeit befindet. Dort bewegt es sich ganz frei.«

»Dann ist es also nicht in unserem Körper, im Gehirn?«

»Ich glaube das nicht. Aber das ist nur meine Meinung. Die meisten anderen Ärzte sind sicher ganz anderer Meinung, sie gehen davon aus, dass das Unterbewusstsein die Erinnerung ist, die wir in allen Ecken und Winkeln unseres Gehirns versteckt haben.«

»Aber Klara hat es doch im Berg versteckt.«

»Das war wohl in erster Linie ein Vergleich. Als sie krank wurde, bekam sie solche Angst, dass sie sich selbst gezwungen hat, fast ihre gesamte innere Welt zu verleugnen. Und das ist nicht gut, Sofia. Was man leugnet und verheimlicht, das wächst, wie ich vorhin schon gesagt habe. Eines Tages kann es dann ernsthaft hervorbrechen.«

»Machst du dir ihretwegen Sorgen?«

»Ja«, antwortete er, und plötzlich fühlte er sie, die Unruhe darüber, was wohl im Lotsenhaus jetzt geschah.

Mittags aßen sie in Finnerödja. »Ich glaube, ich platze gleich«, sagte Sofia, als sie ihre dritte Portion Erdbeeren mit Käsekuchen und Sahne nahm. Jonas rief im Lotsenhaus an, dort war die Lage unverändert. Der Alte döste in Bewusstlosigkeit dahin, Hans hatte Åke das Boot zurückgebracht, der Pfarrer war zu Besuch gekommen. Klara war selbst am Telefon, ihre Stimme zitterte. Jonas sagte: »Na, dann tschüs, wir rufen wieder an, wenn wir in Lerkil angekommen sind.«

Sofia verschlief ganz Västgötaslätten und wachte erst auf, als sie sich durch Göteborg schlängelten. Als sie die Strandvilla erreichten, wollte die Sonne bereits im Meer untergehen, das in lang gestreckten Wellen atmete. Jonas sah die Verblüffung des Mädchens und erklärte in seinem breitesten Göteborger Dialekt:

»Willkommen an der richtigen Küste, Sofia.«

»Angeber«, erwiderte das Kind.

Dann wandte sie sich dem Haus zu, ihre Augen wurden groß vor Überraschung, und sie flüsterte:

»Aber du hast gesagt, es ist ein Ferienhaus. Dabei sieht es aus wie ein Schloss.«

»Ein ziemlich verfallenes altes Holzschloss. Ich habe dir doch gesagt, dass Agnes ein bisschen verrückt ist.«

Dann war Agnes da, und Sofia verschwand in einer großen, herzlichen Umarmung. Ein zerfurchtes Indianergesicht mit krummer Nase, breitem Mund und blinzelnden Augen beugte sich über sie, und eine laute Stimme dröhnte:

»Du hast mir gesagt, du würdest mit einem Mädchen kommen, Jonas. Dabei bringst du mir eine Elfe.«

Sie stellte Sofia auf dem Hof ab und betrachtete sie eingehend.

»Aber mein liebes Kind«, erklärte sie fast andächtig. »Warum hat mir niemand erzählt, dass du aus dem Reich der Elfen kommst und eigentlich nur betrachtet werden darfst, wenn der Mond scheint und die Nebel aus den Wiesen aufsteigen?«

»Das liegt daran, dass ich ein ganz normales Kind bin«, erwiderte Sofia und brachte damit Agnes zum ersten Mal zum Lachen. Ihr Lachen donnerte, genau wie die Wellen, die an den Strand schlugen.

Sofia warf einen Blick auf das Haus. Es würde schön werden, genau wie Jonas gesagt hatte. Agnes nahm ihre Hand, sie gingen von Zimmer zu Zimmer, und das Mädchen zwitscherte vor Freude. Wie schön, oh, wie schön. So schöne Dinge, so kräftige Farben vor den weißen Wänden. Möbel, die so leicht aussahen, als schwebten sie über dem Boden, Bilder, überall Bilder, wunderbare Gemälde. Sie blieb sicher fünf Minuten vor dem Bild einer nackten Frau an einem Fels am Meer stehen und begriff zum ersten Mal, dass es andere Möglichkeiten gab, etwas zu sehen, als ihre eigenen.

Agnes blickte das Mädchen an, das Mädchen sah das Bild an.

»Wer hat das gemalt?«, fragte Sofia schließlich.

»Ein Mann, der Ivarson heißt. Er gehörte zu einer Gruppe Maler, die die Göteborgkoloristen genannt wurden. Irgendwann gehen wir auch ins Kunstmuseum und schauen sie uns dort alle an.«

Es war ein Hauch von Unruhe in Agnes' Stimme zu hören, aber Sofia bemerkte ihn nicht. Sie war bereits wieder im Meer, in dem blauesten Blau, das sie je gesehen hatte.

»Ich habe dein Zimmer in Ordnung gebracht«, erklärte Agnes schließlich. »Du kannst deine Tasche reinstellen.«

Sie stiegen die Treppe hinauf, schleppten die Tasche hoch. Sofias Zimmer war groß und fast blendend weiß. Die einzige Farbe gab das Meer, goldblau im Sonnenuntergang vor dem Fenster, das vom Boden bis zum Dach reichte.

»Ich kann mir vorstellen, dass du ein paar bunte Kissen haben möchtest, aber ich habe gedacht, die sollst du lieber selbst aussuchen«, meinte Agnes. »Komm mit.«

Sie ging voran in ihren flatternden, bunten Kleidern. Sie ist wie ein Riesenschmetterling, dachte Sofia. Aber als Agnes die Türen zum Atelier öffnete, fiel dem Mädchen nichts mehr ein. Sie schrie auf vor lauter Freude. Nie hätte sie sich träumen lassen, dass es in der Welt so viele Farben gab. Glänzende Stoffe, Kissen, Staffeleien mit Skizzen, Ölfarben, Wasserfarben, Pinsel in großen Krügen.

»Hier, mein Elfenkind, wirst du tanzen können. So viel du willst. Ich sitze ganz hinten am Giebelfenster und zeichne, und du kannst mich immer stören, wenn du Hilfe brauchst.«

»Ich hoffe, es regnet die ganze Zeit«, sagte das Mädchen und fiel Agnes in die Arme, die wieder ihr lautes Meereslachen von sich gab.

Sie aßen in der Küche, Würstchen und Spaghetti, so etwas, worüber zu Hause immer nur gemeckert wird, wie Sofia bemerkte. Jonas telefonierte, sprach wieder mit Klara und holte schließlich Sofia an den Hörer:

»Kerstin möchte mit dir sprechen.«

In der Küche konnten sie hören, wie das Mädchen gar nicht schnell genug reden konnte, als sie beschrieb, wie wunderbar hier alles war, wie phantastisch Agnes war, wie schön sie es hatte.

Dann war es eine Weile still, bis Sofia laut und entschlossen sagte:

»Man muss überhaupt nicht lieb zu Jonas' Mutter sein. Man kann sein, wie man ist. Und jetzt gehen wir baden. Im Meer, nicht in so einer Pfütze wie bei uns daheim.«

50

Am nächsten Morgen regnete es, genau wie Sofia es sich gewünscht hatte. Sie wachte gegen fünf Uhr auf. Es war noch kalt, also zog sie einen Pullover über ihr Nachthemd und schlich sich dann in das große Atelier.

Sie ging geradewegs auf den Korb mit Stoffresten zu. Agnes hatte gesagt, Sofia könne mit allem, was darin war, machen, was sie wolle. Sie begann damit, jedes Stoffstück glatt auszubreiten, ihre Hände strichen voll Freude über Seide und Samt. Es gab auch Wolle, schwer und erdig wie ein frisch gepflügter Acker im Frühling. Und es gab ein großes Stück schwerer, rauer Seide in wechselnden Nuancen, grau, blau, lila, braun. In den Falten konnte es sogar grün leuchten.

Wie der Berg, dachte Sofia. Als hätte jemand einem geheimnisvollen alten Berg mit Moos in den Spalten die Haut abgezogen.

Aber am besten waren die Himmelsstoffe. Und die Meeresstoffe, glänzende Thaiseide in Blau und Grün. Sofia streichelte die Seide, hörte das Meer rauschen, als bräche sich dünnes Eis in der Frühlingssonne, und sah den Himmel, wässrig, hellblau und ruhig wie eine Glaskuppel über einem heißen Sommertag. Es waren jedoch die wilden Stiefmütterchen, die sie auf die Idee brachten, ein großes Stück Manchestersamt mit Veilchen, wie auf dem Schiffsgrab daheim. Sie sahen sie mit unsichtbaren Augen hinter honiggelben Lidern an, so klein, so nahe. Sie roch an ihnen, doch sie hatten keinen Duft, und Sofia fiel das Märchen von der Blume ein, die auf den Wohlgeruch verzichten musste, um ihre Schönheit zu bewahren.

Sie schaute sich auf dem weiten Boden um, auf dem sie ihre

Schätze ausgebreitet hatte und wusste, was zu tun war. Sie wollte von dem Abenteuer, als sie und Anders zum ersten Mal den Berg hinaufgeklettert waren zum Schiff der Urzeitmenschen, ein großes Bild machen. Alles sollte dabei sein, die Gefühle, die Gedanken, das Gespräch über Gott und das Kirchenlied, das sie sangen: Felsen, der du zerbrachst für mich.

Genau so, sagte sie laut. Der Tag sollte wieder auferstehen. Das sollte Anders Kraft geben und den Mann im Bärenfell erfreuen, ihn, der zur Herbst-Tagundnachtgleiche wieder zum Berg kommen würde.

Sie begann mit dem Berg, der rauen Seide. Sie schnitt Risse in den Samt mit dem wilden Stiefmütterchen und zog ihn in die Spalten des Bergs, sie wickelte die tiefgrüne Seide aus für das Meer, das weit entfernt zu sehen war. Das passte nicht, sie hielt inne und überlegte.

»Du brauchst dunkle Flecken, um die Tiefe zu kriegen. Versuche es mal mit der braunschwarzen Wolle.«

Es war Agnes, Sofia schaute lächelnd auf, etwas beunruhigt von dem Ernst in der dunklen Stimme. Jetzt schimpft sie, dachte sie. Weil ich mich nicht angezogen habe und weil ich mich so furchtbar ausgebreitet habe.

Aber Agnes war aus einem ganz anderen Grund so ernst. Sie war intensiv mit Sofias Bild beschäftigt, von den Volumen und Farben beeindruckt, von dem Motiv, das sich erahnen ließ.

»Hast du schon lange hier gestanden?

»Ja, eine ganze Weile.«

Plötzlich zuckte Agnes zusammen, zog mit Mühe ihren Blick von dem Bild ab und begann zu lachen.

»Ich bin hergekommen, um mit dir zu schimpfen. Auch eine Elfe muss sich anziehen, wenn sie aufsteht. Und etwas zu essen in den Bauch kriegen. Und außerdem darf sie älteren Damen, die sich einbilden könnten, das Elfenkind sei aus dem Fenster geflogen, nicht so einen Schrecken einjagen. Aber als ich gesehen habe, was du hier machst, habe ich das alles vergessen.«

Sofia ging brav ins Badezimmer, duschte, zog sich an und kam dann in die Küche, wo Jonas und Agnes mit dem Frühstück warteten.

»Hallo«, sagte Jonas.

»Hallo.«

»Meine Güte, du bist aber nicht sehr gesprächig.«

»Ich denke.«

»Darf man fragen, was du denkst?«

»Ich denke, dass Kunst etwas Ernsthaftes ist. Agnes hat es mir gerade beigebracht.«

»Das stimmt, Sofia«, nickte Agnes lächelnd. »Und bald will ich dir noch etwas beibringen. Dass Kunst auch Handwerk ist und dass die Hände eine ganze Menge Dinge können müssen, zeichnen, schneiden, denken.«

»Aber Hände können doch nicht denken.«

»O doch. Meine können das, und wir werden es deinen zusammen beibringen.«

Jonas verabschiedete sich, er musste ins Krankenhaus. Aber er würde schon um vier Uhr wieder zurück sein.

»Wenn ihr Lust habt, können wir heute Abend nach Liseberg fahren.«

»Wir haben bestimmt keine Zeit, Jonas«, erklärte Sofia ihm.

Niemand lachte, aber es glitzerte in Jonas' Augen, als er Agnes ansah und beide dachten, dass sie noch nie ein Kind erlebt hatten, das keine Zeit hatte, zum Liseberg-Freizeitpark zu fahren. Sofia begann das Geschirr zusammenzustellen, aber Agnes sagte:

»Lass es stehen. Es kommt nachher ein Mädchen und kümmert sich ums Haus.«

Mindestens tausend Dinge lernte Sofia an diesem Vormittag. Zumindest hatte sie das Gefühl.

Die auf dem Boden ausgebreitete Landschaft nannte Agnes eine Vision. Vor dem nächsten Schritt musste Sofia eine Skizze machen. Auf Papier, einem großen Bogen Papier, den sie dann später in einzelne Abschnitte aufteilen sollte.

»Warum das?«

»Wir müssen es in Teilen nähen. Keine Nähmaschine kann eine so große Collage bewältigen.«

Sie brauchten eine Skala, sagte Agnes. Ein Meter auf dem Boden, das waren zehn Zentimeter auf dem Papier. Hier ist ein Maßband, jetzt heißt es nur messen und rechnen.

Den ganzen Vormittag stand Sofia an der Staffelei, der Berg wuchs auf dem Papier, es war still im Atelier. Agnes saß an ihrem Zeichentisch am Nordfenster und skizzierte neue Modelle. Um ihre Füße herum wuchs der Berg verworfener Zeichnungen und französischer Modezeitschriften zu einer Dünenlandschaft. Ein einziges Mal fluchte sie, ab und zu knurrte sie zufrieden, und alle Viertelstunde fragte sie:

»Und wie läuft es, meine Elfe?«

»Ganz gut. Aber ich bin schlecht im Rechnen.«

Da schälte Agnes sich aus ihrem Stuhl und knurrte zufrieden.

»Du rechnest genauso gut wie mein alter Brummkreisel«, sagte sie. »Aber du brauchst nicht so viel mit den Farben zu arbeiten. Die sind ja gegeben.«

»Dann habe ich nicht richtig verstanden, was mit einer Skizze gemeint ist.«

Sie machten Pause für das Mittagessen und aßen Omelett mit frischen Krabben. Danach wollte Agnes sich etwas hinlegen. In der Zeit sollte Sofia jedem Stück Stoff, das sie auf der Skizze eingezeichnet hatte, eine Nummer geben.

»Wenn du fertig bist, weck mich.«

Agnes hatte Probleme, wach zu werden. »Kaffee«, sagte sie, und als sie ihren Filterkaffee getrunken hatte, waren ihre Augen wieder klar, und sie konnten weitermachen. Sofia hatte beim Nummerieren einen Fehler gemacht, es sollte immer die gleiche Ziffer sein für den gleichen Stoff, auch wenn er an anderer Stelle wieder auftauchte.

»Natürlich«, nickte Sofia. »Wie blöd von mir.«

»Nein, ich habe es schlecht erklärt«, widersprach ihr Agnes und gähnte mit so weit geöffnetem Mund, dass Sofia ihr in den Magen gucken konnte. »Während du das korrigierst, hole ich große Ziffern, die wir an den Stoffstücken befestigen. Wie viele sind es?«

»Sechzehn Verschiedene. Und dabei fünf Vierer, drei Achter und zwei Elfer.«

»Das muss ein Fehler sein. Hier gibt es nur eine Elfe.«

»Dafür gibt es hier noch eine Fee«, sagte Sofia und deutete auf Agnes, die losbrüllte:

»Dann pass aber auf, kleines Mädchen, dass dich die Fee nicht viel zu fest an sich drückt.«

»Davor habe ich keine Angst«, entgegnete das Kind, und Agnes lachte so laut und lange, dass sie sich auf einen Stuhl setzen und nach Luft schnappen musste.

Gegen drei Uhr hatten sie alle Ziffern auf der Skizze und dem Boden verteilt, während der Regen gleichzeitig seine letzten Tropfen gegen das Fenster schlug, und der Sonnenschein das Meer erblauen ließ.

»Jetzt brechen wir für heute ab«, sagte Agnes. »Raus mit uns, in die Natur.«

»Aber ich bin nicht müde«, widersprach Sofia und spürte dabei, wie ihre Augen auseinander glitten.

»Aber liebes Kind, schielst du?«

»Besser, wenn du es gleich weißt«, erklärte Sofia und errötete bis in die Haarspitzen. »Du kommst ja doch dahinter. Ich schiele nämlich immer, wenn ich lüge.«

»Jetzt zerdrücke ich dich aber«, sagte Agnes, und Sofia musste wirklich in der kräftigen Umarmung um Atem ringen.

Sie strichen am Strand entlang, was bedeutete, dass Agnes spazierte und Sofia lief, voraus und hinterher, hin und zurück. Sie suchten Schneckenhäuser, betrachteten Fische, die im seichten Wasser standen, Wolken, die über den Himmel jagten. Sie kamen in den Wald, einen ganzen Wald von Buchen und Eichen, pflückten Walderdbeeren und wilde Himbeeren, Strandhafer und Strandnelken.

Sofia wurde es ganz warm von all der Herrlichkeit, und Agnes sagte: »Ab mit dir ins Meer, du Elfe.«

Es war leicht, in dem Salzwasser zu schwimmen, es war wie auf Gran Canaria, und Sofia hörte sie wieder, Haydns Symphonie mit dem Paukenschlag: Ding, dinge, ding ding, ding, dinge ding.

Daheim machten sie sich daran, einen großen Dorsch zu säubern, rieben ihn mit Salz und Zitrone ein und schoben ihn in den Ofen, zusammen mit vielen Kräutern, die sie in Agnes' Kräutergarten gepflückt hatten: Salbei für die Wahrheit, Rosmarin für das Gedächtnis und Dill, damit der Fisch sich zu Hause fühle.

»Du weißt doch, dass Dill nach Meer schmeckt«, sagte Agnes.

»Du bist wirklich ein bisschen verrückt«, bemerkte Sofia und schüttelte den Kopf. Aber Agnes lachte und sagte, dass es doch schlimm wäre, wenn Leute ihres Alters ebenso hoffnungslos vernünftig sein würden wie die Zehnjährigen.

»Niemand hat jemals zu mir gesagt, ich wäre vernünftig«, erklärte Sofia. »Hier werde ich noch richtig frech!«

Aber in dem Moment hörten sie Jonas' Auto. Sofia lief ihm entgegen und rief:

»Natürlich haben wir Zeit, nach Liseberg zu fahren.«

»Das habe ich mir doch gedacht. Hast du was Hübsches anzuziehen?«

Während sie den Tisch deckten, rief Jonas Klara an, und Agnes sagte streng:

»Aber heute Abend darf es nicht so spät werden, Sofia. Du musst gut schlafen, denn morgen sollst du zuschneiden lernen. Das bedeutet, dass du deine Hände trainierst, von allein zu denken.«

»Als ich die Skizze gemacht habe, habe ich verstanden, was du gemeint hast. Meine Hände können gut allein denken.«

»Wir werden sehen. Die Hände haben mehr Probleme mit der Schere als mit den Stiften«, erklärte Agnes und verschwand ans Telefon, wo sie lange mit Klara und anschließend mit Kerstin sprach.

51

Sofia übte zuschneiden, klipp, klapp. Es wurde nicht besonders gut: »Ich kriege meine Hand nicht dazu, mit der Schere zusammen zu denken.«

»Nein, das ist auch schwierig«, nickte Agnes. »Ich habe einige Jahre dafür gebraucht.«

»Oh.«

Das Mädchen war kurz vorm Weinen, deshalb beschloss Agnes, das es genügte, wenn Sofia ihr Papiermuster ausschnitt. Dann half sie ihr, die Papierstücke auf dem Stoff festzustecken, und Agnes kroch auf allen vieren und verfluchte ihre schmerzenden Knie, während sie die Stoffstücke zuschnitt. Als alles fertig war, packten sie die Teile in eine große Reisetasche und fuhren zu Agnes' Nähstudio in der Stadt. Es regnete, es sah langsam nach einem nassen Sommer und einer großen Enttäuschung für die Segler und Badegäste aus.

»Das ist gut fürs Geschäft«, sagte Agnes. »Der Regen, meine ich.« Sofia begriff nicht, was sie meinte, aber sie selbst war außerordentlich zufrieden mit dem Wetter.

Das Mädchen beäugte beeindruckt das elegante Geschäft und wirkte beinahe schüchtern, als sie der Dame hinter dem Tresen vorgestellt wurde. Noch nie in ihrem Leben hatte sie eine so elegante Frau gesehen. Und nie hätte sie gedacht, dass Agnes so streng und kurz angebunden reden könnte, wie jetzt, als sie mit der Dame sprach.

»Verfluchter Mist«, sagte Agnes, als sie die große Tasche in den Fahrstuhl trugen, der sie ganz nach oben in dem Haus in der Kungsgatan brachte.

»Warum warst du denn so böse mit der Frau?«

»Weil sie eine eingebildete Kuh ist, die die Leute in die Flucht schlägt. Aber nach der Mittagspause geht sie nach Hause, und dann werde ich den Laden selbst übernehmen.«

Sie bugsierten die Tasche aus dem knarrenden, alten Fahrstuhl heraus. Der Raum, in den sie gelangten, war groß, größer als das Atelier am Meer, und Agnes' gute Laune war in dem Augenblick wieder da, als sie die Tür aufgestoßen hatte.

»Kommt alle mal her. Hier bringe ich euch eine Elfe, die mir ein gnädiger Gott zur Stiefenkelin geschenkt hat.«

Von allen Seiten Frauenlachen und freundliche Zurufe. »Ach, das ist Klaras kleine Tochter«, und: »Ist sie nicht süß«, und: »Kein Wunder, dass Klara stolz auf sie ist«, und: »Herzlich willkommen«.

»Agnes hat vorhin angerufen, wir wissen schon, dass du uns Arbeit mitbringst«, sagte diejenige, die am ältesten und vernünftigsten aussah. »Lass mal sehen, was du dir da ausgedacht hast.«

Sofia, die ganz schüchtern und still von dem lauten Wirbel geworden war, packte die Tasche aus und legte ihre Collage zusammen. Jetzt wuchs der Frauenchor zu einem Jubel: »Wie wunderbar«, »phantastisch«, »dabei bist du doch erst zehn, was soll denn nur noch aus dir werden«, »Agnes, du kannst wirklich stolz sein«.

»Hört auf damit, sonst platze ich noch vor Stolz«, sagte Agnes, und Sofia sah, dass sie ganz feuchte Augen hatte. Dann gab sie Befehle, zwei Näherinnen wurden ausgesucht, Sofias Skizze zwischen ihnen aufgeteilt, und das Mädchen musste sich daneben setzen und aufpassen, dass sie alles richtig machten. Agnes selbst verschwand im Aufzug, um die Stimmung um die eingebildete Kuh aufzulockern.

Noch nie hatte Sofia so viel Geplapper gehört wie an dem Nachmittag im Nähstudio. Stimmen stiegen auf und ab, zwitscherten zwischendurch und brachen in lautes Lachen aus, nur ab und zu vom Ruf nach Ruhe und Ordnung unterbrochen. Die Maschinen surrten, die Frauen klatschten über Kunden und Berühmtheiten, über Männer, die unmöglichen, mit denen sie verheiratet waren, und die wunderbaren, von denen sie träumten.

»Sofia, kennst du einen richtig tollen Typen?«
»Ja. Mein Großvater, der ist toll.«
»Aber der ist doch bestimmt ziemlich alt?«
»Nein, er ist erst fünfzig oder so.«
»Oho. Und ist er Klara ähnlich?«
»Ja, aber viel schöner.«

Jetzt kannte das Lachen kein Ende, Sofia stimmte mit ein, auch wenn sie nicht verstand, was eigentlich so lustig war. Dann durfte sie mit der jüngsten Näherin zum Basar Alliance gehen, um belegte Brote zu kaufen. Das war eine komplizierte Sache mit all dem verschiedenen Aufschnitt und Milch hier und Bier da.

»Und was möchtest du haben?«
»Aber ich bin ja schon ganz satt von allem, was ich über die Brote gehört habe«, sagte Sofia schielend. Denn sie hatte Hunger, das spürte sie.

Am späten Nachmittag war die Collage fertig genäht: »Ich will sehen, ich will sehen«, rief Sofia, aber das durfte sie nicht. Erst musste das ganze große Stück auf einem feuchten Laken auf dem Boden ausgespannt werden. Dann wurde darauf ein zweites weiches Laken gelegt und ganz oben eine Schicht mit feuchten Zeitungen. Erst am nächsten Tag könnten sie die Collage an die Wand hängen.

Als Agnes aus dem Geschäft wieder hochkam, gab es eine heftige Diskussion, welcher Stoff als Futter benutzt werden sollte.

»Natürlich müssen wir die schwere grüne Seide nehmen«, waren sich alle Näherinnen einig. Agnes überlegte, die Seide sollte der Collage Form und Halt geben, schön sollte es werden. Aber sie bräuchten drei Bahnen, dreimal zwei fünfzig, und die Seide kostete über dreihundert Kronen der Meter.

»Lasst uns einmal drüber schlafen«, sagte sie schließlich. »Morgen früh habe ich mich entschieden. Wir könnten natürlich auch die kräftige braune Baumwolle nehmen.«

»O nein«, riefen die Näherinnen im Chor.

Jonas würde abends nicht nach Hause kommen, also gingen Agnes und Sofia ins Restaurant und aßen dort, bevor sie das Auto zurück nach Lerkil nahmen. Dort setzte Agnes sich mit Papier und Bleistift an den Küchentisch:

»Komm mal her, meine Elfe, ich werde dir etwas über die Realitäten des Lebens beibringen.«

Dann rechneten sie, Stundenlohn für die Näherinnen, Miete für die Räume und Maschinen, Stoffverbrauch.

»Bis jetzt hast du mit Stoffresten und Abfall gearbeitet. Aber was nehmen wir als Futter, Sofia? Ich bin auch der Meinung, dass es am schönsten wird mit der Seide, aber drei mal zwei fünfzig zu 300 Kronen. Das macht mehr als zweitausend Kronen. Und dann haben wir noch nicht die Vergütung für die Designerin berechnet, und die muss mindestens dreißig Prozent vom Verkaufspreis betragen.«

»Dann nehmen wir Baumwolle. Ich werde Hans um Geld für alles bitten. Aber was ist eine Designerin, und warum soll sie so viel kriegen?«

»Das bist du, Sofia. Und das ist wichtig, Künstler sollen nicht umsonst arbeiten.«

Sofia sah, wie es in Agnes' Mundwinkeln zuckte und dass sie schlucken musste, um nicht in lautes Lachen auszubrechen.

»Nun hör zu. Bei der Rechnung hier gibt es keine Probleme, ich glaube nicht, dass es schwierig sein wird, deine Collage zu einem Preis zu verkaufen, der alle Kosten decken würde. Aber die Frage ist, ob du das willst?«

»Wie viel würde ich kriegen, was meinst du?«

»Ein paar Tausender bestimmt«, sagte Agnes, aber als sie Sofias große Augen sah, konnte sie ihr Lachen nicht länger zurückhalten. Und erst nachdem sie sich beruhigt hatte, erklärte sie, dass sie alle Berechnungen zerreißen würden, weil Sofias erstes richtiges Kunstwerk in der Familie bleiben solle.

»Aber warum machst du das dann alles hier und jagst mir einen solchen Schrecken ein?«

»Das habe ich dir doch gesagt. Ich möchte, dass du etwas von den Realitäten des Lebens kennen lernst.«

»Aha. Wir üben die andere Person.«

Agnes lachte wieder. Im Großen und Ganzen verstand sie, was Sofia meinte, und sagte:

»Nennen wir ihn Filou. Und ohne ihn kommt man nicht zurecht, Sofia.«

Am nächsten Morgen rief Agnes ihre Näherinnen an und sagte, sie sollten die Collage mit der grünen Seide füttern.

52

In dem Lotsenhaus hatte der Tod innegehalten. Der Alte atmete ruhiger, und die eingesunkenen Wangen waren nicht mehr so wachsgelb. Für wenige Augenblicke erwachte er sogar jeden Morgen aus seiner Bewusstlosigkeit und sah sie überrascht an.

Sie brauchten nicht mehr Tag und Nacht Wache zu halten. Hans hatte ein Reisebett in das Schlafzimmer des Alten gebracht, auf dem die Nachtwache immer mal zwischendurch schlafen konnte.

Es war einfacher geworden. Aber es schien, als zögere der Tod vor dem Bett des Alten, um stattdessen im Haus und in den Gedanken der Menschen herumzuspuken. Alle drei dachten an Jan, an die stummen Tage nach seinem Tod. Eines Tages sprach Kerstin es aus:

»Damals habe ich mich genauso gelähmt gefühlt wie jetzt.«

Hans wollte den Zusammenhang nicht wahrhaben, ihm ging es nicht gut, weil er zum Warten und zum Nichtstun gezwungen war, wie er sagte. Unruhig wanderte er hin und her durch die Zimmer, manchmal dachte er voll Angst, dass der Tod sich noch unendlich hinauszögern könnte. Oder zumindest ein halbes Jahr, ein Jahr. Klara beruhigte ihn, es konnte sich nur noch um eine oder zwei Wochen handeln, sagte sie.

»Es ist schrecklich«, bemerkte Kerstin, »aber faktisch wünschen wir, dass ihn das Leben verlässt.«

»Wir sind ja auch nur Menschen«, sagte Hans.

Das gibt es doch gar nicht, aber die Zeit scheint wirklich stillzustehen, dachte Klara, die oft in der Küche bei ihrem Kaffee saß. Jedes Mal, wenn sie die Kaffeemaschine herausholte, Wasser und Kaffeepulver einfüllte, Untertasse und Tasse für Kerstin herausholte und Kekse, wenn es welche gab, schaute sie auf den Wecker. Das muss doch eine ganze Weile gedauert haben, dachte sie. Aber immer wenn sie auf die Uhr schaute, hatte der Minutenzeiger sich kaum gerührt.

»In der Uhr sind Schnecken«, sagte sie zu Hans.

»Ich verstehe, was du damit meinst«, sagte er und versuchte zu lachen.

Es war nicht so, dass sie ganz allein gelassen wurden. Katarina kam täglich und erfüllte das Haus mit ihrer Stimme. Jonas rief mindestens zweimal am Tag an, Sofia zwitscherte jeden Abend an Agnes' Telefon. Der Pfarrer kam und ging, blieb eine Weile bei dem Alten sitzen, kümmerte sich aber die meiste Zeit um Kerstin, die ihm erzählen konnte, wie verzweifelt sie war, weil das entscheidende Gespräch mit ihrem Vater nie stattgefunden hatte, obwohl sie es sich seit Jahren Tag für Tag vorgenommen hatte.

»Ich denke, Sie sollten jetzt mit ihm reden.«

»Aber er hört mich doch nicht mehr. Und er kann nicht antworten.«

»Möglicherweise hört er mehr, als wir glauben. Und was die Antworten betrifft, so würden Sie doch auch vergebens darauf warten, wenn er gesund wäre.«

Als es Abend wurde, erzählte sie den anderen, was Karl Erik gesagt hatte.

»Das waren harte Worte«, sagte Hans. »Aber wahre.«

Klara nickte, aber Kerstin schrie:

»Ihr versteht überhaupt nichts. Er war früher ganz anders, fröhlich, er hat mich auf dem Arm getragen, gesungen und Geschichten erzählt.«

Hans war es peinlich, er sagte: »Natürlich hast du Recht.«

Am nächsten Tag kam Karl Erik früh zu ihnen:

»Ich mache mir Sorgen um Sie. Und ich habe mir überlegt, dass es nicht gut ist, wenn Sie einfach nur warten. Wenn er tot ist, dann wird so viel zu tun sein. Fangen Sie doch jetzt schon damit an. Es gibt sicher eine Menge Papiere, die durchgesehen werden müssen, übers Haus, die Finanzen und Versicherungen. Kerstin ist die einzige Erbin, also können Sie gar nichts falsch machen, wenn Sie den Schreibtisch und die Schränke schon mal aufräumen. Briefe können Sie ja noch liegen lassen, das ist vielleicht jetzt zu gefühlsbeladen.«

»Es gibt bestimmt gar keine Briefe«, sagte Kerstin. »Aber ich finde das eine gute Idee, Hans. Ich weiß, wo die Schlüssel für den Schreibtisch und den Geldschrank sind.«

Als der Pfarrer aufbrach, fragte Klara, ob er sie mit in den Ort nehmen könnte. Sie würde so gern mal spazieren gehen, sagte sie. Das war eine fadenscheinige Ausrede, schließlich standen zwei Autos auf dem Hof. Aber niemand ließ sich etwas anmerken.

Als sie den Hügel hinunterrollten, sagte Klara, ihr sei klar, dass auch der Pfarrer die fürchterliche Stimmung im Haus gespürt habe. Und dass sie mit der Erinnerung an den Tod ihres Bruders zusammenhänge.

»Alles erinnert daran«, sagte sie. »Und das liegt nicht an Großvater. Das liegt an mir.«

Der Pfarrer hielt vor der Kirche an und schlug vor, für eine Weile hineinzugehen.

»Ich bin nicht gläubig«, sagte Klara.

»Aber ich. Und ich brauche möglicherweise die Ruhe dort drinnen, um zu verstehen, was Sie mir sagen wollen.«

Sie ließen sich auf der ersten Bank am Altarkreis nieder, das Licht sickerte durch die hohen Fenster, das blaue Gewölbe streckte sich gen Himmel, und plötzlich konnte Klara zugeben:

»Es tut mir auch gut hier zu sein, in diesem Raum.«

Sie erzählte von der Krankheit, die sie befallen hatte, als Jan starb. Aber in erster Linie wollte sie über seine letzten Tage sprechen, über den Sturm, über die Angst, die sich in stummer Verzweiflung um sie schließen konnte.

»Mama glaubte damals, ich wäre krank und sagte, ich sollte zu Hause bleiben und nicht zur Schule gehen. Deshalb blieb ich allein im Haus.«

Sie erzählte von der Zeit, die stillzustehen schien, von den Uhren, die sich kaum bewegten. »Genau wie jetzt«, sagte sie. »Genau wie jetzt.«

»Ich dachte immer, es läge daran, dass ich nicht wusste, was geschehen würde, ich wusste nur, dass etwas Schreckliches passieren würde dort draußen im Sturm. Aber jetzt wissen wir ja, worauf wir warten, und das ist ein normaler, natürlicher Tod nach einem langen Leben. Dennoch ist es genauso ... Ich habe Angst. Ich glaube, ich habe noch mehr Angst als damals.«

»Wahrscheinlich, weil Sie Angst vor dem Tod haben. Vor dem Tod an sich.«

»Ja. Das habe ich bisher nie begriffen.«

»Aber bei Ihrer Arbeit treffen Sie doch vermutlich ziemlich häufig auf den Tod?«

»Ich laufe immer vorher davon, das ist schrecklich.«

Karl Erik nahm ihre Hand und schloss die Augen. Jetzt betet er für mich, das ist lächerlich, dachte Klara. Trotzdem fühlte sie sich erleichtert und wurde von einem eigentümlichen Gedanken überrascht: Wie wäre wohl das Leben, wenn man glauben könnte, man sei aufgehoben und alles geschehe zum Besten?

Als sie die Kirche verließen, sagte der Pfarrer, er würde gern mit Jonas sprechen. Ob er das dürfe?

»Er weiß Bescheid, und er macht sich Sorgen. Aber rufen Sie ihn gern an.«

»Klara, warum fahren Sie nicht zu ihm? Sie müssen doch nicht mehr hier bleiben. Wir können eine Krankenschwester engagieren, die täglich kommt und den Kranken betreut. Und ich rede gern mit Kerstin und Hans, wenn es Ihnen zu schwer fällt.«

»Man kann sich nicht drücken«, sagte Klara. Aber er sah, dass in ihren Augen Hoffnung aufblitzte.

»Sie denken nicht besonders logisch«, sagte er. »Sie haben selbst gesagt, die Angst, die im Haus herrscht, gehe von Ihnen aus. Wenn das stimmt, dann ist es doch eine Erleichterung für Ihre Eltern, wenn Sie abfahren. Und wenn dem nicht so ist, dann müssen die beiden sich zumindest Ihretwegen keine Sorgen mehr machen. Geben Sie mir jetzt Jonas' Telefonnummer?«

Karl Erik rief gerade während der Visite an, aber eine freundliche Stimme sagte, Doktor Nyström würde zurückrufen: »Von wem darf ich grüßen?« Eine halbe Stunde später rief Jonas zurück:
»Ist was passiert? Ich mache mir so große Sorgen.«
Der Pfarrer wiederholte Wort für Wort sein Gespräch mit Klara.
»Ich muss mit Hans reden«, sagte Jonas. »Und mit einem Arzt, der sich um Klara kümmern kann, wenn sie herkommt. Können Sie sie zum Flughafen fahren?«
»Selbstverständlich.«

Klara ging langsam am Strand entlang, sie entschied sich für die steile Treppe von hinten zum Lotsenhaus hinauf. Es überraschte sie selbst, aber das Gespräch mit dem Pfarrer hatte ihr geholfen. Der Tod, dachte sie, der Tod ist es, vor dem ich Angst habe. Wie sonderbar, dass mir das nie klargewesen ist!
Kerstin saß bei dem Alten, Klara kontrollierte seinen Puls:
»Unverändert«, sagte sie.
Im Speisezimmer stand Hans und sortierte Papiere auf verschiedene Stapel auf dem großen Esstisch. Es ging ihm besser, das war offensichtlich.
»Meine Güte, wie viel alten Krempel er aufbewahrt hat.«
Das Telefon klingelte, Hans' Stimme klang höflich, fast förmlich, als er sagte, er werde das Gespräch in seine Überlegungen mit einbeziehen. Das war sicher die Reederei mit einem neuen Vorschlag, der ihm nicht gefiel, meinte Kerstin im Krankenzimmer. Und Klara nickte und stimmte ihr zu. Aber sie wusste, dass es Jonas war, und sie wollte nicht mit ihm sprechen.
Sie öffnete die unterste Schreibtischschublade, darin lag ein altes Fotoalbum. Sie betrachtete lange das Porträt der Mutter ihres Großvaters, ein unversöhnliches Gesicht. Ihr Mann, ein Lotse aus

dem neunzehnten Jahrhundert, sah freundlicher aus. Eingeschüchtert und hochmütig zugleich, wie der Mann, der dort hinten im Bett im Sterben lag.

Alles ist folgerichtig, dachte sie und blätterte müde die schwere Seite um. Da saß er, der einzige Sohn. Unter einer Palme beim Fotografen. Wie alt mochte er gewesen sein, als das Bild gemacht wurde? Zehn, zwölf vielleicht. Er sah jemandem ähnlich. Jan, ja, das war Jan, der sie mit seinen Augen aus dem letzten Jahrhundert ansah.

Deshalb hasst er mich, der Alte.

Der Boden gab unter ihr nach, bewegte sich in Wellen, während sie sich mit beiden Händen am Sofa festhielt. Und sie schaffte es, der Boden beruhigte sich, sie bekam ihre Stimme unter Kontrolle, als sie Kerstin zurief: »Ich lege mich für eine Weile hin.« Sie fror unangenehm und kroch unter die Bettdecke und den Überwurf. Durch die Wand hörte sie, wie Hans das Gespräch beendete.

»Papa«, rief sie, »Papa, komm her, hilf mir.« Aber er kam nicht, und ihr wurde klar, dass der Hilferuf ihr im Hals stecken geblieben war. Sie hörte, wie Hans nach ihr fragte und Kerstin antwortete, dass Klara sich hingelegt habe.

»Wir stören sie lieber nicht«, sagte Kerstin, und Klara rief wieder, ohne Stimme: »Kümmere dich nicht um sie, diese Hexe, Papa, Papa komm.« Das Bett schaukelte, sie schloss die Augen und bat Karl Eriks Gott um Schlaf. Als sie ein paar Stunden später aufwachte, sah sie ein, dass es ihr geholfen hatte, sie war davongekommen.

Diesmal, dachte sie.

Das Telefon klingelte, Jonas wieder, dachte sie. Ich schaffe es nicht, ihn nochmal anzulügen. Als Hans an ihre Tür klopfte, sagte sie es geradeheraus:

»Ich will nicht mit Jonas sprechen.«

»Das war nicht Jonas, das war der Pfarrer. Er kommt nachher und fährt dich zum Flughafen. Du sollst nach Hause, Klara. Zu Jonas.«

Sie wollte protestieren, sagte aber nur:

»Ich habe alles getan, was zu tun war.«

»Du hast mehr getan, als man von dir fordern kann. Du bist wie deine Mutter, ihr verausgabt euch.«

»Ich will nicht wie Mama sein«, flüsterte Klara. »Ich will wie du sein. Und wie die andere Klara, du weißt schon.«

Hans antwortete nicht, er begann ihr alles zu erklären. Holmgren hatte mit Jonas gesprochen, der sich freigenommen hatte und zu der Ärztin Judith Dorf gefahren war. Sie nahm im Sommer Patienten auf. Sie hatte zugesagt, dass Klara kommen durfte.

Klara war so überrascht, dass sie sich im Bett aufsetzte.

»Das ist ja phantastisch. Ich möchte wissen, wie er das geschafft hat. Womöglich hat er sie auf Knien angefleht«, sagte sie kichernd. »Sie hat nämlich eine enorme Warteliste.«

Sie hatte wieder Farbe bekommen und war fast fröhlich, als sie aufstand und sagte, sie wolle duschen und sei hungrig.

»Lös du Mama ab, dann mache ich etwas zu essen.«

»Wird gemacht.«

Nach dem Essen übernahm Kerstin wieder die Wache bei dem Alten. Hans stellte das Radio an und hörte die Fünf-Uhr-Nachrichten, und Klara ging nach oben, um zu packen. Sie hatte gerade ihre Reisetasche zugemacht, als sie Kerstin rufen hörte.

»Ich habe gedacht, er hört auf zu atmen«, sagte Kerstin, als die anderen beiden angelaufen kamen, aber Klara horchte ihn ab, schüttelte den Kopf und sagte, nein, sein Zustand sei unverändert.

Sie sah überrascht ihre Mutter an, den Körper, der schwer wie Stein wirkte, und die Augen, die weit fort ins Unbekannte blickten. Sie ist auf dem Weg in den Berg, dachte Klara voller Panik. Wie damals, als Jan starb.

Dieses Mal ließ der Boden sie nicht im Stich. Und mit hoher Geschwindigkeit sauste Klara auf einer breiten Autobahn, ohne Wagen, direkt in einen Tunnel hinein. Dort, zwischen den Felsen, brannte das Feuer, das sie vernichten sollte. Sie stemmte beide Füße gegen den Boden, um zu bremsen, aber ihre Geschwindigkeit war zu hoch, der Sog zu stark. Brennen, okay, ich soll verbrennen, dachte sie, und ihre Wut war so stark und rein wie das Feuer.

Aber vorher soll die Hexe es erfahren.

Nur, wie komme ich an sie heran? Wo ist der Punkt, die ungeschützte Stelle, an der die Haut noch weich ist und der Pfeil eindringen kann? Dann wusste sie es mit einem Mal; sie lachte laut und schrie:

»Du hast Jan getötet und mich verrückt gemacht. Aber Sofia kriegst du nicht. Niemals. Sofia gehört mir, hörst du, mir, und ich werde sie weit, weit weg von dir bringen, nach Amerika, wo Jonas und ich einen Job kriegen können.«

»Klara.«

Kerstin stand auf und streckte Klara die Hände entgegen, als flehe sie sie an. Aber Klara flüsterte:

»Nein, du, keine Tricks. Du hast uns immer manipuliert, aber was mich betrifft, ist damit jetzt Schluss.«

»Hans!«

Kerstin war es, die jetzt schrie, und im nächsten Moment war er zur Stelle und umarmte Klara. Er strich ihr übers Haar und spürte, wie sie sich entspannte.

»Es geht mir so dreckig, Papa. Ich muss von ihr weg, aber wenn er wirklich Atemstillstände hat, wie Mama glaubt, dann dauert es nicht mehr lange.«

»Und so weit ich verstanden habe, gibt es nichts zu tun«, sagte Hans. In dem Moment klingelte es an der Tür. Es war Karl Erik mit der Krankenschwester.

Vielleicht habe ich es ja gar nicht gesagt, dachte Klara. Vielleicht war es nur ein Albtraum wie der mit der schwarzen Autobahn und dem Feuer. Lieber Gott, lass es so gewesen sein, dass ich es nicht gesagt habe, dass sie es nie gehört hat. Mama, meine Mama.

Jetzt umarmte Kerstin sie, tröstete sie: »Kleine, tüchtige Klara, du fährst jetzt los. Zu Jonas ans Meer. Und zu Sofia und Agnes, die dafür sorgen wird, dass du endlich genügend Schlaf kriegst.«

Ich habe es nicht gesagt.

Im nächsten Moment stand Schwester Gudrun vor ihr. Klara sah ihre Krankenschwesternbrosche, und das half ihr. Zurück ins Hier und Jetzt, in ihre Rolle und zu ihren Aufgaben.

»Ich glaube, es ist das Beste, wenn ich mit der Schwester unter vier Augen spreche«, sagte sie mit ihrer Dienststimme.

Eine Stunde später stieg sie an Bord des Flugzeugs nach Göteborg, zog den Sicherheitsgurt fest um sich. Als die schwere Maschine den Boden verließ, schlief sie, schlief tief und fest, bis die Stewardess sie weckte. Am Flughafen Landvetter stand Jonas, und alles war gut.

53

Judith Dorf hatte Steinkohlenaugen, die nach vorn, nach hinten und zur Seite gleichzeitig schauten und ihr Ziel niemals losließen, nicht einmal blinzelten. Oft legte sie ihren Kopf schräg, wie der Star, um den Klara sich als Kind einen Sommer lang gekümmert hatte.

Sie sieht nicht besonders nett aus, dachte Klara, und sonderbarerweise spürte sie bei dieser Feststellung eine Erleichterung. Man konnte sie nicht belügen. Das hatte sie selbst gesagt, als Jonas sie einander vorgestellt hatte: »Ich hoffe, Sie gehören nicht zu den Frauen, die alles Mögliche erdichten und nur Zeit vergeuden.«

Sie waren erst ziemlich spät bei der Hütte in der Nähe von Aspen angekommen, einem schlichten modernen Haus, mit weitem Blick über die blauen Berge und das Meer. Klara hatte ein Zimmer im Anbau bekommen. Dann hatte Jonas sie allein gelassen. Durch die dünne Wand hörte sie eine Frau im Zimmer nebenan atmen.

Eine Schwester im Unglück, dachte sie.

Für einen Moment fühlte sie sich einsam. Das währte eine Weile, dann sah sie ein, dass sie sich selbst etwas vormachte, und dachte, das könne sie gut, sich selbst und anderen etwas vormachen über Gefühle, die sie gar nicht hatte. Manipulieren.

Jetzt saßen sie da, die Vogelfrau und sie, mit einem großen Schreibtisch zwischen sich. Darauf lagen Jonas' Notizen von dem langen Gespräch im Winter. Er hatte sie Klara gezeigt und sie gefragt, ob er sie Judith Dorf schicken dürfe.

»Sie wissen schon viel über mich«, sagte Klara mit einem Kopfnicken zu dem dicken Papierstapel.

»Etwas, möglicherweise. Was ich hier habe, das sind ja die Bilder eines verliebten Mannes von seiner Geliebten. Wir werden sehen, wie weit sie stimmen.«

Zum ersten Mal bekam Klara Angst, sie hatte nicht das Gefühl gehabt, dass Jonas besondere Rücksicht genommen hätte. Doktor Dorf, die sowohl ihre Angst als auch ihre Verwunderung sah, lächelte freundlich und sagte:

»Aber das haben Sie sicher schon gehört, dass Liebe blind macht. Ich möchte gern, dass Sie mir jetzt Stunde für Stunde berichten, was gestern passiert ist.«

Klara begann zögernd, aber bald fand sie Worte für all das Dunkle, was in den Wänden des Hauses des Alten saß, und für die Erkenntnis, dass es von ihr ausgehe.

»Obwohl alle es spüren können«, sagte sie. »Meine Mutter hat es direkt gesagt, dass es genauso sei wie damals, als Jan starb, mein Bruder.«

Zum Schluss kam sie zu der schwarzen Autobahn, die sie zum Feuer im Berg ansog. Jetzt blitzte es in den Steinkohleaugen.

»Was bedeutet Feuer für Sie?«

»Wut. Aber auch Reinigung.«

»Gut, machen Sie weiter.«

Das war nicht leicht, aber dann sah sie Kerstin vor sich, die wie versteinert dasaß.

»Ich musste sie treffen, ich habe ihren schwachen Punkt gesucht«, flüsterte sie. »Und da habe ich gesagt … nein, ich glaube nicht, dass ich es gesagt habe, ich hoffe, es ist nicht herausgekommen.«

»Was haben Sie Ihrer Mutter gesagt?«

»Dass sie Jan getötet hat. Dass sie mich verrückt gemacht hat und dass ich ihr Sofia wegnehmen will.«

Ein eigentümliches Lächeln lief über das schmale Gesicht, fast vergnügt.

»Sehen wir uns das mal Punkt für Punkt an. Wie hat sie Ihren Bruder getötet?«

»Sie hat ihn gar nicht getötet, das war ein Auto. Und ich habe es gewusst, die ganze Zeit.«

»Woher konnten Sie das wissen?«
»Weil ich es wollte.«
»Sie wollten, dass er stirbt.«
»Ja.«
»Dann waren Sie es also, die ihn getötet hat.«
»Ja.«
Jetzt bin ich völlig wahnsinnig, dachte Klara. Das Geheimste, das Gefährlichste, was ich fast selbst nicht weiß, kommt einfach so aus meinem Mund. Laut schrie sie:
»Du siehst es doch, du Hexe, das Zeichen auf der Stirn, das Hakenkreuz.«
»Und wie können Sie es vor den anderen verbergen?«
»Schnaps, 96-prozentigen. Und eine Salbe. Das brennt fürchterlich, jeden Morgen. Jonas darf es nicht sehen.«
»Ich dachte, Sie schlafen zusammen«, entgegnete die trockene Stimme, und Klara dachte an die Nächte, seinen Körper neben ihrem. Und an die Morgen, an dem er immer vor ihr aufwacht, sie küsst und den Kaffee kocht.
Sie entspannte sich, schüttelte sich, »Bilder«, sagte sie, »nur Bilder.«
»Dann machen wir jetzt weiter«, sagte die Stimme. »Jetzt wissen wir, wie Jan starb. Der nächste Punkt betrifft eine psychotische Episode. Wie hat Ihre Mutter Sie verrückt gemacht?«
»Sie ist so schön. So schön und so falsch. Sie lässt sich davon nichts anmerken. Und Papa ...«
»Was lässt sie sich nicht anmerken?«
»Dass sie schön ist.«
»Vielleicht weiß sie es gar nicht.«
Der Gedanke war für Klara so neu, dass sie verstummte, ihre Stimme sank danach auf die gewöhnliche Gesprächslautstärke:
»Sicher, sie ist nicht so besonders scharfsinnig. Aber mein Gott, sie hat doch einen Spiegel an der Wand und Augen im Kopf.«
»Spieglein, Spieglein an der Wand«, sagte die Vogeldame und lachte das erste Mal. »Ich habe noch nie einen Spiegel gesehen, der einem Menschen erzählen kann, wie er aussieht. Er zeigt nur das

Eigenbild, und da es für gewöhnlich negativ ist, sieht man in Wirklichkeit oft besser aus. Hat Ihre Mutter ein schwaches Selbstbewusstsein?«

»Normal schwach, würde ich sagen.«

»Aha«, sagte die Ärztin, als wäre das Thema damit abgeschlossen. Aber dann nahm sie den Faden doch wieder auf:

»Hat Ihre Mutter das Hakenkreuz auf Ihrer Stirn gesehen?«

Klara begann zu lachen, »Nein, nein. Mama sieht nur das, was sie will, ihren wunderbaren Mann, ihre eigene Güte, ihre tollen Kinder. Und dann manipuliert sie alles so, dass es ihren Bildern gleicht.«

»Kein größerer Fortschritt, denke ich«, sagte Judith Dorf und schlug mit der Hand auf Jonas' gesammelte Notizen. Klara verstand die Geste nicht, sondern fuhr fort:

»Ich habe ja gesagt, dass sie nicht besonders scharfsinnig ist.«

»Und ich sage, dass Sie lügen, Klara. Sie geben mir ein falsches Bild von Ihrer Mutter. Das ist interessant, wir werden darauf zurückkommen.«

Klara wurde feuerrot und weinte zum ersten Mal während des Gesprächs; schließlich konnte sie nur noch flüstern:

»Sie haben Recht. Ich lüge immer, wenn es um Mama geht, und ich weiß nicht, warum.«

Die Schachtel mit den Papiertaschentüchern auf dem Tisch wurde zu ihr hinübergeschoben, die nüchterne Stimme sagte zögernd:

»Es sieht so aus, als spielten Sie eine Rolle in einem Drama.«

»Ja, das Gefühl habe ich manchmal auch. Aber was ist das für ein Drama?«

»Das weiß ich noch nicht, mein Kind. Das müssen wir beide herausfinden. Jetzt wollen wir mal eine Weile den dritten Punkt ansehen. Sie wollen also das Sorgerecht für Sofia übernehmen?«

»Nein, nein. Ich habe Angst vor Sofia. Sie weiß alles über mich, weil sie genauso ist.«

»Dann hat sie auch ein Hakenkreuz auf der Stirn?«

»Nein.« Mit einem Mal war Klaras Stimme normal, ihr Blick sicher, als sie direkt in die Steinkohleaugen sah:

»Hören Sie. Ich bin eine Hexe. Sofia auch. Aber es gibt gute und böse Hexen.«

Judith Dorf nickte und sagte ruhig, dass sie glaube, Klara habe Recht. Es gebe starke, unbekannte Kräfte, die Menschen für böse oder gute Dinge anwenden können.

»Die Frage, die wir gemeinsam erarbeiten werden, ist also folgende: Warum haben Sie sich ausgesucht, eine böse Hexe zu sein?«

»Aber ich habe mir das nicht ausgesucht. Ich bin so geboren.«

»Wir wählen immer. Sie können Recht haben, dass Sie mit einem siebten Sinn geboren sind. Aber was Sie mit dieser Gabe gemacht haben, das liegt einzig und allein in Ihrer Verantwortung.«

Klara saß ruhig und sprachlos da. Sie hat Recht, dachte sie, höchstwahrscheinlich hat sie Recht.

»Doktor Dorf«, sagte sie schließlich. »Ich kann mich nicht daran erinnern, dass ich gewählt habe. Ich hatte eine Eigenschaft, vor der alle Angst hatten, über die niemand reden wollte. Das war so schrecklich, vor allem für Mama, die immer Angst hatte, dass ich mich vergaß und etwas sagte, das darauf hindeutete ... dass ich etwas wusste, was ich eigentlich nicht wissen konnte.«

Judith Dorfs Lachen war warm und aufmunternd:

»Gut, Klara. Wir nähern uns bereits einem der Kernpunkte Ihres Problems, nicht wahr. Aber heute wollen wir nicht weitermachen, Sie haben genug zum Nachdenken mitbekommen. Nur noch eine Frage: In Jonas' Notizen steht ganz kurz, dass die Hellseherei in der Familie Ihrer Großmutter väterlicherseits vererbt wird. Wer hat das gesagt?«

»Das war etwas, was alle bei uns daheim wussten, obwohl nie so viel darüber geredet wurde. Doch, Papa hat mal über Klara gesprochen, seine Schwester, nach der ich meinen Namen bekommen habe. Er sagte, dass sie die wunderbare Fähigkeit hatte, um die Ecken zu schauen. Und dann wurde mir dieser Familienmythos von einer Verwandten von Papa bestätigt, die in Skåne wohnt. Sie erzählte phantastische Geschichten von den Frauen aus der Familie meiner Großmutter väterlicherseits. Eine war eine Heilige, eine wurde als Hexe auf dem Scheiterhaufen verbrannt, und eine hat ihren Mann und alle ihre Kinder ermordet. Ich weiß nicht, wie viel davon stimmt, sie ist nicht besonders nett, die Tante meines Vaters, meine ich.«

»Sie haben Ihren Vater nie gefragt?«

»Nein, das hätte nichts genutzt. Mein Vater hat so gut wie keine Kindheitserinnerungen. Ich glaube, deshalb ist er ein so wunderbarer Mensch.«

Judith Dorf war sonderbar berührt und zögerte kurz, beschloss dann jedoch, an ihrem Vorsatz festzuhalten und nicht zu schnell voranzuschreiten:

»Wir wollen Ihren Vater für eine Weile aussparen. Ich sehe, dass Sie ein sehr gutes Verhältnis zu ihm haben.«

»Jonas spricht von Ödipus, aber ich muss ehrlich sagen, ich verstehe nicht, was damit gemeint ist. Mein Vater ist wunderbar, und ich liebe ihn. Für mich ist das ganz einfach.«

»Das kann ich gut verstehen. Und dabei lassen wir es, Klara. Jetzt verabschieden wir uns für heute. Unser Gespräch habe ich auf Band aufgenommen, Sie bekommen die Kassette mit, und ich möchte, dass Sie sie sich anhören, wenn Sie wieder auf Ihrem Zimmer sind. Und dann wünsche ich Ihnen lange, inhaltsreiche Träume, damit wir einiges Substantielle haben, über das wir reden können, wenn wir uns morgen wiedersehen.«

»Leider erinnere ich mich fast nie an meine Träume.«

»In Zukunft werden Sie sich bestimmt daran erinnern.«

Sie brachte Klara zur Tür, sie ging mit kleinen, ruckartigen Schritten. Wie ein Vogel, dachte Klara. Sie selbst war einen Kopf größer und fühlte sich für einen Augenblick wie eine barbarische Riesin neben einem auserwählten Wesen aus einer verschwundenen Zeit.

»Sie wären früher, im alten Ägypten, Priesterin gewesen«, sagte Klara und lachte, bevor sie die Treppe hinunterging.

Judith Dorf setzte sich an ihren Schreibtisch, atmete tief ein und rief ihre Schwester an. »Ich komme heute Abend vorbei«, sagte sie. »Ich brauche dringend ... Rat.«

54

Klara machte sich auf den Weg in die Stadt; sie ging durch den großen Wald, sicher drei Kilometer lang. Es war schön, sie fühlte sich eigentümlich leer und fast frei von Gedanken. Sie kaufte etwas zum Essen für mittags und abends für sich und Solveig ein, die andere Patientin in Judith Dorfs Anbau, eine gehemmte junge Frau um die fünfundzwanzig, ängstlich wie ein Hase. Viel kranker als ich, dachte Klara.

Nach dem Essen hatte Solveig einen Termin bei der Ärztin, und Klara legte sich auf ihr Bett, um das Band abzuhören. Zuerst hörte sie es von Anfang bis zum Ende, dann hörte sie es noch einmal und hielt es ziemlich oft an, spulte zurück, schrieb ab. Sie hatte das Gefühl, hier und da deutliche Hinweise aufblitzen zu sehen. Aber wenn sie das Band anhielt, um zu notieren, um was es sich handelte, glitten sie ihr wieder aus der Hand. Es würde dauern, sehr lange dauern.

Sie musste eingeschlafen sein, denn als Jonas sich plötzlich über sie beugte und sie küsste, wusste sie nicht, wo sie war. Er erklärte ihr lachend:

»Du bist bei Doktor Dorf in Aspen, Klara. Du bist so süß, wenn du schläfst, ein bisschen elfengleich, unberührt und unwissend.«

»Mit Letzterem hast du Recht«, sagte Klara und lachte. »Ich hatte einen phantastischen Vormittag. Hilfst du mir, das Band abzuhören. Weißt du, es gibt darauf Einsichten, aber die rutschen mir dauernd davon.«

»Nein. Später einmal, wenn alles vorbei ist, können wir es gemeinsam anhören. Jetzt hast du nur einen Arzt, und das bin nicht ich.«

Klara sah enttäuscht aus, aber sie verstand. Sie gingen schwimmen, wanderten Hand in Hand durch den Wald und fanden bald einen Platz mit weichem Gras unter hohen Bäumen, wo sie sich auszogen und sich ruhig und vertrauensvoll liebten.

Als sie zum Haus zurückkamen, trafen sie Judith Dorf auf dem Weg zu ihrem Auto: »Ich muss nur was in der Stadt besorgen«, erklärte sie. »Ich bin in ein paar Stunden zurück.«

»Darf ich heute Nacht hier bleiben?«

Es war Jonas, der fragte, und er klang wie ein Schuljunge.

»Ich kann dich kaum daran hindern«, antwortete Judith und lachte laut auf. »Aber der Teufel soll dich holen, wenn du dich in meine Arbeit einmischst, mein Junge!«

Sie lachten alle drei.

Klara war kaum halb wach, als Jonas sich verabschiedete und ihr einen Kuss gab. Die Uhr zeigte erst sechs, wie sie sah, als sie sein Auto anfahren hörte, gut, dann konnte sie noch ein paar Stunden schlafen.

Sie steht im Fenster eines Hauses, das ihr wohlvertraut ist, in dem sie aber noch nie war. Es ist ein altes Haus, das Fenster hat kleine, eingefärbte Scheiben, und sie öffnet es, um hinaussehen zu können. Ich habe vergessen, dass der Garten so schön war, denkt sie. Hier gibt es Levkojen und Rosen, Lilien und Rittersporn. Weit hinten liegt der Wald, hohe Laubbäume und weiches Moos, sie kennt auch im Wald jeden Winkel.

Auf dem gewundenen Waldpfad kommt eine Frau mit einem Korb überm Arm heran. Sie bleibt am Waldrand stehen, zögert eine Weile, bevor sie sich entschließt, näher zu kommen. Das ist Mama, na so etwas, das ist ja Mama! Und im Korb hat sie Äpfel, unsere alte Sorte, der Winterapfel Åkerö, wie sonderbar, die können jetzt mitten im Sommer doch noch gar nicht reif sein. Das müssen Äpfel aus dem Vorjahr sein, die sie aufbewahrt hat.

Klara ist so sehr mit dem Apfelkorb beschäftigt, dass sie gar nicht merkt, wie die Frau ihre Gestalt verändert. Erst als sie den Garten-

weg erreicht, entdeckt Klara, dass sie geschrumpft ist, älter geworden, sich verändert hat. Die Ärztin, denkt sie, das ist Judith Dorf. In ihrem Korb liegt nur ein einziger Apfel, groß, rund und rot. Den will ich haben, den will ich haben.

Klara beugt sich aus dem Fenster und schaut der Frau direkt in die Augen, einer fremden Frau, die sie noch nie in ihrem Leben getroffen hat, aber dennoch kennt. Gut kennt.

Sie ist sehr groß und schlank, in weiße Tücher gehüllt und so blond, dass sie ganz farblos wirkt. So ähnlich, so ähnlich – aber wem? Klara hat jetzt Angst, etwas Schreckliches wird passieren, sie weiß, dass der Apfel vergiftet ist, aber in der Hand, die ihr die Frucht reicht, liegt nur eine Tablette.

»Iss«, sagt die fremde, gut bekannte Frau, ihre Stimme ist dunkel von Liebe und Trauer. Klara nimmt die Pille, weiß, dass es der TOD *ist und dass alle Fluchtwege versperrt sind. Also schluckt sie sie und fällt, fällt in eine unendliche Dunkelheit. Bald, bald, denkt sie, schlage ich auf dem Boden auf, und dann ist alles vorbei.*

Sie wachte auf, mit kaltem Schweiß bedeckt und mit Herzklopfen. Beunruhigt und gleichzeitig zufrieden. Was für ein Traum! Darüber würde Judith Dorf sich freuen.

»Jetzt möchte ich zuerst Ihre eigenen Assoziationen zu dem Thema des Traums hören und zu all den Symbolen.«

Wenn die Ärztin sich über den Traum freute, so zeigte sie es jedenfalls nicht. Sie war sachlicher als je zuvor.

»Anfangs ist das sicher Schneewittchen, das durch meinen Traum geistert. Jonas und ich haben ja darüber gealbert, dass ich eine Art Schneewittchen-Syndrom hätte. Aber ich hatte keine Angst und war nicht wütend, als Mama mit ihren alten Åkerö-Äpfeln ankam. Im Gegenteil, ich habe mich riesig gefreut, sie zu sehen. Und dann war es ja merkwürdig, dass sie mir Äpfel vom Vorjahr mitbrachte ...«

»Wir lassen die Symbole zunächst mal so stehen.«

»Ja, Entschuldigung. Dass sie sich in jemanden verwandelt hat, der Ihnen ähnlich ist, das ist ja nicht so überraschend. Es war lustig, dass ich unbedingt diesen Apfel haben wollte. Es war wohl Evas Apfel, die Frucht der Erkenntnis.«

»Ja, das denke ich auch. Und ich finde es schön, dass Sie meinen Apfel essen wollten. Das spricht dafür, dass unsere Zusammenarbeit gut laufen wird«, erklärte Judith Dorf und dachte, dass diese junge Frau ungewöhnlich klarsichtig war.

»Haben Sie den Schluss, dass es sich um Eva und den Apfel der Erkenntnis gehandelt hat, gefasst, nachdem Sie aufgewacht sind?«

»Nein, nein, das wusste ich schon im Traum.«

»Gut. Und nun kommen wir zu der dritten Frau, die Sie kannten, und dennoch nicht wieder erkennen konnten.«

»Ich habe keinerlei Assoziationen zu ihr und ihrer Todespille. Es war merkwürdig, dass sie mich gezwungen hat, Gift zu schlucken, denn sie war in keiner Weise unangenehm. Sie war unglaublich traurig.«

»Gestern haben Sie gesagt, Sie hätten Angst vor dem Tod. War es denn so schlimm zu sterben?«

»Aber ich bin ja nicht gestorben, ich bin aufgewacht, bevor ich auf den Boden aufgeschlagen bin.«

Klara hatte nicht begriffen, dass jedes Detail in einem Traum eine Bedeutung haben konnte und von allen Seiten betrachtet werden musste. Was war das für ein Garten und was für ein Haus, was für Rosen und welcher Rittersporn? Klara wusste es nicht, konnte sich aber nach einer Weile an ein Buch erinnern.

»Ein altes Märchenbuch, das ich als Kind geliebt habe«, sagte sie verwundert. »Darin gab es das Haus. Und den Garten. Es war herrlich. Ich erinnere mich noch, dass ich versucht habe, Jan die Märchen vorzulesen, dass er sie aber garstig fand. Und das waren sie: garstig und wunderbar zugleich.«

»Erinnern Sie sich daran, wie das Buch hieß?«

»O ja. Es war eine alte illustrierte Ausgabe von den Märchen der Brüder Grimm.«

Sie kehrten zu den Åkerö-Äpfeln zurück, und Klara erzählte, wie Kerstin in hausfraulichem Eifer jeden einzelnen Apfel pflückte und auf den Dachboden legte, auf Holzwolle, in Papier eingewickelt.

»Und dann vergisst sie normalerweise die Äpfel. Und im Frühling, wenn es im Haus nach verfaulten Äpfeln zu riechen beginnt, flucht sie laut, während wir anderen sie auslachen. Und dann können wir nur noch ausmisten und die ganze Herrlichkeit auf den Komposthaufen werfen.«

»Interessant.«

»Was?«

»Im Traum hat sie sich ja an ihre Vorjahrsäpfel erinnert und sie in einen Korb gelegt, um sie Ihnen zu geben.«

»Alle ihre guten Vorsätze? So gut gemeint und dabei so sinnlos.«

Judith Dorf schaute zweifelnd drein, und Klara verstärkte ihre Äußerung:

»Ich mag keine Åkerö.«

»Natürlich nicht.«

Welche Phantasien und Gedanken hatte Klara über den Sündenfall? Auch damit kamen sie nicht viel weiter. Für Klara war es selbstverständlich, dass die Menschen den Schritt ins Bewusstsein tun mussten. Dem christlichen Mythos vom Verlust der Unschuld und der Geburt der Sünde schenkte sie nicht einen einzigen Gedanken. Wissen war wichtig.

»Woher sind Sie sich dessen so sicher?«

Klara erzählte, wie sie in der Schule geschummelt hatte, wie ihre Mutter ihr auf die Schliche gekommen war und danach mit ihr gepaukt hatte.

»Aber was mich am meisten beeindruckt hat, das war etwas, was mein Vater über die Menschen sagte, die so einen ... medialen Zug haben wie ich. Er sagte, dass sie nicht ernst genommen würden, weil sie oft so unwissend seien. Deshalb dürfte ich es mir nicht so bequem machen, ich müsste lernen, die Welt, in der wir leben, durch Arbeit und Disziplin zu verstehen.«

»Das war hart.«

»Ich denke, es war gut«, sagte Klara, und Judith notierte sich routinemäßig, dass die junge Frau es nicht zuließ, wenn ihr Vater kritisiert wurde. Aber noch waren sie nicht so weit, das Thema aufzugreifen. Sie nahm einen anderen Faden auf:

»Wenn Sie die Fähigkeit besitzen, in der Erinnerung hin und her zu gehen, können Sie vielleicht auch herausfinden, wer diese Ihnen so bekannte, fremde Dame war? Wo Sie sie gesehen haben, in welchem Zusammenhang Sie einander getroffen haben?«

Klara schloss wortlos die Augen und blieb lange so sitzen. Schließlich schüttelte sie den Kopf:

»Ich denke nicht, dass ich sie jemals getroffen habe. Es ist komisch, ich erkenne sie, aber ich habe kein ... obwohl ich sie genau kenne.«

»Wir lassen das erst mal«, sagte Judith Dorf. »Es kann auch jemand sein, den Sie getroffen haben, als Sie noch zu klein waren, um sich daran zu erinnern. Und es kann natürlich auch jemand sein, den Sie auf einem Bild, einem Foto oder einer Zeichnung in einem Buch gesehen haben, genau wie das Haus und den Garten.«

Klara schüttelte den Kopf.

»Leer«, sagte sie. »Total leer.«

Die zwei Stunden waren um. Sonderbar, dachte Klara, wie die Zeit rast, wo sie letzte Woche noch stillzustehen schien.

»Darf ich meine Mutter anrufen?«

»Nein, das möchte ich nicht. Schreiben Sie ihr einen Brief, sodass Sie in Ruhe die Worte wählen können und nicht ihre Reaktionen darauf hören.«

Judith Dorf brachte sie wieder zur Tür, gab ihr die Hand und sagte: »Heute ist Freitag, bis Montag machen wir eine Pause. Sie können mit Jonas übers Wochenende heimfahren. Wir sehen uns dann nächste Woche. Hören Sie das Band ab, aber reden Sie mit niemandem darüber oder über Ihre Träume.«

Den ganzen Nachmittag arbeitete Klara an dem Brief für Kerstin. Sie schrieb, überdachte die Worte und verwarf einen Entwurf nach dem anderen. Schließlich gab sie es auf. Sie machte einen Spaziergang, um auf andere Gedanken zu kommen.

Als sie zurückkam, verfasste sie einen kurzen, aber inhaltsschweren Brief an Hans: »Ich möchte, dass du Mama erklärst ...«

55

Es war ruhig geworden in dem Haus auf dem Berg, wo Hans und Kerstin zu beiden Seiten am Bett des alten Mannes saßen. Die Angst war aus den Mauern gewichen, endlich konnte sie in Ruhe ihre Gedanken sammeln und ihre Gefühle für den Sterbenden hinterfragen. Und ihre Gefühle dem Tod gegenüber.

Sie sprachen kaum, teilten schweigend ihre Trauer darüber, dass die frühere Unruhe mit Klara zusammenhing. Nur einmal sagte Hans, dass es unerträglich sein müsste, wie sie zu leben, in einer so starken Anspannung, die alle in ihrer Nähe ansteckte. Aber er bereute seine Worte sofort, als er Kerstins Verzweiflung sah.

Auch der Alte, der nun friedlich und ohne Schmerzen schlief, war von Ängsten und Sehnsüchten durch das Leben gehetzt worden. Er hatte das Leben gehasst, weil er nie genug davon bekommen hatte, von Reisen und Abenteuern, Vermögen und Liebe.

»Er war zu stolz, um etwas aus seinem Leben zu machen«, sagte Hans, und Kerstin dachte wie so oft zuvor, dass ihr Vater sein ganzes Leben hindurch nichts anderes als ein wütender Dreijähriger gewesen sei. Vor dem alle Angst hatten.

»Es ist schade für ihn und schade für uns«, sagte sie.

»Das hat auch etwas mit dem Zeitgeist zu tun«, sagte Hans und dachte dabei an Deutschland und die Generationen von Männern, die Religion durch Rassenideologie und Glaube an den Übermenschen ersetzt hatten. Er hatte seinen Schwiegervater sofort durchschaut, als sie sich das erste Mal sahen. Und nicht nur durch seine Erfahrungen in Deutschland.

»Der Mann meiner Tante, der Major aus Skånen, der war genauso.«

»Deine Tante auch. Es waren ja nicht nur Männer, die durch den Faschismus geprägt wurden.«

Etwas später sagte Kerstin, es sei unerträglich traurig, sich vorzustellen, wie einsam er gewesen sei, der Alte. Und wie verbittert.

»Er hat es selbst so gewollt.«

»Ja. Und das ist doch schrecklich.«

Mit den Tagen, die verstrichen, wurde Kerstins Erinnerung an ihre Mutter deutlicher. Auf einem Bild nach dem anderen sah sie die sanfte, entfliehende Helena. Immer lieb und immer ängstlich.

»O Hans, sie hatte so schreckliche Angst vor ihm.«

Er konnte sie nicht trösten, sondern dachte, dass die Trauer über die tote Mutter Kerstin jetzt einhole. Sie hatte dazu nie Zeit gehabt, ich kam, dann die Kinder …

Sie sprachen mit Karl Erik Holmgren über ihre Gedanken um den alten Dreijährigen, der sich noch bis zuletzt weigerte, das Leben loszulassen. Aber der Pfarrer widersprach ihnen:

»Wir wissen so wenig. Deshalb haben wir so viele Meinungen. Keiner von uns kann wissen, welche Absichten Gott mit Sven Jonsson und seinem Leben hatte. Das bleibt ein Geheimnis zwischen ihm und Gott.«

»Von dem Geheimnis wusste er jedenfalls bestimmt nichts. Er hatte keinen Gott.«

»Aber das verändert doch nichts. Gott kümmert sich nicht um den Glauben der Menschen. Oder wie sie Seine Botschaft verstehen.«

Als der Pfarrer gegangen war, fühlten sie sich ein wenig erleichtert, alle beide. Und Hans sagte:

»Es ist fast peinlich, es zuzugeben. Aber ich denke auch wie er. Keiner weiß etwas über den Sinn des Lebens eines anderen. Man muss froh sein, wenn man manchmal den Sinn des eigenen erahnen kann.«

»Tust du das?«

»Vielleicht ab und zu. Aber ich bin damit nie weiter gekommen, als dass es mit deinem verbunden ist.«

Auch in Bezug auf die äußeren Bedingungen gab es Erleichterungen. Die resolute Schwester Gudrun entschied, dass Hans und Kerstin jede dritte Nacht bei sich zu Hause schlafen sollten, während sie Wache hielt.

»Es ist überhaupt nichts damit gewonnen, wenn Sie sich völlig verausgaben«, sagte sie.

Es war ihnen peinlich, aber nur eine Spur, denn das Gefühl der Befreiung überwog. Wie junge Leute, die Extraferien bekommen hatten, genossen sie einen ganz normalen Abend bei sich daheim, die Pflanzenpflege, das Haus und die langen, zärtlichen Nächte.

Am Montagmorgen, nachdem sie das ganze Wochenende abwechselnd Wache gehalten hatten, ging Hans heim, um nach dem Haus zu sehen, die Zeitungen und die Post hereinzuholen, ein wenig einzukaufen und das Haus für ihren freien Abend und die Nacht vorzubereiten. Da lag Klaras Brief, er setzte sich an den Küchentisch, um ihn zu lesen:

»Ich möchte, dass du Mama erklärst, dass mein Ausbruch gegen sie nie wirklich ihr gegolten hat. Sie spielt eine Rolle in einem Drama, das ich inszeniere.

Das habe ich in nur zwei Therapiestunden gelernt. Jetzt machen wir weiter. Das tut mir gut, Papa. Ich habe interessante Träume, durch die ich viel lerne, und ich beginne ein Muster zu erahnen. Doktor Dorf hat es nicht direkt gesagt, aber es ist deutlich, dass sie erstaunt ist. Es geht nicht um irgendwelche frühen Störungen. Ihr beide habt also keinerlei Grund, irgendwelche Schuld für meine psychotischen Episoden zu empfinden.

Ich bin außerdem in der Frage, die du angesprochen hast, als wir nach Åland segelten, zu einem Entschluss gekommen. Es ist selbstverständlich, dass ihr Sofia adoptieren sollt. Das ist das Beste für sie. Und wahrscheinlich ist es auch für mich gut. Du hast dich geirrt, als du gesagt hast, es gehe nur um ein Papier, es sei nur eine juristische Angelegenheit. Nichts ist nur, alles ist mit einem Wert beladen, den wir nicht erkennen wollen. Wenn Sofia zu euch gehört, auch auf dem Papier, hoffe ich, es wird meine Schuld ihr gegenüber verringern. Also bitte deinen Anwalt, die Papiere dafür zu besorgen.

Zum Schluss möchte ich euch beiden versichern, dass ich jetzt einen Prozess durchmache, weg von dieser merkwürdigen Angst und den Fallgruben. Ich stehe erst am Anfang, aber ich habe Momente der Einsicht. Und außerdem habe ich Jonas. Und euch und Sofia. Also sind die Bedingungen äußerst günstig.

Eure Klara.«

Hans blieb lange Zeit mit Herzklopfen sitzen. Dann las er den Brief noch einmal, und ihm kamen die Tränen. Aber er riss sich zusammen, ging hinaus und pflückte einen großen Strauß glühender Pfingstrosen für Kerstin. Dann deckte er feierlich den Tisch, legte eine Flasche Weißwein in den Kühlschrank und fuhr los, um etwas Leckeres einzukaufen.

56

In der Nacht lag Kerstin noch lange neben Hans wach. Die spröde Freude hatte eine Saite in ihr angerissen, einen leisen Ton, hell wie die Sommernacht vor dem Fenster.

Sie legte sich auf den Rücken, starrte die Decke an und spürte überrascht, dass es ein Lachen in ihr gab, ein sprödes, kristallenes Lachen. Da musste sie an Gottes Lachen denken, das der Pfarrer am Tag des Wunders in der Kirche gehört hatte. Doch das war ein wenig lächerlich, niemals würde sie Gott lachen hören. Ihre Freude besaß weder Dauer noch Zuversicht, sie war wie immer scheu und flüchtig.

Sie drehte sich auf die Seite, lag lange so da und betrachtete ihren schlafenden Mann. Sein Schlaf war in den letzten Wochen besser geworden, die Albträume waren all dem, was mit Sofia und Jonas geschah, gewichen. Und mit dem Alten, der nicht sterben wollte. Und jetzt mit Klara.

Plötzlich erfasste sie eine Lust auf ihn. Ihre Finger wollten seine Haarwurzeln spüren, die Linie seines Mundes genießen, die schlanke Nase, das Kinn. Mein Gott, wie sehr sie ihn liebte. Ich bin nicht gescheit, dachte sie, wir müssen schlafen. Aber sie hatte bereits nachgegeben, ihr Mund suchte seinen, und ihre Hände umfassten sanft seine Schultern, bevor sie weiter hinunter über die Brust strichen. Als sie hörte, wie er sich wach lachte, durchfuhr sie der Gedanke, dass es das ja war, das kristallene Lachen aus ihrer eigenen Seele, nur lauter und viel irdischer.

Als die Lust ihren Weg gefunden hatte und sie vor Freude schrie, wurde es ihr erneut bewusst, das Lachen von innen. Und hinterher dachte sie mit großer Verwunderung, dass sie es wieder erkannte.

»Du bist heute Nacht ein bisschen verrückt«, sagte er und klang glücklich und stolz.

»Ja. Aber jetzt müssen wir schlafen.«

»Hm.«

Doch sie konnten nicht schlafen, sie standen auf und liefen nackt durch den Garten, auf den morschen Anleger, und sprangen ins Wasser. Sie lachten wie die Kinder, als sie wieder hoch kamen. Aber Kerstin meinte, das kalte Bad sei wahrscheinlich eine Fehlentscheidung gewesen.

»Jetzt werden wir überhaupt nicht mehr schlafen können.«

»Dann trinken wir ein Bier.«

Sie froren, Kerstin warf ihre Bademäntel in den Trockner, um sie anzuwärmen, während Hans Butterbrote schmierte. Danach saßen die beiden wie schon so oft in der Küche und sahen die ersten Sonnenstrahlen den Waldrand rosa färben. Sie versuchte den spröden Ton zu beschreiben, den sie entdeckt hatte. Er erklärte, er hätte sich ihretwegen Sorgen gemacht, weil sie wie eine straff gespannte Saite gewesen sei, die jeden Augenblick hätte reißen können.

»Dann wusstest du es?«

»Das war ja ganz offensichtlich.«

Sie gingen die Treppe hinauf und krochen ins Bett. Kerstin sagte, dass irgendwie alles mit dem Wunder in der Kirche im Winter zusammenhänge. Und nicht nur das Schwierige.

»Es sieht aus, als sei es ein Wendepunkt gewesen.«

Sie erzählte vom Pfarrer, der sich so verändert habe, seit er Gott lachen gehört hatte, und dann sagte sie scheu, dass es auch in ihr ein Lachen gab und dass es ihr in dieser Nacht bei all der Freude über Klaras Brief bewusst geworden sei.

»Aber das kann ja nicht das gleiche Lachen sein«, sagte sie. »Ich meine nicht, dass ich Gott hören kann.«

»Aber ich meine das. Bei genauerem Nachdenken bin ich mir ganz sicher, dass Gott in dir lacht«, sagte Hans und lachte selbst.

Kerstin war bereits dabei, in den Schlaf zu sinken, als er sagte:

»Für mich ist Sofias Wunder vor allem ein Erlebnis aus zweiter

Hand. Auf sonderbare Weise kam für mich der Wendepunkt, als die Bomben auf Kharg Island fielen.«

»Das war doch zur gleichen Zeit.«

»Ja. Ist das nicht merkwürdig.«

Sie schlief ein, er zog ihr die Decke über die Schultern, blieb auf dem Rücken liegen und dachte an seine geheimnisvolle Erinnerung aus der Kindheit. An den Stummfilm, wie er das Bilderspiel der Nächte zu nennen pflegte. Aber die letzten Male hatte es eine Stimme gegeben, die leise und eindringlich darauf verwies, dass er nicht die richtige Frage stellte. Er hatte es mit Anders' erstauntem Ausruf versucht: Was hatte ein kleiner Junge so Wichtiges zu erledigen, dass er in einer bombenbedrohten Stadt allein herumlief? Aber er bekam keine Antwort, sodass er zu dem Schluss kam, auch diese Frage war die falsche.

Gegen fünf Uhr musste er eingeschlafen sein. Denn als Kerstin ihn mit Kaffee weckte, erinnerte er sich daran, dass die Uhr Viertel vor fünf gewesen war, als er das letzte Mal draufgeschaut hatte.

Es war fast zehn, als sie beim Lotsenhaus eintrafen, mit vielen Entschuldigungen, dass sie so spät kamen. Aber Schwester Gudrun wehrte sie mit einer Handbewegung ab.

»Sie mussten sicher einmal ausschlafen«, sagte sie. »Hier ist alles im Großen und Ganzen wie immer. Aber heute Nacht hatte er ein paar Mal Atemstillstand, deshalb habe ich den Arzt angerufen.«

Weder Hans noch Kerstin konnten irgendeine Veränderung an dem Alten feststellen. Und auch Åke Arenberg nicht, als er kam, das Herz abhörte und mit den Achseln zuckte. Also verlief der Tag wie gewöhnlich; Katarina und Anders schauten eine Weile herein und brachten Gebäck mit, nachmittags kam der Pfarrer, saß meist schweigend da und war ihnen allein dadurch eine Stütze. Hans bezwang seine Lust, nachzufragen, wie das Lachen in der Kirche geklungen hatte. Das hieße ihm zu nahe kommen, dachte er.

Am Abend übernahm Hans die erste Wache. Er wollte Kerstin wie üblich gegen drei Uhr nachts wecken, aber bereits gegen Mitternacht hörte sie ihn rufen. Beide standen sie am Bett des Alten und horchten. Es gab keinen Zweifel, die Atmung setzte aus, eine kurze Weile, bis er erneut einen angestrengten Atemzug machte. Kerstin setzte sich aufs Bett und nahm die Hand des Alten in ihre, die Tränen liefen ihr über die Wangen, als sie flüsterte:

»Papa, mein Papa.«

Er holte noch einmal tief Atem. Dann blieb alles still. Der Tod kam sanft und undramatisch, als benötige das Unerhörte keinen Raum.

Eigentlich sollten sie den Arzt anrufen, aber als Hans ans Telefon ging, wählte er als Erstes die Nummer des Pfarrers. Deshalb saß Karl Erik bereits neben dem Toten, als Arenberg kam, um den Totenschein auszufüllen. Beide beteten für die Seele des Alten, ein kindliches Gebet, dass Gott ihn mit Verständnis und Barmherzigkeit aufnehmen möge. Als das Gebet beendet war, wurde Kerstin ganz ruhig, blieb still und blass am Bett stehen, Hans' Arm um ihre Schultern, und dachte, wie wenig wir doch verstünden und wie vermessen es sei, feste Meinungen zu haben.

VIII

57

Karl Erik Holmgren überlegte, welche Rede er am Sarg des Lotsen halten solle. Er rief alte Leute im Ort an. Anstrengend, sagten einige – freundlich, sagten andere. Ein Mann der alten Schule, sagten viele. Verbittert und stur, sagte einer. Fröhlich, sagte ein anderer. Nach einer Weile wurden die Gegensätze noch schlimmer: Ein rücksichtsloser Egoist, ein Mensch, der nie einen Freund im Stich ließ.

Nur in einem Punkt stimmten die Aussagen überein: Der Alte hatte einen teuflischen Humor. Ein stolzer Mann, wie sie sich ausdrückten.

»Es war nicht leicht, mit ihm klarzukommen, wenn ihm etwas nicht passte. Alles musste nach seiner Pfeife tanzen«, sagte ein Lotsenkollege.

Er hatte viele Rollen in vielen Stücken gespielt, das wurde dem Pfarrer klar. Und alle hatten den Sinn gehabt, seine Würde zu verteidigen.

Es würde eine große Beerdigung werden. Kollegen aus ganz Roslagen würden kommen, das Seefahrtsamt würde vertreten sein, und alle Älteren aus Östmora würden in der Kirche erscheinen. Ganz gleich, wie er auch gewesen war, ihr Lotse, er war einer der letzten Vertreter einer vielhundertjährigen Tradition in dem Küstenort gewesen, der sich jetzt in einen Touristenort verwandelte.

Eine Epoche wird zu Grabe getragen, schrieb der Pfarrer auf seinen Zettel. Dann schüttelte er sich und zog einen dicken Strich durch die abgedroschene Phrase. Was in Gottes Namen sollte er nur sagen? Er konnte Gott nicht mehr lachen hören, aber er meinte ein Lächeln durch den Regen zu spüren, der gegen die Scheibe schlug.

Die Uhr ging auf sieben zu, es war an der Zeit, Anders in der Kirche zu treffen. Ihre leisen Gespräche hatten sich entwickelt. Denn jedes Mal, wenn sie sich trafen, drang Karl Erik ein Stück tiefer in die verborgene Welt des Jungen ein. Er lernte zu verstehen, wie wichtig es für den Blindgeborenen war, die richtigen Worte zu finden. Das Wort, der Begriff schuf die Welt, in der er lebte. Es war der genaue Ausdruck, der seinen Vorstellungen Festigkeit und Klarheit gab.

Karl Erik hatte sich viele Gedanken über die Gefühllosigkeit des Jungen gemacht. Es gab einen Bruch in Anders' Empfindungen, eine gefühlsmäßige Stummheit. Anfangs hatte der Pfarrer gedacht, es wäre die Behinderung an sich, die zu dieser Ich-Bezogenheit des Jungen geführt hätte. Aber das stimmte nicht, Anders war nicht egozentrischer als andere, normale Zwölfjährige.

Es war Karl Eriks Frau, die ihn auf die Idee brachte. Ihr Gemüt war seit dem Wundersonntag heiterer geworden. Das lag an ihm, weil er stärker geworden war. Sie genoss die Hochschätzung, die Karl Erik für seine mittlerweile landesweit bekannte Predigt bekommen hatte. Und auch mit dem Kind ging es besser, seit sie Kontakt mit Anders' Mutter aufgenommen hatte.

Eines Abends, nachdem Anders und Katarina bei ihnen auf dem Pfarrhof zu Besuch gewesen waren, hatte Berit Holmgren es gesagt:

»Ich ärgere mich immer wieder über den Jungen, weil es so lange dauert, bis er reagiert.«

»Aber es dauert bei ihm doch nicht länger als bei uns. Anders ist schlau und sicher normal begabt.«

»Wenn es um Worte geht, ja. Aber Worte machen ja nur einen kleinen Teil aus, wenn es darum geht zu begreifen, was andere fühlen. Das Wichtigste dabei ist doch, dass man einen Blick wechselt und sich geborgen fühlt. Man sieht, ob der andere traurig oder fröhlich ist. Oder wütend und linkisch, all das zeigt ein Mensch mit seinem Gesicht und Körper.«

»Was für ein Idiot bin ich nur gewesen«, sagte Karl Erik.

Nach diesem Abend begann der Pfarrer zu reden, sorgfältig und ausführlich, wenn er sich mit dem Jungen traf. Nicht ernsthafter, aber nuancierter und mit mehr Details. Er erzählte von den Reaktionen der Menschen, ihrer Art, sich mit Mienenspiel auszudrücken und ihre Gefühle mit dem Körper zu zeigen. Anfangs widerstrebte es ihm, aber er zwang sich, beispielsweise zu sagen: »Weißt du, er hat zwar ja gesagt, aber ich habe ihm angesehen, dass er das gar nicht wollte.« Oder: »Sie hat laut gelacht, und ich hätte auch gedacht, sie würde die ganze Sache nicht so ernst nehmen, wenn sie nicht feuerrot im Gesicht geworden wäre.«

Anders hörte zu, widerwillig, aber mit der Zeit immer interessierter. Er kam mit eigenen Beiträgen, erzählte, dass er manchmal am Geruch von Leuten erkennen konnte, dass sie Angst hatten, aber diese Erkenntnis versandete, weil er nicht wusste, wovor sie Angst haben.

»Manchmal kann man an der Stimme hören, dass jemand lügt«, sagte er. »Aber das ist so unsicher. Kannst du sehen, ob Leute lügen?«

»Das ist schwierig. Es gibt Menschen, die lügen so oft und gewohnheitsmäßig, dass es für sie ganz selbstverständlich wird.«

»Aber du meinst doch, du weißt, wer das tut?«

»Da hast du Recht. Aber woher weiß ich das? Lass mich nachdenken. Doch, sie haben etwas Biegsames, fast etwas Hinkendes an sich.«

»Etwas, das du siehst?«

»Da bin ich mir nicht sicher, Anders. Vielleicht ist das eine Mischung aus verschiedenen Sinneseindrücken, dem Sehen, aber auch dem Hören, irgendwas ist in ihrem Lachen und in ihrer Stimme. Es ist ja nicht so, dass ich darüber nachdenke. Das ergibt sich durch die Erfahrung, nehme ich an. Eine Art Intuition.«

»Sofia erzählt immer so sonderbare Dinge darüber, was Menschen denken und fühlen. Und sie kann doch nicht mehr Erfahrung haben als du.«

»Nein, das stimmt. Aber meiner Meinung nach hat sie eine ganze Menge Intuition.«

»Und deshalb ist sie so gefährlich.«

»Das behauptest du immer wieder, aber ich denke, da irrst du dich. Sie ist ungewöhnlich nett und benutzt ihre Fähigkeiten nie mit bösen Absichten.«

Heute Abend können wir über den Lotsen reden, dachte der Pfarrer, als er um die Ecke zu Berglunds Haus bog, um den Jungen abzuholen. Berglund selbst öffnete ihm die Tür. Wie üblich sagte er kein Wort, in seinen Augen zogen jedoch Gewitterwolken auf, als er den Pfarrer begrüßte und nach dem Jungen rief.

Als sie sich auf ihre Bank in der Kirche gesetzt hatten, sagte der Junge, er möchte heute mit dem Gebet anfangen. Er ist aufgewühlt, dachte der Pfarrer und wusste, dass das an dem Vater des Jungen lag. Sie beteten, ruhig und leise wie immer. Danach blieb der Pfarrer still sitzen, er wollte Anders Zeit und Gelegenheit geben und hoffte, er würde sich trauen zu erzählen. Aber auch der Junge schwieg, und der Pfarrer dachte nur, dass sie beide Zeit hatten.

Dann begann er von dem Lotsen zu erzählen, von den Gesprächen, die er geführt hatte und all den Beschreibungen, die sich widersprachen. Langsam und umständlich beschrieb er, was die Leute gesagt hatten, und spürte plötzlich, dass der Junge ungewöhnlich interessiert war.

»Wie merkwürdig«, sagte er. »Aber wer sagt dann die Wahrheit?«

»Ich nehme an, alle. Und keiner. Ein Mensch spielt viele Rollen und zeigt viele Bilder von sich. Wer er eigentlich ist, das wissen nur Gott und ab und zu er selbst.«

Das habe ich schon einmal gesagt, zu Kerstin und Hans, dachte Karl Erik und musste fast lachen. Da war er ja, der Ausgangspunkt für seine Rede. Aber Anders war überrascht, und mit einem Mal sagte er:

»Ist das mit allen Menschen so?«

»Ja, mehr oder weniger. Jedenfalls kann keiner in ein paar mageren Worten erfasst werden: So und so ist er oder sie. Aber ich glaube, dass einige mit den Jahren die sich widersprechenden Rollen immer mehr ablegen und ihre eigene Persönlichkeit finden.«

Anders schwieg, Karl Erik konnte die Anspannung spüren. Zum Schluss flüsterte der Junge:

»Mein Papa ist lieb. Und widerlich. Er kann sich wie ein Kind freuen, wenn er nicht so fürchterlich traurig ist. Manchmal denke ich, es ist, als ob er in der Hölle ist und schreckliche Qualen erleidet.«

Nun weinte er dieses hoffnungslose Weinen, das Karl Erik durch Mark und Bein fuhr. Aber der Pfarrer wartete, bis der Junge sich beruhigt hatte.

»Manchmal liegt er nachts auf Knien vor meinem Bett und betet zu Gott, dass ich sehen kann. Wenn ich die Sehkraft gewinne, ist das ein Zeichen für ihn, dass seine eigenen Sünden vergeben sind. Es nützt nichts, mit ihm darüber zu reden oder dass Mama schimpft und ich versuche, ruhig zu sprechen. Der Arzt hat schon mit ihm geredet und sein eigener Pfarrer ... aber es nützt nichts.«

»Was sagt deine Mutter denn, wenn sie schimpft?«

»Dass er einen fürchterlichen Gott hat, den er sich selbst geschaffen hat.«

»Das stimmt.«

»Ja. Aber das macht ihn noch verzweifelter. Es scheint, als wäre dieser fürchterliche Gott der Einzige, bei dem er Zuflucht nehmen kann. Wenn man ihm den wegnimmt, dann verschwindet er irgendwie ... in einem schwarzen Loch.«

Nach einer Weile nahm der Junge das Gespräch wieder auf:

»Er hat auch seine guten Seiten«, sagte er. »Ich erinnere mich an all das, was er gemacht hat, als ich noch klein war. Wie ich neben ihm im Auto sitzen durfte und er mir alles am Wegrand beschrieben hat, die Bäume und die Berge. Wie er mir beigebracht hat zu spüren, wenn er herunterschaltete, um vor einer Steigung mehr Kraft im Motor zu haben. Und wie es an der Straße roch, wie ich an der Luft merken konnte, dass wir am Meer waren. Er kann so lieb sein.«

»Ja. Und ich glaube nicht, dass man ihm dieses böse Gottesbild wegnehmen kann, ohne ihm noch mehr zu schaden.«

»Dann kann man gar nichts machen?«

»Ich weiß nicht, was. Wir können nur für ihn beten und hoffen, dass er Hilfe bekommt.«

An diesem Abend schlossen sie ihr Treffen nicht wie sonst mit dem Vaterunser ab. Stattdessen beteten sie für Berglund, ein langes, ernstes Gebet. Anders schien besser gestimmt zu sein, als sie die Kirche verließen, aber als sich der Pfarrer von ihm am Gartenzaun verabschiedete, sagte er:

»Ich muss immer darüber nachdenken, was er wohl getan hat. Das muss etwas ganz Schreckliches gewesen sein.«

»Diesen Gedanken kannst du gleich fallen lassen«, erwiderte Karl Erik. »Höchstwahrscheinlich handelt es sich nur um einen einfachen, menschlichen Fehltritt, der allein in seiner Vorstellung gewachsen und riesig geworden ist.«

58

Jonas saß in Per Karlssons Atelier auf einem Schemel. Er trank Wasser, denn der Maler hatte nur Wein im Haus, und Jonas war mit dem Auto gekommen. Auf dem Boden vor ihm lag ein Dutzend von Sofias Zeichnungen.

Per war ein schwerer Mann in den Sechzigern, der den Eindruck von Unentschlossenheit und Bescheidenheit machte. Das war ein falsches Bild, das er bis zur Meisterschaft entwickelt hatte und aus dem er großen Nutzen zog. Im Grunde genommen war er skeptisch und illusionslos, messerscharf und schroff, etwas, was nur seine Schüler und die wenigen, die ihn gut kannten, sehr genau wussten.

Jonas kannte ihn in- und auswendig, denn Per hatte eine lange und wütende Beziehung zu Agnes gehabt. Aber ihre Liebe bedrohte die Grenzen ihrer Freiheit, und sein ewiges Weintrinken machte ihr Angst. Für Jonas war er viele Jahre lang ein bewunderter und zuverlässiger Stiefvater gewesen, und als der endgültige Bruch kam, war das ein großes Problem für ihn.

Jetzt betrachtete der Maler die Zeichnungen, und Jonas ihn:

»Eine sehr junge und ungeübte Person«, sagte er. »Ist es eine deiner Patientinnen?«

»Nein.«

»Wenn ich mit dem Mädchen zu tun hätte, denn es ist ja eine Frau, nicht wahr, dann würde ich ihr ohne zu zögern sagen: Lass es sein. Du hast Talent, aber du bewegst dich im Grenzbereich und gehst das Risiko ein, den gleichen Weg wie Hill, Josephson und diverse andere zu gehen.«

»Das war hart«, sagte Jonas, spürte aber dann, dass er wütend wurde.

»Diese junge Person ist in dem, was du Grenzbereich nennst, ganz gleich, ob sie malt oder nicht. Ich habe gehofft, sie würde eine natürliche Möglichkeit finden, um dort herauszukommen, wenn sie ihre Begabung entwickelt.«

»Du hast doch eben gesagt, es sei keine Patientin von dir«, sagte Per, überrascht über Jonas' Wut. »Wieso bist du dann so engagiert?«

»Ich sage dir nicht, wer sie ist, noch nicht. Ich möchte nicht, dass du davon beeinflusst wirst. Aber eine Information gebe ich dir noch. Sie ist zehn Jahre alt.«

»Was sagst du da!«

Per sah sich erneut die Bilder an, studierte sie, als sähe er sie mit neuen Augen. Schließlich erhob er sich und holte ein Buch aus dem Regal:

»Jonas, du hast keine Ahnung von Farben, welche Kraft sie haben. Aber die hat das Kind, das diese Zeichnungen gemacht hat, sie kann auf den Farben direkt in den Himmel oder in die Hölle gleiten. Es ist nicht gesagt, dass ihr das bewusst ist, aber sie beherrscht die Technik für derartige Reisen, und eines bösen Tages wird sie nicht wieder zurückkommen. Begreifst du? Das solltest du wissen, du hast doch selbst solche Erfahrungen gemacht, auch wenn es bei dir über Drogen lief. Die Farben sind für das Mädchen wie LSD, Jonas.«

Er schlug das Buch auf und zitierte Kylberg: Farbe hat unglaublich viele Eigenschaften, sie gibt Orientierung und besitzt Zentrifugalkraft.

Er las weiter, Jonas hörte kaum zu. Er erinnerte sich an die Mischung aus Angst und Euphorie bei sein Ausflügen in die glänzende und erschreckende Wirklichkeit des LSD. Erst als Per das Buch mit einem Knall zuklappte, kam er zurück ins Atelier, in die Gegenwart, und hörte zu:

»Farben sind reich an existentiellen Öffnungen«, zitierte Per weiter. »Aber wir wissen wenig über die Wege in dieser Landschaft. Deshalb verirren sich so viele Künstler. Mein Gott, Jonas, du weißt genauso gut wie ich, dass das Wirklichkeitsbild in unserer Kultur zweidimensional und schwarzweiß ist. Es beinhaltet eine

Verstümmelung der Erlebnisse, und das kann man bedauern. Aber es bedeutet sicheren Boden. Hier gibt es Erfahrungen und Vorstellungsbereiche. Diese Wirklichkeit ist es, in der wir uns treffen und uns einig sind über die Begriffe. Wenn ich die Verantwortung für dieses Kind hätte, würde ich dafür sorgen, dass es durch Zucht und Disziplin in der Wirklichkeit verankert bleibt, mit ebenso fester Hand, wie ich dich damals aus dem psychedelischen Sumpf herausgeholt habe.«

»Aber Drogen, das sind Gifte, die gefährlich sind für das Gehirn. Du kannst nicht ernsthaft behaupten, dass Kunstausübung chemische Veränderungen im Körper auslöst.«

»Doch, das kann ich. Es gibt Forscher, die haben lebendige Organismen einem Bad aus sehr buntem Licht ausgesetzt und behauptet, dass das jede einzelne Zelle beeinflusst.«

»Ich weiß. Aber das ist keine Wissenschaft.«

»Ach Jonas, so dumm bist du doch nicht. Kunst ist keine Wissenschaft. Und das meiste, womit du dich beschäftigst, ist auch ziemlich unwissenschaftlich, das weißt du genau, auch wenn du und deine Kollegen es in eine quasiwissenschaftliche Sprache kleiden. Aber jetzt will ich wissen, wer das Mädchen ist, und warum du dich so sehr für ihr Schicksal interessierst.«

Jonas stöhnte und schwieg. Per suchte einen anderen Weg und fragte:

»Wie viel versteht ihre Familie von dem hier?«

»Alles, was man verstehen kann, denke ich.«

»Sind sie bereit, sie zu unterstützen, ökonomisch und auf allen anderen Ebenen?«

»Ja.«

»Wie zum Teufel kannst du dir da so sicher sein?«

»Das werde ich dir erzählen, wenn du dich entschieden hast.«

»Ich denke gar nicht daran, unter Druck einen Entschluss zu fassen«, erwiderte Per wütend, betrachtete aber erneut die Bilder. Die Wut war aus seiner Stimme verschwunden, als er nach einer langen Pause fortfuhr:

»Okay. Bring das Kind her, damit ich ein besseres Bild von ihr bekomme. Ich verspreche nichts, aber ich kann mir vorstellen, ihr ein paar Stunden zu geben. Wenn du garantierst, dass sie still sitzt, bereit ist zu arbeiten und ihre Eltern sich über das Risiko im Klaren sind. Und wer, verdammt nochmal, ist sie nun?«

Jonas zögerte noch und lächelte, dann aber antwortete er: »Nun ja, es ist meine kleine Stieftochter.«

»Klaras Tochter!«

»Ja. Und um ehrlich zu sein, ihre Familie besteht in erster Linie aus Klaras Mutter und Vater. Sie ist bei ihnen aufgewachsen.«

»Und was sind das für Händlertypen?«

»Jetzt sei nicht dumm, Per. Er ist Seemann, und sie ist Lehrerin. Außerdem haben sie schon vorher ein kompliziertes Kind großgezogen und aus allem, was geschehen ist, sehr viel gelernt.«

Plötzlich sah Per ganz mitleidig aus, er hatte von Agnes gehört, dass es Klara schlecht ging und sie zu Judith Dorf ging. Er mochte sie, mochte Jonas' Freundin sehr. Eine Kristallseele, hatte er zu Agnes gesagt, klar, rein, mit hohem Ton.

»Erzähl mir alles von Anfang an.«

Jonas begann mit dem Wunder in der Kirche, den Kindern, die das Zusammenträumen geübt hatten. Pers Augen wurden ganz groß vor Verwunderung.

Dann erzählte er von seinem ersten Besuch in dem Hornerschen Haus in dem Küstenort an der Ostsee, von der heftigen Abwehr des Mädchens, und wie er ihr Vertrauen gewinnen konnte, sodass sie ihm ihr Versteck zeigte, in dem sie seit Jahren malte. Er fuhr mit dem toten Vater fort, der ihr Lehrer war, und sagte:

»Meiner Meinung nach ist es ungemein wichtig, dass der Tote durch einen Menschen aus Fleisch und Blut ersetzt wird.«

»Ich verstehe. Wer war der Vater?«

»Johannes Andersson.«

»Meine Fresse. Noch ein wahnsinniges Genie. Woher kannte Klara ihn?«

Jonas erzählte und erzählte, trank schales Wasser und wurde immer verzweifelter. Aber er machte weiter, berichtete von Klaras Psychose, ihrem Besuch der Ausstellung, ihrer Äußerung:

»Jemand anderes ist in meiner Welt gewesen.«

»Was ich damit sagen will«, erklärte er, »ist, dass es keinen Weg zurück gibt. Das Mädchen lebt wie gesagt bereits im Grenzbereich. Mir ist klar, dass sich das alles ziemlich hoffnungslos anhört. Aber das Kind ist wie Klara, sie hat etwas Starkes und Frisches an sich. Sie ist ein wunderbares Kind, Per.«

»Wie heißt sie?«

»Sofia.«

»Die Weisheit in Person in der Gestalt eines Kindes«, sagte Per. Er schaute erneut auf die Zeichnungen und murmelte etwas von einer alten Seele in einem neuen Körper. Jonas, der keine Diskussion über Pers sehr eigenwillige Vorstellungen von der Reinkarnationslehre anfangen wollte, erzählte von der Collage, die Sofia in Agnes' Atelier angefertigt hatte, und Per nickte und meinte, das sei gut, ein Spiel und die Sicherheit der durch den Stoff vorgegebenen Farben.

»Ich werde mit Agnes reden und mir die Collage angucken«, sagte er, und Jonas fiel ein, dass er auch bei ihr hätte anrufen sollen. Agnes war selbst am Telefon, und sie sagte, Sofia liege im Bett, starre an die Decke und sei ungewöhnlich still. Sie hatten erfahren, dass der Lotse gestorben war. Ob sie Klara anrufen solle?

»Nein, ich fahre hin und erzähle es ihr. Und Mutter, lass Sofia am besten eine Weile schlafen.«

»Ich werde sie nicht stören.«

Jonas erzählte Per Karlsson kurz, was geschehen war, und verabschiedete sich. Als er sich ins Auto setzte, um nach Aspen zu fahren, spürte er, wie müde er war. Und traurig. Es war, als hätte Per ihm alle Hoffnung genommen.

Klara nahm die Todesnachricht ruhig auf, war erleichtert für alle Beteiligten.

»Weißt du, wie es Mama geht?«

»Nein. Wir können zu Judith rübergehen und sie bitten, ob wir bei ihr telefonieren dürfen.«

Klara sprach lange mit ihrer Mutter, die traurig, aber ruhig klang. Kerstin bedankte sich für den Brief und sagte:

»Ich war das nicht, die den Vorschlag mit der Adoption aufgebracht hat.«

»Das weiß ich, Mama. Papa hat schon auf Åland gesagt, dass du gar nichts davon weißt. Es war sein Vorschlag, und er hat ganz Recht. Das ist gut für uns und am allerbesten für Sofia.«

Sie schwieg eine Weile, bevor sie fragte:

»Hängen noch ein paar Åkerö an dem alten Baum?«

»Höchstens ein paar winzige unreife Früchte«, antwortete Kerstin erstaunt.

»Das macht nichts. Könntest du mir ein paar davon schicken?«

Etwas später sprachen Jonas und Klara mit Doktor Dorf, die nicht wollte, dass Klara zur Beerdigung heimfuhr. Klara und sie seien in einer sehr intensiven Phase ihrer Arbeit. Es sei wichtig, sie jetzt nicht zu unterbrechen.

»Das ist in Ordnung«, sagte Jonas. »Ich werde mit Sofia und Agnes fahren. Meine Mutter liebt Beerdigungen.«

»Rede keinen Quatsch«, sagte Klara. »Agnes wird Mama eine große Hilfe sein. Ich will auch gar nicht hin, aber es wird reichlich Dorfklatsch deswegen geben.«

»Nichts da«, wehrte Judith Dorf lachend ab. »Klara ist von einer sonderbaren Infektion bedroht, und ihre Ärztin will nicht, dass sie die Behandlung abbricht.«

Sie lachten alle drei. Jonas brach auf, er wollte nach Sofia sehen.

»Ich glaube nicht, dass sie es so schwer nimmt«, sagte Klara.

»Nein. Sie war ja darauf vorbereitet. Aber sie war die Einzige, die dem Alten nahe stand.«

Er hatte sich umsonst Sorgen gemacht, das sah er, sobald er in Lerkil aus dem Wagen stieg. Sofia hatte eine Weile geschlafen und war gut gelaunt.

»Glaubt ihr, dass es ein Weiterleben nach dem Tod gibt?«, fragte sie beim Essen.

»Nein. Wenn Schluss ist, dann ist Schluss«, sagte Agnes. »Zumindest hoffe ich das für mich selbst.«

Sofia entgegnete nichts, und Jonas wechselte das Thema.
Wie immer riefen sie nach dem Essen in Östmora an. Hans klang normal, aber Kerstins Stimme war belegt.

»Sie weint und ist sehr traurig«, sagte Hans, »aber wir wissen ja alle, dass es für ihn das Beste war, so davonzukommen.«

Sie unterhielten sich über die Beerdigung. Sie sollte am Samstag sein, und Jonas sagte, Sofia und er würden mit dem Auto kommen. Agnes, die noch etwas in Stockholm zu erledigen hatte, würde bereits am Donnerstag dorthin fliegen, dann den Zug nach Uppsala nehmen und am gleichen Abend in Östmora sein.

»Klara …«

Aber Hans unterbrach ihn, Klara habe selbst angerufen und gesagt, ihre Ärztin wolle nicht, dass sie die Behandlung unterbreche.

»Das ist für uns in Ordnung«, sagte Hans und bat, mit Sofia reden zu können:

»Es wird schön, dich wieder zu sehen, meine Kleine.«

»Ich habe auch Sehnsucht nach euch«, sagte Sofia, aber ihre Augen rutschten auseinander.

59

Agnes taten bereits die Füße weh, als sie in der Hauptstadt von Geschäft zu Geschäft herumlief, eines eleganter als das andere.

Sie hatte schnell eingesehen, dass aus ihrem heimlichen Plan nichts werden würde. Mehrere der Boutiquen hier wollten gern ihre Kleider verkaufen, aber sie hatte es sich angewöhnt, nichts zu verkaufen, bevor sie nicht ein klares Bild von dem Besitzer hatte, von dem Laden und nicht zuletzt von dem Personal. Alles musste eine gewisse Klasse haben, und mit Klasse meinte Agnes nicht Eleganz, sondern einen guten Geschmack und tüchtige und interessierte Leute.

Aber überall, wo sie hinkam, war sie wieder erkannt worden, und damit hatte sie nicht gerechnet. Während sie sich über die tausendjährigen Kopfsteine des Stortorgets in der Altstadt schleppte, verfluchte sie ihre Eitelkeit, heute die hochhackigen Schuhe anzuziehen und dass sie sich immer wieder Zeitschriften für Interviews und Fotos zur Verfügung gestellt hatte.

Ich müsste einen Spion schicken, dachte sie. Jemanden, der weiß, was ich will, und den niemand kennt. Sie dachte an Magdalena in Göteborg, aber die war in Urlaub. Sie konnte Grete aus dem Geschäft in Kopenhagen kommen lassen, aber da war Feriensaison und viel zu tun.

Sie fuhr ein Stück mit dem Bus. Es war heiß und sie schwitzte; sie fand ein Straßencafé und bestellte eine Tasse Kaffee. Dann beschloss sie, die ganze Expedition abzubrechen und sich in den Zug nach Uppsala zu setzen.

Doch vorher telefonierte sie und Kerstin sagte, dass Hans gerade in Stockholm sei, bei seiner Reederei. Sie würde ihn anrufen. Von welchem Café Agnes denn anrufe?

»Ich bin am Norrmalmstorg.«

»Das passt ja prima, Hans ist auch da in der Gegend. Ruf in zehn Minuten noch einmal an, dann kann ich dir sagen, ob ich ihn erreicht habe.«

Als Agnes wieder anrief, sagte Kerstin, sie solle nur sitzen bleiben, etwas Erfrischendes trinken und sich ausruhen. Hans käme in einer Viertelstunde.

»Und woran erkenne ich ihn?«

»Er erkennt dich. Er hat dein Foto in der Femina gesehen.«

»Verfluchte Scheiße.«

»Was hast du gesagt?«

»Ach, ich verfluche diese Artikel schon den ganzen Tag. Ich werde es dir erklären, wenn wir uns sehen.«

Agnes war viel neugieriger auf Kerstin als auf Hans. Sie hatte mit Kerstin am Telefon bereits lange Gespräche über Trauer und Tod geführt, über ihre Kinder und die wechselnden Schicksale im Leben. Agnes war von Kerstins dunkler Stimme fasziniert, von ihrer Ehrlichkeit und ihrem Ernst. Sie gab bereitwillig zu – aber nur sich selbst gegenüber –, dass sie auf eine Freundschaft hoffte.

»Wie sieht sie aus?«, hatte sie Jonas gefragt.

Er hatte sie ausgelacht, wie immer, wenn es ums Aussehen ging, und gesagt, dass Kerstin Horner einer der schönsten Menschen sei, die er jemals gesehen hätte, aber dass sie anscheinend nichts davon wusste.

Agnes hatte ihn verwundert angesehen und gezischt:

»Du spinnst doch. In welcher Art und Weise ist sie denn schön?«

»Sie sieht aus wie eine griechische Statue, klassisch. Aber nicht wie eine Göttin, eher wie ein Gott, denn sie hat etwas Jungenhaftes an sich. Und sie hat die geheimnisvolle Fähigkeit, in der Wand zu verschwinden.«

»Das sagst du alles nur, um mich zu ärgern. Und es ärgert mich, dass es dir gelingt«, hatte Agnes gesagt.

»Da irrst du dich aber, liebes Mütterlein. Kerstin ist wirklich so, ich verspreche es dir.«

»Es gibt keinen schönen Menschen, der nicht stolz auf seine Schönheit ist und das Beste draus macht.«
»Warte es ab, bis du sie siehst.«

Agnes dachte gerade, dass sie sie jetzt ja bald sehen würde, als Hans Horner auftauchte.
»Mein Gott«, sagte sie überrascht. »Ich habe noch nie einen Vater gesehen, der seiner Tochter so ähnlich sieht.«
»Die meisten würden es andersherum sagen«, erwiderte Horner lachend.
»Sie wissen, dass ich Klara liebe«, entgegnete Agnes und lachte auch. »Dann ist es sicher auch in Ordnung, wenn wir uns duzen?«
Sie sah in seine Augen, was für eine sonderbare Farbe! Waren sie gelb?, überlegte Agnes verwundert. Er sagte:
»Das ist nett gesagt. Ich hatte ein bisschen Angst, du könntest Klara gegenüber kritisch sein. Wegen ... wegen ihrer Schwierigkeiten.«
»Klara ist in Ordnung, das habe ich Jonas bereits an dem ersten glücklichen Tag gesagt, als ich sie kennen gelernt habe. Und das weißt du doch selbst, Hans Horner, dass alle ihre geheimen Seiten und ihre Schwierigkeiten haben, wie du es nennst.«
»Darf ich mich setzen?«
»Möchtest du etwas trinken?«
»Ja, ein Bier bitte.«

Nach den ersten Freundlichkeiten fühlten sich beide ein wenig befangen. Hans trank sein Bier und erklärte, dass er einen schrecklichen Tag gehabt habe. Er war im Reedereibüro, mit all den Versprechungen und schönen Reden, die nichts bedeuteten.
»Sie haben mir einen unzumutbaren Job nach dem anderen angeboten«, erzählte er. »Und immer gleich bleibend freundlich, wenn ich abgelehnt habe, und mir immer wieder versichert, sie würden weiter alle Möglichkeiten ausschöpfen. Aber heute ist mir klar geworden, dass sie damit spekulieren, dass ich aufgebe und wieder auf große Fahrt gehe.«

»Nicht unwahrscheinlich«, sagte Agnes. »In den meisten Büros gibt es mehr Leute als Aufgaben. Und sie brauchen ja wohl ein Kommando über ihre Schiffe.«

»Kann sein. Aber gleichzeitig läuft die Tankerschifffahrt schlechter.«

»Dann sind sie vielleicht sogar dankbar, wenn jemand einfach verschwindet.«

»Das glaube ich langsam auch.«

Die meisten in seiner Situation wären verbittert, dachte Agnes und betrachtete das braun gebrannte Gesicht genauer. Darin gab es keine Spur von Gram. Hier saß ein Mann voller Sicherheit und Selbstvertrauen.

»Das wird sich schon regeln«, sagte sie, und er nickte: »Natürlich, irgendwie wird es sich regeln.« Als sie lächelte, fiel ihm Jonas ein, und er sagte:

»Du magst Klara. Was meinst du, was Kerstin und ich über Jonas denken?«

»Kein Wort über den Jungen«, wehrte Agnes ab. »Er ist schroff und stur, ein verfluchter Besserwisser, aber nur ich darf so über ihn schimpfen.«

Hans sah überrascht drein, dann entdeckte er das Lächeln in ihren braunen Augen und sagte:

»Für uns ist Jonas ein Geschenk des Himmels. Fast täglich sagt Kerstin, dass er das Beste ist, was Klara passieren konnte. Und uns. Ganz zu schweigen von Sofia.«

»Gut«, nickte Agnes. »Genau das möchte eine alte Mutter gern hören. Aber wie ist es möglich, dass du so jung bist?«

»Wir haben jung geheiratet. Und Kinder gekriegt, als wir selbst noch welche waren. Jetzt sind wir endlich fünfzig, und es scheint, als wäre es an der Zeit aufzubrechen. Wir wollen aus Östmora wegziehen, uns einen neuen Job suchen, ja, wir machen Pläne wie die Teenager.«

»Das klingt gut«, sagte Agnes. »Wollen wir aufbrechen?«

Sie gingen zum Parkhaus in der Regeringsgatan und holten den Wagen.

»Ich habe Angst beim Autofahren. Deshalb wäre ich dankbar, wenn du vorsichtig fährst. Und langsam.«

»Agnes, ich liebe dich. Alle meine Frauen beklagen sich über meinen Fahrstil. Dass ich nicht schnell genug fahre.«

»Wie dumm von ihnen.«

Während der Fahrt erzählte Agnes von ihren missglückten Besuchen in den vielen Boutiquen, und Hans dachte, dass sie genau seinen Vorstellungen entsprach, ein spontaner Mensch, der seine Verkleidung abgeworfen hat. Er brummte mitfühlend, und als sie mit ihrer Schilderung fertig war, hatte er eine Idee.

»Schick doch Kerstin vor. Sie ist ziemlich kritisch und hat ein gutes Gefühl für Menschen, Atmosphäre und so.«

»Meinst du, sie würde das tun?«

»Du kannst sie ja fragen. Aber ich bilde mir ein, das könnte ihr gut tun. Wir müssen nach dem Begräbnis sowieso noch ein paar Tage hier bleiben, um Schwiegervaters Haus zum Verkauf anzubieten.«

»Und dann kommt ihr für einen langen Westküstenurlaub zu mir«, erklärte Agnes.

Kerstin und Agnes fühlten sich beide wie schüchterne Kinder, als sie sich endlich gegenüberstanden. Sie sieht genauso aus, wie ich sie mir vorgestellt habe, dachte Kerstin. Jonas, dieser Teufel hatte Recht, dachte Agnes und gab sich Mühe, sich zurückzuhalten, während sie diese kleine Person mit der dunklen Stimme mit den Augen aufsog.

Kerstin war bereits den ganzen Morgen nervös gewesen. Sie war von Zimmer zu Zimmer gegangen, um Überflüssiges wegzuräumen, wie sie sagte. Hans, der anfangs ruhig zugesehen hatte, wurde schließlich wütend:

»Die Leute sollen uns nehmen, wie wir sind. Was ist denn bitte schön verkehrt an meinem alten Buddelschiff?«

Kerstin war stehen geblieben, hatte den Dreimaster in der Flasche angestarrt, dann gelacht und geantwortet:

»Es ist nichts verkehrt, es ist nur zu viel.«

»Dann räum' doch deine blöden Einweckgläser fort.«

Sie hatte genickt und alle Gläser, die sie im Laufe der Jahre gesammelt hatte, von den Fensterbänken geräumt. Sie stellte sie in einen Küchenschrank, zusammen mit Sofias großer Sammlung merkwürdiger Steine. Dann tat sie etwas, was sie sich seit Jahren vorgenommen hatte: Sie rollte den echten Teppich vor dem Kachelofen auf und legte stattdessen einen einfachen Flickenteppich dorthin.

»Du bist ganz gescheit«, meinte Hans nur.

»Da gibt's nichts zu diskutieren«, sagte Kerstin. »Außerdem musst du jetzt los.«

»Ich hoffe, ich kenne das Haus noch wieder, wenn ich zurück komme«, sagte er.

Jetzt ging Agnes von Zimmer zu Zimmer und sagte wie erhofft:

»Was für ein schönes Heim ihr habt«, worauf Hans laut auflachte. Agnes sah ihn irritiert an, aber Kerstins Blick drohte: Ein Wort, und du bist des Todes. Also nahm er sich zusammen und fragte, ob es Sherry oder trockener Martini als Begrüßungsgetränk sein sollte.

»Weißwein mit Eis, wenn es den gibt«, antwortete Agnes. »Du hast wirklich einen verdammt netten Mann, Kerstin. Wir wissen schon eine Menge voneinander, die Fahrt hat ja auch einige Zeit gedauert. Aber mir gefällt seine Art Auto zu fahren.«

»Da bist du die Einzige«, sagte Kerstin lachend.

»Du siehst, was für ein schreckliches Frauenzimmer sie ist«, kommentierte Hans, und Agnes erlebte zum ersten Mal, wie allumfassend ihre Beziehung war. Liebe, dachte sie, wie ungewöhnlich nach so vielen Jahren.

60

Beim Essen auf der Terrasse erzählte Agnes von Sofia, die sie abwechselnd eine Elfe und ein Wunder nannte.

»Ich hätte nie gedacht, dass ich mich derart in ein Kind verlieben könnte«, sagte sie. »Ihr wisst, wie das ist, wenn man seine eigenen großgezogen hat, wie viel Kraft sie einen gekostet haben, sodass man keine mehr für andere Kinder übrig hat. Zumindest habe ich das gedacht, bis Sofia mir über den Weg gelaufen ist.«

»Sie ist ja nicht gerade unkompliziert«, sagte Kerstin vorsichtig.

»Natürlich nicht. So eine Fähigkeit und so eine Begabung, die gibt es nie umsonst. Aber trotzdem ist sie unverdorben und offen für alles.«

»Ja«, bestätigte Kerstin, ihre Stimme brach ab, und sie suchte nach Worten, als sie ihren Kampf beschrieb, das Kind nicht zu bremsen und ihm gleichzeitig zu helfen, sich an die Welt anzupassen.

»Ich weiß, dass du das verstehst«, sagte sie. »Sofia hat mich angerufen und von der Collage erzählt, und wie du die Kalkulation aufgestellt und alles mitberechnet hast, die Näherinnen, die Raummiete, das Futter und alles. Da war mir klar, dass du verstanden hast.«

Agnes zögerte eine Weile, bevor sie von Per Karlsson erzählte und was er gesagt hatte, als er sie in ihrem Atelier in der Stadt besucht hatte, um sich die Collage anzusehen.

»Er meint, es sei ein großes Risiko für Sofia, wenn sie schon jetzt anfangen würde zu malen. Er hatte tausend Worte dafür, wie gefährlich Farbe sei, und er möchte, dass das Mädchen sich in den nächsten Jahren mit Stoff und einfachen Zeichnungen beschäftigt.«

»Jonas hatte ja große Hoffnungen in ihn gesetzt«, sagte Hans, der nur mit Mühe seine Enttäuschung verbergen konnte. »Glaubst du nicht, dass er übertreibt?«

»Ihr könnt selbst mit ihm reden, wenn ihr zu mir kommt. Es ist nicht einfach mit ihm, aber er hat viel Erfahrung. Und er ist ehrlich.«

»Kennst du ihn gut?«

Zum ersten Mal schien Agnes unsicher zu sein, sie sahen, dass sie zögerte, bevor sie entschlossen sagte:

»Ich liebe ihn. Wir haben jahrelang versucht zusammenzuleben, aber man kann ihn nicht in möblierten Räumen ertragen, wenn ihr versteht, was ich meine. Er ist zu groß, zu gewaltig, stur und verrückt. Aber klug. Ich habe den ganzen Flug über darüber nachgedacht, was er über Sofia gesagt hat, ob er damit Recht hat oder ob er von seinen eigenen Ängsten vor der Farbe spricht.«

Beiden, Hans und Kerstin gelang es, ihre Verwunderung zu verbergen.

»Jonas«, erklärte Hans, »hat so warmherzig von ihm gesprochen.«

»Ja. Per ist wie ein Vater für Jonas gewesen. Als ich unsere Beziehung aufgelöst habe, ist alles schief gegangen. Doch das kann der Junge euch lieber selbst erzählen.«

»Es tut mir Leid«, sagte Kerstin. »Aber als Jonas hier war, haben wir immer nur über uns und unsere Probleme geredet.«

»Du suchst die Schuld bei dir, Kerstin«, sagte Agnes. »Nun will ich euch aber etwas Schönes erzählen. Als mit Jonas damals alles schief zu gehen drohte, hörte ich von Judith Dorf. Es war schwer, einen Termin bei ihr zu kriegen, doch irgendwie habe ich es geschafft. Ich habe mich einfach ein paar Nächte lang auf ihre Treppenstufen gesetzt.«

Sie musste bei dem Gedanken daran laut lachen.

»Ihr hättet uns sehen sollen, diese kleine Vogelfrau und mich, die große Vogelscheuche. Aber sie hat Humor, und schließlich sagte sie mir zu, sich um den Jungen zu kümmern. Sie ist ein Wunder, er ist viermal die Woche zu ihr gegangen, und ich habe keine Ahnung, worüber sie geredet haben. Doch nach einem Jahr war der Junge erwachsen und klug. Ihr versteht jetzt sicherlich, warum ich mich für Klara so freue.«

Sie saßen schweigend da, als fürchteten sie sich vor der Freude und der Hoffnung, die Agnes in ihnen weckte. Sie selbst sah etwas verlegen aus, als sie fortfuhr:

»Judith Dorf will, dass ihre Patienten selbst bezahlen. Das gehört zu ihren Behandlungsprinzipien. Das ging bei uns ja nicht, weil Jonas erst achtzehn war und seine Schule fertig machen musste. Aber sie wird es nicht zulassen, dass ihr oder Jonas für Klara bezahlt.«

»Ich weiß, ich habe darüber schon nachgedacht«, sagte Kerstin. »Hier fällt ja jetzt ein Erbe an. Und es ist doch nur recht und billig, wenn ich ein Teil des Erbes meinem Kind gebe, oder?«

»Das ist gut«, sagte Agnes. »Und jetzt lasst uns über die Beerdigung reden.«

Sie lachten sie an, und sie schaute fragend drein.

»Das klingt, als wolltest du ein Fest planen.«

»Natürlich wird das ein Fest«, erwiderte Agnes.

Zu Kerstins großer Verblüffung verliebte Agnes sich auf Anhieb in den Adlerhorst des Lotsen auf dem Felsen, als sie am Freitagmorgen dorthin gingen. Ihr gefiel alles, wie sie sagte, die Lage, die Aussicht, bis hin zu der einfachen Architektur und den feierlichen Räumen mit ihren nachgedunkelten Eichenmöbeln.

»Du kannst sagen, was du willst, der Alte hatte Stil«, sagte sie.

Sie widmete sich Schränken und Schubladen, Glas, Besteck und Geschirr, ging ans Telefon und mietete zehn Beistelltische mit weißen Decken. Dann erkundigte sie sich bei Kerstin:

»Und was hast du gedacht, was willst du anbieten?«

»Schnittchen. Das ist hier so üblich«, sagte Kerstin, aber Agnes schnaubte:

»Mochte er Schnittchen?«

»Nein, er fand das immer ziemlich albern.«

»Siehst du. Und was mochte er?«

Kerstin dachte verzweifelt an all die Würstchen und anderes Fastfood, was der Alte in den letzten Jahren von den Hauspflegerinnen bekommen hatte. Dann fiel ihr Mutters Fischsuppe ein.

»Er mochte gern Fischsuppe.«

»Bouillabaisse«, schrie Agnes auf. »Wunderbar, wir machen Bouillabaisse. Und dann backen wir französisches Bauernbrot dazu.«

»Wenn die Leute aus Östmora keine Schnittchen kriegen, gibt es einen Skandal.«

»Na gut, dann schmieren wir eben ein paar Schnittchen.«

Sie schickten Hans mit einer langen Einkaufsliste zur Markthalle nach Uppsala, während sie inzwischen das alte Haus putzten und herrichteten.

»Was für ein wunderschönes altes Service.«

»Ja. Ich habe gedacht, es Klara und Jonas zur Hochzeit zu schenken.«

»Jonas wird der Schlag treffen«, sagte Agnes lachend. »Aber ich hoffe wirklich, Klara wird es zu schätzen wissen.«

»Man kann ja nie wissen. Vielleicht sollte ich sie vorher fragen.«

Es wurde Nachmittag, bis sie sich wieder bei Horners zu Hause trafen, Kaffee tranken und Brote aßen. Den ganzen Abend über würden sie Suppe kochen.

»Wir brauchen aber auch heute etwas zu essen«, sagte Hans. »Außerdem können Jonas und Sofia jeden Augenblick kommen.«

»Wir nehmen einfach was aus der Gefriertruhe«, sagte Kerstin.

Eine halbe Stunde später hörten sie das Auto. Agnes sah, wie Kerstins Augen vor Freude glänzten, als sie die Treppe hinunterlief und rief: »Sofia, Sofia.«

Das Mädchen sprang aus dem Wagen, noch bevor Jonas hielt, und schoss wie ein Pfeil auf Kerstin zu. Sie trafen sich auf halbem Wege und warfen sich ins Gras, Arm in Arm. Und dann lachten sie beide laut, während sie den Abhang zum Anleger hinunterrollten.

»Oma, Oma, Oma.«

Sofias Stimme stieg wie ein Möwenschrei gen Himmel, und Jonas und Agnes sahen einander verwundert an. Aber Hans sah betrübt aus, als er sagte:

»Die beiden waren jahrelang hier allein miteinander.«

Das Hinunterrollen wurde an der Brücke gebremst, Sofia sprang auf, zeigte aufs Meer und rief: »Wir baden.« Sie hörten Kerstin lachen, als sie nickte, und dann liefen die beiden geradewegs los und sprangen ins Wasser.

»Sie hätten sich zumindest die Schuhe ausziehen können«, sagte Agnes und versuchte, streng zu klingen. Aber als Jonas seine Mutter ansah, merkte er, dass sie nur mit Mühe die Tränen zurückhielt.

»Ich hätte es wissen müssen«, sagte sie. »So ein Kind bekommt man nur, wenn man ein Meer von Liebe auszugießen hat.«

»Das ist schön gesagt«, nickte Hans und legte seinen Arm um Agnes.

Das kalte Wasser ließ Kerstin wieder zur Vernunft kommen. Sie schüttelte sich wie ein nasser Hund und ging zu den anderen, um sich bei ihnen zu entschuldigen. Aber Sofia überholte sie und landete weich und wild in den Armen von Hans.

»Du sollst mich drücken, dass es wehtut.«

Er lachte und umarmte sie, bis sie um Befreiung bat. Als er sie wieder hinstellte, sagte sie:

»Jetzt müssen wir ernsthaft reden, du und ich. Weißt du, du musst mir nämlich was leihen, nein, geben, zweitausend Kronen.«

»Das geht sicher in Ordnung«, sagte Hans. »Im Augenblick könnte ich mich verpflichten, den Mond für dich herunterzuholen.«

Das Mädchen rannte auf Agnes zu, die die feuchte Umarmung abschüttelte und dabei erklärte:

»Da hast du vielleicht etwas missverstanden, Sofia.«

»Überhaupt nicht«, widersprach Sofia. »Ich habe mir alles gründlich überlegt.«

Eine ganze Weile flüsterte sie eifrig etwas in Agnes' Ohr, wobei

Agnes abwechselnd nickte und den Kopf schüttelte. Es war leicht zu sehen, dass sie nicht einer Meinung waren.

Sie aßen eine einfache Mahlzeit. Dann warf Agnes die Männer aus der Küche und begann mit der merkwürdigen Fischsuppe. Kerstin und Sofia halfen ihr, und gegen neun Uhr zog ein intensiver Duft nach Schalentieren, Safran und frisch gebackenem Brot durch das Haus.

Bei der Trauerfeier am nächsten Tag erregte Agnes große Aufmerksamkeit, weil sie in der Kirche so ergriffen weinte. Hinterher erklärte sie, dass es eine großartige Feier gewesen sei und sie noch nie in ihrem Leben eine so schöne Predigt gehört habe.

»Die müssen Sie mir abschreiben«, bat sie Karl Erik, der stolz nickte und zum dritten Mal von der Fischsuppe nahm.

61

Die schwarzen Steinkohleaugen hielten sie fest. Ich bin der Vogel, dachte sie, ein flatternder Vogel auf der Flucht vor dem Blick der Schlange.

Sie hasste Judith Dorf. Und sie konnte ihr nicht entkommen.

Sie waren wieder bei Klaras Psychose, Klara im Berg und das Monster, das ihre Eingeweide, ihre Haut und ihre Knochen fraß.

»Das Monster hat Sie also aufgefressen?«

»Ja«, Klaras Stimme war schrill.

»Aber etwas verstehe ich nicht«, sagte Doktor Dorf. »Wenn nichts mehr von Ihnen übrig geblieben ist, wer war dann die Person, die die Schule beendete, das Kind bekam, das Medizinstudium absolvierte, sich in Jonas verliebte und jetzt hier vor mir sitzt?«

»Sie sind ein Teufel, und ich hasse Sie«, schrie Klara.

»Das ist keine Antwort. Sagen Sie mir, Klara, wer sitzt mir hier gegenüber?«

Das, dachte Klara, ist mein schlimmstes Geheimnis, von dem ich selbst nichts wusste, was ich immer verbergen musste. Ihre Augen waren vor Schreck weit aufgerissen, als sie schließlich flüsterte:

»Das muss dann das Monster sein.«

Dann sprach sie so schnell, dass sie sich verhaspelte, nein, sie glaubte ja selbst nicht, dass ihr ganzes Ich ein Monster sei, nur ein Teil, ein Stück, das um jeden Preis versteckt bleiben müsste.

»Ein schrecklicher und wunderbarer Teil.«

»Ich verstehe. Worin besteht das Wunderbare?«

»Nein, Sie verstehen nicht«, schrie Klara. »Ein Monster kann sich frei bewegen und alle Grenzen überschreiten ... hinübergehen, ohne die geringste Furcht zu haben. Es weiß nichts von gut und böse, von Schuld. Johannes ...«

Aber weiter schaffte sie es nicht.

»War Johannes ein Monster?«

»Nein! Aber das Monster war sein Kamerad. Er hatte keine Angst, er war jenseits jeder Furcht. Deshalb konnte er so malen.«

Sie war jetzt ruhiger, sie konnte über Johannes sprechen und darüber, wie sie von ihm angezogen wurde, über seine Rücksichtslosigkeit, seinen Mut und seine Sehnsucht nach dem Untergang.

»Ich habe ihn geliebt«, sagte sie. »Ich konnte das bisher nie sagen, aber ich habe ihn geliebt. Was jedoch nicht bedeutet hat, dass ich ihn retten wollte, o nein. Ich wollte ihm folgen.«

»Dem Untergang entgegen.«

»Ja. Aber mir fehlte der Mut. Und er lebt in Sofia weiter, deshalb habe ich so schreckliche Angst vor Sofia.«

Ihr Gespräch war ruhiger geworden, sachlicher. Judith Dorf sprach zu Klara als Ärztin, sie sprach ruhig und nüchtern darüber, dass die meisten Menschen ihre Schatten leugnen, und wie diese bei sehr verletzlichen und offenen Individuen die Herrschaft in einem psychotischen Schub übernehmen können.

Klara suchte in sich nach Worten, nach Begriffen, nickte energisch, und Judith merkte, dass sie sich auf Abwegen befand. So verstärkte sie nur den Weg, den Klara seit Jahren gegangen war, Vernunft, Logik, kaltes Licht. Das würde vielleicht reichen, um sie in der Wirklichkeit zu halten, aber es würde ihr niemals Tiefe und Einfühlungsvermögen geben, Magie und Leben, all das, was sie nach ihrer Krankheit verloren hatte.

»Wir haben über Verteidigung geredet«, sagte sie und nahm sich zusammen. »Dafür müssen wir wissen, wogegen sich das Kind Klara verteidigt hat. Wir wissen schon einiges: Sie hatte eine Intuition, die ihre Eltern erschreckte und die sie deshalb verbarg. Können Sie sich daran erinnern, wann Ihnen das zum ersten Mal bewusst wurde, dass Sie schweigen oder lügen müssen, um Ihre Mutter nicht zu beunruhigen?«

Klara schüttelte den Kopf.

»Das ist merkwürdig. Ich konnte doch immer in meinen Erinnerungsfilmen hin und her reisen. Nur hier bei Ihnen ist alles leer in meinem Kopf.«

»Das ist ein gutes Zeichen. Wir sind auf der Suche nach der Wahrheit. Und die ist nicht so ein Schelm wie die Erinnerung. Sie lässt sich nicht beschwindeln. Und keiner von uns kann sich an etwas erinnern, was so gefährlich ist, dass es überhaupt nicht mehr in der Erinnerung existiert.«

»Aber was machen wir dann?«

»Wir vertrauen den Träumen, meine liebe Klara.«

Jeden Nachmittag lag Klara auf ihrem Bett in dem Gästezimmer und hörte das Band ab. Vor und zurück spulte sie es. Sie war allein in dem Anbau, Solveig hatte nach Hause zu ihren Eltern nach Norrland fahren dürfen. Sie war jetzt stark genug und hatte genug erfahren, um selbst zu beobachten und festzustellen, was sie missverstanden hatte, wie Doktor Dorf erklärt hatte.

Klara machte sich ihretwegen Sorgen. Sie sprach mit Judith Dorf darüber, die zugab, dass auch sie sich Sorgen machte. Aber Solveig hatte sich selbst so entschieden, und die Ärztin hatte keine Machtmittel dagegen.

»Vielleicht fühlt sie ja das Richtige«, sagte sie. »Vielleicht ist sie stark genug, um mit der Wahrheit konfrontiert zu werden.«

Solveigs Wahrheit. Klara dachte darüber nach, und ihr war klar, dass es eine ganz andere Wahrheit war als ihre eigene. Dieses Mädchen aus dem hohen Norden war reichlich unterernährt hinsichtlich Liebe und Vertrauen, etwas, das Klara im Überfluss bekommen hatte.

Sie erzählte das der Ärztin, die lächelte und ihre Meinung bestätigte. Und deshalb war sie ja auch so zuversichtlich mit ihrer Prognose für Klara.

»Dann bin ich kein schwieriger Fall?«

»Nein, überhaupt nicht. Wir schaffen das hier, Klara, da gibt es gar keinen Zweifel. Sie haben alle Grundvoraussetzungen dafür.«
»Haben Sie mich Jonas zuliebe angenommen?«
»Anfangs vielleicht, ich mag den Jungen sehr gern. Aber inzwischen in erster Linie weil … weil Sie ein interessanter Fall sind.«
Sie lächelte. Und auch Klara verzog die Mundwinkel, als sie sagte:
»Das mit dem Spiritismus, das interessiert Sie als Ärztin also?«
»Ja, sehr.«
»Sie wollen untersuchen, wo die Grenze zwischen Spiritismus und Wahnsinn liegt?«
»Ich bin mir nicht so sicher, dass es dazwischen einen direkten Zusammenhang gibt. Im Augenblick überlege ich intensiv, ob es sich bei Ihnen um einen Mangel an Bestätigung und Bezugsrahmen handeln kann. Ich meine, normale Leute nehmen … ungefähr zehn Prozent der Wirklichkeit auf. Die können sie untereinander austauschen und sich dabei sicher fühlen; sie wissen, so ist sie, so ist die Wirklichkeit. Aber einige werden geboren, die zwei oder drei Prozent mehr sehen. Und dann bekommen die Leute Angst und tun alles, um die Zwölfprozentigen in den Zehnprozentrahmen zu pressen.«
Eine große Ruhe breitete sich in Klara aus, das war es, natürlich, so lief es ab.
»Warum haben die Leute denn Angst?«
»Das ist doch ganz natürlich. Trolle und Monster, Dämonen und Engel müssen in die Welt der Märchen geschickt werden. Dort darf es sie geben. Haben Sie mal darüber nachgedacht, warum die Mythen heutzutage so eine große Macht über die Sinne haben?«
»Nein, ich erlaube es mir nicht, über so etwas nachzudenken.«
»Ich verstehe. Aber ich habe lange darüber nachgedacht, und ich glaube, der Grund dafür liegt darin, dass jeder tief im Inneren weiß, dass die sonderbaren Wesen der Märchen einer Welt angehören, die es gibt, die jedoch der moderne Mensch versucht zu verleugnen. Und je rationaler er wird, umso weiter entfernt er sich von der Quelle der Weisheit, die dem Leben erst seine Qualität gibt. Das ist tragisch, weil dadurch der Mensch von der Realität seiner

Psyche abgeschnitten wird. Wir sind auf dem Weg, den Kontakt mit der Welt zu verlieren, aus der alles Wissen kommt.«

»Ich bin Naturwissenschaftlerin, ich bin mir nicht sicher, ob ich alles verstehe, worüber Sie reden.«

»Ich will versuchen, das, was ich meine, zu verdeutlichen. Alle Fortschritte, die wir gemacht haben, entspringen einem Bild, einer Phantasie. Also einem Mythos. Der Mythos begreift die Natur der Realität auf einer direkten, intuitiven Ebene. Damit haben Sie mehr Erfahrung als ich, Klara. Das Ziel meiner und Ihrer Arbeit ist es, die Kluft zwischen dem, was Sie als Wirklichkeit auffassen, und dem, was Sie Wahnsinn nennen, zu verringern. Sie sind kein bisschen wahnsinnig, Klara, nur ungewöhnlich hellsichtig.«

»Wollen Sie mir damit sagen, dass es das Monster gibt?«

»Ja, Klara. Aber nun stellen Sie sich nicht dümmer, als Sie sind. Ihr Monster ist ein Symbol für das Schreckliche, das Verführerische und Verbotene in Ihrem Leben. Da die stärksten Kräfte in unserer Psyche unfassbar und unsichtbar sind, haben sie immer die Gestalt von Tieren oder Monstern angenommen, von bösen Geistern, Engeln, Sie kennen das selbst. Der Mensch ist ein formbildendes Tier, er macht sich von allem Bilder.«

62

Dreimal ließ Klara das Band an jener Stelle vor- und zurücklaufen, wo die Ärztin sagte, dass die Erinnerung ein Schelm sei, Träume seien der einzige Weg zur Wahrheit.

Es war neun Uhr abends, es regnete, und die alten Bäume vor ihrem Fenster tranken gierig das Wasser. Sie mochte den Regen, der in kräftigen Schauern kam, wie Hagel gegen das Fenster schlug, nachließ, eine Weile gegen die Scheiben rieselte, dann wieder Kraft sammelte, um sich mit dem nächsten kräftigen Windstoß zu vereinen und erneut loszupeitschen.

Ihr gefiel überhaupt das Wetter an der Westküste, die jähen Wechsel, die dröhnenden Unwetter, die brüllenden Stürme und die heiße Sonne.

Sie dachte an Jonas, daran, dass seine Liebe der von Kerstin glich, haltbar und geduldig. Sie erinnerte sich plötzlich daran, wie sie Hans hatte sagen hören, dass Kerstin seine Wirklichkeit sei.

Ich muss schlafen, dachte sie. Ich bin so müde, so müde, so …

Papa und sie liefen durch das seichte Wasser vor dem Haus in Östmora, sie sammelten Steine. Die sollten rund sein, glatt und eine schöne Farbe haben, um sie am Strand auf einen Haufen zu legen. Sie war noch klein, vier Jahre alt. Die Sonne schien, Papa war nach Hause gekommen. Aber das war kein Grund zur Freude wie sonst, es war schrecklich. Denn Papas Augen waren dunkel vor Angst, und das Kind wusste, dass er nicht wirklich bei dem Spiel mitmachte. Er tat nur so, ihr zuliebe. Mama war im Krankenhaus, es war nichts Gefährliches, man hatte ihr gesagt, dass es nichts Gefährliches war. Der kleine Junge, der in Mamas Bauch wohnte, sollte rauskommen.

Eiweiß, hatten sie gesagt, die Großen. Es lag am Eiweiß, dass Mama ins Krankenhaus musste, und Papas Augen waren schwarz vor Angst. Und das Kind weiß, dass es gefährlich ist, das Kind spielt dem Papa zuliebe mit: Guck mal, ein großer, fast grüner Stein. Er beugt sich hinunter, um ihn aufzuheben, und da sehen sie beide im gleichen Moment die Tote, die da auf dem Meeresgrund liegt, das Mädchen mit den wogenden langen blonden Haaren, die im klaren Wasser glänzen. Sie sieht ihm ähnlich, sie sieht Papa ähnlich. Aber am ähnlichsten sieht sie dem Kind, der Vierjährigen, die stehen geblieben ist und Papas Hand umklammert, vor Schreck erstarrt. Sie wendet mit Mühe ihren Blick von dem Kind auf dem Meeresgrund ab, schaut zu Papa hinauf und sieht in seinen Augen, dass auch er es gesehen hat und dass auch er versteinert ist vor Schreck.

Das Kind schreit, Klara schreit im Traum, versucht aber die Bilder festzuhalten, wie der Vater das Mädchen auf den Arm nimmt, zum Haus läuft, wie er am ganzen Körper zittert, ihr Papa, ihr starker Papa. Dann verschwindet alles, und Klara schaut zum Fenster in der Hütte in Aspen, sieht, dass der Regen aufgehört hat, dass die Morgendämmerung kommt und einen Tag mit Sonne verspricht.

Sie zittert am ganzen Körper, aber ihr Herz ist ruhig, ruhig wie bei einer Toten. Als wäre sie im Traum gestorben. Doch sie ist nicht tot, sie friert, wie ein Mensch, der sterben wird, sie versucht, die Decke um sich zu wickeln, doch sie schafft es nicht, versucht aufzustehen, zur Tür zu gehen, um Hilfe zu rufen, aber sie kann es nicht.

Sie umklammert sich mit den eigenen Armen, versucht sich selbst zu wärmen. Ruhig, nur ruhig, dann geht es vorbei, denkt sie, bleib ruhig, atme, es geht vorbei.

Da sieht sie sie wieder, das Mädchen auf dem Meeresgrund, das Klara war, das sie selbst war, aber doch nicht sie, und sie spürt, wie die Tote sie anzieht, Stück für Stück, hinab zum Grund. Sie ist so allein, denkt Klara, so verlassen, so kalt, so fürchterlich allein. Ich komme, flüstert sie, bald bist du nicht mehr allein. Aber hier kann man nicht ertrinken, es ist zu flach, mein Gott, wie kann ich die

Tote ins tiefe Wasser kriegen, in dem wir beide versinken können, ausgelöscht werden und unseren Frieden finden.

Sie blieb in ihrer Versteinerung. Drei Stunden später fand Judith Dorf sie, massierte sie, einen Körperteil nach dem anderen, wickelte mehrere Decken um sie und zwang sie, heißen Tee zu trinken. Langsam kam Klara wieder in der Hütte in Aspen an und bei der Ärztin, die überhaupt nicht ängstlich aussah, sondern sagte: »So, mein Mädchen, das war ein Durchbruch. Jetzt haben wir etwas Reelles, mit dem wir arbeiten können.«

Dann saßen sie wieder da, einander gegenüber an dem Tisch mit der Schwindel erregenden Aussicht übers Meer.
»Das war kein Traum«, sagte Klara. »Ich weiß, dass es eine Erinnerung war. Genauso war es, als Jan geboren wurde.«
»Gut. Damit könnten Sie Recht haben. Vielleicht können Sie sich jetzt daran erinnern, was damals passiert ist.«
»Wir sind in die Küche gegangen und haben uns dabei nicht angeguckt. Mein Vater hat Brote geschmiert, wir wollten gerade anfangen zu essen, als das Telefon klingelte. Es war das Krankenhaus, alles war gut gegangen, ein kleiner Junge war geboren worden.«
Sie zitterte von neuem:
»Das muss genau in dem Moment geschehen sein, als wir die Tote gesehen haben. Und deshalb musste Jan sterben.«
»Klara, bleiben wir bei dem, was geschehen ist. Was tat Ihr Vater, als er die Nachricht erhielt?«
»Er weinte. Das war auch ziemlich bedrohlich, er legte sich mit dem Oberkörper auf den Küchentisch und weinte und sagte, er habe die fürchterlichsten Phantasien gehabt. Ich hatte meinen Vater noch nie weinen gesehen, ich bin auf seine Knie geklettert und habe versucht, ihn zu trösten. Dann ist er ins Krankenhaus gefahren, und ich musste bei Tante Inger bleiben.«
»Wer ist Tante Inger?«
»Eine lustige alte Frau, die den Anbau meiner Eltern gemietet hat. Billig, dafür hat sie immer mit Babysitting und so geholfen.«

»Wieso ist sie lustig?«

»Sie liebt das Okkulte, alle möglichen Weissagungen, erstellt Horoskope und so. Aber niemand nimmt sie Ernst.«

»Ich kann mir geeignetere Babysitter für Sie vorstellen. Hat die Vierjährige das nicht alles für bare Münze genommen?«

»Ein bisschen schon. Aber eigentlich war es mehr Spiel, spannend und so. An dem Tag erstellte sie das Horoskop für Jan und sah für ihn ein langes, glückliches Leben. Ich weiß nicht mehr, was ich dachte, aber nach dem schrecklichen Morgen tröstete es mich.«

»Haben Sie und Ihr Vater hinterher jemals über die Tote im Meer gesprochen?«

»Nein. Ich habe mich dazu gezwungen, sie zu vergessen.«

»Aber Sie sind sich sicher, dass er sie auch gesehen hat?«

»Ja.«

Klara hatte keinen Zweifel. Judith brauchte all ihre Kraft, um zu verbergen, wie aufgewühlt sie war, die Stille währte lange. Zum Schluss brach Klara sie:

»Das ist nicht weiter merkwürdig. Denn das Hellseherische kommt ja aus seiner Familie.«

»Die Tote sah Ihnen ähnlich, haben Sie gesagt.«

»Ja, wie ich aussah, als ich fünfzehn war.«

»Als Sie eine Psychose hatten.«

»Mein Gott. Das stimmt«, flüsterte Klara.

Judith ließ Raum für ein weiteres langes Schweigen, bevor sie fragte:

»Ich möchte gern, dass Sie über etwas nachdenken. Sah das Mädchen auf dem Meeresgrund noch jemand anderem ähnlich? Ihrem Vater, das ist mir klar, weil Sie ja gesagt haben, dass Sie ihm sehr ähnlich sehen. Aber noch jemand anderem, den Sie getroffen haben, in Ihrem Leben gesehen haben, auf einem Foto oder in Ihren Träumen oder Phantasien? Lassen Sie sich dabei Zeit, Klara, versuchen Sie, sich an das Gesicht des toten Mädchens Zug um Zug zu erinnern.«

»Sie hatte ein Grübchen im Kinn, und das haben weder Papa noch ich. Außerdem hatte sie eine andere Nase, ein wenig gebogen. Oh, mein Gott!«

»Klara Horner!«

Klara versuchte zu reden, aber der Schock war zu groß. Judith Dorfs Stimme war voll Zärtlichkeit, als sie sagte:

»Nun komm schon, mein Kind.«

Und Klara flüsterte:

»Sie sah der Frau aus meinem Traum in der ersten Nacht hier ähnlich. Und jetzt weiß ich, wer das war. Es war meine Großmutter, die Mutter meines Vaters.«

Dann endlich konnte Klara weinen. Sie weinte ununterbrochen den ganzen Vormittag, und Judith Dorf versorgte sie mit immer neuen Papiertaschentüchern. Als die Stunde vorbei war, versuchte sie sich zu entschuldigen, aber die Ärztin sagte, es sei ein äußerst sinnvoll angewandter Vormittag gewesen.

»Ich bin überzeugt davon, dass Sie heute ein ganz wichtiges Puzzleteil gefunden haben. Und jetzt möchte ich, dass Sie mit mir zu meiner Schwester in die Stadt fahren. Wissen Sie, sie kannte nämlich zufälligerweise Ihre Großmutter väterlicherseits.«

Klara war so erschöpft, dass es lange dauerte, bis sie die Bedeutung der Worte ihrer Ärztin begriff. Während Judith Dorf telefonierte und jemanden bat, sich ums Mittagessen zu kümmern, ging Klaras Überraschung in Gewissheit über. Nicht nur Jonas zuliebe hatte sie für Klara so ein intensives Interesse gezeigt. Und nicht nur, weil sie ein spannender Fall war.

Es gab noch etwas anderes.

Jetzt bekam sie Angst. Papa, dachte sie. Dann fiel ihr ein, was sie ihm bereits nach dem ersten Gespräch mit Doktor Dorf geschrieben hatte: Ich habe das Gefühl, als spiele ich eine Rolle in einem Drama.

63

Um acht Uhr abends kam Jonas mit dem Auto von Östmora in Aspen an. Er war müde von der langen Fahrt und machte sich Sorgen um Klara.

Als er die Hütte leer fand, verwandelte seine Besorgnis sich in Angst. Sein Mund war trocken, als er ein Telefon auf einer Tankstelle in der Nähe fand. Aber Judith Dorf war selbst am Apparat und erklärte ruhig, dass Klara bei ihr sei und dass sie und ihre Schwester sich viel zu erzählen hätten. Ob er gleich vorbeikommen könne?

»Ich bin in einer halben Stunde da.«

Klara kam an den Hörer, sagte, das Leben sei phantastisch, und fragte nach Sofia.

»Sofia fliegt morgen mit Agnes zurück.«

»Das ist gut. Doktor Dorf möchte sie gern sehen.«

Jonas hatte Glück, er fand einen Parkplatz in der Wasagatan und tippte den vertrauten Code der Wohnung der Schwestern Dorf ein. Im Fahrstuhl auf dem Weg nach oben schloss er die Augen, dieser Treppenaufgang quoll über von Erinnerungen, für die er jetzt keine Zeit hatte.

Er war sonderbar aufgeregt. Neugierig. Aber er war auch hungrig, und das Erste, was er Judith Dorf fragte, war:

»Könnte ich eine Scheibe Brot haben? Ich bin den ganzen Weg nonstop gefahren.«

Während er aß, schaute er die drei Frauen an und versuchte in ihren Gesichtern zu lesen, was geschehen war. Sie sahen aus, als hätten sie keinerlei Geheimnisse mehr voreinander. Alle hatten geweint, er sah Judith lange an und war überrascht, er hätte nie geglaubt, dass sie weinen konnte.

Die Sommernächte wurden kürzer und dunkler, vor dem Fenster war es fast schwarz. Aber sie machten kein Licht an, während sie erzählten, erst Judith, dann Renate. Die ältere Schwester saß im Rollstuhl, sie war schöner und eleganter als Judith. Auch sie war Ärztin, »Allgemeinmedizinerin wie Sie«, hatte sie Klara erklärt, als sie sich kennen lernten.

Klara hatte augenblicklich Renates Wärme gespürt, gedacht, sie sei sehr viel menschlicher als ihre Schwester.

Als der Morgen dämmerte, war Jonas kurz vorm Weinen.

»Warum bist du so traurig?«, fragte Klara, mit Augen wie ein neugeborenes Kind.

»Ich bin nicht traurig. Aber ich mache mir Sorgen, wie Hans das alles aufnehmen wird.«

Er wandte sich Judith zu, als er fortfuhr:

»Du hast sicher das Gleiche gedacht wie ich, als Klara von ihrem Vater erzählt hat, dass sie ihn idealisiert und ein infantiles Bild von ihm hat. Und das stimmt natürlich auch. Aber er ist eine ganz besondere Person, stark und bescheiden. Wahrhaftig, möchte ich fast sagen.«

»Erzähl mehr über ihn«, sagte Renate. »Aber ohne Bewertung. Erzähl von seinem Leben, seinem Job und seinem Alltag.«

»Er kann verdammt gut abwaschen«, sagte Jonas und beschrieb sein erstes Treffen mit Hans, als dieser sein Junggesellenchaos lichtete. Alle lachten darüber, ihre Sinne wurden heller im Einklang mit dem Licht draußen, das jetzt durch die hohen Fenster in die alte Wohnung hereinschien. Und sie redeten beide gleichzeitig, Klara und Jonas, als sie die zwei jüdischen Damen mit an Bord des Supertankers nahmen.

»Was für eine extreme Welt«, sagte Judith.

»Ja. Ich erinnere mich noch, wie lange ich danach daran denken musste, dass er eine fast unmenschliche Verantwortung trägt.«

»Es ist wichtig, dass ihr auch von seinen Träumen erfahrt«, sagte

Klara und beschrieb die Bombardierungen von Kharg Island, und wie diese bei Hans die diffusen Erinnerungen an seine Kindheit zum Leben erweckten. Jonas wusste mehr über Horners nächtliche Stummfilme als Klara, das war deutlich. Er berichtete von dem Traum über Jan und den Brief, den Jonas aus Amerika geschrieben hatte.

»Ich war ja ein wenig besorgt, wie er den Brief aufnehmen würde«, sagte Jonas und sah Judith Dorf schüchtern an. »Aber Horner hatte das Gefühl, dass ich ins Schwarze getroffen hatte, und er ging sofort zur Reederei und kündigte.«

»Dann ist er jetzt arbeitslos?«

»Ja, das muss man wohl so sagen. Die Reederei behauptet, dass sie sich alle Mühe gibt, für ihn einen Job an Land zu finden, aber Horner denkt, dass sie alle nur bluffen.«

Sie saßen lange still da, Judith Dorf blickte betrübt. Schließlich sagte Klara:

»Aber etwas Wichtiges haben wir noch vergessen, Jonas. Seine Ehe mit Kerstin, wisst ihr, die ist wie ein Felsen.«

»Das stimmt«, bestätigte Jonas. »Die Gefühle zwischen Kerstin und Hans sind so stark, dass man sie greifen kann.«

»Papa sagt immer, dass sie seine Wirklichkeit ist.«

Renate meinte, sie wisse zwar nicht so viel über Psychologie, aber sie sei immer der Meinung gewesen, dass der jüdische Rabbi Jesus von Nazareth Recht gehabt habe, als er sagte, allein die Wahrheit könne einen Menschen frei machen.

»Deshalb kann ich mir gar nichts anderes vorstellen, als dass es für Kapitän Horner gut wäre zu wissen, was in seiner Kindheit geschehen ist.«

Sie waren alle müde, als sie schließlich gemeinsam einen Entschluss fassten. Die Horners sollten Ende der Woche nach Göteborg kommen, und bereits das Wochenende darauf wollte Agnes die Hochzeit ausrichten.

»Mutter ist dabei nicht zu bremsen«, sagte Jonas.

»Aber warum sollte man sie bremsen? Die Hochzeit ist wichtig.

Ich hasse diese moderne Art, schnell in der Mittagspause zum Bürgermeister zu rennen«, erklärte Renate.

Nach der Hochzeit wollten Jonas und Klara eine Woche im Schärengürtel segeln. Das war gut so, Hans Horner und seine Frau sollten möglichst allein sein, wenn Judith und Renate mit ihnen sprachen.

Und Sofia?

»Wir können sie mitnehmen. Oder Agnes kümmert sich um sie, die beiden kommen gut miteinander aus.«

Klara sollte ihre Therapie unterbrechen und im Herbst wiederkommen. Ganz normal, zweimal die Woche, sagte Judith Dorf, die der Meinung war, dass noch viel zu bearbeiten sei.

Um fünf Uhr morgens fuhr Klara mit Jonas nach Lerkil. Sie badeten in der Nordsee, liebten sich und frühstückten wie die Wölfe. Um acht Uhr kam wieder Regen vom Atlantik, und das war ihnen nur recht. Sie schliefen eng aneinander geschmiegt bis vier Uhr nachmittags.

Da war es an der Zeit, zum Flughafen zu fahren, um Agnes und Sofia abzuholen.

IX

64

Hans und Kerstin hatten beschlossen, sich auf ihrer Fahrt nach Göteborg viel Zeit zu lassen. Sie brauchten es, endlich mal wieder nur zu zweit zu sein.

Als sie das Auto beluden, sagte Kerstin, dass eine Melodie sie verfolge, ein altes Taube-Lied, das sich wie eine Schallplatte immerzu in ihrem Kopf drehte: »Ich bin frei, ich habe mein grässliches Verbrechen gesühnt ...«

Sie lachte, aber Hans schüttelte nur den Kopf:

»So hast du es empfunden?«

»Muss ich wohl. Obwohl ich mich nie daran erinnern konnte, worin mein Verbrechen bestand.«

Sie fuhren zu Katarina und Anders, um sich zu verabschieden. Der Junge war offener geworden, und es gab keinen Zweifel, dass er sich auf die Reise zur Hochzeit nach Göteborg freute. Katarina und er sollten mit dem Pfarrer mitfahren, den Jonas selbst angerufen hatte:

»Weder Klara noch ich können uns einen anderen Pfarrer vorstellen.«

»Das passt mir ausgezeichnet, denn ich habe dann Urlaub. Können Sie ein billiges Zimmer für mich und meine Familie besorgen? Und für Anders, ich traue mich nicht, ihn allein zu lassen.«

»Wir können für kostenlose Unterkunft sorgen. Agnes hat ein Haus mit Größenwahnausmaßen und ist gerade dabei, den einen Flügel für die Horners in Ordnung zu bringen. Klara und ich räumen den anderen. Das Haus ist klapprig, dafür aber wunderbar am Meer gelegen.«

Karl Erik war überrumpelt:

»Müssen Sie nicht erst mal Ihre Mutter fragen?«

»Kaum notwendig. Aber um Ihr Gewissen zu beruhigen, werde ich sie bitten, Sie direkt anzurufen.«

Agnes hatte abends angerufen, als Karl Erik in der Kirche war. Also hatte sie mit Berit Holmgren gesprochen, die überglücklich gewesen war. Über das Gespräch und über die Ferien an der Westküste, durch die sie darum herum kam, ihre Eltern besuchen zu müssen.

Doch dann wurde sie von Besorgnis gepackt: Was in Gottes Namen sollte sie denn nur anziehen?

Kerstin hatte das gleiche Problem gehabt, es jedoch gelöst, indem sie Agnes erklärt hatte: »Ich kaufe ein Kleid in deinem Geschäft, wenn ich zu euch komme.«

»Nichts da«, hatte Agnes widersprochen. »Hier wird extra genäht, die Mutter der Braut soll alle in Erstaunen setzen.«

»Aber das kann peinlich werden, Agnes. Ich darf mich nicht hübscher machen als Klara.«

»Gewisse Dinge in dieser Welt kann man nun mal nicht ändern. Nun komm schon her, mein Mädchen, dass ich Maß nehmen kann. Unser Problem ist vielmehr Hans mit seinen schrecklichen Hemden. Hat er überhaupt einen dunklen Anzug und ein weißes Hemd?«

Kerstin hatte gekichert und gesagt, dieses Problem sei bereits gelöst. Hans Horner werde bei der Hochzeit seine Kapitänsuniform tragen.

»Weiß er davon?«

»Bisher noch nicht. Aber alte Ehefrauen haben so ihre Tricks.«

»Willst du ihn mit Tränen erweichen?«

Kerstin hatte laut aufgelacht, o nein, das auf keinen Fall. Außerdem wäre das das beste Mittel, ihn gegen ihre Pläne aufzubringen.

Jetzt hing also die weiße Sommeruniform gebügelt im Auto, geschützt im Plastikbeutel. Hans Horner hatte überrascht ausgesehen, war dann aber mit Kerstin einer Meinung gewesen, dass die

Uniform besser sei als der geliehene Smoking, den sie als einzige Alternative genannt hatte.

Inger war zurück, so konnte Kerstin Schlüssel, Post und Blumenpflege mit gutem Gewissen ihr überlassen. Sie hatte ein sonderbar wehmütiges Gefühl, als sie eine letzte Runde durch das Haus machte.
»Es ist, als nähme ich Abschied. Aber wir müssen zum Schulanfang im Herbst ja auf jeden Fall zurück sein, Sofia und ich.«
»Natürlich«, bestätigte Hans, dachte aber: Wer weiß. Etwas Schicksalhaftes lag in der Luft.

Sie freuten sich über den Enthusiasmus des Hausmaklers. Das Lotsenhaus mit seiner außergewöhnlichen Lage würde an den Meistbietenden verkauft werden, und das würde eine hübsche Summe Geld bedeuten.
»Wir können ein Jahr frei machen, Hans.«
Aber Hans sprach mit seinem Steuerberater, der wiederum von hohen Steuern sprach. Und meinte, er müsse nach Hamburg fahren wegen neuer Verhandlungen mit der Bank in Hamburg, Hans' deutsches Erbe betreffend.
»Machen Sie, was Sie wollen«, erwiderte Hans, der immer kurz angebunden war, wenn das Geld aus der Hornerschen Schiffsmaklerei in Deutschland zur Sprache kam.

Und dann brachen sie am frühen Donnerstagmorgen in Östmora auf. Kerstin war noch müde von der Beerdigung und einer ausgiebigen Ladenrunde in Stockholm. Aber es war ein schöner Auftrag gewesen, und sie hatte viele Notizen, die sie Agnes zeigen wollte.
Sie entschieden sich für die südliche Route, kamen jedoch am ersten Tag nur bis zum Omberg-Touristhotel. Dort streiften sie den ganzen Abend auf dem geheimnisvollen Berg herum, still und nahe beisammen. Am Freitagmorgen betrachteten sie vom Hotelzimmer aus den Sonnenaufgang durch die Spitzbögen der Alvastra-Ruinen. Sie schwiegen immer noch, aber ihre Körper fanden zueinander,

ihre Hände arbeiteten im Gleichklang, alle Gefühle und alle Gedanken wurden von Augenblick zu Augenblick geteilt.

Auch mittags aßen sie noch im Touristhotel.

Dann fuhr Kerstin die schöne Autobahn am Vättern entlang und fand die Straße Nr. 40 durch das Hochland von Småland, nach Borås und schließlich Göteborg. Sie kamen an Liseberg vorbei, lächelten und dachten, dass sie sicher einen Abend hierher fahren würden.

Kurz vor Sahlgrenska verfuhren sie sich, studierten die Autokarte und fanden dann schließlich den alten Särövägen. Und das Haus. Hans spürte eine fast unbändige Freude, als er dort am Meer stand und Agnes' gewaltiges Holzschloss betrachtete.

»Was für ein Haus, welche Möglichkeiten.«

Aber er sah auch den Verfall, dass es nach einem neuen Dach und neuen Regenrinnen, frischer Farbe und neuen Fensterrahmen schrie. Als sie Agnes begrüßt und Sofia umarmt hatten, sagte er:

»Ich hätte fast Lust, mir die Reparatur deines Hauses vorzunehmen.«

»Das darfst du nur sagen, wenn du das auch wirklich meinst«, entgegnete Agnes ernsthaft. »Das Dach leckt, die Nordwand vom Atelier ist verrottet, es regnet in die Küche rein. Aber ich bin vernarrt in das Haus, kannst du das begreifen?«

»Ja. Das ist ein Haus, in das man sich vergucken kann.«

Sie gingen in fast andächtiger Stimmung durch die Räume.

»Du hast hier wertvolle Kunstwerke. Wenn du ein paar davon verkaufst, hast du genug Geld für die Reparaturen.«

»Ich brauche nichts zu verkaufen. Ich habe genügend Kapital. Aber ich traue den Handwerkern nicht. Sobald man ihnen den Rücken kehrt, nageln sie hässliche Leisten an oder mischen sich irgendeine grässliche Farbe zurecht. Ich würde wahrscheinlich vor Freude sterben, wenn du es übernehmen wolltest, alle Elektro-, Maler- und Metallhandwerker zu überwachen.«

Sie bekamen ihr Begrüßungsgetränk auf der Veranda mit Blick aufs Meer serviert, Kerstin genoss ihn in vollen Zügen, während Hans voller Besorgnis die Pfeiler betrachtete, die wie mit einem Hilfeschrei das Verandadach in der Höhe hielten.

»Ich muss darüber nachdenken, Agnes. Und Kerstin hat ja ihre Arbeit in Östmora und Sofia ihre Schule.«

»Schulen gibt es überall, und Lehrer sind Mangelware. Also überleg's dir. Vielleicht solltest du Bauunternehmer werden, Hans Horner.«

»Agnes!«

»Ja, ja, ich weiß. Ich war nur so begeistert von der Idee.«

Vor dem Essen mussten sie auspacken. Als sie zum linken Gebäudeflügel gingen, merkte Kerstin, wie aufgeregt Sofia war, eckig in ihren Bewegungen, sogar ein wenig blass. Sie wechselte einen Blick mit Hans und sah, dass auch er es bemerkt hatte und unruhig wurde. Aber Agnes war die Ruhe in Person, und plötzlich wurde ihnen klar: die Collage.

Dieser Flügel umfasste vier schöne Zimmer, erlesen möbliert. Es gab eine Küche mit modernem Inventar, ein Badezimmer. Das Schönste war aber das lang gestreckte Wohnzimmer, dessen gesamte Westwand verglast war und den Blick aufs Meer freigab.

»Wie wundervoll, Agnes.« Kerstin flüsterte fast.

Dann entdeckten sie sie an der Breitwand. Vom Boden bis zur Decke erhoben sich die Berge von daheim mit den wilden Stiefmütterchen und dem Steinschiff der Steinzeitmenschen. Kerstin setzte sich auf einen Stuhl und sah aus, als wolle sie zu weinen anfangen.

»Nun heul bloß nicht, Oma. Das ist für Hans, er soll es kriegen, und er weiß, warum.«

Hans konnte nur nicken.

Als er Sofia hochhob, flüsterte sie:

»Du weißt? Der Bergkönig?«

»Ja.«

Während der Begrüßungsmahlzeit rief Klara an und sagte, dass Jonas und sie auf dem Weg zu ihnen seien. Essen? Nein danke, sie hätten schon gegessen.

Agnes sah glücklich aus, als sie wieder an den Tisch kam.

»Ihr werdet euch über Klara sehr freuen«, sagte sie.

Bereits am frühen Morgen summte das Haus am Meer von den Vorbereitungen für die Hochzeit. Agnes ging die Speisenfolge durch, die Gedecke – »Wir essen lieber drinnen, denn hier kann man sich nicht auf das Wetter verlassen« –, die Gästeliste – »Wir wissen ja gar nicht, wie viele eurer Studienfreunde kommen werden. Und dann sind da meine Freunde und alle aus Östmora. Ich habe auch die Schwestern Dorf eingeladen, die Ärztin selbst wird nicht kommen, solange Klara ihre Patientin ist. Aber Renate, ihre Schwester, hat zugesagt.«

Sie schwieg eine Weile, bevor sie fortfuhr: »Mein ältester Sohn und seine Frau kommen auch nicht. Sie haben gestern aus Kalifornien angerufen und gesagt, sie könnten sich nicht freimachen.«

Kerstin sah sie lange an, bevor sie sich zu fragen traute: »Bist du deshalb traurig?«

»Ein wenig. Aber gleichzeitig auch erleichtert. Ich mag meine amerikanische Schwiegertochter nicht. Und mein Sohn hat Probleme mit dem Alkohol.«

»Ach Agnes, wir wissen so wenig voneinander.«

»Wir haben viel Zeit, uns kennen zu lernen, Kerstin.«

Hellgrüne Tischdecken waren zu sehen, weißes Porzellan mit elegantem Blumenmuster in Dunkelgrün, Kristallgläser. Das gesamte Essen sollte von einem Restaurant aus der Stadt fertig angeliefert werden. Agnes redete munter weiter, Kerstin unterbrach sie:

»Wir müssen uns zumindest die Kosten teilen.«

»Okay. Aber dein Kleid bekommst du als Lohn für deine Arbeit in Stockholm.«

Hans und Jonas fassten kurzerhand den Entschluss, mit Jonas' altem Holzboot aufs Meer zu fliehen. Sofia zögerte lange zwischen all den verlockenden Angeboten, entschied sich dann aber doch, ihnen aufs Wasser zu folgen. Klara und Kerstin mussten mit Agnes in die Stadt fahren, zur Anprobe im Atelier.

»Ich fürchte, ich werde so eine Mutter sein, die bei der Hochzeit heult«, sagte Kerstin, als sie ihre Tochter in der weißen Seide sah, eng anliegend, sodass die zarte Eleganz von Klaras Figur betont wurde.

»Ja, sie ist schon schön, euer Mädchen«, sagte Agnes zufrieden. »Aber jetzt bist du dran.«

Kerstin wurde in goldene, gefältete Eleganz gehüllt, und Klara rief aus:

»Aber Mama, Jonas hat Recht. Du siehst aus wie ein griechischer Gott.«

Es war nur Freude in ihrer Stimme, und Kerstin dachte: endlich.

Die Näherinnen, die mit den Nadeln um Kerstin herumschwirrten, jubelten überrascht: »Mein Gott, was hast du für eine schöne Mutter, Klara. Dass dein Vater gut aussieht, haben wir ja schon von Sofia gehört, aber sie hat kein Wort von ihrer Oma gesagt.«

Früh am Montagmorgen brachte Jonas Sofia zu Judith Dorfs Hütte in Aspen. Dort sollte sie um vier Uhr von Kerstin abgeholt werden.

»Es ist wichtig, dass du allein mit Doktor Dorf reden kannst«, erklärte er Kerstin. »Sie möchte nicht, dass du Hans mitbringst.«

Kerstin sah ihn überrascht an, versprach aber zu gehorchen. Er lieh ihr seinen Stadtplan, und sie sah sofort, dass es nicht schwer sein würde, dorthin zu finden.

65

Sofia saß der Ärztin im Empfangszimmer mit der wunderbaren Aussicht gegenüber. Das Gesicht des Kindes war ernst und erwartungsvoll.

»Ich bin froh, dass du mit mir sprechen möchtest«, sagte sie. »Ich weiß, dass du jemand bist, der versteht.«

Wieso haben sie behauptet, sie sei kindlich für ihr Alter, dachte Judith Dorf, wie schon Jonas damals gedacht hatte. Laut sagte sie:

»Du darfst nicht zu große Erwartungen haben, Sofia. Es gibt Dinge, die niemand wissen kann. Was wir uns erhoffen können, du und ich, ist, ein bisschen mehr zu verstehen. Fang jetzt damit an, mir zu erzählen, was dich am meisten beunruhigt.«

Von Anfang an und auseinander halten, dachte Sofia und erzählte von Anders. Wie neugierig sie auf ihn gewesen war, und wie sie gedacht hatte, dass er, der nicht mit den Augen sehen konnte, möglicherweise die gleiche Welt sah wie sie. In seinem Kopf.

Bereits beim ersten Mal, als sie sich daheim auf dem Berg trafen, war sie fast sicher gewesen, dass er ihre Gedanken lesen konnte. Das war gewesen, als er für sie gesungen hatte, das Lied über den Berg, der sich öffnete, sodass man hineingehen konnte.

Doktor Dorf sah überrascht aus, und Sofia sagte: »Warte mal.«

Dann sang sie, schneidend falsch: »Felsen, der du zerbrachst für mich, lass mich in dir mich verbergen, in ein unbekanntes Land geh ich ... – Ich singe nicht weiter. Und außerdem bringe ich da was durcheinander.«

Sie sah die Ärztin prüfend an, sie fürchtete, sie werde loslachen. Aber Judith Dorf war ernst und außerordentlich interessiert.

»Das ist ein Kirchenlied«, sagte sie. »Weißt du, warum es so einen großen Eindruck auf dich gemacht hat?«

Sofia berichtete, dass der Berg mit ihr redete und dass er sie oft gebeten hatte, in den Fels hineinzugehen. Dort würde sie alle Geheimnisse erfahren. Aber sie schaffte es nicht allein. Es gab nur eine Person, die das konnte, und das war Hans. Er war der Bergkönig, aber davon wusste er nichts. Einmal hatte sie es gewagt, ihn darum zu bitten, doch er war nur böse geworden und hatte behauptet, sie würde phantasieren.

»Aber eigentlich hatte er Angst«, sagte sie. »Das fühlte sich ganz genau so an, als wenn Omas Feuervogel aufsteigt.«

»Das musst du mir erklären.«

Sofia erzählte ausführlich von Kerstin und deren Feuervogel, wie ihre Oma versuchte, ihre Angst zu ertragen, und wie sie und Sofia übten: Auseinander halten. Judith nickte und sagte, sie habe eine sehr kluge Großmutter; und Sofia sagte, dass sie Kerstin mehr liebe als jeden anderen Menschen und dass sie eigentlich gar keine Großmutter sei.

»Sie ist eigentlich meine richtige Mutter«, sagte sie.

»Das verstehe ich gut. Jetzt lass uns nochmal zurück zu dem blinden Jungen gehen, der dir vorgesungen hat. Als er den Psalm gesungen hat, da hast du also gedacht, er hätte die gleichen Erfahrungen gemacht wie du?«

»Ja, fast. Aber ich wollte das nachprüfen. Und deshalb haben wir abgemacht, die gleichen Träume zu träumen. Es hat Spaß gemacht, das zu üben, und es war wahnsinnig toll, als es geklappt hat. Aber ich hätte es wissen müssen.«

Sie beschrieb, wie sie Anders' Engel erlebte, und sagte, dass er nicht in ihre Welt gehöre.

»Aber er war so schön, und ich habe gedacht, dass es vielleicht ganz viele Wirklichkeiten gibt. Glaubst du das auch?«

»Das glaube ich auf jeden Fall. Aber erzähle erst mal weiter.«

Sofia beschrieb genau alle Vorbereitungen, die sie für ihren Adventstraum getroffen hatten. Sie hatten ja nicht eingeplant, dass die Leute sie sehen würden, sagte sie.

»Aber danach habe ich es mit der Angst gekriegt. Habe ich irgendeine schreckliche Kraft in mir, die niemand verstehen kann?«

»Wenn sie schrecklich ist, dann liegt es nur daran, wie du sie anwendest.«

Judith Dorf holte Stifte und einen großen Zeichenblock.

»Ich zeichne ungefähr so gut, wie du singst«, sagte sie lächelnd. »Aber jetzt guck mal her.«

Mitten auf den Bogen zeichnete sie einen kleinen Menschen mit ziemlich großem Kopf. Das war Sofia oder irgendein anderes Kind.

»Wie du weißt, glauben die meisten Menschen, dass alles, was es gibt, im Körper zu finden ist«, erklärte sie. »Aber der Mensch hat eine Seele, die weit über seinen Körper hinausreicht. Das ist gar nicht so merkwürdig, Sofia. Du und ich, wir sitzen hier und denken beispielsweise an eine Stadt in Afrika, der Gedanke wandert blitzschnell aus unserem Körper, übers Meer und über alle Grenzen, und dann sind wir angekommen und können die Hütten, die Mamis und die Kinder sehen. Nicht wahr?«

»Und du willst sagen, das können alle?«

»Ja, mehr oder weniger gut.«

Die Ärztin zeichnete einen großen Kreis um den kleinen Körper.

»Aber diese Seele hat noch viel mehr sonderbare Fähigkeiten. Sie kann nämlich auch in der Zeit reisen. Denk jetzt mal an etwas, das dir vor langer Zeit passiert ist.«

Sofia erinnerte sich daran, wie sie nach Rotterdam geflogen und dann auf Hans' Schiff gewohnt hatte, sie nickte: Sie hatte verstanden.

»Und wir können auch an etwas denken, was in der Geschichte geschehen ist. Hast du mal von der Schlacht bei Lund gehört?«

»Nein. Geschichte hatte ich noch nicht. Aber ich weiß etwas, über das ich schon viel nachgedacht habe.«

Vor Eifer fast stotternd berichtete sie davon, wie sie den Bärenfellmann den Berg zum Schiffsgrab hatte hochkommen sehen, einmal im Frühling, als ihre Oma eingeschlafen war; wie er ihr erzählt hatte, dass es Tagundnachtgleiche sei und dass er viermal im Jahr komme, um neue Messungen zu machen.

»Zur Frühlings- und Herbst-Tagundnachtgleiche, zur Mittsommernacht und in der längsten Winternacht«, sagte Judith Dorf.

»Da staunst du«, stellte Sofia fest.

»Ja, das stimmt. Aber lass uns den Mann eine Weile verlassen und an etwas anderes denken. An den letzten Schultag vor den Ferien. Oder an deinen ersten Schultag.«

Sie ließ Sofia Zeit und wartete eine Weile, bis sie sagte:

»Wie dir jetzt klar geworden ist, können alle Menschen in der Zeit hin- und zurückwandern.«

Sie zeichnete einen noch größeren Kreis um die kleine Gestalt in der Mitte.

»Ich weiß ja, dass es das Gehirn ist, was denkt und sich erinnert. Hans sagt immer, wir stapeln unsere Erinnerungen in einem Lager im Gehirn.«

»Ja, viele sehen das so. Aber ich glaube nicht, dass das, was wir Seele oder Psyche nennen, sich in unserem Gehirn befindet. Sie wird nur von dort aus gelenkt. Das Gehirn ist ein Ordnungsapparat.«

»Jetzt sei mal still, damit ich nachdenken kann.«

Judith Dorf lachte, legte Papier und Stift hin und bot Sofia einen Bonbon an.

Nach einer Weile fuhr die Ärztin damit fort zu erzählen, dass die Psyche eines Teils der Menschen eine größere Reichweite hat als die anderer. Sie konnten sich an mehr erinnern als an das, was sie gesehen oder gelernt haben. Sofia gehörte zu ihnen.

»Wie der Bärenfellmann. Gibt es ihn denn wirklich?«

»Das weiß ich nicht. Aber ich weiß, dass es ihn gegeben haben kann. Du hast nie von Stonehenge und den Priestern des Bronzezeitalters dort gehört?«

»Nee«, sagte Sofia bestimmt. »Ich lese nicht viel, und Oma ist nicht so für Märchen. Sie redet lieber über die Dinge, wie sie sind.«

Das Mädchen lachte und erzählte, wie Kerstin den Globus genommen und ihr gezeigt hatte, wie die Erde sich um die Sonne dreht.

»Ich habe das nicht kapiert«, erklärte sie. »Und außerdem war das so langweilig.«

Judith Dorf erzählte von den Menschen aus dem Bronzezeitalter, die in ganz Europa ihre sonderbaren Monumente hinterließen. Heutzutage glaubten viele, dass sie ihre gewaltigen Steinmonumente errichteten, um astronomische Untersuchungen vorzunehmen.

Sofia sah sie mit großen Augen an. Aber dann verschloss sich ihre Miene wieder.

»Dann kann ich etwas erinnern, das ich gar nicht erlebt habe und von dem ich gar nichts weiß?«

»Es gab einmal einen großen Wissenschaftler, der etwas Eigentümliches in der Psyche des Menschen entdeckt hat«, sagte Judith Dorf und beschrieb ausführlich, aber mit so einfachen Worten wie sie konnte, C. G. Jungs Entdeckung des kollektiven Unbewussten.

»Ganz im Inneren und gut verborgen in der Seele erinnern wir uns an alles, was unsere Vorfahren erlebt haben«, erklärte sie.

»Dann bin ich gar nicht so schrecklich merkwürdig?«

»Nein, ich denke, du bist ein ziemlich normales Kind.«

Judith Dorf ging an ihr Bücherregal und kam mit einem alten, abgegriffenen Buch zurück:

»Hör zu«, sagte sie. »So beschreibt ein Dichter, der Ekelöf heißt, das, worüber du so viel nachgedacht hast:

> Eine Welt für sich ist jeder Mensch, bevölkert
> von blinden Geschöpfen in dunklem Aufruhr
> gegen das Ich, den König, der über sie herrscht.
> In jeder Seele sind tausend Seelen gefangen,
> in jeder Welt sind tausend Welten verborgen,
> und diese blinden Welten, diese Unterwelten
> sind wirklich und lebendig, wenngleich nicht ausgereift,
> so wahr, wie auch ich wirklich bin.

Sie schlug das Buch mit einem Knall zu und schaute Sofia an, die schweigend und reglos dasaß. Schließlich fragte das Mädchen:

»Und wer ist der König, der über die tausend Seelen regiert?«

»Das ist das, was wir das Ich nennen. Das ICH, Sofia, regiert mithilfe meiner Vernunft. Verstehst du das?«

»Ich denke schon.«

»Das ist gut. Und jetzt erzähl mir, warum du wolltest, dass Anders so ist wie du.«

»Aber das weißt du doch.«

»Sag es mit deinen Worten.«

»Das ist schwer«, seufzte Sofia, und plötzlich fing sie leise an zu weinen.

»Es ist so einsam«, sagte sie schließlich.

»Das verstehe ich.«

»Oma versteht auch ein bisschen, aber sie kann es nicht sehen. Und wie sehr sie sich auch anstrengt, sie hat einfach nur Angst. Sie ist so müde, weißt du. Und das liegt daran, dass sie solche Angst um mich hat. Hans ist ähnlich, obwohl ich glaube, er hat sogar noch mehr Angst. Deshalb war es so schön mit Jonas. Er hat nichts verstanden, aber er hat jedenfalls keine Angst gehabt.«

»Du hast doch auch eine Mama. Klara sieht weitgehend so wie du.«

Jetzt ging das stille Weinen in heftiges Schluchzen über.

»Klara mag mich nicht. Sie hat am meisten Angst von allen. Ich verstehe ja, warum sie so ist, denn sie hat mir erzählt, wie sie verrückt war und im Berg saß und von einem Monster aufgefressen wurde. Ich will nie, niemals verrückt werden, hörst du. Kerstin hat mir versprochen, dass sie mich nie ins Irrenhaus bringen wird, und sie ist jetzt meine Mama, denn sie und Hans adoptieren mich. Dann brauche ich Klara nie wieder zu treffen. Ich hasse sie.«

Sofia versuchte das Weinen hinunterzuschlucken; sie sah die Ärztin lange an und sagte dann:

»Bei ihr hab ich immer Angst vor mir selbst.«

»Ich verstehe.« Judith Dorf sah traurig aus, sie überlegte eine Weile, beschloss dann aber doch zu schweigen.

Etwas später durfte Sofia im Meer baden, während Judith Dorf Würstchen und Kartoffelpüree aus der Tüte zubereitete. Sie machte es mit einem Schaudern, begriff aber sofort, dass ihre Entscheidung richtig war, als das Mädchen sagte:

»Wie toll. Und nicht einmal irgendwelches ekliges Gemüse!«

Während sie aßen, erzählte Sofia von Agnes.

»Jonas' Mama, weißt du. Sie ist auch so eine, die viel sieht. Aber wenn sie redet, ist es immer so, als ob sie nur Spaß macht. Warum haben die Leute nur solche Angst?«

Die Ärztin meinte, die Menschen müssten auf die Wirklichkeit aufpassen, die sie gemeinsam hatten und deren sie sich sicher waren.

»Weißt du, im Laufe der Zeit hatten schon viele mit den Grenzbereichen der Wirklichkeit Kontakt, in gleicher Weise wie du. Aber das Schwierige ist, dass sie so Unterschiedliches erzählen, wenn sie zurückkommen. Nichts wird bestätigt, es gibt nichts, worüber man sich einig werden kann. Und es gehört wohl zu den Bedingungen unseres Lebens hier auf der Welt, dass wir uns nach und nach ein kleines Stückchen Wissen erobern, es beweisen und so langsam das gemeinsame Wissen vergrößern.«

»Und was sollen dann solche wie ich tun?«

»Du kannst deine Fähigkeiten für vieles nutzen. Jonas meint, du solltest Künstlerin werden. Ich glaube fast, du würdest eine sehr gute Ärztin werden, auf dem Gebiet, auf dem ich auch arbeite. Aber die Voraussetzung dazu ist, dass du die ganze Zeit aus der normalen Wirklichkeit lernst, teilnimmst an dem Wissen, das die Menschen durch die Jahrtausende gesammelt haben. Du musst arbeiten und fleißig in der Schule sein, du darfst nicht schummeln und keine Abkürzungen nehmen.«

»Aber ich will nicht wie Klara werden.«

»Nein, das ist mir schon klar. Aber Klara ist im Augenblick dabei, offener zu werden. Und weniger ängstlich. Hast du gehört, wie geschickt sie bei ihren Operationen ist?«

Sofia nickte, und Judith Dorf sagte, das liege daran, dass sie ihre sonderbaren Fähigkeiten dazu benutze, sich zu erinnern, wenn es notwendig sei.

»Und das kann sie dann, ohne Angst zu bekommen. Verstehst du mich, Sofia, wenn ich dir sage, dass die Kraft, die du hast, nie gefährlich werden kann, wenn du sie für etwas benutzt, was gut und nützlich ist und anderen hilft.«

»Aber ich wollte Anders doch auch helfen zu sehen.«

»Nein, jetzt lügst du. Du hast selbst gesagt, dass du wissen wolltest, ob er das Gleiche sieht wie du. Das war ein egoistischer Wunsch.«

»Vielleicht«, gab das Mädchen zu.

»All das, Dinge zu lernen, im Alltag tüchtig und pflichtbewusst zu sein, das ist wichtig, Sofia. Das stärkt das Ich, von dem wir vorher geredet haben.«

»Es geht darum, dem König mehr Macht zu geben«, sagte Sofia. Judith Dorf staunte, und plötzlich konnten sie beide lachen.

Eine Weile später sprachen sie über die Toten, ob sie weiterlebten in einer anderen Welt, und ob sie sichtbar werden könnten wie der Priester aus der Bronzezeit auf dem Berg. Die Ärztin erklärte, dass niemand wisse, was der Tod sei. Ob die Toten sich den Lebenden zeigen könnten, darüber wollte sie sich kein Urteil erlauben.

»Aber mein Papa, mein richtiger Papa, der mir das Malen beigebracht hat?«

»Ja, reden wir über ihn. Hast du viel darüber nachgedacht, wer er wohl war, bevor er in deinem Geheimzimmer auftauchte?«

»Manchmal. Aber nicht richtig.«

»Ich verstehe. Und dann hast du eines Tages das Bild eines Gemäldes von ihm gefunden.«

»Ja. Es lag unter Klaras Bett, und es hat mir gefallen. Deshalb habe ich es geklaut und das Bild in meinem Versteck verborgen.«

»Damals wusstest du also nicht, wer der Maler war. Und dann ist eine Zeit vergangen, bis du schließlich das Foto in der Zeitung gesehen hast. Du hast den Artikel über ihn gelesen, wer er war, wann er gelebt hat und so weiter. Was ist dann passiert, Sofia?«

»Ich habe mich so merkwürdig gefühlt. Und wenn es mir so geht, lege ich mich schlafen. Dann erfahre ich alles im Traum. Und da habe ich von dem Maler geträumt und gesehen, dass er den gleichen Mund hatte wie ich, dass er mir ähnlich sah, wenn er lachte.«

»Lass uns Schritt für Schritt vorgehen. Gab es in der Zeitung ein Bild von ihm, auf dem er lachte?«

»Ja«, bestätigte Sofia überrascht. »Jetzt erinnere ich mich daran, das war ein Gemälde, das er von sich selbst gemacht hatte. Und es war nicht nur das Lachen. Weißt du, er schielte genauso, wie ich es tue, wenn ich lüge.«

»Also. Ohne richtig darüber nachzudenken, hast du dann angefangen, ganz natürliche Beobachtungen zusammenzufügen. Und dann hat deine Phantasie dir einen Vater geschaffen, mit dem du reden konntest und der dir außerdem geholfen hat, dich nicht mehr so allein zu fühlen. Denn er verstand das mit der anderen Wirklichkeit.«

»Aber das tat er wirklich!«

»Ja, daran ist gar kein Zweifel – solange er lebte. Jetzt gehört er jedoch zu einer anderen Welt. Falls es die gibt. Es ist sehr, sehr wichtig, dass du das verstehst, Sofia.«

»Ich glaube dir nicht. Ich weiß, dass es die Toten gibt.«

»Ich sage ja nicht, dass du dich irrst, ich habe schon am Anfang gesagt, dass es viel gibt, was wir nicht verstehen. Aber eine Sache weiß ich ganz genau: Und zwar, dass es nicht so gedacht ist, dass die Toten und die Lebenden etwas miteinander zu tun haben sollen. Es ist gefährlich für uns, die wir leben, und vielleicht noch gefährlicher für die Toten.«

Sofia war blass, aber die strengen Vogelaugen ließen sie nicht frei.

Sie kennt verdammt viel, dachte das Kind, sie weiß, wovon sie spricht.

»Ich werde darüber nachdenken«, sagte Sofia schließlich.

»Nein, mein Kind. Ich möchte, dass du mir versprichst, alle Kontakte zu toten Menschen abzubrechen. Um deiner selbst willen. Und ihnen zuliebe.«

Lange, schweigsame Minuten strichen durch den Raum, das Kind kämpfte mit sich selbst. Schließlich sagte Sofia widerstrebend: »Ich will es versuchen.«

Eine Weile danach hörten sie Kerstin Horners Auto auf den Hof fahren. Zu ihrer Verblüffung merkte Judith Dorf, dass sie neugierig war auf die Frau, von der sie schon so viel gehört hatte. Als sie sich die Hand gaben, hatte sie das Gefühl, dass Kerstin sie an etwas erinnerte ...

Es ist ihm unglaublich gut gelungen, ein verlorenes Leben wieder neu zu schaffen, dem Hans Horner, dachte sie. Laut sagte sie:

»Wir haben einen wunderschönen Tag miteinander verbracht, Sofia und ich. Möchten Sie Kaffee oder Tee?«

Sofia ging schwimmen, während die beiden Frauen den Tisch deckten. Was sie miteinander besprachen, blieb ein Geheimnis der beiden. Aber dass Kerstin froh war, fast glücklich, das konnte Sofia sehen, als sie vom Meer zurück kam und Saft und Zimtkuchen bekam.

66

Es war eine hübsche, kleine alte Kirche, von deren Dachgewölbe mehr Schiffe herunterhingen, als es Kruzifixe gab. Auch das Wetter zeigte sich von seiner besten Seite, die Sonne goss Gold durch die alten Kirchenfenster.

Sofia hörte nicht zu, als Jonas und Klara versprachen, sich in guten wie in schlechten Tagen zu lieben. Sie saß neben Hans und Kerstin in der ersten Bank und dachte an den Seeräuber und seine Frau, die unten im Keller lagen. In Marmorsärgen, die sie dem dänischen König und der Königin gestohlen hatten! Agnes hatte ihr die Treppe gezeigt, die zu Lasse i Gatans Grabkammer hinunterführte.

»Ein richtiger Pirat, der geraubt und getötet hat und auf dem Meer sein Unwesen trieb«, hatte Agnes erzählt. »Er wurde der Pirat des Königs genannt und von diesem geadelt, weil er so ein Untier war.«

Sofia stockte vor Neugier der Atem.

Es seien eben noch andere Zeiten gewesen, damals, im siebzehnten Jahrhundert. Agnes klang, als wäre sie traurig, dass sie nicht hatte dabei sein können, erzählte aber, dass sie daheim ein Buch habe mit der ganzen Geschichte von Lasse i Gatan, der später Lars Gathenhielm genannt wurde.

»Wenn du mehr darüber wissen willst, kannst du es ja lesen«, sagte sie.

Noch eine weitere Hauptperson bei der Hochzeit hatte Schwierigkeiten, sich auf die Zeremonie zu konzentrieren. Hans Horner hatte den Kopf voll mit einer großen, wichtigen Frage: Wer war die Frau im Rollstuhl?

Immer wieder versuchte er, sich darauf zu konzentrieren, was Karl Erik Holmgren dem Brautpaar sagte. Als ihm das nicht gelang, bemühte er sich , die Braut anzusehen. Wie schön sie war, seine Klara! Und er versuchte, in sich zu spüren, wie froh er über die Ehe war, und dachte, was für ein denkwürdiger Tag das doch sei.

Aber er musste aufgeben. Er konnte nur an eines denken: an die Dame im Rollstuhl. Sie war alt, gehörte jedoch zu den Glücklichen, mit denen die Jahre behutsam umgehen. Sie war noch schön, und hinter den Falten sah er ein Gesicht, das er kannte, sehr genau kannte. Und liebte. Wer? Dieser verdammte Nebel seiner nächtlichen Bilder war wieder da, undurchdringlich. Aber dieses Mal war es kein Traum, er würde zu ihr gehen, sie im Tageslicht sehen und ihr seine Frage stellen können. Nur welche Frage?

Er wusste es nicht, hoffte nur, dass diese verflucht langwierige Zeremonie bald überstanden sein würde.

Dann brauste der Schlussmarsch auf, und ihm war klar, dass er seine Rolle spielen musste, sich in die Prozession hinter dem Brautpaar einreihen, Agnes am Arm halten, kontrollieren, dass Sofia ordentlich ging und nicht hüpfte, wie sie es gern tat. Kerstin, er vermied es, Kerstin anzusehen, ihr wollte er seine Angst ersparen.

Endlich waren die Feierlichkeiten beendet, Reiskörner geworfen und die Leute auf dem Weg zu ihren Autos. Es gelang ihm, Agnes zuzuflüstern, dass er die Frau im Rollstuhl kennen lernen wollte, sie führte ihn zu ihr und sagte:

»Darf ich vorstellen: Kapitän Hans Horner, Doktor Renate Dorf.«

Er nahm die alte Hand in seine beiden und sagte auf Deutsch:

»Als wir beide jung waren, hießen Sie Irmelin Grede.«

»Ja, genau«, antwortete sie ebenso.

Agnes schaute verwundert von einem zur anderen, und Hans sagte:

»Agnes, bitte sorge dafür, dass wir allein reden können.«

»Dann fahr mit Doktor Dorf im Auto. Fahr als Letzter los und halte unterwegs an. Ich verlängere den Aperitif so lange es geht. Aber höchstens eine halbe Stunde, Hans, das musst du mir versprechen. Ich nehme Kerstin und Sofia zusammen mit dem Brautpaar in meinem Wagen mit.«

»Du bist wunderbar. Sag aber Kerstin nichts.«

»Ich werde es versuchen.«

Ein Wagen nach dem anderen entfernte sich, während Hans langsam den Rollstuhl der Ärztin zu seinem Auto schob. Er sprach weiter Deutsch, als wäre diese Sprache eine Sicherheitsleine zu ihr.

»Irmelin, wo sind Sie mein ganzes Leben über gewesen?«

»Hier in Göteborg. Wir haben uns viel zu erzählen.«

Er hob sie ins Auto, sie war schwerer, als er gedacht hatte. Sie zeigte ihm, wie man den Rollstuhl zusammenklappte, er packte ihn in den Kofferraum, setzte sich neben sie und sagte:

»Das wird schwierig, Irmelin. Ich habe keinerlei Erinnerung. Nur Schatten eines Schwarzweißfilms. Sie saßen im Büro meines Vaters und jetzt sitzen Sie hier lebendig neben mir.«

Die Hand, die den Zündschlüssel hielt, zitterte, und sie sagte:

»Warten wir noch einen Moment, lieber Hans. Und in der halben Stunde, die uns zugestanden wurde, werden wir auch nicht weit kommen. Aber ich war eine enge Freundin Ihrer Mutter und Ihrer Schwester. Ich weiß, was geschehen ist, und kann sicher Leben in Ihre Kindheitserinnerungen bringen.«

»Warum nennen Sie sich Renate Dorf?«

»Ich habe immer so geheißen. Fräulein Dorf wurde im Alter von zweiundzwanzig Jahren in Hamburg zu Irmelin Grede. Sie war eine der vielen Juden, denen Ihre Mutter eine neue Identität und neue Papiere gab.«

»Dann ist es also wahr.«

»Wie sonderbar, dass Sie das nicht wissen. Ihre Mutter war fast eine Legende, Sofia von Bredenau hat jahrelang die Gestapo hinters Licht geführt. Sie arbeitete mit der berühmten Gräfin Maria von Maltzan und der schwedischen Kirche in Berlin zusammen. Deren Arbeit ist gut dokumentiert, ihre Namen sind in Forschungsberichten und Dokumentarbüchern über den Krieg zu finden.«

Renate Dorf war aufgewühlt, aber Hans merkte es nicht.

»Dann ist es also wahr«, wiederholte er. »Ich habe manchmal gedacht, ich hätte mir das nur ausgedacht, um mich zu verteidigen. Sie wissen ja, wie das ist: Ach so, du bist Deutscher, du Satan.«

Renate streichelte seine Hand, er roch den Duft ihres Parfums und sah ihr direkt in die blauen Augen. Die Erinnerungen überkamen ihn, das blonde Mädchen mit den weichen Armen, ihr Zimmer am Ende des Büros, der Duft, der gleiche Duft wie jetzt. Er fragt: Wo ist Mama? Ihre Antwort: Mama ist nach Berlin gefahren, sie kommt bald zurück.

»Begreifen Sie, wie man sein Gedächtnis verlieren kann?«

»Ja. Ihre Mutter hat mit Ihnen geübt, nichts zu erinnern: ›Mein Junge, du hast das alles nur geträumt.‹«

Renate ahmte die Stimme seiner Mutter so gut nach, dass Hans sie für einen Augenblick vor sich sehen konnte.

Dann brüllte er fast:

»Wieso übt man mit einem Kind, sich nicht zu erinnern? Das ist doch nicht zu fassen, das ist ja, als würde man das Kind bestehlen.«

»Ja, es stimmt, das ist tragisch. Aber Sie vergessen, dass die Gestapo nicht davor zurückschreckte, auch kleine Kinder zu verhören. Unter Folter.«

»Mein Gott! Ich habe den Leuten, die sie auf dem Dachboden versteckt hat, nachts Essen gebracht, und am nächsten Morgen hat sie gesagt, ich hätte das alles nur geträumt.«

»Unsere halbe Stunde ist um, Käptn Horner. Morgen lade ich Sie herzlich zu uns ein. Meine Schwester und ich haben das schon lange geplant und den ganzen Tag für Sie freigehalten.«

Er drehte den Zündschlüssel um und legte den ersten Gang ein, als sie fragte: »Glauben Sie an Gott?«

»Nicht in irgendeiner formalen Art. Aber ich glaube, dass es eine regelnde Kraft auf der Welt gibt.«

»Gut. Dann müssen Sie einsehen, dass es diese Kraft war, die Ihre Tochter zu meiner Schwester gebracht hat.«

Sie fuhren vom Kirchhof hinunter. Als sie sich dem lärmenden Hochzeitshaus näherten, sagte sie: »Ihre Mutter ging als Dame von

Welt, die sie war, zu den Festen der Naziherren. Sie war äußerst galant zu den bezaubernden Cousins, wie sie sie nannte, und oft kam sie mit wertvollen Informationen nach Hause.«

»Warum hat sie sie Cousins genannt?«

»Einige waren es wohl. Andere waren Jugendfreunde. Der deutsche Adel war in den Spitzen der Nazipartei gut vertreten. Ich wollte damit nur sagen, dass Sie in Ihrem ganzen Wesen Ihrer Mutter sehr ähnlich sind. Weshalb Sie sicher ein sehr charmanter Wirt bei dem Hochzeitsfest heute Abend sein werden.«

Er lachte laut auf. Als er sie aus dem Wagen hob, drückte er sie lange und fest an sich, bevor er sie in den Rollstuhl setzte, wobei sie sagte:

»Glauben Sie mir.«

Und er schaffte es. Er hielt sogar eine Rede auf das Brautpaar, eine warme, spritzige Rede, die viel Applaus bekam.

Aber er vermied es, Kerstin anzusehen. Ein einziges Mal traf sein Blick den von Sofia, und er sah, dass ihre Augen voller Fragen waren. Aber er machte ihr ein heimliches V-Zeichen, sie nickte und wandte sich Anders zu, der neben ihr saß.

Als Jonas mit Klara den Tanz eröffnete, forderte Hans Agnes auf. Sie stellte keine Fragen, aber als er sich für den Tanz bedankte, flüsterte sie:

»Du solltest mal mit Kerstin reden.«

Hans tanzte mit Kerstin, wagte es aber nicht, ihren Blick zu erwidern. Langsam führte er sie zur Verandatür, hinaus in den Sommerabend. Sie konnte nur langsam gehen, weil ihr Kleid zu eng war, also trug er sie zum Kieferngehölz hinter den Sanddünen. Und erzählte, schnell, verzweifelt und unzusammenhängend.

Ihre Augen waren weit aufgerissen vor Verwunderung, aber als sie endlich Worte fand, flüsterte sie:

»Das ist doch phantastisch, Hans. So erfährst du endlich die Wahrheit und wirst deine schrecklichen Albträume los.«

»Du hast wahrscheinlich Recht«, erwiderte er. »Aber im Augenblick ist es einfach nur entsetzlich, Kerstin.«

Er küsste sie, fest und lange, und flüsterte:
»Wir müssen zurückgehen.«

Sie kehrten zur Hochzeitsgesellschaft zurück, und Kerstin ging ins Bad, um ihr schnell pochendes Herz zu beruhigen und den Lippenstift neu aufzutragen. Sie betrachtete lange ihr Spiegelbild, ohne es wirklich zu sehen, und dachte an Judith Dorfs Abschiedsworte: »Alle Familien haben ihre Mythen. Sie wissen, man wiederholt verborgene Muster aus seiner eigenen Kindheit, und das geschieht immer unbewusst.«

Hans' Mutter übte mit ihm zu vergessen, hatte er gesagt. Sie hatte Hexenkräfte, behauptete die Tante aus Skåne. Kerstin verspürte mit einem Mal einen wilden Hass auf die Tote.

Sie holte ein paar Mal tief Luft, und das Herz fand seinen normalen Takt wieder. Als sie mit einem kleinen Knall ihre Handtasche zuschlug, dachte sie an Hans' sonderbare Kraft. Trotz allem. Das war sicher auch ein Erbteil seiner mutigen Mutter.

Vor der Badezimmertür wartete Klara.

»Was ist denn mit Papa los?«

»Er hat Renate Dorf wieder erkannt.«

»Das ist mir klar. Wie geht es ihm?«

»Du hast es gewusst?«

»Ja. Die Ärztin hat es Jonas und mir erzählt. Es war geplant, dass sie sich nach der Hochzeit in aller Ruhe unterhalten sollten. Niemand hatte damit gerechnet, dass er Renate wieder erkennen würde.«

Sie sahen einander lange an. Schließlich sagte Kerstin zu ihr das Gleiche, was sie zu Hans gesagt hatte – dass es doch letztendlich nur gut sei. Zu wissen.

Als Kerstin zum Tanz zurückkehrte, sah sie Jonas und Hans im Gespräch auf der Terrasse und dachte dankbar, dass sie so viele Personen waren, die einander nahe standen und helfen konnten. Ihr Blick suchte nach dem Rollstuhl mit Renate, konnte ihn aber nicht finden. Agnes tanzte mit Per, der betrunken, fröhlich und verrückt war und laut vor Begeisterung aufschrie, als er Kerstin sah:

»Hier kommt die Königin des Balls. Komm, Göttin, ich werde dir den goldenen Putz abtanzen!«

»Das glaube ich ja nicht«, entgegnete Kerstin, und Agnes lotste aufstöhnend den munteren Maler zu einem Tisch, an dem er unbeschwert noch mehr Wein in sich hineinschüttete.

»Jetzt schläft er bald ein«, flüsterte sie.

»Agnes, weißt du, wo Renate Dorf ist?«

»Ja, sie sitzt auf dem Steg und redet mit Sofia.«

Sofia hatte eine alte Decke aus dem Boot geholt und sie um Renate gewickelt. Die beiden saßen stumm nebeneinander, und als Kerstin kam, lachten sie ihr beide entgegen:

»Mir ist klar, dass ihr euch Sorgen macht«, sagte Renate.

»Ich versuche mir zu sagen, dass es das Beste ist, was ihm überhaupt zustoßen konnte. Er wird von seiner verschwundenen Kindheit so gequält.«

»Das habe ich zu Sofia auch gerade gesagt. Was kann ich für Sie tun, Frau Horner?«

»Hans ist außer sich, weil Sie ihm gesagt haben, dass seine Mutter mit ihm das Vergessen trainiert hat. Und ich denke, er hat Recht. Ich vermute, es wird morgen für Sie alle drei nicht einfach werden. Ich verstehe ja, dass Sie seine Mutter bewundern, aber er ...«

Renate unterbrach sie: »Bewundern ist nicht das richtige Wort«, sagte sie. »Sie hat uns das Leben gerettet und das vieler, vieler anderer. Aber uns ist klar, dass Hans einen weiten Weg zu gehen hat, bis er das verstehen und akzeptieren kann.«

Eine Weile später kam das Brautpaar auf den Anleger, sie hatten sich umgezogen und wurden von singenden Freunden begleitet. Reiskörner stoben um das alte Segelboot, als Jonas und Klara an Bord gingen, die Segel hissten und zum Horizont hin verschwanden.

Kurz darauf kam das Taxi, das Renate nach Hause bringen sollte, und Kerstin hörte sie sagen:

»Willkommen bei uns morgen um zwölf, Kapitän Horner.«

67

Hans saß in einem steifen Biedermeiersessel und schaute Judith Dorf an. Ein Vogelmensch, wie Klara gesagt hatte. Er hatte nichts zu Mittag essen wollen, weshalb Judith nur ein paar Brote geschmiert hatte und dazu Bier servierte. Sie sagte:
»Ich habe Ihre Mutter nicht gekannt. Ich habe sie nur ein einziges Mal getroffen. Sie führte uns, eine Gruppe verschreckter jüdischer Kinder, durch die Wälder nördlich von Berlin und brachte uns zu einem schwedischen Zug. Für uns war das ein Wunder. Erst als Renate hierher kam, erfuhr ich, dass sie mit der schwedischen Kirche in Berlin zusammenarbeitete.«
Er hörte ihr konzentriert zu, konnte sich aber von dem Gefühl der Unwirklichkeit nicht befreien. Später wurde ihm klar, dass Judith Dorf seine Schwierigkeiten gesehen hatte, denn sie fuhr sehr entschlossen fort:
»Deshalb soll Renate Ihnen alles erzählen. Aber ich bestehe darauf, dass Sie zunächst anfangen. Ich möchte hören, welche Gedanken und Fragen Sie zu Ihrer Kindheit haben.«
Das war eine Erleichterung. Hans beschrieb seine wenigen Erinnerungen, die Bombenteppiche über Hamburg an dem Abend, als er durch die Stadt nach Hause lief, den Schutzraum, in den ihn irgendjemand gezogen hatte, wie er in Panik geriet und zusammen mit einem Mann, den er wiedererkannt hatte und der zweifellos ein Jude war, hinausrannte. Direkt vor den Augen des Jungen starb der Mann:
»Es gab einen Knall, und er wurde in Stücke zerrissen. Ich nehme an, dass von diesem Augenblick an mein Kopf leer war.«
Er erzählte weiter, wie er nach Hause gekommen war. Das Hafen-

viertel war schwer getroffen, aber das Erdgeschoss mit dem Büro stand noch. Und Teile des ersten Stocks, wo sie gewohnt hatten.

»Auf der Straße lagen Papa und eine Frau, die ich noch nie gesehen hatte. Tot. Ich lief in die Wohnung hinauf, sie war leer. Ich erinnere mich, dass ich eine Frage hatte. Verdammt!«

Er schrie. Judith Dorf sagte:

»Ja?«

»Entschuldigung. Seit einem halben Jahr grüble ich nun über eine Frage aus meinen nächtlichen Träumen. Aber jeden Morgen habe ich sie wieder vergessen. Und jetzt weiß ich sie endlich: Warum waren Mama und Klara nicht im Luftschutzkeller?«

»Das können wir Ihnen erzählen. Aber reden Sie erst weiter.«

Er erzählte von seinen Visionen vom Steinschloss, den mystischen Frauen, die flüsterten, dem Gefühl, dass alles vorbei war, den widerhallenden Stiefeltritten auf den langen Treppen und den Onkeln in schwarzen Uniformen.

»Ich weiß, dass ich Mama an der Hand halte. Aber sie ist so groß, sie verschwindet hoch über mir, und ihre Augen schauen weit in die Ferne, über den Park hinaus. Im Traum kann ich ihre Einsamkeit spüren, ich will sie trösten, kann sie aber nicht erreichen.«

»Sie hat oft ihr Elternhaus besucht, um um Hilfe zu bitten«, erklärte nun Renate. »Aber ihre Familie war stolz auf ihre Herkunft und antisemitisch. Die Männer waren alle Offiziere. Nur ihr jüngster Bruder wusste, was sie trieb, und half ihr. Er hatte einen einflussreichen Posten bei Albert Speer in Berlin, wo er Informationen bekommen konnte, die nützlich für sie waren.«

Renate erzählte weiter von Sofia, der ältesten Tochter des Grafen Joachim von Bredenau, der im Ersten Weltkrieg einen Arm verloren, aber den Generalstitel errungen hatte. Er war es, der den Mythos über die geheimnisvollen Fähigkeiten der Familie am Leben hielt, in jeder Generation werde eine Frau mit dieser Gabe geboren, behauptete er. Schon bei Sofias Geburt war er sich bereits sicher: Sie war die Auserwählte. Er erzog sie, lehrte sie reiten und jagen. Und er brachte ihr eine Fertigkeit bei, die ihr von großem Nutzen sein würde: Sie wurde eine gute Pistolenschützin.«

Das ist doch alles nicht wahr, dachte Hans und spürte wieder diese Unwirklichkeit, wie einen undurchdringlichen Schleier. Aber Renate merkte das nicht:

»Ende der Zwanzigerjahre wurde sie in die Berliner Gesellschaft eingeführt. Dort traf sie Maria von Maltzan. Die beiden wurden bald enge Freundinnen, beide waren voller Lebenslust, was die Leute sehr anziehend fanden. Sofia studierte Medizin an der selben Universität, an der Maria von Maltzan Veterinärmedizin studierte. Sofia hatte sich nie für Politik interessiert und große Probleme, Marias Geschichten über die Nazipartei zu glauben.

Dann machte sie ihr Examen und begann in einem Krankenhaus in einer armen Gegend zu praktizieren, wo viele Juden wohnten.

Ich habe mir oft überlegt, dass es wohl dort geschah«, fuhr Renate fort. »Hier konnte sie mit eigenen Augen das sehen, wovon die Leute nur flüsterten wie über etwas, was man kaum für möglich hielt.«

Renate machte eine lange Pause, bevor sie sagte, nunmehr zeigte es sich, dass das schüchterne Oberklassemädchen ungewöhnliche Eigenschaften hatte. Einen flammenden Gerechtigkeitssinn. Und einen Mut, der leichtsinnig gewesen wäre, wenn sie dabei nicht so schlau vorangegangen wäre, so kombinationsreich und so selbstsicher:

»Außerdem besaß sie ja die Fähigkeit, um die Ecken zu gucken. Genau wie der alte Graf gesagt hatte.

Bald operierte die junge Ärztin auch Juden. Des Nachts in einem Kellerraum, den sie in der Nähe ihrer Wohnung eingerichtet hatte. Als Goebbels' Befehl kam, dass Berlin judenfrei werden sollte, half sie vielen Menschen mit falschen Papieren.

Sie bekam Kontakt mit einem jungen Deutschen, der einer der besten Fälscher der Welt gewesen sein muss. An ihn müssen Sie sich noch erinnern, er war als Büroleiter im Betrieb Ihres Vaters angestellt.«

»Ja. Er war es, der mich gerettet hat, der mir was zu essen gab und mich versteckt hat. Und mich schließlich an Bord eines dänischen Schiffes schmuggelte. Ich habe oft an ihn gedacht, konnte mir aber kein Bild machen und kam nie auf seinen Namen.«

»Er heißt Hans Keller und leitet heute noch die Hornersche Schiffsmaklerei in Hamburg.«

Eine Welle von Erinnerungen durchströmte Hans' Gehirn, klare Bilder eines langen Deutschen, tollpatschig wie ein Hundewelpe, wenn er mit dem Jungen spielte. Und ein anderes Bild, blond, Stupsnase, hellblaue, fröhliche Augen, warme Hände, ein großer Schoß für ein kleines Kind in einer unbegreiflichen, Furcht einflößenden Welt.

Renate wollte fortfahren, aber Hans unterbrach sie mit einer Handbewegung.

»Er hat Märchen erzählt, lange, schöne Märchen. Er saß an seinem Tisch und beschäftigte sich mit seinen Papieren, und ich saß auf Ihren Knien, Renate, und er hat von dem Jungen erzählt, der den Riesen überlistete, und von dem Dummkopf, der immer die Prinzessin bekam.«

Dann verdunkelten sich Horners Augen.

»Und es war auch gefährlich. Denn einmal schlug jemand draußen im großen Büro eine Scheibe ein, und Keller wischte alle Papiere von seinem Tisch und versteckte sie in einem Geheimfach im Boden. Sie haben mir zugeflüstert, in einer Ecke still sitzen zu bleiben und zu spielen, und dann haben Sie etwas auf einen Block geschrieben, merkwürdige Dinge, die Keller Ihnen sagte. Dann ... nein, weiter erinnere ich mich nicht mehr.«

»Dann kam die Gestapo«, sagte Renate. »Das passierte ein paar Mal, wir wussten, dass wir unter Verdacht standen, aber das Geheimfach mit den falschen Papieren und den vielen Stempeln, mit denen Keller des Nachts arbeitete, fanden sie nie.«

»Und wo war meine Mutter, als das passierte? War sie draußen und erschoss mit ihrer Pistole deutsche Soldaten?«

Die Stille im Zimmer war jetzt eiskalt. Judith Dorf brach sie, indem sie sagte:

»Bevor wir weitermachen, Kapitän Horner, möchte ich Sie auf

etwas aufmerksam machen. Sie sitzen zwei Frauen gegenüber, die mit Sicherheit in Auschwitz vergast worden wären, wenn Ihre Mutter nicht gehandelt hätte, wie sie es getan hat. Und wir sind nur zwei von vielen.«

Er schämte sich, konnte seine Wut jedoch nicht beherrschen.

»Entschuldigung. Aber es ist doch nur menschlich, wenn man darüber traurig ist, dass eine Mutter keine Zeit für ihr Kind hat, dass sie mich anlog und mir etwas vormachte und meinen Vater einen feigen, jämmerlichen Wurm nannte.«

»Ihren Vater lassen wir erst mal außen vor. Aber der achtjährige Hans hatte starke nazistische Sympathien.«

»Ein Kind kann kein Nazi sein.«

Er schrie die Worte, doch Renate wich keinen Fingerbreit zurück.

»Sie gingen in die Schule. Sie hatten einen Lehrer, den Sie bewunderten. Er war Nazi, hatte die göttliche arische Reinheit und Deutschlands Ehre im Gehirn. Heim kamen Sie oft mit Wangen, die vor Heldentum glühten. Dann saßen Sie in der Küche und haben das Horst-Wessel-Lied gesungen. Keiner von uns wagte ein Wort zu sagen, Sofia lief in ihr Zimmer und weinte, und Ihr Vater zitterte vor Wut.«

Langsam traten neue Bilder in Hans' Gehirn, er erinnerte sich an die Szene, an das Lied:

»Die Fahne hoch
die Reihen fest geschlossen
SA marschiert mit ruhig festem Schritt ...«

»Mein Gott«, sagte er schließlich. »Mein Gott!«

Er stand auf und ging wie ein eingesperrtes Tier im Zimmer herum. Aber Judith Dorf griff ein: »Setzen Sie sich wieder Hans, ich hole Ihnen noch ein Bier. Bevor Sie sich selbst anklagen, sollten Sie sich darauf besinnen, dass alle kleinen Jungs Heldenverehrer sind und leichte Opfer für wahnsinnige Demagogen.«

Das half ihm, er holte tief Luft, dachte an seinen toten Sohn.

»Jan schwärmte für schwedische Eishockeyhelden.«

Renate schaute fragend drein, aber Judith lachte:

»Ich habe doch gesagt, dass alle kleinen Jungs diese Periode durchlaufen. Und eines der Probleme dieser Welt besteht darin, dass viele Jungs dabei bleiben.«

Er bekam sein Bier und nickte ihr dankbar zu:

»Das habe ich mir auch schon gedacht. Aber mir ist nie die Idee gekommen, dass es auch mich selbst betreffen könnte.«

Neue Bilder gingen ihm durch den Kopf: »Ich erinnere mich«, flüsterte er, »ich erinnere mich an die Bombennacht, an den ersten unerwarteten großen Angriff, als Hamburg fast dem Erdboden gleichgemacht wurde. Mutter verließ den Luftschutzkeller zusammen mit Keller, ich schlich mich hinterher und hörte, wie sie im Garten hinterm Haus standen und laut dafür beteten, dass Gott die englischen Piloten vor unseren Luftabwehrraketen beschützen sollte. Ich erinnere mich, dass ich sie hasste, und nachts, als wir uns endlich trauten, uns schlafen zu legen, da habe ich es ihr gesagt. Sie hat geantwortet, ich hätte das missverstanden. Ihr Gebet hätte allen gegolten, die in dieser Nacht ihr Leben riskierten. Sie hat mich angelogen, immer und immer wieder!«

»Was hätten Sie an ihrer Stelle gemacht?«

Es dauerte lange, bis er eine Antwort fand:

»Sicher das Gleiche.«

Er hatte fürchterliche Kopfschmerzen, bat um eine Tablette und bekam Aspirin mit Koffein.

»Sie müssen mir von meinem Vater erzählen. Meine Tante in Skåne kann sich heute noch keinen Reim darauf machen, warum das schöne adlige Mädchen sich mit ihrem unbedeutenden Bruder verheiratete.«

Zum ersten Mal zögerte Renate, aber Hans sagte: »Reden Sie nur weiter, ich schaffe es jetzt.«

»Sofia verliebte sich in einen verheirateten Mann. Sie war jung, fast ein Kind noch. Er war ein bekannter jüdischer Intellektueller, und sie gehörte zu jenen Frauen, die sich nur einmal in ihrem Leben wirklich verlieben.

Als sie schwanger war, fuhr sie zu ihrem Vater. Er akzeptierte die Situation, ich glaube, sie sagte, der Mann wäre tot.«

»Und nicht, dass er Jude war.«

»Das weiß ich nicht. Das gräfliche Geschlecht hatte entfernte Verwandtschaft in Hamburg, eine Familie Horner. Von Bredenau hatte ihnen bei mehreren Gelegenheiten finanziell geholfen. Jetzt kaufte er sich einen Schwiegersohn mit einer Summe, die groß genug war, damit die Maklerfirma überleben konnte. Das Kind wurde im Bredenauer Schloss geboren, und die kleine Klara wurde bald der Augenstern des Alten. Sie sah übrigens der Familie ungemein ähnlich, abgesehen von einer fein gebogenen, kleinen Nase.

Klara Horner blieb das erste Jahr bei den Bredenaus, mit einem englischen Kindermädchen, das die Kleine genau so innig liebte wie der Graf. Sofia, verheiratete Horner, benutzte ihren neuen Namen während ihrer Studienjahre in Berlin jedoch nicht. Als es für Juden immer gefährlicher wurde, machte sie sich Sorgen um das Kind, holte es zu sich und ließ sich als Frau Horner in Hamburg nieder. Maria von Maltzan fand das wunderbar, die geheime jüdische Befreiungsbewegung bekam damit einen Außenposten im Norden. Wie Sie verstehen werden, konnte das gar keine glückliche Ehe werden.«

Hans Horner versuchte, seine Gedanken zurückzuhalten, doch es gelang ihm nicht:

»Also war Klara ein Kind von dem Mann, den sie liebte. Während ich ...«

Die Schlussfolgerung blieb in der Luft hängen. Renate war müde, er sah es und sagte:

»Lassen wir das. Erzählen Sie mir noch, wie sie starben, Mutter und Klara.«

»Ich war nicht dabei. Als Ihre Mutter merkte, dass ihr der Boden unter den Füßen brannte, schickte sie mich mit einem der heimlichen Transporte nach Schweden. Klara sollte mitkommen, so hatte Sofia von Bredenau es beschlossen. Aber das Mädchen weigerte sich.

Ich erinnere mich an die Nacht vor der Abreise, wie die Mutter weinte und das Mädchen anflehte. Aber das Kind ließ sich nicht überreden, es wollte das Schicksal seiner Mutter teilen. Wie Hans Keller erzählte, teilte Ihre Mutter ihm ein paar Wochen später mit, dass die Gestapo am Nachmittag zuschlagen würde. Sie befahl ihm, alles zu verbrennen, was sie verraten könnte. Sie zeigte ihm die Selbstmordpillen, die sie sich beschafft hatte, und die sie und Klara vor der Folter retten sollten. Zum Schluss beschwor sie ihn, den Jungen zu retten.

Keller versprach es. Nachdem er seine Papiere verbrannt und seine Stempel ins Hafenbecken geworfen hatte, ging er los, den Jungen zu suchen.«

»Daran erinnere ich mich! Er traf mich auf dem Heimweg von der Schule und sagte, wir sollten zur Bibliothek gehen. Aber die war zerbombt, deshalb schlüpften wir zwischen die Ruinen, die immer noch rauchten. Er gab mir einen Briefumschlag und sagte, ich solle zur Küste gehen, zu einer Stadt, wie hieß sie noch ... nein, ich erinnere mich nicht mehr daran. Dort sollte ich den Umschlag seinem Bruder geben. Das sei sehr wichtig, sagte er.

Ich ging los. Aber ich habe mich verlaufen. Die Bomber kamen an diesem Abend ungewöhnlich früh. Und was dann passierte, habe ich ja schon erzählt.«

Der Rest des Abends in der Wohnung der Schwestern Dorf verschmolz für ihn. Er konnte sich daran erinnern, dass er etwas zu essen bekam, aber nicht, was. Und dass er Kerstin anrief und ihr sagte, er würde mit dem Taxi zur Landzunge vor Lerkil fahren.

»Ich werde dort am Meer entlanggehen. Kannst du mich da treffen?«

Hans Horner wanderte am Strand entlang, das Kattegatt spülte ihm lange Wellen über die Füße. Es war eine warme Nacht.

Er blieb stehen, zog sich die Schuhe aus, krempelte die Hosenbeine auf und hängte sich die Jacke über die Schultern. Er dachte daran, dass er endlich eine Kindheit bekommen hatte, dass er fünfzig Jahre alt war und arbeitslos, dass er vielleicht hier bleiben würde, hier am Meer, und Agnes' Haus renovieren. Dachte an Klara, an die tote und die lebende. An Sofia und den alten Grafen, der stolz war und dankbar für die geheimen Fähigkeiten seiner Tochter.

Er versuchte an seine Mutter zu denken, aber das gelang ihm nicht. Die beiden Schwestern hatten ihm kein lebendiges Bild von ihr geben können. Vielleicht lag das an ihm, er hatte eine Scheu vor Sofia von Bredenau, wie er immer das Großartige und Grandiose gescheut hatte. Das Deutsche.

Dann sah er sie, Kerstin, als Silhouette gegen das Meer, weit entfernt. Seine Wirklichkeit.

Als sie aufeinander trafen, hatte er nicht viele Worte, er erklärte nur:

»Ich muss erst mal schlafen. Kannst du morgen früh Landvetter anrufen und zwei Flugtickets nach Hamburg bestellen?«

Marianne Fredriksson
Hannas Töchter
Roman
Aus dem Schwedischen von Senta Kapoun
Band 14486

Als Anna ihre fast 90jährige Mutter Johanna im Pflegeheim besucht, ist diese nicht mehr ansprechbar. Anna ist zugleich traurig und wütend. So viele Fragen möchte sie noch stellen, so vieles möchte sie noch wissen über das Leben ihrer Mutter Johanna und ihrer Großmutter Hanna. Wie ist es gewesen vor fast hundert Jahren auf dem Land, als Hanna mit ihrem unehelichen Sohn Ragnar den Müller Broman heiratete? Wieso konnte sie sich später nie an das Leben in der Großstadt Göteborg gewöhnen? Wie hat sich ihre Mutter gefühlt, als der Vater starb, und warum hat sie niemals rebelliert gegen ihr tristes Hausfrauendasein?

Jetzt ist es zu spät, all diese Fragen zu stellen. Anna – Tochter und Enkelin – begibt sich allein auf die Reise durch das Leben ihrer Mutter und Großmutter und findet mit Hilfe ihrer Aufzeichnungen Zugang zum Leben ihrer Vorfahren und vor allem zu sich selbst. Marianne Fredriksson hat ein spannendes Buch über die Liebe geschrieben, in dem sie die drei einprägsamen Lebenslinien von Anna, Hanna und Johanna durch hundert Jahre schwedische Geschichte nachzeichnet.

Fischer Taschenbuch Verlag

Marianne Fredriksson
Inge und Mira
Roman
Aus dem Schwedischen von Senta Kapoun
Band 15236

Als Inge und Mira sich kennen lernen, haben beide Frauen schon viel erlebt. Sie waren beide verheiratet, sie sind Mütter, und sie haben auch beide von den Schattenseiten des Lebens erfahren. Sie begegnen sich zufällig in einer Gärtnerei, in der Nähe von Stockholm. Und dieser Zufall will es, dass sich zwischen diesen beiden so unterschiedlichen Frauen eine enge Freundschaft entwickelt. Inge ist Schwedin, hat lange Jahre als Lehrerin gearbeitet und schreibt jetzt Bücher, Mira ist mit ihrer Familie nach Pinochets blutigem Militärputsch aus Chile geflüchtet und hat in Schweden ein neues Leben begonnen. Je enger die Freundschaft und je größer das Vertrauen der beiden Frauen zueinander wird, umso mehr forschen sie gemeinsam in ihrer Vergangenheit und stoßen auf verdrängte Erinnerungen an schreckliche Ereignisse. Und so hilft ihnen die Freundschaft, ihre Vergangenheit zu erkunden, mit ihr umzugehen und ihr Leben zu leben.

»Es ist keine Frage, dass Marianne Fredriksson mit ›Inge und Mira‹ einen Roman von großer Ausgewogenheit geschrieben hat, einen reizvollen und spannenden, vielleicht sogar ihren bisher besten.«
Nürnberger Zeitung

Fischer Taschenbuch Verlag